Connie Willis

INTERFERÊNCIAS

Tradução
Viviane Diniz Lopes

Copyright © 2016 by Connie Willis
Publicado mediante acordo da autora com The Lotts Agency, Ltd.

Grafia atualizada segundo o Acordo Ortográfico da Língua Portuguesa de 1990, que entrou em vigor no Brasil em 2009.

Título original
Crosstalk

Capa
Claudia Espínola de Carvalho

Ilustração de capa
© Anna Maeda

Preparação
Rachel Rimas

Revisão
Nana Rodrigues
Angela das Neves

Dados Internacionais de Catalogação na Publicação (CIP)
(Câmara Brasileira do Livro, SP, Brasil)

Willis, Connie
    Interferências / Connie Willis ; tradução Viviane Diniz Lopes. — 1ª ed. – Rio de Janeiro : Suma, 2018.

    Título original: Crosstalk.
    ISBN 978-85-5651-057-0

    1. Ficção científica norte-americana I. Título.

17-11115   CDD-813.0876

Índice para catálogo sistemático:
1. Ficção científica : Literatura norte-americana   813.0876

[2018]
Todos os direitos desta edição reservados à
EDITORA SCHWARCZ S.A.
Praça Floriano, 19, sala 3001 – Cinelândia
20031-050 – Rio de Janeiro – RJ
Telefone: (21) 3993-7510
www.companhiadasletras.com.br
www.blogdacompanhia.com.br
facebook.com/editorasuma
instagram.com/editorasuma
twitter.com/Suma_BR

Para a inimitável — e insubstituível — Mary Stewart

Na Irlanda, o inevitável nunca acontece, e o inesperado ocorre constantemente.
John Pentland Mahaffy

Em todo grupo há certas pessoas que parecem exatamente iguais às outras, mas ainda assim carregam mensagens surpreendentes.
Antoine de St. Exupéry, *Voo noturno*

Ouçam.
Ghost Town

AGRADECIMENTOS

Muito, muito, muito obrigada a todos que me ajudaram com este livro, mas especialmente a:
   minha filha Cordelia, que me deu uma ajuda inestimável com o enredo,
   minha amiga Melinda Snodgrass, que sempre me encorajou e me deu apoio,
   e ao público que assistiu à leitura que fiz em Cosine e sugeriu este título.

INTERFERÊNCIA

1. Ato ou efeito de interferir.
2. *Rubrica: física*: fenômeno que consiste na interação de movimentos ondulatórios com as mesmas frequência e amplitude e que mantêm entre si uma determinada diferença de fase, de tal modo que as oscilações de cada um deles se adicionam, formando uma onda resultante.
3. *Rubrica: telecomunicações*: qualquer energia não desejada que afete a recepção de sinais desejados; intromissão.
4. *Derivação: por extensão de sentido. Rubrica: telecomunicações*: distorção produzida na recepção destes sinais.

UM

> *Não tenha eu restrições ao casamento de almas sinceras.*
> William Shakespeare, "Soneto 116"

Quando Briddey parou no estacionamento da Commspan, havia quarenta e duas mensagens de texto no seu celular. A primeira era de Suki Parker — obviamente —, e as próximas quatro, de Jill Quincy, todas alguma variação de: "Estou louca para saber o que aconteceu". Suki disse: "Fiquei sabendo que Trent Worth levou você ao Iridium!???".

É claro que ficou sabendo, pensou Briddey. Suki era a fofoqueira oficial da Commspan, o que significava que a essa altura toda a empresa sabia também. O bom é que a Commspan não tinha uma política de não envolvimento entre funcionários. Ela e Trent não conseguiriam manter o romance em segredo, mas Briddey queria ter tido pelo menos a chance de contar à família antes. *Se é que já não sabem.*

Ela deu uma olhada em suas outras mensagens. Havia cinco de sua irmã Kathleen, oito de sua irmã Mary Clare, e nove da tia Oona, lembrando da leitura de poesia gaélica das Filhas da Irlanda, sábado à noite.

Eu nunca deveria ter dado um smartphone a ela, pensou Briddey. Nunca pensou que sua tia-avó aprenderia a usá-lo — ela não conseguia nem programar a TV para gravar. Ou acertar o relógio. Mas Briddey não contava com o desejo de tia Oona de importuná-la constantemente com aquela história de Filhas da Irlanda. Ela pedira a Maeve para ensiná-la a mandar mensagens, e agora umas vintes vezes por dia chegavam recados da tia sobre isso.

Briddey leu rapidamente o restante das mensagens, mas nenhuma delas começava com "Ai, meu Deus! Não acredito que você está mesmo pensando em fazer isso!".

Que bom. Isso significava que ainda tinha tempo para pensar no que iria dizer — embora não muito, dada a velocidade da comunicação atualmente.

Rolou rapidamente a tela para ver se havia alguma mensagem de Trent. Havia. E só dizia: "Te amo. Me ligue assim que der". Ela queria muito ligar, mas quanto mais tempo passasse ali no estacionamento, maior seria a chance de Jill

— ou pior, Suki — aparecer e começar a interrogá-la, e chegara mais cedo ao trabalho exatamente para evitar isso. Teria que esperar até estar na segurança de seu escritório para ligar para Trent.

Ela andou rapidamente em direção à porta principal, dando uma olhada nos outros carros para ver quem mais estava ali. Não viu o Porsche de Trent. Nem o carro da assistente dela, Charla, nem o de Suki, o que era bom, mas o Prius de Jill estava lá, estacionado ao lado do Honda antigo de C. B. Schwartz.

O carro dele estava sempre ali — Briddey desconfiava de que ele morava no laboratório, dormindo no sofá velho que parecia ter achado na rua. Mas Jill normalmente chegava tarde, e Briddey não estranharia se ela tivesse chegado cedo só para sondá-la. Provavelmente estava esperando no saguão. *Melhor ir pela entrada lateral*, pensou Briddey, mudando de direção, *e torcer para que ninguém me veja no caminho até lá*.

Ninguém a viu, e não havia ninguém no elevador ou no quarto andar. *Que bom*, pensou Briddey, andando depressa pelo corredor. Como Charla ainda não havia chegado, poderia ir direto para o escritório, fechar a porta e pensar em alguma forma de contar isso à sua família antes que começassem a bombardeá-la com ligações do tipo: "Por que você não respondeu nenhuma das minhas mensagens? O que houve?".

Principalmente tia Oona, que sempre concluía que algo terrível tinha acontecido e começava a ligar para todos os hospitais da cidade. *E desta vez ela vai ter certeza de que suas premonições estavam certas*, pensou Briddey enquanto entrava no corredor que levava ao seu escritório.

— Briddey! — chamou Jill Quincy do final do corredor.

Eu estava tão perto, pensou Briddey, calculando se conseguiria chegar ao escritório antes de Jill alcançá-la, mas a mulher já corria em sua direção, dizendo:

— Ah, finalmente! Mandei mensagens a manhã inteira! Nem vi você entrar.

Jill alcançou Briddey.

— Eu estava no lobby — continuou ela sem fôlego —, mas não vi você chegar. Ouvi falar que você e Trent Worth foram jantar no Iridium ontem à noite. Me conta o que aconteceu.

Não posso dizer, pensou Briddey. *Não antes de contar para a minha família*. Mas também não podia se recusar a falar, ou ela também espalharia *isso* por todo o prédio em segundos.

— Entra aqui — disse Briddey, e puxou Jill para a sala de xerox para que ninguém as ouvisse.

— E aí? — disse Jill assim que Briddey fechou a porta. — Ele a pediu em casamento, não foi? Ai, meu Deus, eu sabia! Você é *tão* sortuda! Sabe quantas mulheres fariam *de tudo* para ficarem noivas de Trent Worth? E você conseguiu agarrá-lo! Depois de míseras seis semanas!

— Eu não o "agarrei" — disse Briddey —, e ele não me pediu em casamento.

— Mas Jill não estava prestando atenção.

— Deixe-me ver o seu anel! — gritou ela. — Aposto que é lindo! — Então pegou a mão de Briddey e, quando finalmente se deu conta de que não tinha nada ali, perguntou: — Cadê?

— Nós não ficamos noivos — disse Briddey.

— Como assim, vocês não estão noivos? Então por que ele a levou para o Iridium? Em plena quinta-feira? Ai, meu Deus! Ele pediu para você fazer um EED, não foi? Isso é ainda *melhor* do que ficar noiva! — Ela abraçou Briddey. — Estou *tão* feliz por você! Mal posso esperar para contar para todo mundo! — E seguiu em direção à porta.

— Não, não faça isso! — pediu Briddey, segurando seu braço. — Por favor!

— Por que não? — perguntou Jill, estreitando os olhos, desconfiada. — Não me diga que você recusou!

— Não, é claro que não — disse Briddey. — É só que...

— Só que *o quê*? Ele é o cara mais cobiçado da Commspan! *E* ele deve amar você, ou não teria pedido para fazer um EED! E você obviamente o ama, ou não teria aceitado. Então qual é o problema?

Ela lançou a Briddey um olhar penetrante.

— Eu sei o que é. Você está decepcionada porque ele não pediu para fazer o EED *e* em casamento, não é?

E agora isso também se espalharia por toda a Commspan.

— Não, não mesmo — disse Briddey. — Ele disse que prefere esperar para ficarmos noivos depois do EED, porque assim eu poderei sentir quanto ele me ama quando me pedir em casamento.

— Ai, meu Deus, essa é a coisa mais romântica que eu já ouvi! Não acredito! Ele é lindo, está disposto a assumir um compromisso *e* é romântico! Você tem *ideia* de como isso é raro? Todos os caras com quem eu saio ou têm fobia de compromisso ou são mentirosos, ou as duas coisas. Você é tão sortuda! É esse seu cabelo. Os homens são loucos por um cabelo vermelho. Talvez eu devesse pintar o meu de vermelho também. — Ela franziu a testa. — Você ainda não me disse por que não quer que eu conte a ninguém.

— Por causa da minha família. Ainda não sei como dar a notícia.

— E você acha que eles não vão ficar felizes? O Trent é perfeito! Tem um ótimo emprego e um bom carro, e aqueles idiotas com quem a sua irmã Kathleen namora... Ou é o EED? Todo mundo diz que é absolutamente seguro.

— Pois é — disse Briddey. — Mas elas são um pouco...

— Superprotetoras?

Não, xeretas e intrometidas.

— Isso. Então não fale nada até eu conversar com elas, o.k.?

— Só se você me contar todos os detalhes! Quero saber quando vocês vão fazer e...

O celular de Briddey tocou. Era o toque de Trent, mas isso não significava que era ele ligando. Na última vez em que visitara sua família, Maeve tinha feito algo com seu celular e agora metade das vezes que parecia que era Trent na verdade não era, e Briddey ainda não conseguira consertar isso.

Mas pelo menos era uma forma de fugir da conversa.

— Desculpe — disse a Jill. — Preciso ver quem é. — Então olhou para a tela. — Vou ter que atender. — Em seguida abriu a porta da sala de xerox e saiu para o corredor. — Você promete que...

— Serei um túmulo — garantiu Jill. — Mas você precisa prometer que vai me contar *tudo*.

— Pode deixar. — Briddey virou de costas para Jill não ver que tinha desligado, então levou o aparelho à orelha e disse: — Alô?

Depois caminhou a passos largos pelo corredor até sumir de vista.

Enfiou o aparelho de volta no bolso e arrependeu-se na mesma hora quando viu Phillip, da Logística, se aproximando.

— Fiquei sabendo pela rádio-corredor que você e Trent Worth vão fazer um EED — disse ele.

Como é possível?, pensou Briddey. *Só tem dez segundos que me afastei da Jill.*

— Uau! Igual ao Tom Brady! — dizia Phillip. — Parabéns! Isso é ótimo! Mas espero que vocês só façam isso quando seu namorado tiver uma ideia melhor para o novo celular do que apenas mais memória e uma tela inquebrável. Dizem os boatos que a Apple vai lançar um aparelho que vai arrasar com todos os outros smartphones, e Trent não pode se dar ao luxo de ficar internado em um hospital...

— O EED é uma cirurgia simples — começou Briddey, mas Phillip também não parecia estar ouvindo.

— Se não tomarmos cuidado, a Commspan pode ser a próxima Nokia — disse ele, emendando em todo um discurso sobre os fracassos das empresas de smartphones. — Uma pequena empresa como a nossa não tem chance no mercado a menos que crie algo revolucionário, um conceito totalmente novo, e precisamos inventar isso rápido, ou...

Vamos lá, tia Oona, pensou Briddey. *Você me liga a cada cinco minutos. Onde está você quando eu preciso?*

O celular de Briddey tocou. *Obrigada*, pensou suspirando.

— Preciso atender essa ligação no meu escritório — disse ela. — Vejo você na reunião às onze.

Em seguida se afastou.

Mas não foi tia Oona que a salvara. Fora Mary Clare, e assim que Briddey desviou a ligação para a caixa postal, recebeu uma mensagem de texto de Maeve: "Estou bem. Não dê atenção à minha mãe".

O que significava que elas ainda não sabiam de nada, graças a Deus, embora tenha ficado com pena de Maeve. O que teria sido dessa vez? Videogames? Bulimia? Ciberbullying? Mary Clare estava sempre em um estado constante de histeria por causa da filha, ainda que Maeve fosse uma menina de nove anos completamente normal.

Na verdade, ela é a única *pessoa normal da minha família,* concluiu Briddey.

Mary Clare certamente não era normal. Tinha uma preocupação obsessiva com as lições de casa de Maeve, suas notas, as chances da garota entrar para uma das melhores faculdades, seus amigos, os hábitos alimentares (Mary Clare estava convencida de que a filha era anoréxica), e o fato de que ela não lia o suficiente, embora (ou provavelmente por esse motivo) Mary Clare forçasse constantemente *Mulherzinhas* e *Alice no País das Maravilhas* para cima dela.

Na semana anterior, Mary Clare estava convencida de que Maeve enviava mensagens de texto demais, e na outra, de que estava comendo muito cereal com açúcar (o que não se encaixava exatamente no quadro de anorexia). Naquele dia provavelmente o problema eram nudes. Ou o hantavírus.

Para o bem de Maeve, era melhor que Briddey ligasse logo para Mary Clare e tentasse acalmá-la, mas não até pensar no que diria sobre o EED. E ela não tinha muito tempo. Metade da Commspan provavelmente já sabia àquela altura, e alguém acabaria contando à tia Oona na próxima vez que ela "aparecesse" com Maeve na empresa para exibir a garota com o novo traje de sapateado e tentar convencer Briddey a ir a algum evento entediante das Filhas da Irlanda...

Ai, meu Deus, e lá vinha Suki, a Gossip Girl, saindo da sala do RH. Briddey mandou o decoro para o espaço e correu até o conforto de seu escritório. Abriu a porta e se atirou lá dentro... praticamente nos braços de sua assistente.

— Achei que você não fosse chegar nunca — disse Charla, ajudando-a a se equilibrar. — Você tem um milhão de mensagens, e quero ouvir tudo sobre ontem à noite! Você tem *tanta* sorte de fazer um EED!

Mais rápido que uma bala, pensou Briddey. *Se a Commspan queria criar uma forma revolucionária de comunicação, devia projetar um celular baseado na rede de fofocas da empresa.*

— Eu não vi o seu carro na garagem.

— Nate me deu uma carona. Queria convencê-lo a fazer um EED. Seria ótimo *saber* se ele me ama de verdade ou não. Você tem tanta sorte por não precisar mais se preocupar com essas coisas. Quer dizer, sempre que ele me diz isso, eu fico tentando descobrir se é para valer ou se ele só fala por falar. Ontem à noite, ele...

— Você disse que eu tinha mensagens. De quem?

— A maioria da sua irmã Mary Clare, e também da sua tia e da sua outra irmã. Passei todas para o seu computador. Achei que tivesse pedido a elas que não ligassem para você no trabalho.

— E pedi — disse Briddey. *Mas elas não me ouviram. Como sempre.* — Você falou com elas? — perguntou, temendo a resposta de Charla, mas a assistente balançou a cabeça.

Graças a Deus.

— Se elas ligarem de novo — continuou Briddey —, não diga, repito, *não* diga nada sobre o EED. Ainda não tive chance de conversar com elas, e quero que saibam por mim.

— Elas vão ficar tão animadas!

Quer apostar?

— De quem são as outras mensagens? — perguntou Briddey.

— Trent Worth ligou e pediu para você retornar assim que chegasse, e Trish Mendez e a assistente de Rahul Deshnev também. E Art Sampson quer que você dê uma olhada imediatamente no memorando sobre as formas de melhorar a comunicação interdepartamental e diga se tem alguma sugestão a acrescentar. Está no seu computador. Mas e aí, quando Trent lhe pediu para fazer o EED, você ficou emocionada?

— Fiquei — disse Briddey. — Se alguém mais chegar ou ligar, diga que só posso falar com eles depois da reunião.

Então entrou em sua sala, fechou a porta e ligou para Trent. Ele não atendeu.

Ela mandou uma mensagem de texto e uma de voz pedindo que ele retornasse, depois tentou falar com a assistente de Rahul Deshnev, mas o resultado foi o mesmo. Então ligou para Trish Mendez.

— É verdade que você e Trent Worth vão fazer um EED? — perguntou Trish.

— É — respondeu Briddey, concluindo que a comunicação interdepartamental não precisava de nenhuma melhoria.

— Isso é maravilhoso! — disse Trish. — Quando vai ser?

— Não sei. Trent quer que o dr. Verrick faça, e...

— Dr. Verrick? Ai, meu Deus! Ele fez o do Brad e da Angelina, não foi?

— Pois é, então ele tem uma lista de espera bem longa, e não sei quando vamos conseguir uma consulta, muito menos marcar o EED.

— Ele fez o da Caitlyn Jenner também, não foi? — disse Trish. — E da Kim Kardashian, embora não tenha funcionado, porque ela se apaixonou por outra pessoa, não me lembro direito o nome. Ele estava no último filme dos Vingadores.

Aquilo ia levar o dia todo. Briddey segurou o celular perto da mesa e bateu duas vezes com o punho.

— Pode entrar! — gritou ela, e levou o telefone de volta à orelha. — Ouça, tenho que atender uma pessoa agora. Posso ligar para você depois?

Ela desligou e, com uma sensação angustiante de que tudo só ia piorar, verificou as vinte e duas mensagens — correção, trinta e uma — da sua família para ter certeza de que não sabiam de nada. Começou por Mary Clare, para o caso de a irmã ter concluído que Maeve estava possuída por demônios e ter agendado um exorcismo ou algo assim.

Mas não. Mary Clare havia lido um artigo on-line sobre a influência negativa das representações femininas no cinema sobre as meninas, e queria saber se Briddey achava que ela devia impedir a filha de ver filmes na internet.

Boa sorte, pensou Briddey, e então checou as mensagens de Kathleen, que eram todas alguma variação de "Preciso falar com você sobre o Chad", o namorado mais recente de uma longa lista de homens detestáveis. As mensagens da tia Oona — com exceção de três "Onde você está, *mavourneen*?" — eram todos lembretes de que Sean O'Reilly planejava ler "The Passing of the Gael" na reunião das Filhas da Irlanda, e que toda a família iria.

Isto é, se não estiverem no meu apartamento tentando me convencer a não fazer um EED, o que tinha certeza de que fariam assim que descobrissem. Não gostavam de Trent, como haviam deixado perfeitamente claro quando ela fora jantar na casa da tia Oona no último sábado.

Mary Clare achava que ele passava tempo demais em seu smartphone (em vez de ouvir suas preocupações sobre Maeve), Kathleen achava que ele era rico e bonito demais para ainda estar solteiro e, portanto, só podia estar escondendo alguma coisa, e até mesmo Maeve, que normalmente apoiava Briddey nas discussões da família, fez uma careta e disse:

— O cabelo dele é muito arrumadinho. Gosto de caras com cabelo bagunçado.

Tia Oona, é claro, rejeitara Trent por não ter vindo da Irlanda, embora ela mesma nunca tivesse posto os pés na "Velha Terra". Não que desse para saber disso só de olhar para ela. Ou ouvi-la. A mulher falava com um sotaque irlandês carregado saído direto de *As cinzas de Ângela* — ou de um filme antigo do Bing Crosby —, torcia o cabelo ruivo grisalho em um coque meio bagunçado, usava saias largas de tweed e suéteres feitos nas ilhas de Aran tanto no verão quanto no inverno, e colocava um xale sobre a cabeça quando ia às incessantes reuniões das Filhas da Irlanda. "Deve ter uns cem anos que ninguém na Irlanda se veste assim!", Briddey queria gritar com ela. "E você não é *irlandesa*! O mais perto que você já chegou de um fogo de turfa foi assistindo a *O americano tranquilo* no TCM!"

Mas não teria adiantado nada. Tia Oona simplesmente teria agarrado seu rosário de contas junto ao peito largo, chamaria por são Patrício e a santa mãe de Briddey e imploraria que perdoassem as palavras blasfemadoras da sobrinha, além de redobrar os esforços para lhe arrumar um bom rapaz irlandês. Como Sean O'Reilly, que tinha quarenta anos, estava ficando careca, e ainda morava com a mãe — que também era uma Filha da Irlanda.

Não quero saber do Sean O'Reilly nem de nenhum dos outros "bons rapazes" mais velhos que tia Oona tentava me empurrar, pensou Briddey. *Nem de nenhum dos tipos imprestáveis de Kathleen. É por isso que estou namorando Trent. E é por isso que vou fazer o EED com ele, não importa o que digam.*

Briddey tentou ligar para Trent de novo, mas ele aparentemente ainda estava ao telefone. E agora sua caixa de mensagens estava cheia. Ela lhe mandou um e-mail.

Um erro. Quando clicou em ENVIAR, dezenove novos e-mails apareceram em sua tela, quase todos se iniciando da seguinte forma: "Ai, meu Deus, EED! Parabéns!". Os três que não começavam assim eram da tia Oona ("Precisa checar seu telefone. Há algo de errado com ele" e "Você sofreu um acidente?") e de Maeve ("Você precisa falar com a minha mãe. Ela não me deixa ver *As doze princesas bailarinas* nem *Frozen*. Ou *Enrolados*, que é meu filme preferido junto com *Hordas de zumbis*!).

Que bom que Mary Clare não sabe que Maeve assiste a filmes de zumbis, ou teria um infarto, pensou Briddey, e seu celular tocou.

— Onde você está? — perguntou Trent. — Estou tentando...

— Oi! — disse ela, exasperada. — Você não tem ideia de como estou feliz em ouvir sua voz. A noite passada foi tão maravilhosa.

— Eu sei — disse ele. — Você não tem ideia de como me deixou feliz.

— E de como seremos felizes quando...

— Ah, por falar nisso... infelizmente tenho más notícias. Liguei para o consultório do dr. Verrick, e a secretária dele disse que só vão poder nos atender por volta de setembro, lá para o fim do verão.

— Bem, nós sabíamos que ele tinha uma lista de espera...

— A secretária disse que até tivemos sorte de conseguir marcar assim *tão* rápido. Alguns pacientes chegam a esperar um ano.

— Tudo bem — disse ela. — Eu posso esperar...

— Bem, *eu* não posso! Isso estraga *tudo*! — explodiu ele. — Me desculpa, eu não queria gritar com você, querida. Só queria que a gente se conectasse *agora* para que eu pudesse... para que você pudesse saber o que estou sentindo...

— Agora suspeito que seja frustração — disse Briddey.

— *Sim!* Estou tentando ver se não há alguma maneira de conseguirmos realizar o procedimento em maio, e, enquanto isso, precisamos preencher a papelada preliminar... Me desculpa, preciso atender uma ligação — disse ele. — Espera um pouquinho. — Sua voz sumiu por um minuto e depois voltou. — Onde eu estava?

— Preencher a papelada preliminar.

— Certo. A secretária dele vai mandar um histórico médico e alguns questionários, e você precisa preenchê-los e entregá-los o mais rápido possível, porque caso surja uma chance de ele nos atender antes, temos que estar prontos. E, enquanto isso, vou pensar no que fazer se Schwartz não aparecer.

— C. B. Schwartz?

— Sim. Ele deveria ter me passado algumas ideias para o novo celular para que eu pudesse apresentar na reunião de hoje, mas mandei vários e-mails nesses últimos dois dias, liguei, e nada, nenhuma resposta. Não sei o que está acontecendo com ele. Na maioria das vezes, mal parece ouvir o que a gente fala. É como se estivesse em outro mundo. Hamilton acha que ele é um gênio, o próximo Steve Jobs ou algo assim, mas *eu* acho que ele é mentalmente instável.

— Ele não é instável — disse Briddey. — Só é um pouco excêntrico. E ele *é* muito inteligente.

— Tem muita gente maluca e inteligente — disse Trent. — Vamos só torcer para que ele não seja um psicopata e que seja genial o suficiente para nos dar boas ideias para o novo celular, ou estamos mortos. Precisamos ter algo pronto quando a Apple lançar o novo iPhone, e agora isso...

Ele parou de falar, e Briddey imaginou que tivesse recebido outra ligação, mas, alguns segundos depois, ele disse:

— Desculpe, eu não queria descarregar tudo isso em cima de você assim.

— Tudo bem. Eu entendo. Sei que você tem muito em jogo no momento.

Ele riu com aspereza.

— Você não faz ideia...

Ele parou de falar novamente.

— Trent? — chamou Briddey. — Você está aí? O que houve?

— Sinal ruim — respondeu ele. — O que eu estava tentando dizer é que eu quero que tudo... o celular, o EED, tudo seja perfeito para nós, e não suporto a ideia de termos que esperar para ficarmos juntos, realmente juntos. Eu te amo tanto.

— Eu amo v...

— Olha, estão me ligando. Vejo você na reunião. E, antes disso, dê uma olhada no seu e-mail. Mandei uma coisa.

Ele tinha mandado: um buquê virtual de rosas douradas, que se abriam em rosas amarelas exuberantes e, em seguida, se transformavam em borboletas.

Que fofo!, pensou Briddey, vendo-as flutuarem pela tela ao som de "I Will Always Love You".

As borboletas se transformaram em letras que formavam as palavras: "Agora que você disse sim, nossos problemas acabaram!".

Tirando eu ter que contar à minha família, pensou Briddey. *Preciso descobrir como fazer isso agora, antes que elas venham ver por que não respondi às mensagens.*

Briddey ouviu uma batida na porta. *Ai, meu Deus, são elas*, pensou, mas não poderia ser. Elas nunca batiam. Simplesmente entravam. O que significava que devia ser Charla.

— Entre — disse Briddey, e Charla abriu a porta e se inclinou um pouco, parecendo confusa.

— Art Sampson e Suki Parker pediram que você ligasse para eles assim que possível — disse ela. — E chegou um recado para você de C. B. Schwartz.

Vamos torcer para que sejam suas ideias para o novo celular.

— Você passou a mensagem para o meu computador? — perguntou Briddey.

— Não, foi um *recado* mesmo. — Charla estendeu um pedaço de papel dobrado como se fosse uma cobra venenosa. — Ele escreveu à mão e tudo. Quer dizer, quem ainda faz isso?

— Ele é um gênio — disse Briddey distraidamente, lendo o bilhete.

— Sério? Você tem certeza? Ele nunca responde os e-mails.

O bilhete dizia: "Preciso falar com você. C. B. Schwartz". Se era para dizer que ainda não havia tido nenhuma ideia para o celular, era melhor que Briddey falasse com ele antes da reunião, para alertar Trent.

Ela pediu à Charla o número de seu laboratório e ligou para lá, mas ninguém atendeu, e não havia como deixar mensagem.

— Me arruma o número do celular dele — pediu à Charla.

— Não vai adiantar — disse Charla. — Não tem sinal lá, fica depois do subsolo.

— E a conversão de mensagem de voz em texto?

— Não funciona lá embaixo.

Aquilo era ridículo; essa função foi projetada especificamente para áreas com sinal fraco.

— Me passa o número de qualquer jeito, talvez ele não esteja no laboratório.

— Ele está *sempre* no laboratório.

— Bem, então vou mandar uma mensagem de texto para ele — decidiu Briddey, e Charla, relutante, deu o número.

— Duvido que vá adiantar — disse Charla. — Ele se recusa a andar com o celular. Suki diz que ele nem liga o aparelho. — Ela fez uma careta. — Você não vai me fazer levar um bilhete lá embaixo, não é? O subsolo é *congelante*, e não tem ninguém naquele lugar além do Schwartz. E ele me assusta, sempre enfurnado no laboratório, sem falar com ninguém. É tipo aquele cara que vive no calabouço em *O Corcunda de Notre Dame*.

— Você quer dizer *O fantasma da ópera* — corrigiu Briddey. — O corcunda de Notre Dame morava num campanário, não num calabouço. E C. B. não tem corcunda.

— Não, mas ele me assusta de qualquer maneira. *Eu* acho que ele é louco.

— Ele não é louco.

Charla não parecia convencida.

— Ele usa um *relógio de pulso* — disse ela. — Ninguém mais faz isso. E ele se veste como um sem-teto.

Com isso Briddey tinha que concordar. Mesmo para os padrões de vestimenta casual estilo Vale do Silício da Commspan — camisa de flanela, calça jeans e tênis de corrida —, C. B. se vestia de maneira terrível, como se tivesse pegado suas roupas aleatoriamente do cabideiro de um brechó e depois dormido com elas, o que provavelmente era verdade.

— Suki diz que C. B. não acredita nessa história de responder e-mails ou ir a reuniões, e que aqueles fones de ouvido que ele usa não estão ligados a nada — contou Charla. — Eu até já o vi falando sozinho. E se ele for um serial killer e estiver guardando os corpos no laboratório? Ninguém saberia, é tão frio lá embaixo.

Não seja ridícula, pensou Briddey. *Estamos na Commspan. Todos aqui saberiam disso em nanossegundos.*

— Bem, serial killer ou não, eu preciso falar com ele, e não quero descer até o laboratório. Continue tentando contatá-lo — pediu ela, e voltou ao escritório para enviar uma mensagem para C. B.

Nos cinco minutos em que esteve fora, recebera mais nove e-mails de "Parabéns!" e mais doze mensagens de voz, incluindo uma do Darrell da TI dizendo que achava que fazer um EED era "Absolutamente fenomenal!", e uma da assistente de Rahul Deshnev pedindo para que ela ligasse assim que possível. Briddey ligou, torcendo para receber a informação de que a reunião havia sido adiada, mas, em vez disso, a mulher disse:

— Fiquei tão feliz em saber que vocês vão fazer um EED! Greg e eu acabamos de fazer um, e é ainda melhor do que falam. Agora nossa relação é totalmente aberta e sincera. Não guardamos nenhum segredo um do outro, e *nunca* brigamos. E o sexo é incrível! Greg...

— Desculpe, mas tenho uma reunião às nove e quarenta e cinco, e a pessoa acabou de chegar — disse Briddey, e desligou, pensando: *Talvez descer para falar com C. B. não seja uma má ideia.* Se ela ficasse ali, não teria um minuto de paz, e o fato de não haver sinal no subsolo significava que ela não poderia receber ligações *nem* mensagens de texto lá. E já que Charla achava que C. B. era algum tipo de monstro de filmes de terror, era improvável que fosse se aventurar lá embaixo atrás dela para entregar mais mensagens.

E o melhor de tudo era que, como C. B. não andava com celular e nunca checava seu e-mail, não devia saber nada sobre o EED, e ela não teria que embarcar em outra conversa inútil sobre o assunto. Poderia descobrir o que ele queria e, em seguida, se embrenhar em um dos depósitos e pensar exatamente no que dizer à sua família sem medo de ser interrompida.

Então seguiu em direção à porta, quase colidindo com Charla, que disse:

— Suki Parker ligou novamente. E sua tia Oona. Ela disse que precisa falar com você sobre a leitura de poesia. E sua irmã Mary Clare está na linha um.

— Diga a elas que estou em uma reunião — pediu Briddey. — Vou até o laboratório de C. B. Schwartz.

— Mas como vou entrar em contato com você?

Você não vai, pensou Briddey.

— Estarei de volta às dez e meia — disse ela.

— Está bem — respondeu Charla, hesitante. — Você acha mesmo que deve ir até lá sozinha?

— Se ele tentar me matar, eu o acerto com um pedaço de gelo — brincou Briddey e, para garantir que Charla não a seguiria, acrescentou: — Andei pensando no que você disse, e realmente: ele parece um pouco o Corcunda de Notre Dame. Ou o cara de *Jogos mortais*.

— *Não é?* Tem certeza de que vai ficar bem?

Certeza absoluta. Se eu conseguir ir até lá embaixo sem ser abordada por mais ninguém. Ela abriu a porta da sala e olhou com cautela para fora, convencida de que Suki estaria ali à sua espera, mas, pelo menos desta vez, a "sorte dos irlandeses" que a tia Oona constantemente invocava estava ao seu lado. Não havia ninguém no corredor *nem* nos elevadores, e ela conseguiu chegar tranquilamente ao nível subterrâneo sem esbarrar em nenhum outro funcionário.

O elevador se abriu para o cimento vazio e o cheiro pungente de frigorífico. Não era de se admirar que ninguém fosse ali. Era completamente glacial. Cristais de gelo haviam se formado na porta de metal do laboratório, que tinha uma placa impressa com os seguintes dizeres: PERIGO — ENTRADA PROIBIDA — EXPERIÊNCIA EM ANDAMENTO, e outra escrita à mão: CAIA FORA — ESTOU FALANDO COM VOCÊ. Atrás da janela de vidro e arame, estava C. B., com um casaco grosso abotoado, um cachecol de lã e luvas sem dedos. E bermuda cargo e chinelo. Estava debruçado sobre uma bancada, fazendo algo com uma placa de circuito e um ferro de solda.

Briddey ficou feliz por Charla não estar ali, porque o homem parecia assustador até mesmo para ela. Parecia que não fazia a barba há dois dias, e seu cabelo estava ainda mais bagunçado do que o normal. *Maeve provavelmente gostaria dele*, pensou Briddey.

Parecia que ele tinha virado a noite ali novamente. *O que é bom*, pensou ela, batendo na porta de metal. *Ele não deve ter ouvido ninguém falar sobre o EED.* Embora talvez não tivesse ouvido nada, já que usava os fones que Charla havia mencionado.

Ele continuou o que estava fazendo. Briddey bateu outra vez e, quando isso não surtiu nenhum efeito, ela abriu a porta, entrou, foi até ele balançando as mãos.

— C. B.? Olá? Você está aí?

Ele ergueu os olhos, viu Briddey e tirou os fones.

— O que você disse?

— Não queria interrompê-lo — disse ela, sorrindo —, mas você falou que queria falar comigo, certo?

— Sim — respondeu ele. — Você não está mesmo pensando em fazer um EED, está?

DOIS

> *"Se cada um cuidasse da própria vida", disse a Duquesa num resmungo rouco, "o mundo giraria bem mais depressa".*
> Lewis Carroll, *Alice no País das Maravilhas*

— O-o que... como? — balbuciou Briddey, surpresa. — Quem contou para você que vou fazer um EED?

— Está brincando, não é? — perguntou C. B., abaixando o ferro de solda. — Todos na Commspan estão falando sobre isso. E, se quer minha opinião, acho que você enlouqueceu. Não acha que já tem informações demais bombardeando você, com toda essa coisa de e-mails, mensagens de texto, Twitter, Snapchat e Instagram? E agora vai fazer uma cirurgia no cérebro para receber ainda *mais*?

— O EED não é uma cirurgia cerebral. É um procedimento simples...

— Em que fazem um buraco na sua cabeça para que toda a sua percepção se torne pública. Se bem que, no seu caso, você nem vai precisar fazer isso, porque obviamente não tem nada na cabeça! Você tem ideia de como um AEI é perigoso?

— EED — corrigiu ela. — AEI é um tipo de bomba.

— Sim, bem, espere até isso explodir na sua cara — disse ele. — E se o bisturi escorregar e o médico cortar o nervo errado? Você pode acabar paraplégica. Ou se transformar em um veget...

— É um procedimento completamente seguro. O dr. Verrick já realizou centenas de EEDs, e todos foram um sucesso.

— Para *ele*. O cara está fazendo rios de dinheiro convencendo casais de que poderão ler a mente um do outro. Só porque algum charlatão de terno Armani e sapatos italianos diz para você que pode...

— O dr. Verrick, na verdade, é um cirurgião muito respeitado e conhecido internacionalmente por seu trabalho com enriquecimento neurológico. E ninguém se torna capaz de ler a mente de outra pessoa. Um EED aumenta sua capacidade de se conectar emocionalmente com o seu parceiro.

— De se conectar *emocionalmente*? O que houve com *beijar*? O que houve com *ficar*?

— Eu não vou discutir isso com você — disse Briddey com firmeza. — Não é da sua conta.

— É, sim. Você é a única pessoa com quem consigo conversar por aqui, e se virar um vegetal...

— Você não deveria estar trabalhando em suas sugestões para o novo celular? A reunião é daqui a uma hora...

— *Estou* trabalhando nisso.

— Ah, é isso? — perguntou ela, apontando para a placa de circuito que ele vinha soldando.

— Não — respondeu ele. — Esse é o painel de controle do meu aquecedor. — Ele indicou uma grande caixa de metal, com um monte de fios saindo da parte traseira. — Como você deve ter percebido pela atmosfera antártica aqui, ele parou de funcionar novamente. Tenho tentado consertar, mas não estou conseguindo. Por falar nisso, quer um casaco?

Ele foi até o sofá, que tinha dezenas de roupas e cobertores amontoados, e começou a revirá-los.

— Não, estou bem — disse ela, embora, na verdade, estivesse começando a tremer.

Ela deu uma olhada no laboratório. As paredes estavam cobertas de diagramas e listas, cartazes variados de ENTRADA PROIBIDA, um pôster inspirado em *Scanners Live in Vain* e uma imagem pin-up de alguma estrela do cinema dos anos 1940. As mesas de laboratório estavam tão entulhadas quanto as paredes, cheias de laptops, discos rígidos e smartphones ligados. Havia um rádio de plástico rosa com um dial antigo sobre um aparelho de televisão ainda mais antigo, e o chão era um labirinto de fios serpenteantes e cabos de alimentação. Briddey não viu nenhum corpo, mas, por outro lado, não tinha como saber o que havia dentro de todos aqueles arquivos.

C. B. estendeu uma jaqueta militar cáqui desbotada e suja.

— Que tal?

— Não, obrigada — respondeu ela. — Então, quanto ao celular. Suas propostas estarão prontas a tempo da reunião? Porque, se não estiverem, você precisa avisar o Trent...

— Esquece o Trent. Você *tem noção* de quantas pessoas por ano morrem na mesa de operação durante uma cirurgia cerebral?

— Eu já falei, *não é* uma cirurgia cerebral. É um procedimento simpl...

— Que seja. Você sabe quantas pessoas morrem em — ele fez aspas no ar com os dedos — "procedimentos simples"? Você nunca viu aquelas fotos nos sites de celebridades mostrando como o nariz de uma estrela iniciante qualquer ficou bem mais para baixo no rosto, com uma manchete do tipo "A PLÁSTICA DEU ERRADO"?

— Um EED *não* é uma plástica.

— Então por que todo mundo em Hollywood fez? Sem contar que você pode contrair uma infecção secundária, causada por uma bactéria como estafilococo ou por uma que corrói a carne. Hospitais são um terreno fértil para essas coisas. São lugares horríveis... comadres, cateteres, roupões abertos nas costas. Evito hospitais como quem foge da peste, e você devia fazer isso também.

— Eu...

— Ou podem lhe dar anestesia demais. Ou, pior ainda, sua cirurgia pode dar certo e tudo sair exatamente como o previsto, porque telepatia é uma ideia terrível...

— Não é telepatia... — tentou interromper ela, mas ele seguiu em frente.

— Você não vai *querer* saber. Confie em mim. Principalmente o que os caras pensam. É nojento. Olha, é ainda pior do que as coisas que eles falam na internet, e você sabe que isso já é *bem* ruim.

— Você devia estar me falando sobre as propostas, se estão prontas...

— Eu *estou* falando — disse ele. — A Commspan promete a mesma coisa... mais comunicação. Mas não é isso que as pessoas querem. Elas estão dia e noite rodeadas por essas tecnologias... laptops, smartphones, tablets, mídias sociais. A conectividade já está saindo por suas orelhas. Só que algumas pessoas acabam conectadas *demais*, entende, principalmente quando se trata de relacionamentos. Relacionamentos precisam de menos comunicação, e não de mais.

— Isso não faz sentido.

— Quer apostar? Então por que toda frase que começa com "Precisamos conversar" acaba mal? Durante toda a nossa história evolutiva tentamos impedir que algumas informações fossem divulgadas: camuflagem, aquela tinta que as lulas esguicham, senhas criptografadas, segredos corporativos, mentiras. Principalmente mentiras. Se as pessoas realmente quisessem se comunicar, diriam a verdade, mas não é o que fazem.

— Não é bem assim — disse ela, e então se lembrou que tinha mandado uma mensagem para sua família dizendo que estava em reunião e que tinha falado para a assistente de Rahul Deshnev que não podia falar naquele momento.

— Elas mentem constantemente — continuou C. B. — No Facebook, nos sites de namoro, pessoalmente. "Sim, o relatório está pronto. Estou apenas dando alguns retoques finais." "Não, claro que aquele vestido não te deixa gorda." "É claro que eu quero ir." Quando alguém usa *É claro* geralmente está mentindo. "É claro que eu não dormi com ela." "É claro que gosto da sua família." "É claro que você pode confiar em mim."

— C. B....

— E você sabe para quem as pessoas mais mentem? Para si mesmas. São mestres absolutos da autoilusão. Assim, mesmo que você faça este AEI e possa ouvir os pensamentos de Trent, de que vai adiantar?

— Você não pode ouvir os pensamentos de outra pessoa — disse ela, frustrada. — Eu já *falei* que o EED não o torna telepático! Tudo o que esse procedimento faz é aumentar a sua capacidade de perceber os sentimentos do seu parceiro.

— Que são ainda menos confiáveis do que pensamentos! As pessoas sentem coisas muito loucas... vingança, inveja, ódio, raiva. Você nunca sentiu vontade de matar alguém?

Sim, pensou Briddey. *Estou sentindo bem agora.*

— Mas ter sentimentos assassinos não faz de você um assassino. E ter bons sentimentos não o torna um santo. Aposto que até mesmo Hitler pensava com carinho em seu cachorro, e, se alguém captasse as emoções dele naquele momento, concluiria: *Que cara legal!* Além disso, as pessoas não têm ideia do que sentem. Elas se convencem de que estão apaixonadas quando não estão, elas...

— Eu não vim até aqui para ouvir suas teorias sobre o amor — disse ela. — Ou sobre Hitler. Vim aqui porque *imaginei* que você queria me dizer algo sobre suas propostas para o novo celular.

— É disso que estou *falando* esse tempo todo, das minhas propostas para o celular. É disto que as pessoas realmente precisam: menos comunicação, não mais. — Ele foi até a imagem da pin-up. — Não é isso, Hedy?

Trent está certo, pensou Briddey. *Ele é mentalmente instável.*

— Hedy Lamarr — disse C. B., batendo na foto com os nós dos dedos. — Grande estrela de Hollywood durante a Segunda Guerra Mundial. Ela passava seu tempo livre entre as filmagens tentando criar um dispositivo de salto de frequência que escondesse nossos sinais de rádio dos alemães, para que eles não conseguissem rastrear nossos torpedos.

Ele voltou para a mesa.

— Ela conseguiu. Patenteou o dispositivo e tudo. Infelizmente, ainda não tinham inventado a tecnologia para que funcionasse. Ela teve que esperar cinquenta anos, e então usaram seu dispositivo para projetar o celular... infelizmente. Mas a ideia que ela teve foi boa.

— Qual?

— Tentar esconder mensagens, não transmiti-las. Se você *realmente* quiser ter um bom relacionamento com seu namorado, deviam fazer um *anti*-EED, não...

— Nós *não* estamos discutindo o EED — interrompeu Briddey. — Você tem ou não tem algo para me mostrar?

— Tenho. — Ele correu até o laptop e começou a digitar. Uma tela cheia de códigos surgiu. — Digamos que haja alguém com quem você não queira falar, ou que você precise muito trabalhar em alguma coisa e não queira ser interrompida.

Como esta manhã, pensou Briddey involuntariamente.

— Antes as pessoas podiam dizer que não tinham conseguido atender a ligação a tempo ou que não tinham recebido a mensagem — disse C. B. —, mas, graças aos avanços na tecnologia de comunicações, essas desculpas não funcionam mais. Então este celular avisa com antecedência quando seu ex-namorado ou seu chefe está ligando...

Ou a minha família, pensou ela.

— ... e lhe dá uma variedade de opções. Você pode bloquear a chamada e fazer com que pareça que ela não pôde ser completada, função que chamo de Zona Morta, ou pode interromper a ligação após duas frases. Ou, se detestar mesmo a pessoa, pode usar a função Veto e automaticamente reencaminhar a ligação para o Departamento de Veículos Motorizados... ou para o menu de chamadas da Commspan: "Tecle um, se quiser falar com alguém que não tem ideia do que está acontecendo. Tecle dois, se quiser ficar aqui o dia todo tentando descobrir que botão apertar".

Ele passou para outra tela.

— E *esta* função, que eu chamo de aplicativo S.O.S., permite que você toque discretamente a lateral de seu aparelho para que ele chame, e assim você pode dizer que recebeu uma ligação que precisa atender.

Queria eu ter um desses hoje de manhã enquanto conversava com Jill Quincy, pensou Briddey. *E com Phillip.*

— Eu o chamo de celular Santuário — disse C. B. — Já que sou o Corcunda de Notre Dame e tudo mais.

Briddey corou.

— Como você sabia disso...?

— Está vendo o que quero dizer? O excesso de comunicação é real. — Ele bateu na tela do computador. — Então, o que você acha? Do celular, digo, não se sou o Corcunda de Notre Dame.

Acho que é uma ideia maravilhosa, pensou ela, imaginando como todas aquelas funções tornariam mais fácil sua comunicação com a família. Mas não era daquilo que a Commspan precisava.

— Trent quer um celular que melhore a comunicação, e não que a iniba.

— É exatamente disso que tenho medo — murmurou ele, e se curvou sobre a placa de circuito novamente.

— Então você não pensou em nada do tipo?

— Não, eu só tive uma ideia. Um aplicativo que traduz o que você diz para o que as pessoas querem ouvir. Eu lhe envio a seguinte mensagem: "Você é uma idiota por fazer uma cirurgia no cérebro, ainda mais por alguma ideia infantil de que isso lhe trará o verdadeiro amor", e o celular envia como: "Uau! Trent lhe pediu para fazer um EED! Que romântico!". Eu o chamo de aplicativo Cair como um Patinho.

— *Chega*. Esta conversa acabou — disse Briddey, e foi para a porta. — Se você tiver outra proposta, uma proposta *séria*, precisa mandá-la para o Trent antes da reunião. Se não tiver, terá que falar com ele antes disso. A reunião é às onze. Você tem uma hora.

— Não, não tenho! — gritou C. B. para Briddey quando ela bateu a porta. — Já são dez e vinte.

Ah, não, só faltavam quarenta minutos para a reunião, e ela não teria outra chance o dia inteiro de pensar no que dizer à família. E, quando chegasse em casa, elas estariam acampadas em frente ao seu prédio. Ou dentro do seu apartamento.

Preciso trocar as fechaduras. E pensar de uma vez por todas em como contar a elas. Apesar de C. B. estar ali embaixo, aquele ainda era o melhor lugar para fazer isso. Ela voltou para o corredor, adentrando o corredor seguinte, e começou a tentar abrir portas em busca de um depósito que pudesse usar.

Depois de meia dúzia de tentativas, ela encontrou um que não estava trancado, mas havia tantas caixas ali dentro que ela mal conseguiu abrir a porta. Mas não precisava de espaço. Precisava de privacidade, e...

— *Aí* está você! — disse Kathleen. — Procurei você pela empresa toda.

— Kathleen! — disse Briddey, recuando cheia de culpa em direção à porta. — O que está fazendo aqui?

— Ficamos preocupadas. Você não estava respondendo nenhuma das nossas mensagens, e tia Oona me ligou e disse que tinha tido uma premonição de que algo ruim havia acontecido, então eu vim saber o que houve.

— Eu não sabia que você tinha ligado — mentiu Briddey. — Estive aqui embaixo a manhã toda, e o sinal é péssimo no subsolo. Como você descobriu onde eu estava?

— Charla me falou. Ela disse que você tinha vindo até aqui para falar com o Corcunda de Notre Dame, que suponho que seja o cara desgrenhado que fica para lá — disse Kathleen, apontando para o laboratório de C. B. —, embora Abominável Homem das Neves faça mais sentido, porque é frio demais aqui embaixo. Ele me deu isso e pediu que você entregasse ao Trent, aliás. — Era um cartão de memória e um bilhete dobrado. — Você sabe se ele está saindo com alguém?

— C. B.? — indagou Briddey, abrindo o bilhete. — Você está brincando, não é?

O bilhete dizia:

Me desculpa por ter chamado você de idiota e tudo mais. Segue aqui uma proposta diferente para a reunião. Não se preocupe, seu namorado vai adorar. É o sonho de todo viciado em comunicação. C. B. P.S. Eu *não* estou arrependido pelo que disse a respeito do EED. É uma *péssima* ideia. Prometa que não vai fazer isso antes de pensar melhor primeiro. P.P.S. Pergunte a si mesma, OQHLF?

OQHLF? Ela não tinha tempo para se preocupar com o que aquilo signficava. Precisava tirar Kathleen dali antes que ela falasse com alguém. *Se eu a levar para o primeiro andar e direto de lá para a garagem*, pensou, *podemos dar a sorte de não ver ninguém.*

— Estou falando sério — dizia Kathleen. — Até que ele é bonitinho, ou seria, se penteasse aquele cabelo.

Briddey guiou Kathleen rapidamente em direção ao elevador.

— Pensei que você estivesse namorando o Chad.

— Estou, mas... sei lá... — Ela suspirou. — Foi por isso que liguei para você hoje de manhã. Tivemos uma briga na noite passada.

Não me diga. De todos os cretinos com quem Kathleen já tinha saído, Chad devia ser o pior. Mas a prioridade no momento não era dar uma lição de moral, e sim tirar Kathleen logo dali, então Briddey continuou andando.

— Eu o peguei trocando mensagens com uma garota, falando sacanagem — disse Kathleen. — No *meu* celular. E, quando o confrontei, ele ficou bravo e foi embora. Só depois que ele saiu fui perceber que meu celular ainda estava no carro dele.

Elas chegaram ao elevador. Briddey apertou o botão para subir.

— Então lá estava eu, sozinha no meio da noite, tentando encontrar um orelhão para pedir uma carona a alguém. — O elevador chegou, e as duas entraram. — Sabia que não se acham mais telefones públicos em *nenhum lugar*?

Briddey apertou o botão do primeiro andar, e o elevador começou a subir.

— E o que você fez?

— Finalmente encontrei um em frente a uma loja de conveniência — disse Kathleen —, mas aí eu não tinha nenhuma moeda, então tive que ir andando para casa, e durante todo o caminho eu não parava de pensar: *Preciso terminar com ele.*

— Precisa mesmo — disse Briddey.

— Eu sei. Mas a questão é que ele realmente me ama.

C. B. estava certo. As pessoas eram mestres na autoilusão. O elevador chegou ao seu destino, a porta se abriu e, felizmente, não havia ninguém lá.

— Você falou com Mary Clare sobre isso? — perguntou Briddey, levando Kathleen em direção à garagem.

— Eu tentei, mas ela estava preocupada demais com Maeve para me dar atenção.

— O que houve com Maeve?

— Nada, mas Mary Clare acha que ela está passando tempo demais na internet. Tem medo de que ela esteja viciada ou algo assim.

Elas chegaram à porta.

— Ouça — disse Briddey —, eu adoraria ficar e conversar com você, mas tenho uma reunião daqui a meia hora, e preciso antes avaliar esta proposta de

C. B. Então diga a todas que estou bem e que vou ligar para elas... e para você... depois do trabalho. — E abriu a porta para Kathleen. — Tchau, tchau.

— Espera — disse Kathleen. — Preciso perguntar uma coisa. Por que você não nos contou que resolveu fazer um EED?

O quê?

— Eu... isso aconteceu ontem à noite — gaguejou Briddey — e hoje de manhã eu precisava falar com C. B.

— E você não teve tempo durante a manhã *inteira* para mandar uma simples mensagem — disse Kathleen, com sarcasmo —, ou um e-mail. Ou para retornar nossas ligações.

— Não consegui. Já falei, o celular não pega aqui embaixo. Não tive a chance de contar para ninguém.

— Exceto para o tal Corcunda, pelo visto... como é mesmo o nome dele?

Traidor, pensou Briddey amargamente.

— O nome dele é C. B. — respondeu ela. — C. B. Schwartz. Imagino que foi ele que lhe contou sobre o EED. Ou foi a Charla?

— Nenhum dois dois. Foi a Maeve.

— *Maeve?* — indagou Briddey. — Como ela descobriu?

— Pelo Facebook ou Twitter ou algo assim.

Ela passa mesmo *muito tempo na internet*, pensou Briddey.

— Maeve não contou para a tia Oona, contou?

— Não sei. Acho que sim. Ela postou isso no Facebook.

— Mas a tia Oona não tem Facebook.

— Tem, sim. A Maeve criou uma conta para ela.

Ah, não, pensou Briddey, desesperada. *Então todas elas sabem.*

— O que a tia Oona disse?

— O que era de se esperar. "Pelo sangue sagrado de são Patrício e de todos os santos da Irlanda, o que essa garota aprontou agora?"

— Eu não aprontei nada — disse Briddey. — Trent me pediu ontem à noite para fazermos um EED.

— E você disse sim? Depois de sair com ele por apenas seis *semanas*?

— Você ficou noiva de Alex Mancuso depois de dois encontros, pelo que me lembro.

— Sim, e aquilo foi um erro.

Um erro, para dizer o mínimo. Ele tinha esposa. E três condenações criminais.

— Só não quero que você cometa o mesmo erro que eu — disse Kathleen. — Você não tem como conhecer Trent bem o suficiente para assumir um compromisso como...

— Mas é por isso que vamos fazer. Para nos conhecermos melhor. O EED...

— Agora não — disse Kathleen. — Você pode me contar no jantar. A tia Oona chamou a família toda para comer ensopado irlandês e pé de porco frito.

E fazer uma sessão da Inquisição Irlandesa, pensou Briddey.

— Não posso. Trent...

— Está em reunião até as dez da noite — disse Kathleen. — A tia Oona já ligou para a secretária dele, então você não tem como sair dessa dizendo que ele vai levá-la para jantar. O jantar é às seis.

Ela saiu, mas voltou um instante depois e perguntou, melancólica:

— Eu deveria mesmo terminar com Chad, não é?

— Sim — disse Briddey.

— Você está certa. A gente se vê na casa da tia Oona. E que são Patrício a proteja em sua jornada, *mavourneen* — disse Kathleen alegremente, e saiu.

Eram dez e cinquenta, e Briddey precisava dar uma olhada no cartão de memória de C. B. antes da reunião para se certificar de que não havia nenhuma proposta ali de seu celular Santuário ou alguma outra maluquice anticomunicação. Seguiu para o seu escritório, mas foi abordada por Lorraine, do Marketing, que queria lhe dizer como achava maravilhoso ela e Trent fazerem o EED.

— Como você conseguiu convencê-lo? — perguntou ela.

— Não fiz nada. Foi ideia do Trent.

— Não é possível! Como? A maioria dos caras nem admitiria que *tem* sentimentos, que dirá deixar alguém conhecê-los. Sabe a Gina, a assistente de Rahul Deshnev? Então, ela teve praticamente que chantagear o Greg para conseguir. Mas ela disse que valeu a pena, e que nunca esteve tão feliz e tranquila.

Isso é porque ela não tem que estar em algum outro lugar agora, pensou Briddey, e disse:

— Estou atrasada para uma reunião...

— Também vou participar — disse Lorraine, conduzindo-a em direção à sala de conferências. — Gina estava com medo de que pudesse não dar certo. Achava que Greg talvez tivesse uma amante, e, para ser sincera, eu também. Suki me disse...

Briddey recuou.

— Acabei de lembrar que preciso dar um pulo correndo no meu escritório para falar uma coisa com a minha assistente.

— Não dá tempo. Já estamos atrasadas — disse Lorraine, pegando o braço de Briddey. — Bem, estávamos erradas. Greg não estava envolvido com outra pessoa, porque eles se conectaram, e ela diz que as coisas estão mais perfeitas do que nunca. Acabaram os mal-entendidos, as dicas mal interpretadas e os segredos. Ah, olha, todo mundo já está aqui.

Estava mesmo, e o assunto mais importante do dia era a proposta de C. B., então Briddey não teve chance de dar uma olhada antes de entregar a Trent. Felizmente, não tinha nada a ver com o celular Santuário de C. B., ou seu aplicativo Cair como um Patinho. Era o projeto de um aparelho chamado TalkPlus, que possibilitava manter duas conversas telefônicas ao mesmo tempo.

— Chega de deixar alguém em espera ou lhe dizer que você liga de volta, e chega de "Me desculpe, mas preciso atender esta ligação" ou "Sinto muito, mas não posso falar agora". Com TalkPlus, você poderá se comunicar com todo mundo o tempo todo.

Muito engraçado, C. B., pensou Briddey, mas todos os outros adoraram o conceito, inclusive Trent, que mandou uma mensagem para ela do outro lado da mesa: "É exatamente o que precisamos. Obrigado por conseguir tirar isso dele. Você já preencheu os formulários do dr. V?".

"Farei isso logo após a reunião", respondeu ela. E ele escreveu de volta: "É melhor não esperar. A reunião pode demorar um pouco".

Ele estava certo. Logo começaram a fazer sugestões sobre como adaptar o TalkPlus para permitir ao aparelho manter mais de duas conversas. A discussão durou quase duas horas, e eles acabaram tendo de pedir para entregarem o almoço. Assim Briddey conseguiu preencher o primeiro questionário do dr. Verrick, mesmo o formulário perguntando tudo, desde seu histórico médico até suas preferências alimentares, cor dos olhos e cabelo e seus passatempos.

Terminou de preencher e voltou a se concentrar na reunião, quando Art Sampson dizia:

— Eu gosto do TalkPlus, mas será o bastante para competir com esse celular da Apple? Quer dizer, nós somos uma empresa pequena. Se o novo iPhone é essa mudança de paradigma de que todos estão falando, poder conversar com várias pessoas ao mesmo tempo não será suficiente.

E a reunião descambou para uma série de conversas paralelas enquanto eles especulavam sobre o que haveria no novo aparelho da Apple e discutiam possíveis maneiras de descobrir.

É só mandar Suki até lá, pensou Briddey, e estava prestes a enviar uma mensagem para Trent dizendo isso quando ele escreveu para ela: "Hamilton quer falar comigo. Ligo para você depois. Eu te amo. Não se esqueça dos formulários". E a deixou ali ouvindo aquelas especulações que ameaçavam se estender para sempre.

C. B. está certo em se recusar a ir a reuniões, pensou. Ela pegou o segundo questionário, embora duvidasse de que enviá-lo rapidamente fosse servir para alguma coisa. Quando procurou informações sobre o dr. Verrick na internet, viu que sua lista de clientes incluía não apenas celebridades de Hollywood, mas personalidades do esporte, a realeza — segundo os boatos, ele teria feito o procedimento no príncipe William e em Kate — e os CEOs de uma dezena de empresas da Fortune 500. Ela e Trent tinham sorte até mesmo de ter conseguido entrar na lista de espera, e o dr. Verrick não ia deixar de lado David Beckham ou o sultão de Brunei para atendê-los primeiro. Mas, só por via das dúvidas, ela começou a responder o questionário, que acabou se revelando uma bateria completa de testes destinados a avaliar sensibilidade emocional, empatia e compatibilidade do casal.

Vai ser impossível terminar isso hoje, pensou Briddey, mas, quando todos na reunião terminaram de discutir a possibilidade de a Apple estar apenas blefando e como seria antiético se a Apple estivesse espionando a empresa deles, e quem poderiam conseguir para espionar a Apple, Briddey havia terminado os testes, enviado tudo para o escritório do dr. Verrick e começado a dar uma olhada em seus e-mails, ignorando a enxurrada de mensagens da sua família.

Havia dois de C. B., um deles intitulado: "O que Hedy Lamarr Faria?".

Então é isso que "OQHLF" significa, pensou. *Mas é claro.*

O primeiro e-mail dele tinha um link para um longo artigo sobre as realizações de Hedy Lamarr com relação a salto de frequência, e o segundo para uma notícia intitulada "Homem de Iowa Morre por Complicações em Decorrência de Cirurgia para Retirada de Pele Solta na Raiz da Unha".

Às quatro, quando a reunião finalmente acabou, ela foi cercada por pessoas bem-intencionadas lhe dizendo que Trent era um ótimo partido e querendo saber como eles tinham conseguido entrar na lista de espera do dr. Verrick.

— Nós não conseguimos nem entrar na lista de espera para a lista de espera — disse Lara, da Contabilidade, com tristeza.

E Beth, do Controle de Qualidade, declarou, empolgada:

— O EED é a melhor coisa que já inventaram!

Você poderia dizer isso à minha família e ao C. B., por favor?, pensou Briddey enquanto voltava ao escritório, pensando em uma desculpa para escapar do jantar. Um relatório de última hora? Levar para a emergência um colega de trabalho com o braço quebrado? Um surto de hantavírus?

Seja lá o que diria para eles, precisava agir logo. Já eram quatro e meia, e não duvidava que tia Oona pudesse mandar Kathleen à Commspan depois do trabalho para ter certeza de que ela não iria dar para trás.

Charla estava parada na porta do escritório.

— Acabaram de chegar para você — disse ela, apontando para um buquê de camélias rosa-claro. — Foi Trent Worth que mandou. — Ela entregou a Briddey o cartão, que dizia: "Saudades de você e ansioso pelo dia em que não precisarei lhe dizer isso porque você já vai saber. Trent".

— Você tem *tanta* sorte — disse Charla. — Nate nunca me manda...

— Alguma mensagem? — interrompeu Briddey.

— Não, mas a sua família...

— Ligue para elas e diga que surgiu alguma coisa — ordenou Briddey, passando pela assistente. — Não importa o quê, uma reunião de emergência ou algo do tipo, e não conseguirei ir para o jantar. — Então abriu a porta.

E deu de cara com o clã inteiro. Estavam todas lá, incluindo a tia Oona com sua saia de tweed e seu cardigã e o tricô no colo. Mary Clare e Kathleen estavam em pé, uma de cada lado da tia, e Maeve estava sentada de pernas cruzadas no chão, em um canto. *Por favor, por favor, que elas não tenham ouvido o que eu acabei de dizer*, pensou Briddey.

— Uma reunião de emergência, não é? — perguntou tia Oona, o sotaque irlandês ainda mais forte do que o normal.

— Vou pegar mais algumas cadeiras — disse Briddey, indo até a mesa de Charla.

— Eu disse a elas que você estava muito ocupada... — começou Charla.

Mas elas não ouviram, pensou Briddey. *Eu sei. Tenho o mesmo problema.*

— Está tudo bem, Charla — respondeu em voz alta.

— Quer que eu busque café para elas ou algo assim? — perguntou Charla.

— Não — disse Briddey, pensando se deveria lhe pedir que entrasse em cinco minutos e a lembrasse de que tinha um compromisso em algum lugar. Mas duvidava que iria funcionar, e precisava acabar com aquilo em algum momento. De preferência, sem Charla escutando atrás da porta. Então Briddey disse que ela poderia ir para casa mais cedo e voltou ao escritório para enfrentar o inevitável.

— Tive um pressentimento de que você não poderia comparecer ao jantar por causa do seu trabalho — disse tia Oona no instante em que ela fechou a porta —, então achamos que seria melhor vir aqui falar com você sobre este tal de LED.

— EED — corrigiu Maeve, sentada em seu canto. — LEDs são aquelas luzinhas. EED quer dizer...

— E como eu deveria saber *o que* significa quando ela nem se dá ao trabalho de contar à própria família que está pensando em fazer um? E com um inglês!

— O que Trent e eu *vamos* fazer — disse Briddey — é um procedimento médico simples para que possamos perceber com clareza os sentimentos um do outro e nos comunicarmos melhor como casal.

— Que os santos nos protejam! — disse tia Oona, benzendo-se. — Para se comunicarem melhor, é? E desde quando um irlandês precisa de uma operação para isso? Ou falar é demais para um inglês?

— Não, claro que não. O EED não substitui outras formas de comunicação, ele as *intensifica*.

Então Briddey começou a explicar como o EED criava uma via neural que tornava os parceiros mais receptivos aos sentimentos um do outro, mas tia Oona não estava gostando nada daquilo.

Ela cruzou os braços enfiados no cardigã sobre o peito largo e resmungou:

— Essa coisa não é natural, isso sim.

— E também é totalmente medieval — completou Mary Clare. — Aceitar ser lobotomizada só para agradar um homem! Que tipo de mensagem você está passando para a sua sobrinha?

Pelo visto, nenhuma, pensou Briddey, olhando para Maeve, que mexia em seu smartphone, alheia à conversa.

— Não é uma lobotomia — retrucou Briddey — e não estou fazendo isso pelo Trent. É um benefício para nós dois. — Mas Mary Clare não estava prestando atenção.

— Já é ruim o bastante Maeve estar constantemente exposta a uma cultura popular repleta de mulheres fracas e indefesas — protestou ela —, mas quando é a própria tia! Passo o tempo todo tentando proteger Maeve de coisas que aniquilem sua inteligência e independência...

— Ela está falando das princesas da Disney — disse Maeve, com desgosto, tirando os olhos do celular. — Tia Briddey, ela não me deixa ver *Enrolados*, só porque o Flynn aparece para resgatar a Rapunzel! Mas às vezes as pessoas *precisam* ser resgatadas...

— Viu? — disse Mary Clare a Briddey. — Ela já comprou a ideia de que uma garota deve apenas sentar e esperar que um homem apareça para resgatá-la, de que ela é incapaz de se salvar sozinha.

— Porque algumas vezes *não dá*! — disse Maeve. — Se estiver amarrada, por exemplo. Ou transformada em gelo. E os homens podem precisar ser salvos também, como quando a bruxa de *Enrolados* mata...

— Silêncio agora, criança — disse tia Oona, dando um tapinha no braço de Maeve. — Não é o momento para os contos de fadas. Temos questões de vida ou morte para...

— *Não é* uma questão de vida ou morte — interrompeu Briddey. — O EED é completamente seguro.

— Ah, imagino que *ele* tenha lhe dito isso. Eu gostaria de saber quando foi que uma palavra sincera saiu da boca de um inglês. Uns brutos mentirosos é o que eles são...

— Trent *não* é um bruto mentiroso. Nem inglês. A família dele mora nos Estados Unidos há gerações.

— Assim como a nossa. E você está dizendo que *não somos* irlandesas? — indagou tia Oona, empertigando-se. — E o que você vai fazer depois, criança? Tirar o sobrenome Flannigan e pintar seus cachos vermelhos de castanho? Pelo sangue sagrado de são Patrício, e pensar que eu viveria para ver o dia em que a filha da minha santa sobrinha iria renegar sua herança! Você é irlandesa, mocinha. Está no seu sangue, e não adianta negar. Assim como não adianta negar que ele é inglês de coração... um coração cruel e mentiroso, isso sim. Canalhas e aliciadores, todos eles. Se você arrumasse um bom rapaz irlandês...

— A ascendência de Trent não importa — disse Kathleen. — O que vale é a pessoa.

Obrigada, pensou Briddey.

— E ele é muito sexy — continuou Kathleen. — Além disso, o carro dele é demais. *Eu* sairia com ele. — O que não era exatamente muito animador dado o histórico de Kathleen com os homens.

Mary Clare na mesma hora ressaltou isso e acrescentou:

— Só não entendo a atração por um homem que insiste em uma cirurgia no cérebro como se fosse uma condição pré-nupcial. O que *é* que você vê nele, Briddey?

Bem, para começar, pensou ela, irritada, *ele é filho único, e a família dele nunca entra sem pedir licença. Nem vive dizendo besteiras sobre um país em que nunca estiveram. Eles acham que as pessoas deviam cuidar da própria vida. E, além disso, o apartamento dele tem trancas eletrônicas e um porteiro, e, depois que ficarmos noivos, vou poder morar com ele e finalmente ter um pouco de privacidade. Vocês não vão poder invadir sempre que quiserem, me dizendo o que fazer.*

No entanto, ela não podia dizer isso — tia Oona teria um ataque. E ela, obviamente, não podia contar que parte da razão pela qual estava apaixonada por Trent era o fato de ele *não* ser irlandês.

Ele era exatamente o oposto dos arruaceiros sujos e grosseiros com que Kathleen ficava e os coroas dominados pela família que a tia Oona empurrava para cima dela — e o oposto dos idiotas com quem já tinha saído. Ele era elegante e bem-vestido, tinha um bom emprego e lhe fazia elogios, sempre a levava a lugares bonitos e mandava flores. E não trocava mensagens eróticas com outras pessoas.

É tão errado assim querer um namorado que não a deixe sozinha em uma loja de conveniência no meio da noite?, pensou. *E uma vida em que as pessoas ligam antes de aparecer e não brotam constantemente, sem serem convidadas, em seu escritório?*

Mas ela não podia lhes dizer isso também — e, mesmo se tentasse, ninguém lhe daria ouvidos. Mary Clare estava ocupada mandando Maeve desligar o smartphone, Kathleen dizia: "Trent me lembra alguém, mas não consigo me lembrar quem". E tia Oona contava uma premonição que tivera em relação à história de Briddey fazer o EED.

Você está sempre tendo premonições, pensou Briddey, irritada, *e elas são tão autênticas quanto o seu sotaque*. Para Briddey, a capacidade psíquica da tia Oona, que ela chamava de "a Visão" e afirmava ser de família, limitava-se a prever que os namorados de Kathleen eram "oportunistas e trapaceiros" , o que não era muito difícil, e que o celular estava prestes a tocar.

— Mary Clare vai ligar — anunciava ela, de maneira dramática. — Sinto em meus ossos. Ela está preocupada com Maeve.

Já que Mary Clare estava *sempre* preocupada com Maeve e ligava para tia Oona pelo menos vinte vezes por dia para conversar sobre seus medos, isso não exigia grandes poderes psíquicos. E no resto do tempo suas premonições e "sensações" de uma desgraça iminente estavam completamente erradas. Incluindo agora.

— Estou com um mau pressentimento em relação a esse DDI, *mavourneen* — disse ela.

— EED — corrigiu Maeve, sem tirar os olhos do aparelho. — DDI é uma discagem direta internacional. Podemos ir *embora* agora? Estou morrendo de fome.

— Claro que está, criança — disse tia Oona. — Já passou bastante da hora de comer.

E então ela sugeriu que fossem ao refeitório para "beliscar alguma coisa", o que significaria continuar aquela conversa onde metade da Commspan poderia ouvir tudo. E Briddey conseguia imaginar o que Suki e os outros fofoqueiros de plantão fariam com o que ouvissem. Portanto, concordou em ir ao jantar.

— E a sua reunião de emergência? — perguntou tia Oona.

— Vou cancelar — disse Briddey, com a cara fechada, e, numa última tentativa desesperada de escapar, sugeriu que se encontrassem na casa dela.

Não funcionou. Tia Oona insistiu em ir de carro com ela, tagarelando o tempo inteiro sobre as virtudes daquele ótimo rapaz irlandês chamado Sean O'Reilly e dizendo, aparentemente sem entender a ironia, que era uma pena Mary Clare se intrometer tanto nos assuntos de Maeve.

— Por que ela não deixa a pobrezinha sossegada? Maeve não tem um minuto de paz.

E, quando chegaram, voltaram a todo vapor com os mesmos argumentos contra o EED durante o jantar, mas acrescentando alguns novos: que Trent devia ter algum motivo sinistro oculto para querer que ela fizesse o EED, que aquilo podia muito bem ser um pecado mortal aos olhos da Igreja, e que nenhum irlandês de respeito faria aquilo um dia...

— Isso não é verdade — rebateu Briddey. — Enya fez esse procedimento com o noivo. E Daniel Day-Lewis...

— E se Enya e Daniel Day-Lewis lhe falassem para pular de uma ponte no rio Shannon, você faria isso também? — indagou tia Oona.

— Acho que ela deveria — disse Maeve.

— Pular de uma ponte? — perguntou Kathleen.

— Maeve, eu já falei sobre os perigos da pressão dos colegas... — começou Mary Clare.

— Se a tia Briddey fizer o EED — disse Maeve, ignorando a mãe —, ela vai descobrir como ele é por dentro. Como no filme *Frozen*, que tem um príncipe que a Anna acha que é muito legal e que está apaixonado por ela, mas não é verdade, ele só quer o reino dela. E ele tenta *matar* a Anna.

— E essa é outra razão para eu não querer que você assista aos filmes da Disney — disse Mary Clare. — São violentos demais!

— *Não* são violentos! — rebateu Maeve. — O que eu *quis* dizer é que, às vezes, as pessoas são diferentes por dentro do que parecem ser por fora, e que, se a tia Briddey fizer o EED, ela vai descobrir como ele realmente é e não vai mais gostar dele. Então vai arrumar outro namorado... um que seja legal.

— Ela pode fazer tudo isso sem entrar na faca — disse tia Oona, começando a ladainha sobre os perigos das "operações", citando exemplos de várias Filhas da Irlanda. — A prima de Sean O'Reilly foi operar um problema na perna e cortaram fora a perna errada!

Eu deveria ter pedido ao C. B. para colocar aquela função S.O.S. no meu celular, pensou Briddey. *Seria muito útil agora.*

O celular dela tocou.

— Sinto muito incomodá-la — disse Charla —, mas C. B. Schwartz acabou de ligar aqui para a minha casa perguntando se você recebeu as ideias para o aparelho que ele lhe mandou hoje de manhã.

Obrigada, C. B., pensou Briddey.

— Recebi — disse ela. — Não, está tudo bem. Estou indo para lá.

— Você não precisa ir à Commspan — disse Charla, confusa. — Ele só queria ter certeza de que você as recebeu.

— Entendo. Agora mesmo — disse Briddey, e desligou. — Me desculpem, preciso ir — disse ela à família, colocando o casaco. — Preciso resolver um problema no trabalho.

Elas insistiram em acompanhá-la até o carro.

— Quando Trent vai levá-la para fazer esse tal de EED? — perguntou Mary Clare.

— No fim do verão — disse Maeve.

— Como você sabe? — perguntou Briddey.

— Estava no Facebook.

— No fim do verão — disse tia Oona, pensativa. — Bom, então você tem um bom tempo para pensar sobre isso...

Para vocês tentarem me convencer a desistir, você quer dizer, pensou Briddey enquanto saía com o carro. *Depois que me casar com Trent, nunca mais terei que passar de novo por um desses interrogatórios durante o jantar. Vou morar com Trent e instruir o porteiro para manter vocês e o resto do mundo do lado de fora, e finalmente terei um pouco de paz e sossego.*

Assim que estava fora de vista, parou o carro para ligar para Charla e explicar seu comportamento. A família não tinha perdido tempo. Já havia uma mensagem da tia Oona em seu celular falando sobre a sobrinha de uma Filha da Irlanda, que tinha morrido em uma cirurgia de varizes, e uma de Kathleen, dizendo: "Acabei de descobrir quem Trent me lembra... Kurt".

Kurt era um antigo namorado de Kathleen que lhe jurara amor eterno e depois fugira com os cartões de crédito dela. Briddey apagou as duas mensagens e tentou ligar para Charla, mas a chamada caiu na caixa postal. *Ligo para ela quando chegar em casa*, pensou, e assim que entrou em seu apartamento, pegou o celular para tentar novamente.

Seu celular tocou na mesma hora. *Aposto que Charla verificou o registro de chamadas*, pensou Briddey, e atendeu mesmo tendo ouvido o toque de Trent.

Mas foi um erro. Era Mary Clare.

— Acabamos de chegar em casa, e agora Maeve se trancou no quarto — disse ela.

Se você fosse minha mãe, eu me trancaria no quarto também, pensou Briddey.

— Ela colocou um cartaz na porta dizendo: CAIA FORA. ESTOU FALANDO COM VOCÊ, MÃE. É SÉRIO.

Parece a placa na porta do laboratório do C. B., pensou Briddey.

— Bem, pelo menos ela está se expressando. Você não precisa se preocupar que venha a ter a "síndrome da menina reprimida" — disse ela.

Mary Clare ignorou isso.

— O que eu vou fazer? Ela pode estar usando drogas lá dentro. Ou assistindo a filmes com mortes violentas de verdade.

— O filme preferido dela é *Enrolados*. Ela não está vendo filmes com mortes violentas de verdade.

— Você não tem como saber. Ela é tão precoce, e tem passado quase o tempo todo depois da aula pendurada no celular ou no laptop. E li um artigo dizendo que as habilidades que a geração dela tem no computador são tão superiores às dos pais que é impossível entendê-los, muito menos controlá-los. Você sabe como se instala uma câmera de monitoramento?

— Não — disse Briddey com firmeza. — Tenho que ir. Trent está na outra linha. — Ela desligou. Seu telefone imediatamente tocou de novo. *Se for a tia Oona...*, pensou.

Mas era Trent.

— Tenho ótimas notícias — disse ele. — Acabei de falar com o dr. Verrick, e os EEDS que ele tinha agendado para fazer em Paris foram cancelados, então ele pode adiantar o nosso.

— Para maio? — perguntou Briddey, pensando: *Ainda faltam dois meses. Isso representa, pelo menos, três bilhões de ligações, e-mails e mensagens de texto, e sabe lá quantos interrogatórios da Inquisição Irlandesa. Não vou sobreviver.*

— Não — disse Trent. — O cancelamento provocou algumas mudanças em sua agenda, e ele pode nos encaixar na quarta que vem!

TRÊS

Viver em fragmentos não mais. Apenas se conectar...
E. M. Forster, *Howards End*

Manter a data da cirurgia em segredo mesmo por alguns dias acabou se mostrando um grande desafio, principalmente depois que o escritório do dr. Verrick enviou um formulário de pré-admissão para o e-mail de trabalho de Briddey, e Charla o viu. Ela logo perguntou se a data do EED tinha sido adiantada.

Briddey conseguiu convencê-la de que não, e de que o hospital *tinha* que fazer essas coisas com meses de antecedência para que o seguro tivesse tempo para liberar o procedimento, mas foi por um triz. Briddey ainda não tinha pensado em como pediria essa licença para a gerência sem despertar boatos, principalmente porque era preciso passar a noite no hospital. Com o lançamento da Apple se aproximando, e todo mundo tentando freneticamente conceber um novo design para competir com ele, tirar uma folga era algo impensável, muito menos de dois dias. Mas, quando ela mandou uma mensagem para Trent falando sobre isso, ele lhe disse para não se preocupar, ia cuidar de tudo.

Ele realmente cuidou e, milagrosamente, sem que ninguém soubesse de nada e a parasse nos corredores para perguntar como haviam conseguido marcar o procedimento tão rápido. Mas ela ainda precisava chegar ao hospital para fazer os exames de sangue pré-operatórios sem ser vista por ninguém da Commspan — *com minha sorte*, pensou, *vou dar de cara com Suki* — e sem que sua família descobrisse. Mas nisso Maeve lhe ajudou. Sua revolta por não poder assistir a *Enrolados* aparentemente chegou à escola, e ela foi mandada para a detenção por ler o último livro da série *Refúgio secreto* durante a aula.

"Adultos são um saco", disse ela em uma mensagem de texto para Briddey. "Não deixam a gente fazer *nada*." E, quando Briddey sugeriu brandamente que ela devia ter guardado o livro quando a professora pediu, a menina respondeu: "Como falei para a mamãe, eu não *ouvi* a professora pedir".

Ela aparentemente também dissera à Mary Clare que não ouvira porque "estava pensando em outras coisas", uma explicação que provocou uma enxurrada de reuniões ansiosas com a professora de Maeve, o orientador da escola, um psicólogo infantil e um especialista em audição.

Briddey pôde então justificar sua ida ao hospital usando uma sessão de terapia familiar como desculpa, e a preocupação da família com Maeve lhe deu o tempo de que precisava para fazer sua mala para passar a noite na instituição e guardá-la seguramente no porta-malas do carro, deixar instruções por escrito para Charla, a quem dissera que iria a uma reunião no centro da cidade na tarde de quarta e a uma conferência na manhã de quinta, e responder aos e-mails urgentes.

Kathleen lhe mandara o anúncio de um seminário sobre "Conexão Espiritual" que seria ministrado por uma paranormal chamada Lyzandra de Sedona, com um bilhete que dizia: "Se você for a esse seminário, *não* precisará de nenhuma cirurgia para ler os pensamentos de Trent". Tia Oona lhe enviara um e-mail sobre o passeio que as Filhas da Irlanda fariam para assistir ao espetáculo de sapateado *Riverdance* ("Sean O'Reilly vai!"). E C. B., que pelo que diziam não acreditava em e-mails, havia lhe mandado doze: quatro matérias sobre procedimentos ambulatoriais simples que resultaram em morte, sete sobre os efeitos colaterais dos EEDS e uma ainda sobre um homem que havia atirado na esposa quando não conseguiram se conectar.

Na quarta, Briddey enviou um e-mail para a família, dizendo-lhes que estaria em reuniões pelos próximos dois dias, "*Não* ligue para os hospitais se eu não atender o celular, tia Oona!", e então ativou a resposta automática "Bridget Flannigan estará ausente do escritório até..." e desligou, tentando não pensar em quantas mentiras estava contando.

Mas a farsa só duraria até a tarde do dia seguinte. Assim que voltasse do hospital, ela lhes contaria que surgira uma oportunidade de última hora de fazer a cirurgia, e não houvera tempo de contar a ninguém. Quando isso acontecesse, veriam como o procedimento era inofensivo e como ela e Trent estavam felizes, e não teriam mais nenhuma objeção a fazer. Se ela conseguisse sair em segurança do prédio...

Ela planejara passar no apartamento de Trent às onze, deixar o carro lá e ir para o hospital com ele, mas o namorado ligou quando ela chegou ao trabalho para lhe avisar que a reunião com Graham Hamilton iria atrasar e que a encontraria lá.

— Mas não precisamos fazer isso juntos? — perguntou ela.

— Não é uma soldagem, meu bem — disse Trent. — O dr. Verrick tem que fazer o procedimento em um de cada vez. O seu está marcado para uma hora, e o meu, para as duas. Estarei lá bem antes. E então estaremos conectados, e nossas preocupações irão terminar. Tudo será perfeito.

Ele estava certo, e provavelmente era melhor mesmo que fossem para o hospital separados. Se saíssemos da Commspan ao mesmo tempo, as pessoas podiam perceber e juntar os pontos. A mudança nos planos significava que agora ela teria que pensar no que fazer com seu carro. Pegar um táxi estava fora de questão. Ela não podia deixar o automóvel na empresa a noite toda sem que os olhos de águia de Suki percebessem, mas se voltasse para casa, pegasse um táxi de lá e alguém da sua família aparecesse e o visse depois de ela ter lhes dito que estaria presa em reuniões...

Mas ela também não podia estacionar no hospital. Não a surpreenderia se Mary Clare aparecesse por lá atrás de algum especialista para Maeve e visse o carro. Logo a solução era deixar o veículo em algum lugar longe de casa e, então, pegar um táxi para o hospital.

Para isso, ela precisava sair naquele instante. O que exigia outra mentira. Ela tinha que pensar em alguma coisa. Multa de estacionamento? Não, Charla iria querer saber quando e onde ela a recebera. Convocação para ser jurada em um julgamento? Dentista?

Ela desligou o celular e foi até a mesa de Charla.

— Suki veio trabalhar hoje?

— Não.

Excelente. Isso significava que suas chances de escapar sem que ninguém descobrisse tinham acabado de aumentar exponencialmente. A menos que a mulher também estivesse no hospital.

— Ela está doente? — perguntou.

— Não — respondeu Charla. — Ela vai ser jurada em um julgamento.

O que eu quase usei como desculpa, pensou Briddey. *Graças a Deus depois de amanhã não vou precisar mais mentir, porque sou péssima nisso.*

— Você precisava dela para alguma coisa? — perguntou Charla.

— Não, pode esperar. Preciso que você vá até o arquivo e peça à Jill Quincy para ajudá-la a encontrar tudo o que temos sobre as patentes dos últimos três iPhones — disse Briddey e, assim que Charla saiu, colocou as instruções que escrevera para a assistente na mesa dela, verificou o corredor para ter certeza de que estava vazio e foi depressa até o elevador, perguntando-se se seria melhor ir de escada, só por garantia.

Mas Charla e Jill estavam lá em cima nos arquivos, Suki estava presa em um tribunal e C. B. nunca saía do subsolo.

Porém, justamente naquele dia ele saiu, e o pior de tudo era que ela já tinha entrado no elevador e apertado o botão do andar do estacionamento quando ele de repente apareceu na porta, desgrenhado e ligeiramente ofegante.

— Ah, que bom que encontrei você — disse ele.

— Se é sobre sua ideia para o TalkPlus — disse ela —, todo mundo adorou.

— É claro que adoraram — disse ele com desgosto. — Não é sobre isso. Preciso falar com você sobre outra coisa. É importante.

— Infelizmente não tenho tempo agora — disse Briddey, apertando o botão para que a porta se fechasse. — Tenho uma reunião no centro em dez minutos.

— Tudo bem. Vou até lá com você — retrucou ele, espremendo-se entre as portas que se fechavam. — Você leu os e-mails que lhe mandei sobre o DEI?

— Sim, e agora que sei que os efeitos colaterais do EED incluem dor no nervo ciático, perda de memória recente, verrugas nos pés, úlceras pépticas, lesões no joelho e ser expulsa do *The Bachelorette*, concluí que realmente quero fazer isso. Eu sempre quis ser eliminada de um reality show.

— Esse era o meu medo. Mas também é provável que cause alguma CI.

Se você acha que vou perguntar o que é "CI", está delirando.

Ele deve ter chegado à mesma conclusão, porque falou:

— Sabe, consequências indesejadas.

— Que consequências indesejadas?

— Ora, é assim que as consequências indesejadas funcionam. Você não tem como saber o que podem ser até acontecerem, e aí já é tarde demais. Veja só a Lei Seca. E o DDT. Pareciam ótimas ideias, e olha só o que acabou acontecendo... Al Capone e um monte de pássaros mortos. Ou veja o Twitter. Quem teria pensado que contribuiria para a ascensão do Estado Islâmico e da hashtag #GatosInsuportavelmenteFofos? Pense em todos os imigrantes irlandeses que acharam que seria uma grande ideia ir para os Estados Unidos no *Titanic*. Se eles tivessem pensado no que poderia acontecer...

— Então você está dizendo que, se eu fizer um EED, serei atingida por um iceberg?

— Talvez. Não há como saber o que vai acontecer. E se, quando rasparem sua cabeça no pré-operatório, seu cabelo crescer branco em vez de vermelho?

— Não raspam sua cabeça. O procedimento é feito através da nuca.

— Assim como uma guilhotina. Já pensou se fazem o furo no lugar errado e você fica incapaz de se comunicar? Ou em coma, e o médico tira seus órgãos para vender no mercado negro?

— Ele não vai tirar meus órgãos. Olha, aprecio muito a sua preocupação, mas eu sei o que estou fazendo.

— Disse ela ao embarcar no *Titanic*. Está bem, digamos que você faça, e dê tudo certo na cirurgia, e vocês descubram tudo um sobre o outro, mas não gostem. A comunicação não é tudo, sabia? Posso lhe garantir que conhecer os pensamentos mais íntimos de Hitler não faria que você gostasse nem um pouquinho dele. Pode acontecer o mesmo com seu namorado.

— Não vai acontecer — disse Briddey, olhando fixamente para os números acima da porta do elevador, torcendo para a luz do estacionamento acender logo.

— E se o EED não funcionar? Vocês dois não têm que estar emocionalmente ligados para se conectarem? E se não estiverem? E que diabos é essa história de "laço emocional", afinal? Laço, amarras, parece algo saído de *Cinquenta tons de cinza*. Por que não dizem simplesmente que vocês têm que estar apaixonados um pelo outro?

Ela ia ficar presa naquele elevador com ele para sempre.

— E se ele estiver "emocionalmente ligado" a outra pessoa? — continuou C. B. — Como a secretária dele?

— Ethel Godwin deve ter uns sessenta anos — disse ela.

— Olha, consigo pensar em casais mais improváveis do que esse e que deram certo, mas tudo bem. E se ele estiver apaixonado pela Jan, do setor de Pagamentos? Ou pela Suki? Deixa pra lá, péssimo exemplo. Se ele estivesse apaixonado pela Suki, todos no planeta saberiam. E se ele estiver apaixonado pela Lorraine, do Marketing? Ou pelo Art Sampson?

— Ele não está apaixonado pelo Art...

— E se vocês dois só *acharem* que estão emocionalmente ligados? Quero dizer, as pessoas acham coisas que não são verdade o tempo todo. Hitler provavelmente achava que era um cara muito legal...

— Qual *é* o seu lance com o Hitler? — explodiu Briddey.

— Me desculpa. É um efeito colateral de passar muito tempo on-line. As conversas na internet sempre envolvem Hitler. Mas a *questão* é que, mesmo que o EED funcione, não vai necessariamente resolver todos os seus problemas, e pode criar uma série de novos.

— Obrigada, vou levar isso em consideração — disse ela. — Mas o que você queria falar comigo, afinal?

— Falar com você? — perguntou ele, confuso.

— Sim. — Ela olhou de novo para os números dos andares. — Você disse que precisava falar comigo sobre algo urgente. Ou era sobre a opinião enganosa que Hitler tinha de si mesmo?

— Não — disse C. B. quando o indicador do estacionamento se acendeu. Finalmente. — Pensei em mais algumas ideias para o celular Santuário. Por exemplo: se as pessoas lhe enviarem fotos de seus bebês e de seus gatos insuportavelmente fofos, elas podem desaparecer automaticamente no espaço.

O que eu gostaria que acontecesse com você agora, pensou Briddey, dando um passo à frente para disparar rumo à garagem assim que a porta abrisse. Se algum dia isso acontecesse.

— Também tive uma ideia para um aplicativo que desliga o celular — disse ele, e as portas se abriram.

— Vamos conversar sobre isso semana que vem. Ligue para Charla e marque um horário — disse Briddey, e saiu depressa.

— Vou acompanhá-la até o carro — disse C. B., alcançando-a. — Sabe como quando nos bons e velhos tempos você estava com raiva de alguém e podia gritar "Adeus!" e bater o telefone no gancho, e isso não só lhe dava uma sensação boa, mas também passava perfeitamente sua mensagem?

Eu devia ter estacionado mais perto, pensou Briddey, acelerando o passo.

— Agora tudo o que você pode fazer é clicar em um ícone, o que não é nem de longe tão satisfatório, certo? Então criei um aplicativo que faz um barulho bem alto, como se você estivesse batendo o telefone no gancho.

Ela chegou ao carro, feliz por ter colocado a mala no porta-malas e não no banco traseiro.

— Ainda não resolvi todos os detalhes — disse C. B. — Quero ter certeza de que não existe nenhuma consequência indesejada em que eu possa não ter pensado.

Muito engraçado.

— E por falar em desligar, essa é outra desvantagem da telepatia. Não tem como desligar a outra pessoa.

— Pela última vez, o EED não torna ninguém telepático!

— Você não sabe. As consequências indesejadas são imprevisíveis.

— Olha — disse ela, abrindo a porta do carro. — Por mais que eu esteja morrendo de vontade de ficar aqui e explicar para você *de novo* como o EED funciona, realmente preciso ir. Tenho uma reunião no centro...

— Você está mentindo.

Ela o encarou, horrorizada. De alguma forma Suki tinha descoberto o que Briddey ia fazer, mesmo estando em um tribunal a quilômetros de distância. E, se ela havia contado para C. B., tinha contado para todo mundo. E colocado no Facebook. Provavelmente a Inquisição Irlandesa chegaria ao estacionamento a qualquer instante.

— Hã... como...? — gaguejou ela.

— Dá para ver no seu rosto e no seu desespero para chegar até o carro. Você não vê a hora de se livrar de mim.

Com certeza, pensou ela, aliviada.

— Olha, agradeço sua preocupação...

— Está mentindo mais uma vez. Você acha que estou metendo meu nariz onde não sou chamado — disse ele. — Mas quando vemos alguém indo direto para a beira de um precipício, não dá para simplesmente ficar parado sem fazer nada.

— Não estou indo...

— Isso é o que *você* pensa.

— Por quê? Porque vou entrar em coma profundo? Ficar com lesões nos joelhos? Me dê uma boa razão para eu não fazer o EED. E uma que não envolva órgãos no mercado negro ou lobotomias. Uma razão *plausível*.

— Pois é — murmurou C. B. — Esse é o problema. — E olhou para ela, sério. — Escute, Briddey, conectar-se não é tudo que pode acontecer. Você acha que quer saber o que outras pessoas estão pensando...

— Briddey! — chamou Charla, correndo pela garagem em direção a eles, com um pedaço de papel em uma das mãos.

Ah, não, pensou Briddey. *Se for uma mensagem de Trent, e ele tiver mencionado o hospital...*

Ela tentou interceptá-la, mas Charla já havia chegado ao carro, e disse, ofegante:

— Que bom que encontrei você. Sua irmã Mary Clare ligou. Ela disse que você precisa entrar em contato imediatamente. É uma emergência.

É sempre uma emergência, pensou Briddey.

— Ela disse qual era a emergência?

— Não — respondeu Charla. Ela olhou para C. B. — Desculpe, eu não queria interromper.

— C. B. já estava de saída — disse Briddey, lançando um olhar significativo para ele. — Não estava?

Ele deu um tapinha na porta do carro.

— Estava — disse ele.

Então colocou os fones de ouvido, enfiou as mãos nos bolsos e saiu.

Charla chegou mais perto de Briddey e sussurrou:

— Ele estava incomodando você?

Sim, pensou Briddey, mas balançou a cabeça.

— Não.

— Ah. Eu ouvi vocês dois gritando e fiquei com medo de que ele estivesse assediando-a ou algo assim.

— Não. Estávamos discutindo uma ideia para o novo celular.

— Ah. — Charla olhou desconfiada para C. B. — Ele é tão estranho. O cabelo dele...

— Diga à minha irmã que ligo assim que puder — pediu Briddey, e entrou no carro.

Ela entrou no carro, acenou, saiu da vaga e foi embora, sentindo como se tivesse escapado por pouco de um desastre. E ainda tinha que ligar para Mary Clare.

Precisava ligar, caso fosse uma emergência real e não só a última obsessão de Mary Clare com relação à filha. Mas e se fosse *mesmo* uma emergência e eles tivessem que adiar o EED? Não haveria outra chance em meses. *E não aguento mais todo mundo tentando me convencer do contrário*, pensou. Por outro lado, se tia Oona tivesse sofrido um ataque cardíaco...

Esse pensamento atormentou Briddey durante todo o caminho até o Marriott e, enquanto estacionava o carro, finalmente decidiu ligar o celular e falar com Mary Clare de um canto escondido do lugar, na esperança de que o sinal não fosse muito bom ali.

Mas era. A voz de Mary Clare soou perfeitamente clara:

— Ah, graças a Deus você ligou. Eu não sei mais o que fazer. A professora de Maeve acabou de me dizer que o livro que ela estava lendo na sala de aula não era um dos *Refúgio secreto*, mas o *Crônicas da voz sombria*! Por que ela estaria lendo isso?

— Todas as meninas do terceiro ano estão lendo esse livro — disse Briddey.

— E *A garota do apocalipse*. Ou *Jogos vorazes*. Pensei que tivesse dito que ela passava muito tempo na internet e que você queria que ela lesse...

— Mas não *esse* livro! Você sabe do que se trata? Um adolescente esquizofrênico que ouve vozes. E Maeve disse que não ouviu a professora falar com ela. E se foi porque as vozes na cabeça *dela* abafaram a da professora?

Ah, pelo amor de Deus, pensou Briddey.

— Maeve não está ouvindo vozes...

— Você não tem como saber — interrompeu Mary Clare. — Li na internet que os sintomas da esquizofrenia podem se manifestar até mesmo aos sete anos de idade e, no *Crônicas da voz sombria*, a heroína ouve essa voz que diz para ela matar a mãe...

— Sim, e em *Jogos vorazes* a heroína caça pessoas com arco e flecha. Maeve também não está fazendo isso.

— Então por que ela não me diz no que estava pensando? Tem alguma coisa acontecendo. Tenho certeza. Olha, será que amanhã você pode buscá-la depois da aula, levá-la para fazer compras e ver se ela lhe conta...?

— Não — disse Briddey. — Estou atolada de reuniões nos próximos dois dias. Posso fazer isso semana que vem...

— Semana que vem pode ser tarde demais. O início de uma doença mental pode ser muito rápido, e se não for diagnosticada imediatamente...

— Maeve *não* tem doença mental nenhuma. Nem surdez, ou anorexia. Também não está planejando cortar o cabelo e vendê-lo para conseguir dinheiro e fazer o pai voltar para casa.

— Cortar o *cabelo*? — exclamou Mary Clare. — Por que ela...?

— Isso acontece em *Mulherzinhas* — disse Briddey. — Que você insistiu para Maeve ler, se bem me lembro. São apenas livros, Mary Clare. E você devia ficar feliz porque ela está lendo, e não pichando a escola ou ateando fogo em alguma coisa ou sendo recrutada por terroristas na internet.

— Terroristas?

— Ela não está sendo recrutada por terroristas — disse Briddey. — Só quero mostrar como você está sendo ridícula. Maeve está *bem*. Olha, eu preciso mesmo ir.

— Espere — disse Mary Clare. — Você não continua planejando fazer aquele EED, não é? Porque li na internet que esse procedimento não dura, e a pessoa tem que refazer a cada três meses...

— Conversamos sobre isso depois. O quê? — disse Briddey, como se estivesse falando com outra pessoa. — Claro. Agora mesmo. Me desculpe, Mary Clare. Tenho que ir. — E desligou.

O celular dela fez um barulho na mesma hora. Ela deu uma olhada para ver se a mensagem era de Trent — não era; era de Kathleen — e então desligou o aparelho, pegou sua bolsa no porta-malas, subiu de elevador até o saguão do Marriott e pegou um táxi para o hospital, pedindo ao motorista para deixá-la na entrada lateral, o que diminuía o risco de alguém vê-la.

Teria dado no mesmo se tivesse entrado pela porta da frente. Uma vez lá dentro, foi informada de que teria que ir à Recepção dos Pacientes, que ficava bem no meio do saguão. Ela preencheu os formulários de admissão o mais rápido que podia e, então, esperou impacientemente escanearem seu cartão de seguro, olhando ao redor, aflita.

Uma auxiliar finalmente veio buscá-la, chamando seu nome, e Briddey foi logo atrás dela, querendo sumir logo de vista. A auxiliar a conduziu a uma sala de exames no andar de cima, onde uma enfermeira alta e alegre colocou uma pulseira plástica de identificação nela.

— Nossa, esse seu cabelo ruivo é lindo! — disse ela, encantada. — O EED é um procedimento de rotina, e você está em excelentes mãos com o dr. Verrick, por isso não precisa ficar nervosa.

Você está brincando?, pensou Briddey. *É a primeira vez no dia em que não estou.*

— Vocês deram muita sorte de terem conseguido marcar com ele — continuou a enfermeira. — A procura é grande. — Ela entregou a Briddey a camisola hospitalar e a deixou a sós para se trocar.

Briddey vestiu a roupa e ligou o celular para ver se Trent tinha mandado alguma mensagem. Ele tinha. Assim como Kathleen, com os nomes de mais três paranormais, e C. B., com links para artigos sobre consequências indesejadas da sibutramina, da talidomida e da Revolução Industrial, e uma imagem de Maria Antonieta sendo levada para a guilhotina.

Maeve também tinha mandado uma mensagem, toda em caixa-alta: "O QUE VOCÊ DISSE PARA A MAMÃE?", as palavras quase tremendo de indignação, o que só podia significar que Mary Clare ainda estava obcecada com o lance terrorista.

Sinto muito, Maeve, pensou Briddey, e leu a mensagem de Trent, que dizia: "A caminho. Vejo você depois da cirurgia".

Ela estava prestes a responder quando a enfermeira reapareceu, arrancou o telefone de suas mãos e disse:

— Vamos guardar isso, suas roupas e sua bolsa em um armário trancado.

A enfermeira examinou seus sinais vitais e lhe deu um documento para assinar, que isentava dr. Verrick e o hospital de qualquer responsabilidade se o EED não funcionasse e/ou se a ligação fosse apenas temporária, e um termo de consentimento listando todos os possíveis efeitos colaterais da cirurgia: trombose coronária, hemorragias, convulsões, paralisia, risco de vida.

Nenhuma palavra sobre se tornar um vegetal. Ou ter seus órgãos retirados. *Está vendo, C. B.?*, pensou ela, assinando os formulários. *É perfeitamente seguro.*

— Agora vamos colocá-la na maca — disse a enfermeira.

Ela ajudou Briddey a subir, cobriu-a com um lençol branco, prendeu um oxímetro no dedo, colocou um acesso intravenoso nas costas da outra mão e pendurou um soro fisiológico.

— Você sabe se Trent já chegou? — perguntou Briddey.

— Vou checar — disse ela, e saiu, voltando um instante depois com um homem de aparência distinta. — Este é o dr. Verrick, que fará sua cirurgia — disse a Briddey, e depois para ele: — Esta é a srta. Flannigan.

Graças a Deus C. B. não está aqui. Ou Maeve, pensou Briddey, porque o terno caro e o Rolex de ouro do homem se encaixavam perfeitamente na imagem que C. B. pintara dos cirurgiões plásticos de celebridades, e seu cabelo, ligeiramente grisalho nas têmporas, era ainda mais bem penteado do que o de Trent.

Apesar disso, ele se comportava de um jeito acolhedor e reconfortante, e parecia verdadeiramente feliz por ela e Trent estarem fazendo o EED.

— Posso garantir que isso acrescentará uma dimensão inteiramente nova ao seu relacionamento — disse ele. Então lhe explicou todo o procedimento, dizendo-lhe exatamente o que ia acontecer e como o EED funcionava. — Vou fazer o seu primeiro, e depois o do sr. Worth. Você tem alguma pergunta, srta. Flannigan?

— Sim. Quanto tempo vai demorar?

— O procedimento leva cerca de uma hora, mas a maior parte desse tempo se gasta na seção das imagens. A cirurgia em si...

— Não, eu quis dizer quanto tempo vai levar para Trent e eu conseguirmos perceber os sentimentos um do outro? Até sabermos se deu certo?

— Não há por que se preocupar com *isso* — disse ele. — Você e o sr. Worth se saíram excepcionalmente bem nos testes de compatibilidade e empatia. Vejo você na sala de cirurgia. — Ele sorriu para ela, satisfeito. — Excelente — disse ele, dando um tapinha na maca e saindo antes que ela pudesse perguntar de novo.

Então ela perguntou à enfermeira.

— Geralmente os pacientes só estabelecem contato cerca de vinte e quatro horas após a cirurgia — respondeu a enfermeira.

O que significava que ela teria que continuar mentindo por mais dois dias.

— Já aconteceu antes disso? — perguntou ela, esperançosa.

— Não, o edema... o inchaço... precisa diminuir antes, e para isso o anestésico tem que deixar o seu sistema primeiro. Mas o dr. Verrick considera vocês dois excelentes candidatos para o EED, então não precisa se preocupar.

Mas não era tão simples assim, principalmente quando a enfermeira pegou um barbeador elétrico.

— Você não vai raspar minha cabeça, vai? — perguntou Briddey, lembrando do que C. B. dissera sobre seu cabelo crescer branco.

— Esses lindos cachos vermelhos? Ah, não. Só um pedacinho na nuca.

Para tornar mais fácil o trabalho da guilhotina, pensou Briddey, e deve ter dito isso em voz alta, porque a enfermeira falou:

— O anestesista vai lhe dar um sedativo suave para você relaxar.

Ela não relaxou nem um pouco. Só conseguia pensar nos links que C. B. lhe enviara sobre pessoas que morreram durante alguma cirurgia, sobretudo quando o anestesista perguntou:

— Você já teve alguma reação alérgica a um anestésico?

Ela queria dizer que não, mas o sedativo devia ter entrado em ação, porque, em vez disso, Briddey perguntou se eles a colocariam em coma e tirariam seus órgãos.

— De jeito nenhum — disse ele, rindo.

— Quando vou poder ver o Trent? — perguntou ela, mas não ouviu a resposta, porque adormecera ali mesmo na maca.

Obviamente não era para isso ter acontecido, porque eles imediatamente tentaram acordá-la, batendo em sua mão sem o acesso intravenoso e dizendo:

— Bridget? Bridget?

— Desculpe — disse ela, meio grogue. — Devo ter cochilado...

— Você está saindo da anestesia — explicou a voz, e era uma enfermeira diferente. — Como está se sentindo?

— Que horas são? — perguntou Briddey.

— Um pouco depois das três. Como está se sentindo? Enjoo?

— Não.

— Dor de cabeça?

— Não.

A enfermeira fez mais inúmeras perguntas, e Briddey deve ter respondido tudo corretamente, porque a mulher lhe disse, enquanto ela fechava os olhos mais uma vez:

— Você está indo muito bem. Vamos deixá-la aqui na sala de recuperação só mais um pouquinho apenas para termos certeza de que está tudo nos conformes.

Quando Briddey abriu os olhos de novo, estava em um quarto de hospital com duas camas e uma janela, e a enfermeira que veio verificar seu acesso intravenoso disse que eram cinco da tarde.

Então já devo ter feito o EED, pensou ela, ainda grogue, ainda que não se lembrasse de ter sido levada para a sala de operação e que a parte de trás de sua cabeça não doesse. Haviam dito que era um procedimento simples, mas ela devia sentir alguma coisa, não? Ela tentou verificar se tinha alguma atadura ali, mas não conseguiu. O acesso intravenoso em sua mão restringiu seus movimentos. Bom, pelo menos ela havia se movido, o que significava que não tinha ficado paralisada. *Você estava errado, C. B.*, pensou, sonolenta. *Correu tudo bem com a cirurgia, e em pouco tempo Trent e eu...*

Ela parou de repente, prendendo a respiração. Tinha ouvido alguma coisa.

Trent?, chamou, e então lembrou que provavelmente eles só se conectariam vinte e quatro horas após a cirurgia.

Devo ter ouvido o paciente na cama ao lado, concluiu, mas, quando levantou um pouco a cabeça para dar uma olhada, percebeu que o outro leito estava vazio, uma pilha de lençóis impecavelmente empilhados na beirada.

O som deve ter vindo do corredor, então, mas ela sabia que não era o caso. Viera dali, e de muito perto. *Deve ter sido Trent. Você está aí?*, chamou ela, e esperou, aflita.

Sim, ouviu.

Mas não posso ter ouvido, pensou ela. O EED não torna a pessoa capaz de ouvir os pensamentos do parceiro. Só faz com que perceba melhor os sentimentos dele.

Eu o ouvi, disse ela a si mesma, com teimosia, mas antes que pudesse analisar por que tinha tanta certeza de que havia sido uma voz, foi atingida por uma explosão de emoções: alegria, preocupação e alívio misturados. Emoções que não tinham vindo dela, que definitivamente pertenciam a outra pessoa.

É o Trent, pensou. O dr. Verrick dissera que a compatibilidade dos dois era excepcionalmente alta, então talvez isso tivesse possibilitado que se conectassem antes do período de vinte e quatro horas após a cirurgia. *Trent?*, chamou ela.

A explosão de emoções se interrompeu abruptamente.

Mas eu estava me comunicando com ele!, pensou, eufórica, e foi tomada por uma enorme onda de alívio. Ela não tinha percebido como havia se deixado influenciar pelas advertências alarmistas de C. B. *Eu ouço você*, disse ela, exultante. *Você pode me ouvir?*

Não houve resposta. *É claro que não*, pensou ela. *Eu preciso mandar emoções para ele, e não palavras.* Ela fechou os olhos e tentou transmitir identificação, amor e felicidade.

Ainda nada e, antes que pudesse tentar novamente, uma enfermeira entrou para checar seus sinais vitais e repetir a mesma ladainha da enfermeira da sala de recuperação.

— Tontura ou náusea?

— Não.

A enfermeira prendeu um aparelho de pressão arterial em seu braço.

— Alguma confusão?

— Não. Você tem certeza...? — começou Briddey, mas a enfermeira já tinha colocado o estetoscópio no ouvido.

Ela teve que esperar a enfermeira ajudá-la a colocar a camisola, levá-la ao banheiro — uma provação durante a qual Briddey percebeu que estava zonza, no final das contas — e depois conduzi-la de volta à cama para então perguntar:

— Tem certeza de que leva vinte e quatro horas para o EED funcionar?

— Sim — disse a enfermeira, e explicou as mesmas coisas que a outra enfermeira falara sobre o edema e a anestesia. — Você só saiu da cirurgia há algumas horas. Nada vai acontecer até amanhã.

— Mas pensei ter sentido...

— Você provavelmente estava sonhando. O anestésico pode causar sonhos estranhos mesmo. Sei que está ansiosa para fazer contato com o sr. Worth, mas você precisa dar ao seu corpo a chance de se recuperar primeiro, e a melhor maneira de fazer isso é descansando. Este aqui é o botão de chamada. — Ela mostrou a Briddey que estava preso ao travesseiro. — Se precisar de alguma coisa, é só apertar.

Eu senti, pensou Briddey, *e Trent me respondeu. Sei disso. Preciso falar com ele e descobrir se ele sentiu isso também. Preciso descobrir o número do quarto dele.* Mas a enfermeira já tinha ido embora. Briddey procurou o botão, mas a enfermeira acabou voltando com um enorme buquê de rosas.

Ela mostrou a Briddey o cartão de Trent, que dizia: "Em apenas mais um dia seremos inseparáveis!".

Talvez não demore tanto, pensou Briddey, e perguntou à enfermeira, que colocava as rosas na janela:

— Em que quarto o sr. Worth está?

— Vou verificar — disse ela, e voltou um instante depois para informar: — Ele ainda está em recuperação.

É claro. Briddey esquecera que ele fizera seu EED depois dela.

— Preciso falar com ele — disse ela.

— Ele ainda não saiu da anestesia. Você vai poder falar com ele mais tarde. Agora precisa descansar — disse a enfermeira com firmeza, e desligou a luz do teto.

Ele deve ter saído da anestesia por alguns minutos e então adormeceu novamente, disse Briddey a si mesma, *e é por isso que não respondeu da segunda vez.*

Ela mesma estava se sentindo um pouco sonolenta, como se fosse cochilar a qualquer momento. *A enfermeira estava certa*, pensou. *Ainda estou sob o efeito da anestesia...* e pegou no sono antes mesmo de concluir o pensamento.

Quando acordou novamente, estava tudo escuro. *Que horas são?*, perguntou-se, tateando em busca de seu celular, e depois lembrou que não o havia trazido... ela estava no hospital. A escuridão — e sua mente cada vez mais lúcida — lhe dizia que tinha dormido por horas, o que se confirmava pelo silêncio no corredor lá fora. Não havia barulho de passos, nem vozes de enfermeiros, nenhum aviso pelo intercomunicador. O andar inteiro estava dormindo.

Mas algo a acordara. Como antes, tinha a nítida impressão de ter ouvido uma voz. Trent já devia ter saído da anestesia àquela altura. Será que ele tentara se comunicar com ela? *Trent?*, chamou.

Nenhuma resposta, e, depois de um minuto, ela ouviu uma campainha vindo de algum lugar do corredor, e passos se movendo em direção ao barulho. Será que ela ouvira algum som — uma porta se fechando ou um paciente chamando a enfermeira — e fora isso que a despertara? E será que havia sido um som igual a esse, aliado à sua imaginação e aos efeitos da anestesia, que ouvira da primeira vez também?

Mas tinha sido tão real... e tão diferente do que havia imaginado que Trent sentiria. Ela esperava que fosse alegria por estarem conectados, mas não alívio. Trent estava completamente confiante quanto ao EED. E também houvera outros sentimentos naquela explosão de emoções — surpresa, incerteza e divertimento. E algum outro sentimento que havia sido suprimido tão rapidamente que ela não tivera tempo de identificá-lo. Mas tinha certeza sobre a incerteza e a surpresa. *Você também estava com medo de que não fosse funcionar, assim como eu?*, perguntou ela.

Nenhuma resposta.

Ela esperou por um longo minuto, ouvindo atentamente em meio à escuridão, e então chamou: *Você está aí? Pode me ouvir?*

Sim.

Eu sabia que tinha ouvido você, pensou. E então se deu conta de quem aquela voz parecia ser. *Mas não pode ser ele! E isso não pode estar acontecendo. O EED não o deixa telepático...*

Aparentemente sim, disse ele, e dessa vez não havia dúvidas sobre o dono da voz. Ela levou a mão à boca, horrorizada.

Eu falei que poderia haver consequências indesejadas, disse C. B.

QUATRO

> *"Posso evocar espíritos do abismo."*
> *"Isso, até eu, e assim qualquer pessoa; mas eles vêm,*
> *no caso de os chamardes?"*
> William Shakespeare, *Henrique IV, Parte I*

Por favor, me diga que estou sonhando, pensou Briddey, mesmo sabendo que não estava. Podia sentir o puxão da agulha intravenosa na mão que levara à boca, podia ouvir o bipe do monitor intravenoso ao lado da cama.

E a voz de C. B. lhe respondendo: *Receio que não, a menos que eu também esteja dormindo. O que não é o caso. Não. É uma pena lhe dizer isso, mas estamos mesmo conversando.*

— Mas *como* pode ser? — perguntou Briddey em voz alta.

É isso que eu quero saber, disse C. B. *Você ignorou meu alerta, não foi? Ainda bem que não a aconselhei a não pular de uma ponte, ou você teria ignorado isso também. Você seguiu em frente apesar de tudo o que eu disse, e fez o AEI...*

— Não é um AEI! Não tem nada de explosivo!

Bem, isso é uma questão de opinião. De onde você está falando comigo? Do hospital?

— Isso — disse ela. — Onde você está?

No meu laboratório. Na Commspan, respondeu C. B., e, se isso era verdade, então ele estava a quilômetros de distância. O que significava que estavam conversando por telepatia. O que era impossível.

Pelo visto não, disse C. B. *Eu disse que era uma péssima ideia fazer isso, que poderia haver consequências indesejadas, mas você não me deu ouvidos, e agora aqui está, ligada a mim e não ao Trent.*

— Eu *não* estou ligada a você!

Então como você chama isso?

— Não *sei*! O dr. Verrick deve ter pegado uma linha cruzada quando ele...

Cérebros não têm linhas.

— Então deve ter errado em uma sinapse, um circuito ou algo do tipo.

Não é assim que funciona, disse C. B.

— Como *você* sabe? Você não é neurocirurgião. O dr. Verrick pode ter emendado as sinapses erradas, e assim, quando chamei o Trent, acabei me conectando a você em vez disso.

Então, eu sou o quê... um número errado, por acaso? E, por falar em Trent, cadê ele? E por que ele não respondeu se você estava chamando por ele?

— Não *sei*! — lamentou ela. — Ah, como isso pôde ter acontecido?

Eu avisei que poderia haver consequências indesejadas.

— Mas não telepatia — insistiu ela. — Isso nem existe!

Bem, com relação a isso, Briddey, preciso lhe dizer uma coisa. A voz dele parecia tão perto que era como se ele estivesse no pé da cama.

E ele está, pensou ela, de repente convencida disso. Ele não se encontrava na Commspan. Tinha entrado furtivamente ali enquanto ela dormia e estava escondido em algum canto do seu quarto. Aquilo tudo não passava da ideia distorcida que ele fazia de uma pegadinha.

Escondido?, indagou ele. *Do que você está falando? Onde?*

Embaixo da cama, pensou ela. *Ou atrás das cortinas.* Mas, ao acender a luz acima da cama, ela viu que as cortinas só chegavam até a parte inferior da janela, e a longa cortina que separava as duas camas estava completamente puxada contra a parede, estreita demais para esconder ninguém.

Ele ainda poderia estar abaixado atrás da outra cama, ou no banheiro ou no armário, pensou ela. Mas, se estivesse mesmo, por que a voz dele soava como se estivesse bem ao lado dela?

Exatamente, disse C. B.

— Você está projetando a voz — disse ela, em tom acusador. — Como um ventríloquo.

Ele riu. *Um ventríloquo? Você está brincando, não é?*

— Não — disse ela, e se sentou. Ela virou as pernas para o lado da cama a fim de ir dar uma olhada, mas o movimento brusco fez o quarto girar. Voltou a deitar. — É melhor você sair daí agora — disse ela, procurando o botão de chamada preso ao travesseiro —, senão vou chamar a enfermeira.

Eu não faria isso se fosse você. São três horas da manhã, o que significa que ela não vai gostar nada de saber que você está acordada, e vai gostar menos ainda quando você disser que está ouvindo vozes. Além do mais, ela vai chamar o dr. Sei--Lá-O-Quê, e ele vai...

— Vai o quê? Vir expulsar você daqui? Ótimo — interrompeu Briddey, apertando o botão de chamada. — Eu adoraria ver isso.

Eu também, disse C. B., *principalmente porque estou do outro lado da cidade.*

— Bem, se isso for verdade, o que eu não acredito nem um pouco, ele vai perceber que deu algo errado, vai me operar de novo e consertar tudo.

Talvez. Ou talvez ele transfira você para a ala psiquiátrica. E, de um jeito ou de outro, ele vai contar para o Trent.

Ah, meu Deus, o Trent. Ela ainda não tinha pensado em como ele encararia aquilo. Briddey procurou o botão de chamada para ver se conseguia desligá-lo, mas era tarde demais. A enfermeira já estava lá, e parecia *mesmo* irritada. E ia ficar mais ainda se Briddey dissesse que não queria nada, então ela falou:

— Me desculpe por ter chamado você. É que eu tive um pesadelo. Havia um homem no meu quarto. Com uma faca. No banheiro. — E pensou: *O que eu vou fazer se ela não for lá olhar?*

Mas ela foi. Abriu bem a porta do banheiro e acendeu a luz para que Briddey pudesse ver lá dentro, e, em seguida, fez a mesma coisa com o armário, onde só havia a camisola hospitalar que Briddey usara para ir ao banheiro antes.

— Está vendo? Não tem ninguém aqui.

A enfermeira foi até a cama.

— Foi só um sonho ruim. — Ela pegou o prontuário de Briddey e escreveu alguma coisa. — Essa confusão é comum após a cirurgia. É efeito do anestésico. Frequentemente provoca sonhos estranhos. Ou você pode ter visto algum auxiliar de enfermagem ou servente entrando. Quer que eu a ajude a ir ao banheiro?

Não, agora que eu sei que ele não está lá, pensou Briddey, imaginando se havia algo que pudesse derrubar para a enfermeira ter que olhar embaixo da cama, mas não havia nada ao seu alcance.

— Não, eu estou bem — disse ela.

— Tente dormir um pouco — recomendou a enfermeira, apagando a luz.

— Você se importaria de deixar a luz acesa? — perguntou Briddey, tentando falar com voz trêmula. — Ou... poderia verificar o resto do quarto antes de sair? Por favor. Sei que foi só um sonho, mas eu dormiria muito melhor se você olhasse.

E, se eu estiver dormindo, não vou apertar o botão de chamada e incomodar você, acrescentou em silêncio, e a enfermeira deve ter chegado à mesma conclusão porque acendeu de novo a luz e deu uma olhada embaixo das duas camas e no canto do outro lado do quarto.

— Viu só? — disse ela, voltando para a cama de Briddey. — Não tem nada ali. Boa noite. — Então apagou a luz novamente e saiu, fechando quase toda a porta.

— Obrigada — gritou Briddey para ela, e depois ficou ali deitada, tentando entender o que tinha acontecido.

C. B. não estava em seu quarto. Será que a enfermeira tinha razão? Aquela voz era só parte de um sonho provocado pela anestesia?

Deve ser isso, pensou, porque C. B. não tinha falado nada desde o momento em que a enfermeira entrou no quarto.

Bela teoria, mas não, disse C. B., e sua voz soou próxima e clara como antes. *E que tipo de enfermeira diz para alguém ir dormir quando poderia haver um serial killer à solta no hospital? Eu não confiaria em nada que ela diz.*

Como ele está fazendo isso?, perguntou-se Briddey, desesperada. *Ele grampeou o quarto*, pensou. Devia ter escondido um microfone e alto-falantes ali em algum lugar.

Grampeei o seu quarto?, disse C. B. *Você está maluca?*

Não. Fazia todo o sentido. Foi por isso que ele não tinha dito nada enquanto a enfermeira estava no quarto, porque ela teria escutado. E, com uma escuta, ele saberia se ela estava sozinha ou não. Briddey se sentou, acendeu a luz novamente, e começou a olhar em volta do quarto para ver se encontrava alguma escuta escondida.

Briddey, eu não grampeei o seu quarto.

— Mentiroso. — Isso explicava tudo. Como ele sabia o que a enfermeira tinha dito e...

Eu não ouvi o que ela disse, interrompeu ele. *Ouvi você pensando sobre o que ela estava dizendo. Quando você conversa com alguém, não pensa só no que está dizendo, mas no que está ouvindo também. E quando eu teria feito tudo isso? Até uns minutos atrás, eu nem sabia que você tinha feito a cirurgia.*

— Não sei — respondeu ela —, mas você fez.

Ele poderia ter escondido a escuta e o microfone em qualquer lugar, no forro das cortinas, no peitoril da janela, nas rosas que Trent tinha enviado. Briddey estreitou os olhos em direção a elas, procurando os fios denunciadores.

Mas não necessariamente *haveria* fios. C. B. podia ter montado algum tipo de engenhoca sem fio. Era um gênio da computação...

Obrigado. Eu achava que você não tinha notado, disse ele secamente, e a voz não vinha da janela. Estava direto em seu ouvido.

Está no meu travesseiro, pensou ela, sentando-se e procurando algum botão de volume anormal. Nada. Ela tirou a fronha e a sacudiu. Depois tateou por trás da parte de cima do colchão.

Não estava lá. Mas poderia estar em qualquer lugar... e ser algo minúsculo. Poderia estar no painel de parede acima da cama. Ou preso ao jarro de água ou ao prontuário ou à caixa de lenço de papel, ou...

Eu não grampeei sua bacia de vômito, disse C. B. *Eu...*

Ele abruptamente parou de falar. *Então eu não posso usar a voz dele para encontrar a escuta*, pensou Briddey, pegando o recipiente.

Não estava lá nem no jarro de água. E, se estivesse no painel de parede, ela não encontraria nunca; era coberto de botões, interruptores e entradas, e qualquer um deles poderia ser um microfone. A única maneira de provar que ele estava grampeando o quarto era sair dali e ir para algum lugar fora do alcance do microfone. Ela queria ter perguntado à enfermeira para qual quarto tinham levado Trent após a recuperação. Ela poderia lhe contar o que tinha acontecido, e ele poderia encontrar o microfone. E fazer C. B. ser demitido.

Mas ela não sabia em que quarto Trent estava, e chamar a enfermeira mais uma vez era uma má ideia. Então teria que se contentar em andar bastante pelo corredor até ficar fora de alcance. Ela se sentou, passou as pernas para o lado e ficou ali parada por um instante para ver se o quarto iria girar novamente. Como isso não aconteceu, saiu com cuidado da cama, usando o suporte do soro como apoio.

Ah, não, o que iria fazer com o soro? O suporte tinha rodinhas. Poderia levá-lo com ela, mas, se tivesse sido ali que C. B. escondera o microfone, deixar o quarto não adiantaria nada.

Ela teria que retirar o acesso intravenoso. Mas e se o monitor tocasse quando ela fizesse isso e alertasse as enfermeiras? *Mas antes vou colocar a camisola e os chinelos*, pensou ela, e caminhou até o armário, levando o suporte junto.

A fina camisola de algodão estava lá, mas não os chinelos. *Devem estar embaixo da cama*, pensou, procurando a escuta no colarinho e nas fitas e, em seguida, vestiu-o com dificuldade. Ela conseguiu enfiar um braço e passar a camisola por cima do ombro, mas o outro braço teria que esperar até que tivesse tirado o acesso. Voltou para a cama, arrastando a camisola desajeitadamente, e se curvou para tentar encontrar os chinelos.

Se não estivesse apoiada no suporte, ela teria desmaiado. O quarto pareceu dar uma guinada brusca e depois oscilar, e ela teve que se agarrar ao suporte até passar a tontura, e, então, tateou procurando a beirada da cama.

Briddey se sentou e respirou fundo. Não havia motivo para tentar encontrar seus chinelos de novo, porque, mesmo que os encontrasse, ela nunca conseguiria se curvar por tempo suficiente para pegá-los. Só tinha que se afastar o suficiente no corredor para ficar fora do alcance dos alto-falantes de C. B.

Posso andar até lá sem chinelos, concluiu, e passou para o problema do suporte de soro. Não conseguia ver um interruptor de liga/desliga, mas *havia* um botão no alto. Ela o apertou com cautela e se preparou para o aparelho começar a apitar.

Não apitou. O motor parou, e a luz verde se apagou. *Que bom*, pensou ela, e arrancou o esparadrapo do dorso da mão para ver o local em que a agulha tinha sido enfiada na pele.

Isso é loucura, alguma parte racional de seu cérebro lhe disse. *Você acabou de passar por uma cirurgia. Arrancar seu acesso e sair andando por aí pode ser perigoso.*

Mas é exatamente com isso que C. B. conta: estar presa onde ele colocou seu sistema de som, pensou, puxando a agulha.

Doeu menos do que esperava, mas sangrava muito. Ela apertou o esparadrapo de volta no lugar para estancar o sangue, enfiou o braço na manga da camisola, desligou a luz para que nenhuma enfermeira entrasse ali para ver por que ela estava acordada, e caminhou com cuidado até a porta, esperando não esbarrar em nada.

Não esbarrou, mas levou uma eternidade para chegar à porta e, quando a abriu, a luz repentina do corredor a cegou por um instante. Ela levantou a mão para proteger a vista da claridade e olhou cautelosamente para o corredor. Não havia nenhum enfermeiro ou servente à vista, e a maioria das portas estava total ou praticamente fechada, sem nenhuma luz vindo de dentro. Ela tinha razão em pensar que era o meio da noite.

Briddey prestou atenção por um tempo e então começou a seguir pelo corredor, grata pelo corrimão ao longo da parede. O corredor fazia uma curva logo após o quarto seguinte. Se ela conseguisse passar dali...

Então desejou estar com os chinelos. O piso estava gélido. E a parte de trás da cabeça, onde deviam ter feito a incisão para a cirurgia, parecia estranha. Não dolorida. *Ainda não*, pensou Briddey, tentando ir mais rápido.

— Enfermeira Rossi — disse uma voz do nada, e Briddey olhou desesperadamente em volta antes de perceber que tinha vindo do intercomunicador. — Por favor, dirija-se à sala da enfermagem.

Briddey parou para ver se ouvia passos, mas nada. A enfermeira Rossi devia estar em alguma outra ala. Briddey voltou a andar pelo corredor. Não imaginava que caminhar apenas alguns passos pudesse lhe exigir tanta energia. E tomar tanto tempo. Quando chegou à curva, sentia como se tivesse corrido uma maratona.

Está tudo bem, pensou ela, olhando com cuidado ao redor. *Você só precisa ir um pouco mais longe*. Logo após o próximo quarto à direita havia uma sala de espera com cadeiras e um sofá. Se conseguisse chegar até ali, poderia se sentar.

Mas isso significava atravessar o corredor. Queria poder estar com o suporte de soro ali para se apoiar. Ela cruzou o corredor cambaleando, apoiou-se na parede, e viu, para seu desespero, que o dorso da sua mão estava completamente coberto de sangue.

O esparadrapo não tinha estancado o sangramento. Ela pressionou o local com a ponta da camisola para tentar conter o sangue, mas depois desistiu. *Você pode cuidar disso quando chegar à sala de espera*, disse a si mesma. *Agora você tem que...*

Chegar à sala de espera?, interrompeu a voz de C. B. *Onde você está? Por que está fora da cama?*

Ah, meu Deus, pensou ela, olhando para os ladrilhos do teto. Ele também havia grampeado o corredor.

O que você está fazendo no corredor?, indagou ele, e sua voz era tão alta e clara quanto no quarto. *Você acabou de passar por uma cirurgia...*

Vai embora!, disse ela, olhando desesperadamente em volta. Se ele tinha grampeado o corredor, devia ter grampeado a sala de espera também. *Vou ter que descer até o saguão*, pensou ela.

O saguão?, C. B. gritava com ela. *Mas que diabos você pensa que está fazendo?*

Indo a algum lugar que você não tenha conseguido grampear, disse ela, passando aos tropeços pela porta da sala de espera em direção aos quartos seguintes.

Eu já disse, não grampeei nada. Briddey, me escuta. Você precisa voltar para o quarto...

E para os seus alto-falantes, escutas e microfones? Não, obrigada. Tinha que haver algum elevador por ali que ela pudesse pegar para ir ao saguão.

Briddey, você não pode de jeito algum ficar andando pelo hospital nesse estado. Meu Deus, se eu soubesse que você reagiria assim, eu nunca teria... Você precisa me dizer onde está!

Por quê? Para você grampear esse lugar também?, perguntou ela, andando mais rápido, determinada a sair do alcance dele. Mas isso a deixou mais zonza, e a sensação de tensão na nuca se transformou em dor.

Uma luz se acendeu em cima da porta logo à frente. Isso significava que o paciente lá dentro tinha apertado o botão de chamada, e uma enfermeira viria vê-lo. Ela precisava sair dali. Mas para onde? Ela ainda não via nenhum sinal de elevador por perto.

— Enfermeira! — chamou a voz de uma mulher dentro do quarto, e Briddey ouviu passos vindos da direção para onde seguia.

Preciso me esconder, pensou desesperadamente, e correu passando pela porta do quarto da paciente que chamara a enfermeira em direção à próxima, tentando ignorar a tontura e a voz de C. B. em seu ouvido, repetindo insistentemente: *Me diga onde você está. Por favor.*

Se conseguisse chegar ao quarto seguinte, poderia se esconder lá dentro até a enfermeira passar.

— Enfermeira! — chamou a mulher novamente.

E então disse uma voz pelo intercomunicador:

— Dr. Black, por favor, dirija-se à sala de enfermagem.

Os passos que se aproximavam aceleraram até virarem uma corrida, e Briddey cambaleou até a porta do quarto.

Não era um quarto de paciente. Uma placa na porta dizia SOMENTE PESSOAL AUTORIZADO, provavelmente era uma sala de descanso dos enfermeiros. Ou um depósito. Mas tinha que arriscar. Ela abriu a porta.

Era uma escada para os andares de baixo. Briddey entrou furtivamente, puxou a porta pesada até quase fechá-la, e depois ficou ali, impendindo-a de fechar completamente, com medo de que o barulho pudesse chamar a atenção da enfermeira que se aproximava.

A enfermeira passou depressa pela porta e seguiu pelo corredor até sumir de vista. Briddey ficou ali por mais um minuto para garantir que a enfermeira não a ouviria, e escutou a voz no intercomunicador repetir:

— Chamando dr. Black.

Depois, soltou a porta, que se fechou, interrompendo o som do intercomunicador, e ela ficou feliz por ter esperado, porque a porta fez um barulho alto quando bateu. *Que bom*, pensou Briddey. *Isso significa que vou ouvir qualquer pessoa entrando. E posso descer estas escadas até o saguão.*

Ela começou a descer as escadas. Estava ainda mais frio nas escadas do que no corredor, e os degraus de cimento eram como gelo para seus pés descalços. Ela teve que agarrar o corrimão congelante de metal para não cair, e estava cada vez mais zonza. Não tinha como descer até o saguão.

Mas você não precisa, pensou. Como o som do intercomunicador tinha sido cortado quando a porta se fechou, os alto-falantes que C. B. tinha escondido no corredor não chegariam até ali. Ela desceu cambaleante os últimos degraus até o patamar e se sentou no segundo degrau acima dele.

Um erro. A fina camisola hospitalar não lhe protegia contra o frio do cimento, e ela logo começou a tremer. *É melhor isso ter funcionado*, pensou.

Ela abriu a boca para chamá-lo e, em seguida, fechou-a com firmeza, assim como os olhos. *C. B.?*, pensou. *Você pode me ouvir?*

Nenhuma resposta.

Eu sabia, pensou ela. *Você vai lamentar ter feito isso. Vou contar ao Trent, e ele vai...*

Briddey?, disse C. B. em seu ouvido. *Graças a Deus! Cadê você? Está tudo bem?*

Não, pensou ela. *Não!*

Estou a caminho do hospital, disse ele. *Chegarei aí o mais rápido possível.*

CINCO

> *Bem, se eu liguei para o número errado,
> então por que você atendeu o telefone?*
> James Thurber, *The Thurber Carnival*

Onde você está?, perguntou C. B., sua voz incrivelmente nítida, incrivelmente próxima. *Ainda no corredor?*

Briddey pressionou os ouvidos com força para não escutá-lo, sabendo com uma certeza enlouquecedora que aquilo não funcionaria.

Por favor, me responde, implorou ele. *Você desceu até o saguão?*

Ela enterrou a cabeça entre as mãos e ficou ali sentada na escada gelada, pensando. *É verdade. C. B. está mesmo dentro da minha cabeça. Mas como isso aconteceu? Não existe essa coisa de...*

Vamos nos preocupar com isso mais tarde, disse C. B. *Agora você precisa me dizer onde está para que eu possa levá-la de volta para o quarto.*

E ela deve ter pensado: *Não consigo voltar*, porque ele disse: *Tudo bem. Não precisa chorar. Só fique aí. Eu cuido disso.*

— Eu *não* estou chorando — disse ela, indignada, mas era mentira. Lágrimas escorriam por seu rosto. Briddey as limpou com as costas da mão.

Vai ficar tudo bem, disse C. B. *Eu prometo.*

Como?, pensou ela. *Estou conectada a C. B. Schwartz*, e começou a chorar novamente.

A porta acima dela se escancarou de repente, e um servente gritou: "Sim, ela está aqui!", seguido por uma multidão de funcionários gritando instruções e dizendo: "Mas como raios ela conseguiu descer até aqui? Vocês não checam os pacientes?" e "Meu Deus, estaremos ferrados se o Verrick descobrir!".

Dr. Verrick! Ah, não, se ele contar para o Trent...

Eles a bombardearam com perguntas como "Você caiu?", "Tem certeza?", "Bateu a cabeça?" e se ajoelharam a seu lado para verificar a nuca e os curativos.

— Você tem certeza de que não tropeçou e bateu a cabeça? — perguntou um dos médicos-residentes, tocando seu rosto. Os dedos dele ficaram sujos de sangue.

Foi de quando enxuguei as lágrimas, pensou, e olhou para sua camisola. Também estava ensaguentada.

— Eu não caí — disse ela. — Eu tirei o acesso intravenoso. Por isso esse sangue todo. — E lhes mostrou as costas da mão.

O residente a segurou.

— E por que você fez isso?

— Não sei. Eu... — disse ela, tentando pensar em uma razão plausível, mas o homem não parecia querer uma. Já estava auscultando seu coração e ordenando que a enfermeira colocasse outro acesso.

A mulher então limpou o sangue da mão de Briddey, o que não ajudou muito, porque um grande hematoma havia se formado. Após examinar o local, a enfermeira achou melhor colocar o acesso na outra mão. Briddey estava paralisada de frio, e seus dentes batiam.

— Vá buscar um cobertor — disse o residente a um auxiliar bem jovem. — E algo para os pés dela. — Então se virou para Briddey. — Olhe para cá — pediu, indicando um ponto no centro da testa dele, e depois ligou sua lanterna e examinou os olhos dela. — Você sabe onde está?

— Sim — respondeu ela. — Em uma escada no hospital.

— Você lembra como chegou aqui?

Lembro, pensou ela. *Estava tentando fugir da escuta que colocaram no meu quarto*, e esperou C. B. protestar.

Mas ele não disse nada. E não apareceu na escada, apesar de ter dito que estava a caminho. Ele não a encontrara, e sim o servente, talvez porque a enfermeira tivesse passado no quarto dela para verificar o soro e visto que não estava lá. Talvez a conversa com C. B. na escada tivesse sido um sonho induzido pela anestesia.

Ou algo pior. E se durante a cirurgia o dr. Verrick tivesse cortado um nervo que não devia, e a voz de C. B. fosse na verdade o resultado de uma hemorragia ou de neurônios atingidos ou algo assim? Ele tentara alertá-la sobre as complicações, mas Briddey não lhe dera ouvidos, e agora ali estava ela, com dano cerebral.

O residente a encarava, preocupado.

— Sim, eu lembro como cheguei aqui — respondeu, e soube imediatamente que tinha cometido um erro.

Isso significava que havia arrancado o acesso e ido até ali de propósito, logo, a pergunta seguinte seria: "Aonde você estava indo?".

— Quero dizer, eu me lembro de sair da cama... — disse ela — e então... — Briddey franziu a testa, como se tentasse se lembrar. — Acho que devo ter me perdido procurando o banheiro e achei que esta fosse a porta do meu quarto...

O residente não parecia satisfeito com a resposta.

— O que havia no saguão? — perguntou ele. — Quando o seu namorado telefonou para cá, disse que você ligou para ele e mencionou algo sobre o saguão. Ele estava com medo de que você pudesse tentar ir até lá.

A enfermeira assentiu.

— Ele estava com medo de você tentar descer as escadas.

Não é nenhuma lesão cerebral ou a anestesia, pensou Briddey. *É real. Assim como a telepatia.*

Ela achou que deveria ficar aliviada por não estar sofrendo os efeitos de nenhuma dessas coisas, mas aquilo era um pesadelo. Se ela deixasse aquele interrogatório continuar, a enfermeira lembraria que Briddey não estava com seu celular e não poderia ter ligado para ninguém. E que seu namorado estava ali no hospital, também se recuperando de um EED, e também sem celular, e então aquilo viraria *mesmo* um pesadelo.

— Que bom que ele nos disse para verificar as escadas — dizia a enfermeira — porque quase ninguém as usa. Por que você...?

— Eu não sei... — disse Briddey, segurando o braço do residente, como se precisasse se apoiar em algo. — Ai, meu Deus, acho que *agora* bateu uma tontura.

Deu certo. O residente parou de fazer perguntas e começou a dar ordens, e em tempo recorde a tiraram dali, colocaram-na em uma cadeira de rodas e a levaram para o quarto. Uma enfermeira e uma auxiliar de enfermagem a ajudaram a vestir uma camisola limpa e depois a se deitar.

Ela ainda tremia.

— Estou com tanto frio... — murmurou, enquanto a enfermeira ajeitava as cobertas.

— Não é de admirar — disse a mulher. — Estava um gelo naquela escada. — Ela pendurou o novo soro no suporte. — Assim que terminarmos aqui, vou buscar outro cobertor.

— Você tem sorte por seu namorado ter ligado — disse a auxiliar. — Senão podia ter ficado lá embaixo por horas. Nós nem sabíamos que você não estava no quarto.

A enfermeira fuzilou a outra mulher com o olhar.

— Vá buscar um cobertor — disse ela com firmeza.

A auxiliar saiu depressa.

— O dr. Verrick não precisa ficar sabendo disso, não é? — perguntou Briddey. — Eu ainda estava sob efeito da anestesia, e fiquei confusa...

— Foi o que o seu namorado disse quando ligou — observou a assistente, reaparecendo na porta, sem nenhum cobertor. — Ele estava *bem* irritado. Disse que, se não a encontrássemos imediatamente, ele ia pôr o hospital abaixo.

— Pensei que tivesse mandado você buscar um cobertor — disse a enfermeira.

— Não sei onde eles estão.
— Estão... não importa, daqui a pouco mostro para você.
Então pegou o prontuário de Briddey.
Se ela ler isso, vai ver que fiz um EED e perceber que meu namorado deve ter feito um também.
— Você pode pegar o cobertor agora? — perguntou Briddey em tom sofrido. — Estou *morrendo* de frio.
— Agora mesmo — disse a enfermeira. — Seu botão de chamada está bem aqui. — Ela o deixou perto da mão de Briddey. — Chame se precisar de *qualquer coisa*. Promete que não vai fugir de novo enquanto eu estiver fora?
Não tenho para onde ir, pensou Briddey desesperadamente. *Aonde quer que eu vá, ele vai estar lá, dentro da minha cabeça.*
— Vou ficar aqui quietinha — disse ela. — Juro.
— Ótimo — disse a enfermeira e saiu.
No entanto, segundos depois, uma estudante de enfermagem entrou, fingindo querer apenas encher a jarra de água, mas era óbvio que só foi até ali para ver como ela estava. Um minuto mais tarde outro residente veio lhe fazer as mesmas perguntas que o primeiro. E depois um servente, com um esfregão.
Mas nada da auxiliar de enfermagem com o cobertor, e os dentes de Briddey começavam a bater novamente.
— Você pode pegar um cobertor para mim? — pediu ao servente.
— Vou pedir à sua enfermeira para lhe trazer um — prometeu ele e saiu.
Achei que eles nunca fossem embora, disse C. B. *Você está bem?*
— Estou, mas não graças a você — disse ela, sem tirar os olhos da porta, aflita. Se alguém entrasse ali e a visse falando sozinha, eles definitivamente chamariam o dr. Verrick.
Vai embora, pediu ela silenciosamente. *Você já causou problemas demais.*
Olha, Briddey, me desculpe. Se eu soubesse que falar com você a assustaria a ponto de fazê-la querer fugir, eu nunca teria...
Feito um EED?
O quê?, indagou C. B. perplexo.
É a única explicação. Quando você fez isso? Logo depois que descobriu que Trent e eu faríamos?
O quê? Por que diabos eu faria um EED? Fui eu que tentei convencê-la a desistir dessa ideia, lembra?
Talvez fosse só um truque para me confundir. Para eu não perceber que você ia fazer um também.
Ah, claro, disse ele sarcasticamente. *Eu pensei: Olha, vão furar a cabeça das pessoas para elas poderem trocar sentimentos. Que ótima ideia! Acho que vou fazer isso também.*

— *Não* — retrucou ela, em voz alta, com raiva. — Para me impedir de...

A estudante de enfermagem que tinha enchido a jarra de água enfiou a cabeça na porta.

— Precisa de alguma coisa? — perguntou ela.

Ela deve ter ficado parada em frente à porta do quarto o tempo todo para me impedir de fugir de novo, pensou Briddey.

O que é uma excelente ideia, disse C. B., *já que obviamente não se pode confiar em você para cuidar de si mesma.*

E lá se foi o último fio de esperança de que houvesse um microfone escondido em algum lugar do quarto, porque a estudante de enfermagem não deu nenhum sinal de ter ouvido C. B.

— Você está bem? — perguntou ela, olhando para Briddey com preocupação.

Não, pensou Briddey.

— Sim — respondeu. — Eu estava procurando meu botão de chamada. Você pode tentar descobrir o que aconteceu com o cobertor extra que iam me trazer?

— Ah, claro — disse a estudante de enfermagem, e desapareceu.

Boa saída, disse C. B., *mas a partir de agora é melhor não falar comigo em voz alta.*

Não pretendo falar com você de forma alguma, disse ela. *Não acredito que você fez isso.*

Deixe-me ver se entendi, disse ele. *Você acha que eu descobri que você e Trent iam fazer o EED e que eu decidi passar a perna nele? Como exatamente eu poderia ter feito isso se o dr. Sei-Lá-O-Quê tem uma lista de espera do tamanho do meu braço? E quando? Vi você hoje de manhã na Commspan.*

Você pode ter corrido até aqui e subornado algum paciente para deixá-lo passar na frente ou... Um pensamento horrível lhe ocorreu. E se C. B. tivesse dito ao médico que *ele* era Trent? Isso explicaria por que ela não conseguia ouvir o namorado, porque ele nem chegara a fazer o EED. Ou seja, C. B. estava falando com ela não da Commspan, mas bem dali do...

Sério?, disse C. B. *Os hospitais fazem de tudo para se certificar de que não vão operar o órgão errado, imagina a pessoa errada. Ou você acha que roubei a identidade dele e o amarrei em meu laboratório, tudo isso para fazer uma cirurgia que falei mil vezes que era uma péssima ideia? E, de qualquer maneira, você não está esquecendo alguma coisa? Um casal não precisa estar emocionalmente ligado para o EED funcionar?*

Se você está tentando dizer que estamos emocionalmente ligados...

O que estou *dizendo, de acordo com o que você me contou sobre o EED, é que não teria adiantado de nada para mim fazer um a menos que...*

Shh, disse ela. *Ela está voltando com meu cobertor.*

Ela não pode me ouvir, lembra? Nem você. A menos que comece a falar em voz alta de novo.

Não era a estudante de enfermagem, e sim o residente de plantão, acompanhado de outra enfermeira.

— Me falaram que você fez uma pequena caminhada esta noite — disse o residente, num tom jovial, checando o prontuário. — Está sentindo alguma coisa?

Sim, disse C. B. Um enorme complexo de perseguição.

Cale a boca.

— Não — respondeu ela.

— Tontura? — perguntou o residente, e fez a ladainha de perguntas novamente. — Visão dupla? Dor de cabeça?

Fazer acusações ridículas, talvez?, disse C. B.

Vai embora.

O residente e a enfermeira olhavam para ela um pouco intrigados. *Ai, meu Deus,* pensou Briddey. *Eu disse isso em voz alta?*

Não, respondeu C. B.

Eles então lhe fizeram outra pergunta, que ela não ouviu porque C. B. estava falando.

— Desculpe, o quê? — perguntou ao residente.

— Eu perguntei se você sentiu algo incomum. Formigamento? Dormência?

— Não.

Dormência significava que temiam que algum nervo estivesse sendo pressionado. Talvez o edema de que tinham falado estivesse pressionando alguma coisa e causando o problema? Ou ainda pressionando duas vias ao mesmo tempo? Circuitos eletrônicos adjacentes muitas vezes se cruzavam, causando interferência de sinal e transmitindo um canal ou estação de rádio diferentes daquele a que se estava sintonizado. Talvez os circuitos do cérebro funcionassem da mesma forma, e a voz de C. B. fosse resultado de algum tipo de interferência.

— E visão turva? — continuava o residente.

— Não.

Ele terminou de checar o prontuário, verificou o curativo e então disse:

— Tudo bem, tente dormir um pouco. E nada de passeios noturnos. Se precisar ir ao banheiro, use o botão de chamada. — Ele estava prestes a sair do quarto quando a enfermeira, que até o momento não tinha se pronunciado, perguntou:

— Está precisando de alguma coisa?

— Sim — respondeu Briddey. — De um cobertor. Estou congelando.

Ops, disse C. B. Acho que você não devia ter dito isso.

Ele estava certo. A enfermeira e o residente trocaram olhares preocupados, e o residente se aproximou da cama.

— Você está tendo calafrios? — perguntou ele abruptamente.

— Não. Só estava muito frio lá na escada, e eu...

Eles não acreditaram. O residente insistiu em auscultar seus pulmões, e era óbvio pelas suas perguntas que achava que ela havia contraído pneumonia. Briddey teve que convencê-lo de que não precisava de uma radiografia, não estava sentindo dificuldade para respirar, não tinha a menor intenção de sair da cama de novo, muito menos de ficar andando por ali descalça, e não havia *nenhuma* razão para relatar nada disso ao dr. Verrick.

Finalmente, depois de ouvir seus pulmões mais uma vez, o residente saiu e a enfermeira disse:

— Vou dizer para lhe trazerem um cobertor.

Então saiu também.

Briddey imaginou que C. B. fosse começar a tagarelar novamente, mas não. A enfermeira também não trouxe o cobertor. Após dez minutos, Briddey concluiu que tinham esquecido e, apesar do alvoroço que causaria se a pegassem fora da cama, estava prestes a buscar outra camisola no armário quando ouviu a enfermeira chegando. Finalmente. Um pouco mais, e ela iria *mesmo* contrair pneumonia.

Só que não era a enfermeira. Era C. B. Ela reconheceu o contorno revolto de seu cabelo à luz do corredor.

— O que você está fazendo aqui? — perguntou ela. — Vai embora.

— Não dá — sussurrou ele, fechando a porta. — Tem um servente limpando o corredor lá fora. Ele quase me viu entrando. Você não gostaria que ele dissesse ao Trent que viu um homem estranho saindo do seu quarto no meio da noite, não é?

Ela sentou.

— Por que...?

— Shh — disse C. B., levando um dedo aos lábios. — Ele ainda está lá fora. — Então andou de fininho até a porta e prestou atenção por um minuto. — O.k., acho que foi na direção da sala de enfermagem. — Ele fechou a porta e parou junto ao pé da cama.

Briddey acendeu a luz. Ele parecia ainda mais desarrumado e desalinhado do que na Commspan, o cabelo escuro todo emaranhado. Sua camisa e a calça de moletom estavam completamente amassadas, como se as tivesse pegado daquela pilha no sofá do seu laboratório, e o capuz de sua jaqueta estava meio preso para dentro.

— O que você está fazendo aqui? — sussurrou ela.

— Eu só queria ter certeza de que estava tudo bem — disse ele. — Desculpe ter demorado tanto tempo. Quando cheguei, eles já haviam trazido você de volta para o quarto e havia um monte de gente em volta, então tive que esperar todo mundo sair, e foi um pouco difícil passar escondido pela sala da enfermagem. Você está bem?

— Estou — sussurrou ela, franzindo a testa.

Ele estava falando com ela. Em voz alta. Seu coração ficou mais leve. Tinha sido um sonho, afinal.

Receio que não, disse C. B. *E não, eu não sou ventríloquo.* Ele apontou para o jarro de água. *Se você quiser uma prova, posso beber um copo d'água e falar ao mesmo tempo. Não, espere, ventríloquos podem fazer isso, então não provaria nada, não é?*

— Não — disse Briddey, mas provava, porque ele estava bem ali, com ar preocupado e sem dizer uma palavra, e ela o ouvia perfeitamente.

Aqui, disse ele, e sentou-se na cama ao lado dela.

Ela encolheu as pernas e se afastou.

— O que você acha que está...?

Shh. O servente, lembra? Ele se virou e levantou o cabelo, deixando parte do pescoço à mostra. *Nenhum pedaço raspado, nenhum ponto, nenhuma cicatriz.*

— Quero ver o outro lado.

Não tem como ser do outro lado. A área do cérebro que o EED...

— Mostre.

Está bem, disse ele, levantando o cabelo do outro lado. Também não havia nenhum pedaço raspado ali.

Ele se levantou. *Agora você acredita em mim? Não fiz um EED às pressas, não grampeei seu quarto e não deixei cair um walkie-talkie no seu cérebro quando o dr. Sei-Lá-O-Quê não estava olhando. Eu estava apenas sentado no meu laboratório, cuidando da minha vida, quando você começou a falar comigo.*

— Eu não estava falando com você. Estava falando com o Trent.

Bem, você devia ter sido mais específica. Só ouvi...

— E pare de fazer isso. É assustador. Fale em voz alta.

— Tudo bem — disse ele baixinho depois de olhar em direção ao corredor. — Só ouvi você perguntando: "Está aí?". E eu estava, então respondi.

— Mas você *não devia* estar. E o que está fazendo aqui agora? Pensei que detestasse hospitais.

— E detesto — disse ele. — E você é a Prova A do porquê. Eles perdem os pacientes de vista, tentam congelá-los até a morte. — Ele olhou em volta. — Deus do céu, este quarto é ainda mais frio do que o meu laboratório.

— A enfermeira que estava aqui vai me trazer um cobertor.

— Quer apostar? Era a morena bonita, certo? — Briddey não se dignou a responder isso. — Ela encerrou o plantão há quinze minutos. E o restante da equipe passou os últimos vinte minutos confabulando na sala da enfermagem, tentando decidir se falava com o dr. Sei-Lá-O-Quê...

— Dr. *Verrick*.

— ... sobre sua pequena aventura.

— O que eles decidiram?

— Não sei. Ainda estavam conversando quando entrei aqui, mas acho que uma parte queria esperar até de manhã e outra preferia não contar absolutamente nada.

Por favor, que seja a última opção, pensou Briddey. Mas se estavam todos na sala da enfermagem, ela nunca conseguiria seu cobertor. Ela devia ter acidentalmente deixado escapar esse pensamento, porque C. B. na mesma hora tirou o casaco e colocou sobre os ombros dela.

— Aqui — disse ele. — Está melhor?

— Sim.

Ela puxou o casaco para se esquentar.

— Meu Deus, o que é isso? — disse ele, olhando para a mão de Briddey. — Está cheia de hematomas. — Ele levantou a mão dela para ver melhor. — Achei que tivesse dito que estava bem.

— *Estou* bem — disse ela, puxando a mão. — Não é nada.

— Foi quando você tirou o acesso, não foi?

— Não — disse ela. — A enfermeira teve dificuldades para pegar uma veia. Teve que tentar várias vezes.

— Mentir não funciona quando se é telepático — disse ele. — Posso ler sua mente, lembra? Olha, Briddey, me desculpe mesmo. Estou muito arrependido. Não queria assustá-la, e nunca passaria pela minha cabeça que você faria algo assim. Quer dizer, sei que descobrir que você é capaz de conversar mentalmente com alguém é uma surpresa...

— Uma *surpresa*? — disse ela, levantando a voz. — Uma *sur*...

— Shh. Vão ouvi-la.

— Eu *quero* que me ouçam. Quero que eles chamem o dr. Verrick e lhe digam que alguma coisa deu errado, para que ele possa...

— O quê? Fazer outro furo na sua cabeça?

— Não, *corrigir* isso. Descruzar nossos circuitos e nos livrar dessa interferência...

— Isso não é interferência — disse C. B. — Não é assim que funciona. Embora... — disse ele. E franziu a testa.

— Então você está admitindo que *talvez* seja uma interferência — comentou ela. — E, se for, o dr. Verrick pode descruzar os circuitos ou separar as sinapses e ligar as sinapses corretas, algo do tipo.

Ela estendeu a mão para o botão de chamada.

— Não, não faça isso — disse ele.

— Por que não?

— Porque, como você mesma disse, as pessoas não acreditam que telepatia exista, e, mesmo que existisse, o EED não *torna* as pessoas telepáticas. Então, digamos que você fale pra ele que está ouvindo a minha voz na sua cabeça. Ou ele vai transferir você para a ala psiquiátrica, ou vai dizer: "Mas para que uma conexão assim aconteça, é preciso haver algum vínculo emocional...".

— Conexão!

— Tanto faz. Ele vai dizer: "Se você está ouvindo o sr. Schwartz, então isso deve significar que vocês dois...".

— Ele não vai falar isso — disse ela. — Eu vou explicar o que aconteceu...

— E o que aconteceu? Você chamou seu namorado e outra pessoa respondeu? Esqueça o Verrick. Como Trent vai encarar essa situação?

C. B. estava certo. Se ela contasse a Trent que estava conectada a outra pessoa... e a C. B., ainda por cima...

— Nossa, obrigado — disse C. B.

Você não devia ter ouvido isso.

— Eu sei. É por isso que telepatia é uma péssima ideia.

— Só quis dizer...

— Eu sei exatamente o que você quis dizer. Posso ler sua mente, lembra? Está tudo bem. Sei que sou um nada perto do jovem executivo em ascensão e seu Porsche. Mesmo assim, poderia ter sido pior. Pense em todas as pessoas desprezíveis, pervertidas e loucas que a gente encontra por aí. Você podia ter acabado conectada a um deles. Ou a um serial killer com uma faca, como aquele que você inventou para a enfermeira. Ou a um fanático religioso que acredita que o mundo vai acabar na próxima terça.

O mundo já acabou, pensou ela.

— Não mesmo — murmurou ele.

— O que *isso* quer dizer?

— Nada. Você estava dizendo...

— Que você está certo. Não posso contar ao Trent — disse ela. — Não até eu descobrir o que está causando isso e como consertar tudo. E você não pode contar a ele também. Ou para ninguém da Commspan.

— Não vou. Também não quero que ninguém descubra isso. Metade da empresa já acha que sou um psicopata. Não quero dar às pessoas mais um motivo. Você não contou a mais ninguém sobre isso, não é? Não contou à sua enfermeira? Nem às pessoas que trouxeram você de volta para o quarto?

— Não...

— Que bom. Não conte. Bom, é melhor eu ir embora antes que alguém me veja. — Ele andou em direção à porta, depois voltou até a cama. — Meu casaco — disse, tirando-o dos ombros de Briddey. — Vai que o Trent pergunta onde você o arranjou.

— É verdade — disse ela, embora tivesse começado a se aquecer. — Obrigada por... — Mas ele já tinha saído.

C. B.? chamou em silêncio, mas ele não respondeu.

Ele não vai contar nada ao Trent, pelo menos não preciso me preocupar com isso, pensou ela, abraçando o corpo. Ele queria manter isso em segredo, tanto quanto ela. Havia um alívio genuíno na voz dele quando ela dissera que ninguém sabia de toda aquela confusão.

Por quê?, perguntou-se Briddey. Apesar do que C. B. dissera, ela não achava que ele se preocupava com a opinião das outras pessoas na Commspan, e ele não dava muitos indícios de ter uma namorada...

Ela ouviu passos vindo pelo corredor. Na mesma hora apagou a luz, deitou-se, fechou os olhos, começou a respirar bem suavemente, para pensarem que estava dormindo, e esperou que a enfermeira ou a assistente ou quem quer que fosse acendesse a luz.

Mas ninguém acendeu. A pessoa entrou no quarto e foi direto até a cama.

— Tire as cobertas — sussurrou C. B., e estendeu a mão para descobri-la.

— O que você *acha* que está fazendo? — sussurrou ela, furiosa, agarrando as cobertas e puxando-as até o pescoço, como se aquilo pudesse protegê-la. — Não sei o que você *tem em mente*, mas...

— *Tenho em mente* que eu lhe trouxe um cobertor — disse ele. — *Tenho em mente* que eu o esquentei no micro-ondas, então ele precisa estar em contato com o seu corpo.

— Ah — disse Briddey.

Ela puxou a ponta da camisola para cobrir as pernas e afastou as cobertas. C. B. a cobriu.

Estava maravilhosamente quente. Ela parou de tremer no segundo em que o cobertor tocou sua pele.

— Muito obrigada — disse ela.

— De nada — respondeu C. B., puxando as outras cobertas. — Embora você achasse que eu estava tentando atacá-la.

— Eu não...

— Achou, sim. Posso ler sua mente, lembra?

— Como esquecer? — retrucou ela, com amargor na voz. — Você acha que há uma chance de isso...?

Ela parou. Ele estava olhando para a porta, atento, como se tivesse ouvido alguma coisa.

— Alguém está vindo? — sussurrou ela.

— Não, mas é melhor eu ir antes que apareçam. Ouça, a gente conversa sobre isso de manhã e decide o que fazer — sussurrou ele, e depois deu outra olhada rápida em ambas as direções, saindo de fininho pela porta. *Enquanto isso, você dorme um pouco,* disse ele. *E nada mais de sair por aí.*

Eu não vou sair, pensou ela, sonolenta, aconchegando-se sob o cobertor quentinho. *Pretendo ficar aqui embaixo para sempre. Foi muito legal da parte dele pegar o cobertor para mim. Ele não é tão ruim assim.*

Exatamente o que eu estava tentando lhe dizer, disse C. B., do nada. *Como já disse antes, poderia ter sido muito pior. Você poderia ter se conectado a alguém que não sabia onde estavam os cobertores.*

Ou onde ficava o micro-ondas, pensou ela, afundando-se mais no calor das cobertas. *Agora vá embora. Você disse para eu dormir um pouco, mas como vou fazer isso se você não para de tagarelar?*

Você tem razão, disse ele. *Boa noite. Vejo, quero dizer, ouço você de manhã.*

Ah, espero que não, pensou Briddey, e depois ficou com medo de que ele tivesse ouvido isso também. Mas ele não respondeu, e ela achou ter detectado uma diferença no silêncio, como se ele tivesse ido embora.

Se ao menos ela pudesse fazê-lo ir embora para sempre. E o que faria se não conseguisse? Se ela contasse a Trent, ele deduziria que estava apaixonada por C. B. Mas se ela mentisse e dissesse que não estava captando nada, Trent pensaria que o EED não funcionou.

Se bem que Trent não contava que os dois se conectariam antes de vinte e quatro horas após o EED, o que significava que Briddey tinha um pouco de tempo para pensar em alguma estratégia. Mas vinte e quatro horas a partir de quando? Da hora em que a cirurgia dela — ou a de Trent — tinha terminado? Ou da hora em que o efeito da anestesia deles passou? Sua cirurgia estava marcada para uma hora, e o dr. Verrick dissera que levava uma hora, então às duas horas da tarde seguinte era o primeiro período de vinte e quatro horas possível.

Isso quer dizer que você tem até lá para pensar em algo para dizer a Trent e até mais ou menos amanhã de manhã para decidir se vai contar ao dr. Verrick o que aconteceu. Porque era óbvio que as enfermeiras tinham resolvido não acordar o médico e tirá-lo da cama àquela hora, ou ele já estaria ali.

E talvez, pela manhã, tudo aquilo já tivesse se resolvido, pensou. *O edema terá diminuído, e a voz de C. B. terá desaparecido da minha cabeça.* E, mesmo que isso não acontecesse, o cobertor era maravilhosamente quente, e as coisas pareceriam menos desesperadoras à luz do dia. *Isso se eu conseguir dormir um pouco e C. B. não me interromper de novo*, pensou, sonolenta, e ouviu alguns passos.

Passos que se dirigiam ao seu quarto. *Vá embora, C. B.*, disse ela, mas não era ele.

Era o dr. Verrick.

— Olá, srta. Flannigan — disse ele. — Agora imagino que você vá me contar o que está acontecendo.

SEIS

*É sempre a melhor política dizer a verdade, a menos,
é claro, que você seja um excelente mentiroso.*
Jerome K. Jerome, *The Idler's Club*

— Dr. Verrick! — disse Briddey, tentando se sentar e, em seguida, lembrando-se de que, na verdade, deveria subir o encosto da cama, o que era bom. Quase deixara escapar um: "O que você está fazendo aqui?". Mas procurar os controles e colocar a cama no ângulo adequado lhe deu tempo de mudar para: — Não achei que você ainda estaria aqui tão tarde.

Ele olhou para ela atentamente e depois sorriu.

— Não tarde. Cedo. Tenho dois EEDs programados para as seis. O dia de um cirurgião começa ao raiar do dia.

Mas ainda não é o raiar do dia. Estamos no meio da noite. Ou era? Ela queria estar com o celular para ver as horas. Era impossível dizer pela aparência do dr. Verrick. Ele parecia tão impecável quanto no dia anterior.

— Como está se sentindo? — perguntou ele.

Que pergunta difícil, pensou Briddey. Se ele não soubesse sobre sua aventura pelo hospital, deveria simplesmente dizer: "Estou bem". Mas, se ele soubesse, precisaria lhe dar algum tipo de explicação.

Não, não precisa, disse C. B. *A Regra Número Dois da Mentira é "Nunca diga mais do que o absolutamente necessário".*

Cala a boca.

— Ainda me sinto um pouco sonolenta — disse ela ao médico. — E... hum...

O dr. Verrick se inclinou para a frente, aguardando o resto da resposta.

— Chapada — disse ela cautelosamente. — Um pouco desorientada.

— Isso é esperado — disse o dr. Verrick. — É um efeito comum da anestesia. — Então pegou o laptop para ver o prontuário dela. Que muito provavelmente continha alguma observação sobre sua fuga.

— Você já viu o Trent? — perguntou ela para desviar a atenção do médico. — Como ele está?

O dr. Verrick olhou com mais atenção ainda para Briddey, e ela sentiu um tremor de apreensão. E se havia acontecido alguma coisa com Trent? Isso explicaria por que ele não havia respondido quando ela o chamara — e o que o dr. Verrick estava fazendo ali no meio da noite. Tudo o que C. B. dissera sobre danos cerebrais e acabar como um vegetal voltou depressa à sua mente.

— Trent está bem? — perguntou ela, ansiosa.

— Sim, é claro — respondeu o dr. Verrick, e a surpresa na voz dele tinha uma sinceridade tranquilizadora. — Eu o vi logo que ele saiu da sala de recuperação, e ele estava muito bem. Agora vamos ver como *você* está. — Ele tirou um estetoscópio do bolso do jaleco, auscultou o coração e os pulmões, verificou sua pulsação, e então a fez se inclinar para a frente. — Algum desconforto? — indagou ele, pressionando levemente ao redor da incisão.

Ela balançou a cabeça.

— Que bom — disse ele. — Parece estar tudo bem. Há um pequeno edema, mas isso é normal. Alguma tontura?

— Não.

— Náusea? — perguntou ele, fazendo as mesmas perguntas já familiares para ela. — Dormência? Formigamento?

Ela respondeu *não* a todas.

— A enfermeira Jordan relatou que você ficou um pouco confusa quando saiu da cama para ir ao banheiro.

Eu sabia. Contaram para ele.

— Ela falou que você ficou vagando pelo corredor — disse o dr. Verrick. — O que houve exatamente?

Isso depende do que a minha enfermeira disse. Será que a enfermeira lhe contara que Briddey tirou o acesso intravenoso e foi encontrada na escada ou só que saíra andando? *C. B. está errado por falar que conseguir ler mentes é uma péssima ideia. Agora seria realmente útil.*

— Não me lembro exatamente. — Ela franziu a testa como se estivesse tentando reconstruir suas ações. — Me lembro de sair da cama... e de alguma forma acabei parando no corredor...

— Aonde você estava indo? — perguntou o dr. Verrick. — Estava tentando encontrar o sr. Worth?

Por que não pensei nisso antes?, perguntou-se Briddey. Teria sido a desculpa perfeita. Ela estava preocupada com Trent e, como continuava meio chapada, tentou encontrar o quarto dele. Então pensou se ainda poderia usar essa desculpa.

Não, disse C. B. em sua mente. *Não faça isso. A Regra Número Um da Mentira é manter a mesma história.*

Vai embora, disse ela.

Só estou tentando ajudar. Não permanecer fiel à mesma história é o que sempre entrega os mentirosos. Eles contam uma coisa para uma pessoa, outra coisa para outra pessoa...

Shh, disse ela, mas ele estava certo. Ela já disse que tinha se perdido tentando encontrar o banheiro. E o dr. Verrick olhava para ela com um ar curioso.

— Não — respondeu ela. — Quando percebi que estava no corredor, tentei voltar para o meu quarto, mas devo ter me confundido em algum lugar e acabei indo para o lado errado.

— E era isso que você estava tentando fazer quando desceu as escadas... encontrar o caminho de volta para o quarto?

— Sim. Eu sei que não parece lógico. Era como um sonho, onde o que você está fazendo faz sentido no momento, mas na verdade não faz. — *O que de certa forma explicava o fato de ela ter ido parar na escada, mas e se tivessem contado ao médico que o hospital recebeu uma ligação lhes dizendo onde ela estava e que queria chegar ao saguão? Como explicaria isso?*

Você não tem que explicar, disse C. B. *É só alegar que não se lembra de nada. Mas duvido que as enfermeiras tenham contado isso para ele. Iam parecer muito incompetentes.*

Espero que você esteja certo.

O dr. Verrick franzia a testa novamente.

— A escada é muito longe do seu quarto para que você só tenha se confundido de direção — disse ele. — Tem certeza de que não estava fugindo de alguma coisa?

— Fugindo? — repetiu ela, torcendo para que o dr. Verrick não decidisse de repente ouvir seu coração, que estava batendo a mil por hora.

— Sim. — O dr. Verrick olhou para o prontuário. — Você disse a uma das enfermeiras que achava que havia um homem com uma faca escondido em seu quarto.

— Ah, sim — disse ela, tentando disfarçar o alívio na voz. — Eu tive um sonho, foi só isso. Eu ainda estava muito grogue.

O dr. Verrick não parecia convencido.

— Os primeiros contatos de um paciente com as emoções do parceiro podem ser um choque, e a reação muitas vezes é a fuga.

Ou acusá-lo de grampear seu quarto, disse C. B. *Ou de ser um ventríloquo.*

Briddey o ignorou.

— Primeiros contatos? — indagou ela. — Pensei que isso só acontecia depois de vinte e quatro horas da cirurgia.

— Geralmente leva mais tempo do que isso... vinte e quatro horas depois que o paciente sai da anestesia.

Ah, que bom, pensou Briddey. *Então tenho até as três horas da tarde de amanhã para me conectar com o Trent.*

— Mas, antes que isso ocorra, podem acontecer alguns contatos efêmeros e fragmentários, e o tempo para isso varia consideravelmente, dependendo da sensibilidade da pessoa e da intensidade do laço emocional. Já tive pacientes que chegaram a ter experiências de contato momentâneo até doze horas após a cirurgia, o que pode ter acontecido com você. — Ele checou o prontuário. — Sim, você falou sobre o homem com a faca logo após a marca das doze horas. — O que ainda não explica o fato de ela ter ouvido C. B. logo depois de sair da anestesia.

Não necessariamente, disse C. B. *Você ouviu o cara. Depende da intensidade do laço emocional.*

Cala a boca.

— Esses contatos esporádicos iniciais podem ser sentidos por apenas um dos parceiros — dizia o dr. Verrick — e podem ocorrer sob várias formas... uma consciência momentânea da presença do parceiro ou a impressão de estar sendo tocado ou uma sensação de felicidade. Ou sensações mais negativas. Medo ou um formigamento na coluna ou uma percepção de invasão. Você poderia estar sentindo alguma dessas coisas?

Com certeza, pensou Briddey.

Mas o que o dr. Verrick lhe dizia a fez pensar que talvez devesse lhe contar o que estava acontecendo. Ele tivera pacientes que lhe descreveram todos os tipos de sensações incomuns após o EED, então ouvir uma voz em sua cabeça não devia ser muito diferente. E, se ela contasse para o médico, ele talvez pudesse lhe dizer o que tinha causado essa conexão errada e corrigi-la.

E contar para o Trent, disse C. B.

Não, ele não vai fazer isso, disse Briddey. *Ele não pode. É um médico. A confidencialidade entre médico e paciente exige que ele não conte a ninguém sobre o que falarmos.*

Mas isso não vai impedi-lo de fazer um monte de perguntas ao Trent, o que, certamente, vai despertar suas suspeitas. E mesmo que não, como você pretende explicar ao Trent que vai ter que fazer uma segunda cirurgia?

Ele estava certo. Trent iria querer saber o que estava acontecendo.

— Eu queria que você me contasse exatamente o que aconteceu — dizia o dr. Verrick. — Como era esse homem?

— Ele era grande e forte — disse Briddey. — Com uma barba grossa e uma tatuagem de cascavel no braço.

Boa garota, disse C. B.

— E cabelo bagunçado.

O dr. Verrick ergueu os olhos atentamente.

— Você o reconheceu?

81

Olha o que você fez, disse Briddey. *Ele está desconfiado.*
E de quem é a culpa?
Sua. Cala a boca, ou ele vai perceber que estou falando com alguém.
Como quiser, disse C. B. *Tchau.*
O dr. Verrick olhava para ela com expectativa.
— Você o reconheceu, não é?
— Se o reconheci? Não... — Ela mordeu o lábio e franziu a testa. — Espera. Parando para pensar agora, havia um homem com o cabelo bagunçado assim em um filme que vi na semana passada. Ele perseguia a vítima e... — Ela suspirou. — Ah, meu Deus, acabei de perceber que deve ter sido de onde veio meu sonho, desse filme. Até a faca era igual.
— Isso me parece mais um sonho pós-cirúrgico do que um caso de contato — declarou o dr. Verrick.
Graças a Deus.
— E você não passou por nenhuma das outras sensações que decrevi? Uma presença, uma emoção estranha, uma sensação de invasão?
— Não, nada disso.
Ela deve ter soado convincente, porque ele assentiu e disse:
— Todo o resto está o.k. Quero fazer alguns exames, só para ter certeza, mas você provavelmente poderá ir para casa hoje. E, enquanto isso, quero que tente estabelecer uma conexão com o seu parceiro.
É o que eu mais quero.
— Como faço isso?
— Visualizando-o e tentando alcançá-lo emocionalmente. O EED criou o potencial para essa via neural de sentimentos, mas você precisa construí-la. Você consegue isso falando com ele. Diga: "Você está aí? Eu amo você!". E chame o nome do seu namorado para dirigir sua emoção a ele.
Por que você não me disse isso antes? Se eu soubesse que deveria chamar o nome dele, nada disso teria acontecido.
— Você falou em uma via. Quer dizer, como um caminho em meio a uma floresta? — perguntou ela, imaginando uma discreta trilha na floresta que se tornava mais clara e fácil de seguir cada vez que se passava por ela.
— Não — respondeu o dr. Verrick. — É mais como um looping de feedback. Cada sinal que você manda será reforçado pelo que ele enviar de volta, fortalecendo exponencialmente a conexão com cada circuito até que se torne permanente e exclusivo.
O que significa que eu não tinha nada que ficar falando com o C. B. como eu fiz, pensou Briddey.

— Continue enviando estímulos, recebendo ou não algo em troca — instruiu o dr. Verrick. — Às vezes as respostas são fracas demais para serem detectadas no início. — Ele fechou o laptop. — Você tem alguma pergunta?

Sim, pensou ela. *Mas não posso fazer nenhuma delas.*

— Não — respondeu.

— Se você pensar em alguma coisa, ou se sentir algo que possa ser um contato, mas não tem certeza, não hesite em me ligar. Aqui está o meu número — disse ele, entregando-lhe um cartão. — Vou pedir para fazerem logo aqueles exames para que você possa ir embora.

Ele saiu, e ela se recostou no travesseiro, exausta. *Graças a Deus acabou*, pensou Briddey, e então ele entrou de novo.

O coração dela começou a bater forte, mas ele só tinha voltado para dizer que tinha marcado os exames e que ela devia usar o botão de chamada se precisasse sair da cama.

— E quero que você descanse — disse ele. — Seu corpo precisa de tempo e de auxílio para se recuperar. O melhor que você pode fazer é dormir bastante.

Não, o melhor que posso fazer é estabelecer um looping de feedback com o Trent, pensou. *E parar de reforçar o que tenho com o C. B.* Ela precisava se conectar com Trent e enviar sinais ao longo daquela via até que ficasse mais forte do que a que tinha com C. B., e sua conexão com ele se esvanecesse.

Não é assim que funciona, disse C. B.

Como você sabe?, replicou ela, e depois lembrou que não devia reforçar a conexão deles e disse em voz alta.

Porque Verrick estava errado sobre essa coisa toda de "tempo para estabelecer vias neurais" e "contato inicial ser fragmentário e esporádico", disse C. B. *Você e eu conseguimos conversar perfeitamente desde o minuto em que fizemos contato, e não foi nem um pouco vinte e quatro horas após a cirurgia. Então por que ele estaria certo sobre isso?*

— Porque ele é um especialista. Já fez centenas de EEDs e sabe muito mais sobre funcionamento do cérebro do que você.

Sim, bem, isso é uma questão de opinião. Em primeiro lugar, atividade neural...

— Eu não me importo. Não estou falando com você — disse ela, querendo que houvesse uma maneira de desligar na cara dele.

Está vendo? Eu falei que telepatia era uma péssima ideia.

— Vai. Embora. — Ela então virou de lado, determinada. *Trent, eu amo você*, disse ela com o rosto no travesseiro. *Você está aí? Responda, Trent.*

Também não é assim que funciona. Vocês não são pilotos de caça: Night Fighter, *chamando* Red Baron. *Responda,* Red Baron, imitou ele. *Entendido, câmbio e...*

— Sai daqui — disse ela. — Estou falando sério.

Eu só estava brincando. Ouça, Briddey...

— Não. Vai embora e não fale comigo novamente.

Está bem. Mas antes você precisa saber...

— Não. Não estou nem um pouco interessada em ouvir nada que você possa me dizer.

Ela pegou o travesseiro, querendo poder jogar nele, e o apertou com força contra os ouvidos. *Trent!*, chamou. *Preciso fazer contato com você. Agora! Cadê você?* E disse, apesar de C. B. ter debochado dela: *Chamando Trent. Responda, Trent. Câmbio.*

Nada, nem mesmo um lampejo, e com certeza nenhuma sensação de felicidade, inexplicável ou não.

Ainda não se passaram vinte e quatro horas, disse a si mesma, e sentou para olhar o painel atrás da cama, esperando que houvesse um relógio em algum lugar, mas não havia. Ela queria ter perguntado ao dr. Verrick se podiam lhe devolver o celular para saber que horas eram... e mandar uma mensagem para Trent perguntando se ele tinha sentido alguma coisa.

Ela pensou em pedir o celular à enfermeira, mas, apesar de o dr. Verrick ter dito que estava ali para as cirurgias que faria pela manhã, o silêncio do andar ainda passava aquela sensação de *meio da madrugada*, e, depois do que acontecera mais cedo, ela não queria chamar mais atenção para si mesma. *Você poderia perguntar ao C. B. que horas são*, pensou. *Ele tem um relógio de pulso.*

Você não deveria falar com ele, refletiu. *Você vai ter que esperar a enfermeira vir aqui.* E, enquanto isso, concentrar-se em forjar a via. *Trent, você consegue me ouvir? Eu amo você*, chamou várias e várias vezes, prestando muita atenção para qualquer sinal de contato.

Mas não ouviu nada — nem a voz de Trent, nem de nenhuma outra pessoa, nem mesmo um chamado pelo intercomunicador — pelo que pareceram horas. E então ela deve ter cochilado novamente, porque o andar de repente estava barulhento — vozes, rodas, a algazarra de equipamentos e bandejas, e um cheiro celestial de café. O que significava que era hora do café da manhã, e alguém entraria ali em breve.

Mas ninguém apareceu. Nem mesmo C. B. *Talvez a voz dele fosse um efeito colateral do edema*, pensou ela, apalpando com cuidado o curativo na nuca para ver se o inchaço tinha diminuído. Ou talvez, de tanto chamar por Trent, ela tivesse conseguido corrigir o problema. Nesse caso, ela precisava trabalhar mais um pouco nisso, enquanto esperava alguém trazer seu café da manhã.

Ninguém trouxe. Muito tempo depois, alguém entrou ali, mas não era uma enfermeira, e sim um técnico de laboratório que veio tirar seu sangue.

— É um dos exames que o dr. Verrick pediu? — perguntou Briddey.

— Sim — respondeu ele, verificando sua pulseira de identificação.

— Sabe que outros exames preciso fazer?
— Não. Você vai ter que perguntar à sua enfermeira.
— Ah. Você pode me dizer que horas são?
Ele virou o pulso coberto por uma luva de látex para ver o relógio.
— São sete e oito.

Que bom. Ela ainda tinha oito horas para se conectar com Trent antes que ele começasse a se perguntar o que estava errado. Se ela conseguisse fazer contato com ele antes disso...

— Uma espetadinha — disse o técnico, furando seu dedo.

Ou se Trent conseguisse fazer contato com ela. O dr. Verrick dissera que o contato inicial podia ser em mão única.

Talvez Trent já esteja conectado a mim, pensou ela. Se sim, ele deve ter mandado uma mensagem. Ela precisava do celular.

— Eu poderia conseguir meu celular de volta? — perguntou ao técnico de laboratório.

— Vou verificar — disse ele.

— E você pode descobrir se eu deveria tomar café da manhã? Não comi nada desde a minha cirurgia ontem.

— Vou verificar isso também — disse o técnico, tirando as luvas e jogando-as no lixo. Ele começou a empurrar o carrinho para sair e então parou. — Você não vai fugir enquanto eu estiver fora, não é?

Isso quer dizer que o hospital tinha uma rede de fofocas tão eficiente quanto a da Commspan, e todos naquele andar já sabiam da noite anterior. *Espero que isso não signifique que Trent saiba.*

— Não, é claro que não — respondeu ela.

— Eu já volto — disse o técnico.

Ele não voltou, mas aparentemente tinha transmitido seu pedido para a enfermeira de plantão, que entrou no quarto.

— Vamos pegar seu celular. Você precisa de mais alguma coisa?

— Sim — disse Briddey. — Tenho uma pergunta. Eu soube que a conexão criada pelo EED, às vezes, não dura...

— Isso não vai acontecer com vocês — assegurou a enfermeira. — Vocês ainda nem...

— Eu sei, mas se a conexão esvanecesse, quanto tempo levaria?

— Só ouvi falar que isso aconteceu uma vez, e foi após quatro meses.

O que não era rápido o bastante para ajudar.

— E não foi com um paciente do dr. Verrick — disse a enfermeira. — Não se preocupe. Isso não vai acontecer com vocês. E, sim, você pode tomar café da manhã, mas só depois dos seus exames.

Então espero que façam logo, pensou. *Estou morrendo de fome.*

Mas só entraram no seu quarto depois do que pareceu mais uma hora, e era só um servente para limpar o banheiro.

Essa é outra razão pela qual eu odeio hospitais, disse C. B. *Quando você precisa deles, ninguém vem, mas se quiser ficar sozinho, eles não saem de cima, enfiando agulhas, tirando seu sangue, acordando você para lhe dar comprimidos para dormir...*

— Vai embora — disse Briddey. — Estou tentando me conectar com o Trent.

Então deduzo que ainda não conseguiu. Aquele seu lance de "Caça Noturno chamando Barão Vermelho" não funcionou?

— Ainda não — disse ela, com firmeza —, mas vai. Se você parar de falar comigo.

Você não quer nem ouvir o que descobri sobre essa coisa de telepatia? Fiquei acordado a noite toda pesquisando.

— O que você descobriu?

Que você estava certa, telepatia não existe. Pelo menos de acordo com a Wikipédia, que, como sabemos, tem sempre razão. Li lá que não há provas científicas de que exista uma comunicação direta entre uma mente e outra.

Quando eu vou aprender de uma vez por todas?, perguntou-se Briddey.

— Vai embora.

Mas existe essa história de ouvir vozes, continuou C. B., *e isso pode ser causado por danos do lóbulo temporal, tumores cerebrais, privação do sono, drogas alucinógenas, zumbido ou insanidade. E, por falar em insanidade, foi realizado um estudo em que pediram a pessoas sem histórico nenhum de doença mental que dissessem aos médicos que estavam ouvindo vozes — sem nenhum outro sintoma —, e todas elas foram imediatamente hospitalizadas e diagnosticadas como esquizofrênicas. O que não é nenhuma surpresa, considerando-se que a principal causa das alucinações auditivas — nome dado pela Wikipédia, não por mim — é a esquizofrenia.*

Mas isto não é alucinação.

É o que todos os esquizofrênicos dizem. Incluindo Joana d'Arc, que vários psiquiatras modernos concluíram recentemente que tinha esquizofrenia.

— Mas os esquizofrênicos não ouvem vozes horríveis, dizendo para eles se ferirem e matarem pessoas?

Normalmente, embora não tenha sido assim com Joana. A voz que ela ouvia lhe dizia para salvar a França, e ela parecia se entender muito bem com essa voz.

— Mas é diferente — disse Briddey. — Ela achava que estava falando com Deus.

Um anjo, corrigiu C. B. *Não Deus.*

— Minha *questão* é: as vozes dela não eram reais.

Joana achava que eram. Falava delas com muita naturalidade, e os guardas a testemunharam tendo conversas perfeitamente razoáveis em sua cela, falando e respondendo exatamente como se houvesse alguém lá. O que não impediu os psiquiatras de a declararem maluca. Então foi bom você não ter dito nada ao Verrick ontem à noite. E eu não diria nada ao Trent também. Uma namorada internada não contribuiria muito para a chances dele de subir na empresa.

— Vai embora — disse ela. — E não fale comigo de novo.

Só estou tentando ajudar. Eu detestaria...

Por sorte, um servente entrou com uma cadeira de rodas para levá-la à sala da radiografia, ou ela teria perdido completamente a cabeça, e, durante a hora seguinte, ficou ocupada tirando radiografias dos pulmões e do crânio. Obviamente não haviam acreditado quando Briddey dissera que não tinha batido a cabeça na escada e estavam preocupados com seu estado mental, por isso foi bom não ter contado ao dr. Verrick que ouvia a voz de C. B., por mais que odiasse admitir que C. B. estava certo. Mas isso não significava que ele estava tentando ajudar. Ou que não tinha inventado essa tal pesquisa.

Preciso sair daqui para pesquisar por conta própria, pensou, esperando impacientemente ser liberada. Mas ela tinha que esperar os raios X serem examinados, o técnico fazer o eletroencefalograma em seguida e alguém avaliar o resultado.

— E o dr. Verrick quer que você faça uma tomografia computadorizada — disse a enfermeira.

— Do meu *cérebro*? — indagou Briddey, incapaz de esconder o pânico na voz.

— É um procedimento de rotina — começou a enfermeira, mas Briddey não ouviu a explicação. Estava pensando: *Vão descobrir sobre a telepatia. Preciso sair daqui!*

— C. B.! — sussurrou no instante em que a enfermeira saiu. — Vou fazer uma tomografia computadorizada.

Eu sei, disse ele, com a voz irritantemente calma. *Não se preocupe. Não dá para ver no que você está pensando. O exame só mostra hematomas, tumores e coisas assim, anormalidades...*

— E você não considera telepatia uma anormalidade?

Não do tipo que uma tomografia possa detectar. Para avaliar a função cerebral, eles precisariam fazer um fCAT ou uma ressonância magnética cortical. Tudo o que isso vai mostrar a eles é o próprio cérebro e se você tem alguma hemorragia intracraniana, um coágulo de sangue ou algo assim. Não há como descobrirem nada em relação à telepatia.

— Você tem certeza de que isso não vai mostrar nossa via neural? — perguntou ela, e ouviu Trent dizer claramente:

— E a *nossa* via neural?

Ah, graças a Deus!, pensou Briddey. *Nós nos conectamos!*

Não, errado de novo, disse C. B., e ela olhou para a porta. Trent estava ali parado, com um olhar indagador... e não parecia nem um pouco com alguém que tinha acabado de fazer uma cirurgia. Usava uma calça cáqui e uma camisa passada, e o cabelo loiro estava muito bem penteado. Até mesmo o curativo na nuca estava perfeito.

— Trent! — disse ela, levando a mão ao próprio cabelo despenteado.

— Estou interrompendo alguma coisa? — perguntou ele, entrando. Então olhou com curiosidade ao redor, observando a outra cama desocupada e o banheiro vazio. — Com quem você estava falando?

— Ninguém — disse ela, tentando endireitar a camisola hospitalar. — Eu só... — Há quanto tempo ele estava ali? Se ele a ouvira falar "Você tem certeza de que isso não vai mostrar nossa via neural?", o que poderia dizer para se explicar?

Nada, disse C. B. *Eu já disse, explicações...*

Vai embora, sibilou ela.

— Eu só estava pensando em voz alta — disse ela a Trent. — Sobre a nossa...

— Só um minuto — interrompeu Trent, levando o celular ao ouvido. — Alô?... Quem está falando? — Ele afastou o aparelho para olhar a tela. — Alô?

— Quem era? — perguntou Briddey.

— Não sei — disse ele, colocando o telefone de volta no bolso da camisa. — Você estava dizendo... — O celular tocou de novo. — Me desculpe. Sim, Ethel. O que é? Quando ele quer me encontrar? — Fez uma pausa para ouvir a resposta. — Sim, às dez está bom. Eu já estarei de volta até lá. Obrigado.

Trent desligou.

— Era a minha secretária. Hamilton quer se encontrar comigo de novo. — Ele se aproximou da cama. — Me desculpe por todas as interrupções. Você ia me dizer por que estava falando para um quarto vazio.

— Eu não estava. Eu estava...

O que você está fazendo?, gritou C. B. em sua cabeça. *Não...*

Vai embora, disse ela.

— Eu estava falando com você — disse ela para Trent. — O dr. Verrick falou que chamar o seu nome em voz alta ajudaria a estabelecer a nossa via neural.

— E está? — perguntou Trent, ansioso. — Está ajudando? Você sentiu alguma coisa?

— Não.

Os ombros dele caíram de decepção.

— Tem certeza? — perguntou. — Eu esperava que um de nós já tivesse sentido *alguma coisa* a essa altura.

— O dr. Verrick disse que leva, pelo menos, vinte e quatro...

— Eu *sei* — disse ele, impaciente —, mas eu preciso... — Ele parou, parecendo envergonhado. — Eu sinto muito. É que essa conexão significa muito para mim, só isso.

— Para mim, também — disse Briddey. *Você não faz ideia quanto.*

— E a enfermeira do dr. Verrick disse que achava que poderíamos nos conectar mais cedo do que a média dos casais porque nossas pontuações foram muito altas na bateria de testes. Ela falou que o dr. Verrick espera que a gente alcance um nível de comunicação mais íntimo e profundo do que a maioria dos casais. — Ele franziu a testa, parecendo notar a camisola hospitalar de Briddey pela primeira vez. — Por que não está vestida? Não me diga que ainda não a liberaram? Vou ver o porquê da demora.

— Não — disse Briddey, estendendo a mão para impedi-lo. A última coisa de que precisava era que ele descobrisse com as enfermeiras o que havia acontecido na noite anterior. — Eles querem fazer mais alguns exames antes de me mandarem para casa.

— Por quê? — perguntou Trent, instantaneamente alarmado. — Aconteceu alguma coisa com o seu EED? Alguma complicação?

Essa é uma palavra para isso, disse C. B.

Vai embora.

— Não — respondeu ela ao Trent. — Está tudo bem. Amei as rosas que você mandou. São lindas demais.

Trent, no entanto, se recusou a mudar de assunto.

— Se está tudo bem, por que eles precisam fazer mais exames? E que tipo de exames?

Se Briddey respondesse "tomografia computadorizada", ele realmente pensaria que havia algo errado, mas ela não conseguia pensar em nenhum exame que soasse inofensivo.

— Não sei — respondeu, por fim.

Péssima ideia, comentou C. B.

— Você não *sabe*? — disse Trent, pegando o celular. — Vou ligar para o dr. Verrick.

Eu avisei, disse C. B.

— Não. Você não pode ligar para ele — protestou Briddey, mas não conseguia de jeito nenhum pensar em alguma razão para explicar isso.

Ele vai estar em cirurgia a manhã toda, sugeriu C. B.

— Ele disse que estaria em cirurgia a manhã toda — repetiu Briddey mecanicamente.

E que os exames eram só coisa de rotina.

— E que os exames eram puramente de rotina para alguém que fez um EED.

Não, não, não. *Eu já avisei para você não falar nada além do que for preciso.*
— Eu não tive que fazer nenhum exame — disse Trent, lançando um olhar atento para Briddey. — Você está me escondendo alguma coisa?
Sim, pensou ela, e isso devia estar estampado em seu rosto, porque ele disse:
— O que foi, querida? Você pode me falar.
Aposto que não, disse C. B. *Lembre-se daquele cara que atirou na esposa, e isso só porque não conseguiram se conectar, e não por ela ter se ligado a outra pessoa. Isso se ele não achar que você está louca. Lembre-se daquele estudo sobre aquele lance de ouvir vozes.*
— Não estou escondendo nada de você — respondeu Briddey, com firmeza. — Está tudo bem, Trent. O dr. Verrick me disse isso quando passou aqui.
— Então por que ele está pedindo exames?
Ele só está sendo cauteloso.
— Ele só está sendo cauteloso — disse ela. — Por isso ele é um cirurgião tão requisitado, por ser cuidadoso desse jeito.
— Você está certa — admitiu Trent. — Mesmo assim, acho melhor eu ficar aqui com você durante os exames.
Não!, pensou Briddey.
— Não, você... isso pode levar a manhã toda — gaguejou ela. — Você sabe como são os hospitais. Tudo demora uma eternidade. E a sua reunião?
Trent já tinha pegado o celular e deslizava o dedo pela tela.
— Você é mais importante do que qualquer reunião — disse Trent, sem olhar para ela. — E, se algo deu errado, não há nem por que *fazer* uma... — Ele parou, depois continuou com mais calma. — Quer dizer, eu ficaria tão preocupado em saber se você está bem que não conseguiria de forma alguma fazer uma boa apresentação.
— Eu *estou* bem. Está tudo *bem* — insistiu ela, quebrando a cabeça para pensar em uma razão que o convencesse a ir. — Não há necessidade de ficar. E, se você cancelar a reunião, Hamilton...
— Poderia achar que deu algo errado — disse ele, pensativo, e depois pareceu voltar a si. — Com o projeto, quero dizer. Você está certa. Não queremos que ele pense isso. É melhor eu me encontrar com ele. Tem certeza de que vai ficar bem aqui sozinha?
Eu não *estou sozinha,* pensou. *Infelizmente.*
— Tenho — respondeu. — Estou bem. Pode ir.
— O.k. — disse Trent. — Estarei de volta assim que a reunião acabar e vou levar você para casa. — Então se dirigiu à porta. — Se for liberada antes disso, é só me mandar uma mensagem.
— Pode deixar. Ah, espera, não dá. Não estou com o meu celular. Já pedi para me devolverem, mas...

— Vejo isso quando estiver saindo — disse ele. — Me manda uma mensagem quando descobrir que exames planejam fazer. E me liga *assim* que você sentir qualquer sinal de uma conexão, mesmo que eu esteja em reunião.

— Está bem — prometeu ela —, mas a minha enfermeira disse que o inchaço da cirurgia tem que diminuir, e o anestésico...

— Eu sei, eu sei, e que leva, no mínimo, vinte e quatro horas para isso, mas tenho a sensação de que vamos nos conectar muito em breve. — Ele parou à porta. — Você tem certeza absoluta de que não tem problema eu ir embora?

— Sim. Agora vá. Você vai se atrasar para a reunião. — O técnico chegaria a qualquer minuto para levá-la para a tomografia computadorizada, e se Trent descobrisse que era esse o exame...

— Promete que vai me mandar uma mensagem assim que...? — começou ele, e seu celular tocou novamente. — Preciso atender — disse ele, saindo para o corredor e dizendo: — Aqui é o Worth. O que você descobriu?

— Não se esqueça do meu celular — gritou Briddey, mas Trent já tinha ido embora.

Acho que ele não ouviu você, disse C. B.

Quer fazer o favor de ir embora?

Entendido, Caça Noturno. Câmbio e desligo, disse ele, indo embora, ou pelo menos se calando por um tempo, embora Briddey receasse que ele ainda estivesse por ali. E certo com relação a Trent não tê-la ouvido.

Mas alguns minutos depois uma auxiliar entrou trazendo seu celular e um buquê de violetas. O cartão mostrava duas figuras brindando com taças de champanhe e dizia: "À nossa conexão... a prova de que nosso amor é real!".

Ah, não diga isso, pensou Briddey, estremecendo, e desbloqueou seu celular.

Ela já tinha duas mensagens de Trent — "Você já fez os exames?" e "Sentiu alguma conexão?" — e cinquenta e uma da família.

Ela mandou uma mensagem para Trent: "Obrigada pelas lindas violetas!". Depois, começou a ler as de Kathleen. Metade delas dizia: "Preciso falar com você sobre o Chad! É urgente!". A outra metade eram matérias sobre EEDs que tinham dado errado, incluindo uma reportagem feita por um canal de fofoca com a estrela de um reality show que disse o seguinte sobre seu EED que dera errado com um jogador de futebol americano dos Denver Broncos: "Eu devia saber quando não nos conectamos que ele estava me traindo. EEDs não mentem".

Eu estava certa em não dizer nada ao Trent, pensou Briddey, e pesquisou: "tomografia computadorizada".

C. B. tinha falado a verdade; esse exame só mostra uma imagem do tecido mole do cérebro, não de sua atividade. E, quando ela foi levada para fazer o exame alguns minutos depois, o técnico falou basicamente a mesma coisa:

— Tudo parece normal — disse a Briddey.

Graças a Deus, pensou ela. *Agora eu posso sair daqui.*

Mas, quando ela voltou ao quarto, a enfermeira disse que o dr. Verrick precisava dar uma olhada nos resultados dos exames antes de liberá-la.

— Então já posso tomar café da manhã? — perguntou Briddey.

— Vou verificar — respondeu a enfermeira.

Então Briddey mudou sua cama para a posição sentada e voltou a chamar por Trent. Mas, mesmo prestando muita atenção para ver se captava qualquer emoção que ele pudesse estar enviando ou a presença dele de alguma forma, não ouviu nada.

Porém, também não tinha ouvido C. B., o que significava que seus esforços deviam estar surtindo algum efeito no looping de feedback entre os dois, enfraquecendo-o... ou, se tivesse sorte, em eliminá-lo completamente.

Agora tudo o que preciso fazer é estabelecer um novo looping com Trent, pensou ela, redobrando seus esforços, mas ainda assim não sentiu nada. A não ser mais fome. Onde estava seu café da manhã?

Ela perguntou à enfermeira que veio checar seu soro e à auxiliar que veio arrumar sua cama, mas estava claro que se repetia agora com seu café da manhã a mesma história do cobertor na noite anterior. Ela tentou chamar Trent um pouco mais — sem sucesso — e, em seguida, desbloqueou o celular para ver o resto das mensagens da família. Grande erro. Mary Clare concluíra que Maeve com certeza estava se correspondendo com terroristas pela internet. "Isso explica tudo. Ela passa o tempo todo no quarto e mudou a senha do celular. E, quando pergunto o que está fazendo, ela se recusa a me dizer."

Eu não a culpo. Toda vez que ela fala, você perde as estribeiras. Pobre Maeve, pensou Briddey, sentindo-se culpada por ter feito a sobrinha passar por isso, embora a ideia dos terroristas tivesse, pelo menos, servido para desviar a atenção de Mary Clare durante aqueles dois dias críticos. E era óbvio pela troca de senha que Maeve podia cuidar de si mesma.

Mas ainda assim não era justo com a garota. *Vou falar sobre isso com Mary Clare assim que tiver conseguido me conectar com Trent. E estiver longe daqui.*

Entretanto, começava a parecer que isso não aconteceria nunca. Deram dez horas, depois dez e meia, e nada do café da manhã ou da liberação do dr. Verrick. Já eram quase onze horas quando uma nova enfermeira apareceu.

— Você pode ir para casa. Estamos terminando de aprontar seus papéis. O seu noivo virá buscá-la?

— Ah, ainda não estamos noivos — começou a dizer Briddey, mas depois concluiu que isso não importava. O que importava era sair dali e, então, se conectar com Trent. — Sim — respondeu ela simplesmente. — Posso ligar para ele agora?

A enfermeira assentiu.

— Diga a ele que levaremos cerca de meia hora para liberá-la.

Briddey telefonou para Trent. A ligação caiu na caixa postal; ele ainda devia estar na reunião. Ela mandou uma mensagem dizendo "Me liga" e em seguida tentou chamá-lo mentalmente: *Já vou ser liberada. Você pode vir me buscar?*

Nada de resposta para nenhuma das mensagens, mas foi bom, porque a meia hora para que a liberassem se estendeu até quarenta e cinco minutos e depois uma hora. O almoço foi servido, mas de novo não para ela, e às 12h15 uma estudante de enfermagem enfiou a cabeça na porta, perguntando:

— Foi você que pediu um cobertor extra?

Sim, pensou ela. *Ontem à noite*.

— Não — respondeu. — Era para eu já ter sido liberada. Você pode ver o que está acontecendo?

— Vou verificar — disse a estudante de enfermagem. — Volto em um minuto.

Ela não voltou e, dez minutos depois, Briddey ligou para Trent de novo. Ainda nada de resposta. Ela mandou uma mensagem: "Me liga". Como não adiantou, ligou para o escritório.

A secretária dele atendeu.

— Oi, Ethel, aqui é Briddey Flannigan. O Trent ainda está em reunião? — E continuou, quando Ethel respondeu que sim: — Preciso que você dê um recado para ele. Acho que ele deve ter desligado sem querer o celular.

— Ele não está com o celular — disse Ethel.

— Como assim? Ele *sempre* está com o celular.

— É uma reunião sigilosa. Não são permitidos laptops nem smartphones.

— Então você pode dar um recado para ele? — perguntou Briddey.

— Receio que não. Isso também não é permitido.

A gerência devia estar mesmo preocupada com o possível vazamento de informações a respeito do novo celular.

— *Eu* posso fazer alguma coisa por você? — perguntava Ethel.

Mandar alguém me buscar, pensou Briddey, mas, se Ethel fizesse isso, todo mundo na Commspan ficaria sabendo. Chegou a pensar em pedir à própria Ethel para vir buscá-la. Ela não espalhava boatos. Na verdade, ela era a *única* pessoa confiável na Commspan nesse sentido, e faria qualquer coisa para ajudar Trent. Mas, se alguém a visse sair no meio do dia, iriam se perguntar aonde estava indo, ainda mais por causa do sigilo envolvendo a reunião de Trent. O que significava que isso acabaria chegando à Suki.

— Não, está tudo bem. Só peça para ele me ligar quando sair da reunião — disse Briddey, e desligou.

A enfermeira trouxe as roupas de Briddey e um maço de papéis para ela assinar.

— Conseguiu falar com seu noivo? — perguntou ela.
— Sim, ele não pode vir. Mas não tem problema. Eu mesma dirijo.
A enfermeira balançou a cabeça.
— Nada de dirigir nas próximas vinte e quatro horas. Ordens do dr. Verrick.
Mas Trent teve permissão para dirigir, pensou Briddey.
— Vou chamar um táxi, então.
— Você não tem mais ninguém que possa lhe dar uma carona?
Se eu disser que não, você não vai me liberar?, perguntou-se Briddey.
— Posso ligar para minha irmã — respondeu ela. Poderia dizer que Kathleen estava a caminho e que iria encontrá-la lá embaixo, e então pedir um táxi no saguão.
— Fale para sua irmã que ela pode parar em frente à entrada principal e ligar para a recepção — disse a enfermeira —, e então nós a levamos até lá.
— Eu não preciso...
— Regras do hospital. Temos que levá-la até o saguão em uma cadeira de rodas.
Portanto, lá se foi o plano por água abaixo. Quem ela poderia chamar para buscá-la? Obviamente ninguém da Commspan. Nem Kathleen, Mary Clare ou a tia Oona. Nem as Filhas da Irlanda. *Que pena que Maeve ainda não tem idade para dirigir*, pensou ela, quebrando a cabeça para pensar em alguém que pudesse buscá-la. *Trent, agora seria um bom momento para você sair da reunião e ir falar com sua secretária.*
O celular tocou. *Graças a Deus.* Ela atendeu.
— Por que você não atende o telefone? — perguntou Kathleen. — Estou ligando desde ontem.
— Estive presa em umas reuniões.
— A noite *inteira*? — indagou Kathleen, felizmente sem esperar pela resposta. — Eu precisava falar com você. Segui seu conselho e terminei com o Chad, e agora a tia Oona está tentando *me* empurrar para cima do Sean O'Reilly. O que eu faço? Nunca *pensei* que...
— Ouça, Kathleen — interrompeu Briddey. — Preciso que você me faça um grande favor. Eu...
— Cheguei — disse a enfermeira, reaparecendo com uma cadeira de rodas. — Está pronta?
— Só um segundo, Kathleen — disse Briddey, pressionando o telefone contra o peito para a irmã não ouvir. — Ainda estou tentando encontrar alguém para me levar para casa.
A enfermeira parecia confusa.
— Seu noivo não ligou para você? Ele está aqui.

Ah, graças a Deus, pensou Briddey.

— Eu disse para ele parar o carro na entrada e nos esperar na porta. Você está pronta?

— Estou. — Ela levou o telefone ao ouvido. — Kathleen, escuta, preciso ir. Uma reunião.

— Espera — disse Kathleen. — Que favor você quer que eu faça?

— Eu digo mais tarde. Tchau. — Briddey desligou antes que Kathleen pudesse fazer mais perguntas e pegou a bolsa e o casaco.

A enfermeira a ajudou a se sentar na cadeira de rodas, abaixou os apoios de pé e colocou as orientações pós-operatórias, a bacia de vômito, a caixa de lenços de papel e o buquê de violetas no colo de Briddey. Pediu a um servente para acompanhá-la com as rosas de Trent e o jarro de água e empurrou Briddey até o elevador, dando-lhe instruções por todo o caminho:

— Descanse hoje à tarde e à noite. Nenhuma atividade cansativa durante quarenta e oito horas, nada de se abaixar, nem levantar peso... — Então ouviram o som do elevador indicando que tinham chegado, e a porta se abriu para o saguão... — E nada de estresse. Não se preocupe em se conectar com seu noivo. O tempo necessário para isso pode variar consideravelmente, sobretudo se você estiver estressada ou cansada. Se isso acontecer, o contato pode demorar mais.

Ou não, pensou Briddey, ponderando sobre a sincronia fortuita da chegada de Trent. Quando a enfermeira disse que ele tinha ligado, Briddey calculou que ele devia ter saído da reunião e Ethel Godwin lhe avisara que ela havia telefonado, mas e se ele a tivesse ouvido chamá-lo?

Quando chegaram ao saguão, a enfermeira a empurrou passando pelas portas de vidro até o lado de fora.

— Aqui estamos — disse ela.

O carro de Trent ainda não estava lá.

— Ele ainda deve estar... — começou Briddey, e então parou, olhando para o Honda aos pedaços estacionado na rua. *Parece o...*

C. B. saiu do carro. *Minha senhora*, disse ele, *sua carruagem a aguarda.*

SETE

> *"Ele sempre vem quando você o chama?", perguntou ela, quase em um sussurro.*
> *"Sempre."*
> Frances Hodgson Burnett, *O jardim secreto*

O que você está fazendo aqui?, perguntou Briddey, agarrando os braços da cadeira de rodas.

C. B. estava um pouco mais apresentável do que na noite anterior, mas não muito. Tinha feito a barba, mas usava um boné com o símbolo do metrô de Londres, e tanto a camisa marrom desbotada quanto a listrada que usava por cima estavam para fora da calça. Os cadarços pendiam desamarrados de suas botas.

Estou salvando sua vida, disse ele, aproximando-se devagar.

— Ela está pronta? — perguntou à enfermeira.

Não, disse Briddey, e o teria fuzilado com o olhar se não fosse pela enfermeira logo ali. *Achei que você odiasse hospitais.*

Eu odeio. Então vamos sair logo daqui.

— É melhor parar mais perto? — perguntou ele à enfermeira.

— *Não* — respondeu Briddey, e a enfermeira deve ter confundido sua veemência e concluído que *sim*, ela podia caminhar até o carro, porque freou a cadeira de rodas, ajoelhou-se e virou os apoios de pés para cima, para que Briddey pudesse se levantar.

Briddey encarava furiosa C. B. enquanto a mulher fazia isso. *Eu não estou pronta*, disse ela. *E você ainda não me disse o que está fazendo aqui.*

Você me chamou e disse que precisava de uma carona para casa.

Eu não estava chamando você. Estava chamando Trent.

Sim, bem, aparentemente, ele também não a ouviu desta vez. E não dá para saber quanto tempo ele ainda vai levar para sair daquela reunião e ver sua mensagem. C. B. pegou a bolsa no colo de Briddey. *Imaginei que era melhor eu do que nada. A menos que você queira ligar para sua irmã. Ou para Suki. Tenho certeza de que ela adoraria vir buscá-la... assim que postasse sobre isso no blog dela. E no Twitter.*

Ele tinha razão.

Além disso, a enfermeira aqui acha que sou seu noivo, continuou C. B., indicando com a cabeça a mulher, que tinha terminado de levantar os apoios de pés e estava se levantando.

Você disse a ela que era meu noivo?, perguntou Briddey.

Não, ela só concluiu isso. Então como você vai explicar que não quer ir para casa comigo? Principalmente depois do seu comportamento estranho na noite passada? Eles podem achar melhor mantê-la aqui em observação.

A enfermeira olhava para eles com ar curioso.

— Você está se sentindo bem? — perguntou ela a Briddey.

— Estou! — respondeu ela, fingindo animação. — Só está difícil levantar, com todas essas coisas no meu colo.

— Desculpe, amor — disse C. B., pegando a bolsa, as violetas, a bacia de vômito e as rosas de Trent e colocando tudo no banco de trás. Então voltou e passou o braço pela cintura dela para ajudá-la a sair da cadeira. — Está pronta, meu bem?

Eu não sou sua namorada, disse ela, e teria adorado se livrar daquele abraço, mas a enfermeira estava parada bem ali.

Acontece a mesma coisa quando as pessoas são sequestradas, pensou Briddey. Elas querem *desesperadamente* pedir socorro, mas não podem, porque estão com uma arma encostada ao corpo.

Posso lembrá-la que foi você mesma quem colocou a arma aí?, disse C. B., ajudando-a a entrar no carro. *Foi você quem quis fazer o EED. Agora, faça uma cara de que mal pode esperar para voltar para casa comigo, para a enfermeira deixá-la ir embora. Você quer ir embora, não quer?*

Quero. Ela precisava chegar à Commspan para poder se conectar com Trent.

Bem, então sugiro que pareça feliz.

— Estou tão feliz em ir para casa — disse ela, sorrindo para a enfermeira. — Obrigada por tudo.

Boa menina, disse C. B., abrindo a porta do Honda.

O carro dele era tão bagunçando quanto o cabelo. Havia papéis e sacolas de lanchonete espalhadas pelos bancos e pelo chão.

— Desculpe, não tive tempo de limpar — disse ele, recolhendo tudo o mais rápido que podia e jogando no banco de trás.

Ele acomodou Briddey no banco da frente, entrou no carro e deu partida. *E não gosto de ser chamado de sequestrador*, disse ele. *Só estou tentando ajudar.*

— Que bom — disse ela, pegando as chaves na bolsa. — Então me leve ao Marriott. Meu carro está estacionado lá. Fica a poucos quarteirões daqui. Vire à esquerda.

Desculpe, disse C. B. *Não posso. A enfermeira disse que você não pode dirigir por vinte e quatro horas.*

— Não, não disse — mentiu Briddey, e então lembrou que ele podia ler sua mente. — De qualquer forma, você sabe como os médicos são exagerados com essas coisas. Dá para ver que estou perfeitamente bem.

O que dá para ver, disse ele, *ou melhor, ouvir, é que já houve uma consequência indesejada em sua cirurgia. Quem sabe que outras você pode desenvolver? Apagões? Convulsões? Sua cabeça pode cair de repente no meio da Union Boulevard. Eu não posso deixar isso acontecer.*

— Tudo bem — disse ela, pensando: *vou deixá-lo me levar à Commspan, e então chamo um táxi e vou pegar meu carro*, e depois ficou com medo de que ele pudesse ter ouvido isso também.

Mas ele não devia ter ouvido, porque disse: *Ótimo. Vamos*, e se inclinou para a frente, esperando uma chance de entrar na rua.

— Não, espere — disse Briddey. — Primeiro, você tem que prometer falar em voz alta comigo.

Por quê? Porque você acha que falarmos assim está "reforçando nossa via neural"? Não é assim que funciona.

— Como você sabe?

Fiz mais algumas pesquisas na internet.

O que você...?, começou Briddey, aflita, mas então se deu conta do que estava fazendo e perguntou em voz alta:

— O que você descobriu?

Conto no caminho.

— Não. Nós não vamos a lugar algum — disse ela, soltando o cinto de segurança e estendendo a mão para pegar a bolsa no banco de trás. — Pare o carro. Ou falamos em voz alta, ou vou descer aqui mesmo e chamar um táxi.

Você acha mesmo que algum taxista vai aceitar uma pessoa com uma pulseira de hospital e uma bacia de vômito?

— Então eu vou a pé.

— Está bem, está bem. Vamos falar em voz alta. Agora podemos ir?

— Podemos — respondeu ela, e se acomodou em seu assento.

Ele virou depressa na rua e ligou a seta.

— Aonde você vai? — perguntou Briddey, irritada. — Este não é o caminho para a Commspan.

— Nós não vamos para a Commspan.

Ai, meu Deus, ele está me sequestrando.

— Ah, pelo... Eu *não* estou sequestrando você — disse ele. — Vou levá-la para casa. Ordens médicas. Quando eu falei que tinha ido buscá-la, a enfermeira disse que você deveria ir direto para casa descansar. Você acabou de sofrer uma cirurgia no cérebro, lembra?

— Mas eu falei para a minha assistente que estaria de volta ao meio-dia.

— Então diga a ela que a sua reunião vai demorar mais do que o esperado — aconselhou C. B.

Quanto mais tempo ela ficasse longe da Commspan, mais perguntas sua ausência despertaria, e...

— Então diga à sua assistente que você já voltou, mas que vai passar no meu laboratório, porque eu tenho um novo aplicativo para lhe mostrar e você provavelmente vai ficar lá até o fim do dia.

— Mas e se alguém ligar para mim?

— Não dá. Não tem sinal lá, lembra?

— É isso o que você faz? — perguntou ela. — Diz às pessoas que está em seu laboratório e então tira o dia de folga?

— Só quando eu tenho que dar uma carona secreta para alguém — respondeu C. B., sorrindo para ela.

Mas preciso me conectar com o Trent, pensou.

— Então você definitivamente precisa ir para casa — disse ele —, porque, se estiver no trabalho, não terá um minuto de paz. Vamos ver, você está fora desde as dez horas da manhã de ontem. Isso corresponde a quê? Dezenove mil e-mails para responder? Isso sem falar dos memorandos. E mensagens no celular. Além disso, você quer mesmo que alguém nos veja chegar juntos e conte a Suki?

— Suki não está lá. Ela é jurada em um julgamento.

— Não, ela já voltou. O réu fugiu enquanto estava sob fiança.

— Moro na South Sherman — disse ela. — Você tem que pegar a Union Boulevard e depois a Linden. Vire à esquerda aqui.

— Eu sei. Posso ler sua mente, lembra? — disse ele, e na mesma hora virou à direita.

— Eu disse à esquerda!

— Eu sei. Vou levá-la ao McDonald's. Ou eles acabaram levando o café da manhã para você?

— Não — respondeu ela, e percebeu como estava faminta. — Você pode *mesmo* ler minha mente. Obrigada.

— De nada — disse ele, entrando no drive-thru.

C. B. parou o carro e chegou para trás no banco para que ela se inclinasse sobre ele e pedisse um Big Mac e batatas fritas.

— Você não sabe como é sortuda de ter se conectado a mim — disse ele, parando junto à segunda janela. — Você poderia...

— Ter se conectado a um sequestrador de *verdade* — disse ela. — Sim, eu sei.

— Certo. Ou a uma dessas pessoas que fazem careta e dizem: "Você sabe o que tem de verdade em um Big Mac?". Ou com alguém que não tivesse um carro.

Então como chegaria em casa? Por falar nisso, você precisa mandar uma mensagem para o Trent dizendo que ele não precisa ir buscá-la. A situação vai se complicar ainda mais se ele aparecer no hospital.

E descobrir que ela já tinha saído com outra pessoa, que dissera ser seu noivo. Na mesma hora ela pegou o celular e ligou para Trent, mas encerrou a chamada. Quem tinha ido buscá-la, então? Precisaria dar o nome de alguém a Trent.

— Não, não precisa — disse C. B. — Você está esquecendo a Regra Número Dois. Não diga nada além do necessário. Basta falar: "Você não precisa ir me buscar".

— Mas e se ele perguntar...?

— Ele não vai perguntar — assegurou-a C. B. — Ele vai imaginar que você foi com seu carro para casa. Ele não sabe que a enfermeira a proibiu de dirigir.

— Seu pedido, senhor — disse o rapaz na janela.

C. B. pagou, e o rapaz lhe entregou a sacola. Briddey estendeu a mão para pegar.

— Só quando você mandar a mensagem — disse ele. — Trent pode sair daquela reunião a qualquer minuto.

Ele estava certo. Briddey encarou o telefone, tentando pensar no que dizer.

— Encontrei alguém para me levar para casa?

Não, isso o levaria a perguntar quem...

— Ah, pelo amor... eu faço isso — disse C. B., pegando o celular da mão dela e entregando-lhe a sacola do McDonald's. — Coma.

— O que você está escrevendo?

— "Não precisa vir ao hospital. Já resolvi a questão do transporte." Como eu acho o número da Charla?

Ela lhe explicou.

— "Estou de volta" — recitou enquanto digitava. — "Reunião com C. B. Schwartz sobre novo aplicativo. Remarque todos os compromissos da tarde para amanhã de manhã". — Ele apertou ENVIAR e, em seguida, desligou o telefone e o entregou a ela. — Pronto. Agora coma.

Exasperada, Briddey pegou o sanduíche na sacola enquanto ele saía do McDonald's e se dirigia ao apartamento dela.

— Você ia me dizer o que descobriu na internet, não ia?

— Bem, para começar, descobri que tem muito lixo na internet.

— Estou falando sério.

— Eu também. Você não tem noção das coisas loucas que encontrei... pessoas dizendo que ouvem as vozes de Napoleão e John Lennon.

— E Hitler, imagino — disse Briddey.

C. B. abriu um sorriso.

— Com certeza. Umas afirmam que ouvem seus animais de estimação. E suas plantas. E que é possível alcançar a paz mundial se todos mentalizarem "Dê uma chance à paz" ao mesmo tempo. É por isso que a telepatia tem uma fama tão ruim. Só dá lunático, e pessoas que acham que estão se comunicando com alienígenas ou com o espírito de Ramtha.

— Então você não encontrou nenhuma informação concreta de experiências de telepatia?

— Eu não disse isso. Alguns casos me pareceram autênticos...

— E...? — insistiu Briddey.

— E, infelizmente, a maioria embasa a teoria do laço emocional do dr. Verrick. Quase todos envolviam pessoas com uma conexão emocional óbvia. Pais, casais, filhos, amantes.

Ele lhe contou alguns casos no caminho: no meio da noite de 6 de abril de 1862, Patience Lovelace ouvira seu noivo chamar seu nome, e um mês depois recebeu uma carta do comandante dele lhe dizendo que ele fora baleado naquela hora exata na Batalha de Shiloh e morrera poucos minutos depois. Em 1897, Tobias Marshall, enquanto viajava de trem, ouvira sua esposa dizer claramente: "Eu preciso de você" e, dois dias depois, ele recebeu um telegrama dizendo que ela entrara em trabalho de parto seis semanas antes do previsto.

— Quase todos os casos seguem esse padrão — explicou C. B. — Uma mãe que ouve o filho gritar que está escuro e úmido, e acaba descobrindo que ele havia caído em um poço. Um homem que ouve a garota por quem está apaixonado dizer: "Que tristeza, não vamos mais nos encontrar", e descobre que ela morreu repentinamente. Um filho que ouve a mãe chamar o seu nome enquanto ela está morrendo a meio continente de distância.

Briddey já ouvira dezenas de histórias como aquelas. Tia Oona lhe contara que sua tataravó tinha ouvido um rapaz que conhecia gritar "É o fim" enquanto ele morria na Batalha de Ballynahinch.

— E havia um vínculo emocional entre os dois, não é?

— Sim — admitiu Briddey a contragosto. — Mas você disse *quase* todos os casos. Isso deve significar que você encontrou alguns em que as pessoas *não estavam* ligadas emocionalmente.

— Sim, mas esses... Onde eu entro?

— Na Jackson — respondeu ela. — Esses o quê? Você encontrou casos em que as pessoas eram completas estranhas?

— Encontrei. Algumas pessoas alegam ter ouvido alguém gritar por socorro no momento em que o *Titanic* afundou. O mesmo aconteceu com o *Lusitania* e o *Empress of Ireland*.

— Bem, temos nossa resposta, então — disse Briddey. — Nossa ligação deve ser desse tipo.

— Acho difícil. A maioria dessas pessoas só relatou os gritos por socorro depois que a notícia do desastre chegou aos jornais, e vários eram paranormais profissionais com, digamos, segundas intenções. Por falar nisso, você sabia que havia um paranormal a bordo do *Titanic*? Embora, obviamente, não fosse muito bom, ou não estaria lá, para começo de conversa.

— Mas alguns desses relatos *eram* autênticos? — persistiu Briddey.

C. B. olhava para a rua à frente pelo para-brisa.

— Onde eu entro? — perguntou. — É nesse sinal?

Achei que você conseguisse ler minha mente, pensou ela.

— Não, no sinal depois do próximo. Você tem que entrar à esquerda.

Briddey esperou que ele continuasse a falar, mas C. B. ficou quieto, e, depois que passaram um quarteirão, ela perguntou:

— Então, como eram esses casos autênticos do naufrágio?

Ele continuou sem responder.

— C. B.?

— Hã? O quê? Me desculpe, eu estava pensando em uma coisa que preciso fazer depois de deixá-la em casa. O que você disse?

— Eu perguntei como eram esses casos autênticos do *Titanic*.

— Caso, e não casos. E não era... é aqui que eu viro, certo?

— É — disse ela, e ele prontamente virou à direita. — Não, direita não. *Esquerda.* — Ela apontou. — Meu apartamento é para *lá*.

— Desculpe — disse ele. — Entro na próxima rua e volto.

Ela balançou a cabeça.

— Não dá mão. Você vai ter que manobrar em uma entrada de garagem e voltar.

— Não posso — disse ele, olhando pelo retrovisor. — Tem um carro vindo.

Ele dirigiu dois quarteirões, voltou e finalmente entrou na rua dela.

— Onde é o seu apartamento? — perguntou ele.

— É o segundo da... ah, não!

— O que foi?

— Minha irmã Kathleen. Está entrando no meu prédio. Rápido! — disse ela, deslizando para baixo no banco. — Anda! Ela vai reconhecer você. Depressa!

— O.k., o.k.

Ele voltou para a Linden e entrou. Briddey se endireitou no banco e olhou para trás.

— Não estamos em um filme de espionagem — disse C. B. — Ela não vai perseguir você. Além disso, ela nem a viu. Ela nem sequer virou quando passamos. Aonde eu devo ir, aliás?

— Não sei. Para algum lugar em que dê para esperar até ela desistir e ir embora.

— Que tal o meu apartamento?

— Eu *não vou* para o seu apartamento — declarou ela. — Ande mais alguns quarteirões e estacione.

— Estacionar. Melhor ainda — disse ele, entrando na esquina seguinte e parando perto de um terreno baldio. — E agora?

— Tem um canivete aí? — perguntou Briddey, pegando sua bolsa no banco traseiro.

— Não. E para quê? Eu já disse, ela não está nos seguindo, e, mesmo que estivesse, você dificilmente precisaria de um canivete para se defender.

— Eu *preciso* dele para cortar a pulseira do hospital — explicou Briddey, revirando a bolsa.

— Por quê? Se vamos esperar aqui até ela sair...

— Mas outra pessoa pode aparecer enquanto eu estiver entrando no meu apartamento. — Ela revirou a bolsa um pouco mais. — Se virem a pulseira, vão descobrir na mesma hora que estive no hospital.

— Assim como o hematoma na sua mão — disse C. B. — Como você vai esconder isso? Usar luvas?

— Talvez — disse ela, e continuou a procurar a tesoura.

Ele a observou vasculhar a bolsa e não encontrar nada, e depois de um tempo perguntou:

— Só para saber: quanto tempo precisamos ficar aqui sentados? Não que eu me importe. A vista é excelente. — Ele apontou para o terreno cheio de ervas daninhas — Posso colocar uma música romântica... — C. B. ligou o rádio e começou a girar o botão antiquado, movendo a agulha do mostrador através da estática e de trechos de música country, discursos de direita e rap. — Eu poderia ficar aqui sentado o dia todo. Mas quanto tempo alguém leva para tocar a campainha e descobrir que você não está lá?

— Você não conhece a minha família — disse Briddey. — Todos eles têm chaves e nenhum respeito pela privacidade alheia. São tipo você. Kathleen vai entrar e verificar cada cômodo para garantir que eu não estou lá, e depois tentar me ligar. E, quando não conseguir falar comigo, vai ligar para Charla e perguntar se *ela* sabe onde estou. Então vai ficar lá em casa por pelo menos meia hora. Isso se ela não resolver sentar e esperar até eu chegar.

E, enquanto isso, o tempo estava passando — tempo de que ela precisava para construir uma via neural e se conectar com Trent antes das vinte e quatro horas estipuladas. Ela queria poder ouvir a voz de Kathleen assim como ouvia a de C. B. Então saberia o que a irmã estava fazendo e se era seguro ir para casa.

— Você está brincando, não é? — disse C. B., incrédulo. — Você queria mesmo ouvir os pensamentos da sua irmã? — Ele balançou a cabeça. — As pessoas sempre acham que ser telepático é como viver dentro de uma comédia romântica fofinha, em que você poderia descobrir segredos e usá-los para conseguir o que deseja. Ou descobrir o que os seus inimigos estão tramando. Mas você sabe como seria na verdade?

— Como? — perguntou Briddey, uma vez que ele ia lhe dizer de qualquer maneira. Ela não tinha como impedi-lo.

— Exatamente — disse C. B., triunfante. — As pessoas sempre acham que seriam capazes de ligar e desligar essa habilidade como se ela fosse uma torneira e só ouvir as coisas que querem. Mas...

— Não funciona assim.

— Exatamente. Você não teria necessariamente a chance de escolher quem gostaria de ouvir. Você talvez não conseguisse ouvir sua irmã. Talvez ouvisse...

— Eu sei. Um sequestrador ou alguém que odeia o McDonald's.

— Ou as mesmas vozes que os malucos ouvem, as que lhes dizem para matar pessoas. E também não daria para escolher *o que* ouvir. Você descobriria coisas sobre as pessoas que não desejaria saber. Ou o que as pessoas realmente pensam sobre você. Lembra no ensino fundamental quando você estava no banheiro da escola e acidentalmente ouvia sua melhor amiga dizer algo ruim a seu respeito? É *assim* que seria ter poderes telepáticos. Ficar presa na cabeça de pessoas que você não quer ouvir...

Assim como estou presa neste carro com você, pensou. Mas não tinha como evitar isso. Se Kathleen a visse, Briddey perderia mais tempo do que desejava explicando por que estava de carona com C. B. Então só lhe restava ficar ali até a irmã decidir ir embora.

— Que bom — disse C. B., passando o rádio por mais estática e, em seguida, desligando-o. — Porque preciso dizer uma coisa.

— Sobre o caso do *Titanic*?

— Não. E não foi no *Titanic*. Era um destróier da Segunda Guerra Mundial. Mas não é sobre isso que eu quero falar com você.

— Porque isso prova que pessoas que não estão ligadas emocionalmente podem se conectar, e você não quer que eu tome conhecimento dessas histórias.

— Não...

— Então me conta.

— Tudo bem — concordou ele. — Em 1942, uma garota de dezessete anos em McCook, Nebraska, está sentada ouvindo rádio com sua irmã casada Betty e a amiga da irmã, sra. Rouse, e ela de repente se levanta e grita: "Ah, o navio está afundando! Alguém o ajude!". A sra. Rouse conclui que a garota adormeceu e está sonhando, e então diz: "Não há nenhum navio aqui! Você está em McCook, Nebraska", e a garota diz: "Eu *sei*, mas eu posso ouvi-lo! Ele está na água! Temos que ajudá-lo, Betty! Sra. Rouse! Ah, aguente firme! Não desista!". E, quando finalmente conseguem acalmá-la, ela lhes diz que ouviu um marinheiro chamando-a e dizendo em meio ao choro: "Socorro! Fomos atacados por um submarino!".

C. B. faz uma pausa e então continua:

— Elas lhe perguntam quem era o homem, e a menina diz que não sabe, que não reconheceu a voz. E ela não consegue imaginar quem seja, nem sequer conhecia alguém da Marinha. A garota descreve o episódio inteiro em seu diário, assim como sua irmã em uma carta para o marido, que estava no Exército. E as duas indicam a hora em que tudo aconteceu.

— Que foi exatamente a hora em que o navio do marinheiro afundou.

— Sim, no Atlântico Norte, mas elas não tinham como saber disso, porque notícias de baixas navais eram censuradas, e o naufrágio não saiu nos jornais.

— Então ele gritou quando se afogou, e ela simplesmente o ouviu. Assim como você me ouviu.

— Não exatamente — disse C. B. — E ele não se afogou. Foi salvo por um cruzador, ainda que com queimaduras graves, porque ficou agarrado a um destroço durante catorze horas. Ele disse ao médico do navio que conseguira aguentar por tanto tempo porque tinha ouvido a voz de uma garota desconhecida lhe dizendo para fazer isso. Uma garota de McCook que mencionou uma Betty e uma sra. Rouse.

— E ele não conhecia ninguém assim em McCook.

— Ele não conhecia *ninguém* em McCook. Ou em Nebraska. Até a guerra, ele nunca nem saíra de Oregon.

— O que significa que a comunicação ocorreu entre pessoas sem nenhum vínculo emocional — disse Briddey, radiante. Isso eu *posso contar ao Trent*.

— Deixe-me terminar — disse C. B. — Quando o marinheiro saiu do hospital, ele foi procurar a menina para agradecer-lhe e, quando a encontrou, eles perceberam que já tinham se visto, no final das contas. Em uma cantina em North Platte, quando o trem passou por lá a caminho de seu posto. Ela estava distribuindo doces e cigarros aos soldados, e eles conversaram por alguns minutos.

— Isso não quer dizer...

— Sim, bem, eles se casaram três dias após terem se reencontrado. Então, acho que *havia* algum tipo de vínculo emocional entre eles.

E você está insinuando que deve haver um vínculo entre nós dois também. Confie em mim, não há. Estou apaixonada por...

— Eu não estou insinuando nada. Só estou dizendo que, se você contar ao Trent e ele for procurar na internet, esse é o tipo de coisa que ele vai encontrar, o que não irá exatamente convencê-lo de que nossa conexão é apenas um caso de neurônios emaranhados ou linha cruzada.

— Então o que você sugere que eu faça?

— Enrole mais um pouco. Me dê algum tempo para...

— Para quê? Aparecer com mais histórias sobre marinheiros e paranormais e pessoas que caem em poços?

— Não, para descobrir o que está acontecendo e o que causou isso.

— O que *causou* isso? Nós sabemos o que causou isso. O EED...

— Sério? Nenhuma dessas pessoas que mencionei, Patience Lovelace, Tobias Marshall, ou a garota de Nebraska e seu marinheiro, fez um EED. Elas nem sequer bateram a cabeça, e eu também não. E mais ninguém que fez um EED começou a ouvir vozes.

— Você não sabe. Talvez tenham começado a ouvir vozes, mas não disseram nada.

— Você acha mesmo que Jay-Z e Beyoncé iriam manter algo assim em segredo? Ou Kim Kardashian? Ela não só iria anunciar o que aconteceu, como faria um reality show sobre isso.

— Pensei que você tivesse dito que mandariam internar alguém assim.

— Isso não se aplica às celebridades. As pessoas já acham que elas são malucas. E você é a única paciente de EED com quem isso aconteceu, o que significa que a causa provavelmente não foi o EED. E até nós descobrirmos o que realmente causou...

— Não existe essa história de *nós*.

— Bom, tente explicar isso ao seu namorado — disse C. B. — Olha, só estou pedindo para você não dizer nada a ele ou ao Verrick até descobrirmos o que causou isso e o que mais pode acontecer...

— Como assim *o que mais pode acontecer*?

Mas ele não estava escutando, o olhar fixo na rua.

— O que foi? — perguntou Briddey, com medo de que ele tivesse visto Kathleen. — É a minha irmã?

Ele não respondeu.

— C. B.?

— Não — disse ele abruptamente, e ligou o carro.

— O que você está fazendo?

— Levando você para casa. — Ele deu partida e dirigiu até o apartamento de Briddey. — Não se preocupe, vamos checar primeiro se sua irmã foi embora — disse, estacionando ao dobrar a esquina. — Qual é o carro dela?

— Um Kia branco.

Ele saiu do carro.

— Fique aqui — disse ele.

Então voltou segundos depois.

— Ela já foi — disse ele, entrando de novo e ligando o carro.

— Você tem certeza?

— Sim.

Ele parou em frente ao prédio e abriu a porta.

— Não precisa sair — disse Briddey.

— Você não pode carregar todas essas coisas sozinha.

Então entregou as violetas e a bacia de vômito para ela e pegou todo o resto do banco de trás, incluindo o buquê de rosas de Trent. Subiu a escada correndo e depois desceu para ajudá-la.

Já dentro do apartamento, colocou as rosas na mesinha de centro e levou o restante para o quarto.

— Achei isto aqui na cama — disse ele, entregando um bilhete a Briddey.

Era de Kathleen: "Sinto muito, senti sua falta. Que favor você quer me pedir? Me liga".

— Eu não ligaria se fosse você — disse C. B. — A enfermeira falou que você precisa descansar. Quer alguma coisa antes de eu ir embora? Uma xícara de chá ou algo assim?

— Não, eu estou bem — respondeu ela.

Ele se dirigiu à porta, claramente com pressa de ir embora. Por quê? Aonde estava indo?

— Fazer mais algumas pesquisas — disse ele, abrindo a porta. — Se acontecer alguma coisa... se você conseguir se conectar com o Trent ou começar a sentir aqueles "lampejos" que o dr. Verrick mencionou, ou se sua cabeça cair... me avisa. — E desceu depressa a escada.

Briddey fechou a porta e olhou para o relógio. Era uma e quinze. Ela ainda tinha quarenta e cinco minutos para se conectar com Trent antes de ele começar a se perguntar o que dera errado. Ela ligou o celular para ver se havia alguma mensagem dele e depois desligou novamente para evitar ligações de Kathleen.

Então foi até a cozinha, sentou-se à mesa, juntou as mãos e fechou os olhos. *Trent*, chamou. *Vamos, Trent...*

Ah, esqueci de comentar, disse C. B. *Sabe aquele aplicativo sobre o qual estávamos conversando...?*

Que aplicativo?

Aquele que eu mostrei para você no meu laboratório esta tarde, quando ninguém conseguia falar com você. Só para o caso de alguém perguntar. Regra Número Três da Mentira: Tenha uma história pronta caso comecem a fazer perguntas.

Pensei que você tivesse dito que eu não precisava...

Ele a ignorou. *Era um aplicativo para usar com o Twitter. Para quando você envia um tweet que não devia ter mandado. O aplicativo segura o tweet por dez minutos, para que você tenha a chance de avaliar melhor o que escreveu, algo como "Meu Deus, no que eu estava pensando? Não posso enviar isto!", e consiga excluí-lo antes que todo mundo veja e isso destrua sua carreira. Eu o chamo de Tem Certeza?, que é o que você devia se perguntar antes de contar para o Trent ou para o doutor...*

Achei que você fosse fazer umas pesquisas, disse Briddey, e, só para o caso de ele decidir voltar, foi até a porta e passou a tranca. Ela queria muito que tivesse uma tranca para a voz dele.

Não, você não queria, disse ele. *E se precisasse de outra carona?*

Não vou precisar.

Talvez sim. Nunca se sabe. Se precisar, você sabe como entrar em contato comigo.

Muito engraçado. Ela voltou para a cozinha e se sentou novamente. *Você pode me ouvir, Trent?*, chamou. *Onde você...?*

Alguém bateu à porta. *Se for você, C. B.*, pensou Briddey, *vai embora.*

— Briddey? — chamou Mary Clare, batendo novamente. — Abra a porta. Preciso falar com você! É uma emergência!

OITO

Ninguém espera a Inquisição Espanhola.
Monty Python's Flying Circus

— Você está me ouvindo, Briddey? — chamava Mary Clare do lado de fora. — Preciso falar com você sobre a Maeve. E nem precisa fingir que não está aí, porque eu sei que está. Você trancou a porta.
Sim, senão já estaria aqui, pensou Briddey, cruzando a sala para deixá-la entrar.
Eu não faria isso, alertou C. B. *A pulseira do hospital, lembra?*
— Espera. Eu já vou, Mary Clare — falou Briddey, correndo até a cozinha para pegar uma faca.
E é melhor fazer alguma coisa para esconder o hematoma do acesso intravenoso também.
Briddey pegou uma faca de cortar carne, serrou a pulseira plástica, enfiou-a bem fundo na lixeira e correu até o banheiro para pegar um curativo adesivo para a mão.
Nenhum deles era grande o suficiente. *Use uma atadura*, disse C. B. a ela. *Assim você pode dizer que está com um problema no túnel do carpo*, mas ela também não tinha nenhuma atadura. Então teve que se contentar em prender uma gaze em torno da mão, com a terrível sensação de que isso só chamaria mais atenção para o hematoma.
E estava certa. Quando Briddey abriu a porta, Mary Clare disse:
— Mas que diabo você estava fazendo que demorou tanto... ah, meu Deus, o que houve com sua mão?
— Nada — disse Briddey. — Eu me cortei... — E então não conseguia, de jeito nenhum, pensar em alguma coisa que pudesse ter cortado o dorso da mão.
Você não precisa falar mais nada, disse C. B. *Lembra a Regra Número Dois? Nada de explicações. Elas só trazem mais problemas.*
Vai embora, sibilou Briddey.
— Meu pneu furou quando eu voltava da reunião — explicou ela —, e...
— Mas como foi que você conseguiu se cortar em um pneu?

— Não me cortei no pneu. Foi no macaco.

— No *macaco*? Mas por que raios você mesma trocou o pneu? Por que não chamou a assistência? Ou o Trent?

— Meu celular estava sem sinal na hora...

— Você está brincando! Onde você estava?

Eu avisei, disse C. B.

Ah, cala a boca, disparou Briddey.

— Você disse que precisava falar comigo sobre a Maeve. O que aconteceu? Ela se trancou no quarto de novo?

— Exatamente. Você se machucou muito? Me deixa ver. — Mary Clare estendeu o braço para pegar a mão dela.

Não é de admirar que a Maeve se tranque no quarto, pensou Briddey, puxando a mão para longe.

— Está tudo bem — disse ela. — Me conte sobre a Maeve.

— Ela se recusa a me deixar entrar e, quando tentei ver sua página no Facebook para saber o que estava acontecendo, ela me bloqueou. Eu *sabia* que não devia ter deixado a Maeve entrar no Facebook! Você é amiga dela lá, não é?

— Sou...

— Ótimo. Então você pode entrar na página dela para mim. — Mary Clare foi até o computador de Briddey. — Qual é a sua senha?

Briddey olhou para o relógio. Já passavam das duas. Estava quase sem tempo e, se ela não desse a senha, Mary Clare ficaria ali para sempre.

É sério?, disse C. B. *Você não pode deixá-la invadir a privacidade de uma garotinha assim!*

Como você está invadindo a minha?, retrucou Briddey, mas ele estava certo. Maeve nunca iria perdoá-la.

— Mary Clare, não vou deixá-la espiar a Maeve usando o meu computador. E se ela bloqueou você, vai fazer o mesmo comigo.

— É verdade. Você não sabe como abrir fechaduras sem a chave, sabe?

— Não. Pensei que você fosse instalar uma câmera de monitoramento.

— Eu instalei. A Maeve fez alguma coisa e agora a câmera está transmitindo vídeos do YouTube — disse Mary Clare, e Briddey teve que morder o lábio para não rir.

— Vamos ter que chamar um chaveiro — disse Mary Clare. — Você conhece algum?

— Não, e mesmo que conhecesse, eu não a ajudaria a arrombar o quarto da Maeve — respondeu Briddey.

— Mas e se ela estiver marcando um encontro com um terrorista neste instante?

— Ela *não* vai se encontrar com nenhum terrorista...

— Você não tem como saber. Só porque as coisas parecem estar bem, isso não significa que estejam.

É verdade, pensou Briddey.

— Pode estar acontecento uma série de coisas das quais não fazemos a mínima ideia. A gente lê toda hora sobre crianças que se metem em encrencas e os pais não sabiam de nada. Acabei de ler sobre um jovem de dezoito anos que, de dentro do quarto, comandava uma operação internacional de lavagem de dinheiro, e os pais não faziam a menor ideia.

— A Maeve não está comandando uma operação de lavagem de dinheiro. Ela só tem nove anos.

— Então o que ela está fazendo, e por que não me deixa entrar no quarto dela? E por que essa obsessão repentina com a leitura?

— Eu já falei que todas as meninas do terceiro ano estão lendo *Crônicas da voz sombria*.

— Não, não, ela já terminou esse. Agora ela está lendo uma coisa chamada *O jardim secreto*. Você conhece esse? É sobre o quê?

Sobre uma garota de nove anos sem mãe e com muita liberdade.

— Não tem nenhum zumbi nesse livro não, né? — perguntou Mary Clare.

— Não. É um clássico infantil vitoriano. Com uma heroína independente. Olha, Mary Clare, se está tão preocupada com o que ela anda lendo, por que *você* não lê os livros? — perguntou Briddey. Se ela se ocupasse lendo, não teria tempo para perturbar a pobre Maeve.

— É uma boa ideia — disse Mary Clare, pensativa. — Mas ainda não explica por que ela me bloqueou no Facebook. Ou por que não me deixa entrar no quarto dela.

Tenho que tirá-la daqui, pensou Briddey. *Estou correndo contra o tempo.*

— Olha, que tal se eu ligar e conversar com ela?

— Ou, melhor ainda, converse pelo Skype — disse Mary Clare ansiosamente. — Assim, podemos ver se ela está escondendo alguma coisa no quarto.

O quê? Pilhas de dinheiro lavado?

— Não posso ligar enquanto você estiver aqui — disse Briddey. — Ela vai saber que foi você quem tramou isso.

— Eu fico fora do alcance da câmera, assim ela não pode me ver.

— Não. Vá para casa, e eu ligo para ela daqui a pouco. — *Depois que eu me conectar com o Trent.* — E, em troca, você tem que me prometer que vai parar de encher o saco dela que nem uma psicótica superprotetora.

— Eu *não* sou psi... você realmente devia ir a um médico para ver essa mão, sabe. Você pode precisar de pontos.

— E para de encher o *meu* saco também — disse Briddey, empurrando-a para fora de casa, e então se apoiou na porta, pensando: *Finalmente. Trent, por favor, faça contato antes que alguma outra coisa acon...*

E ouviu uma batida na porta.

Eu falei que você deveria ter ido para a minha casa, disse C. B. *É bem menos agitada.*

Vai embora, disse Briddey, e abriu a porta.

Era Mary Clare.

— Tem alguma coisa errada com o seu celular — disse ela. — Acabei de tentar ligar e não consegui.

— O que você queria? — perguntou Briddey.

— Dizer que, se não conseguir descobrir nada com a Maeve quando falar com ela, você poderia sugerir de levá-la ao Carnival Pizza e depois verem um filme.

Embora provavelmente não um de princesa, pensou Briddey, e tentou fechar a porta.

— Se aquele macaco estava enferrujado, você pode pegar tétano. Você precisa tomar uma antitetânica...

— Adeus, Mary Clare — insistiu Briddey, fechando a porta.

— Não se esqueça de verificar o seu celular — gritou Mary Clare.

— Pode deixar — gritou Briddey de volta e, como Mary Clare poderia voltar de novo se não conseguisse completar a chamada, ligou o telefone.

Que tocou na mesma hora.

— Esqueci de falar uma coisa — disse Mary Clare. — Você não continua pensando em fazer aquele EED, né? Porque li uma matéria falando que podem causar efeitos colaterais terríveis.

Eu deveria ter pedido ao C. B. para instalar aquele aplicativo que desvia as ligações para o Departamento de Veículos Motorizados, pensou.

— Tchau, Mary Clare — disse ela, encerrando a chamada, e sentou no sofá.

Vamos, Trent, chamou ela. *Por favor. Antes que Mary Clare ligue de novo.*

Seu celular tocou.

Era Maeve.

— Mamãe disse que você queria falar comigo.

— Queria. Quer almoçar comigo semana que vem?

— Mamãe armou isso, não foi? — perguntou Maeve, e Briddey quase podia ver os olhos dela se estreitando.

— Não — respondeu Briddey, e pensou: *Agora é oficial. Estou mentindo para todo mundo.*

— Armou sim — rebateu Maeve. — Ela acha que está acontecendo alguma coisa e que eu não quero contar, e acha que eu vou falar para você.

— *Está* acontecendo alguma coisa?

Maeve fez um som de desgosto.

— Você é igual a ela! Aposto que você também acha que estou falando com terroristas! Eles cortam fora a cabeça das pessoas! Como ela pode *pensar* que eu falaria com alguém assim?

— Ela não pensa isso — tranquilizou-a Briddey. — Só está preocupada porque os terroristas nem sempre *dizem* às crianças que são terroristas. Às vezes as pessoas parecem boas, mas na verdade não são.

— Eu sei — disse Maeve —, como...

Ela parou, e Briddey de repente desejou estar falando no Skype para poder ver o rosto de Maeve.

— Como quem? — perguntou ela.

— Humm... você promete que não vai contar para a mamãe?

Ah, meu Deus, pensou Briddey. *Maeve está conversando pela internet com um terrorista.*

— Prometo. Como quem?

— O Capitão Davidson — disse Maeve. — Ele é um policial em *Força mortal zumbi*, e você acha que ele é o mocinho, mas depois descobre que não é, que foi ele quem criou o exército de zumbis, para começo de conversa. — E então, como se previsse a pergunta de Briddey: — Mamãe não me deixa ver filmes de zumbis. Ela diz que me dão pesadelos.

— E dão?

— Todo mundo na minha turma assiste.

O que não era uma resposta. Mas Briddey não estava em posição de dizer: "Se todo mundo na sua turma pulasse de uma ponte, você pularia também?".

— Onde você viu *Força mortal zumbi*? — perguntou ela.

— Na casa da Danika. Os pais dela têm Netflix. Por favor, não conte para a mamãe. Ela vai ficar uma fera.

Na verdade, ela poderia ficar aliviada em saber que Maeve não estava se juntando ao Estado Islâmico nem comandando uma operação de lavagem de dinheiro pela internet, mas Briddey disse:

— Não vou contar, mas *você* tem que me prometer que se estiver em apuros ou preocupada com alguma coisa, vai nos falar para que possamos ajudar.

— Mas e se vocês não puderem? — perguntou Maeve, e Briddey desejou mais uma vez poder ver o rosto de Maeve.

— Não pudermos o quê? — perguntou ela, com cautela.

— Não puderem ajudar. Quer dizer, tipo se a pessoa tiver sido mordida por um zumbi, não teria *por que* contar a alguém já que não haveria nada que pudessem fazer. A pessoa vai se transformar em um zumbi de qualquer maneira, e é *melhor* não contar, porque eles tentariam ajudar e, provavelmente, seriam mordidos também.

— Aconteceu alguma coisa desse tipo, Maeve? Algo que você pensa que não temos como ajudá-la?

— O quê? Nossa, eu não posso dizer *nada* sem que você e a mamãe surtem. Eu estava falando de um filme! Estou *bem*!

Mas depois que desligou, Briddey foi dar uma olhada no perfil de Maeve no Facebook, só por via das dúvidas. Não havia nada lá, apenas um post dizendo: "Minha mãe está me deixando completamente maluca. Ela vive me perguntando o que há de errado e eu digo que não houve nada, mas ela não acredita em mim. Às vezes eu queria ser órfã, como a Cinderela".

O que, sem dúvida, levaria Mary Clare a concluir que Maeve tinha tendências latentes para o matricídio. *Embora, neste caso, fossem perfeitamente justificadas.*

Ela havia desperdiçado meia hora conversando com Mary Clare e Maeve, e agora tinha exatamente dez minutos para se conectar com Trent antes da marca das vinte e quatro horas. Duvidava que fosse tempo suficiente para estabelecer uma via neural, mas tentou de qualquer maneira.

Nada. Três horas e então quatro, e ainda nenhum sinal de Trent em sua cabeça nem mensagens dele. Com certeza, àquela altura, ele já não estava mais na reunião...

Seu celular tocou.

Era Mary Clare de novo.

— E aí? Falou com a Maeve? O que descobriu?

— Que ela está bem. Não posso falar com você agora...

— Ela ao menos disse por que se trancou no quarto?

— Sim, ela disse que tem uma tonelada de dever de casa para fazer, e trancou a porta para não ter nenhuma distração — respondeu Briddey, esperando que Mary Clare entendesse a indireta.

Mas nada.

— Ah, meu Deus, eu sabia! A Maeve não está conseguindo manter em dia as tarefas dela. Li que as escolas passam muito dever de casa, e isso está causando ataques de ansiedade e depressão...

— Adeus, Mary Cla...

— Não, espera. Quando vocês vão almoçar juntas?

— Nós não definimos uma data.

— Você pode levá-la no sábado.

— Não, isso não vai funcionar... — começou Briddey, mas Mary Clare não estava prestando atenção.

— A aula dela de dança irlandesa acaba às onze — dizia. — Você pode pegá-la às onze e meia. Kathleen está aqui. Ela quer falar com você. — E passou para ela antes que Briddey pudesse desligar.

— Tentei falar com você a tarde toda — disse Kathleen. — Acho que tem alguma coisa errada com o seu celular. Você falou que precisava que eu lhe fizesse um favor?

Briddey tinha esquecido completamente.

— Não. Achei que ia precisar, mas não.

— Ah — disse Kathleen. — Você parecia meio desesperada, então pensei que talvez tivesse caído em si e decidido não fazer o EED, e Trent havia ficado com raiva e largado você no meio da rua, que nem o Chad fez comigo, e que você precisava de uma carona.

— Não — disse Briddey.

— Ah. Qual era o favor?

— Nada. Não importa. Já pensou no que vai fazer para não sair com o Sean O'Reilly?

— Não. É por isso que eu tinha a esperança de que você tivesse terminado com o Trent, e pudesse sair com ele no meu lugar.

— Eu não terminei com o Trent. — *Embora se não nos conectarmos, ou se ele descobrir sobre o C. B., talvez possa querer terminar comigo.*

— A tia Oona não vai aceitar um não como resposta — dizia Kathleen. — Você sabe como ela é. Tenho que arrumar um namorado logo. Andei procurando em sites de namoro... sabe, tipo Match.com e OKCupid. Tem um site com o nome de Chama. O que você acha?

— Acho perfeito se você for a Joana d'Arc.

— Tem também um Role os Dados. A filosofia deles é que todos esses perfis e algoritmos de compatibilidade não funcionam, que suas chances de se apaixonar não são maiores do que se você pegasse um nome qualquer ao acaso. O que é verdade. Quer dizer, você se lembra do Ken, o cara que conheci no eHarmony? Tínhamos *tanta* coisa em comum, mas mesmo assim terminamos.

— Então, se eles não fazem perfis, como veem se as pessoas combinam?

— Não veem. Eles só escolhem aleatoriamente um cara para você. O que você acha?

Acho que é a pior ideia que já ouvi, pensou Briddey, e disse isso a ela.

— Sério? Por quê? Achei que parecia divertido.

Não parece. Confie em mim, pensou Briddey, e disse:

— E se você ficar presa a alguém que for um saco? — *Que vive dizendo que você poderia ter se conectado a alguém pior.* — Ou e se Sean O'Reilly se inscrever?

— Ah, meu Deus, eu não tinha pensado nisso. Talvez seja melhor tentar o Tinder primeiro. Ou o Hit'n'Ms.

Não havia a menor chance de Briddey perguntar o que era aquilo, mas não importava. Kathleen começou a descrever de qualquer maneira.

— Escuta, preciso ir — disse Briddey. — O Trent...

— Não, espera, a tia Oona acabou de chegar aqui. Ela quer falar com você.

É claro, pensou Briddey.

— Olá, tia Oona.

— Você está bem, criança? Eu andei preocupada o dia todo. Tive uma premonição de que algo terrível havia acontecido com você.

E aconteceu, pensou Briddey. *Mas não do tipo que você está pensando.*

— Não aconteceu nada, tia Oona. Eu estou bem.

— Você não está mais pensando em fazer aquele tal de VED, certo? Peggy Boylan... você se lembra dela, das Filhas da Irlanda, não é? Bem, ela disse que a filha da vizinha dela fez e perdeu toda a audição. Ficou completamente surda.

Sorte dela, pensou Briddey.

— Tia Oona, tenho que ir. O Trent está aqui. — E desligou.

Briddey deu uma olhada nas horas — ah, meu Deus, já eram 16h45 —, desligou o celular, e se sentou à mesa da cozinha. Fechou os olhos, juntou as mãos em cima da mesa e começou a chamar: *Trent? Você consegue me ouvir? É a Briddey. Anda, Trent.*

Ela continuou assim durante uma hora, enviando pensamentos, prestando atenção, enviando novamente, mas nada aconteceu, mesmo já tendo passado bastante das vinte e quatro horas desde que saíram da anestesia. Estava surpresa por Trent não ter ligado para falar isso.

O telefone está desligado, lembrou, e, quando verificou as mensagens, a única era de Maeve, queixando-se: "O que você disse para a minha mãe? Ela está falando em me arrumar um PROFESSOR PARTICULAR!". Isso significava que Trent não tinha recebido nenhuma de suas transmissões. Ou que ele ainda estava em reunião e não tinha como mandar uma mensagem para ela, embora teria com certeza encontrado alguma forma de avisá-la se tivesse sentido alguma coisa, estando ou não em uma reunião sigilosa.

A secretária dele ligou às seis e meia para dizer que ele ainda estava em reunião e por isso não tinha retornado a ligação dela.

— Você tem alguma ideia de quando deve terminar? — perguntou Briddey.

— Não, mas eles acabaram de pedir o jantar, então imagino que deva ir até, pelo menos, umas oito horas.

Ótimo, pensou Briddey, *isso me dá mais tempo*. Então voltou a enviar pensamentos, mas não ouvia *nem* sentia Trent, mesmo tendo ficado ali sentada durante as duas horas seguintes, entrelaçando as mãos com tanta força que os nós dos dedos estavam brancos.

Também não tinha ouvido C. B. E, agora que parava para pensar, não o ouvia desde que ele fizera aquele comentário sobre o apartamento dele ser bem menos agitado, o que havia sido há... o quê, seis horas? Ela não acreditava que ele pudesse estar "pesquisando" esse tempo todo. Então, ou ela *havia* eliminado a via entre os dois, ou o inchaço que causara a interferência havia enfim diminuído... ou as duas coisas.

Encorajada, voltou a enviar pensamentos para Trent, mas nada aconteceu. *Talvez eu esteja fazendo isso errado*, pensou depois de uma hora, e desejou que houvesse alguém a quem pudesse perguntar. Não o dr. Verrick, obviamente, e a única pessoa que ela conhecia que fizera um EED era a assistente de Rahul Deshnev. E, se lhe perguntasse, a Commspan inteira estaria falando sobre isso no dia seguinte. Ela teria que ver o que conseguia achar na internet.

Então digitou: "Não conseguir se conectar após um EED". Mas tudo o que apareceu foi a história do rompimento da estrela de *Match Made in Heaven* e mais dois assassinatos após conexões não concretizadas.

Grande ajuda, pensou Briddey. Depois tentou "conexão após EED" e, como isso não funcionou, "blogs sobre conexão pós-EED".

Dessa vez, surgiram vários resultados, mas nenhum dos blogueiros tivera qualquer problema para se conectar, ou alguma ideia de como tinham feito isso. "Simplesmente aconteceu", disse um deles, e outra: "Eu estava um pouco nervosa em relação a isso, mas foi fácil. De repente senti o amor de Jack me envolvendo, como se ele tivesse passado os braços ao meu redor, e eu senti uma segurança total".

Todos eles relatavam que havia acontecido "mais rápido do que eu esperava", e em nenhum dos blogs havia qualquer menção a conversar por pensamentos. Briddey digitou "telepatia" e "EED". "Você quis dizer "telepatia" e "OED"?, perguntou o computador, exibindo a definição do *Oxford English Dictionary* de telepatia: "A comunicação de impressões de qualquer tipo de uma mente para outra, independentemente dos canais reconhecidos de sentido".

Não estou conseguindo reconhecer o sentido disso, pensou Briddey.

— Não, eu não quis dizer OED — retorquiu ela, e digitou novamente "telepatia" e "EED" e depois só "telepatia".

C. B. estava certo: Havia muito lixo na internet. Briddey encontrou o anúncio daquela Lyzandra de Sedona que Kathleen lhe enviara, que descrevia o "dom psíquico" de Lyzandra e prometia que ela podia abrir seus chacras, mudar seu entendimento sobre a natureza da comunicação e conectá-lo ao universo.

Ela também achou vários anúncios parecidos e o estudo sobre "ouvir vozes" de que C. B. tinha falado. Ele dissera que todos os participantes haviam sido diagnosticados como portadores de esquizofrenia. Não era verdade. Os dois que não tinham sido considerados esquizofrênicos foram diagnosticados com uma psicose maníaco-depressiva aguda.

E C. B. não tinha exagerado com relação ao componente do "laço emocional". Ela não conseguia encontrar um único caso de comunicação telepática em que alguém tivesse se conectado a um estranho, muito menos a uma pessoa que não suportavam. Todos os relatos envolviam famílias, amigos, namorados, noivos.

Então por que não consigo me conectar ao Trent? perguntou-se, voltando aos blogs em busca de mais pistas. E, depois de ler vários outros relatos delirantes de relacionamentos amorosos e vidas sexuais que melhoraram muito, ela finalmente encontrou algo útil: "Minha amiga Adanna e o namorado se conectaram imediatamente, mas nós não, e fiquei com medo de que isso tenha acontecido porque Paul não me amava. Mas o médico explicou que o problema era que eu não estava me concentrando o suficiente. Ele disse que eu precisava me concentrar em Paul e não pensar em *mais nada*, e, assim que fiz isso, nós logo nos conectamos".

— Não pensar em mais nada — murmurou Briddey, lembrando-se de todas as distrações que tivera naquele dia: C. B., tomografia computadorizada, os namoros pela internet de Kathleen, lavagem de dinheiro, paranormais, submarinos e zumbis. Não era de admirar que não tivesse se conectado a Trent.

Ela tentou mais uma vez, concentrando-se nele e somente nele, usando toda a sua determinação para deixar qualquer outro pensamento de fora, mas ainda assim não sentia nada... tirando uma crescente sensação de medo à medida que a noite avançava. A reunião de Trent já devia ter acabado há muito tempo. E se ele não ligou porque concluiu que a falta de conexão entre os dois significava que ela não o amava?

Quando ele finalmente ligou, às onze da noite, ela ficou tão aliviada que mal conseguia falar.

— Mil desculpas — disse ele. — Minha reunião terminou *agora*, e eu não tinha como me comunicar com você porque a gerência não permitiu...

— Eu sei — disse Briddey. — Sua secretária me ligou quando percebeu que você ia ter que trabalhar até tarde.

— Ligou? Que bom. Senão você passaria a noite toda se perguntando por que eu não tinha entrado em contato com você — disse ele. — Eu estava pirando, preocupado por ter deixado você no hospital.

Ah, não. Agora, ele vai me perguntar como eu cheguei em casa.

Mas não. Ele disse:

— O que deu nos exames?

— Nada. Está tudo normal. E só porque ainda não nos conectamos, não quer dizer que...

— Então você não sentiu nada também?

— Não.

— Droga. Eu esperava... O dr. Verrick disse que a recepção podia ser em um só sentido no início, e eu pensei que poderia estar acontecendo isso, que você estava recebendo, e eu não. Mas se você também não está recebendo... Devíamos ter nos conectado há oito horas. Precisamos ligar para o dr. Verrick.

Não!

— Vinte e quatro horas não era o prazo final para a conexão — argumentou ela. — Era o mais cedo que podia acontecer, mas pode levar muito mais tempo. Quando você saiu da anestesia?

— Não sei. No meio da tarde?

— Então não é de admirar que ainda não sentimos nada. A média para a conexão é de quarenta e oito horas, e a minha enfermeira disse que às vezes leva mais tempo ainda.

— Quanto tempo *mais*?

Ela avaliou quanto tempo seria razoável dizer.

— Setenta e duas horas.

— Setenta e duas *horas*? São três dias! Eu não posso esperar... — Ele deve ter percebido como pareceu impaciente, porque disse: — Me desculpe, só quero muito me conectar logo a você. E o dr. Verrick disse que fomos realmente muito bem nos testes. Devíamos ter nos conectado mais cedo do que a média.

— Não necessariamente. A enfermeira que me atendeu disse que existem variáveis de todos os tipos... quanto tempo demora para a ferida cicatrizar e o cérebro desenvolver a via neural, o quanto as pessoas estão concentradas...

— Concentradas — disse ele, agarrando-se à palavra. — Esse é o problema. Com a reunião e a minha preocupação com você, não consegui me concentrar. Vou até aí...

Não, pensou Briddey. Impedir que ele desconfiasse de alguma coisa já era difícil o bastante pelo telefone. Não havia como conseguir isso com ele ali. Eles não *precisariam* estar conectados para Trent perceber o medo e a ansiedade em Briddey.

— Não sei se é uma boa ideia — disse ela. — A enfermeira me falou que o dr. Verrick disse que nós dois precisamos descansar muito nos primeiros dias após a cirurgia, que isso ajudaria muito na recuperação.

— O que vai me ajudar na recuperação é ver você. Quero abraçar você, estar com...

Não! Se por acaso C. B. não *tivesse* ido embora, aquilo seria um desastre.

— Não, o dr. Verrick disse *nada de sexo* até estarmos conectados.

— Você está brincando! Se nos conectarmos fisicamente, com certeza nos conectaremos mais rápido mentalmente.

— Não é assim que funciona. O dr. Verrick disse que os casais se conectam mais rapidamente quando estão separados, que ficarem juntos é uma distração. Ele disse que, quando os casais estão no mesmo lugar, acabam usando a fala e o contato físico como meios de comunicação, e suas vias neurais não se desenvolvem. Por outro lado, quando estão separados, se quiserem se comunicar, são forçados a tentar uma conexão, e isso acontece mais rapidamente. — *Por favor, por favor, acredite nessa história*, acrescentou ela silenciosamente.

— Suponho que faça sentido — disse Trent. — E nos conectarmos é a prioridade. Se ficarmos separados ajuda a acelerar as coisas... tudo bem, não vou aí hoje à noite.

Graças a Deus.

— Passo aí amanhã, e podemos tomar café da manhã juntos antes do trabalho. E, por falar em trabalho, você contou à Charla que faríamos o EED ontem?

— Não. Eu disse que iria para umas reuniões.

— Você não disse a ela que ia para o hospital?

— Não.

— Você contou a alguém?

— Não — disse ela, com medo de que a próxima pergunta fosse: "Não avisou nem à pessoa que a levou para casa? Quem foi, aliás?".

Mas ele disse apenas:

— Ótimo. Escute, isso precisa ser o nosso segredo por enquanto, então não diga nada sobre isso no trabalho, tudo bem?

— Tudo bem — disse ela, aliviada em saber que a notícia não tinha se espalhado por toda a Commspan nem iria acabar parando no Facebook para sua família ver.

Mas pelo visto ele pareceu achar que lhe devia mais explicações.

— A gerência está realmente tensa com o lançamento do iPhone, e podem encarar o nosso EED como um sinal de que não estou totalmente comprometido com o projeto. Você entende, não é, querida?

— Entendo, claro — disse Briddey —, mas tem certeza de que conseguiremos manter isso em segredo? Quer dizer, eles viram o curativo na sua nuca, não viram?

— Só as pessoas na reunião, e eu disse que cortei o cabelo antes de ir para o trabalho e o barbeiro me machucou, e que eu estava em uma reunião no centro mais cedo. A única pessoa que sabe que eu estava no hospital é minha secretária, e eu disse a ela para não contar a ninguém.

Nem vai precisar contar, pensou ela. Suki era um gênio em ligar os pontos, e, quando visse o curativo na mão de Briddey...

— Podemos contar depois às pessoas — dizia Trent —, depois de termos nos conectado. Vejo você de manhã. Às sete e meia. Se tivermos nos conectado, podemos comemorar. Se nada acontecer, ligamos para o dr. Verrick e descobrimos o que está atrasando as coisas.

Então é melhor eu cuidar para que a gente se conecte hoje à noite, pensou Briddey, e, assim que desligou o celular, começou a enviar pensamentos o mais fortemente que podia, na esperança de que, agora que Trent também estava concentrado, receberia *alguma coisa*.

Nada, e ela estava tão cansada que não conseguia manter os olhos abertos, muito menos se concentrar. *Talvez seja esse o problema*, pensou. A enfermeira dissera que ela precisava descansar, que a fadiga podia atrasar a conexão. Se ela conseguisse dormir algumas horas...

Mas dormir também era impossível. Ela estava cheia de coisa na cabeça. O que diria a Trent para convencê-lo a não ligar para o dr. Verrick se ainda não tivessem se conectado de manhã? E se eles *fizessem* contato, e Trent descobrisse que ela estivera conectada a C. B.? Como iria convencê-lo de que não tinha nada a ver com um laço emocional?

Após passar uma eternidade virando e revirando na cama, Briddey se levantou, fez uma xícara de chocolate e tentou mais uma vez contatar Trent mentalmente. Nada ainda. Então voltou para a cama... e para suas preocupações. No dia seguinte, Trent com certeza iria lhe perguntar: "Se você não contou a ninguém que estava no hospital, como chegou em casa?".

Não, não vai, disse a si mesma com firmeza. *C. B. estava certo. Trent vai pensar que voltei para casa dirigindo...*

Ah, não! Meu carro!, pensou ela, sentando-se de repente na cama. *Ainda está no Marriott!*

Ela havia se esquecido completamente. Teria que buscá-lo na manhã seguinte. Não, não iria dar certo. Trent ficou de tomar café da manhã com ela e, quando visse que o carro dela não estava lá, iria perguntar onde estava.

Precisava ir buscá-lo naquele instante. Olhou para o relógio. Eram 3h46. Será que conseguiria pegar um táxi àquela hora da madrugada e, se conseguisse, o estacionamento estaria aberto?

Sim, disse C. B. *Já verifiquei. Fica aberto a noite toda.*

NOVE

Night Fighter chamando Dawn Patrol.
Night Fighter chamando Dawn Patrol.
Como roubar um milhão de dólares

Eu falei que você talvez precisasse de outra carona, disse C. B.

A voz dele, irrompendo subitamente da escuridão, assustou Briddey assim como na primeira vez em que a ouvira no hospital, e ela teve que se controlar para não acender a luz e olhar em volta.

O que você está fazendo aqui?, perguntou, irritada.

O que estou... você me chamou, declarou ele, indignado. E não diga que estava tentando falar com o Trent, porque ouvi você dizer que precisava pegar seu carro de volta antes que ele descobrisse.

Eu não estava chamando você nem o Trent, disse ela, sentando-se na cama e ligando o abajur na mesa de cabeceira. *Estava falando comigo mesma.*

É, bem, não sei muito bem se isso continua sendo uma opção. Mas você está certa. Precisamos buscar seu carro antes que Trent questione como você voltou para casa sem ele. Só que se eu levá-la para fazer isso agora e alguém da Commspan por acaso nos vir, a pessoa com certeza vai se perguntar o que estamos fazendo juntos em um hotel às três e meia da manhã.

O que você sugere?, perguntou ela, lembrando que, toda vez que falava assim com ele, reforçava a via neural entre os dois. Então repetiu a pergunta em voz alta.

Sugiro que a gente espere até as seis. A essa hora da noite, estaríamos na farra. Às seis, estamos a caminho de uma reunião bem cedo. Então o que me diz de voltar a dormir e eu buscar você às cinco e meia?

— Mas...

Você estará de volta às seis e quarenta e cinco, no máximo.

E Trent não deve chegar antes das sete e meia.

— Mas e se eu e ele tivermos nos conectado até lá? — perguntou ela.

Presumo então que vocês não tiveram sorte até agora?

— Não.

Nem mesmo um lampejo?

— Não, mas podemos fazer contato a qualquer momento.

Bem, nesse caso, ou ele ficará tão feliz que nem vai perceber que seu carro não está aí, ou o carro será a menor das suas preocupações.

— Como assim?

Se ele conseguir ouvir seus pensamentos, saberá que você está conectada a mim também. E, se não puder, se vocês trocarem apenas sentimentos, o resultado esperado de um EED, você vai ter um problema ainda maior, porque algo me diz que Trent não ficaria nem um pouco feliz com uma conexão de segunda classe.

Mas se Trent só puder perceber meus sentimentos, pensou ela, *não preciso contar a ele que consigo falar com você.*

Está brincando, não é? Se ele detectar suas emoções, vai se perguntar por que você está se sentindo tão preocupada e culpada, e não radiante. E, admita, você não mente muito bem.

— Vai embora — ordenou Briddey.

Entendido, disse ele. *Pego você às cinco e meia e vamos até o Marriott. E, no caminho, eu conto o que descobri. Pesquisei um pouco mais.*

— Você descobriu o que causou isso?

Provavelmente. Explico quando chegar aí. Enquanto isso, durma um pouco. A enfermeira disse para você descansar, lembra?

Sim, pensou ela, e se deitou. Mas era impossível dormir. Tinha muito em que pensar. E se ela só se conectasse a Trent através das emoções? Como explicaria a ansiedade que ele perceberia nela e a sensação de que estava escondendo algo dele?

Mas Trent vai perceber o amor que sinto por ele e que eu nem mesmo gosto de C. B.

Isso se eles se conectassem. Já haviam se passado trinta e oito horas desde que ela acordara após a cirurgia, e ainda não sentia nada vindo de Trent. O que C. B. descobrira? Que *era* uma interferência? Ou algo pior? E se ele tivesse descoberto que, uma vez que uma via neural é estabelecida, ela não pode ser apagada? O dr. Verrick dissera que era um looping de feedback. E se, uma vez em movimento, o looping não parasse e continuasse se intensificando até estar forte demais para ser interrompido?

Com o cérebro já pifando de tanto pensar, virou-se de lado e olhou o relógio: quatro e dezoito da manhã.

— C. B.? — chamou ela. — O que você descobriu? Nas pesquisas que você fez.

Pensei que você fosse descansar um pouco, disse ele em tom de reprovação.

— Preciso saber o que você descobriu primeiro.

Ah, entendi. Você não consegue dormir, então não vai me deixar dormir também.

Dormir? Ela havia pensado que ele estava no laboratório.

Não. Estou na cama, assim como você.

Ela teve uma súbita visão dele ali, o cabelo escuro despenteado esparramado no travesseiro, e sentou-se depressa, apertando os cobertores junto ao peito.

Ah, pelo..., disse ele com desgosto. *Você não precisa fazer isso.*

Ela se esticou para pegar o roupão no pé da cama, ainda coberta.

Não é uma visão de raio X, é telepatia.

— Não importa — disse ela, vestindo o roupão.

Você está agindo como uma maluca, sabe disso, né?, observou ele, e, quando ela foi descalça para a sala de estar: *Você não tem que... aonde você vai? Por favor, me diga que não vou precisar resgatá-la de uma escada de novo, porque...*

— Vou para a cozinha — declarou ela com dignidade. — Fazer uma xícara de chá.

Ela pegou uma caneca do armário, encheu de água, colocou no micro-ondas e depois ficou ali esperando aquecer e torcendo para que acabasse logo. Seus pés descalços estavam congelando no chão de ladrilhos.

E de quem é a culpa? Se você tivesse ficado na cama, onde estava quente, e não tivesse... o que exatamente você acha que vou fazer? Estou do outro lado da cidade, faça-me o favor.

— O que você descobriu? — perguntou ela. — Com a sua pesquisa?

Que agir como um louco é uma má ideia. Pode levá-lo a ser internado. Ou queimado na fogueira.

— Estou falando sério.

Eu também. Fiquei pensando sobre essa história de Joana d'Arc ouvir vozes e resolvi pesquisar se havia algum outro santo que tivesse passado pela mesma coisa. Havia... Santo Agostinho e são Brandão, o Navegador, e a própria santa Brígida e são Patrício.

— Mas eles...

Achavam que estavam se comunicando com Deus ou anjos ou a Virgem Maria. Eu sei, disse ele. *Mas e se não estivessem? E se estivessem conversando com uma pessoa de carne e osso? E se o que estavam vivenciando não fosse uma visão religiosa, e sim telepatia? E se eles simplesmente deduziram que aquelas vozes eram celestiais, porque aquela era a única maneira que encontraram de interpretar aquela experiência? Ou a única maneira que encontraram para fugir da fogueira?*

— Mas eu pensei que Joana d'Arc...

Sim, bem, o plano nem sempre funciona.

O micro-ondas apitou. Briddey pegou a caneca, colocou um saquinho de chá dentro e foi com ela para a sala de estar.

— Mesmo que fosse telepatia — disse ela, sentando no canto do sofá —, como essas informações nos ajudariam agora?

Bem, para começar, isso nos diz que a telepatia é uma coisa real, e não estamos sofrendo de algum tipo de ilusão compartilhada. E também nos diz que isso vem acontecendo há muito tempo. São Patrício viveu no século V. A voz que ouvia lhe disse para ir à Irlanda plantar uma árvore, o que ele interpretou como uma ordem para estabelecer uma igreja, mas talvez ele só estivesse conversando com um jardineiro. E Joana d'Arc pode ter falado com alguém que realmente queria derrotar os ingleses.

— Você não conseguiu encontrar nenhum telepata mais recente, algo que não tivesse acontecido na Idade Média? — perguntou Briddey.

Sim, Patience Lovelace e Tobias Marshall. E aquela garota em McCook, Nebraska, e seu marinheiro.

— Quis dizer nos dias de hoje.

Não. Se existem telepatas de verdade por aí agora, eles têm procurado se manter discretos. E não é de admirar. Se as pessoas descobrissem que a telepatia é real, iam enlouquecer. O governo, Wall Street, os meios de comunicação... Nada mais de grampear telefones ou seguir celebridades por aí com uma lente teleobjetiva. As pessoas poderiam simplesmente ler mentes e saber aonde os famosos estão indo. E poderiam também ler a mente de seu rival político e do promotor. E do júri. Isso sem falar do que as agências de inteligência e os militares poderiam fazer. Todo mundo ia querer um pedacinho dos telepatas. Então eles não contam a ninguém.

— Mas e quanto aos paranormais? — perguntou Briddey, lembrando-se do e-mail que Kathleen lhe mandara sobre Lyzandra de Sedona. — Eles afirmam ser telepatas, não?

"Afirmam" é a palavra-chave. Ou eles são golpistas, ou usam inconscientemente a leitura fria.

Ela queria que ele não tivesse mencionado a palavra "fria". Isso a fazia lembrar como seus pés estavam gelados.

— Leitura fria? — perguntou ela, dobrando as pernas e tentando aquecer os pés. — O que é isso?

É a arte da adivinhação aliada à leitura das expressões faciais e da linguagem corporal. E a perguntas inteligentes. "Estou recebendo uma mensagem de um parente... uma mulher?... cujo nome começa com B... ou M... ou C", o tempo todo observando suas reações, até eles acertarem ou você gritar "É a minha irmã Kathleen!", maravilhada com o que acabaram de fazer, perguntando-se como conseguiram ler sua mente assim.

C. B. explicou outros truques profissionais que leitores da mente utilizavam enquanto Briddey tomava chá e depois comia uma tigela de cereal: códigos secretos, cartões marcados e impostores na plateia que eram treinados para reunir informações de determinadas pessoas e comunicá-las ao leitor de mentes no palco através de microfones escondidos e pontos eletrônicos. *Como você me acusou de ter feito ontem à noite.*

— Mas não podem ser todos golpistas — disse Briddey. — E aqueles que trabalham com a polícia?

Todos vigaristas. Mas, mesmo que não sejam, não são telepatas. Eles afirmam que são capazes de se comunicar com vítimas de assassinatos, que, obviamente, não dão mais um pio. A adivinhação também não é uma possibilidade. Ou prever o que vai acontecer no futuro.

Que nem tia Oona contando suas premonições e dizendo que sabe quem está ligando antes de o celular tocar, pensou Briddey.

Essas coisas fazem parte da definição de clarividência, que é uma vigarice tão grande quanto todas as outras coisas paranormais por aí — telecinesia, projeção astral, regressão a vidas passadas. Só a telepatia se salva. Por falar nisso, encontrei outro motivo para você não contar nada ao Verrick, disse ele. Seu nome.

— Meu sobrenome, você quer dizer? Flannigan?

Não, seu primeiro nome. Você já ouviu falar de Bridey Murphy?

— Não. Quem é?

Explico enquanto você se veste.

— Enquanto me visto? Por quê?

Porque vou buscar você, lembra? Nós vamos passar no Marriott.

— Mas pensei que só fôssemos sair daqui às cinco e meia.

Exatamente. Mas já são cinco e quinze, e moro a umas dez ruas do seu apartamento.

— Ah... — disse ela, na mesma hora deixando a tigela de cereal de lado e se levantando.

Tinha perdido completamente a noção do tempo. Entrou correndo no quarto, tirou o roupão e então parou de repente.

Ai, meu..., disse C. B. Não vou olhar, está bem? Mesmo que eu não possa ver nada. Já falei, não tenho visão de raio X. Você não pode me ver, não é?

— Não.

Mas no dia anterior ele soubera que ela estava na cama do hospital e depois que tinha ido para a escada. E quase agora havia notado que ela estava se despindo e parou. Como?

Porque ouço o que você está pensando.

E por que isso acontecia? Ela só conseguia ouvir o que ele lhe dizia, mas C. B. parecia ouvir cada pensamento seu.

Se você não quer que eu saiba que está se despindo ou tomando banho, é só não pensar nisso, dizia ele.

— Pode deixar — anunciou ela, tirando o roupão e depois a camisola, mentalizando com determinação como ficaria feliz quando ela e C. B. não estivessem mais conectados. Pegou o sutiã.

Embora seja melhor você saber que não preciso de telepatia nenhuma para imaginá-la tirando a roupa, disse C. B., casualmente.

Ela recolheu as peças do chão, saiu pisando duro até o banheiro e bateu a porta, mesmo que não fosse adiantar nada. Assim como não adiantaria dizer que ele era desprezível e repulsivo.

Eu avisei, a cabeça dos homens é nojenta.

— Vai embora — disse ela, mesmo que não fosse adiantar nada também.

— Agora.

Preciso falar sobre Bridey Murphy primeiro. Ela era uma dona de casa dos anos 1950. O nome dela era Virginia Tighe.

— O nome dela não era Bridey Murphy? — questionou Briddey, tentando colocar o sutiã sem pensar no que estava fazendo, mas não era nada fácil.

Foi como ela disse que se chamava. Sob hipnose. Ela revelou ao terapeuta que morava na Irlanda. Nos idos de 1800.

— Nos idos de 1800? — perguntou Briddey, vestindo o suéter e pegando a calça jeans.

Sim, e ela tinha inúmeras provas. Sabia detalhes sobre a vida na Irlanda naquela época que Virginia Tighe não tinha como saber. Também falou com um sotaque bem forte...

O que não prova nada, pensou Briddey. *Veja a tia Oona.*

E ela sabia vários contos irlandeses e canções populares. Ela cantou "Danny Boy" para o terapeuta e lhe contou tudo sobre a casa em que morava em Cork e a igreja que frequentava, e até mesmo sobre o próprio funeral.

Briddey colocara a calça e os sapatos enquanto ele falava, então fez um rabo de cavalo, e estava pronta para sair.

— O próprio funeral?

Sim, o terapeuta acreditava que Virginia tivera outra vida e era a reencarnação dessa Bridey Murphy, disse C. B., e ficou em silêncio.

— E aí? — disse Briddey, depois de um minuto. — O que aconteceu? Ela devia ser uma fraude também.

Nenhuma resposta.

— C. B.? — chamou Briddey.

Nada.

C. B.? Você está aí?

Sim, disse ele. *Podemos ir?*

— Sim — disse ela, pegando o casaco e a bolsa. — Cadê você?

Aqui.

Ela abriu a porta. Ele estava encostado no batente, usando um casaco de moletom com capuz e calças largas, o cabelo todo emaranhado.

Obrigado, disse ele. *Você também está ótima.* C. B. estendeu um pacote. *Aqui.*
— O que é isso?
— Um band-aid extragrande. Para cobrir o hematoma da mão.
— Pensei que você tivesse me dito para colocar uma atadura.
— Isso foi antes de você falar para a sua irmã que tinha cortado a mão.
— Mas ela não vai estar no Marriott ou na Commspan...
Ele fez uma careta.
— Facebook, lembra? E também Instagram, Vine, Snapchat, iChat, youChat e weAllChat, FaceTime e Tumblr. Mesmo que sua irmã ainda não tenha postado nada, outra pessoa pode fazer isso, e se você disser a alguém que é um problema com o túnel do carpo... — Ele deu de ombros. — Quarta Regra da Mentira: Seja consistente em suas histórias.
— Tudo bem — concordou ela, e começou a abrir a embalagem.
Ele balançou a cabeça.
— Precisamos ir. Você pode fazer isso no carro. Está com seu bilhete do estacionamento?
— Sim.
— Então vamos.
— Shh — sussurrou ela. — Você vai acordar meus vizinhos.
Foi você que insistiu em falar em voz alta, disse ele, descendo atrás dela.
Estava escuro, e não havia ninguém na rua, mas ainda assim Briddey fechou a porta do carro com todo o cuidado. C. B. virou a chave na ignição, e o rádio ligou, tocando uma música a todo volume.
Briddey na mesma hora se lançou para a frente e tentou desligá-lo, mas pegou o botão de sintonia por engano, e o resultado foi um barulho alto de estática e um repórter gritando "... chover este fim de semana", e "... o Congresso está em recesso", e só então ela conseguiu desligá-lo.
— Não se preocupe, ninguém ouviu isso — disse C. B., afastando-se do meio-fio. — Está todo mundo dormindo. Menos as pessoas que estão mentindo para seus namorados. Por falar nisso, você deveria trabalhar na Regra Número Cinco: Não pareça culpada. Se vai se tornar uma mentirosa profissional, você tem que aprender a manter a naturalidade. Como Bridey Murphy, que enganou completamente o seu terapeuta.
— Enganou?
— Sim. Ele estava tão convencido de que sua paciente dizia a verdade que escreveu um livro sobre a vida passada dela, deu entrevistas para algumas revistas, participou de programas de TV com ela. Ele até tocou as fitas de suas sessões de hipnose para que as pessoas ouvissem a voz de Bridey. Eles foram uma sensação. Mas então os repórteres começaram a investigar mais a fundo e descobriram que

não havia registros de nenhuma Bridey Murphy nascida em Cork naquela época, nem da tal igreja, e "Danny Boy" só foi escrita em 1910. E quando checaram o passado de Virginia Tighe, descobriram uma tia e um vizinho irlandeses, que tinham lhe contado as histórias e lhe ensinado as canções, e provavelmente o sotaque, quando ela era pequena. Ela foi desmascarada, e a reputação do terapeuta foi arruinada, assim como a reputação de qualquer outro médico ou cientista que já tenha se envolvido com o paranormal. Até mesmo Joseph Rhine.

— Joseph Rhine? Quem é esse?

— Um pesquisador muito respeitado na Universidade Duke... até realizar uma série de experiências com telepatia na década de 1930. Ele colocou algumas pessoas em uma sala, mostrou-lhes cartas de Zener... sabe, aquelas com estrelas ou quadrados ou linhas onduladas? E pediu que comunicassem por pensamento a imagem da carta a outra pessoa, em outra sala. A pesquisa seguiu todas as regras laboratoriais, tudo muito científico, mas o dr. Rhine não se saiu melhor do que o terapeuta de Bridey Murphy. Sua pesquisa foi desacreditada, ele foi tachado de maluco, e, desde então, qualquer pessoa respeitável evita a todo custo essa questão da telepatia.

— E você acha que o dr. Verrick também evitaria, mesmo que eu possa convencê-lo de que estou dizendo a verdade?

— Eu *sei* que ele não vai querer se envolver. O homem tem um trabalho fácil e atende um monte de celebridades. Ele não vai querer arriscar isso, mesmo que signifique afirmar que você é uma farsa.

Ou louca, pensou, desesperada. Tudo que C. B. tinha acabado de dizer era verdade. Se contasse às pessoas que era telepática, ninguém acreditaria nela. E não os culpava. Se Charla *lhe* dissesse que estava ouvindo vozes, Briddey concluiria que a assistente estava brincando ou delirando. Ou com uma doença preocupante. *Então eu não posso contar ao dr. Verrick. Nem ao Trent, porque ele vai pensar que estou emocionalmente ligada a C. B. O que devo fazer?*

— Enrolar — disse C. B. — Só terão se passado quarenta e oito horas às três desta tarde, e muita coisa pode acontecer nesse meio-tempo. Enquanto isso, vou pesquisar essa coisa de interferência e tentar encontrar algum caso telepático entre pessoas não emocionalmente ligadas para que você tenha o que contar ao Trent. Hitler se interessava pelo paranormal. Se ele era telepático, estamos feitos. Todo mundo o odiava.

Estavam perto do Marriott. O sol tinha nascido, mas as ruas ainda estavam bem desertas, e Briddey ficou com medo de seis da manhã ainda ser muito cedo para pegar o carro.

— Não, vai ter um monte de gente saindo cedinho para pegar os primeiros voos do dia. Vai ficar tudo bem — disse C. B., e ela se perguntou por que sua mente parecia um livro aberto para ele e o contrário não acontecia. Quando ele parava de falar no meio de uma frase, o que fazia com frequência, ela não fazia ideia de como ele a terminaria. Por que não? E será que ele ouvira o que ela acabara de pensar?

Se tinha ouvido, não deu qualquer sinal. Estava ocupado parando no drive-thru de uma Starbucks.

— O que você quer? — perguntou.

— Nada. Trent vem tomar café comigo, lembra?

— Você falou — disse ele, e repetiu: — O que você quer? — E dentro da mente dela: *Ninguém aqui mencionou café da manhã. Se fosse esse o caso, eu a levaria a uma confeitaria onde sei que servem um bagel de salmão maravilhoso. Isso é só para disfarçar, entende?*

Ele apontou para um homem do outro lado da rua que se dirigia a um prédio comercial com um copo da Starbucks na mão. *Se alguém notar você entrando no hotel, vai parecer que está chegando para uma reunião e pegou um café no caminho. Então, o que você quer?*

— Um latte pequeno — disse Briddey.

C. B. pediu e, em seguida, disse mentalmente: *Vou deixá-la na esquina logo depois da entrada para que não a vejam comigo, tudo bem?*

Não, pensou Briddey. *Não está tudo bem mesmo. Parece que estamos nos escondendo, tendo um caso.*

Não, não parece. Posso pensar em algumas diferenças importantes. Quer que eu diga?

O barista a salvou de ter que responder.

— Seu latte pequeno.

C. B. pegou o copo, entregou a ela e dirigiu até o hotel.

— Dei uma olhada no layout do saguão na internet, caso você não tenha prestado atenção quando estacionou seu carro. Você vai passar pelo balcão da recepção e virar à esquerda, e os elevadores ficam bem ali. Me avisa quando pegar o carro e estiver voltando. E me fala se você se conectar com Trent ou sentir qualquer coisa fora do comum.

— Por quê? — perguntou Briddey, desconfiada.

— Porque poderia nos dar uma pista do que está causando isso. Quanto mais informações tivermos, mais chance temos de entender tudo.

Ele virou à direita, bem perto do Marriott.

— Então preciso que você me conte se sentir qualquer coisa, uma emoção ou um som ou um daqueles lampejos de que o dr. Verrick falou. Qualquer coisa, mesmo que não pareça importante.

— Tudo bem — concordou Briddey. — Mas por que eu tenho que contar para você? Pensei que conseguisse ler minha mente.

— Sim, bem, eu não tenho tempo para ficar ouvindo você o dia todo. Tenho coisas para fazer, celulares para projetar, pessoas para transportar — disse ele, parando junto ao meio-fio.

Briddey apoiou o latte para poder pegar a bolsa e, quando já estava abrindo a porta, C. B. disse, em pensamento:

Espere.

Ela parou, a mão na maçaneta. C. B. olhava atentamente pelo retrovisor.

— Você viu alguém da Commspan? — perguntou ela, nervosa.

Ele levou um minuto para responder.

— Não, está tudo bem. Não se esqueça do que combinamos. — Ele lhe entregou o latte. — E se Trent não aparecer e você mudar de ideia sobre o café... ou sobre ter um caso... me liga.

— Sem chance — disse Briddey, batendo a porta do carro e saindo.

Ela correu até a esquina, mas parou, hesitante. Com o copo da Starbucks ou não, ela ainda estava entrando em um hotel e saindo de carro de lá às seis da manhã. Se alguém da Commspan a visse...

Ninguém vai ver você, disse C. B.

Como você sabe disso? Não me diga que consegue ler as mentes deles também?

Não preciso ler a mente deles para saber que ninguém vai notá-la, disse ele. *Eu trabalho na Commspan, lembra?*

O que isso quer dizer?

Você vai ver quando virar a esquina.

Ela se virou. A entrada do Marriott estava cheia de pessoas com bagagens à espera de um táxi, olhando para os seus smartphones. Ninguém sequer levantou os olhos enquanto ela passava por eles.

Eu falei, disse C. B.

Ela adentrou o saguão. Estava cheio de gente também, todos fazendo check-out e todos igualmente com o olhar fixo em seus celulares. Ela passou pelo balcão da recepção em direção ao elevador, entrou, e então saiu no andar em que tinha deixado seu carro sem ser notada por vivalma, incluindo o funcionário do estacionamento. Ele pegou o bilhete dela e o dinheiro sem levantar os olhos do jogo do celular.

Briddey saiu do estacionamento, seguindo para a rua Linden, e deu um suspiro de alívio. Eram só seis e quinze. Ela podia chegar em casa e ainda usar os quarenta e cinco minutos restantes antes que Trent chegasse para se concentrar na conexão.

Mas ela não contava com o tráfego. Dois quarteirões depois de virar na Linden, ela pegou um trânsito horroroso da hora do rush. *Não entre em pânico,* disse a si mesma. *Você pode tentar se conectar com Trent enquanto dirige.*

Mas não deu certo. Precisaria focar inteiramente no trânsito, porque todos os outros motoristas estavam falando ao celular ou desacelerando para mandar uma mensagem de texto para alguém, percebendo tarde demais que o sinal tinha mudado e pisando no freio no último minuto. *C. B. está certo*, pensou Briddey. *As pessoas se comunicam demais hoje em dia.*

Mas essa constatação não se aplicava a ela e Trent. Briddey não ouviu nada durante o lento caminho até em casa. Ele nem mesmo lhe mandara uma mensagem, e geralmente fazia isso assim que acordava. Ela olhou para o relógio no painel. *São quase sete e meia*, pensou. *Ele já deve estar acor... ah, não, sete e meia! Se ele chegar lá antes de mim...*

Diga que saiu para comprar algumas coisas para o café da manhã, sugeriu C. B.

Era realmente uma boa ideia, embora isso significasse chegar em casa ainda mais tarde e, enquanto corria pelo mercadinho, pegando ovos e suco, lembrou que tinha deixado seu computador ligado. Se tivesse deixado aberto algum daqueles artigos sobre telepatia, e Trent visse...

Foi depressa para casa, rezando para que o carro dele não estivesse estacionado na frente do prédio, mesmo já sendo sete e quarenta. Nenhum sinal do Porsche. Ótimo. Ela subiu a escada correndo, jogou as compras na geladeira, botou um site de notícias qualquer em seu computador, tirou o casaco, deixou-o no quarto e foi fazer uma omelete.

Quando estava quebrando os ovos, lembrou que Trent sempre mandava uma mensagem quando ia se atrasar. *A menos que não tenha conseguido. Porque não liguei meu celular de volta.*

E, como previsto, assim que ligou o aparelho, chegaram duas mensagens de Trent: "Nenhuma conexão ainda. Não acho que ficarmos separados esteja funcionando" e "Não posso ir tomar café. Reunião com Hamilton".

— Graças a Deus — murmurou ela, mas não tinha nem concluído o pensamento quando chegou outra mensagem dele, dizendo-lhe para ligar quando chegasse ao trabalho, para que ele a acompanhasse até sua sala.

"Não é uma boa ideia, se quisermos manter nossos EEDs em segredo", respondeu ela. "Quanto menos as pessoas nos virem juntos, melhor. Pode fazer com que lembrem que estávamos considerando fazer um EED e, se virem o curativo e nós dois juntos, podem ligar os pontos.

O celular dela tocou no instante em que apertou "enviar". Era Mary Clare.

— Precisamos remarcar o horário do seu almoço com a Maeve no sábado.

Almoço com a Maeve no sábado. Tinha se esquecido completamente daquilo.

— O clube do livro de mãe e filha será das onze a uma — dizia Mary Clare.

— Segui o seu conselho.

— Meu...?

— Para ler os mesmos livros que a Maeve. Então pensei: um clube do livro é a maneira perfeita de descobrir o que está acontecendo na cabeça da minha filha. Vamos falar por que gostamos dos livros e como eles se relacionam com os nossos problemas. O primeiro será *Crônicas da voz sombria* e, então, na semana que vem, *Jardim secreto*.

Ah, pobre Maeve, pensou Briddey enquanto Mary Clare tagarelava sobre quem havia convidado para participar também.

— De qualquer forma, você pode buscá-la uma e quinze — disse Mary Clare, e desligou antes que Briddey pudesse dizer que talvez estivesse ocupada.

Quase instantaneamente, recebeu a resposta de Trent. "Você está certa. É melhor ficarmos afastados."

Graças a Deus, pensou Briddey, e não podia acreditar no que estava sentindo. Todo o sentido de fazer o EED era estreitar os laços entre ela e Trent, e ali estava ela, fazendo de tudo para mantê-lo afastado. Isso sim são consequências indesejadas.

C. B. disse: *Eu falei que o AEI...*

... era uma péssima ideia. Eu sei. O que você quer?

Fiz mais algumas pesquisas.

Você descobriu se os circuitos cerebrais podem sofrer uma espécie de linha cruzada?

Não, mas encontrei mais algumas coisas sobre alucinações auditivas. Elas geralmente não começam com uma voz, e sim com uma batida ou o som da chuva caindo ou alguém sussurrando, e as vozes vêm mais tarde.

E qual é a utilidade disso?

Só pensei que talvez você tivesse ouvido algo assim e não soube que era um sinal de que estava começando a se conectar. Você ouviu?

Não. Agora vai embora. Estou tentando me conectar com o Trent.

Não, não está, disse ele. *Você estava falando com a sua irmã. Posso ler sua mente, lembra?*

Quer parar de dizer isso?, disparou ela.

Então você não estava falando com a sua irmã?

Estava, admitiu, *mas pretendo tentar me conectar agora. Então vai embora.*

Ele foi, mas voltou cinco minutos depois, dizendo: *Alucinações auditivas também podem começar com um odor característico, como flores ou pão fresquinho. Você sentiu algum cheiro assim?*

Não, respondeu ela. *Tchau*, e daquela vez ele realmente foi embora, e ela conseguiu (depois de desligar o celular) se focar em Trent enquanto tomava banho, aprontava-se para o trabalho e dirigia até a Commspan. Mas não conseguiu nenhum resultado perceptível. Não percebeu nenhum sentimento de Trent no caminho, e também nada de cheiro estranho, barulho de chuva ou aroma de rosas.

E agora teria que enfrentar Jill Quincy, Phillip e Charla e contar mais mentiras. Ela esperava que Trent estivesse certo, e ninguém tivesse descoberto que haviam feito o EED, embora fosse quase impossível esconder qualquer coisa da intrometida da Suki, e Charla a vira conversando com C. B. na garagem. E agora ali estava ela com um enorme curativo na mão e uma história ridícula sobre como a cortou ao tentar trocar o pneu, que, graças às redes sociais, muito provavelmente já havia corrido por todo o lugar. Chegar ao escritório na manhã seguinte ao dia em que Trent lhe pedira para fazer o EED fora difícil. Aquilo ia ser muito, muito pior. E ela não ligava para o que C. B. dissera — daria tudo para saber onde as pessoas estavam e no que estavam pensando.

Briddey estacionou o carro, preparou-se para o ataque e entrou. O corredor estava vazio, mas ainda não tinha dado dez passos quando duas secretárias saíram da sala de xerox, conversando, e ela ouviu uma dizer à outra: "Você soube que...?".

Eu sabia que Suki não ia comprar aquela história de Trent sobre o barbeiro, pensou Briddey, e se virou para fugir das duas mulheres, mas Art Sampson já se aproximava, vindo do lado oposto.

— Ah, você está de volta. Que bom. Onde se enfiou ontem?

— Estive fora — disse ela, lembrando o que C. B. havia dito sobre não explicar mais do que o necessário.

— Ah, então você provavelmente não ouviu falar também. Tem alguma coisa acontecendo, mas não consegui descobrir o quê.

Ah, aqui vamos nós.

— Você não ouviu falar nada sobre demitirem algumas pessoas, não é?

— Demitirem algumas pessoas? — repetiu ela, confusa. — Não.

— Ah, que bom. Fiquei com medo de que a gerência achasse que o novo iPhone ia acabar com a gente e já estivesse planejando demissões.

Não, acho que a fofoca é um pouco mais pessoal do que isso, pensou Briddey, mas quando Lorraine se juntou a eles, a mulher disse:

— *Eu* ouvi falar que estão achando que temos um espião corporativo aqui na Commspan, tentando roubar o que quer que o Projeto Hermes esteja desenvolvendo.

— Projeto Hermes? — indagou Briddey. — O que é isso?

— É um novo projeto do Hamilton. Rahul Deshnev acha que tem alguma coisa a ver com o nosso novo celular e que eles têm algo realmente bom, porque estão tomando milhares de precauções para se certificarem de que não haja nenhum vazamento de informações.

— Ou então é um truque para revelar quem é o espião — disse Phillip, aproximando-se deles.

— Ou uma distração, para que a gente não perceba que eles não têm nada para competir com a Apple — disse Art Sampson, melancólico — e que vamos todos perder o emprego.

Quando Briddey chegou à sua sala, meia hora depois, já tinha ouvido que (1) havia definitivamente um espião na Commspan, mas ainda não o haviam desmascarado, (2) que a Commspan tinha obtido as características do novo iPhone (provavelmente porque *eles* tinham um espião corporativo na Apple) e o novo celular da Apple ia mesmo acabar com eles, (3) que a Commspan estava sendo vendida para a Apple e/ou Motorola, (4) que a Commspan estava comprando a Motorola e/ou Blu, e (5) que, o que quer que o Projeto Hermes estivesse desenvolvendo, ia acabar com a Apple.

Àquela altura, Briddey não se importava com qual dessas opções era a verdadeira. Só estava grata por todos estarem focados nisso e não nela e em Trent. Ninguém parecia ter notado seu curativo, e muito menos perguntado o que era. Incluindo Charla, que a recebeu antes mesmo que chegasse à porta, dizendo:

— Você sabe o que é o Projeto Hermes?

— Não — respondeu Briddey, checando suas mensagens.

— Ah. Esperava que você soubesse, já que Trent estava na reunião e coisa e tal.

— Ele me ligou hoje?

— Não.

Que bom, pensou Briddey.

— Teve uma grande reunião ontem que durou o dia todo e só terminou depois das dez — dizia Charla —, e ninguém sabe do que se tratava. Mas, o que quer que seja, é ultrassecreto. Havia um esquema de segurança gigantesco, e ninguém que participou fez qualquer tipo de comentário. Nem a Suki conseguiu descobrir o que era.

Essa é inédita, pensou Briddey.

— Suki acha que eles inventaram algo que vai fazer uma mudança completa de paradigma e tornar o smartphone obsoleto — disse Charla. — Como um smart anel.

— Ou uma smart tiara — disse Briddey sarcasticamente. — Ou uma tatuagem.

— Uma tatuagem? Sério?

— Não — disse Briddey. — Foi uma piada. Preciso que você diga a Art Sampson que quero reagendar nossa reunião para amanhã.

— Amanhã é sábado.

— Para segunda, então. Chegou mais alguma mensagem para mim?

— Sim — respondeu Charla, consultando seu tablet. — Sua irmã Mary Clare ligou e queria sua opinião sobre se deve servir vinho na reunião do clube do livro.

Ela disse que clubes de leitura tradicionalmente servem vinho, mas leu em algum lugar que o alcoolismo entre pré-adolescentes é um problema cada vez maior.

Briddey revirou os olhos. Mas pelo menos sua ligação significava que ainda não haviam descoberto sobre o EED.

— Sua irmã Kathleen quer que você ligue para ela — continuou Charla. — Algo sobre namoro pela internet. E sua sobrinha Maeve ligou. Disse que está muito irritada com você. Agora ela não pode nem mesmo ler em paz, seja lá o que isso significa.

— O quê? — indagou Briddey, fingindo surpresa. — Nenhuma mensagem da tia Oona?

— Não — disse Charla. — Ela está esperando por você no escritório.

DEZ

Se eu sou a frigideira, então aquilo lá é o fogo.
Alice, canal Syfy

— A tia Oona está na minha sala? — indagou Briddey. — O que ela quer?
— Não sei — respondeu Charla. — Tudo o que ela disse foi que precisava falar com você e, quando expliquei que você ainda não tinha chegado, ela disse que iria esperar. — O que só podia querer dizer uma coisa. Tia Oona de alguma forma tinha descoberto que fizera o EED.
— Tentei fazer sua tia deixar um recado — explicou Charla —, mas ela disse que era uma questão pessoal.
— Tudo bem — disse Briddey, entrando no escritório, onde tia Oona estava sentada, impassível, com sua maleta de tecido no colo. — O que a traz aqui? — perguntou alegremente.
— Maeve. — Tia Oona balançou a cabeça com tristeza. — Pobre *bairn*. Tenho andado angustiada com relação a ela nas últimas duas semanas.
— Ah, pelo amor de Deus, tia Oona, seja lá o que Mary Clare tenha dito não é verdade. Maeve está bem. Ela sabe se cuidar.
— *Aye*, sei que sabe, na maioria das situações. Mas se algum dia ela tiver um problema que não souber resolver, temo que não procure a mãe, por causa do jeito como Mary Clare...
— Reage exageradamente a tudo o que dizem?
— Sim. É terrível estar em apuros e não poder contar nada a uma alma sequer, nem mesmo às pessoas mais próximas e queridas.
Você tem razão, pensou Briddey. *É mesmo terrível.*
— Foi por isso que vim procurá-la — continuou tia Oona. — Mary Clare me falou que você vai levar Maeve para almoçar no sábado, e andei pensando que seria uma boa hora para conversar com a pobrezinha e lhe dizer que ela pode abrir o coração para você, que não contará nada a ninguém.
— Vou tentar, mas...
— *Aye*, falar isso para ela é uma coisa. E outra é fazê-la acreditar. O mesmo

vale para a Kathleen. — Ela balançou a cabeça. — Já disse que essa bobagem de internet não é maneira de conhecer um bom homem. Ficar preenchendo questionários e vendo fotografias! Falei para ela que boa aparência e um rosto fofo são ótimos, mas que ela deveria estar procurando um bom rapaz irlandês.

Como um tipo careca, que ainda mora com a mãe e se chame Sean O'Reilly?, indagou Briddey silenciosamente.

— Mas pelo visto um rapaz de bom coração não é o suficiente para ela. Tem que ser "compatível". Compatível! — zombou tia Oona. — Falei para ela: Kathleen, se não houver momentos em que você queira quebrar a cabeça dele, então não é amor, é só um sonho romântico. Vocês, moças, não deveriam querer um homem que é "compatível", mas um que estará ao seu lado quando precisarem dele.

Não acho que "estar ao seu lado quando precisar dele" apareça no questionário do OKCupid, pensou Briddey.

— Ele tem um coração generoso? É isso que vocês deviam se perguntar — disse tia Oona. — Ele estaria disposto a arriscar a vida por mim? E eu estaria disposta a fazer o mesmo por ele? — Ela fez que não com o dedo para Briddey. — Por falar em arriscar a vida, você não continua pensando em fazer aquela operação idiota, não é? Deixa pra lá, posso ver que sim. E tudo o que tenho a dizer sobre isso é...

Aqui vamos nós, pensou Briddey.

— Que quando um leprechaun lhe oferecer um pote de ouro, com certeza há uma trapaça por trás disso. — Ela se levantou. — Vou deixá-la em paz agora.

Briddey ficou tão surpresa que soltou:

— Sério? — E logo se arrependeu de ter falado.

— *Aye* — respondeu tia Oona, colocando a bolsa na mesa de Briddey e começando a revirá-la. — Vou entregar o trabalho de ciências da Maeve para o rapaz gentil que a ajudou. — E sacou da bolsa uma pasta num tom de verde bem vivo. — O nome dele é C. D.

O quê?

— Você quis dizer C. B.?

— *Aye*, é isso. Onde encontro a sala dele?

Briddey tentava absorver aquilo.

— Maeve conhece o *C. B.*?

Tia Oona assentiu.

— Ele ajudou a Maeve com um projeto que precisava fazer para a escola. Sobre smartphones. Ela tirou A, e queria mostrar o trabalho a ele.

A *última* coisa de que precisava era que tia Oona conversasse com C. B. Ele sabia que ela não queria que sua família descobrisse sobre o EED, mas nem precisava contar a ela. Bastava mencionar que tinha ido ao hospital ou a levado para casa, e tia Oona preencheria as lacunas. E se ele começasse a falar aquelas coisas sobre são Patrício ouvir vozes, ou Joana d'Arc...

— Pode deixar que eu entrego para ele o trabalho da Maeve — disse Briddey, estendendo a mão em direção à pasta.

— Não, não, não vou incomodá-la com isso, ocupada do jeito que você é. É só me dizer onde encontrar o tal do C. T.

— C. B., tia Oona — disse Briddey, e, para o caso de a tia estar alimentando esperanças de que ele pudesse ser um bom rapaz irlandês, acrescentou: — C. B. Schwartz. Ele está em reunião agora. Eu entrego o trabalho da Maeve quando ele sair.

E depois de tia Oona tagarelar um pouco mais sobre os métodos repreensíveis de namoro de Kathleen e sugerir que Briddey conversasse com o padre O'Donnell antes de fazer *"algo de que fosse se arrepender sobre aquele GED"*, Briddey finalmente conseguiu pegar o trabalho de Maeve, e tia Oona foi embora.

Briddey deu uma olhada nos e-mails e, em seguida, entregou o trabalho da sobrinha a Charla.

— Preciso que você leve isso para o sr. Schwartz. Diga que a minha tia trouxe, e que é da Maeve.

Charla pegou o trabalho com relutância.

— Ele não vai morder, se é isso que a preocupa.

— Não é isso — disse Charla. — Só estava me perguntando por que ela mesma não o levou, já que foi até lá.

— Minha tia desceu para ver o C. B.?

— Sim. Pelo menos, ela me perguntou onde poderia encontrá-lo, e eu disse que ele estava lá embaixo, no laboratório. Ela me perguntou se eu tinha certeza, se ele não estaria em uma reunião, e eu falei que ele não vai a reuniões. Então ela me perguntou como se chegava ao laboratório, e então expliquei. Eu não deveria ter feito isso?

Não.

— Avisei que ele era meio... você sabe — disse Charla, girando um dedo ao lado da cabeça para sinalizar loucura. — Eu deveria ter tentado impedi-la?

Deveria, pensou Briddey.

— Não, claro que não. Se alguém ligar, anote o recado. — Então pegou a pasta de volta com Charla e seguiu para o laboratório de C. B., falando mentalmente com ele: *C. B., minha tia está aí com você?*

Nenhuma resposta.

Não fale com ela, disse Briddey, virando em um corredor em direção aos elevadores. *Diga que precisa ir a uma reunião.* E deu de cara com Phillip, da Logística.

— Exatamente quem eu queria encontrar — disse ele. — Que história é essa de a Commspan criar uma *smart tattoo*?

Essa agora deve ter batido algum recorde de velocidade, pensou Briddey. *Quase tão rápida quanto correrá a notícia do meu EED se tia Oona...*

— Por favor, não me fala que vamos fazer tatuagens — dizia Phillip. — Eu sou designer de celulares, não tatuador.

— Tenho certeza de que não — disse Briddey. — Escuta, estou atrasada para uma reunião...

— Bem, é melhor que não seja mesmo, senão vou perder o emprego — disse Phillip, olhando fixamente para o curativo na mão dela. — Tem *certeza* de que não sabe nada sobre essa *smart tattoo*?

— Absoluta. — E resistiu ao impulso de esconder a mão atrás das costas. — Por que não pergunta à Suki? — disse ela, escapando e chamando: *C. B., responda. Minha tia está aí embaixo com você?*

Sim, e estamos tendo uma conversa muito agradável.

C. B., disse ela, e ouviu Art Sampson falar:

— Estou com cinquenta e nove anos. Se for demitido, nunca mais arrumo outro emprego.

Não posso correr o risco de ser abordada por mais ninguém, pensou Briddey, escondendo-se na sala de xerox para esperar ele passar.

Mas ela devia ter dado uma conferida lá dentro antes de entrar. Jill Quincy estava na copiadora.

— Exatamente quem eu queria encontrar — disse ela. — O que são todos esses rumores sobre o Projeto Hermes? O que eles inventaram?

— Não sei — respondeu Briddey, de olho na porta para ver quando Art Sampson passasse.

— Mas o Trent está trabalhando nisso, não é?

— Está, mas é tudo confidencial.

— Eu sei, mas os casais costumam contar tudo um para o outro, sendo ou não confidencial.

Nem sempre, pensou Briddey.

— Suki disse que eles criaram algo que vai mudar a ideia de comunicação como um todo, que vai causar uma mudança completa de paradigma.

Ainda nenhum sinal de Art Sampson. Ele devia ter ido para o outro lado. E Briddey não podia esperar mais. Então levou o celular ao ouvido, ainda que não tivesse tocado, e disse:

— Phillip, não, eu não esqueci. Estarei lá.

— Me desculpe — disse para Jill, saindo depressa em direção ao elevador. *C. B., me responda*, chamou ao chegar lá. *Não quero você conversando com a minha tia.*

Nenhuma resposta.

Ela apertou o botão de descer. *C. B., estou falando sério.*

A porta do elevador começou a se abrir. Atrás dela, pôde ouvir Art Sampson dizendo "... faltam seis anos para a minha aposentadoria", e virou para ver se ele estava perto.

— Briddey! — Trent saiu do elevador. — Graças a Deus encontrei você! Nós precisamos conversar.

Da frigideira para o fogo, pensou Briddey, olhando desconsolada para a porta do elevador que fechava.

— Trent! O que você está fazendo aqui? Pensei que tivéssemos concordado que não devíamos ser vistos juntos, e acabei de ouvir o Art Sampson...

— Temos problemas maiores do que Sampson. Ainda não senti nada. E você?

Senti, pensou ela. *Apreensão, frustração, desespero e, agora, pânico.*

— Nada — disse ela.

— Era isso que eu temia. Precisamos ligar para o dr. Verrick.

— Mas ainda não se passaram quarenta e oito horas — disse Briddey. *E eu preciso chegar logo lá embaixo antes que C. B. deixe escapar alguma coisa para a tia Oona.*

— Pesquisei na internet a respeito de conexões por EED — disse Trent. — A média era de vinte e oito horas. Alguma coisa está errada. — Ele pegou o celular.

— Não pode ligar para ele daqui — disse Briddey, olhando ansiosamente para o corredor. — Alguém pode ouvir você.

— Você está certa. — Trent apertou o botão do elevador. — Vamos ligar da minha sala.

— Mas e a sua secretária?

— Ela não vai falar nada. É muito discreta.

— Mas eu tenho uma reunião...

— Remarque. Isso é mais importante.

— E preciso levar esse relatório lá embaixo para a Lorraine, do Marketing — disse ela, balançando o trabalho de ciências da Maeve. — Isso não pode esperar. Eu...

Trent tirou gentilmente a pasta das mãos dela.

— Vou pedir à Ethel que leve para ela. E que reagende sua reunião.

E agora já não era mais um caso de sair da frigideira para o fogo. A frigideira tinha pegado fogo também.

— Não dá — disse Briddey, desesperada. — Pedir à *sua* secretária para cancelar a *minha* reunião despertaria todo tipo de fofocas.

— Então, ela pode ligar para *sua* assistente e pedir para *ela* cancelar — argumentou Trent, voltando a apertar o botão.

— Não, isso é ainda pior. A Charla é amiga da Suki. Com certeza vai contar para ela. E se formos vistos subindo para a sua sala juntos... Você vai, eu entrego esse relatório para a Lorraine e depois subo.

A porta do elevador abriu. Briddey agarrou o relatório e entrou depressa.

— Espere eu chegar lá para ligar para o dr. Verrick, assim poderemos falar com ele juntos — disse ela, apertando o botão para a porta fechar.

Trent colocou a mão na porta para segurá-la.

— Quanto tempo você acha que vai demorar?

Apenas o suficiente para tirar a tia Oona de perto do C. B., pensou.

— Cinco minutos. Dez, no máximo. Agora vá, antes que alguém nos veja.

— Tudo bem — disse Trent, tirando a mão da porta. — Mas... — E a porta misericordiosamente se fechou.

Briddey apertou o botão na mesma hora, esperou com impaciência o elevador descer e, no segundo em que a porta se abriu para o subterrâneo gelado, saiu em disparada em direção ao laboratório de C. B.

Estava ainda mais frio do que antes. C. B. estava de joelhos em um canto, desmontando o aquecedor. *Oi*, disse ele, sem olhar para ela.

— Onde está a minha tia? — perguntou Briddey, de forma enérgica.

Logo ali, disse ele, apontando para um armário de metal. *Eu a cortei em pedaços e enfiei tudo em uma gaveta. Porque eu sou...* — Ele fez o mesmo gesto de Charla de girar o dedo ao lado da cabeça — *... você sabe.*

— Estou falando sério! E pare de conversar comigo através de pensamentos. Fale em voz alta.

— Ah, certo, eu esqueci. Deus me livre reforçar nossa via neural. Onde você *acha* que sua tia está? Ela foi embora. Tinha que ir à escola da Maeve para uma reunião com o orientador ou algo assim. — Ele se levantou com uma peça do aquecedor na mão. — Foi uma pena. Estávamos tendo uma conversa muito agradável.

Ah, meu Deus.

— O que você falou? Você não contou a ela sobre nós dois, não é?

— *Eu?* — disse ele. — Você é quem fica querendo contar às pessoas. E eu só tento fazer você desistir dessa ideia.

— Então essa "conversa agradável" foi sobre o quê?

— Principalmente sobre a Maeve e como ela ficou feliz por eu ter ajudado.

— Por que você não me contou que estava ajudando a Maeve com o trabalho de ciências?

— Achei que ela tivesse contado. E, se você se lembra, nós dois tínhamos outras coisas para conversar. Como por que você não devia fazer o EED.

— E você e a tia Oona só falaram sobre a Maeve? — perguntou ela, ignorando a provocação de C. B.

— Não, falamos sobre você também. Ela acha que você precisa largar o Trent e arrumar um "bom rapaz irlandês".

Maravilha.

— E o que você respondeu?

— Eu concordei. Ela também me contou sobre os planos de namoro pela internet da Kathleen. E me deu alguns conselhos amorosos.

— O que ela disse? — perguntou Briddey, apreensiva.

— Isso é entre mim e a tia Oona.

— Você não falou nada sobre me levar até o Marriott ou me levar do hospital para casa?

— Não, só falamos sobre namoros e a sua família. Que é muito legal, aliás. Um pouco superprotetora, talvez, mas sempre pensando no que é melhor para você. Você tem muita sorte de tê-las em sua vida.

Sorte?

— É. Nem todo mundo tem uma família que se preocupa, sabia? Eu, por exemplo.

— Bem, você pode ficar com a minha. Tem certeza de que não falaram sobre mais nada? Sobre eu ter feito o EED...

— Não — disse ele, andando até a mesa do laboratório e pegando uma chave de fenda. — Conversamos um pouco sobre Sean O'Reilly. E sobre as Filhas da Irlanda. — Ele voltou para o aquecedor, agachou-se e começou a soltar um painel lateral. — Ah, e falamos sobre premonições.

— Você perguntou sobre as *premonições* dela?

Ele terminou de desaparafusar o painel antes de responder.

— Não, foi ela quem tocou no assunto. Estava falando sobre eu ter ajudado a Maeve e mencionou que tivera uma "premonição" de que Maeve precisava de ajuda, o que acabou sendo verdade, então perguntei como era isso, e ela me contou tudo sobre "a Visão", que descreveu como uma espécie de clarividência, mas acho que provavelmente é uma combinação de frases genéricas e suposição. — Ele levantou os olhos para Briddey. — Não se preocupe. Ela não desconfiou de nada.

Ele pegou um parafuso.

— Presumo que, já que ainda está mantendo seu EED em segredo, você ainda não tenha conseguido se conectar ao Trent.

Você sabe perfeitamente que não.

— Nem mesmo nenhum sussurro? Ou fragrâncias, ou o som da chuva caindo? Santa Deoch sempre ouvia "vários doces sons celestiais de música" antes das vozes. Você ouve alguma música angelical? "Hark! The Herald Angels Sing"? "Angels We Have Heard on High"? "Teen Angel"?

— Não — disse ela —, mas ainda não atingimos a marca das quarenta e oito horas. Tenho certeza de que até lá vamos estar conectados.

— Claro.

— O que quer dizer com isso? Você não acha que vamos conseguir nos conectar, né? — disse Briddey, em tom acusador. — Por que não? Você está fazendo alguma coisa para isso?

— Como o quê, por exemplo?

— Me bloqueando de alguma forma — disse ela. Então olhou para o aquecedor desmontado. — Interferindo com a fiação.

— Eu já disse que cérebros não têm fios. E achei que a interferência teria causado a nossa ligação, e não impedido a sua com o Trent.

— Há outras maneiras de interferir. Como insistir em falar só pelos pensamentos. E me interromper toda vez que tento me conectar ao Trent, de modo que não consigo alcançá-lo.

Não é assim que funciona, murmurou C. B.

— Viu só? Você está fazendo isso agora mesmo. Está tentando reforçar nosso looping de feedback para eu não conseguir eliminá-lo!

— Ah, pelo... Eu *não* estou bloqueando seu namorado. Tenho mais o que fazer com o meu tempo — respondeu ele, voltando para o aquecedor. — Como consertar isso antes que eu morra congelado. E você não tem uma reunião com seu namorado ou algo assim?

Ela havia se esquecido completamente de Trent. Subiu correndo, na esperança de que ele ainda não tivesse ligado para o dr. Verrick.

Trent tinha tentado, mas não conseguiu falar com o médico.

— Expliquei para a recepcionista que era urgente — disse a Briddey —, e ela falou que ele não estava no consultório hoje e que era para eu deixar um recado. Um recado! Minha secretária está procurando o número da sala dele no hospital.

— Ela deveria estar fazendo isso? — perguntou Briddey, nervosa.

— Eu já disse que ela é a discrição em pessoa.

— Mas e se a Suki...

Ethel Godwin bateu na porta e, em seguida, entrou.

— Consegui o número, sr. Worth.

— Obrigado — disse Trent, e ligou para o hospital. — Não, não pode ser semana que vem. Precisamos falar com ele hoje... Bem, quando ele volta?... Tem algum celular para o qual eu possa ligar?... Sim, é uma emergência!

Ele desligou.

— O dr. Verrick não está lá. Ele está em algum lugar... não disseram onde... fazendo um EED, e só deve voltar na semana que vem.

Graças a Deus, pensou Briddey, tentando não deixar seu alívio transparecer no rosto.

— E não dão o número do celular dele — continuou Trent. — Ele, por acaso, não deu o número para você, né?

Deu, pensou ela, perguntando-se por que o médico não dera o número a Trent também. Mas que bom que não tinha dado.

— Não.

— Droga. Vou ver se Ethel consegue entrar em contato com ele de alguma outra maneira, pelo consultório dele em Los Angeles ou a enfermeira...

O celular de Trent tocou.

— Me desculpe. É o Hamilton. Ele quer me ver imediatamente. Mando uma mensagem para você quando conseguir entrar em contato com o dr. Verrick — prometeu ele, e saiu.

Briddey então seguiu para seu escritório, sentindo que a "sorte dos irlandeses" de que tia Oona tanto falava estava com ela. O dr. Verrick estava fora de alcance em Manhattan ou Palm Springs, Trent saíra correndo sem pedir a Ethel que descobrisse o número da enfermeira dele, e C. B. aparentemente dissera a verdade ao contar que tia Oona não tinha suspeitado de nada, porque não havia recebido nenhuma mensagem indignada dela. E as mensagens de Kathleen e Mary Clare (que leu enquanto esperava o elevador) perguntavam, respectivamente, se Kathleen deveria entrar para o Sparks, o HookUp.com, o Cnnect, ou todos os três, e que filtro de internet Mary Clare deveria instalar no computador de Maeve.

E o elevador chegou bem a tempo de Briddey escapar de Art Sampson, que ela ouviu dizendo que "discriminação por idade devia ser contra a lei, mas espera só para ver. Vou ser o primeiro a ser despedido" assim que a porta fechou.

Ainda estava com sorte. Trent lhe mandou uma mensagem às duas da tarde dizendo que ia para uma reunião sigilosa que provavelmente duraria o resto do dia, então, pelo visto, só poderia ligar para o dr. Verrick depois do fim do expediente. Ou ligar para ela em pânico quando o prazo de quarenta e oito horas expirasse às três da tarde e os dois não tivessem se conectado. O que aconteceu.

E o melhor de tudo foi que às três e meia ela recebeu um e-mail dizendo que, "devido a desdobramentos relacionados ao Projeto Hermes, esperava-se que todos os funcionários trabalhassem no dia seguinte, de dez às quatro".

O e-mail não especificava quais eram esses desdobramentos, e essa omissão lançou toda a Commspan em um frenesi especulativo, em que ninguém conseguiu pensar em mais nada pelo resto do dia (exceto Art Sampson, que prontamente remarcou a reunião deles para sábado de manhã e que ela ouviu se queixar sobre possíveis demissões enquanto saía em direção ao carro), e Briddey conseguiu deixar o local sem ninguém notar seu curativo ou lhe perguntar sobre EEDs.

Ter que trabalhar no sábado também significava que não precisaria levar Maeve para almoçar e enfrentar mais um interrogatório familiar quando a pegasse e a deixasse em casa de volta. *Vou ligar para Mary Clare assim que chegar em casa*, pensou, mas reconsiderou em seguida. Mary Clare poderia sugerir que a encontrasse naquela noite para conversar com Maeve, mas precisava dedicar seu tempo a se conectar com Trent.

Se C. B. a deixasse em paz. Mas ele devia ter levado a sério aquela história de estar interferindo, ou então ainda estava ocupado consertando o aquecedor quebrado, porque não havia se intrometido nem uma vez sequer naquela noite.

Ou talvez ele não tenha conseguido consertar e morreu congelado, pensou, preparando-se para dormir.

Para sua informação, disse C. B., *estou fazendo mais algumas pesquisas.*

Sobre Bridey Murphy? Ou Joana d'Arc?

Joana, disse ele. *Ela não ouvia apenas uma voz. Começou ouvindo santa Catarina e, então, mais tarde, passou a ouvir também são Miguel e santa Margarida.*

Ou ela não sabia se manter fiel às suas histórias, disse Briddey. *Ela podia estar mentindo...*

Só que ela estava mais disposta a ser queimada na fogueira do que negar que os ouvia. E fiz algumas pesquisas sobre o dr. Rhine também. Você disse que queria um telepata que não fosse da Idade Média, e acho que encontrei um.

Sério?, indagou ela, e então pensou: *Ele só está fazendo isso para me impedir de me conectar com o Trent.*

— Eu não quero ouvir. Vai embora.

Ele a ignorou. *Li os relatos sobre os testes de Zener que ele realizou, e a pesquisa dele caiu em descrédito por um bom motivo. Ele contava quase tudo como uma resposta correta, e as cartas de Zener eram tão finas que dava para ver através delas...*

Ele é como a minha família, pensou ela, ouvindo C. B. continuando a tagarelar, *interferindo sempre, intrometendo-se nos meus assuntos, recusando-se a respeitar minha privacidade. Não é de admirar que goste delas.*

O que lhe deu uma ideia de como fazê-lo calar a boca. Ela ligou para Kathleen e perguntou como estava indo aquela coisa de namoro pela internet.

— Decidi entrar para o Cnnect, o OKcupid e o Sparks — contou Kathleen —, e, para escolher alguém no Sparks, é só tocar em sua foto. Então escolhi um cara, e nós saímos para beber, e só estávamos lá há cinco minutos quando ele começou a selecionar fotos de outras mulheres! Aí decidi escolher um site mais sério, como o JustDinner. Ou o Lattes'n'Luv.

Lattes'n'Luv?, disse C. B. *Ela está brincando, né?*

Cala a boca, disparou Briddey.

— Lattes'n'Luv?

— É para pessoas que pensam que uma refeição é um compromisso grande demais — disse Kathleen —, mas, por outro lado, alguém que não está disposto a se comprometer nem com um jantar daria um bom namorado? No entanto, tenho certeza de que o Sean O'Reilly não faria parte desse site. Duvido até que ele saiba o que é um latte. Ou talvez eu devesse entrar para o It's Only Brunch. É como o JustDinner, só que com mimosas.

E com certeza você vai precisar de uma bebida, comentou C. B.

Vai embora, disse Briddey.

— Mas sair para tomar café não dura o mesmo tempo — refletiu Kathleen, que passou a hora seguinte inteira comparando os méritos entre os encontros para um brunch e os encontros para tomar um café, e a única coisa boa foi que, em algum momento, C. B. desistiu e foi embora.

Eu queria poder fazer o mesmo, pensou Briddey, bocejando.

Kathleen finalmente desligou às onze. Briddey verificou se Trent tinha mandado alguma mensagem. Só tinha recebido uma, dizendo que ele ainda não havia conseguido falar com o dr. Verrick, que aparentemente estava no Marrocos fazendo EED em um sheik e uma de suas esposas.

Melhor ainda, pensou Briddey, e foi para a cama. Ela não tinha percebido como estava cansada. Adormeceu assim que sua cabeça encostou no travesseiro, mas foi acordada pouco depois pelo barulho do celular.

Era Trent.

— Vista-se — disse ele. — Finalmente consegui entrar em contato com o dr. Verrick. Temos uma consulta com ele à meia-noite.

ONZE

Você não entende nada do que eu falo.
Surpresas do coração

— Meia-noite? — repetiu Briddey, certa de que devia ter entendido errado. — Mas eu pensei que ele estivesse no Marrocos.

— E está — disse Trent.

— Ah, vamos fazer uma chamada em conferência — disse ela, finalmente compreendendo.

— Exato, mas o dr. Verrick também disse que é possível que tenhamos que fazer alguns exames, e é por isso que precisamos ir para o consultório dele.

Alguns exames? Ou algum tipo de varredura?

— O endereço é esse — dizia Trent. — Você precisa sair agora para chegar lá meia-noite.

Ele desligou antes que ela pudesse pensar em uma desculpa para não ir. Mas se Trent ia falar com o dr. Verrick, ela precisava estar lá para impedir que o médico contasse ao namorado que nunca dissera que deviam ficar afastados e não fazer sexo. Mas e se o dr. Verrick quisesse fazer um fCAT ou uma ressonância cortical? C. B. dissera que isso mapeava a atividade cerebral. Será que mostraria que os dois estavam conectados?

C. B.!, chamou ela, saindo da cama e se vestindo. *Você está aí, C. B.?*

O que foi?, disse C. B. na mesma hora. *O que aconteceu? Você ouviu alguma outra voz?*

Você está querendo saber se me conectei com o Trent? Não. E explicou o que tinha acontecido.

O quê? Que tipo de médico marca consultas no meio da noite?

Provavelmente ainda é dia no Marrocos, explicou ela, calçando os sapatos. *Eu preciso saber...*

Sobre o dr. Rhine? Eu estava agora mesmo fazendo algumas pesquisas sobre ele.

Não, não é sobre o dr. Rhine. Trent disse que o dr. Verrick pode querer fazer alguns exames. Se um deles for um fCAT, poderia mostrar que estou conectada a você?

Não, disse ele prontamente.

Pensei que você tivesse dito que esse exame mostra a atividade cerebral.

Ele mostra, mas só em termos muito gerais... memória nessa parte, linguagem naquela. Não pode dizer o que você está pensando.

E o outro que você mencionou?

O imCAT? Pode produzir um mapa mais detalhado da atividade sináptica, mas acho que é tudo.

Você pode pesquisar mais a fundo?, perguntou Briddey, pegando o casaco. *Eu procuraria, mas tenho que sair agora, ou vou me atrasar para a consulta...*

E se tentar pesquisar isso em seu celular enquanto dirige, vai acabar sofrendo um acidente e morrendo, disse ele. *Está bem, vou ver o que consigo descobrir.* Ele foi embora, mas voltou segundos depois: *Onde vai ser essa consulta? No hospital?*

Por quê?, perguntou Briddey, aflita. *Por acaso o hospital faz esse exame?*

Não, só estou com medo de você e Trent esbarrarem em alguma enfermeira e a mulher dizer: "Ei, você não é a paciente que encontramos sem o acesso intravenoso na escada naquela outra noite?".

Ela não tinha pensado nisso. *Não, é no consultório do dr. Verrick.*

No meio da noite. Tem certeza de que ele não vai dopar você e roubar seus órgãos?

Tenho, disse Briddey, achando que isso seria até melhor. Pelo menos não precisaria mais mentir o tempo todo.

Ela entrou no carro e seguiu para o centro da cidade, perguntando-se se conseguiria chegar na hora marcada, mas as ruas estavam praticamente vazias, e já estava quase lá quando C. B. entrou em contato novamente, chamando: *Dawn Patrol para Night Fighter, responda, Night Fighter.*

O que você descobriu?, perguntou Briddey.

Que você não precisa se preocupar. O dr. Verrick não tem nem um aparelho de tomografia computadorizada em seu consultório, muito menos um fCAT ou um imCAT.

Mas ele poderia me mandar ir até o hospital para fazer os exames.

Mesmo se ele fizesse isso, o exame não acusaria que você é telepática. O imCAT pode identificar atividade sináptica com mais precisão do que o fCAT, mas ainda é muito primitivo. Não é como o Google Earth, que mapeia cada centímetro quadrado. Se derem a um paciente problemas de matemática para resolver, uma determinada área do lobo frontal se acende. Se tocam uma música, isso acontece com o córtex auditivo, mas o exame só vai até aí. Não tem como dizer o que você está pensando.

Mas não saiu algo nos jornais recentemente sobre um exame que tirava fotos de seus pensamentos? Pediam para a pessoa pensar em um leão, e o exame mostrava uma imagem disso...

Você está falando do fMRI, disse C. B., *mas as imagens parecem mais manchas de tinta do que fotos. Você pode ver o que quiser nelas. Mas vamos dizer que houvesse um exame que tirasse fotos perfeitas dos seus pensamentos. Ainda assim não mostraria o que você está pensando.*

O que isso quer dizer? Se...

O leão, por exemplo. Talvez você estivesse se lembrando de um que viu no zoológico ou de uma cena de O Rei Leão, ou de um filme da MGM. Com certeza o exame não mostraria que eu falei de um leão para você em pensamento.

Mas se a mesma imagem aparecesse nos nossos cérebros ao mesmo tempo, sim, disse Briddey. E mesmo com o imCAT, poderiam ver que alguém está falando comigo. Apareceria nos centros de linguagem e audição do cérebro, e...

É só eu não falar com você enquanto estiver fazendo o exame, retrucou C. B. *Mas, mesmo que eu falasse, simplesmente concluiriam que você está se lembrando de uma conversa que teve antes. Ou falando consigo mesma. Portanto, a menos que Verrick estivesse procurando especificamente por provas de telepatia — o que não vai acontecer —, ele não notaria nada de incomum. A única maneira de ele descobrir que você anda falando comigo é se contar a ele. Não tem por que se preocupar. Tirando o fato de ele ter marcado uma consulta em um endereço misterioso no meio da noite.*

Não é um endereço misterioso. E Trent vai estar lá, disse ela, parando no estacionamento.

Mas não havia um carro sequer ali. Trent, obviamente, ainda não tinha chegado, e o prédio estava mergulhado na escuridão. *Estou falando, tráfico de órgãos no mercado negro*, disse C. B. *Se eu fosse você, sairia depressa daí antes que apareça alguém com clorofórmio.*

Ela estava prestes a ir embora e mandar uma mensagem para Trent: "Fiz o que você falou, mas não havia ninguém lá". No entanto, antes que ela pudesse pegar o celular, luzes se acenderam na recepção, e uma enfermeira abriu a porta e acenou para ela.

— Srta. Flannigan? Entre. O médico está a sua espera.

— O sr. Worth está a caminho — disse Briddey.

A enfermeira assentiu e conduziu Briddey pela recepção sombria até uma sala com uma escrivaninha, uma mesa de exame coberta com papel, e, em uma parede, uma enorme tela de alta resolução. A enfermeira verificou seus sinais vitais e deu uma olhada em seus pontos.

— A incisão está cicatrizando bem — disse ela, substituindo o curativo na nuca de Briddey por um menor. — Nenhum sinal de infecção ou edema? — E seguiu com a mesma série de perguntas que haviam feito à Briddey no hospital: — Dor? Tontura? Desorientação?

— Não, está tudo bem — disse Briddey.

— Tirando o fato de que vocês ainda não tenham se conectado, não é mesmo? Quando vocês fizeram o EED?

— Na quarta.

A enfermeira anotou a informação.

— O TIM do dr. Verrick estará aqui para configurar a conexão em um minuto — disse ela, e saiu.

Um instante depois, um rapaz de jaleco entrou.

— Olá — disse ele. — Sou o técnico em informática médica do dr. Verrick. Você pode subir na mesa de exame para eu preparar tudo?

"Preparar tudo" significava posicionar várias câmeras para que o dr. Verrick pudesse ver tanto o rosto dela quanto sua nuca, prender sensores ao seu pulso, braço e peito, e usar um laptop para fazer com que a imagem daquela sala de exames aparecesse em algum outro lugar.

— Assim que estivermos prontos aqui, ligo para o dr. Verrick — explicou o técnico, conectando o último cabo.

— Não é melhor esperarmos o sr. Worth? — perguntou Briddey.

— Vou verificar — disse ele, e saiu.

Se aquele lugar fosse igual ao hospital, o técnico demoraria horas para voltar.

Que bom, disse C. B. *Assim posso contar mais sobre o dr. Rhine.*

Achei que você tivesse dito que a pesquisa dele havia sido desacreditada, disse Briddey.

Foi, e merecia ter sido. O dr. Rhine claramente só escolhia as informações que interessavam. Ele afirmava que a capacidade telepática de seus pacientes levava um tempo para se manifestar e depois se desvanecia à medida que eles se cansavam, o que significa que ele só usava os períodos em que obtinha respostas corretas.

Então seus pacientes não conseguiam ler mentes de verdade?

Provavelmente não. Exceto por um deles, que fez pontuações incrivelmente altas nos testes Zener.

E você acha que ele era mesmo um telepata?

É difícil dizer. Ele fez pontuações fenomenais durante várias semanas e então, de repente, seus pontos caíram, e depois mais ainda, e assim permaneceram. Como eu disse, Rhine mexeu muito nos dados, então talvez o paciente nem fosse um telepata de verdade...

Ou...?

Ou ele decidiu que não queria que ninguém soubesse que era e parou de colaborar. Meu palpite é que ele descobriu o que aconteceria se Rhine soubesse que era telepata e não queria ficar lendo a sorte dos outros em um circo ou ser submetido a experimentos, ou interrogado...

Ou ser queimado na fogueira, disse Briddey sarcasticamente.

Exatamente. E ele pensou certo. Contar...

Shh, disse Briddey. *O técnico está voltando.*

Ele não pode me ouvir, disse C. B., mas se calou de qualquer maneira quando o técnico entrou na sala.

— O dr. Verrick quer examinar você primeiro — disse o técnico, apertando várias teclas em sequência, e o dr. Verrick apareceu na tela, sentado a uma mesa de frente para um laptop.

— Você pode me ouvir? — perguntou o técnico ao dr. Verrick e, quando o médico assentiu, ajustou ligeiramente o áudio e a resolução. — É com você, doutor — disse ele, e saiu.

— Srta. Flannigan — disse o dr. Verrick e, como sempre, parecia genuinamente feliz em vê-la —, como está se sentindo?

— Bem — respondeu Briddey, com cautela.

— Pelo que soube, você e o sr. Worth ainda não se conectaram. Isso não é incomum. Muitos casais levam de dois a cinco dias para se conectar, ou até mais.

Trent devia estar ouvindo isso, pensou Briddey.

— Tudo me parece bem — disse o dr. Verrick, olhando para o laptop em sua mesa. — O local da cirurgia está cicatrizando bem... nenhum sinal de infecção... nenhum inchaço.

Ele ergueu os olhos.

— Você tem certeza de que não se conectaram? Como disse a você no hospital, o contato inicial pode ser fraco e intermitente, o lampejo de uma sensação que dura apenas um ou dois segundos. Você não sentiu nada assim?

— Não.

— E quanto a outros tipos de sensações? Uma súbita sensação de calor ou frio? Um formigamento ou um perfume?

Parece o C. B. falando, pensou ela.

— Não.

— E uma música? Ou uma voz?

— Uma voz? — indagou Briddey, o corpo subitamente tenso.

— Sim, vários pacientes meus relataram que a intensidade de sua conexão emocional era tão forte que pensavam ter ouvido o parceiro chamá-los pelo nome. — Ele olhou fixamente para ela. — Você ouviu algo assim?

Briddey refletiu: *Se outros pacientes ouviram vozes, ele não vai achar que sou esquizofrênica se eu contar que ouço também.*

Contar a ele? disse C. B. *Você não pode...*

Se os pacientes do dr. Verrick já ouviram vozes antes, disse Briddey, *então talvez ele saiba o que causa isso e como corrigir.*

Ele disse que as pessoas ouviram a voz dos parceiros, e não de outra pessoa. Você quer que ele conte ao Trent que você...?

Ele não pode contar ao Trent. Confidencialidade médico-paciente, lembra?

Foi o que Bridey Murphy pensou, e ela acabou ridicularizada na capa de uma revista.

Você quer parar de falar dessa Bridey Murphy?, disparou ela, e, em voz alta, disse:

— Dr. Verrick, eu...

— Doutor? — chamou a voz da enfermeira do lado de fora.

— O que foi? — respondeu o dr. Verrick, como se estivesse ali na sala.

Você não pode estar pensando seriamente em contar a ele, disse C. B. *Pense no que aconteceu com Joana d'Arc...*

Shh, sibilou Briddey, tentando ouvir o que a enfermeira dizia.

— Brad quer saber se pode trazer o sr. Worth agora — disse ela. — Ele precisa estar de volta ao hospital a uma hora.

O dr. Verrick pareceu irritado.

— Tudo bem.

Por que a enfermeira não pôde acompanhar o Trent até a sala?, perguntou-se Briddey, e mal havia concluído o pensamento quando um técnico apareceu empurrando um carrinho de metal com uma tela menor e um laptop. Ele levou o carrinho para perto da mesa de exame e começou a ligar os cabos e a digitar.

Só pode ser brincadeira, disse C. B. *Ele faz você sair da cama e dirigir até aí, e vai falar pelo celular?*

Trent anda muito ocupado, disse ela. *O Projeto Hermes é extremamente importante.*

Realmente, disse C. B.

O que você quer dizer com isso?, perguntou ela.

Ele ignorou a pergunta. *Você percebe como isso é ridículo, não é?*, indagou ele. *Eles nem estão aí.*

Nem você, retrucou ela. *E pelo menos o Skype dá para desligar.*

É verdade, você tem razão, disse C. B., e surpreendentemente entendeu o recado e saiu.

— Tudo certo — disse o técnico para a imagem do dr. Verrick. — O sr. Worth já está pronto para falar. Basta clicar em ALT CONTROL e VID2 aí no seu computador, depois ENTER, e você estará conectado a ele.

Bem que minha conexão com ele podia ser fácil assim, pensou Briddey.

— Obrigado, Brad — disse o dr. Verrick, e o técnico saiu, mas o médico não fez nenhuma menção de ligar a imagem de Trent. Em vez disso, ele se levantou, caminhou até a frente da mesa e sentou-se no canto, curvando-se em direção a

Briddey, como se estivesse ali na sala com ela e prestes a dividir um segredo. — Desculpe pela interrupção. Eu estava perguntando se você tinha ouvido o sr. Worth chamar seu nome ou falar com você.

Se você contar, não vai ter como voltar atrás, disse C. B.

Shh.

— Quanto mais empaticamente sensível for o paciente — dizia o dr. Verrick —, mais complexas são as conexões e a forma que as emoções assumem: sensações, sons, palavras...

Viu?

Vi o quê?, retrucou C. B. *Ele está falando um monte de bobagens sem sentido. Você ouviu. "O contato inicial é fraco e intermitente." Até parece. Você e eu nos conectamos perfeitamente desde o início. E ele disse que a conexão não acontecia antes de pelo menos doze horas, o que obviamente não é verdade. Ele não tem a menor ideia de como isso funciona.*

Bem, ele sabe mais do que você, rebateu ela, e depois em voz alta:

— Dr. Verrick, você disse que pessoas emocionalmente sensí...

E a tela ficou azul.

Você fez isso?, perguntou Briddey.

Fiz o quê?

Você sabe muito bem, disse ela, e o técnico entrou na sala.

— Me desculpe — disse ele, correndo para o laptop. — Deve ser um problema com a transmissão. — E começou a digitar. — Vou restaurar a conexão imediatamente.

Instantes depois, a imagem do dr. Verrick reapareceu na tela, e o técnico aparentemente supôs que Trent já estava na conversa também, porque fez aparecer a imagem dele na outra tela e disse:

— Desculpe pela demora, sr. Worth. Tivemos uma falha técnica. Você consegue me escutar?

— Sim — disse a imagem de Trent. Ele estava sentado no sofá de seu apartamento e, olhando para Briddey, perguntou: — Você falou para o dr. Verrick que achamos que ele precisa pedir exames para ver o que está atrasando nossa conexão?

Não!

Trent se virou para a imagem do dr. Verrick.

— Deu alguma coisa errada com o EED dela? É por isso que ainda não nos conectamos?

— Não — respondeu o dr. Verrick, e repetiu o que dissera à Briddey sobre não haver nenhum sinal de um problema físico.

— Tem certeza? — insistiu Trent. — Porque você achou melhor mantê-la no hospital por mais tempo e fazer alguns exames...

O dr. Verrick vai contar a ele que só fez aquilo por causa da sua tentativa de fuga, disse C. B. *Rápido. Pergunte se o estresse pode ser um fator.*

— Nós dois estamos passando por um período de muito estresse no trabalho — disse Briddey mais do que depressa. — Isso poderia ser o problema, dr. Verrick?

— Com certeza. Diversos fatores podem interferir na conexão. Estresse, poucas horas de sono, falta de...

— Nem cogite dizer falta de ligação emocional — interrompeu Trent. — Sei que essa é a principal razão para os casais não conseguirem se conectar, mas estou cem por cento comprometido com Briddey, e sei que ela está tão comprometida quanto eu. Não há mais ninguém em nossas vidas, não é, querida?

Ele e o médico se viraram para ela.

Um telefone tocou, e Trent tirou o dele do bolso.

— Desculpe, dr. Verrick, mas eu *tenho* que atender...

— É claro — disse o dr. Verrick, pressionando uma tecla em seu laptop. A tela de Trent ficou branca.

— Temos um *grande* projeto em andamento no trabalho — explicou Briddey —, e...

O dr. Verrick assentiu, dispensando seu pedido de desculpas.

— Na verdade, essa interrupção veio na hora certa. Queria fazer algumas perguntas, e talvez você se sinta mais à vontade para responder sem seu namorado aqui. O sr. Worth está certo. Em noventa e cinco por cento dos casos em que os casais não conseguem se conectar, o obstáculo é uma ligação emocional insuficiente. Esse poderia ser o problema?

— É claro que não — respondeu ela, e então se lembrou de algo que C. B. dissera: qualquer frase que começa com "É claro" era automaticamente uma mentira, e Briddey ficou surpresa por ele não ter se intrometido e feito algum comentário sarcástico.

— Não há nenhum envolvimento romântico em seu passado que você possa não ter superado completamente? — perguntava o dr. Verrick. — Ou outra pessoa pela qual você também possa ter sentimentos românticos?

— De jeito nenhum.

— Você tem certeza? Não é incomum as pessoas pensarem que estão apaixonadas por seu parceiro de EED, mas na verdade estarem nutrindo sentimentos por outra pessoa. Em alguns casos, o paciente nem mesmo *se dá conta* do que está sentindo.

Então afirmar que ela não estava apaixonada por C. B. não adiantaria nada. O médico só suporia que ela "não se dava conta" de seus sentimentos. C. B. estava certo. Ela não podia contar a ele.

— Eu não tenho sentimentos por ninguém além do Trent — disse ela, assertiva. — E não tenho nenhuma dúvida. Sou tão comprometida com a nossa relação quanto Trent.

— Nesse caso, o atraso na conexão muito provavelmente é só isso: um atraso. — Ele a encarou. — Você não ia me fazer uma pergunta antes de sermos interrompidos?

Não mais, pensou Briddey.

— Você já respondeu — disse ela.

— E você tem certeza de que não recebeu mesmo nenhuma emoção ou sensação, sob nenhuma das formas que eu descrevi?

— Absoluta.

Ele assentiu, apertou uma tecla em seu laptop, e a imagem de Trent reapareceu na tela. Parecia irritado.

— Sinto muito por isso — disse o dr. Verrick. — Houve um problema com a conexão.

— Você disse a ele que não tem como o problema ser a ligação emocional, Briddey? — perguntou Trent.

— Disse.

— Bem, então, qual *é* o problema, doutor? Já faz quase três dias.

— Como eu estava dizendo à srta. Flannigan, essa demora não é incomum — disse o dr. Verrick. — Pode levar de quatro a cinco dias para a conexão acontecer, ou até mais.

— *Mais?* — indagou Trent, horrorizado. — *Quanto* tempo mais?

— É impossível dizer. Há tantas variáveis. — O médico olhou especulativamente para Trent. — Mas a conexão com certeza não vai acontecer se você tentar forçá-la. A tensão e a ansiedade alteram a química do cérebro e impossibilitam que os neurônios condutores se formem, o que resulta em mais estresse. É semelhante ao que acontece com as pessoas que tentam conceber um bebê. Quanto mais tentam, mais difícil se torna a fertilização. É essencial romper esse looping de feedback.

— Como? — perguntou Trent, aflito.

— Vocês precisam relaxar e deixar acontecer naturalmente. Vou prescrever um ansiolítico, e quero que parem de pensar em se conectarem e se concentrem em outras coisas. Ler, ver televisão, jogar videogame. Saiam para jantar, ou para ver um jogo de basquete ou um filme, qualquer coisa que tire a mente de vocês da conexão.

— E quanto ao sexo? — perguntou Trent, e antes que pudesse interrompê-lo, ele continuou: — Briddey disse que o senhor recomendou evitarmos relações sexuais durante os primeiros dias...

— Falei que foi a enfermeira no hospital que me disse isso.
— Não, não foi isso que você falou — disse Trent. — Me lembro perfeitamente. Você disse que o dr. Verrick...
— Falei que a enfermeira disse que eu precisava ter certeza de que tinha me recuperado da cirurgia antes...
— O que é um bom conselho — disse o dr. Verrick —, mas não vejo por que o sexo não seria bom a esta altura, desde que aconteça naturalmente e não aumente o estresse.

E como isso vai ser possível?, pensou Briddey, desesperada. *Nós dois transando, e C. B. ouvindo...*

Não precisa se preocupar com isso, disse C. B. *Não sou masoquista a esse ponto.*

Ah, pensou, surpresa, comovida e... estranhamente lisonjeada. Ela sentiu o rosto ficar vermelho.

Por favor, que ele não tenha notado nada disso, pensou ela. *Senão vai achar...*

— Srta. Flannigan? — disse o dr. Verrick, encarando-a com curiosidade.

Ela havia corado?

Por favor, que eu não esteja vermelha.

— Sim? — indagou ela, tentando firmar a voz. — Desculpe, o que você disse?
— O médico perguntou se você tinha mais alguma dúvida — disse Trent, impaciente.
— Ah — disse ela. — Não, acho que entendi o que devemos fazer.
— E você, tem alguma dúvida, sr. Worth?
— Não.
— Que bom. Prescrevi Xanax para os dois e quero que relaxem. Nada de estresse, de ansiedade, e nada de ficar pensando na conexão. Só deixem acontecer naturalmente. E vai acontecer — disse ele, e desligou a tela de Trent.
— Obrigada, dr. Verrick — disse Briddey, descendo da mesa de exame e pegando o casaco.

Mas ele ainda não tinha encerrado o assunto com ela.

— Se sentir qualquer tipo de contato, independentemente da intensidade e do tempo de duração, me ligue imediatamente — disse ele, e lhe deu seu número de celular novamente. — Imagens, sons, sensações de qualquer tipo, sejam da forma como você acredita que um contato deve ser ou não. Uma das minhas pacientes sentiu um frio tão intenso que se manifestou através de palavras, e ela ouviu o noivo dizer: "Feche a porta. Está congelando". Você sentiu algo do tipo?

— Não.

— Alguns minutos atrás você me pediu para repetir uma pergunta. Estava vivenciando algum tipo de contato?

Eu estava corando, pensou ela.

— Não — disse com firmeza.

O dr. Verrick franziu a testa.

— Tem certeza? Você parecia surpresa e... — ele hesitou, como se procurasse a palavra certa — tocada. Comovida. Como se tivesse ouvido algo que...

A tela ficou branca.

Graças a Deus, pensou Briddey.

— Dr. Verrick? — chamou ela, hesitante. — Você está me ouvindo? Não consigo vê-lo nem ouvi-lo. Acho que perdemos contato.

Nenhuma resposta. *Maravilha. Vai embora enquanto pode*, pensou ela, então pegou o casaco e a bolsa e saiu do consultório. A recepção estava deserta e Briddey se perguntou se deveria esperar e pegar a receita, embora não quisesse que a enfermeira ficasse sabendo que a transmissão havia sido interrompida e chamasse o técnico novamente.

E, além disso, pensou, enquanto dirigia até seu apartamento pelas ruas escuras e desertas, *ansiedade claramente não é o problema. Foi praticamente a única sensação que tive nos últimos dias, e isso não impediu minha conexão com C. B., nem de perto.*

O dr. Verrick está falando bobagem, concluiu. Mas pelo menos, ao dizer que a conexão podia demorar vários dias para acontecer, ele lhe dera mais tempo para se conectar a Trent, e ela pretendia tirar o melhor proveito disso. Tentou chamar mentalmente por ele o resto do caminho até seu apartamento e mais tarde naquela noite, e de novo no sábado de manhãzinha, ainda sem sorte. Seu único contato com o namorado foi a série de mensagens que ele lhe enviou enquanto ela dirigia para o trabalho: "Tentando comprar ingressos para *Ligação perdida*" e "Não consegui. Esgotado" e "Almoça comigo no refeitório?".

Isso a lembrou de que precisava ligar para Mary Clare assim que chegasse a Commspan para avisar que trabalharia o dia inteiro e teria que deixar o almoço com Maeve para outro dia, mas, antes mesmo de chegar ao estacionamento, a irmã ligou.

— Vamos ter que remarcar — disse ela. — Maeve está doente.

— O que houve? — perguntou Briddey. — Ela está gripada?

— Não, ela não está com febre. Não tem nenhum sintoma. Estou muito preocupada.

É claro que está.

— Se ela não apresentou nenhum sintoma, então como você sabe que ela está doente?

— Porque ela me disse que estava. Estávamos tomando café da manhã... ela estava bem quando acordou hoje... e conversávamos sobre o clube do livro de mãe e filha, quando de repente ela pousou a colher e disse: "Não estou me sentindo bem. Acho melhor eu me deitar", e em seguida foi para o quarto e fechou a porta.

Perguntei se o estômago estava doendo, ou se ela estava com alguma outra dor, mas ela disse que não. Acho que é apendicite.

E eu acho que ela ficou enjoada só de pensar em encarar o clube do livro de mãe e filha.

— Não é apendicite — disse Briddey. — Se fosse, ela estaria com febre. E sentindo dor do lado direito da barriga.

— Não se estiver com pus. Procurei na internet. Se ela não melhorar em algumas horas, vou chamar uma ambulância.

Pobre Maeve, pensou Briddey, parando no estacionamento.

O carro de C. B. já estava lá, e o de Trent também. E o de Suki. Briddey estava muito cansada para lidar com qualquer um deles naquele momento. Ou com Art Sampson, cuja voz ouviu no momento em que entrou no prédio.

— Se eu for demitido — dizia ele —, minhas economias não vão durar nem até meus sessenta e cinco anos.

Briddey não esperou para ver onde ele estava. Correu para a escada e foi direto para sua sala.

— Preciso que você ligue para o escritório de Art Sampson e cancele nossa reunião das onze horas — disse a Charla. — Remarque para a semana que vem.

— A assistente dele já ligou e remarcou para segunda de manhã — disse a secretária.

— Ah. Ótimo. Algum recado?

— Sim. Vários da sua irmã Kathleen, e a secretária do Trent ligou e avisou que vocês têm reservas no Luminesce para hoje, às oito horas. Trent vai buscá-la às sete.

— Obrigada — disse Briddey, e seguiu para sua sala, esperando que não houvesse ninguém da família lá dentro. E ouviu uma voz vindo de trás dela:

— Um cappuccino descafeinado.

Ela se virou na mesma hora, pensando: *Já que Charla vai tomar café, vou pedir um para mim também*, mas a mulher estava digitando em seu computador.

Deve ter sido alguém no corredor, pensou Briddey, indo até a porta, mas não havia ninguém lá fora.

Aquele som estava na minha cabeça, pensou, animada. *Finalmente aconteceu. Eu me conectei ao Trent! E não só emocionalmente... mas com palavras!* C. B. estava errado sobre terem apenas uma conexão de segunda. Ela e Trent poderiam falar um com o outro, assim como ela e C. B. faziam.

Trent, você pode me ouvir? Estou ouvindo você, chamou, mas ele não respondeu.

Talvez só esteja funcionando para mim, pensou, e começou a mandar uma mensagem para ele, parando no último segundo. Se tivesse sido Trent, por que ele dissera "Cappuccino descafeinado"? Ele odiava cappuccinos e nunca tomava nada descafeinado. E a voz não parecia nem um pouco com a dele.

C. B., foi você quem disse isso?, perguntou ela, embora a voz não parecesse a dele também.

— Algum problema? — disse Charla, e Briddey quase perguntou: "Você ouviu alguém falando agora?", mas então notou o brilho de curiosidade nos olhos de Charla, que já estendia uma das mãos para pegar o celular, sem dúvida para escrever para Suki: "Chefe agindo de forma estranha". Ou pior: "Chefe ouvindo coisas".

— Não, nada. Só lembrei de uma coisa que esqueci de fazer. Segure minhas ligações — disse Briddey, depois entrou em sua sala e fechou a porta.

Grande, disse a voz, ainda bem fraca. *Não, sem espuma...* Então parou abruptamente, e desta vez não havia dúvida de que a voz estava em sua cabeça, o que significava que, apesar da voz estranha e das palavras improváveis, só podia ser Trent. Ele provavelmente estava pedindo a Ethel Godwin que buscasse café para as pessoas na reunião, e sua voz mental soava diferente da voz audível.

Mas a de C. B. não soa diferente, pensou. E a dele não era fraca nem mesmo no início. E soava perfeitamente clara, e não era cortada no meio de frases como se tivessem sido desconectados...

Desconectados. *Era a voz de Trent, e foi cortada daquele jeito porque C. B. estava interferindo.*

C. B.!, chamou. *Responda! Sei que você esta aí.*

Não precisa gritar, disse C. B. *Estou ouvindo. O que foi?*

O que foi?, pensou ela com raiva. *Você está bloqueando o Trent! E não tente negar. Eu o ouvi!*

Você ouviu o Trent?, perguntou C. B., parecendo completamente espantado. *Como assim você o ouviu? Você captou os sentimentos dele?*

Não, eu ouvi a voz dele, disse ela. *Apesar do que você estava fazendo para me impedir de...*

Quando foi isso? Deixa pra lá. Tenho que te contar uma coisa. Agora. Preciso que venha até o meu laboratório.

Para você explicar por que tem nos impedido de...?

Onde você está? No seu escritório? E ela deve ter pensado *sim*, porque ele falou: *Fique aí. Já estou subindo.*

Ela não tinha a menor intenção de deixá-lo lhe contar mais mentiras, ali no seu escritório ou em qualquer outro lugar. Então pegou o celular, disse a Charla que iria ao refeitório e seguiu para a sala de Trent, pegando a escada para evitar encontrar C. B. no caminho. *Eu devia ter contado ao Trent sobre a telepatia logo que aconteceu*, pensou ela, subindo a escada e seguindo depressa pelo corredor até a sala dele. *Eu nunca devia ter deixado C. B. me convencer...*

Quando ela passou pela sala de conferências, alguém lá dentro estendeu a mão e segurou seu pulso.

— O que você pensa que está fa...? — gritou ela, e viu que era C. B.

— Shh — sussurrou ele. — Primeiro o hospital e agora isso. Exatamente que parte de "Fique aí" você não consegue entender?

— Me *solta* — disparou ela, tentando se desvencilhar.

— Não até eu falar com você — disse ele, puxando-a para a sala.

— Você não pode simplesmente me sequestrar! — disse ela, olhando ao redor e procurando desesperadamente por alguém, qualquer um, que pudesse ajudá-la.

— Você e essa história de sequestro — disse C. B. — Qual *é* o seu problema?

— O *meu* problema? — retrucou ela, furiosa, tentando tirar os dedos de C. B. do pulso e chutando as canelas dele em seguida. — É você quem está dando uma de Fantasma da Ópera!

— Corcunda de Notre Dame — corrigiu ele, e parou de puxá-la. — Tudo bem — disse ele em voz alta. — Vamos fazer isso aqui mesmo, na frente de todo mundo. É isso que você quer? Acabei de ver Suki vindo para...

— Shh — disse Briddey, e foi com ele para a sala de conferências.

Assim que entraram, C. B. a soltou, pegou o cartaz de REUNIÃO EM ANDAMENTO — NÃO PERTURBE da maçaneta e abriu a porta apenas o suficiente para pendurá-lo do lado de fora. Então foi até a mesa e pegou uma folha de papel e fita adesiva. Briddey olhou para a porta, calculando se conseguiria sair e correr até a sala de Trent antes que C. B....

Não, disse ele, colocando-se rapidamente entre ela e a porta. *Posso ler sua mente, lembra?* Ele prendeu a folha no vidro da porta e, em seguida, puxou uma das cadeiras.

— Sente-se.

— Vou ficar de pé, obrigada.

Ela cruzou os braços.

— Ótimo. Quando exatamente você ouviu Trent?

— Há alguns minutos.

— Essa foi a primeira vez que você o ouviu?

— Sim.

— E você tem certeza de que era o Trent? O que ele disse?

— Isso não é da sua...

— O que ele *disse*? — gritou C. B. — Eu preciso saber, Briddey.

— Para você poder bloqueá-lo, imagino.

— Eu *não* estou bloqueando o Trent!

— Então por que a voz dele foi cortada de repente? Você estava provocando alguma interferência, isso sim. E ele conseguiu vencer a interferência apesar dos seus esforços, mas foi por isso que a voz dele soou tão fraca, e foi por isso que não parecia a voz dele...

C. B. quase deu um pulo ao ouvir isso.

— Como assim não parecia a voz dele? Você não achou que fosse a voz do Trent quando a ouviu?

— Não, porque você a distorceu ou sei lá o quê.

Ele a ignorou.

— Me conta o que ele disse.

— Por quê? — indagou ela, combativa. — Pensei que você pudesse ler minha mente.

Ele a ignorou mais uma vez.

— Me conta. As palavras exatas. — E algo em seu jeito a fez responder.

— Na primeira vez ele falou: "Um cappuccino descafeinado", e eu pensei que fosse alguém no corredor — disse ela.

— Tem certeza de que não era?

— Sim, porque alguns minutos depois, já na minha sala, eu ouvi dizerem: "Grande", e "Não, sem espuma".

— Como se ele estivesse fazendo um pedido na Starbucks — disse C. B. e, quando ela assentiu: — Parecia que ele estava falando com você?

— Não — admitiu ela. *E não se atreva a tentar me dizer que Trent está emocionalmente ligado a uma barista da Starbucks.*

— E foi só isso? Você não ouviu mais nada?

— Não, a não ser você — disse ela, percebendo o alívio imediato que essa afirmação causou nele.

Porque estava provocando alguma interferência em sua conexão com Trent.

— Não, não estou! O que você quis dizer quando falou que a voz dele soou "distorcida"? Como era diferente da voz de Trent? Era mais grave? Mais anasalada? Tinha um sotaque?

— Não — disse ela, franzindo a testa, enquanto tentava lembrar, mas não havia nada de característico na voz, nada que desse para distingui-la de qualquer outra...

Merda, disse C. B. *Era isso que eu temia.*

— Eu devia ter... — Ele parou e indicou a cadeira que havia puxado. — Sente-se. Por favor. Preciso te contar uma coisa.

C. B. estava tão sério que ela obedeceu.

— O que foi? — perguntou ela. — Qual é o problema?

Ele puxou outra cadeira, sentou-se em frente a ela e se inclinou para a frente, os joelhos afastados, as mãos entrelaçadas entre eles.

— Eu deveria ter contado tudo isso antes, mas pensei que... acontece o seguinte: você só conseguia me ouvir, e achei que talvez fosse ficar assim, principalmente depois de passar tanto tempo sem que nada acontecesse. Eu...

Por que está demorando tanto?, interrompeu uma voz, parecendo irritada, e Briddey olhou automaticamente para o vidro coberto da porta, pensando que alguém lá fora talvez estivesse querendo entrar, e então percebeu que C. B. não tinha olhado para a porta. Ou dado qualquer indicação de que tinha ouvido.

É o Trent, pensou, mesmo que ainda não parecesse a voz dele. Mas pelo menos dessa vez tinha falado algo que Trent diria.

Eu estou aqui, chamou ela. *Posso ouvir você.*

— Você pode ouvir quem? — perguntou C. B., estendendo a mão para pegar a dela. — Briddey, você ouviu alguém falando agora?

— Sim. Trent. Ele perguntou por que a nossa conexão estava demorando tanto.

— Perguntou? Ele usou a palavra "conexão"?

— Não — admitiu ela —, mas foi isso o que ele...

— Me conte exatamente o que ele falou. É importante.

— Ele disse: "Por que está demorando tanto?".

— A voz dele parecia a mesma de antes?

Não, embora não soubesse explicar como as duas vozes eram diferentes. Só tinha a sensação de que eram.

— Não, porque você interferiu...

Ela parou. C. B. olhava para ela, mas sua expressão não era defensiva. Era de pena, como se tivesse uma má notícia para lhe dar.

— O que foi? — perguntou ela.

— Não era o Trent.

— Como assim não era o Trent? Você está dizendo que foi só minha imaginação?

— Não. Infelizmente não.

— O que você quer dizer com isso? Tinha que ser ele. Quem mais poderia ter sido?

Ele parecia sentir ainda mais pena.

— Qualquer um — respondeu.

— *Qualquer um?* O que você quer dizer com "qualquer um"?

— Quero dizer que poderia ter sido outra pessoa aqui na Commspan esperando o computador ligar, ou um pai em uma sala de espera se perguntando por que o trabalho de parto da esposa está demorando tanto. Ou um cara esperando o sinal abrir.

— Você tem certeza de que não era o Trent se perguntando por que ainda não nos conectamos? — disse ela com raiva. — Por que não?

— Porque você não reconheceu a voz. Isso significa que é um estranho, assim como a pessoa que você ouviu pedindo um cappuccino.

— Você está dizendo que ouvi *dois* estranhos?

— Sim, e foram só os primeiros. Ao longo dos próximos dois ou três dias você vai ouvir muito mais...

— E como exatamente você sabe tudo isso? — perguntou ela, mas já sabia a resposta. — Você ouve também, não é? Essas outras vozes.

— Sim. E não é nada agradável. Eu preciso ensinar você...

— Você ouve outras vozes — disse ela, assimilando tudo aquilo em sua mente. — Você ouve vozes de completos estranhos, então já sabia que o fato de ouvirmos um ao outro não tinha nada a ver com ligação emocional. Você sabia que a causa devia ser outra, e mesmo assim não disse uma palavra.

— O.k., olha, eu sei que devia ter contado antes...

— Antes? Você devia ter me contado imediatamente. No segundo em que aconteceu. Que foi quando?

— Briddey...

— É claro que você deve ouvir outras vozes há tempo suficiente para ter descoberto todas essas coisas sobre elas, o que significa que já deve ouvi-las há algum tempo. Há quanto tempo?

Desde aquele dia em que ele me buscou no hospital e me levou para casa, pensou ela, respondendo a própria pergunta. *Foi assim que ele soube que Kathleen não nos viu no meu apartamento. E como soube que era seguro voltar, porque a ouviu pensando em ir embora.*

— Ou será que você as ouvia antes disso, quando eu ainda estava no hospital? — perguntou ela. — Ah, mas é óbvio que sim. Foi assim que você soube que o plantão da enfermeira tinha acabado, e que eles estavam tentando decidir se contavam ou não ao dr. Verrick sobre minha fuga. — C. B. dissera que os ouvira falando na sala de enfermagem, mas não. Ele lera suas mentes. E foi por isso que ele tinha mencionado que Joana d'Arc ouvia mais de uma voz... para descobrir se ela estava passando pelo mesmo. — Você começou a ouvir outras vozes naquela primeira noite, logo depois que ouviu a minha, não é?

Ele estava com aquele olhar de pena novamente.

— Não.

Ai, meu Deus, ele ouvia as outras vozes — e a dela — *antes* de ela fazer o EED. Foi assim que a encontrara quando ela estava indo para o hospital. E como descobrira que ela ia fazer o EED, para começo de conversa.

— Há quanto tempo você ouve vozes? — perguntou ela.

— Briddey...

— Responde. Há quanto tempo?

Ele respirou fundo.

— Desde que eu tinha treze anos.

DOZE

> *Eu tinha treze anos quando me veio uma voz de Deus...*
> *e na primeira vez senti grande medo.*
> Joana d'Arc

— Treze? — repetiu Briddey, tentando absorver aquilo.

C. B. assentiu.

— Três semanas depois do meu aniversário. Alguns meses depois que cheguei à puberdade, então você provavelmente pode imaginar o que pensei que estivesse causando isso... embora nós também estivéssemos lendo *Nunca lhe prometi um jardim de rosas* na escola, que fala sobre uma adolescente esquizofrênica, então achei que também podia ser o meu caso. Eu não sabia nada sobre Joana d'Arc na época, nem de todos os outros santos que começaram a ouvir vozes com a mesma idade.

— Você ouve vozes desde a adolescência — disse ela.

É claro que sim. Isso explicava tudo: ele ser tão solitário, Charla dizer que o ouvira falando sozinho, e seus fones de ouvido não estarem ligados a nada. E também explicava por que C. B. não tinha ficado surpreso naquela primeira noite no hospital, por que aceitara de imediato a ideia de que os dois estavam se comunicando telepaticamente. Porque ele vinha fazendo isso desde os treze anos.

— Errado. Eu ouço vozes desde que tinha treze anos — corrigiu ele. — Não falo com outras pessoas por telepatia. Isso é uma novidade mais recente.

— Recente quanto?

— Muito recente.

— Então *eu* fui a primeira pessoa com quem você conseguiu falar? E o que quer dizer com "vozes"? Quantas vozes? Você consegue ouvir todo mundo na Commspan?

É claro que podia. Ele provavelmente ouvia o que era falado nas reuniões do Projeto Hermes e ria das precauções de segurança que tinham tomado para impedir que a Apple descobrisse sobre o novo...

— Não é assim que funciona — interrompeu C. B. — Você não tem nenhum controle sobre quem ou o que ouve. Simplesmente acontece, como agora mesmo, quando você ouviu o cara dizer: "Por que está demorando tanto?". As vozes chegam e pronto. E vão continuar chegando, e é por isso que preciso ensiná-la a bloquear...

— Eu *sabia* — disse ela. — Você *estava* bloqueando o Trent!

— Ah, faça-me o favor — rebateu C. B., passando a mão no cabelo. — Pela última vez, *não* estou bloqueando seu namorado idiota! Estou tentando ajudar *você* a bloquear as vozes. Você precisa erguer uma fortaleza contra elas, e tem que fazer isso agora, antes que comece a ouvir outras. Você ouviu a primeira voz hoje, então devemos ter um dia ou dois antes que a coisa fique feia, mas leva tempo para montar as defesas, e eu vou precisar ensiná-la a...

— Mesmo se eu acreditasse que você não estava tentando impedir que eu e Trent nos conectássemos, o que não é verdade — disse ela friamente —, você obviamente conseguia ouvi-lo, então sabia o quanto ele me ama e como estava tentando se conectar comigo, mas não falou nada. E não disse nada sobre a razão de eu conseguir ouvir você, mesmo sabendo a resposta também. Você me disse que era porque estávamos emocionalmente ligados...

— Não. Eu disse que era o que o *Trent* poderia pensar. E não foi assim. Não lhe contei naquela primeira noite porque tive medo de que você surtasse completamente. Você já tinha arrancado o seu acesso intravenoso e fugido só pelo choque de me ouvir. Tive medo de que, se eu lhe contasse tudo, você pudesse se atirar no poço de um elevador ou algo do tipo.

— E por que não me contou depois?

— Tentei contar quando busquei você no hospital e a levei para casa...

— Isso foi há dois dias.

— Eu sei. Provavelmente devia ter lhe contado antes...

— *Provavelmente?*

— O.k., o.k., com certeza deveria ter lhe contado antes, mas esperava que não fosse precisar. Você não estava ouvindo ninguém além de mim, e pensei que talvez o EED tivesse lhe deixado apenas parcialmente telepática e você não ouviria mais ninguém...

— E você conseguiria me convencer de que *estávamos* emocionalmente ligados, e eu cairia em seus braços.

— Não, é claro que não...

— Ou, pelo menos, você poderia usar essa história de ligação emocional para me impedir de contar para o Trent. É claro. Foi por isso que você me contou todas aquelas histórias sobre entes queridos à beira da morte, marinheiros atacados e McCook, Nebraska. E me falou sobre Bridey Murphy e o estudo sobre pessoas que "ouviam vozes" para me convencer de que o dr. Verrick pensaria que estou louca. Você fez tudo o que podia para me impedir de contar a eles.

— Você está certa, fiz mesmo isso. Porque...

— Porque não queria que eles descobrissem que *você* era telepata — disse ela. — Agora entendo a razão de todas aquelas coisas: o cobertor quentinho, a carona para casa e depois até o hotel para eu pegar meu carro. Tudo isso só para eu ficar de boca fechada. Você não se importava com o que isso representaria para mim ou para o meu relacionamento com Trent, se ele acharia que eu não conseguir me conectar a ele significava que eu não o amava, e terminaria comigo. Isso não importava. Você só queria manter seu segredo precioso.

— Precioso — murmurou ele. — Dificilmente é a palavra que eu usaria. Briddey, ouça... — Ele deu um passo na direção dela.

Ela levantou a mão para detê-lo.

— Não, eu *não vou* ouvir. — Ela quase *acreditou* nas mentiras dele. E, na verdade, estava começando a *gostar* dele. — Não acredito que você fez isso comigo. Tenho vontade de *matar* você! — gritou ela, e lançou-se em direção à porta.

— Briddey... — disse ele, estendendo a mão para impedi-la.

— Não se *atreva* a me tocar, seu mentiroso, seu idiota... seu... seu... — gaguejou ela, sem conseguir pensar em um nome ruim o bastante para chamá-lo. — Seu *corcunda*! — Então abriu a porta. — E *não* me siga!

Ela saiu da sala de conferências e seguiu pelo corredor, procurando o celular no bolso. Tinha que encontrar Trent, tinha que contar a ele...

C. B. disse: *Briddey, você não pode fazer isso...* E ela virou, furiosa, para encará-lo. O corredor vazio se estendia atrás dela. *Vai embora*, disse ela violentamente.

Você não pode simplesmente dar as costas para isso, Briddey, disse C. B. *Preciso lhe ensinar como se proteger. Quando você realmente começar a ouvir vozes, será muito mais difícil armar suas defesas.*

Não tenho a menor intenção de deixar você me ensinar nada, retrucou ela, embora soubesse perfeitamente que não tinha como impedi-lo. *Odeio ser telepata,* pensou ela.

Sim, e vai odiar muito mais nos próximos dias, se você não me deixar...

Deixá-lo o quê? Me contar mais mentiras?

Não eram mentiras...

Então o que eram? Toda aquela história de pesquisa para tentar descobrir o que estava causando a telepatia...

E pesquisei mesmo. Só que... antes. E tudo o que disse sobre as vozes é verdade...

Por que eu deveria acreditar em você?, perguntou ela, furiosa. *Você mentiu para mim sobre tudo. Aposto que toda essa conversa sobre defesas e fortalezas é apenas uma interferência para atrapalhar minha conexão com o Trent.*

Não é...

Assim que funciona?, interrompeu Briddey amargamente. *É o que você vem me dizendo. E como vou saber que isso não é outra mentira?*

Porque...

Não quero ouvir. Agora vai embora, disse ela, pegando o celular, *senão vou chamar a polícia e dizer que você está me perseguindo! Vou pedir uma ordem de restrição!*

Dadas as circunstâncias, duvido que serviria para alguma coisa.

Estou falando sério, disse ela, passando o dedo pelos contatos do celular. *Vou chamar a polícia.*

Não, não vai, disse ele. *Consigo ler sua mente, lembra? Você vai ligar para o Trent. O que é uma péssima ideia.*

Não, a péssima ideia foi não contar a ele desde o início. Ela ligou para o número de Trent.

A ligação caiu direto na caixa postal. Ela ligou para o escritório dele. A secretária atendeu.

— Ah, Briddey, sinto muito, mas ele está em uma reunião sigilosa agora — disse ela.

Isso é o que você pensa, pensou Briddey. *Com telepatia, não existe essa coisa de sigilo. Preciso contar isso para o Trent.*

— Posso ajudá-la com alguma coisa? — perguntou Ethel.

— Não.

— Você pode pedir para ele me ligar assim que sair da reunião?

— Claro. Você recebeu a mensagem dizendo que Trent vai buscá-la para jantar às sete?

— Recebi.

Você vai sair para jantar?, disse C. B., horrorizado. *Em um restaurante? Não pode. Você precisa ficar longe de lugares assim.*

Longe do Trent, você quer dizer. Porque, se estivermos juntos, podemos nos conectar, e isso arruinaria esse seu plano de nos manter separados.

Não, porque você não deveria ir a nenhum lugar cheio de gente, alegou C. B. *Restaurantes, cinemas, igrejas, jogos de futebol, festas. Uma multidão poderia... você precisa erguer suas defesas agora, antes que as vozes se aproximem. Preciso ensiná-la a construir uma barricada.*

Preciso mesmo de uma barricada... contra você! E, então, ficou com medo de que tivesse dito isso em voz alta.

Mas Ethel dizia calmamente:

— Vou pedir ao sr. Worth que ligue para você assim que sair da reunião.

— Obrigada — disse Briddey. — Você não sabe quanto tempo deve durar a reunião, né?

— Não — respondeu Ethel, pelo visto percebendo a ansiedade na voz de Briddey. — Está tudo bem?

— Sim, claro — disse Briddey, de maneira descontraída. — Eu só queria ter uma noção.

Ela desligou e ficou ali olhando para o celular, perguntando-se se deveria ligar de novo para Ethel, perguntar onde era a reunião de Trent, bater na porta e exigir falar com ele. Mas tudo o que conseguiria com isso é que os dois fossem demitidos. *E eu não preciso fazer isso*, pensou. *Tenho outra maneira de entrar em contato com ele. E não vou deixar de jeito nenhum C. B. me impedir de conseguir contatá-lo.*

Trent, chamou. *Você está aí? Preciso falar com você.*

Isso também é uma má ideia, disse C. B. *A última coisa que você deveria fazer agora é se abrir para qualquer tipo de contato. As vozes...*

Eu quero *ouvir as vozes. Vai ser melhor do que ouvir a sua!*

Você não sabe o que está falando. Por enquanto, você só ouviu duas vozes, mas vai começar a ouvir cada vez mais, e elas surgirão com cada vez mais frequência, e, em um dia ou dois, você vai ouvir todos os pensamentos deles o tempo todo.

Da mesma forma que você tem me ouvido? Na verdade, em todas aquelas vezes que pensara que C. B. tinha ido embora, ele estivera ali à espreita em sua mente, espionando-a como um voyeur. *Você tem me ouvido no chuveiro*, disse ela, em tom acusador. *Seu pervertido!*

Está bem. Me chame do que quiser. Mas você precisa *me escutar...*

Não, não preciso. E seja lá o que for que você esteja tentando me alertar contra não pode ser pior do que você! Vai embora, e nunca mais se aproxime de mim!

Você não pode ir a nenhum lugar lotado, não pode tomar nenhum relaxante, nem bebidas alcoólicas ou sedativos... Verrick prescreveu alguma coisa para você, Xanax, Valium ou algo assim?

Não é da sua conta, disse ela, e quando iria aprender que ele podia ler sua mente?

Boa garota, disse ele. *Ir embora foi a coisa certa a fazer. Se ele lhe enviar a receita por fax, não compre o remédio.*

Não estou ouvindo, disse ela, começando a cantar: *Lá, lá, lá, lá...*

Isso não vai funcionar contra as vozes, nem enfiar os dedos nos ouvidos. A única coisa que vai funcionar é... merda!

O quê?, disse ela, desconfiada. *Trent está tentando se conectar a mim de novo?*

Não, respondeu ele, mas como se não estivesse prestando atenção nela. *Merda. Notícia ruim nunca vem sozinha*, murmurou ele. *Ouça, me prometa que não vai fazer nada até conseguirmos conversar sobre isso. É importante*, e desapareceu.

Ótimo, disse Briddey, no caso de ele ainda estar ouvindo, o que ela não duvidava, e fez o caminho de volta para sua sala, caminhando pelo meio do corredor para o caso de ser um truque e ele estar escondido à sua espera na sala de xerox ou na área de descanso.

Não estava, e ela não esbarrou com mais ninguém, graças a Deus, embora pouco antes de chegar ao escritório tivesse ouvido Art Sampson dizer:

— ... não tenho como viver com o que tenho guardado.

Pobre homem, aparentemente ele vagava sem parar pelos corredores, falando sobre as demissões para quem quisesse ouvir. *Não serei eu*, pensou Briddey, entrando depressa no escritório. Já tinha muito com o que lidar.

Incluindo Charla, que se levantou alarmada quando a viu.

— Você está *bem*?

— Sim, claro — disse Briddey, passando por ela.

— É que você parece tão... você brigou com alguém?

Ela devia parecer tão furiosa por fora quanto estava por dentro. E era melhor dizer alguma coisa se não quisesse que Charla falasse para Suki que tinha terminado com Trent.

— Sim, briguei — disse ela. — Com o Art Sampson. Ele está chateado por ter que trabalhar no sábado.

Charla franziu a testa.

— O Art Sampson? Mas ele não está aqui.

— Não? — repetiu Briddey, sem entender.

— Não. Foi por isso que a assistente dele ligou para cancelar, porque ele está doente e não pôde vir hoje.

Mas eu ouvi a voz dele, pensou Briddey.

Charla olhava para ela, preocupada.

— Você está bem?

— Estou. É claro. Ele deve ter vindo pegar alguns arquivos ou algo assim.

— Mas por que ele viria se está doente? E por que a assistente não poderia ter enviado os arquivos para ele?

— Não sei — disse Briddey, lembrando-se tardiamente das Regras da Mentira de C. B., então entrou na sua sala e fechou a porta antes que pudesse se enrolar mais. Ela não tinha ouvido Art Sampson andando pelo corredor agora. Mas sim a voz dele em sua cabeça. Será que a mesma coisa tinha acontecido no dia anterior?

Ela dissera a C. B. que só começara a ouvir a voz de outras pessoas naquele dia, mas, se tinha ouvido a de Art Sampson, então não era verdade. Ela vinha ouvindo a voz dele desde a manhã do dia anterior. E C. B. tinha dito que em um dia ou dois ela estaria ouvindo mais vozes do que conseguiria suportar, o que poderia acontecer ainda naquele dia. *Se é que ele estava dizendo a verdade. Se não tivesse sido apenas mais uma mentira para me impedir de falar tudo para o Trent.* Mas ela se perguntou se deveria contar a C. B.

Não até eu ter certeza de que o Art Sampson não veio trabalhar hoje, pensou, e ligou para a sala dele a fim de descobrir.

Ele não estava lá. Tinha avisado pela manhã que estava doente. E cinco minutos depois Briddey o ouviu dizer: *Primeiro, as demissões, e agora a gripe. Isso não é justo!*, e um instante depois: *Onde está a maldita aspirina?* Ela disse que estava no armário de remédios, o que praticamente confirmava que ele estava em casa.

Mas ela não voltou a ouvir o cara do cappuccino descafeinado, nem a pessoa que tinha dito: *Por que está demorando tanto?* E pelo menos ouvir Art Sampson facilitaria na hora de contar a Trent sobre C. B. Ela não tinha como estar emocionalmente ligada a ele.

Ou ligada a Lorraine, do Marketing, que apareceu para dizer: *Com certeza temos um espião aqui na Commspan. Queria saber quem é. Provavelmente a minha supervisora. Espero mesmo que seja ela, e que descubram e a mandem embora. Preciso enviar uma mensagem para o Jeremiah, do RH, para saber quem ele acha que é. Ele é tão fofo.*

Bem que podia ouvir Trent também. Mas nada. Felizmente, C. B. também não se manifestou. *Talvez ele finalmente tenha percebido que não vou mais dar ouvidos às mentiras dele*, pensou.

Mas nem tudo tinha sido mentira. Ela *estava* ouvindo mais vozes, que *pareciam* ser aleatórias. Tentar ouvir mais os pensamentos de Lorraine e *ignorar* Art Sampson não teve nenhum efeito sobre sua habilidade em captar o que diziam, o que a preocupava um pouco. Se C. B. tivesse dito a verdade sobre isso, será que ele estaria falando sério também sobre a necessidade de ficar longe de lugares cheios?

Mas ele, é claro, dissera isso porque não queria que ela fosse com Trent ao restaurante — e dificilmente ela precisava ser afastada de Art Sampson e Lorraine. Ouvi-los em sua cabeça não era pior do que o que ela vivia todos os dias enquanto caminhava até o escritório. Era melhor, na verdade. Ela não precisava inventar nenhuma desculpa para fugir deles, e era até divertido saber que Lorraine tinha uma queda por alguém do RH e que odiava a supervisora.

Charla entrou para dizer que Jill Quincy queria vê-la e que havia chegado um e-mail de Trent. Quando Briddey o abriu, viu que era um anúncio de anéis de noivado da Tiffany. "Para lhe dar algo em que pensar até o jantar."

Talvez ele já tenha saído da reunião, pensou Briddey, mas ela ligou e Trent não atendeu. E, quando olhou a hora de envio do e-mail, viu que tinha sido mandado no início do dia.

Briddey então subiu para falar com Jill, perguntando-se se ouviria a voz dela também, e por quem *ela* teria uma queda. *Cuidado, você está começando a parecer a Suki*, pensou, refletindo sobre o tamanho do estrago que Suki poderia causar se ouvisse vozes.

Nenhum de nós estaria a salvo, concluiu, e teve que admitir que C. B. estava certo sobre a telepatia ser perigosa. E perturbadora. Fora Art Sampson, que ela sabia que não estava ali, era impossível dizer se as vozes que ouvia eram reais ou estavam apenas em sua cabeça. Quando escutou Phillip falar "Briddey Flannigan", ignorou-o, mas então ele a alcançou e disse:

— Você não me escutou? Eu queria te perguntar, você sabe o que o Projeto Hermes está desenvolvendo? Alguém me disse que é um boné de beisebol inteligente.

Que ela achava que seria melhor do que uma tatuagem inteligente.

— Não sei — respondeu. — Já ouvi todo tipo de coisa. Me desculpe, tenho uma reunião agora. — E fez menção de se afastar.

— Ah, você sabe, sim. Só não quer falar — disse Phillip, e ela não tinha como saber se ele realmente dissera aquilo ou não, e, consequentemente, não fazia ideia se deveria responder.

Talvez os esquizofrênicos não sejam insanos no início, pensou. *Talvez eles simplesmente acabem assim por não saberem se as vozes que ouvem são de verdade ou não.*

Então foi um alívio chegar ao escritório de Jill, sentar-se de frente para a pessoa com quem estava conversando e poder ver se ela estava falando ou não, embora tenha acabado sendo desnecessário. Ela não ouviu os pensamentos de Jill — nem de mais ninguém — durante toda a reunião.

— O.k. — disse Jill quando terminaram —, então você me manda essa análise?

— Claro — respondeu Briddey, levantando-se para sair.

— Imagino que você e Trent vão fazer algo emocionante hoje à noite...

Espero que não, pensou Briddey.

— Não, ele só vai me levar para jantar. No Luminesce.

— Ah, você é tão sortuda. Sempre quis ir lá! Tenho certeza de que vocês vão ter uma noite maravilhosa!

Uma noite maravilhosa, pensou Briddey amargamente enquanto voltava para o escritório. *Duvido, não quando tenho que contar para ele que estou ouvindo vozes. Mas pelo menos ela poderia finalmente parar de mentir e...*

— Briddey... — ouviu Jill dizer, e virou, pensando que a colega tinha se esquecido de lhe falar alguma coisa, mas o corredor estava vazio.

Foi a voz mental de Jill, pensou Briddey. *Agora são cinco vozes. Quer dizer, se Phillip só estava pensando sobre eu saber o que o Projeto Hermes está desenvolvendo, então são seis. C. B. não estava mentindo sobre essa parte. Ela estava* mesmo *começando a ouvir cada vez mais vozes.*

"Não, não vamos fazer nada emocionante hoje à noite", disse Jill com uma voz sarcástica, imitando Briddey. *"Trent só vai me levar ao Luminesce, o restaurante mais chique da cidade." Ah, que vontade de dar um tapa naquela cara convencida!*

Eu não dei uma de convencida, protestou Briddey. *Você me perguntou o que íamos fazer.*

Não aguento mais ouvir sobre o namorado perfeito idiota dela e sua vida perfeita idiota!

Mas foi você quem puxou o assunto, pensou Briddey, aflita. E estarrecida por Jill se sentir assim em relação a ela. E ficou feliz quando Art Sampson começou a falar de novo, preocupado com o seguro-saúde. Mas quando voltou para sua sala e Charla sorriu alegremente para ela, perguntou-se: *Você também me odeia?*

— Você tem um monte de recados — disse Charla. — Sua irmã Mary Clare ligou para dizer que sua sobrinha está se sentindo melhor, mas ainda está preocupada com ela. E Kathleen ligou para dizer que optou pelo Lattes'n'Luv, seja lá o que for isso.

— É um site de encontros pela internet. Para pessoas que estão dispostas a se comprometer a ponto de marcar um café, mas não um almoço.

— Eu adoraria saber se o Nate estaria disposto a se comprometer — disse Charla, com voz triste, e Briddey se pegou olhando fixamente para ela, sem ter certeza se Charla tinha falado isso ou apenas pensado. — A secretária de Trent Worth ligou e disse que a reunião dele vai demorar, então falou que você podia ir para casa, que ele vai buscá-la às sete. Ah, e isso chegou para você — disse ela, apontando para um buquê de camélias rosa-claro. O cartão dizia simplesmente: "Esta noite. Trent".

— Obrigada — disse Briddey.

Ela pegou as flores e entrou em sua sala, preparando-se para ouvir alguma observação rancorosa.

Espero que ela vá cedo para casa, ouviu Charla pensar. *Parece exausta*, e Briddey ficou tão feliz por Charla não ter pensado em algo cruel que saiu da sala e disse:

— Você pode ir para casa agora, Charla. Vou só terminar umas coisas aqui.

Ela não ouviu mais nada de Charla nem dos outros enquanto terminava o trabalho e quando saiu para pegar o carro. Também não ouviu C. B. dizer mais nada, o que era ótimo, porque Ethel Godwin ligou quando ela saía do estacionamento para lhe dizer que os planos tinham mudado e Trent não ia poder buscá-la. Ela devia encontrá-lo no teatro.

— Teatro? — indagou Briddey.

— Isso, ele acabou conseguindo comprar os bilhetes para *Ligação perdida*, então vocês vão assistir à peça e depois sair para jantar. — E passou para Briddey o nome e o endereço do teatro. — O espetáculo começa às oito.

Se C. B. não queria que ela fosse a um restaurante, com certeza não gostaria nada de saber que iria a um teatro, e ela ficou aliviada por ele não ter brotado do nada e começado a resmungar novamente, sobretudo porque o trânsito até sua casa estava terrível. Ela jamais conseguiria chegar em casa a tempo de tomar banho e se vestir. E como conseguiria tomar banho, sabendo que C. B. podia estar espionando seus pensamentos?

No fim das contas, talvez ela devesse ter ouvido as instruções dele para bloquear as vozes. E poderia usá-las para manter C. B. afastado. O que ele dissera? Para ela construir uma barricada? *Vou fazer isso, é fato*, pensou. *Uma feita de chumbo, caso ele tenha mentido também sobre a coisa da visão de raio X.*

O tráfego ficava cada vez mais pesado, e luzes de freio se acendiam logo à frente. Ela ligou a seta para trocar de faixa.

— Mas que diabos você pensa que está fazendo? — disse um estranho em seu ouvido.

Em pânico, ela se virou para ver quem estava no banco de trás. Ouviu o estrondo das buzinas e percebeu que tinha dado uma guinada com o carro. Voltou para sua pista, o coração aos pulos, balbuciando um automático "Me desculpe" para o motorista do carro em que quase batera. Ele fez um gesto grosseiro e acelerou, ultrapassando-a. *Comprou a carteira de motorista?*, berrou a voz.

Não tem ninguém no banco de trás, disse Briddey a si mesma, o coração batendo forte. Era apenas uma voz, como a do cara do cappuccino descafeinado.

Mas precisou reunir todas as forças para manter os olhos na estrada, e pegou o celular, mantendo-o firme na mão, enquanto manobrava até a pista de saída.

Não sabe dar sinal? Decide logo! Vai pegar essa pista ou não?

Ele não está falando comigo, disse Briddey a si mesma com firmeza, virando à direita no fim da pista de saída e pegando uma rua.

Na primeira oportunidade, ela parou junto ao meio-fio, desbloqueou o telefone, entrou em sua lista de contatos e desceu até a emergência — o dedo pronto para ligar se alguém colocasse uma arma na sua cabeça — e, em seguida, virou para ver o banco de trás.

Não havia ninguém lá. *Foi só alguém gritando com outro motorista*, pensou, aliviada, e voltou para a estrada. A raiva dele, no entanto, a deixara abalada, mesmo que não tivesse sido dirigida a ela.

Tem gente que eu vou te contar!, gritou ele mais de um quilômetro depois. *Olha isso! Aprende a dirigir!* E, logo depois, uma voz diferente disse: *Meu Deus, nesse ritmo só vou terminar as entregas às oito horas!*

Ele deve estar no mesmo trânsito que eu, pensou Briddey, e o ouviu dizer: *Se eu não tivesse sido obrigado a levar aquelas camélias na Commspan, não estaria preso neste...* Ela perdeu a última parte, mas ficou claro quem ele era — a pessoa que entregara as flores de Trent.

Se eu sair daqui, posso entregar as rosas e depois a coroa de flores no velório, disse ele, e alguns segundos depois Art Sampson começou a falar de novo, preocupado em ser demitido, um monólogo que continuou até Briddey chegar em casa, com algumas interferências ocasionais do motorista irritado e de Jill, o que acabou convencendo Briddey de que seria melhor não ir dirigindo para o teatro.

Ela chamou um táxi assim que chegou ao apartamento e entrou no chuveiro, imaginando uma barricada em volta dele, caso C. B. estivesse espionando. Estava surpresa por ele continuar afastado por tanto tempo. E se perguntou o que ele estaria fazendo, e por que dissera: *Merda. Notícia ruim nunca vem sozinha. Isso queria dizer...?*

Olha isso!, disse uma voz, e Briddey agarrou instintivamente a toalha.

— Vai *embora!* — gritou ela, segurando a toalha junto ao corpo e pegando a embalagem de xampu para usar como arma.

Mas era só o florista, dizendo: *Metade dos caules está quebrada! Vou ter que ir na loja de novo.*

Isso é ridículo, pensou Briddey, sentindo-se grata por não ouvir ninguém enquanto secava os cabelos e colocava o vestido de tafetá verde-esmeralda com a saia curta e rodada, e os brincos de diamante que Trent lhe dera. Prendeu o cabelo em um penteado, passou rímel e batom, e foi procurar sua bolsa prateada de sair à noite.

Seu celular tocou. *Por favor, que não seja ninguém da minha família*, pensou. *Não aguento mais.*

Não era. Era o táxi. Ela disse ao taxista que estaria lá fora em um minuto, tentou uma última gaveta, onde, por sorte, encontrou a bolsa, enfiou batom, pente, cartão de crédito, chaves e celular lá dentro, e desceu correndo a escada. Já estava no táxi, a meio quarteirão de casa, quando percebeu que não tinha comido nada, e só iam jantar depois da peça. Bem, talvez se ela chegasse cedo, poderia comprar alguma coisa na Starbucks.

Mas aparentemente não seria o caso. Eles pegaram um trânsito intenso assim que entraram na Linden. *Mas é claro*, pensou Briddey. *É sábado à noite.* E ficou duplamente feliz por ter decidido não dirigir.

— Que merda! — exclamou o taxista no quarteirão seguinte. — Que trânsito é esse? É um maldito pesadelo!

— Pois é — disse Briddey, olhando para o mar de luzes vermelhas à frente.

— O que você disse? — perguntou o homem, olhando para ela pelo retrovisor. Ela se inclinou para a frente e colocou as mãos nas costas do banco dianteiro.

— Eu disse "Pois é".

— Pois é o quê?

Ah, meu Deus, pensou. *Ele não tinha falado em voz alta.*

— Nada — respondeu ela. — Me desculpe.

— Você está bem? — perguntou o taxista, franzindo a testa para ela pelo retrovisor.

— Estou — respondeu Briddey, tentando sorrir. — Eu estava falando comigo mesma. — E, assim que o carro voltou a se mover, Briddey deslizou para o outro lado do banco para poder ver se a boca do taxista se moveria na próxima vez que ouvisse alguém falar, mas não foi necessário. Ela reconhecia as outras vozes.

E, se a Commspan está demitindo, pode apostar que a Motorola também, seguia Art Sampson com sua ladainha; Lorraine disse: *Se eu tiver que aturar minha supervisora mais um dia...*; e o florista: *Só espero não precisar fazer mais nenhuma entrega lá.*

Dois quarteirões depois, Jill disse: *Eu aqui jantando miojo, e ela vai ao Luminesce! Isso não é justo! Só porque tem aquele cabelo vermelho, ela se acha tão maravilhosa! Aposto qualquer coisa que aquela cor não é nem natural!*

C. B. não estava mentindo sobre isso também, pensou Briddey. *É como estar presa no banheiro do colégio.*

Já entreguei quatro arranjos de flores para aquele tal de Worth em uma semana, disse o cara das entregas. *Ele deve estar traindo a namorada. Ou então ela não quer transar, e ele está tentando convencê-la!*

"*Trent vai me levar ao Luminesce!*", debochava Jill, a voz cheia de desprezo. "*Trent vai me levar ao Iridium!*" "*Trent e eu vamos fazer um EED!*"

— Sinto muito por todo esse trânsito — disse o taxista. — Vou ver se consigo achar um caminho melhor. — Ele entrou na Lincoln, que estava melhor por vários quarteirões até o trânsito parar por completo. — A que horas é o seu compromisso?

— Oito horas. — *Mas não importa. Trent e eu não vamos à peça. Não posso, com todas essas vozes tagarelando na minha cabeça.* E, como que reforçando sua decisão, ela de repente ouviu Phillip dizer... *a ruiva naquele carro parece a Briddey Flannigan. Ah, claro, eu acredito que o Worth vai fazer o EED para "se conectar" com a mente dela. Ele está fazendo isso é pelo sexo... Eu mesmo adoraria transar com ela...*

A telepatia é uma coisa horrível, pensou Briddey. *E, quanto antes eu contar para o Trent sobre isso, melhor.* Tinha que convencê-lo a esquecer a peça e irem a algum lugar onde pudesse explicar tudo.

E esperar que ele acreditasse nela. *Eu não acreditei, mesmo quando aconteceu comigo*, pensou ela, lembrando-se de que acusara C. B. de ter grampeado seu quarto no hospital e de pregar uma peça cruel nela.

E pregou, pensou Briddey, voltando a ficar furiosa. Mas será que Trent reagiria do mesmo jeito que ela e a acusaria de inventar uma história louca para explicar por que não tinham se conectado? Ou pior, acharia que ela estava louca?

Não, pensou. *É claro que ele vai acreditar. Ele ama você. C. B. só lhe contou aquela história sobre as pessoas que ouvem vozes serem automaticamente diagnosticadas como esquizofrênicas para impedi-la de contar ao Trent.*

Ela se inclinou para a frente para ver onde estavam. Ainda se encontravam bem longe do teatro. Ela olhou para o celular. Sete e meia.

— Estou fazendo o melhor que posso — murmurou o taxista.

— Eu sei — disse ela, então pensou: *Ah, meu Deus, e se ele não falou isso também?*

Mas pelo visto tinha falado, porque continuou:

— Não se preocupe, vou levá-la a tempo. — Ele buzinou com força e pegou a pista da esquerda com apenas milímetros de distância entre eles e os carros atrás e à frente.

Briddey se encolheu no assento. Pensou em dizer que seguiria a pé dali, mas ele teria que se aproximar do meio-fio para ela saltar, o que provavelmente acabaria matando os dois, e talvez fosse melhor mesmo chegar tarde. Se a peça já tivesse começado, seria mais fácil convencer Trent a esquecer o teatro e a irem para algum lugar conversar. Se o tráfego cooperasse por mais meia hora...

Mas depois de outro quarteirão de engarrafamento, em meio a buzinas e escapando por pouco de acidentes, o tráfego de repente se abriu como o mar Vermelho, e o táxi a deixou na porta do teatro.

— Eu disse que você chegaria a tempo — disse o taxista.

E cheguei mesmo, pensou Briddey, olhando para a calçada cheia de espectadores. *Infelizmente.* As pessoas, é claro, não tinham a menor pressa de entrar. Reuniam-se ali em pequenos grupos, fumando ou jogando conversa fora e cumprimentando amigos. Briddey olhou para o celular. Sete e quarenta e cinco.

Ela não via Trent em lugar nenhum. *Talvez ele tenha ficado preso no tráfego também e não tenha chegado*, pensou, cheia de esperança. Se *ele* se atrasasse, seria ainda melhor. Ela pagou o taxista e entrou.

Então parou de repente. O amplo saguão estava lotado. *C. B. disse que eu não deveria ir a nenhum lugar tumultuado*, pensou, mas se a intenção dele era dizer que isso faria com que ouvisse mais vozes, não foi o caso. As únicas vozes que ouvia eram das pessoas ao seu redor, conversando sobre o trânsito e a peça:

— Você sabe sobre o que é a peça?

— Não, mas ganhou um Tony.

— *Adorei* seu casaco!

— ... um completo pesadelo chegar aqui.

Ela deu uma volta no saguão em busca de Trent, passando entre grupos de mulheres bem-vestidas e homens de terno, desviando das filas para a chapelaria e para a lojinha de suvenir com camisas e canecas, e olhando para o alto da escada onde as pessoas entregavam seus ingressos para os funcionários e entravam no teatro, mas não havia sinal dele. Que bom.

— Onde ela *está*? — perguntou uma mulher logo atrás dela, e Briddey virou e viu duas mulheres de meia-idade com casacos de pele. — Está quase na hora de entrar. Se perdermos o primeiro ato por causa dela...

— Não vamos perder — disse a amiga. — Eu disse a ela que, se não estivéssemos no saguão quando ela chegasse, já teríamos entrado e deixado o ingresso dela na bilheteria.

Briddey não tinha pensado na possibilidade de Trent ter deixado um ingresso reservado para ela. Ela passou por toda aquela multidão até a bilheteria e deu o seu nome. O homem atrás do vidro procurou em uma caixa de envelopes, e então disse:

— Você falou que estaria reservado com o nome de Flannigan?

— Sim — respondeu Briddey. — Ou talvez Worth.

Ele procurou na letra *W*, e depois olhou de maneira metódica toda a caixa de novo, enquanto uma fila se formava atrás de Briddey.

— Ah, meu Deus — disse uma mulher no ouvido de Briddey. — Tem como ser mais irritante?

Briddey virou-se para pedir desculpas, mas a pessoa atrás dela era um idoso, e atrás dele havia duas jovens, conversando animadamente sobre verem *Hamilton* na semana seguinte. A única mulher em algum lugar por perto era uma loira bonita, e não podia ter sido ela porque a garota sorria alegremente para um cara jovem e forte que lhe contava a história do teatro.

— É a última vez que deixo Jane marcar um encontro para mim — disse a mesma voz. — Os caras são sempre uns nerds.

É mais uma voz, pensou Briddey, virando para o funcionário impaciente atrás do vidro, que claramente tinha dito algo a ela.

— Me desculpe. O que você disse?

Eu não ligo para quantos anos tem o teatro ou quem se apresentou aqui, disse a moça do encontro às cegas. *Eu deveria ter insistido em marcar um café primeiro.*

— Senhorita — disse o bilheteiro. — *Senhorita!*

— Me desculpe — disse Briddey.

— Eu *disse* que não tenho nenhum ingresso aqui com esses nomes. — E se inclinou para olhar a fila atrás de Briddey. — O próximo da fi...

Se tivéssemos saído para tomar um café, eu não estaria presa com ele por uma noite inteira. Talvez eu possa fugir no intervalo.

— Anda logo — disse o idoso. — Ele já falou que não está com os seus ingressos.

Briddey virou para trás, chocada por ele estar sendo tão grosseiro, mas o senhor olhava para ela com uma expressão educada, assim como os outros na fila.

— Jesus Cristo, você vai ficar aí a noite toda?

Estou ouvindo os pensamentos dele também.

— *O próximo* — disse o funcionário, irritado, e Briddey percebeu que ainda estava parada em frente à bilheteria.

— Me desculpe — disse ela, dando um passo para o lado.

Tem algumas pessoas que eu vou te contar, disse a voz do homem, de maneira incisiva. *Mas que diabos ela estava fazendo?*

Ouvindo vozes, pensou Briddey. C. B. lhe avisara para ficar longe de lugares como aquele, e agora ela via por quê. E haveria ainda mais pessoas dentro do teatro. O que significava que *precisava* convencer Trent a irem para um lugar tranquilo.

Não vou sobreviver até o intervalo, dizia a mulher do encontro às cegas. *Talvez eu devesse pedir ao nerd teatral aqui para comprar um programa e fugir pela porta lateral enquanto ele estiver longe.*

Excelente ideia, pensou Briddey. *Vou sair de fininho por uma porta lateral e esperar o espetáculo começar para entrar. Então digo para o Trent que fiquei presa no trânsito e não cheguei a tempo.* E seguiu em direção à porta onde o taxista a deixara, passando pelo meio da multidão.

Vê se olha por onde anda, disse uma voz de mulher. E, então, uma voz que era inconfundivelmente a de Trent chamou: *Briddey! Briddey!*

Ah, não, pensou ela. *Não faça contato agora. Não quando...*

— *Briddey!* — gritou Trent, que estava bem ali na frente dela, sorrindo. — Você não me ouviu? Estou chamando seu nome há cinco minutos.

— Não, eu... te-tem muito barulho aqui — gaguejou ela. — Podemos ir a algum lugar mais silencioso? Preciso falar com você sobre...

— Ouça, houve uma mudança de planos.

Ah, graças a Deus, pensou. *Ele acabou não conseguindo comprar os ingressos.*

— Você nunca vai adivinhar o que aconteceu, meu amor — disse ele. Então a conduziu em meio à multidão em direção às escadas. — Durante a reunião com Hamilton, comentei que iríamos sair hoje à noite, mas eu não tinha conseguido comprar os bilhetes, e ele disse que viria aqui com a esposa e insistiu para nos juntarmos a eles. Não é maravilhoso?

TREZE

> *Dessa vez, as vozes não a acompanharam, já que ela não falara, mas, para sua grande surpresa, todas pensaram em coro.*
> Lewis Carroll, *Alice através do espelho*

— Ah, pensei que você fosse usar o vestido preto — disse Trent, franzindo a testa. — É tão mais elegante e discreto. Tudo bem, isso não importa. — Ele a pegou pelo braço e mostrou os bilhetes para o funcionário do teatro. — Os Hamilton estão esperando por nós no bar do mezanino.

— Mas achei que seríamos apenas nós dois... — começou Briddey.

— Eu também — disse ele, conduzindo-a pelo saguão interno —, mas eu não podia dizer não para o chefe, né? Você sabe como o Projeto Hermes é importante. E a esposa dele queria conhecer você.

— Sim, mas precisamos...

— Eu sei, precisamos relaxar para nos conectarmos — completou ele, guiando-a até a escada do lado oposto, onde setas indicavam o mezanino e o balcão no andar de cima e o banheiro feminino no subsolo. — Mas podemos conseguir isso *e de quebra* passar uma boa impressão ao Hamilton. Uma coisa não exclui a outra.

Ah, exclui sim.

— E isso é exatamente o tipo de coisa que o dr. Verrick nos disse para fazer — continuou ele. — Se ficarmos o tempo todo juntos, só conseguiríamos pensar na conexão — argumentou Trent, guiando-a para o bar. — *Assim* vamos ser forçados a pensar em outra coisa. Com a peça e os Hamilton, não teremos chance de nos preocuparmos com a possibilidade de não nos conectarmos.

E eu não terei a chance de contar a ele sobre as vozes. Que podem voltar a qualquer minuto. Tinha que convencê-lo de que era uma má ideia, de que, com ou sem chefe, eles precisavam ir a algum lugar tranquilo onde pudessem conversar.

Mas onde? A escadaria estava ainda mais cheia do que o saguão, com casais conversando animadamente passando espremidos uns pelos outros e mulheres igualmente falantes de pé na fila para o banheiro feminino, que se estendia pela escada e chegava ao saguão.

— Isso é ridículo — Briddey ouviu uma delas berrar. — Esse lugar precisava de mais banheiros!

Acho que vou precisar berrar também, pensou Briddey.

— Trent! — gritou ela.

— Que se dane — disse uma voz praticamente no ouvido de Briddey, que, ao se virar, viu uma mulher de cabelos brancos impecavelmente penteados deixando a fila. — Tenho setenta anos. Não posso ficar vinte minutos numa fila.

Os lábios da mulher não se moveram, mas estavam contraídos em reprovação. *Por favor*, pensou Briddey. *Que mais alguém tenha ouvido isso.*

Um segundo depois, a voz disse tão claramente quanto antes:

— Mas que diabos. Vou usar o banheiro masculino.

E ninguém notou isso também.

— Ah, não — murmurou Briddey.

— Hã? Você falou alguma coisa, querida? — disse Trent logo à frente.

— Não.

Nem ela.

— Quase lá — disse Trent. — Desculpa, é tanta gente. Só mais alguns...

É discriminação sexual, pura e simples, disse outra voz. *Os homens nunca têm que enfrentar filas assim.*

Então a mulher do encontro às cegas voltou: *Eu sabia que devia ter escapado pela porta lateral.*

As vozes estão surgindo cada vez mais rápido, assim como C. B. disse que iria acontecer, pensou Briddey, e rezou para que o bar do mezanino estivesse menos cheio, mas estava tão lotado que Trent teve que pegá-la pelo pulso e abrir caminho entre a multidão até os Hamilton, que estavam imprensados contra a parede oposta.

Eles não pareciam se importar com isso.

— Olá! — cumprimentou-a Graham Hamilton alegremente. — Ou devo dizer: "Muuu"?

— Mas é claro que não! — gritou a esposa. — Você deveria dizer... — Ela fez uma pausa, com ar indagador e divertido. — O que as sardinhas falam?

— Acho que elas ficam comprimidas demais para emitir qualquer som — disse Hamilton. — Gostaria de apresentá-la à minha esposa, Traci.

— Olá — disse Traci, tentando se fazer ouvir acima do barulho. — É um prazer conhecê-la. Já ouvi falar muito de você.

— Saia de cima do meu pé! — gritou uma voz bem atrás de Briddey, e ela se virou automaticamente para ver em quem tinha pisado.

— Algum problema? — perguntou Graham Hamilton a ela.

— Não, eu... me desculpa. Pensei ter ouvido alguém que eu conheço.

Por que não olha onde pisa?, reclamou a voz, e uma voz diferente disse: *Está muito cheio aqui*, seguida de uma terceira, que se queixava, irritada: *Oito dólares por uma taça de vinho!*

Estou começando a ouvir cada vez mais vozes, pensou Briddey. *Preciso convencer Trent a irmos embora.*

— Se você ouviu algum conhecido, está melhor do que eu — dizia Traci. — Não consigo ouvir nada.

— Ela também não — disse Trent. — Briddey, Graham perguntou se você queria beber alguma coisa.

— Ah, me desculpe — retrucou Briddey, pensando: *Se ele e a esposa forem até o bar, posso falar com Trent enquanto estiverem fora.* — Eu adoraria uma taça de vinho.

— Tinto ou branco? — perguntou Graham.

Este vinho branco tem gosto de xixi, disse uma voz.

— Tinto ou branco, Briddey? — perguntou Trent, impaciente.

— Tinto, por favor.

— Tinto, então — disse Graham. — Já voltamos. — Ele deu alguns passos com dificuldade em meio a todas aquelas pessoas e se virou para dizer: — Se não tiverem notícias nossas dentro de uma semana, mandem uma equipe de busca. Vamos, Trent.

E os dois sumiram na multidão.

— Ah, que bom — disse Traci Hamilton, aproximando-se. — Eles saíram. Agora podemos conversar. Estou louca para saber tudo sobre seu EED.

— Meu EED? — indagou Briddey.

Mas pensei que Trent estivesse mantendo tudo em segredo.

— Sei que é tudo muito sigiloso e que não devíamos falar sobre isso — dizia Traci —, mas estou *tão* curiosa. Você gostou do dr. Verrick? Ouvi dizer que ele é maravilhoso.

— Sim — disse Briddey, distraída, imaginando o que ela queria dizer com "é tudo muito sigiloso".

— Foi uma cirurgia ambulatorial? — perguntou Traci.

Uma voz ao lado de Briddey disse:

— Charise ainda não chegou.

Alguém falou isso em voz alta, ou era uma das vozes?, perguntou-se Briddey.

— Preciso mandar uma mensagem e avisar ao Jason — disse a voz.

Posso fazer isso também, pensou Briddey. *Vou mandar uma mensagem para o Trent dizendo que precisamos sair daqui.* Ela não contaria a história toda, é claro, mas poderia pelo menos dizer que tinha acontecido alguma coisa e que eles precisavam ir embora *naquele instante*, deixando que o namorado pensasse em alguma desculpa...

— Ah, querida... — dizia Traci Hamilton —, estou sendo indelicada, não estou? Fazendo todas essas perguntas.

— Não, de forma alguma — disse Briddey, embora não tivesse ideia do que ela havia perguntado. — A indelicadeza é toda minha. Estou com um problema na família e não consigo pensar em outra coisa.

— Ai, meu Deus! Alguém doente?

— Não, é minha sobrinha, Maeve. Ela tem nove anos. Está passando por alguns problemas emocionais, e minha irmã está morta de preocupação — disse Briddey, sentindo-se culpada por usar o nome da menina assim, mas tinha sido a única coisa que passara por sua cabeça. — É melhor eu ligar para ela antes que a peça comece.

— Ah, claro — disse Traci. — Entendo perfeitamente. Mande uma mensagem.

Não aqui, onde você pode ver o que estou digitando, pensou Briddey, e disse:

— Na verdade, é melhor eu falar com ela. Preciso ir a algum lugar onde eu consiga ouvi-la.

Antes que Trent volte.

— Tente as escadas — sugeriu Traci e, mesmo duvidando que estivessem mais vazias, Briddey foi direto para lá, de olho em Trent e Graham Hamilton.

Os dois ainda estavam no bar, lutando para conseguir as bebidas. *Ótimo.* Briddey se espremeu para atravessar a multidão e chegar ao patamar de cima, que estava cheio do mesmo jeito. Ela pegou o celular na bolsa e o destravou, pensando no que escrever. "Urgente. Preciso falar com você em particular"?

Ele poderia concluir que ela finalmente se conectara a ele. Mas não tinha jeito, teria que fazer aquilo. Começou a digitar a mensagem, embora fosse quase impossível... as pessoas não paravam de esbarrar nela ao passarem por ali. E se ela conseguisse mandar a mensagem, será que Trent conseguiria ouvir que recebeu? O barulho só aumentava.

— O que você está fazendo aqui? — perguntou Trent, emergindo de repente da multidão. — Você deveria estar conversando com a Traci.

— Eu sei, mas... olha, preciso falar com você. Aconteceu uma coisa.

— Traci me contou — disse ele. — Maeve está bem. Sua irmã sempre fica histérica por...

— Não tem nada a ver com a Maeve. É sobre o EED. Eu...

— Você finalmente começou a sentir minhas emoções? — perguntou ele, radiante, agarrando-a pelos braços. — Isso é ótimo! E não poderia ter acontecido numa hora melhor! — Ele olhou para trás, em direção ao bar. — Mal posso esperar para...

— *Não!* Não é isso. É... olha, eu não posso falar aqui. Precisamos ir embora...

— *Ir embora?* Não dá. Ele é o nosso chefe! Ir embora seria extremamente grosseiro.

— Eu sei — disse Briddey —, mas...

— Aqui estão vocês — disse Graham Hamilton, aproximando-se com a esposa e duas taças de vinho. Ofereceu uma a Briddey. — Me desculpe, eles estavam sem vinho tinto.

— Conseguiu falar com sua irmã? — perguntou Traci Hamilton.

— Não — respondeu Briddey, guardando o telefone na bolsa para pegar a taça. — Deixei uma mensagem. Vou tentar de novo no intervalo. — Então se virou para Trent, que olhava fixamente para ela. — Ou depois da peça.

Ela tomou um gole do vinho. *Quem quer que tenha dito que tinha gosto de xixi estava certo*, pensou, tentando não fazer careta e preparando-se para a próxima voz. Mas elas por alguma razão tinham dado um tempo, e em poucos minutos a peça começaria e ela não teria mais que conversar com ninguém. Se conseguisse aguentar até lá...

As luzes diminuíram e voltaram — sinal de que as pessoas deviam procurar seus lugares. Trent pegou as taças de vinho e as levou até o bar para devolvê-las, enquanto Graham Hamilton guiava Briddey e a esposa em direção à porta e pela escada com o restante da multidão.

— Não é melhor esperarmos o Trent? — perguntou Briddey.

Ele balançou a cabeça.

— Ele nos alcança depois.

— Será que eu e Briddey conseguimos dar um pulinho rápido no banheiro? — perguntou Traci ao marido.

— Não — respondeu ele com firmeza, ainda que a fila na escada tivesse diminuído consideravelmente. — A cortina abre em cinco minutos. — Ele as conduziu ao andar principal. — E não deixam ninguém entrar depois disso.

— É verdade — disse Traci. — Lembra quando viemos ver *Kinky Boots*, Graham?

— *Sim!*

— Ele teve que ir até o saguão para atender o celular e não o deixaram entrar de novo antes do final do primeiro ato — explicou Traci enquanto seguiam pelo corredor. — Foi tão irritante. Ele perdeu metade da peça.

— É aqui — disse Hamilton. — Sexta fileira. Nossos lugares são aqueles vazios lá no meio. — Ele se abaixou para falar com o homem no assento perto do corredor. — Perdão, mas nossos lugares são ali — explicou, indicando.

— Mas é claro — disse o homem, levantando-se e deixando-os passarem até seus lugares.

Se Briddey ouviria mais vozes, certamente seria naquele momento, enquanto passavam pelas pessoas que já haviam se sentado, obviamente irritadas por terem que se levantar.

No entanto, a única voz que ouviu foi a de Traci Hamilton, exclamando:

— Estes lugares são muito melhores do que os da última vez! Odeio assentos na primeira fila! Só dá para ver os pés dos atores!

Em seguida, ouviu Trent, explicando enquanto se sentava que tinha ficado preso atrás de algumas pessoas absurdamente lentas.

As vozes devem ter parado, graças a Deus, pensou Briddey, e se virou para os Hamilton.

— Estes lugares são maravilhosos — disse ela. — Muito obrigada por terem nos convidado.

— De nada — disse Graham.

Traci se debruçou sobre o marido e disse:

— Nós é que devíamos lhe agradecer, com tudo que está fazendo para o... — Ela parou quando um homem de smoking entrou no palco. — Ah, que bom, está começando — sussurrou ela, e se virou para ele.

O homem caminhou até o centro do palco e levantou a mão. A plateia ficou em silêncio.

— Bem-vindos à apresentação desta noite — disse ele. — Antes de começarmos, gostaríamos de pedir que desligassem os celulares ou os colocassem no silencioso, se ainda não tiverem feito isso.

— Malditas regras! — disse alguém, irritado, tão alto e tão perto que Briddey automaticamente olhou para trás para ver de quem partira aquela grosseria, percebendo, tarde demais, que o locutor continuava seu discurso.

Ela olhou para Trent, com medo de que a tivesse visto olhando para trás, mas ele e os Hamilton estavam ocupados desligando os celulares.

— Se precisarem atender uma ligação urgente — dizia o apresentador —, pedimos que, por favor, se dirijam ao saguão.

Sim, e percam metade do maldito espetáculo!

— Não são permitidas câmeras com flash ou aparelhos de gravação dentro do teatro. Obrigado por sua cooperação.

Cooperação, uma ova! A voz cortou rispidamente a do apresentador. *É uma droga de ditadura!*

— Algum problema? — sussurrou Trent, olhando ansioso para Briddey.

— Nada — conseguiu dizer ela, tentando sorrir, embora a voz estivesse gritando: *Eu não paguei duzentos dólares para uma bicha me dizer o que eu posso ou não fazer!*

Como vou aguentar isso *uma noite inteira?*, pensou ela. E como iria escutar a peça? O apresentador estava sendo aplaudido, o que significava que devia ter dito alguma outra coisa, mas ela não o ouvira.

Eu não vou desligar nada, dizia o homem grosseiro, e, ao mesmo tempo, uma voz feminina falou: *Ele é mesmo um gato. Parece aquele ator... qual é o nome dele?*

E a mulher do encontro às cegas disse: *Não ligo para* quantos *anos o teatro tem. Só quero que este encontro acabe* logo! E, embora todos os três estivessem falando, uma voz não cobria a outra, como acontece com as vozes faladas. Briddey podia ouvir cada uma com precisão.

Ela nunca tinha ouvido vozes ao mesmo tempo antes. Quando C. B. dissera que a quantidade de vozes só aumentaria, imaginara que seria uma após a outra, mas e se com ele acontece a mesma coisa, todas as vozes juntas?

Como alguém pode ser tão chato?, dizia a garota do encontro às cegas. *Vamos lá, abram logo a droga da cortina para ele parar de falar!* Enquanto isso, a primeira mulher pensava: *Aquele do filme dos Vingadores. Qual era o nome dele? Alex? Aaron?*

Outras vozes se juntaram a essas: *Eu devia ter feito xixi antes de começar... queria saber se Marcia Bryant está aqui... espero que seja boa...*

Mas que desperdício de dinheiro!, berrava o homem grosseiro, tão alto que devia ter abafado todas as outras vozes, mas Briddey ainda podia ouvi-las perfeitamente. *Duzentos dólares um ingresso, e eles nem começam a merda do espetáculo na hora!... Aqueles ali são os Young?... Não devia ter estacionado ali... Preciso escapar desse encontro ridículo... Eu posso fingir que recebi uma ligação urgente e ir para o saguão...*

— Briddey — disse Trent, balançando o braço dela —, falei que você precisa desligar seu celular.

— O quê? — perguntou ela, confusa. — Ah. Me desculpa. Eu esqueci — disse, tentando abrir o fecho da bolsa.

— Você está bem? — perguntou ele. — Falei duas vezes, e você não me ouviu.

— Estou. Desculpa. Minha mente estava em outro lugar.

Isso para dizer o mínimo. As vozes haviam abafado completamente sua noção de que estava ali com Trent, com os Hamilton, no teatro. Ela não percebia mais nada além das vozes tagarelando e ameaçando-a, embora apenas o homem grosseiro tivesse demonstrado raiva, e não fosse dirigida a ela. Mas estavam todas *lá*, pressionando-a, e se fazendo serem ouvidas.

— Não se preocupe com a Maeve — disse Trent. — Ela provavelmente está bem, e a louca da sua irmã está só...

Ele parou de falar e começou a aplaudir quando o maestro apareceu e cumprimentou a plateia.

Maeve pode estar bem, pensou Briddey, *mas eu não. Tenho que sair daqui antes que as vozes piorem. E antes que a peça comece.* O que aconteceria a qualquer momento. O maestro estava entrando no fosso da orquestra. Em um instante, ele ergueria sua batuta e a abertura ia começar. Ela precisava sair *naquele momento*.

Mas como?

O celular. A mulher do encontro às cegas tinha cogitado inventar que iria atender uma ligação urgente no saguão. Só que Briddey já havia desligado o celular.

Mas Trent não sabe, pensou. *Eu poderia ter colocado apenas para vibrar.* Ela levou o telefone ao ouvido.

— Ai, meu Deus — disse ela, pegando a bolsa e se levantando.

— O que você está *fazendo*? — perguntou Trent, parecendo horrorizado.

Ela mostrou o telefone para ele.

— Tenho que atender. Aconteceu uma coisa. Com a Maeve.

— Mas você não pode simplesmente... não dá para esperar até o intervalo? Você conhece sua família. Vai acabar não sendo nada, e você vai estragar...

— É só um minutinho — disse Briddey. — Não, não venha comigo. — E fez sinal para ele ficar em seu lugar. — Vai ser mais rápido se eu for sozinha.

Ela se levantou e seguiu para o corredor lateral, antes que ele a impedisse.

— Mas a peça já vai... — começou Trent.

— Eu sei — sussurrou ela, passando espremida pela pessoa sentada ao lado dele. — Se eu não voltar a tempo, assisto lá de trás até o intervalo.

Ele lançou um olhar nervoso em direção aos Hamilton e depois de volta para ela.

— Não dá para você...?

— Não. Fique aí. Eu mando uma mensagem. — E seguiu pela fileira antes que ele pudesse dizer mais alguma coisa, pisando em alguns pés e murmurando: — Sinto muito.

— E por falar em grosseria! — disse alguém, e, por um momento angustiante, ela teve medo de que as vozes estivessem voltando, mas era a mulher de meia-idade por quem havia acabado de passar.

— Sinto muito — sussurrou ela, esbarrando no marido igualmente irado da mulher e finalmente chegando ao corredor.

As luzes se apagaram, deixando-a perdida em meio à escuridão, e ela olhou para trás espantada, como se Trent tivesse feito isso para detê-la, e então percebeu que a peça ia começar. *Precisa começar* agora, pensou, *porque não consigo ver nada*, e, para sua sorte, surgiu uma fresta de luz seguida por uma onda de aplausos quando as cortinas se abriram.

Ela seguiu pelo corredor lateral, o celular na mão para mostrar aos lanterninhas e a bolsa na outra, andando o mais rápido que podia, mas sem dar a impressão de que havia um incêndio ou algo parecido e causar pânico, embora pânico resumisse bem seu estado no momento.

Preciso sair daqui antes que as vozes comecem de novo, pensou, e então ouviu um homem chamando de algum lugar atrás dela:

— Você aí, aonde pensa que vai? — Briddey pulou como um peixe fisgado.

— A lugar nenhum, papai — disse a voz de um menino, e ela respirou aliviada. *É só a peça*, pensou, e andou mais rápido, ignorando as vozes do palco.

— Miriam, não sei mais o que fazer. Não consigo me comunicar com o menino.

— Isso é porque você não o ouve, Henry.

Ela já estava quase nos fundos do salão. Mais umas dez fileiras, e então tudo que precisaria fazer era ir para o meio e sair pelas portas duplas, onde havia dois lanterninhas segurando programas da peça.

— Isso é tão emocionante! — disse uma voz, tão perto que ela olhou para a fileira pela qual estava passando, mesmo sabendo que ninguém falaria assim tão alto durante a cena de abertura.

Só podia ser uma das vozes. *Adoro teatro!*, continuou a voz, e outra pessoa exclamou: *Odeio esses lugares!*

Aonde ela pensa que está indo?, bradou o homem grosseiro, e uma nova voz disse: *Que falta de educação!*

Você precisa continuar andando, pensou Briddey, em meio às vozes. *Só falta mais um pouquinho.*

... Devia ter deixado o carro com o manobrista... Não consigo ver nada... Nos levar para jantar depois..., diziam as vozes, os pensamentos chegando até ela em fragmentos à medida que se multiplicavam.

A plateia aplaudia de novo, mas ela não ouvia nada. *Eu nunca vou conseguir falar com os lanterninhas*, pensou, olhando para eles, que montavam guarda diante das portas. *E se me perguntarem aonde eu vou?*

Um deles já olhava para ela. Ele inclinou a cabeça para o outro lanterninha e então apontou. *Eu tenho que sair daqui*, pensou Briddey. Ela olhou desesperadamente em volta à procura de uma rota de fuga e viu, a poucos metros de distância, uma alcova coberta de cortinas com uma placa verde de Saída no alto.

... Surpreso por vê-los aqui... Ouvi dizer que estavam se divorciando... Perna está dormente... Espero que isso não signifique que deu algo errado com... Talvez eles nos levem ao Luminesce...

Um dos lanterninhas seguia na direção dela. Briddey mergulhou na alcova, passando pelas cortinas pesadas, que se fecharam atrás dela, e as vozes cessaram imediatamente, como se tivessem sido abafadas pelo veludo pesado.

Graças a Deus. Agora tudo que precisava fazer era encontrar uma saída para o saguão. Ela estava no patamar mal iluminado de uma escada que levava para o subsolo. *Para o banheiro feminino*, pensou, esperando que os lanterninhas concluíssem que estava indo para lá e não a seguissem. *E de lá devo conseguir chegar ao saguão.*

Ela desceu depressa os degraus acarpetados. *Espero que não tenha mais ninguém lá*, pensou, lembrando-se da fila na escada, e então: *Ah, não, talvez tenha uma funcionária no banheiro.*

Mas, se fosse o caso, ela podia alegar que havia saído para uma pausa quando a cortina abriu, porque o cômodo coberto de mármore — com sua fileira de pias e longo balcão espelhado — não refletia nada além da imagem de Briddey. Ela parecia prestes a desmaiar. Não é de admirar que o lanterninha estivesse preocupado.

É melhor eu passar um pouco de batom antes de ir para o saguão, pensou, mas suas mãos tremiam quando abriu a bolsa, e, após um minuto procurando em vão, ela desistiu e apoiou as mãos no balcão de mármore, tentando se recompor.

Isso é ridículo, disse a si mesma. Eram apenas vozes, e o que diziam — fora o cara grosseiro — nem era nada particularmente ruim. Mas havia tantas delas, e era impossível ignorá-las. Era como ser assediada por paparazzi fazendo perguntas e se acotovelando para chegar mais perto e tirar fotos — intimidando-a, cegando-a com seus flashes, sufocando-a.

Eu nunca soube exatamente como se sentiam os esquizofrênicos, pensou ela, *incapazes de escapar das vozes em suas cabeças e lutar por sua sanidade com um turbilhão de ruído à sua volta, tornando impossível pensar.*

Fora por isso que C. B. lhe dissera para não ir a nenhum lugar cheio de gente. Queria muito ter dado ouvidos ao aviso dele. Ela tinha que sair do teatro antes que Trent ficasse preocupado e decidisse ir procurá-la — e antes que as vozes recomeçassem. E precisava fazer aquilo *naquele instante*, enquanto a escada e o saguão estavam desertos, muito embora odiasse deixar o porto seguro do banheiro feminino.

Enfiou o celular no bolso e, em seguida, pegou-o outra vez. Se esbarrasse em algum funcionário, precisaria de uma desculpa. Pegou sua bolsa, respirou fundo e abriu um pouquinho de nada a porta do banheiro. Não havia ninguém lá fora. Então saiu depressa pelo corredor, procurando a escada que levava até o mezanino. Ali estava. Ela começou a subir, resistindo ao impulso de correr.

Chegara quase ao patamar quando as vozes recomeçaram... *Eu sabia que devia ter fingido receber uma ligação*, ouviu a mulher do encontro às cegas dizer. *Agora é tarde demais.*

Tarde demais, pensou Briddey, agarrando o corrimão da escada, e as outras vozes chegaram até ela: *...Um roubo... Devia ter escapado enquanto eu tinha chance... Se eu for até lá e encontrar a traseira amassada... Poderia comprometer todo o projeto... E agora estou presa com ele... Quero ir para casa...*

Eu também, pensou Briddey. *Por favor, me deixem ir para casa!*, pediu, mas as vozes seguiram firmes, atacando-a, ensurdecendo-a, bloqueando o caminho, e ela virou e começou a descer as escadas, tropeçando, tateando à procura do corrimão que já não podia ver, desesperada para se afastar delas. *Você estava certo, C. B.*, disse ela. *Eu não devia ter vindo a um lugar com tantas pessoas*, mas ele não respondeu.

Ele não está mais aqui, pensou, agarrando-se ao corrimão. *Ele se foi para sempre.*

— Me desculpe, eu disse para você ir embora e me deixar em paz — disse ela em voz alta. — Eu não estava falando sério.

Mas ela *havia* falado sério, e ele sabia disso. Ele podia ler sua mente.

As vozes ficaram mais altas e mais insistentes. Ela tapou os ouvidos com as mãos, mas de nada adiantou — as vozes não cessavam, cada vez mais altas. *C. B., por favor, você tem que me dizer como fazê-las parar.*

Rasga logo essa maldita coisa, disse uma voz masculina e, por uma fração de segundo, tempo suficiente para pensar *Ah, graças a Deus!*, ela achou que fosse C. B.

Não dá tempo de desabotoar isso, continuou o homem. *Tenho que estar de volta ao palco em exatamente dois minutos.*

É alguém da peça, pensou Briddey. *Estou começando a ouvir cada vez mais vozes*, e foi como se esse pensamento abrisse algum tipo de dique, deixando que mais e mais vozes se derramassem sobre ela:

... Quem moveu esses adereços?... Sobe esse cenário... Não me surpreende eles estarem se separando... Traindo a esposa desde o dia do casamento... Devia ter ido ver The Rainmaker... *Essa é a sua deixa, seu idiota!... Gravata-borboleta está me matando... Odeio sushi... Não tenta me abraçar!... Não, não, não, à direita do palco!*

Briddey se virou e voltou para o local de onde tinha vindo, não mais tentando achar uma maneira de sair, sem nem mesmo pensar com clareza, apenas tentando encontrar instintivamente um lugar para se esconder, como uma raposa fugindo de uma matilha de cães latindo.

Só que era pior do que isso. Cães latiam e multidões gritavam, tudo junto em um rugido abafado, embora Briddey pudesse ouvir cada uma, ainda que agora houvesse dezenas delas, atacando-a de uma só vez, uma se sobrepondo à outra, palavras perfeitamente claras.

E insuportáveis. Eram como golpes, como porretes, atingindo-a de um jeito que a fazia ficar alheia a tudo que não fosse tentar afastá-las, tentar se livrar delas. Mas não havia para onde ir. Ela estava de costas para uma parede e, quando se virou para correr, se deparou com outra.

Ela se virou de novo, aterrorizada, o corpo apoiado em um canto, o mais para dentro que podia, como um animal encurralado.

— Vão embora! — gritou ela, erguendo as mãos para manter as vozes afastadas, mas elas não estavam ali fora, estavam dentro de sua cabeça, chamando pessoas pelos nomes, reclamando, vociferando, berrando, e ela não tinha como calá-las, como combatê-las. As vozes se derramavam sobre ela, uma torrente de pensamentos e emoções incipientes.

Preciso encontrar ajuda!, pensou, e tentou desbloquear o telefone para ligar para Trent. Mas ele desligara o aparelho, e ela mal conseguia enxergar seu celular direito, mal conseguia achar o número dele... *À direita do palco, droga!... Ela é tão ruim quanto... Dormiu com o instrutor dela... É tão difícil assim lembrar seis falas, pelo amor de Deus?... Tira a mão do meu joelho!... É uma porcaria!... Uma vagabunda... Um cretino... Cafona fracassado!*

Briddey se agachou, as mãos na cabeça, tentando se proteger.

— C. B.! — gritou ela, mas era tarde demais, a onda já quebrava sobre ela, arrastando-a para o fundo.

Ah, meu são Patrício e todos os santos da Irlanda, socorro!, pensou ela, *C. B.!*, e afundou no mar de vozes, sufocando.

CATORZE

> *Faziam um grande ruído e um grande clamor... A corrente que impelia toda a multidão... retrocedia, turvava-se, girava.*
> Victor Hugo, *O Corcunda de Notre Dame*

Briddey, disse C. B., sua voz atravessando a cacofonia de vozes, como a luz de uma lanterna na escuridão. *Qual é o problema? Briddey, fala comigo!*

Ela se agarrou à voz dele como se fosse uma boia, mantendo a cabeça acima da superfície da água. *Onde está você?*, chamou ela.

Onde eu estou? Cadê você? O que aconteceu?

Elas... Tentei sair antes que elas... mas não consegui. As vozes...

E as vozes não a deixaram continuar. Desabaram sobre ela de novo, separando-a de C. B., abafando a voz dele... e a dela. Ele não conseguiria ouvi-la, encontrá-la. Não saberia o que houve...

Sim, eu sei, a voz dele era calma e tranquilizadora. *As vozes chegaram com tudo, não foi? Meu Deus, me desculpe. Eu não esperava que fosse acontecer tão rápido. Comigo foram quase duas semanas até as coisas chegarem a esse ponto, e quando...* A voz dele foi cortada.

Quando o quê?, indagou ela, mas não pôde ouvir a resposta dele devido ao barulho... *se ele me tocar de novo, juro que vou matá-lo... tanta coisa em jogo... revolucionar toda a indústria... merda do dinheiro de volta... diz logo a sua fala, droga!*

C. B.!, disse aos soluços. *Onde você está?*

Estou bem aqui, respondeu ele. *Você não tomou nada, tomou? Um sedativo, um Valium ou coisa assim?*

Não, mas tomei alguns goles de vinho.

Merda, disse ele, e então: *Tudo bem*. E, assim como fizera no hospital: *Você precisa me dizer onde está.*

Não sei! Tentei subir as escadas para o saguão, mas...

Você saiu? Eu disse para não ir a nenhum lugar lotado. Ela não tinha dado ouvidos a ele, e agora as vozes iriam...

Não, não vão, disse C. B. *Me desculpe por ter gritado. Você está na escada?*

Não sei, respondeu ela, chorando. *Eu não consigo...*

Tudo bem. Você foi ao cinema? O Cinemark? O Regal?

Ela tentou responder, mas as vozes a atordoavam. *Não*, disse Briddey, encolhendo-se para fugir delas. *Não fomos ao cinema. Trent conseguiu ingressos para...*

Uma peça? Onde? No Centro Cívico? No Broadhurst?

Não... Ela esperou C. B. falar mais algum teatro, mas ele não disse nada. Tinha sumido de novo, e as vozes rodopiavam em torno dela como um redemoinho, puxando-a para dentro e para baixo, em direção ao centro do turbilhão. *C. B.!*

Ainda estou aqui. Só estava procurando nomes de teatro na internet. Qual era a peça? O som da loucura? Damas ao mar? Ligação perdida?

E ela deve ter pensado *Isso*, porque ele disse: *Vou já para aí. Só fique onde está*, o que teria sido engraçado se a situação não fosse tão terrível. Porque ela não conseguia ir a lugar nenhum. *Depressa!*, gritou ela, mas ele não respondeu.

Ele já foi embora, pensou Briddey, lutando contra o pânico.

— C. B.! — gritou. — Não me deixe!

Não vou deixar. Estou aqui, e estarei bem ao seu lado durante todo o caminho. Apenas se concentre em mim e não pense nas outras vozes. Elas são apenas ruído de fundo, como as multidões dessas festas elegantes às quais Trent sempre leva você. Apenas as deixe de lado como faria se estivesse conversando comigo na festa. Chego aí em alguns minutos. Já saí da Commspan...

Commspan! Se ele estava na Commspan, levaria pelo menos vinte minutos para chegar ao teatro, as vozes já estavam aumentando, avançando, e C. B. estava errado, não eram apenas um ruído de fundo, e aquilo não era uma festa elegante. Pessoas em festas elegantes não diziam coisas tão horríveis: *... não vim aqui para ficarem botando a mão em mim... cansado de ter que cobrir você por não saber suas falas... que esnobe... meu cão atuaria melhor!* Era como estar em uma chuva implacável e incessante, o barulho ensurdecedor.

Não uma chuva, disse C. B., sua voz cortando o aguaceiro. *As cataratas do Niágara.*

Cataratas do Niágara?, indagou ela, sem entender.

Imagine que é isso o que está ouvindo. Você está nas cataratas do Niágara, e esse barulho é apenas o som da cachoeira. Você já foi às cataratas?

Não...

Mas você já as viu, certo? Já apareceram em vários filmes. Todo poderoso. Superman II. *O episódio do casamento de* The Office. *Um lugar incrível. É o destino de lua de mel para muitas pessoas. Os barcos* Maid of the Mist, *as cataratas Canadenses...* e, à medida que ele falava, ela quase podia ver tudo isso, a água rugindo sobre os penhascos e caindo nas rochas lá embaixo, a névoa subindo...

As cataratas fazem um ruído estrondoso, disse C. B., gritando sobre o som das cachoeiras. *Não dá para ouvir o que os turistas estão dizendo, de tão alto que é o barulho, mas é só isso: barulho. E não pode machucar você.*

Pode sim, retrucou ela, e visualizou de repente as vozes a arrastarem até a beirada do penhasco e então para baixo, afundando-a na água asfixiante, levando-a rolando pela espuma, pelas rochas, e ela indo cada vez mais para o fundo, afogando-se...

Briddey!, disse C. B. bruscamente. *Você não pode passar pela beirada. Tem uma grade de ferro. Está vendo? A grade?*

Não...

É preta e da altura do peito. As barras são muito perto uma da outra, não dá para você passar. E a parte de cima é do tamanho exato para você passar as mãos em volta e se agarrar firme, disse ele. *Está molhada pela água que espirra, mas não escorregadia. Está sentindo?*

Si... sim, disse ela, imaginando sua mão agarrando a grade. *Está fria.* E quase podia sentir a água espirrando sobre os nós dos dedos.

Boa menina. Agora é só segurar firme. A grade vai mantê-la em segurança.

E se a grade ceder?

Não vai. Está aparafusada ao chão.

Mas e se o chão ceder?

Não vai. É uma rocha sólida. Você só precisa aguentar por mais alguns minutos, e logo, logo eu chego aí. Enquanto isso, pense em como as cataratas são bonitas.

Elas não são bonitas!, respondeu Briddey, de modo violento. *São horríveis!*

Então pense no sexo maravilhoso que faremos quando eu levar você aí na nossa lua de mel, disse C. B., e uma parte da mente dela que não tinha sido completamente traumatizada sabia que ele só estava falando isso para distraí-la, para fazê-la responder indignada "Não vamos fazer sexo nas cataratas do Niágara ou em nenhum outro lugar. Estou emocionalmente ligada ao Trent". Mas não estava funcionando. As vozes eram muito altas, muito violentas.

O.k., então. Pense no cereal Shredded Wheat, disse C. B.

O quê?, perguntou ela, surpresa com aquela falta de lógica para tentar afastar sua mente das vozes. *O que Shredded Wheat tem a ver com as cataratas?*

Não faço ideia, respondeu ele, *mas a caixa de Shredded Wheat costumava ter uma foto das cataratas do Niágara. Talvez fosse feito lá. Por outro lado, há um leprechaun na caixa de Lucky Charms, e ele não é feito na Irlanda. Se bem que, com toda a terceirização nos dias de hoje, nunca se sabe. Até pode ser. O Froot Loops é fabricado na Finlândia.*

Ele tagarelava sem parar sobre cereais açucarados e as estranhas formas de terceirização, e ela não acreditava em uma palavra daquilo, mas se agarrava ao que ele dizia da mesma forma como se agarrarava à grade preta e molhada. Enquanto ele falasse, as vozes não poderiam arrastá-la para além da beirada.

E tudo me leva a crer, dizia ele, *que a Cap'n Crunch é feita na Ilha da Tartaruga, junto com...*

Sua voz foi abruptamente cortada. *C. B.?*, disse ela, o pânico tomando conta da voz.

Está tudo bem. Eu estou aqui, disse ele, mas sua voz soava diferente, ao mesmo tempo mais perto e mais longe.

Onde? Não consigo ouvir você!

Estou na frente do teatro. Acho que não tem nenhuma chance de você conseguir sair sozinha, né?

Não! Ela agarrou a grade gelada. *Por quê?*

Não tenho certeza se vão me deixar entrar. Não estou exatamente vestido para o teatro. Se você conseguisse pelo menos chegar ao saguão...

Ele poderia me resgatar das vozes, pensou Briddey, mas só de pensar em se soltar, em subir a escada, as vozes se avolumaram.

Não posso, disse ela, mais como um gemido do que uma resposta.

Tudo bem, ele a tranquilizou. *Vou pensar em alguma coisa. Mas escute, preciso que você me diga onde está.*

Nas cataratas do Niágara, disse ela, confusa. *Você disse...*

Estou me referindo ao teatro. Você ainda está na escada?

Não.

Para onde você foi depois das escadas? Tente se lembrar.

Não consigo...

Está bem, então abra os olhos, só por um segundo. As vozes não vão afogá-la, eu juro. Estou aqui com você. Mas não posso ir buscá-la se não souber onde você está. Abra os olhos.

Não posso, disse ela, segurando-se desesperadamente à grade, mas pensar em ser deixada sozinha com as vozes era ainda mais assustador do que a possibilidade de cair na catarata. Abriu os olhos.

Briddey teve apenas um vislumbre momentâneo de canos de metal e ladrilhos pretos e brancos, e teve apenas tempo suficiente de pensar, surpresa, *Estou sentada no chão*, antes de as vozes se derramarem novamente e ela ter que fechar bem os olhos.

Mas pelo visto foi o bastante, porque C. B. disse: *O banheiro. Está bem, chegarei em um instante. E, até lá, não pense nas cataratas do Niágara. Pense nos Lucky Charms. Lembra que eles têm pequenos marshmallows de diferentes cores e formas? O que são aquelas coisas? Corações cor-de-rosa e o que mais?*

Não sei...

Ah, vamos lá, insistiu ele. *Maeve come Lucky Charms, não come? E você é irlandesa. É o seu cereal nacional. Você tem que saber o que são os marshmallows. Corações cor-de-rosa e...*

Luas amarelas?

Boa garota. Já são dois. E quais são os outros? Pense.

E Briddey pensou, estreitando bem os olhos para protegê-los da água que espirrava em cima dela e corria com força, segurando a grade de ferro molhada com tanta força que as bordas retangulares machucavam suas mãos.

— Corações cor-de-rosa — murmurou —, luas amarelas, trevos verdes... — e o que mais? Estrelas. Mas de que cor? Azuis? Roxas? Ela procurou se lembrar da caixa, do cereal.

Mas não era o suficiente. As vozes começavam a invadir, derramando-se por cima da grade, ensopando-a, entorpecendo-a como água gelada. E C. B. havia mentido para ela. Não eram apenas uma cachoeira inofensiva ou um ponto turístico para casais em lua de mel, eram perigosas, avançando com violência e raiva, rancor e ressentimento: *É tão difícil assim memorizar seis falas, seu idiota?... está vendo como eles gostam de ser desprezados... lixo... pervertido... bêbado... odeio ela!*

As vozes se chocaram contra ela, arrastando-a da rocha para a corrente. Ela tentou agarrar a grade, mas não conseguiu encontrá-la. *C. B.!*, gritou, buscando a voz dele em meio às outras, mas não pôde encontrá-la também. Eram muitas vozes, e a corrente a levava para longe. Ela não conseguia respirar.

C. B.!, pensou, e estendeu a mão em desespero para ele.

E ele estava lá. Não em sua cabeça, mas de fato *lá*, agachado ao lado dela no chão de ladrilhos, com uma jaqueta jeans e uma blusa de flanela sobre uma camisa de *Star Wars*, a mão no braço dela, murmurando sem parar:

— Está tudo bem, estou aqui agora.

— Você mentiu para mim — disse ela, trêmula. — A grade cedeu. Quase caí na cachoeira.

Eu sei. Me desculpe. Foi difícil convencer o lanterninha de que eu não ia tentar entrar de fininho para ver a peça de graça. E então tivemos que encontrar o banheiro certo.

— Me desculpe por não ter acreditado em você, e sinto muito por...

Shh, não em voz alta, advertiu C. B. Ele estava com medo de que alguém fora do banheiro pudesse ouvi-los.

Me desculpe por ter dito que não queria falar nunca mais com vo...

E sinto muito por não ter chegado aqui antes. Sabe quantos banheiros existem neste lugar? Tem um em cada andar. Devem contar com muito movimento durante o intervalo. Que é quando?

Não sei, disse ela, mas ele não devia tê-la ouvido, porque perguntou em voz alta:
— Quando é o intervalo?
— Depois do Segundo Ato, daqui a uns quarenta e cinco minutos — disse uma mulher, e Briddey percebeu, com um choque, que havia mais alguém no banheiro com eles.
É uma das funcionárias, explicou C. B. *Então concorde com tudo o que eu disser, o.k.?*
O.k.
— Ela está bem? — perguntava a funcionária. — Querem que eu veja se há um médico no teatro?
Não!, pensou Briddey.
— Não — respondeu C. B. calmamente à funcionária. — É só um ataque de ansiedade. Ela fica assim quando está em lugares lotados. — Então virou para Briddey. — Eu disse que você não devia vir ao teatro sozinha, Lucy.
Sozinha?, pensou Briddey, confusa. *Lucy?*
— Eu tinha medo de que isso pudesse acontecer — continuou ele. *Agora você diz: "Eu sei, Charlie. Sinto muito".*
Eu não enten...
Se o Trent começar a fazer perguntas, você não quer que a funcionária saiba o seu nome, né? E que diga a ele que a encontrou aqui neste estado?
Ah, meu Deus, Trent! Nós temos que sair daqui antes...
Exatamente. Então diga: "Eu sei, Charlie".
— Eu sei, Charlie — disse ela. — Sinto muito — e depois para C. B.: Me esqueci completamente do Trent.
Você contou a ele sobre as vozes?
Não! Ele...
E quando as vozes a alcançaram? Você pediu ajuda a ele?
"Alcançaram", essa era a palavra correta. Elas a haviam alcançado, como lobos ou uma multidão de sanguinários atrás dela...
Briddey!, disse C. B. bruscamente. *Você pediu ajuda a ele?*
Pedi, mas ele não me ouviu.
E quanto ao seu celular? Você tentou ligar para ele?
Não, eu cheguei a pegar o celular, disse ela, *mas depois me lembrei que o telefone dele estava desligado. Pedem para desligar antes que a peça comece.*
Você ligou para alguma outra pessoa? Para suas irmãs ou alguém da Commspan?
Ela balançou a cabeça. *As vozes...*
Eu sei, disse ele. *E você não mandou nenhuma mensagem para o Trent nem tentou ligar? O aparelho dele vai mostrar uma chamada não atendida?*

Não.

Que bom. Isso significa que temos até o intervalo para sair daqui. Mas precisamos ir agora.

Está bem.

O que significa que você precisa soltar o cano.

Cano?, pensou ela. *Do que ele está falando?* Não era um cano, era uma grade, e ela não podia soltar, senão seria arrastada para as quedas.

Não, não vai, disse ele. Estou com você. Consegue se levantar daí?

Levantar?, disse ela, confusa, e percebeu que estava embaixo do balcão das pias. Estava encolhida no canto e firmemente agarrada ao cano cromado e curvo. *Como um animal encurralado*, pensou, envergonhada.

Não se preocupe com isso, disse C. B. *As vozes causariam esse efeito em qualquer pessoa.* Ele estendeu a mão sob o balcão para ela. *Você consegue se levantar?*

Ela assentiu. *Acho que sim*, mas, quando chegou a hora, descobriu que não. Suas mãos estavam congeladas no cano.

Está tudo bem, disse C. B., e se arrastou para ficar junto dela, batendo a cabeça na pia.

— Ai — disse ele.

— O que houve? — perguntou a funcionária. — Ela bateu em você?

— Não, eu é que bati a cabeça, só isso.

A funcionária do teatro não parecia convencida.

— Tem certeza de que não quer que eu ligue para a emergência? Ou peça uma ambulância?

— Tenho — disse ele. — Já liguei para o terapeuta dela. Ela vai ficar bem quando eu a levar para casa. — Ele estendeu a mão para Briddey. *Não vou deixar você cair nas cataratas, eu prometo. Mas temos que ir, querida, senão ela vai chamar a polícia.*

E o Trent vai descobrir tudo, pensou Briddey, soltando o cano.

Não se passou nem um nanossegundo entre ela soltar o cano e C. B. segurar as mãos dela.

— Ela está vindo comigo — disse ele à funcionária, e depois a Briddey: *Eu sabia que você ia conseguir. É isso aí, querida. Vamos. Estamos quase lá.*

C. B. recuou, puxando-a lentamente em sua direção, e depois usou uma das mãos para abaixar a cabeça dela, dizendo *Não bata a cabeça*, quando saíram de baixo do balcão. Então passou o braço pela cintura dela e a ajudou, de maneira desajeitada, a se levantar.

— Você acha que consegue andar?

Ela se virou para ele a fim de dizer que sim e acabou se vendo no espelho que ficava sobre as pias. Parecia péssima, seu penteado meio caído e o lindo vestido verde todo amassado. Seu rosto pálido a encarava, abatida e assustada. *Pareço completamente louca*, pensou. *Não é de admirar que a funcionária quisesse ligar para a emergência.*

E ela ainda pode ligar, disse C. B., *e é por isso que você precisa dizer: "Sim, consigo andar, Charlie. Só quero ir para casa".*

— Sim, consigo andar, Charlie — disse ela, mesmo não tendo certeza disso.
— Só quero ir para casa.

— Ela está bem — disse C. B. para a funcionária, que ainda parecia não acreditar. — Está pronta? — perguntou ele a Briddey em voz alta, e ela assentiu.

Ele pegou a bolsa dela no chão e a enfiou no bolso da calça jeans. *Seu celular está com você?*, perguntou ele.

Sim, respondeu ela, estendendo a mão até o bolso do vestido para pegá-lo, mas ele não estava lá. *Devo ter deixado cair.*

Mas você estava com ele quando saiu da peça. Você disse que tentou ligar para o Trent. Você estava aqui quando fez isso?

Não sei, disse ela, tentando lembrar se estava ali ou na escada.

Está tudo bem, disse ele. Então disse à funcionária:

— Você poderia dar uma olhada para ver se não há ninguém por perto? Preciso levá-la até o saguão, e ver outras pessoas pode perturbá-la novamente.

A funcionária assentiu e foi lá fora. Assim que a porta se fechou, C. B. soltou a cintura de Briddey e correu para o balcão.

Não! Não vá!, gritou ela, sem conseguir evitar sair cambaleando atrás dele com as mãos estendidas.

Eu não vou embora, disse ele, olhando por debaixo do balcão. *Só preciso encontrar seu celular. É só um segundo.*

Ele só está procurando o seu celular, disse ela a si mesma. Ele não estava indo embora. Estava a uns dois metros de distância, e precisava encontrar o celular antes que a funcionária voltasse. Se ela se agarrasse ao braço dele, só iria atrasá-lo. Precisava deixá-lo procurar e não entrar em pânico, mas era impossível, porque atrás dela, no espelho, o barulho das quedas já estava se fragmentando em vozes individuais, centenas delas, milhares, em milhões de pedaços estridentes voando na direção dela, cortando-a...

Alguns não são piratas?, perguntou C. B., olhando sob as portas das cabines com os vasos sanitários.

Alguns o quê? Você está falando das vozes?

Não, alguns dos marshmallows dos Lucky Charms. Alguns deles não têm forma de pirata? Ele abriu a porta para o primeiro vaso. *Ou eu estou pensando no Cap'n Crunch?*

O Cap'n Crunch não tem marshmallows.

Ah. Ele abriu a porta para o próximo vaso. *Qual é aquele com o tucano na caixa?*

Froot Loops, disse ela, *mas também não tem marshmallows.*

Bem, um deles tem, disse C. B., indo para a próxima porta. *Count Chocula ou FrankenBerry ou Zombie... a-ha!* Ele entrou na penúltima porta, pegou o celular, enfiou-o no bolso, e passou de novo o braço pela cintura dela, quando a funcionária abriu a porta.

— Tudo tranquilo — disse ela.

— Que bom — disse C. B. — Você pode segurar aquela porta para mim e para Lucy? Obrigado. — *Está bem*, disse para Briddey, *vamos sair logo dessa droga de lugar*, e seguiram em direção à porta.

— Tem certeza de que está tudo bem? — perguntou a funcionária ansiosamente a Briddey.

— Sim, estou bem — respondeu ela, conseguindo sorrir e deixando C. B. conduzi-la para fora do banheiro.

E por falar em sair, como você chegou aqui hoje?, perguntou ele, ajudando-a a subir os degraus.

Peguei um táxi. As vozes estavam começando a dar sinal...

Que bom. Menos uma preocupação. Você está indo muito bem, querida, encorajou C. B. *Estamos quase no patamar...*

Não consigo, disse Briddey, fazendo força para trás. *Foi onde as vozes...*

Eu sei, disse ele, segurando-a com mais firmeza. Não vamos passar perto das cataratas. *Vamos nos concentrar nos marshmallows e, quando você menos esperar, estaremos longe daqui, em algum lugar tranquilo.*

Em algum lugar tranquilo, pensou ela. Parecia o paraíso. Mas, para chegar lá, tinham que passar pelo patamar...

Não pense nisso, ordenou C. B., continuando a conduzi-la escada acima. *Pense em um lugar tranquilo. E seco. Arizona. Ou vale da Morte. O que você acharia de irmos ao vale da Morte em nossa lua de mel?*

Ela não respondeu. Olhava fixamente para o patamar. As vozes estavam logo além dali, e já corriam pelos degraus...

E, por falar em luas, de mel e outras, pelo que eu me lembro os marshmallows amarelos eram estrelas, o que significa que as luas devem ser azuis, como o céu. O que você disse que eram os verdes?

Trevos.

Ah, sim. Trevos. O símbolo da Irlanda. É especialmente apropriado, considerando nossa situação.

Que situa...?

Eu conto mais tarde. Quais são as outras cores? Laranja? Abóboras laranja?

Abóboras não são irlandesas.

É verdade. Está bem, o que então? Uísque? Simpatizantes do IRA?
Não, deve ser algo tipo arco-íris. Ou um pote de ouro.
Também singularmente apropriado, já que aqui estamos nós, disse ele, e ela olhou para a frente e viu que já tinham atravessado quase todo o saguão vazio, e a funcionária estava do lado de fora, na calçada, segurando a porta aberta para eles.

— Tem certeza de que Lucy vai ficar bem? — perguntou.

— Absoluta — disse C. B., levando Briddey até a porta.

— Ficarei feliz em lhe dar um reembolso. Ou trocar o seu bilhete para outra noite.

Ela está com medo de que você os processe e ela tenha problemas, disse C. B. *Diga que você não vai fazer nada, ou é capaz de ela chamar a emergência só por segurança.*

— Não precisa me reembolsar — disse Briddey. — Foi tudo minha culpa. Eu devia saber que não era uma boa ideia.

A funcionária parecia aliviada. *Boa garota*, disse C. B., levando-a para fora.

Para longe das vozes, pensou Briddey, aliviada. Mas elas ainda estavam ali na calçada, na rua escura.

— Você precisa de ajuda para levá-la até o carro? — perguntou a funcionária, preocupada.

— Não, está tudo bem — conseguiu dizer Briddey. — É sério.

A funcionária parecia em dúvida, mas voltou para dentro. *Excelente*, disse C. B. *Agora é torcer para não terem rebocado meu carro. Ah, que bom, não rebocaram.*

Ele apontou para o Honda caindo aos pedaços, que estava estacionado junto ao meio-fio onde o táxi a deixara, entre duas grandes placas de PROIBIDO ESTACIONAR.

— Hoje é o meu dia de sorte — disse ele em voz alta, levando-a até o lado do passageiro e abrindo a porta. — Devem ser aqueles trevos verdes. Pronto. — Ele a ajudou a entrar.

— Está tudo bem, agora — disse ele, tentando se desvencilhar do braço dela que ainda estava ao redor do seu pescoço. — Você precisa me soltar para eu entrar do lado do motorista.

— Não...

— Só vai levar um segundo, eu prometo — disse ele gentilmente. — E então vou levá-la para longe daqui e das vozes. Está bem?

Ela balançou a cabeça. Assim que ele a soltasse, as vozes voltariam.

— Olha, não podemos ficar aqui — disse ele. — Se Trent aparecer, isso poderia atrapalhar seriamente nossos planos de lua de mel.

Ele estava tentando irritá-la para que ela o soltasse, mas ela não podia fazer isso. As vozes iriam afogá-la, arrastá-la...

— Não, não vão — disse C. B. — Olha, vou abrir a porta do motorista agora, para não ter que fazer isso quando eu der a volta. — Ele estendeu a mão sobre ela, puxou a maçaneta e empurrou a porta, abrindo-a ligeiramente. — E vou ser muito rápido, eu juro. Só se concentre naquele último marshmallow. O.k.?

Não, murmurou Briddey, mas ele já estava correndo para a frente do carro.

— C. B.!

Estou bem aqui, disse ele, passando depressa pela frente do carro, enquanto falava. *Qual era o quinto marshmallow? Não era uma cartola? Não, calma, estou pensando no jogo Monopoly. Um ferro de passar? Não, isso é Monopoly também. E, de qualquer forma, li em algum lugar que o jogo não tem mais o ferro, não li?*

E ele já estava abrindo a porta do lado do motorista e entrando. Briddey agarrou o braço de C. B. assim que ele se sentou, segurando bem firme. *Como uma heroína vitoriana idiota*, pensou ela, mas não pôde evitar.

E ele não pareceu notar. Só continuou falando.

— Substituíram o ferro de passar pelo que mesmo? Foi por algo mais moderno. Como um Kindle. Ou um drone.

— Não — disse ela —, foi por um gato.

— Ah, é verdade, foi isso mesmo — comentou ele, fechando a porta. — *Muito moderno.* — E continuou ao vê-la sorrir: — Receio que você precise me soltar novamente por um segundo.

— Por quê? — perguntou ela, segurando com mais força.

— Porque preciso ligar o carro. Então você tem que me soltar ou pegar a chave na minha calça para mim.

— Ah! — disse ela, soltando-o como se tivesse sido mordida, e sua vergonha deveria ter sido suficiente para fazê-la se recompor, mas, assim que ele pegou a chave e a colocou na ignição, agarrou seu braço novamente. — Me desculpe. Sei que estou agindo como um bebê. É só que elas são tão...

— Eu sei — disse ele. — Me agarrei à cabeceira da minha cama na primeira vez que isso aconteceu e tiveram que me soltar de lá.

— Sério?

— Sim — disse ele, passando a marcha com dificuldade e saindo da vaga. — Mas colocar a mão na minha perna, em vez de no braço, talvez seja melhor até sairmos de todo esse trânsito.

Ela assentiu e agarrou a coxa dele logo acima do joelho, precisando de toda a sua força de vontade para não passar os braços em volta da perna dele como uma fã enlouquecida em um show de rock.

— Você está indo muito bem — disse C. B. — Vou tirá-la daqui em um segundo.

Para fora da cidade, pensou ela, olhando assustada para os postes e prédios que passavam pela janela. *Para longe do alcance das vozes.*

— Por favor, depressa — murmurou Briddey. — Elas estão me alcançando.

Ele fez que sim, olhou para o relógio e pisou no acelerador. *Maravilha*, pensou ela, esforçando-se para ver à frente a placa da pista de acesso. *Em um minuto, estaremos na estrada.*

Mas, enquanto pensava isso, C. B. desacelerou. E virou à direita em uma rua secundária escura, parou o carro e desligou a ignição.

QUINZE

Felizmente, o resto do mundo achava os irlandeses malucos, uma teoria que os próprios irlandeses não faziam nada para negar.
Eoin Colfer, *Artemis Fowl*

— O que você está fazendo? — perguntou Briddey, olhando nervosa para a rua escura. — Por que parou aqui?

— Ganhando algum tempo — disse C. B., deslizando para a frente no banco e pegando o celular dela no bolso da calça. — Qual é a sua senha? E não pense nela. Diga em voz alta.

— Você não precisa mais fazer isso. Não tenho mais medo de reforçar nossa via neural. Na verdade, quanto mais forte ela estiver, melhor. — E riu, trêmula. — Estou tão feliz por termos essa conexão.

— Eu também. Mas não foi por isso que pedi para dizer a senha em voz alta. Falar ajuda a afastar as vozes. Então... qual é a sua senha?

Ela disse.

— Mas não é melhor você fazer isso depois que fugirmos das vozes?

C. B. balançou a cabeça.

— Tem que ser antes do intervalo.

Porque aí Trent procuraria por ela e, quando não a encontrasse, perguntaria a algum funcionário: "Você viu uma mulher ruiva com um vestido verde?". E de nada adiantaria que C. B. a tivesse chamado de Lucy e dito que ela não estava acompanhada.

— Exatamente — disse C. B. — Que desculpa você deu ao Trent para sair?

— Maeve.

— *Maeve?* — perguntou ele, erguendo os olhos do telefone, aflito. — Por que você fez isso?

— Porque antes, no bar, quando as vozes começaram, eu disse a Traci Hamilton que estava preocupada com a Maeve, porque ela vinha passando por uns problemas, e que eu precisava ligar para a minha irmã e ver o que estava acontecendo. Foi a única coisa em que consegui pensar para fugir e para...

— Lidar com as vozes — completou ele. — Você disse a ela, ou ao Trent, que problemas eram esses?

— Não. Trent não estava lá. Falei para Traci que a minha irmã estava preocupada com a minha sobrinha, e só. Então, quando a peça estava para começar, fingi que Mary Clare tinha ligado e disse ao Trent que havia acontecido alguma coisa e que eu teria que sair um instante para descobrir o quê.

— Então vai dar tudo certo — disse ele, seus dedos voando pelas teclas enquanto digitava uma mensagem.

— O que você está escrevendo? — perguntou ela.

— Que Maeve fugiu.

— *Fugiu*!? Ela não faria isso!

— E *você* não sairia do teatro para a casa da sua irmã porque Maeve tirou um B. Precisa ser algo grave o suficiente para justificar você ter deixado Trent e os Hamilton lá, e para isso ou Maeve fugiu, ou quebrou uma parte do corpo, e é mais fácil mentir sobre uma fuga. Não envolve gesso, nem nada.

— Mas e se Trent ligar para alguém da minha família...

— Não vai. Eu vou mandar outra mensagem dizendo que você a encontrou na casa da tia Oona, e que ela está bem.

— Mas se você disser isso, ele vai querer que eu volte para o teatro — retrucou ela, apertando involuntariamente a perna dele.

— Não se preocupe. Vou dizer que Mary Clare está muito nervosa e que você precisa ficar lá para acalmá-la.

— Mas e se Trent me ligar durante o intervalo e disser para eu deixar Mary Clare para lá, que os Hamilton são mais importantes?

— Ele não vai conseguir. Vou desligar o celular.

— E se ele ligar para a casa da tia Oona?

— Já pensei nisso — disse ele, ainda digitando.

— Como assim? Você não falou com a Maeve, falou?

Se ele tivesse pedido a Maeve para confirmar seu álibi, ela insistiria em saber por quê e...

— Eu não falei com a Maeve — confirmou ele, guardando o telefone e ligando o carro. — E, de qualquer maneira, Trent não vai ligar. Vai estar muito ocupado convencendo os Hamilton de que você não foi embora de repente por causa deles. Depois do intervalo mando outra mensagem dizendo que aparentemente acalmar sua família vai levar mais tempo do que pensava, e que você fala com ele amanhã.

Trent vai ficar tão chateado, pensou ela.

— Que pena — disse C. B.

Ele olhou pelo espelho retrovisor e saiu com o carro, e Briddey sentiu uma onda de alívio por estarem em movimento de novo, afastando-se das vozes.

— Você não ouviu o Trent lá no teatro, ouviu? — dizia C. B. — A voz dele foi uma das que você escutou?

— *Não*, é claro que não — respondeu ela. — As vozes que ouvi eram *horríveis*!

— Na verdade, eram só espectadores comuns, como a média. E a média de tudo... amigos, parentes, colegas de trabalho...

— Mas elas eram tão...

— Obscenas? Vingativas? Rancorosas? Calculistas? Receio que as pessoas sejam assim na privacidade de suas mentes. — Ele abriu um sorriso irônico. — Eu falei para você que é nojento lá dentro.

Ele parou em um sinal vermelho.

— A culpa não é só delas. As pessoas dizem em voz alta as coisas boas que pensam: "Uau, você está ótima!", ou "Que lindo dia!" ou "Vamos ajudar o próximo!", mas não "Vá para o inferno!", ou "Nossa, que peitos lindos!". O único lugar em que podem extravasar as coisas ruins é dentro de suas cabeças, o que faz com que seus pensamentos desagradáveis ganhem proporções exageradas. Mas, além disso, as pessoas são grossas, detestáveis, gananciosas, más, manipuladoras e cruéis.

— Mas nem todas as pessoas são horríveis assim.

— Você não ouve as vozes há tanto tempo quanto eu.

— Está me dizendo que ninguém é bom?

— Não foi isso que eu disse. Mas aí é que está a parte ruim: as pessoas boas e legais nunca se dão bem. São enganadas e traídas e se apaixonam por alguém que gosta de outra pessoa e ficam arrasadas. E ouvir isso é ainda pior do que ouvir os cretinos e os monstros. Por falar nisso, você ainda não respondeu minha pergunta. Você ouviu o Trent?

— Já falei, não tinha como a voz do Trent ser...

— Uma daquelas. Sim, tinha. Mas, como falei hoje de manhã, se você o tivesse ouvido, teria reconhecido a voz dele, como reconheceu a minha.

E a de Jill e a de Art Sampson, pensou ela.

— Exatamente. Se você já ouviu a pessoa antes, seu cérebro associa automaticamente a voz dela aos pensamentos. Se não, às vezes associa sexo ou idade com base nas coisas que a voz diz, mas, fora isso, é completamente impessoal. É por isso que você não sabia descrever a voz da pessoa do cappuccino descafeinado.

E por isso a voz da mulher do encontro às cegas soara feminina na segunda vez em que a ouviu.

— Eles podem me ouvir também? — perguntou ela.

— Não.

— Tem certeza? — perguntou Briddey, apertando sem parar a perna dele. Se pudessem ouvi-la, saberiam onde ela estava. Viriam atrás dela.

— Absoluta — disse C. B. — Eu as ouço há quinze anos, lembra? Eles não têm ideia de que você pode ouvi-los.

— Mas parecia que estavam gritando comigo e...

— Atacando-a? Tentando matá-la? Sim, eu sei. Mas não estão. Eles nem sequer sabem que você existe. Você só está ouvindo seus pensamentos. É como estar em um restaurante e, acidentalmente, ouvir um estranho falar na mesa ao lado.

Não, não é, pensou ela. Era possível ignorar vozes que você ouve sem querer, mas não essas...

— Isso é porque a mente tenta entender tudo que ouve — explicou C. B. — Ela tenta fazer isso com as vozes, mas há muitas delas e todas falando ao mesmo tempo. E, ao contrário das vozes que escutamos com os ouvidos, as que escutamos telepaticamente não encobrem umas às outras ou se fundem em um ruído de fundo. Elas permanecem distintas. Então a mente entra em pânico com a sobrecarga sensorial.

Sobrecarga sensorial? É assim que você chama isso?, pensou ela, sentindo novamente as vozes ameaçadoras à espreita, implacáveis.

— Mas se eles não podem me ouvir, qual é a importância de eu ter ouvido ou não o Trent?

— Por causa do EED. Se você tivesse conseguido ouvi-lo, seria um indício de que talvez ele estivesse começando a sentir suas emoções, e a última coisa de que precisamos agora é que ele perceba que você está em apuros e resolva descobrir o que está acontecendo. Temos muito trabalho a fazer. Mas você não o ouviu, então está tranquilo.

E, em poucos minutos, eles estariam em segurança na estrada e longe do teatro e das vozes. Briddey se perguntou quão longe deveriam ir para não serem alcançados por elas.

Por favor, que não seja muito, pensou ela, olhando para a escuridão ao redor e desejando que C. B. fosse mais rápido. Se ele não se apressasse, as vozes chegariam, invadiriam o carro...

Pare, ordenou a si mesma. *Não pense nas vozes.*

— Não, má ideia — disse C. B. — Tentar não pensar em alguma coisa só faz com que você pense nela, como quando alguém diz: "Aconteça o que acontecer, não pense em um elefante", e então você não consegue pensar em outra coisa. Não, procure pensar em uma coisa completamente diferente. Como elefantes. Ou cereais. Ou aonde vamos na nossa lua de mel. Qualquer coisa para criar um ruído branco.

— Igual aos CDs feitos para ajudar alguém a dormir? Aqueles com barulho de água corrente e ondas suaves?

E ela se arrependeu imediatamente de ter dito isso, porque se lembrou na hora de cataratas.

— E é por isso que você não pode usá-los — disse C. B. — Além disso, eles não funcionam. Assim como também não adianta ouvir música alta ou audiobooks.

Ou usar fones de ouvido que abafam os ruídos externos. As vozes não têm nada a ver com o som. Elas vêm de dentro do cérebro.

— Mas pensei que você tivesse dito que eu precisava criar um ruído branco...

— Ruído branco mental. Inibir um conjunto de sinais, concentrando-se em outro, como quando você está trabalhando em um relatório e não ouve o celular tocar. Ao se concentrar no relatório, seu cérebro aumenta automaticamente os sinais que você quer e abaixa o volume de todos os outros.

— Então, é igual a listar os marshmallows do Lucky Charms... Posso fazer o mesmo com as vozes.

Ele assentiu.

— Ou listar pinos do Monopoly, ou estrelas de cinema ou marcas de sapatos de grife. Você também pode recitar falas do Monty Python ou cantar músicas, principalmente as com muitos versos, como a de *Ilha dos birutas*. Você sabe a música de abertura de *Ilha dos birutas*, não sabe?

— Todo mundo sabe.

— Ótimo, então você pode cantá-la. Ou a música de Pokémon. Ou "When Irish Eyes are Smiling".

— E cantar essas músicas vai fazer as vozes pararem?

— Não, nada pode pará-las. Mas cantar...

Ela engasgou.

— Como assim... nada pode pará-las?

— Desculpe, não quis assustar você. Há formas de mantê-las afastadas...

— *Afastadas*? — disse ela, choramingando, pensando nas vozes sempre lá, ferozes e encolhidas, prontas para atacar.

— Desculpe, metáfora ruim. Eu deveria ter dito que existem maneiras de controlá-las. É muito parecido com o zumbido... sabe aquele ruído contínuo no ouvido de algumas pessoas? Não há como eliminá-lo...

Não havia como eliminar as vozes?

— Mas Mary Clare disse que os efeitos do EED podem se dissipar.

— Olha, eu ouço vozes há quinze anos, e elas não deram nenhum sinal de que vão passar. Receio que sejam permanentes. Mas há maneiras de controlá-las. Eu vou ensiná-las a você...

Ela parara de ouvir na palavra "permanentes". As vozes estariam sempre lá, prontas para atacar, toda vez que fosse a uma peça ou a uma reunião...

É por isso que C. B. se recusa a ir a reuniões, pensou ela. *Porque as vozes estão sempre à espreita. E têm estado desde que ele tinha treze anos. Elas nunca irão embora, e eu não posso cantar ou recitar poesias para sempre...*

— Não, não, você não vai precisar — disse C. B. — Essas coisas são só medidas provisórias até construirmos suas defesas definitivas.

— Defesas definitivas?

— Sim. Vou ensiná-la a construir barricadas que manterão as vozes longe, mas não posso fazer isso até levá-la a algum lugar seguro e, quanto antes eu fizer isso, melhor.

Algum lugar seguro. Isso significava que, embora não houvesse nenhuma maneira de deter as vozes, havia lugares que elas não podiam alcançar. Saber que poderia fugir delas teve um efeito imediatamente tranquilizador em Briddey e, com a calma, veio a percepção de que apertava como uma louca a perna de C. B.

— Sinto muito — disse ela, e afrouxou a mão.

— Tudo bem. Meu sangue ainda está circulando. — Ele sorriu para ela e continuou falando sobre formas de afastar as vozes. — Poesia é bom também. Poemas narrativos, então, melhor ainda. Quais você sabe? "The Harp That Once Through Tara's Halls"? "The Lake Isle of Innisfree"?

— Não — disse ela, pensando: *Eu deveria ter ido àquelas reuniões das Filhas da Irlanda de que tia Oona tanto fala.* — Eu sei mais ou menos "The Highwayman". Tive que decorar na escola, mas não tenho certeza se ainda me lembro de tudo.

— E músicas de Natal? Ou canções de musicais? Essas são ótimas. Stephen Sondheim. Rodgers e Hammerstein. *Wicked. Rent. The Music Man.* Quase qualquer musical serve. Menos *Cats*.

— Por quê? Não afasta as vozes?

— Não, afasta, sim. Mas é um *péssimo* musical. E isso me faz lembrar que você precisa tomar cuidado com as músicas que canta. Ficar com uma música irritante na cabeça pode fazer você preferir ouvir as vozes.

— *Nada* poderia me fazer preferir ouvir as vozes — disse ela, categórica.

— É o que pensa. Obviamente você nunca ficou com "I Got You Babe" grudada em seus neurônios por semanas. Ou "Tie Me Kangaroo Down, Sport". Ou "Feelings".

— Ele estremeceu. — Cometi o erro de pensar que seria uma boa música para me defender das vozes e, depois de duas semanas, eu queria me matar *e* matar Engelbert Humperdinck. É pior ainda se for uma música *delas*.

— Delas?

— Uma música que esteja presa na cabeça de uma das pessoas que você ouve. As vozes nem sempre estão reclamando, falando sem parar, xingando e gritando. Às vezes, estão cantando... e são tão desafinadas dentro de suas mentes quanto em voz alta. E, para completar, elas têm um péssimo gosto musical. Nunca cantam nada de Bob Dylan, Cole Porter ou Stevie Wonder. É sempre "Achy Breaky Heart" ou "Shake Ya Ass", ou aquela maldita música do *Titanic*, da Céline Dion. E quase sempre entendem errado as palavras. Principalmente quando se trata de músicas natalinas: "Bate o sino pequenino, sino de Belém, já nasceu o Jesuzinho para o nosso bem". E não importa quanto você grite com eles: É "Deus menino", não Jesuzinho, não adianta nada.

Ele está tentando me distrair novamente, pensou ela. Toda essa conversa sobre música é só ruído branco para me impedir de ouvir as vozes até chegarmos aonde quer que estejamos indo.

Que era onde, exatamente? Eles estavam rodando há quinze minutos, e não pareciam estar nem um pouco próximos do destino final.

— Você conhece a música "Molly Malone"? — dizia C. B. — Claro que conhece, você é irlandesa. Bem, uma das minhas vozes tinha certeza absoluta que a música falava em "chorar cachorros", o que não faz o menor sentido! Como alguém chora cachorros?! Isso quase me levou à loucura. — C. B. virou para olhar para ela. — Por falar nisso, você é muito ou pouco irlandesa?

— Como assim?

— Quero dizer, quanto sangue irlandês você tem? Com o sobrenome Flannigan e esse seu cabelo vermelho, eu diria que pelo menos três quartos dos seus antepassados são da Irlanda. Estou certo?

— Não. Todos eles são. Minha família é toda irlandesa. Fico surpresa que a tia Oona não tenha lhe dito isso. Geralmente é a primeira coisa que ela fala.

— Tínhamos outras coisas para conversar — disse C. B. — Irlandesa pura, hein? E seus parentes são do Condado de...? Kerry? Cork?

— Condado de Clare. Por quê? Você acha que o fato de eu ouvir vozes tem algo a ver com a minha origem?

— Não, tem *tudo* a ver com isso... ou, mais particularmente, com o haplogrupo R1b-L21 que os irlandeses carregam.

— Foi por isso que você tentou me impedir de fazer o EED — disse ela. — Porque sabia que eu era irlandesa e tinha medo do que podia acontecer.

— Bem, isso e o fato de que cirurgias cerebrais eletivas são uma péssima ideia. Como você mesma descobriu.

— Mas se é um gene que os irlandeses carregam, então todos os irlandeses não seriam telepatas? Eu conheço *dezenas* de irlandeses, e nenhum deles lê mentes.

— Não que você saiba. Talvez eles mantenham esse dom em segredo, como eu. Ou como aquele paciente do dr. Rhine de que lhe falei. Todos sabem que coisas ruins acontecem com as pessoas que ouvem vozes, como...

— Ser diagnosticado como esquizofrênico ou queimado na fogueira. Eu sei, eu sei — disse ela. — Então você está dizendo que todas essas pessoas são telepatas, embora não falem nada?

— Não. Acho que o mais provável é que não sejam cem por cento irlandesas. A maioria dos "irlandeses" — disse ele, tirando as mãos do volante por uma fração de segundos para fazer aspas no ar — tem uma boa parte de genes vikings, germânicos ou anglo-saxões. E, se estão nos Estados Unidos há uma ou duas gerações, têm vários outros genes também.

— E somente pessoas que são cem por cento irlandesas carregam este gene? — perguntou ela, pensando: *tia Oona não estaria tão determinada a me casar com um "bom rapaz irlandês" se soubesse disso.* — Mas, se isso for verdade, por que as minhas irmãs não são telepáticas? E nem pense em levantar essa hipótese! Se elas fossem, Mary Clare não passaria vinte e quatro horas por dia preocupada com a Maeve, e Kathleen definitivamente não sairia com os caras que sai. E você mesmo disse que as premonições da tia Oona não eram reais. Ou você estava mentindo sobre isso também?

— Não, não existe essa coisa de clarividência. Ou telecinese. Só telepatia.

— E, se elas fossem telepáticas, saberiam que fiz o EED — disse Briddey —, e não sabem. Se a sua teoria está certa, por que elas não são telepáticas? E por que Joana d'Arc era telepática? Ela não era irlandesa. Nem você. Seu sobrenome não é Murphy ou O'Connell. É...

— Schwartz — disse ele.

— Portanto, qual é a sua teoria? Que os irlandeses *e* os franceses *e* os judeus carregam este haplogrupo R1b?

— Não, apenas os irlandeses, embora haja uma pequena possibilidade de os ciganos o carregarem também, e é daí que viria a tradição dos ciganos da leitura da sorte.

— E você tem sangue cigano?

Ele balançou a cabeça.

— Nem uma gota.

— Bem, então por que você pode ouvir vozes? Obviamente, você não é irlandês.

— Humm... quanto a isso — disse ele. — Na verdade, eu sou.

DEZESSEIS

> *Pra biblioteca, e pé na tábua.*
> David Foster Wallace, *Graça infinita*

— Você é *irlandês?* — indagou Briddey.
— Sim. Todos os meus antepassados dos dois lados, assim como você.
— Mas...
— Schwartz é o sobrenome do meu padrasto. Meu *pai* era um O'Hanlon. E minha mãe era uma Gallagher.
— Mas você... — começou ela, observando com a testa franzida seu cabelo escuro, quase preto, à luz dos postes que passavam.
— Não tenho cara de irlandês? Na verdade, tenho sim. Cabelo escuro é comum na Irlanda, principalmente no condado de Clare, de onde são os parentes da minha mãe.
E, no momento em que ele disse isso, ela pensou: *Eu devia ter notado*. Ele tinha o clássico cabelo escuro e olhos cinzentos com cílios bem longos e pretos desse outro grupo típico de irlandeses.
— Mas você disse que o meu cabelo ruivo...
Ele balançou a cabeça.
— Quem tem o gene para cabelo ruivo, que é uma mutação de um gene diferente, MC1R, e é irlandês também pode ter o gene da telepatia, mas uma coisa não depende da outra.
— Mas você... — disse ela, ainda sem conseguir compreender. — Quer dizer, todo mundo na Commspan acha que você é judeu.
— Eu sou, para todos os efeitos. Meu pai morreu quando eu tinha dois anos, e minha mãe se casou de novo quando eu tinha quatro. Então ela morreu, e meu padrasto me criou até *ele* morrer — disse C. B. — Mas o nome também serve como camuflagem, disfarce.
— Mas, se você é irlandês, por que seu *primeiro* nome não é irlandês? — perguntou ela, e percebeu que não tinha ideia de qual era o primeiro nome dele.

C. B. poderia ser qualquer nome — Christian Bale, Charlotte Brontë — ou um apelido, tipo Computador de Bordo ou *Computer Based*, ou algo assim.

Ele desviou o olhar da estrada e sorriu para ela por um instante.

— Isso até seria engraçado. Mas, na verdade, C. B. vem de Conlan Brenagh. Conlan Brenagh Patrick Michael O'Hanlon Schwartz.

— E então, como nós dois somos irlandeses, você acha que este haplogrupo é o que está causando a telepatia?

— Receio que sim.

— Mas duas pessoas não servem como parâmetro. Ou não somos *só* nós dois? Seus pais eram telepatas também?

— Não sei. Os dois morreram antes disso acontecer comigo, e não é o tipo de coisa que se contaria a alguém, nem mesmo ao próprio filho, a menos que fosse absolutamente necessário.

— Então como você pode ter tanta certeza de que essa é a causa? Por que não poderia ser o EED?

— Porque eu não fiz nenhum EED. Lembra?

— Mas isso ainda não explica por que você acha que ser irlandês causou isso, a menos que tenha encontrado outro telepata com o gene. Encontrou?

Ele virou a cabeça bruscamente e olhou para ela.

— Quê?

— É isso, não é? Você encontrou mais alguém que também é telepata e irlandês. Quem é? Um desses paranormais profissionais de que você estava falando?

— É claro que não. Eu já disse, eles são uma farsa.

— Você disse que a maioria é uma farsa. Pensei que tivesse encontrado um que não era, e ele, ou ela, fosse de origem irlandesa.

— Não. Já falei que essa coisa de leitura da mente não passa de truque.

— Então por quê...?

— Porque quase todos os incidentes históricos de telepatia que foram documentados envolvem alguém que é irlandês, incluindo os pacientes de Percepção Extrassensorial do dr. Rhine e as mensagens do *Titanic*, cuja terceira classe estava cheia de imigrantes do condado de Clare, além do incidente de que falei sobre a garota do Nebraska que ouviu o marinheiro atacado. Ela era uma Donohue e ele era um Sullivan. E a Irlanda tem um longo histórico de pessoas que ouviam vozes, de são Patrício e são Kieran a...

— Bridey Murphy, que é *completamente* confiável — disse Briddey, de maneira sarcástica. — Isso sem contar com todos os irlandeses que afirmam terem visto leprechauns.

— Não descarte assim os leprechauns. Se olhar com atenção essas histórias, vai perceber que a grande maioria fala sobre conversar com alguém que ninguém mais pode ver.

Ele não pode estar falando sério, pensou ela. *Isso é só mais ruído branco ou bobagem para manter as vozes afastadas até sairmos em segurança da cidade.* O que ainda não estava nem perto de acontecer. As ruas escuras por onde passavam tinham muitos comércios e prédios de escritórios, uma paisagem que não parecia estar mudando.

— Estamos quase lá — tranquilizou C. B. — E minha teoria não é bobagem. Passei muito tempo pesquisando isso.

— E essa pesquisa o levou a concluir que os primeiros irlandeses desenvolveram algum tipo de gene que deu a eles, e *somente* a eles, habilidades telepáticas?

— Não, justamente o contrário. Todo mundo, ou pelo menos boa parte de nossos ancestrais, algum dia teve esse gene, mas agora apenas os irlandeses têm. Você já ouviu falar da teoria da mente bicameral, de Julian Jaynes?

— Não.

— Essa teoria afirma que, durante grande parte da história humana, ouvir vozes era uma ocorrência comum. As pessoas atribuíam as vozes aos deuses, mas, na verdade, eram as duas metades do cérebro falando uma com a outra. E, quando o cérebro evoluiu para uma entidade única, as vozes cessaram. Ou melhor, as pessoas pararam de pensar nelas como vozes e perceberam que estavam apenas ouvindo seus próprios pensamentos.

— Então, você não está falando de verdade comigo, sou eu que estou falando comigo mesma?

— É óbvio que não. A conclusão de Jaynes sobre a razão de as vozes terem ido embora estava totalmente errada, mas ele estava certo sobre ouvir vozes ser um fenômeno comum que depois desapareceu. Acho que naquela época todos eram telepatas, mas, com o tempo, essa capacidade foi se perdendo por meio da seleção natural. Meu palpite é que algumas pessoas tinham um gene ou mais que inibiam os receptores que tornavam possível ouvir as vozes, provavelmente o equivalente neural de um perímetro ou de cantarolar uma música.

— Um perímetro? O que é isso?

— É uma espécie de defesa. Vou ensiná-la a construir um quando chegarmos ao nosso destino. De qualquer forma — continuou ele —, esse gene inibidor lhes deu uma vantagem evolutiva. Telepatia não é exatamente uma característica útil para a sobrevivência, você deve ter percebido. Ouvir vozes uivando na sua cabeça quando devia estar concentrado em uma batalha provavelmente faria com que você morresse antes de passar seus genes adiante, assim como acharem que está possuído por demônios. E não me surpreederia se um monte dessas pessoas tivesse se atirado de um penhasco para escapar das vozes. Ou de uma ponte. Como Billie Joe McAllister.

— Quem?

— O cara de "Ode to Billie Joe". Ótima música. Muitos versos e palavras ótimas para criar um ruído branco... *Tupelo, black-eyed peas, Tallahatchie Bridge*.
— Tallahatchie Bridge? É a ponte de onde ele pulou?
— Sim, mas não porque era telepata. Embora eu ache que pode ter sido. Naquela parte do sul, muitas pessoas são descendentes de irlandeses, e o sobrenome dele *era* McAllister. De qualquer forma, para mim, a *questão* é que ao longo do tempo os inibidores prevaleceram sobre os não inibidores, e a telepatia foi se extinguindo.
— Mas por que não aconteceu o mesmo com os irlandeses?
— Porque durante esses séculos em que o resto da Europa estava invadindo e sendo invadido e se unindo a outros povos que tinham genes inibidores, os irlandeses não passaram por isso. A Irlanda estava fora do caminho, principalmente no oeste, então os genes originais dos habitantes, mesmo os recessivos, como o cabelo ruivo e a telepatia, foram preservados.
— Mas os irlandeses não *permaneceram* isolados — argumentou Briddey. — A Inglaterra invadiu a Irlanda no século XVI, e durante a Grande Fome centenas de milhares de irlandeses emigraram para a América...
— Certo, e se casaram com pessoas com um ou mais genes inibidores, razão pela qual a maioria dos irlandeses é hoje, no máximo, apenas parcialmente telepática.
— Parcialmente?
— Sim, só podem ouvir alguém chamando em circunstâncias de grande emoção, ou têm uma vaga sensação quando há alguma coisa errada. Apenas alguns irlandeses ainda têm a composição genética para serem totalmente telepatas.
— E nós somos dois desses.
— Sim. Que sorte a nossa, hein?
— Mas eu herdei os genes dos meus pais. Se a sua teoria estiver certa, então por que Kathleen e Mary Clare não...?
— Porque é o tipo de gene que precisa ser ativado, ou por uma alteração na química do cérebro ou uma mudança no circuito.
— Como o EED — disse Briddey, de maneira sombria.
— Exato. Embora possa ter sido também a anestesia. Qualquer coisa que diminua as defesas naturais do cérebro ou provoque um aumento da receptividade aos sinais telepáticos pode ser um agente desencadeador... drogas, hipnose, privação de sono, trauma físico, estresse emocional. Qualquer estado emocional intensificado, na verdade. Medo, saudade, angústia adolescente.
— Que, no seu caso, foi o agente desencadeador.
— E no caso de Joana d'Arc. Ela também começou a ouvir vozes aos treze anos.
— Mas ela não era irlandesa.

— Não, mas viveu há tanto tempo que os genes ainda podiam ser encontrados em outras partes da Europa. E Domrémy não é tão longe assim de Dublin. Ela também estava tentando se conectar, o que parece ser outro provocador.

— Tentando se conectar? — disse Briddey, confusa. — Com quem Joana d'Arc queria se conectar?

— Com Deus. Quando ouviu são Miguel pela primeira vez, ela estava rezando, o que é, sem sombra de dúvida, uma maneira de tentar se comunicar. — Ele se inclinou para a frente e olhou pelo para-brisa. — Você consegue enxergar o nome daquela rua ali na frente? Quero saber quanto ainda falta.

— Meu celular tem GPS — disse ela, e então lembrou que não podiam ligá-lo. Estreitou os olhos para a placa, que mal se via na escuridão, tentando ler. — Palmer Boulevard — disse ela, enfim.

— Ótimo.

— Então estamos quase fora da cidade? — perguntou ela, procurando placas que indicassem que estavam chegando ao limite da cidade.

— Não — disse ele, parando no sinal vermelho. — Não vamos sair da cidade.

— Como assim? Por que não?

— Porque não adiantaria nada. As vozes não são afetadas pela distância. Bem, são, mas não o suficiente para que sair dirigindo por aí a leve para longe da influência delas. E se você se afastasse o bastante para ficar longe das que ouviu no teatro, entraria no alcance de uma porção de outras.

Não havia como escapar do alcance das vozes e nenhuma maneira de fazê-las parar. O que significava que iriam alcançá-la, inundariam o carro, arrastando-a, e...

— Briddey! — disse C. B. — Briddey! Me escute!

— Elas vão me afogar! — gritou histericamente. — Elas vão...

— Não, não vão. Não vou deixar. Estou levando você para um lugar seguro.

— Não existe nenhum lugar assim. Você acabou de dizer que...

— Não, eu não disse. Existe um lugar seguro, e estou levando você para lá agora, mas você precisa me deixar dirigir para que a gente consiga chegar. — E ela percebeu que tinha agarrado bem forte o braço dele com as mãos, e que o sinal estava aberto e alguém buzinava.

— Sinto muito — disse Briddey, soltando o braço dele, mas se sentindo inundada de novo.

— Você está bem, você está bem — comentou ele, pegando a mão dela com firmeza.

O carro atrás deles buzinou novamente.

— Ah, cala a boca — disse C. B. de maneira amistosa, e segurou a mão dela contra o peito por um minuto antes de colocá-la em seu joelho. — Segure-se firme em mim e cante "When Irish Eyes Are Smiling" ou qualquer outra canção irlandesa bonita, e a gente chega lá em dois tempos. Se bem que, na verdade, "When Irish Eyes Are Smiling" não é, de forma alguma, uma canção irlandesa. Foi composta na Tin Pan Alley por alguém que nunca pôs os pés na antiga terra, assim como "Too Ra Loo Ra Loo Ra" e "Christmas in Killarney". E "Danny Boy", a quintessência irlandesa. Essa foi escrita por algum inglês horrível.

Isso é só mais bobagem para eu não desabar até chegarmos lá, pensou ela, tentando se recompor, para ignorar os sinos agourentos que tinham começado a tocar dentro dela quando percebeu que não havia nenhum lugar longe do alcance do vozes.

— E por falar nisso — disse C. B. —, você talvez queira se arrumar um pouco antes de chegarmos. Não para mim, entende. Adoro cabelo bagunçado. — E sorriu para ela. — Mas vamos estar em público...

— Vamos? Aonde estamos indo? — perguntou ela, olhando pela janela para ver onde estavam.

C. B. tinha virado para o sul, em direção ao centro tecnológico. *Ele está me levando para seu laboratório na Commspan*, pensou. *Claro. É por isso que ele trabalha no subsolo, porque não pode ouvir as vozes lá embaixo.*

— Não, receio que não — cortou ele. — Infelizmente, concreto e isolamento não têm nenhum efeito sobre as vozes, nem temperaturas abaixo de zero. Além disso, alguns dos membros do Projeto Hermes estão na Commspan, trabalhando até tarde, e não podemos correr o risco de alguém vê-la. Para todos os efeitos, você está na casa da sua tia Oona com a Maeve, lembra?

— Então, *aonde* você está me levando?

Em vez de responder, ele enfiou a mão no bolso da jaqueta, pegou a bolsa dela e lhe entregou. Ela abriu e pegou o espelho de maquiagem. Ah, Deus, estava ainda pior do que no banheiro feminino, se é que isso era possível — o rímel, manchado, e o cabelo, uma bagunça.

— Você não teria um lenço de papel, né? — perguntou ela.

C. B. gentilmente pegou um lenço de papel amassado do bolso e entregou a ela. Ela o umedeceu com a saliva, apoiou o espelho de maquiagem no painel e tentou reparar o dano, limpando o rímel e passando batom — tudo usando apenas uma das mãos para manter a outra no joelho de C. B. Então penteou o cabelo, desejando ter algo para prendê-lo.

— Que tal isso? — perguntou C. B., abrindo o porta-luva e pegando um pequeno pedaço de fio de computador.

— Perfeito — disse ela, e então mordeu o lábio, pensando em como faria para puxar o cabelo para trás e prender o fio em volta sem largar o joelho de C. B.

— É fácil — disse ele, sem virar para ela. — Vou cantar "Ode to Billie Joe".

— E começou a cantar a música, que parecia falar de uma família jantando e mencionando tranquilamente o fato de Billie Joe McAllister ter saltado da Tallahatchie Bridge, sem notar que a garota que narrava a canção estava arrasada pela notícia.

Briddey não prestava muita atenção. Estava muito ocupada tentando prender o cabelo com o fio e pôr de volta a mão no joelho de C. B. antes que ele terminasse a música.

Ela conseguiu por pouco.

— E ninguém nunca soube que ela estava apaixonada por Billie Joe — disse C. B. quando Briddey terminou —, já que aparentemente eles não eram irlandeses *ou* telepatas. Chegamos — concluiu ele, parando junto ao meio-fio.

— Aonde? — perguntou ela. Estavam estacionados em uma rua repleta de alojamentos e, acima dos telhados, dava para ver os prédios da universidade. — Para onde você está me levando? Uma festa da fraternidade?

— Não — disse ele, tirando a chave da ignição e desafivelando o cinto de segurança. — Se você acha que os pensamentos de quem estava no teatro eram ruins, devia ouvir um monte de universitários bêbados. — Ele olhou para o relógio mais uma vez e, em seguida, estendeu a mão na frente dela para abrir um pouco a porta do carona. — O.k., agora preciso me afastar para dar a volta até você.

Briddey assentiu e então percebeu que ele estava esperando que ela tirasse a mão do seu joelho. Respirou fundo, soltou o ar, largou a perna dele e entrelaçou as mãos no colo.

— A menos é claro que você *queira* ir a uma festa da fraternidade — disse ele, saindo do carro e começando a dar a volta, enquanto falava. *Na verdade, ouvir os pensamentos deles não é muito diferente de estar na festa.*

E lá estava ele, curvando-se em direção à porta, pegando a mão dela e ajudando-a a sair do carro. E continuou falando em voz alta, sem perder o embalo:

— Com a vantagem de escapar do vômito e da cerveja em cima de você.

Estava frio na rua. Ela estremeceu no vestido verde sem mangas e, antes de perceber que C. B. tinha soltado sua mão, ele havia tirado a jaqueta jeans e colocado sobre os ombros dela.

— Não posso aceitar sua jaqueta... — começou ela.

— É uma camuflagem — explicou ele —, para não parecermos tão diferentes.

— Quer dizer, tipo uma doente mental em fuga e o seu guardião? — perguntou ela, olhando para o vestido irremediavelmente amassado.

— Não, tipo a rainha do baile e o Corcunda de Notre Dame. Vista — ordenou C. B. e, enquanto Briddey colocava a jaqueta, ele abriu a porta traseira e começou a revirar o carro. Então se endireitou e olhou para ela, avaliando-a. — Não — disse ele, balançando a cabeça. — Ainda está muito bonita para alguém como eu. Vamos lá, minha *colleen* irlandesa.

E começaram a andar pela rua. Enquanto caminhavam, ele lhe entregou o que havia pegado no banco traseiro: uma pilha de livros.

— Você vai me levar à biblioteca? — perguntou ela.

— Não, eu estava com alguns livros com prazo de entrega vencido — disse ele sarcasticamente — e pensei que poderíamos muito bem devolvê-los, já que estamos andando por aí. Sim, vou levá-la à biblioteca.

Ótimo, pensando em luz, silêncio e fichas de arquivos... e fileiras e fileiras de livros entre ela e as vozes. Se conseguissem chegar lá antes que as vozes os alcançassem...

— Sinto muito por termos que estacionar tão longe — disse C. B., guiando-a rapidamente pela rua —, mas checam os estacionamentos do campus de hora em hora.

— Está tudo bem — disse ela, segurando os livros com a mesma firmeza com que apertara o joelho dele. Mas não era verdade. A biblioteca ficava a *quarteirões* de distância dali, e estava escuro demais na rua. O poste mais à frente estava apagado, então o bloco seguinte estaria ainda mais escuro, e ela não via como uma canção sobre um garoto que tinha se matado ia impedir as vozes de invadirem e...

C. B. pegou os livros das mãos de Briddey, passou-os para o outro braço e segurou a mão dela.

— *Obrigada* — disse ela, aliviada.

— Sem problemas. E, a propósito, não precisa ser "Ode to Billie Joe". Pode ser qualquer música que você queira, desde que tenha muitas palavras: country-and-western, folk, rap, ou, como eu disse, canções de musicais. *Hamilton. Kinky Boots. Garotos e garotas.* Com isso você tem toneladas de boas músicas: "Luck Be a Lady", "Adelaide's Lament" e "Fugue for Tin Horns". Não, pensando bem, esqueça "Fugue for Tin Horns". Parece muito com as vozes. É melhor ficar com "Adelaide's Lament". Oito versos e todo tipo legal de palavras de ruído branco, como *psychosomatic syndrome, streptococci* e *postnasal drip*.

— *Gotejamento* pós-nasal?

— É uma canção sobre resfriado. Ou, se você não gostar dessa, que tal algo de *Finian's Rainbow*? O musical sobre uma jovem irlandesa e um cara desalinhado... e um leprechaun. O que me faz lembrar que andei pensando naqueles marshmallows. Uma das formas era um pote de ouro?

E ele continuou, falando sobre os marshmallows e "How Are Things in Glocca Morra?" e canções irlandesas que não eram irlandesas, e ela sabia que C. B. só estava fazendo isso para ajudá-la a seguir pelas ruas escuras, mas não ligava. Ele estava mantendo as vozes afastadas até chegarem à biblioteca.

C. B. parou em frente à porta.

— Não entre em pânico — disse ele —, mas, quando entrarmos, vou soltar sua mão.

— Por quê?

— Porque quero que a bibliotecária pense que estamos aqui para estudar, e não para subirmos até as estantes lá em cima. A esta hora da noite o lugar está cheio de alunos excitados se agarrando por aí. Não quero que a bibliotecária pense que precisa dar uma olhada no que estamos fazendo, embora eu duvide que alguém pudesse acreditar que uma garota tão linda como você fosse realmente querer sair com um cara como eu. Mas não se preocupe se eu não segurar sua mão. Isso não significa que vou deixá-la. Está pronta?

Briddey assentiu, e ele soltou a mão da dela, apoiando-a firmemente em suas costas. Depois abriu a porta com a outra mão e parou.

— Espera. — E se curvou para ler o cartaz com o horário de funcionamento da biblioteca: SÁBADO 10H-22H30.

Merda, disse ele. *O orçamento deles deve ter sido cortado. Reduziram as horas de novo.*

— Então não podemos ficar aqui? — Só de pensar em caminhar de volta aqueles quatro quarteirões escuros até o carro...

— Não — interrompeu C. B. — Shh. — Ele inclinou a cabeça, olhando além da porta.

Ele não está lendo o cartaz, pensou ela. *Está ouvindo para descobrir quantas pessoas estão lá dentro*, e devia haver poucas porque, um minuto depois, ele lhe devolveu a pilha de livros e disse:

— Fale o que eu disser para você falar e tente não chamar atenção. — E abriu a porta.

— Sim, as provas do Iverson são terríveis — disse ele em voz alta, conduzindo-a para dentro, sua mão ainda no cotovelo dela. *Agora você diz: "Tenho que tirar pelo menos um B".*

Ela agarrou os livros contra o peito, fazendo de tudo para parecer uma aluna.

— Tenho que tirar pelo menos um B.

— Posso ajudar você com isso — disse C. B.

A jovem no balcão da recepção olhou para eles e começou a observá-los com atenção. *Eu não deveria ter colocado este vestido*, pensou Briddey. *Trent estava certo. Chama muita atenção. Eu deveria ter colocado o preto...*

Trent é um idiota, disse C. B. *Você está linda. Diga: "Não entendo aquela coisa de comunicação não verbal". E olhe para mim, não para ela.*

Ela, então, virou para ele, obediente.

— Não entendo aquela coisa de comunicação não verbal — disse ela, e a bibliotecária voltou a olhar para a tela do seu computador.

— Bem, você veio ao cara certo — disse C. B. — Sou um expert no departamento de comunicações não verbais. — E eles já tinham passado da recepção em direção à grande área de estudo que vinha depois.

Mas o lugar não estava deserto. Havia muitas pessoas ali ainda: estudando, olhando para laptops, sussurrando umas com as outras. E pensando. Briddey olhou assustada para C. B. *Pensei que você tivesse dito que eu deveria evitar lugares cheios*, sussurrou ela.

E deve, disse ele, apressando-a ao longo da sala. *Você não precisa sussurrar, sabe disso, né? Sou o único aqui que pode ouvi-la.* E passaram depressa pelas escadas com uma placa indicando as estantes no alto e foram em direção a uma segunda escada.

Pensei que fôssemos até as estantes no alto, disse ela.

Não, tem muita distração, respondeu ele, conduzindo-a para o alto da escada. *A menos que você queira dar uns amassos. O que não seria má ideia com relação às vozes. Sexo é uma ótima defesa. Silencia praticamente tudo. Eu ia ensinar um tipo diferente de defesa, mas se você preferir...*

Eu não *quero dar uns amassos, e se foi para isso que me trouxe aqui...* disse ela, soltando a mão da dele. E se arrependeu imediatamente, pois as vozes pareceram avançar.

Está tudo bem, estou aqui, disse C. B., pegando a mão dela.

Obrigada, disse ela, suspirando aliviada.

Ao seu dispor, disse ele, e continuou subindo a escada. Então parou no patamar.

— Espera um segundo. Preciso mandar outra mensagem para o Trent. — Ele ligou o aparelho dela, deslizou a tela e a rolou para baixo.

— Ele deixou alguma mensagem?

— Deixou. — C. B. entregou o celular para Briddey, que viu que havia cinco mensagens de texto e três de voz de Trent.

"Prometi aos Hamilton que iríamos com eles ao Iridium depois. Disse que você nos encontraria lá. Não dá para você dizer à sua família que elas precisam cuidar disso sozinhas?" E mais algumas variações de: "Por que você não está atendendo o celular?". E, para piorar: "Algum progresso com a conexão?".

Não do tipo que você está pensando, pensou Briddey, sem a menor ideia de como responder.

— Assim — disse C. B., pegando o celular. Ele digitou uma mensagem rápida e apertou Enviar. — Falei que você não pode se encontrar com ele, que está demorando mais tempo do que pensava para acalmar todo mundo e que liga para ele de manhã.

Então C. B. deligou o celular dela e o guardou no bolso.

— Viu? Sem problemas. Vamos — disse ele, levando-a para o próximo andar e seguindo um corredor até uma porta em que se lia SALA DE LEITURA. Ele parou do lado de fora, prestou atenção, e então disse: *Estamos com sorte.*

C. B. abriu a porta para um grande espaço aberto como o do andar de baixo, tirando o fato de que não havia ninguém no balcão de recepção e as mesas de estudo eram mais longas e mais largas. Havia suportes de jornais ao longo das paredes e menos pessoas ali em cima do que lá embaixo, mas ainda assim estava longe de ser um lugar deserto. Pelo menos umas vinte pessoas estavam sentadas às mesas, debruçadas sobre laptops, livros ou jornais. Umas vinte pessoas. Todas pensando. E essa não era nem a pior parte.

A pior parte era a sala em si. Quando C. B. dissera que a levaria a uma biblioteca, ela imaginara paredes cobertas de livros, que forneceriam algum tipo de fortificação contra as vozes, mas não havia nenhum livro ali em qualquer lugar, exceto pelos poucos que as pessoas nas mesas estavam lendo, e duas paredes do aposento eram tomadas por janelas, escuras da escuridão lá fora e sem nenhuma proteção contra as vozes.

O que fazemos agora? perguntou a C. B., esperando que ele dissesse que tinha um plano B e que eles poderiam ir aos arquivos ou até mesmo voltar para a escada, a qualquer lugar, desde que não houvesse pessoas nem janelas. Mas, em vez disso, ele disse *Ótimo* e lhe deu um empurrão em direção à mesa mais próxima. *Vá até a ponta.*

Briddey virou para ele com ar suplicante. *As vozes...*

Vai ficar tudo bem. Vá. E tente não fazer essa cara de que estou sequestrando você. Estamos aqui para estudar, lembra?

Briddey andou, mantendo os olhos abaixados para não ver as janelas nem a escuridão lá fora, e, agarrando os livros, se sentou na cadeira que C. B. indicou. Ele a empurrou para ela e disse: *Coloque os livros na mesa, e abra o de cima na página seis*, e deu a volta até a cadeira que estava na frente dela.

Página seis, pensou Briddey, concentrando-se ao máximo em encontrar a página e tentando não pensar no fato de que C. B. soltara sua mão, de que estavam a menos de trinta centímetros das janelas e que a mesa era muito larga. Se ele se sentasse de frente para ela, não poderia segurar sua mão, e as vozes iriam...

Não vou sentar de frente para você, disse ele, puxando a cadeira para colocá-la na ponta da mesa, sentando-se na diagonal de onde ela estava, e estendendo a mão não para pegar a dela, mas o segundo livro da pilha. Então o abriu e deu uma olhada. *Estou bem aqui. E você está totalmente segura. As vozes não podem nos alcançar. Ouça*, disse ele, e era uma ordem.

Ela olhou com expectativa para a mão dele, que estava ao lado do livro. *Você não precisa disso*, disse ele, e, quando viu que ela ainda hesitava: *Confie em mim. Apenas ouça.*

E ela ouviu, segurando com força a beirada da mesa com as mãos, e preparando-se para enfrentar, amedrontada, a onda avassaladora de vozes que viria.

Mas não veio. As vozes não tinham ido embora, mas já não vinham em turbilhão para cima dela, inundando-a. Estavam mais calmas, mais silenciosas, como o murmúrio de um córrego inofensivo. Ela olhou para C. B., espantada. *Como você fez isso?*

Não fiz, respondeu ele, apontando com a cabeça na direção das outras pessoas sentadas às mesas compridas. Eles *fizeram*.

Mas como...?

Ele sorriu. *Nunca subestime o poder de um bom livro.*

DEZESSETE

> — A-ham! — pigarreou o Rato com ar importante. — Esta história é a coisa mais árida que conheço. "Guilherme, o Conquistador, cuja causa foi favorecida pelo papa, logo obteve a submissão dos ingleses, que precisavam de líderes, e nos últimos tempos tinham se habituado à usurpação e à conquista. Edwin e Morcar, condes de Mércia e Nortúmbria..."
> Lewis Carroll, *Alice no País das Maravilhas*

Não entendo, disse Briddey, olhando perplexa, ao redor da sala. Ela estava errada ao pensar que o zumbido das vozes das pessoas enquanto liam era uma espécie de córrego murmurante. Na verdade, era mais caloroso e agradável, como o zumbido de abelhas em um jardim. *Como os livros...?*

Não são os livros, disse C. B., *embora eu também tenha pensado isso na primeira vez que percebi. São os pensamentos das pessoas lendo os livros. Ler é um processo completamente diferente do pensamento comum. É mais rítmico e focado, e filtra todos os pensamentos externos. E, se há um número suficiente de pessoas lendo, as vozes delas ficam na mesma frequência.*

Mas como...?

Eu descobri por acidente. Vim aqui pesquisar e tentar descobrir o que causava as vozes na minha cabeça. Ele abriu um sorriso. *As pessoas sempre dizem que os livros podem ser um refúgio, e elas estão definitivamente certas.*

"Refúgio" era a palavra correta. Seu coração tinha desacelerado pela primeira vez desde que começara a ouvir as vozes no teatro.

E foi por isso que eu a trouxe até aqui, disse C. B. *Os leitores vão filtrar as próprias vozes enquanto erguemos suas defesas.*

Mas pensei que os leitores fossem as defesas.

Eles são uma delas, e, felizmente, uma que está quase sempre disponível. Dificilmente há uma hora do dia ou da noite em que não haja pessoas lendo, então, se as vozes começarem a sufocá-la, você pode vir aqui, ou ir à biblioteca pública, ou a uma livraria, ou à Starbucks. E se nenhuma dessas opções estiver disponível, você mesma pode ler.

Mas pensei que você tivesse dito que audiobooks não funcionavam.

E não funcionam. O que está filtrando as vozes são os padrões sinápticos dos leitores. Então é necessário que você mesma leia ou ouça uma pessoa lendo. De preferência algo vitoriano, com lindas e longas frases sussurrantes. Como esta, disse ele, e começou a ler o livro à sua frente: *"Mas de longe um caso mais penoso para os nervos é descobrir uma companhia misteriosa quando a intuição, a sensação, a memória, a analogia, o testemunho, a probabilidade, a indução — todo tipo de evidência na lista do lógico — se uniram para convencer a consciência de que é algo isolado".*

Isso é Thomas Hardy, disse ele, *que funciona muito bem, assim como Dickens... e Anthony Trollope e Wilkie Collins. Mas não escolha nada muito chato ou monótono. Se sua mente começar a divagar, não vai dar certo, então nada de Henry James. Ou Silas Marner. Você precisa é de* As Torres de Barchester *ou* Um conto de Natal. *Baixe os dois no seu celular para tê-los com você o tempo todo. E decore os versos de "The Highwayman".*

E das músicas que você me falou.

Exatamente. Mas tudo isso são apenas medidas paliativas. Você precisa mesmo é de defesas definitivas. Ele olhou para o seu relógio.

Briddey na mesma hora procurou seu celular para ver que horas eram, mas lembrou que ainda estava com C. B. Deu, então, uma olhada no relógio atrás do balcão: nove e quarenta e cinco. E a biblioteca fechava às dez e meia. Isso lhes dava menos de uma hora.

Então precisamos agir, disse C. B. *O primeiro passo é estabelecer o seu perímetro. Isso fará de forma permanente o que as vozes dos leitores estão fazendo agora. Sabe aqueles muros ao longo das estradas? Aqueles que não deixam o barulho do tráfego chegar às pessoas que foram burras o suficiente para construir casas ao lado de uma rodovia? Você vai ter que erguer um muro igual a esse, só que dentro da sua cabeça.* Ele olhou para os vários leitores na sala. *Aliás, você precisa fingir que está lendo. A gente devia estar estudando.*

Me desculpe, disse Briddey, e encarou o livro.

Tudo bem. Ninguém está olhando para a gente agora. Mas a bibliotecária vai voltar em breve, e não queremos levantar suspeitas. Ele apoiou o rosto na mão e olhou para baixo, dando a impressão de ler atentamente. *A primeira coisa que você precisa fazer é imaginar uma cerca*, disse ele.

Como o muro que abafa os ruídos da estrada.

Não necessariamente. Pode ser qualquer tipo de cerca: um firewall de computador ou uma dessas cercas eletrônicas invisíveis para cachorro ou a Grande Muralha da China — qualquer coisa, desde que você acredite que ela irá manter as vozes do lado de fora.

Desde que eu acredite?, indagou ela, olhando para C. B. *As vozes são reais e não algo que eu imaginei! Elas são...*

A cerca é real também, disse C. B., sem tirar os olhos do livro. *Assim como a grade à qual você se agarrava no teatro. E a trilha da floresta que você imaginou quando Verrick falava sobre estabelecer uma via neural.*

Mas...

As vozes são sinais telepáticos para o cérebro. Elas disparam as sinapses, assim como os sinais auditivos. Bem, as cercas são sinais que também disparam as sinapses, só que neste caso inibem os receptores de captação de sinal.

Pensei que você tivesse dito que não temos o gene inibidor.

E não temos. Temos que fabricar nossos próprios inibidores. Eles não funcionam tão bem quanto os reais, e exigem mais energia e concentração, mas ainda assim podem proteger você.

Então você está dizendo que preciso visualizar formas de inibir os receptores de captação?

Sim, mas tem que criar imagens que façam sentido para você. Imagens concretas do cotidiano, como a grade que visualizou no teatro.

Ela mentalizou a grade de ferro preta e molhada a que se agarrou. *Mas ela não era forte o suficiente,* pensou Briddey. *Se C. B. não tivesse ido resgatá-la, a água a teria arrastado para longe, a teria afogado...*

Então você precisa imaginar algo que seja forte o suficiente, disse C. B. *Que tal uma barragem? Ou um dique?*

Um dique, pensou Briddey. *Como os da Holanda.* Mas diques têm buracos. Aquele garoto holandês da história de Mary Mapes Dodge teve que enfiar o dedo no dique para evitar que a água passasse...

Me desculpe, disse C. B. *Eu deveria ter dito que precisa ser algo que você não associe à possibilidade de desabar ou se romper. Cometi esse erro na primeira vez. Imaginei o muro de um castelo...*

Um castelo...?

Pois é, disse ele, constrangido. *Mas eu tinha treze anos, o.k.? De qualquer forma, o castelo tinha baluartes, uma ponte levadiça e óleo fervente. Perfeitamente seguro, se não fossem os milhares de filmes que vi com aríetes e catapultas. E hordas de camponeses carregando tochas.*

Então pelo que você trocou?

Por uma cerca branca. Você nunca vê uma cerca sendo esmagada por um aríete?

Não, sério, disse ela. *Qual é a sua barreira agora?*

Ele não respondeu.

C. B.?

Ainda nada, e, quando Briddey olhou de relance para ele, viu que fitava com ar perdido a janela atrás dela.

C. B.?, chamou ela novamente, e ele pareceu cair em si.

Desculpe, disse ele. *Me distraí com o livro. O que você perguntou?*

Qual é a sua barreira agora.

Ah. Depois do castelo, concluí que era melhor seguir pelo caminho da prisão de segurança máxima, desde que eu não assistisse a muitos filmes com cenas de fuga. Sabe, cercas de arame, arame farpado, holofotes, cães.

Mas cercas de arame não impedem a entrada de água.

Verdade. Talvez você devesse...

Ele parou de novo e, quando Briddey levantou discretamente a cabeça, ele olhava para as portas duplas. Será que a bibliotecária estava voltando?

Não, acho que não, disse ele. *Espere. Preciso verificar uma coisa. Leia seu livro.*

Ela obedeceu e baixou os olhos para a página. "Poderia se supor razoavelmente que ela estava ouvindo o vento", leu. E o que ele estava ouvindo? As vozes, obviamente. Mas o que ele faria para se defender delas? Elas eram tão altas e fortes, tão opressoras. Seria como caminhar de livre e espontânea vontade até uma tempestade violenta. A menos que o perímetro que C. B. tanto desejava que ela construísse de alguma forma domasse as vozes, porque ele não parecia assustado nem mesmo preparado para enfrentar a tormenta. C. B. continuava olhando para a frente, ainda com o olhar perdido de antes.

O que será que ele precisava checar? *C. B.?*, chamou, mas ele não respondeu... nem pareceu perceber que ela havia dito alguma coisa.

Ele está em outro lugar, pensou Briddey. *Ou então está se concentrando em impedir que as vozes o esmaguem.* E ela certamente não queria distraí-lo. Precisava manter a calma e ler seu livro.

"O vento, de fato, parecia perfeito para a cena, assim como a cena parecia perfeita para a hora...", leu ela. "O que se ouvia lá não podia ser ouvido em nenhum outro lugar."

E é por isso que ela deveria estar em uma biblioteca, e não lá fora no pântano, disse C. B. Ele ergueu os olhos do livro e sorriu para ela. *Me desculpe por isso. Por um minuto pensei ter ouvido a bibliotecária vindo, mas me enganei.*

Ele sabia disso porque podia ouvir os pensamentos individuais dela, assim como tinha ouvido os de Kathleen. E os da enfermeira. Mas como? As vozes eram um turbilhão de palavras e emoções. Como ele conseguia distinguir uma única voz das demais?

É uma habilidade adquirida, disse C. B.

Pode me ensinar a fazer isso?, pediu Briddey.

Sim, mas não até erguermos suas defesas básicas. Não temos muito tempo.

Ela olhou para o relógio. Dez horas. A biblioteca fecharia em meia hora.

Exatamente, disse ele. *Então vamos lá: você precisa de uma barreira que não deixe a água passar. Que tal a Represa Hoover?*

Eu não sei como ela é, disse Briddey. *Quer dizer, sei que é grande e feita de concreto, mas é só.*

Então não vai funcionar. Você precisa visualizar em detalhes. Que tal um quebra-mar?

Também não sei como é. Serve uma parede de tijolos?

Como a que aparece em "Flower in the Crannied Wall", do Tennyson, ou a que os caras maus constroem em "O barril de Amontillado", do Poe?, perguntou ele, com um sorriso melancólico. *É, passo muito tempo em bibliotecas. Uma parede de tijolos, então.*

Ele a ajudou a pensar em todos os detalhes da parede, da cor exata dos tijolos à espessura da argamassa entre eles.

Quanto mais detalhes, mais real ela será para você, disse ele, *e melhor poderá resistir às vo...* Ele parou no meio da palavra. *A bibliotecária está vindo.*

Briddey resistiu ao impulso de olhar. Ouviu a porta se abrir.

O.k., disse C. B., *dê uma olhada rápida para a porta, como quem não quer nada e, em seguida, volte a ler.*

Briddey fez isso, tentando pensar em como agiria se realmente estivesse estudando e se perguntando se estavam conseguindo enganar a bibliotecária.

Sim, disse C. B., *embora ela esteja pensando que você deve mesmo estar em apuros, para estar aqui com um nerd num sábado à noite. Vamos esperar um minuto. Continue lendo.*

Está bem, disse Briddey, e concentrou-se na página.

"Tão baixo era um som individual como aqueles", leu ela, "que uma combinação de centenas só emergia ligeiramente do silêncio..."

E vamos torcer para que as vozes fiquem realmente baixas depois que eu construir a parede, pensou ela, embora não visse como uma parede imaginária poderia manter qualquer coisa afastada, muito menos as vozes.

Por que esse pessimismo todo, minha querida?, disse C. B., com um sotaque quase tão carregado quanto o da tia Oona, e Briddey olhou para ele, abaixando a cabeça em seguida.

Me desculpe, disse ela. *Toda hora esqueço que não posso olhar para você.*

Tudo bem. A bibliotecária não está nem aí para a gente. É aniversário de um dos outros bibliotecários, e ela está ocupada pensando na festa depois do trabalho. Está com medo de não ter comprado um bolo grande o suficiente. Ele virou a página de seu livro. *Descreva sua parede de tijolos para mim.*

Briddey descreveu a parede, tentando se concentrar exatamente em como era, para torná-la tão real quanto a sala em que estavam, a mesa a que estavam sentados, mas C. B. não parava de olhar para o relógio, visivelmente preocupado.

A biblioteca ia fechar às dez e meia e, então, eles teriam que voltar para a escuridão lá fora e andar quatro quarteirões até o carro. Se ela não tivesse erguido o seu perímetro até lá, ou se não funcionasse... Visualizar uma parede de tijolos ali, na segurança da Sala de Leitura, era uma coisa. Por mais melodiosas e seguras que as vozes dos leitores fossem, ela ouviria as outras vozes à espreita logo além daquelas paredes, como quedas d'água em um rio. Sem conseguir evitar. Briddey olhou para as janelas e a noite sombria atrás delas.

Coloque sua mão esquerda embaixo da mesa, disse C. B., e então ele segurou firme a mão dela e a apoiou em seu joelho. *Melhor?*

Sim, respondeu ela, agradecida. *Mas não posso ficar agarrada em você para sempre.*

Claro que pode. Agora me diga novamente como é a sua parede.

Briddey a descreveu para ele, imaginando-a ali, na sua frente, uma fortaleza impenetrável entre ela e as vozes, reconfortantemente sólida e à prova d'água.

Acho que consegui, disse ela quando terminou, mas ele balançou a cabeça.

Não é só uma questão de conseguir. Você precisa visualizá-la sem ter que pensar nela. É como quando você está aprendendo a digitar ou dirigir. Tem que se tornar algo automático.

Ele pediu que ela descrevesse a parede mais três vezes e depois disse: *Está bem, vou soltar sua mão agora. Você vai ouvir as vozes. Assim que isso acontecer, quero que pense na sua parede. Pronta?*

Não, pensou ela.

Está tudo bem. Você tem os leitores, e eu estou aqui. E você tem a sua parede de tijolos. Nada pode ultrapassar isso. Pronta? E não balance a cabeça. Você devia estar lendo. Mantenha seus olhos no livro. E pense na sua parede.

Estou pronta, disse ela, fechando a mão com força embaixo da mesa para não tentar segurar a de C. B. quando ele se afastasse.

Não olhe para as janelas, disse a si mesma. *Olhe para o seu livro*, e ouviu o zumbido monótono das vozes começar a se transformar em um clamor barulhento: *... Tem que estudar... O Sul antes da Guerra Civil era governado pela ideia... Se eu for reprovado, meu pai... Quando X tende para mais ou menos infinito... Modo subjuntivo...*

Elas não podem passar pela parede, disse Briddey a si mesma com firmeza, olhando para o livro, para os tijolos vermelhos cobertos de reboco, solidamente posicionados entre ela e as vozes...

Ótimo, disse C. B., pegando a mão dela. *O.k., tente novamente. E desta vez não vou dizer quando soltarei sua mão.*

Está bem, disse ela, respirando fundo, e começou a ler: "De repente, no túmulo, misturado a toda essa retórica selvagem de noite, um som".

Não tenho certeza se eu devia estar lendo isso, pensou ela, e C. B. soltou sua mão.

As vozes voltaram: ... *Dinastia Carolíngia... Redução de ácido sulfúrico... Nunca me lembro dessa porcaria toda... Reforma da lei sobre responsabilidade civil... Maldita aula idiota!*

Pense na parede, ordenou a si mesma, rangendo os dentes, e logo viu a construção diante de si, mantendo as vozes afastadas.

Na próxima vez foi ainda mais fácil e, na terceira, ela nem estava mais dando chance de as vozes falarem, porque sua parede já estava erguida, bloqueando tudo.

Muito bem, disse C. B. Então olhou para o relógio e fechou o livro. *O.k., nós temos que ir embora.*

Ir embora?, indagou ela, olhando para o relógio: 22h10. *Pensei que você tivesse dito que a biblioteca ficava aberta até as 22h30.*

E fica, disse ele, estendendo a mão para fechar o livro dela.

Mas eu não estou pronta. Uma coisa era visualizar as vozes em segurança atrás da parede de tijolos ali, na Sala de Leitura iluminada, mas lá fora, na escuridão... *Não podemos ficar até a biblioteca fechar?*, pediu.

Sim, mas não aqui. Pegue seu livro e se levante. Ele reuniu os outros livros.

— Você quer sair para comer um sushi ou algo assim? — perguntou ele em voz alta.

A bibliotecária os fuzilou com o olhar.

— Sinto muito — murmurou C. B. para a bibliotecária e repetiu aos sussurros a pergunta para Briddey, acrescentando silenciosamente: *Diga que não pode, que vai se encontrar com seu namorado.*

— Eu não posso — sussurrou ela, levantando-se. — Me desculpe, é que prometi ao meu namorado...

C. B. a conduziu até a porta, dizendo, com ar decepcionado:

— Ah, eu imaginei. — Ele abriu uma das portas duplas para ela. — Só pensei...

— Eu realmente não posso — disse ela ao passar.

— Aonde você vai se encontrar com ele? — perguntou C. B. quando a porta se fechou. — Precisa de uma carona?

Eu preciso?, perguntou Briddey.

Não, disse ele, levando-a na direção oposta de onde tinham vindo.

Aonde estamos indo?, perguntou ela.

A princípio, ao banheiro, disse ele, parando em frente a uma porta com uma placa que dizia FEMININO e pegando o livro da mão dela. *Podemos não ter outra chance por um tempo. Nos encontramos aqui fora.*

Briddey olhou para a porta, paralisada, lembrando-se do banheiro feminino do teatro, do espelho, das pias e dela mesma, agachada sob o balcão para fugir das vozes. *Você quer que eu entre lá sozinha?*

Você não está sozinha, disse C. B. *Tem uma parede de tijolos boa e forte para protegê-la. E Gilligan. E Billie Joe.*

Eu sei, mas...

E ainda estamos bem perto da Sala de Leitura. Ouça, disse C. B., e ele tinha razão. Briddey ainda escutava o zumbido dos alunos lendo. Mas isso poderia cessar a qualquer momento, quando eles parassem de ler e começassem a se preparar para ir embora.

Quer que eu entre com você?, perguntou C. B. *Mentalmente, quero dizer? Não seria o primeiro banheiro feminino em que já estive. Ou quarto. Ou banco de trás. Você ficaria espantada com algumas das coisas que tive que ouvir. Os banheiros não são nada. Eu...*

Não, obrigada, posso fazer isso sozinha, disse ela.

Perfeito, disse ele. *Você vai ficar bem. Encontro você aqui de volta em um segundo.* E desapareceu no banheiro masculino.

Eu posso fazer isso, disse Briddey a si mesma, abrindo a porta. Tinha que fazer. A única alternativa era ter que pedir para C. B. ficar lá dentro com ela, o que era bem humilhante. Se é que ele já não estava fazendo isso de qualquer maneira.

Ele tem razão, pensou ela. *Telepatia é uma ideia terrível.* E se concentrou firmemente em sua parede de tijolos, recitando, em todo caso, até estar a salvo do lado de fora do banheiro:

— Luas amarelas, trevos verdes, Ponte Tallahatchie...

C. B. estava à sua espera, olhando para o relógio. Ele lhe entregou a pilha de livros, colocou a mão em seu braço e a conduziu rapidamente de volta até a escada para o andar principal.

Pensei que você tivesse falado que ficaríamos aqui na biblioteca, disse ela, o pânico começando a pressionar seu peito novamente. Briddey só conseguia pensar no breu lá fora e no caminho sem fim até o carro.

E vamos, disse ele, abrindo a porta para a escada e levando-a lá para dentro.

Então aonde estamos indo?

Para as estantes, disse ele, virando-se e sorrindo para ela.

DEZOITO

Por cortesia e amor de mim, te afasta.
William Shakespeare, *Sonho de uma noite de verão*

Para as estantes?, repetiu Briddey.
Sim. Depois de eu me certificar que ninguém vai nos ver subindo. C. B. inclinou a cabeça e prestou atenção.
— O.k. — disse ele em voz alta após alguns segundos. — A barra está limpa. Vamos, anda. — E ele a empurrou para fora da escada e de volta para a porta que indicava as estantes.
Lá dentro havia uma escada de metal muito parecida com aquela para onde ela havia fugido no hospital. *Boas lembranças, hein?*, disse C. B., subindo depressa os degraus. *Você não sabia como era bom lidar com uma voz só, não é mesmo?*
— Atenção. — Uma voz soou do nada. Briddey engasgou e olhou atentamente em volta.
Sistema de alto-falante, explicou C. B., e a voz continuou.
— A biblioteca fechará às 22h30. Se você tem livros ou outros materiais para registrar, por favor, leve-os à recepção.
Desculpe. Eu deveria tê-la avisado sobre isso, disse C. B.
— Está tudo bem — disse Briddey, subindo depressa as escadas atrás dele, seus saltos fazendo um barulho absurdo nos degraus de metal. — Devo tirá-los? — perguntou ela.
Sim, respondeu C. B., olhando para as escadas acima deles.
Ela desafivelou os sapatos, apoiando-se em C. B. Ele os pegou, entregou-os a ela, e os dois continuaram a subir as escadas, passando por andares com portas que indicavam A-C e D-EM.
— A biblioteca fechará em quinze minutos — anunciou o sistema de alto-falante.
E os alunos na Sala de Leitura vão parar de ler, pensou Briddey, sentindo um arrepio percorrer seu corpo, e C. B. deve ter percebido seu medo, porque pegou sua mão e a apressou até o próximo andar, perto da porta EN-G.

Ele prestou atenção por um instante, com a mão na porta, e então disse *Muito cheio* e voltou a subir as escadas com ela, fazendo o mesmo diante das portas h-k e l-n.

Ao chegarem em frente à porta o-r, ele ouviu atentamente pelo que pareceu uma eternidade e então disse: *Tem um casal neste andar. Lá no final. Em Macrobiologia, muito apropriado. Vamos.* E foi abrir a porta.

Não deveríamos tentar encontrar um andar vazio?, perguntou Briddey, sussurrando, e desta vez C. B. não lhe disse que não era necessário.

Ele sussurrou de volta: *Não.* Então ouviu mais um pouco, e depois abriu a porta para um espaço amplo e sombrio, cheio, corredor após corredor, de estantes que iam do chão ao teto. E só havia luzes fracas no início de cada corredor estreito, e uma mais forte no corredor mais distante. Os outros corredores ficavam em meio às sombras, as prateleiras e os livros desaparecendo na escuridão.

Não é de estranhar que os alunos venham para cá dar uns amassos, pensou ela. *É como o Buraco Negro de Calcutá.* Ela se perguntou como poderiam verificar se alguém tinha *mesmo* ido até ali atrás de um livro.

Briddey imaginara que, uma vez que o casal estava no extremo oposto, C. B. a levaria pelo primeiro corredor deste lado, mas não. Ele a puxou por uns dez corredores. *Aonde estamos indo?*, sussurrou ela.

Comunicações. Onde mais?, disse ele, levando-a até o corredor indicando P148-160. Enquanto seguiam pelo corredor, pequenas luzes se acendiam acima deles, iluminando cada seção das prateleiras à medida que passavam.

Dispositivo de economia de energia, disse C. B. *Desligam após quinze minutos, mas a bibliotecária vai estar aqui antes disso.*

E as luzes acesas mostrariam à bibliotecária que havia pessoas naquele andar. E era por isso que eles precisavam do outro casal — para justificar as luzes.

É isso aí, disse C. B.

Mas o outro casal não vai notar?

Ele balançou a cabeça. *Eles não estão notando muita coisa no momento.* Ele a levou até um intervalo nas prateleiras, um corredor em ângulo reto com o deles.

Mas se eles estão na outra ponta, insistiu Briddey, *a bibliotecária não vai achar estranho que tenha luzes acesas neste...*

O alto-falante a interrompeu:

— A biblioteca fechará em dez minutos.

Vamos, disse C. B. *Não temos muito tempo.* E apressou Briddey, indicando o espaço entre as prateleiras, seguindo até o próximo corredor transversal.

Ele parou um pouco antes, pegou os livros das mãos de Briddey, agachou-se e os enfiou na prateleira inferior entre *Comunicação básica* e *Interpretando a linguagem corporal*.

Achei que aqueles livros eram seus, disse Briddey.

E são. Mas, se formos pegos, não quero ser escoltado até lá embaixo para registrá-los. Ele se endireitou, parou para ouvir por um momento e depois se curvou, olhando para um lado e para o outro do corredor transversal. *Tudo limpo. Vamos.*

Ela o seguiu rapidamente pelo intervalo entre as fileiras e até a próxima seção de estantes e também a próxima, tentando se espremer em um dos lados para evitar acender as luzes, mas sem sucesso. Elas foram acendendo uma a uma.

As luzes vão mostrar exatamente aonde fomos, disse ela. *E como você sabe que eles não têm câmeras de vigilância também?*

Antigamente tinham, mas não mais, disse ele, fazendo sinal para ela segui-lo até o próximo corredor transversal. *Cortes de orçamento.*

Como você sabe disso?

Posso ler mentes, esqueceu?, respondeu ele, continuando pelo corredor em direção à parede dos fundos.

Onde ficaremos presos como ratos, pensou Briddey. *Com um holofote em cima da gente.*

Você não tem fé em mim, mavourneen?, perguntou C. B., avançando devagar e, à medida que ela se aproximava do fim das estantes, viu que havia um espaço estreito entre os livros e a parede, correndo por todo o comprimento da sala. C. B. repetiu sua rotina de ouvir e dar uma olhada, e em seguida a levou de lado ao longo do espaço estreito.

Mal tinha espaço para caminharem, mas pelo menos nenhuma luz se acendeu conforme passavam. C. B. parou no fim de um corredor escuro a duas fileiras da porta que eles tinham entrado. E longe dos corredores iluminados. Mas, mesmo estando em meio à escuridão, C. B. se encostou contra a parede e fez sinal para ela ficar contra a ponta da estante, de frente para ele.

Está vendo? Não tem com que se preocupar, disse ele. *Ninguém pode nos ver lá da frente das estantes.* Ele deu uma olhada. *Só dá para ver esse seu vestido.*

Ele estava certo. A saia rodada de seu vestido verde saía pelas laterais da estante. Ela prendeu o vestido, segurando-o com uma das mãos e os sapatos junto ao peito com a outra.

Beleza, disse C. B. *A bibliotecária nunca vai conseguir ver a gente.*

Mas ela não vai verificar aqui atrás também?

Não. Ela está vendo se encontra alguém que possa não ter ouvido o anúncio ou está enrolando, e não pessoas que querem ficar trancadas aqui.

Você não tem como saber, disse ela, e então percebeu que ele provavelmente tinha sim.

— A biblioteca fechará em cinco minutos — anunciou o alto-falante.

Quando o som parou, Briddey disse: *Mas o que impede que o outro casal se esconda aqui também quando a ouvirem chegando?*

Primeiro eles têm que se vestir. Se eles a ouvirem, disse C. B., inclinando a cabeça de lado para escutar, *o que não tenho certeza.*

Você está ouvindo os dois transando?

Ele fez uma careta. *Bem que eu queria. Isso poderia ser divertido. Não, estou ouvindo o que eles estão pensando enquanto transam, o que é completamente diferente.*

Pensei que você tivesse dito que o sexo silencia tudo. B... bem, não tudo, obviamente, gaguejou ela, *mas você disse que silencia as vozes.*

Eu falei sobre fazer sexo, e não ter que ouvir alguém fazendo. E falei sobre fazer sexo com alguém por quem se é completamente apaixonado, disse ele, e de repente ela se deu conta de como estavam próximos um do outro naquele espaço estreito. Em algum momento ele tinha apoiado as mãos na ponta da estante dos dois lados da cabeça de Briddey, estava debruçado sobre ela, o rosto a centímetros de distância. *E ele pode ouvir tudo o que penso.*

Então aqueles dois na área de Macrobiologia não são loucos um pelo outro?, perguntou ela.

Nem de longe, respondeu C. B. *Ele está pensando no que vai contar para os amigos, e ela está se perguntando se deveria ou não mudar seu status no Facebook. E os dois estão pensando em como o chão é desconfortável e que prefeririam estar fazendo isso com alguém mais magro e mais bonito.*

Que horror!

Na verdade, nem tanto. Pelo menos ela não está se perguntando o que vai ter que fazer para ele lhe dar suas anotações de economia e ele não está pensando se sua câmera escondida está funcionando. E nenhum dos dois está se perguntando o que fazer com o cadáver.

Mas com certeza algumas pessoas...

Estão apaixonadas? Pode apostar, mas várias dessas pessoas também estão pensando em como terminar tudo rápido para chegar em casa antes que o cônjuge desconfie de alguma coisa. Eu falei, é nojento.

Mesmo assim não é desculpa para ouvi-los transar que nem um voyeur nojento, disse ela, em tom de reprovação.

Ele negou com a cabeça. *Um voyeur quer ouvir. Estamos falando sobre questões involuntárias. Eu adoraria não ter que ouvir as vozes.*

Eu também, disse Briddey, com fervor.

Bem, assim que todos forem embora, vamos começar a trabalhar nisso.

Em quê?, perguntou ela, a pulsação acelerando, embora não quisesse. *E ele sabe disso.*

Não se preocupe, estou falando de ensinar você a se proteger, disse ele. *Seu perímetro é apenas a primeira linha de defesa. Há outras.*

É bom que uma delas seja uma parede que me impeça de ser um livro aberto assim, pensou ela. *Telepatia é mesmo uma péssima ideia.*

Tentei te avisar isso, disse ele. E então, sério: *Como você está indo enquanto isso?*

Ela tinha estado tão ocupada andando depressa, escondendo-se e tentando não fazer barulho que nem tinha pensado nas vozes desde que subiram. Elas ainda estavam presentes, mas como um ruído de fundo, assim como na Sala de Leitura. Seu perímetro devia estar funcionando. Ou ela estava se acostumando com as vozes. Ou a proximidade de C. B. combinada às dezenas de milhares de livros acima, abaixo e ao redor deles haviam formado uma espécie de escudo protetor, e tinha sido por isso que ele escolhera a área das estantes lá em cima para eles passarem a noite.

Não vamos passar a noite aqui. Em primeiro lugar, como nossos amigos empolgadinhos ressaltaram, o chão é desconfortável. E, com os cortes no orçamento, eles têm diminuído muito o aquecimento. É pior do que o meu laboratório. Nós congelaríamos.

Ela já estava congelando. Seus pés descalços sentiam o gelo do piso de cerâmica. Se ficassem ali por muito tempo, os dentes dela começariam a bater.

Sinto muito, disse C. B., *mas ainda não podemos ir embora. Todo o lugar está cheio de funcionários trancando tudo e se preparando para ir embora. Vamos ter que esperar até...* Ele levantou a cabeça, alerta. *Shh, alguém está vindo.*

Ele levou o dedo aos lábios, embora nenhum dos dois tivesse feito som algum, e deu um meio passo em direção a ela para sair de vista. Briddey agarrou com mais força a saia junto ao corpo e esperou atentamente o som de uma porta se abrindo.

É a bibliotecária?

Não, é um monitor.

A porta se abriu, e Briddey prendeu a respiração, esperando que as luzes começassem a se acender, mas nada aconteceu.

O monitor está parado junto à porta, disse C. B. *Está prestando atenção aos barulhos.*

Depois de um silêncio, uma voz masculina disse:

— A biblioteca está fechando agora.

— Ah, merda! — Era uma voz feminina na outra ponta, seguida por sussurros frenéticos, barulho de movimentos rápidos, uma risadinha abafada, e o som do monitor caminhando decidido na direção dos ruídos, falando alto: — Se você tem algum material para registrar, por favor, dirija-se imediatamente ao balcão da recepção no térreo.

Ela está tentando abotoar a blusa, disse C. B., *e ele está procurando os sapatos e esperando que isso não o meta em encrencas com seu técnico.*

E o monitor?

Está pensando que é a quarta vez nesta semana, e que é melhor eles não estarem fazendo nada que precise relatar porque... ah, bem, o monitor está ansioso porque tem um encontro depois do trabalho. O que, se tudo der certo, significa que ele terá pressa de ir embora.

Mais barulho de pessoas se arrumando e sussurrando e, em seguida, um silêncio durante vários segundos.

— Oi — Briddey ouviu a garota dizer, e podia imaginá-la tentando fazer o cabelo parecer mais apresentável. — Nós perdemos a noção do tempo...

O monitor a interrompeu.

— A área das estantes está fechando. Vocês dois precisam descer.

— Estávamos indo agora mesmo — disse o cara.

— Mais alguém aqui? — perguntou o monitor, e C. B. colocou a mão no ombro de Briddey, pronto para puxá-la para dentro do corredor, se necessário.

— Não — disse o rapaz. — Escuta, estou no time de basquete, e agradeceria muito se você não relatasse isso.

— Isso depende da rapidez com que vocês dois saírem daqui — disse o monitor, e então ecoou o som dos dois se dirigindo rapidamente para a porta. — E desçam direto — gritou para eles.

— O.k. — disse a garota.

— Obrigado — murmurou o cara, abrindo e fechando a porta.

O monitor foi com eles?, sussurrou Briddey.

Não.

Uma luz se acendeu na ponta da sala e depois vários corredores mais perto. *Ele está vindo para cá*, sussurrou Briddey.

Eu sei, disse C. B. *Vamos lá, cara, é óbvio que não tem ninguém aqui. Pensei que você tivesse um encontro daqueles*, e, como se tivesse ouvido C. B., o monitor gritou:

— Mais alguém aqui? A biblioteca está fechando.

E então se seguiu o barulho de passos enquanto ele voltava para a frente.

— Última chamada. — E depois o som da porta se abrindo e se fechando novamente.

Ele foi embora?, sussurrou Briddey.

C. B. assentiu.

— A biblioteca está fechando agora. — Uma voz entoou praticamente no ouvido de Briddey. Ela deu um pulo.

É o sistema de alto-falantes de novo, tranquilizou C. B.

— Por favor, dirijam-se ao térreo. — A voz continuou. — A biblioteca reabrirá amanhã, às onze horas.

A voz se calou, mas C. B. não fez nenhuma menção de sair, o que não surpreendeu Briddey. Eles, obviamente, não podiam ir embora dali até a equipe terminar o trabalho, fazer suas rondas e deixar o prédio. Mas ele também não fez nenhum movimento para se afastar de Briddey. E ficou ali onde estava, reclinado sobre ela. A pulsação dela começou a acelerar de novo.

C. B., eu..., começou ela, e percebeu que ele não a ouvira.

Ele estava prestando atenção em outra pessoa, a cabeça inclinada para cima. Quem? O monitor? Ou um dos outros bibliotecários a caminho dali para dar uma última olhada em volta? Ela não tinha ideia. Apesar de C. B. estar tão perto, ela não conseguia captar nenhum pensamento dele.

Ele deve ter algum tipo de defesa que me impede de ler sua mente, pensou ela, mas ele também não ouviu isso.

Quem ele estava ouvindo? Seu olhar, fixo na ponta da estante, parecia quase distante e atento demais para ser apenas um bibliotecário. Poderia ser Trent? A peça já devia ter acabado àquela hora. Será que Trent podia estar pensando em ligar para ela a fim de saber o que estava acontecendo? Ela precisava mandar uma mensagem para Maeve...

Não se preocupe, disse C. B., voltando de onde quer que tivesse estado. *Já cuidei disso. Enquanto você estava no banheiro, mandei uma mensagem para a Maeve, explicando a situação, e disse que, se o Trent ligasse, era para ela falar que você estava lá e que ligaria de volta.*

Mas e se ele ligar para Mary Clare ou para a tia Oona? Só Deus sabe o que diriam.

Pedi à Maeve para garantir que ela atenderia o celular. E ela disse que daria um jeito para que o celular de todas as outras estivesse desligado.

Mas como ela faria isso? A tia Oona...

C. B. lhe lançou um olhar, como se dissesse: "Você está brincando, certo?". *Caso você não tenha notado, sua sobrinha é uma garota muito inteligente... e um gênio dos computadores*, disse ele. *Quando esteve no meu laboratório, ela me mostrou como tinha desativado os V-chips e o spyware que a mãe tinha instalado no laptop dela, e fiquei impressionado. Desligar remotamente o celular da Oona vai ser brincadeira de criança para ela... literalmente. Não se preocupe. Tenho certeza de que ela está com a situação sob controle.*

Era fácil para ele dizer, mas, mesmo que Maeve conseguisse impedir que Trent falasse com Mary Clare e Oona, ainda havia o problema de explicar à garota por que tinham precisado que ela mentisse. Maeve teria dezenas de perguntas a fazer e...

Temos que ir, cortou C. B. Ele agarrou a mão de Briddey e a apressou para voltar, ao longo da parede, para o corredor ainda iluminado pelo qual tinham passado.

Mas e o monitor?, perguntou ela, seguindo-o pelo corredor até a porta.

Ele está lá em cima, no W-Z, respondeu C. B., abrindo a porta e começando a descer a escada. *É incrível como você pode verificar dez andares de estantes rapidamente quando tem um encontro.*

E quanto aos seus livros?

Eu pego mais tarde. E desceu rapidamente os degraus de patamar a patamar, parando no último. Então virou para ela. *Você precisa colocar seus sapatos de volta antes de sairmos.*

Mas e o...?, começou Briddey, olhando com nervosismo para o alto das escadas.

Está tudo bem. Ele tem cinco casais diferentes lá em cima para desalojar. Mas era óbvio que C. B. queria que ela fosse mais rápida. Ela estava com dificuldade de prender os sapatos, então ele se ajoelhou e prendeu para ela.

Mas não seria mais seguro esperar na área das estantes até a equipe ir embora?, perguntou ela.

Ele balançou a cabeça. *Eles desligam todas as luzes aqui em cima, incluindo aquelas acionadas pelo movimento, então teríamos que usar uma lanterna para achar o caminho e correríamos o risco de alguém lá fora nos ver. Está tudo bem. Estão todos na festa de aniversário agora.*

Mas e os zeladores?

Eles não trabalham sábado à noite. Ele apressou Briddey para que ela descesse a última escada até o terceiro andar. Segurou a maçaneta da porta, e então ficou ali parado por um longo minuto, ouvindo. Satisfeito, levou o dedo aos lábios, e disse silenciosamente: *Na ponta dos pés*, e abriu a porta.

Era claramente uma área exclusiva para funcionários. O corredor parecia com os da Commspan, cheio de salas, em uma das quais ela imaginava que fossem se esconder. Mas C. B. disse: *Não, estão trancadas*, e caminhou rapidamente até uma porta em que se lia SALA DE XEROX.

É claro, pensou Briddey, lembrando como ele a emboscara na sala de xerox da Commspan. Mas depois de olhar rapidamente lá dentro, C. B. balançou a cabeça, fechou a porta e começou a seguir pelo corredor de novo.

Por que não podemos ficar lá dentro?, perguntou Briddey, correndo atrás dele.

Havia um smartphone na mesa, ou seja, alguém vai voltar para buscá-lo ou pedir emprestado o celular de alguém para ligar e poderem achá-lo. O que também não é bom para nós. Ele caminhou rapidamente até onde o corredor fazia uma curva de noventa graus, e parou para ouvir novamente.

Pensei que você tivesse falado que todos estavam na festa de aniversário, disse Briddey.

Acho que estão, mas pensamentos não têm GPS. A menos que estejam pensando "Aqui estou eu andando pela Broadway em direção à Rua Quarenta e Dois", é impossível dizer onde estão ou o que estão fazendo. Quando isso começou a acontecer comigo, pensei que talvez a telepatia fosse um superpoder, e eu pudesse lutar contra o crime com isso. Sabe, ser o Homem-Aranha e resolver mistérios, pegar bandidos. Mas infelizmente...

Não é assim que funciona, disse ela, pensando no anonimato — e na força violenta — das vozes.

Exato, disse C. B. *Isso, e o fato de que é impossível dizer a partir dos pensamentos onde eles se encontram e se estão esfaqueando alguém até a morte ou só presos na fila do supermercado atrás de uma pessoa realmente lenta.*

Ele prestou atenção por mais um minuto e então disse: Ainda estão todos lá embaixo na festa de aniversário, tirando o monitor, que está mandando uma mensagem para a garota do encontro e dizendo que está a caminho.

O que podia significar que ele estava indo para lá.

Exatamente, disse C. B., então virando em outro corredor vazio e puxando-a rapidamente até uma porta com a placa DEPÓSITO. Ele abriu a porta e a empurrou para dentro à sua frente.

Em uma parede sólida de cadeiras e caixas empilhadas... e arquivos com monitores antigos e impressoras matriciais em cima. *Acho que não tem espaço...* começou Briddey, mas C. B. já tinha entrado e puxado a porta quase toda, colidindo com ela.

Você não consegue chegar mais para trás?, perguntou ele.

Não, disse ela, batendo em algo que balançou. *Não tem para onde ir. Achei que você tivesse dito que iríamos para um lugar mais confortável.*

E vamos. Assim que... merda. Não tem tranca nesta porta.

Isso significa que precisamos encontrar outro lugar?

Talvez, disse ele, olhando por cima do ombro dela para o amontoado de móveis vagamente visíveis à luz do corredor. *Por outro lado, pode ser perfeito. Parece que ninguém vem aqui há anos. Se pudermos só...* Ele esticou o pescoço, tentando ver o que havia além dos arquivos e das caixas.

Troque de lugar comigo, pediu ele. *Quero ver o que tem por trás dessas coisas.* Então passou se espremendo por ela de maneira desajeitada e começou a mexer em umas cadeiras.

O que tem lá atrás?, perguntou Briddey.

— Mais coisas — disse C. B. em voz alta. — Caramba, este lugar aqui poderia aparecer em um daqueles programas sobre acumuladores. Duvido que alguém vá se preocupar em verificar aqui. É cheio demais para se esconder.

Você deveria estar falando em voz alta?, perguntou ela, nervosa, olhando para a porta ainda parcialmente aberta.

— Está tudo bem. O monitor ainda está checando as estantes, e a Marian está cantando parabéns.

— Marian?
— A bibliotecária. De *Vendedor de ilusões*. Marian, a bibliotecária é como chamo a mulher que eu estava ouvindo. É ela que está encarregada de trancar a biblioteca hoje à noite. É também uma boa canção, por sinal. Muitos versos. Acho que pode ter mais espaço lá atrás. — Ele fez uma pausa, e então continuou: — Vá até lá e feche a porta.

Ela foi, e pensou: *Ah, não, estou sozinha no escuro, e as vozes...*
— Não, você não está — disse C. B. — Estou bem aqui, e você tem a sua parede de tijolos. *Além disso, eu trouxe uma lanterna.*

Ele a ligou, mas, mesmo que não o fizesse, havia uma fresta de luz por baixo da porta do corredor, que impedia o depósito de ficar completamente às escuras. E seu perímetro devia estar funcionando, porque as vozes continuavam apenas um murmúrio.

C. B. iluminava os móveis empilhados com a lanterna, procurando algum lugar atrás dali. Então, entregou a lanterna a Briddey para poder usar as duas mãos e empurrar o arquivo de volta, além das cadeiras empilhadas para o lado, mas as cadeiras fizeram um barulho horroroso quando arrastaram no chão. Briddey esperava que ele estivesse certo sobre a equipe ainda estar fora do alcance dos ruídos que eles fizeram.

Eu também, disse ele, espremendo-se para deslizar entre duas pilhas de caixas. Pegou a lanterna de volta com ela e fez sinal para que o seguisse.
— Vamos. Há muito espaço aqui atrás.

Eu não diria que há muito espaço, pensou Briddey, passando apertada entre mesas e cadeiras descartadas e grandes pilhas de computadores, seus cabos parecendo vinhas à luz da lanterna.

C. B. abriu caminho através deles até os fundos. Havia ali um antigo arquivo de fichas, cercado por mais caixas e uma mesa de biblioteca com um mimeógrafo antigo e uma pilha de enciclopédias de capa preta em cima. A mesa, as caixas e o arquivo formavam um pequeno espaço fechado de onde Briddey não conseguia ver a porta. Ou seja, se alguém abrisse a porta, também não os veria.

Exatamente, disse C. B., iluminando com a lanterna um globo, um cartaz velho com os dizeres LER É BOM PARA VOCÊ, uma palmeira de plástico em um vaso e um retrato de George Washington com um olhar penetrante. *Por que sempre penduram uma foto de Washington nas bibliotecas?*, perguntou. *Era Lincoln quem lia o tempo todo.*

Ele colocou a lanterna de pé em cima do arquivo de fichas, abriu uma das gavetas e folheou os cartões. *Como eu pensava. A Arca Perdida da Aliança está aqui.*

C. B. inclinou a cabeça, prestou atenção por um minuto, e então disse em voz alta:

— Acabaram de cortar o bolo, então vamos ter de ficar aqui por um tempo. Procure ficar confortável.

— Não sei se isso vai ser possível — disse Briddey. — Mal tem espaço para nós dois ficarmos de pé aqui.

E ainda estamos perto demais um do outro. C. B. estava ainda mais próximo do que na área das estantes e, quando ela se afastou, os puxadores de bronze do arquivo pressionaram suas costas. Seus rostos estavam a poucos centímetros de distância.

— Aqui vamos nós — disse C. B., empurrando as enciclopédias para a ponta da mesa. Então pôs as mãos na cintura de Briddey e a colocou sentada na mesa de carvalho. — Melhor?

Não, pensou ela, ainda sentindo as mãos dele em sua cintura.

— Sim — respondeu ela. — Onde está o monitor?

— Ainda lá em cima, nas estantes — disse C. B. — Mandando mensagens picantes para a namorada. — Ele prestou atenção por um momento. — Não, estou enganado. Mandando mensagens picantes para a *outra* namorada. Eu já disse, é...

— Nojento — disse ela. — Eu sei. E o celular perdido?

— A pessoa que perdeu, seja lá quem for, ainda não percebeu, então estamos bem... — Ele levantou a cabeça de repente, ouvindo.

— O que foi? — sussurrou Briddey. — A festa de aniversário acabou?

Ele não respondeu.

— C. B.?

— O quê? — perguntou ele, voltando de onde quer que tivesse estado. — Desculpe, o que você disse?

— Eu perguntei se a festa acabou.

— Tudo indica que sim — murmurou ele. Então estendeu a mão para pegar a lanterna. — Eles ainda estão lá embaixo, mas os bibliotecários estão começando a pensar coisas do tipo "Eu realmente preciso ir para casa". — E C. B. deve tê-la ouvido pensando sobre a luz reveladora da lanterna, porque falou: — Preciso colocar alguma coisa para tapar o vão da porta.

— O.k. — disse ela, descendo da mesa.

— Não, você fica aqui. É menos provável uma pessoa esbarrar em algo do que duas.

— Você quer seu casaco de volta?

— Não, posso tirar isso — disse ele, apontando para a blusa xadrez de flanela que usava sobre a camisa. — Já volto. — *E estarei bem aqui com você*, acrescentou em silêncio.

Obrigada, disse ela. E não era como se ele a tivesse deixado no escuro. Ela ainda podia ver a luz oscilante da lanterna enquanto ele caminhava até a porta e identificar cadeiras, caixas empilhadas e o olhar de reprovação de George Washington.

E, se você consegue ver, a bibliotecária também, disse ele, e ela escutou os sons abafados de C. B. tirando a camisa de flanela e enfiando-a no vão da porta.

Você saberia dizer se a festa está terminando?, perguntou ela.

Ele passou um longo minuto sem responder, e então disse: *Sim. Alguns deles estão voltando aqui para pegar casacos e bolsas.*

E a Marian?

Não, ela está limpando tudo... e não muito feliz com isso.

Ótimo, pensou Briddey. Sendo assim, C. B. poderia terminar de tapar o espaço sob a porta com sua camisa e voltar para lá. Mas não foi o que ele fez, e Briddey não se atreveu a chamá-lo por medo de que a bibliotecária pudesse ter terminado a limpeza, e ele estivesse tentando determinar seu paradeiro naquele momento.

Ele estava certo. As pessoas não necessariamente pensam sobre onde estão ou aonde vão, principalmente quando se encontram em um ambiente familiar. Seus movimentos são automáticos, da mesma forma que seu perímetro precisava ser, como disse C. B. E ele provavelmente precisava ouvir com atenção para fisgar alguma pista que indicasse onde a bibliotecária estava.

Mas vários minutos se passaram, e C. B. ainda não dissera nada, nem o facho da lanterna se movera. *C. B.?*, chamou Briddey. *Você consegue ouvir onde a bibliotecária está?*

O quê?, disse C. B., confuso, como se não tivesse ideia do que ela estava falando. *Ah. Não, ela está... ah, merda. Ela está vindo para cá*, e a luz se apagou.

A escuridão foi total e instantânea — escuro como em uma caverna ou uma mina de carvão —, e a pegou completamente de surpresa. Ela ficou sem ar e, sem pensar, procurou por C. B., mas, na escuridão sufocante, não conseguia nem mesmo saber a direção dele e da porta.

E sua mente não tinha se acostumado às vozes. Seu perímetro, os livros da biblioteca, a conversa de C. B. sobre romances vitorianos para distraí-la, a Arca da Aliança e o sexo não a protegiam delas. As vozes só esperavam o momento propício em que ela baixaria a guarda, e estivesse sem C. B., sozinha novamente. No escuro.

DEZENOVE

> *Eles muitas vezes vinham sem que eu chamasse, mas às vezes não vinham. Eu orava a Deus para enviá-los.*
> Joana d'Arc

Era como o teatro de novo, só que muito, muito pior, porque ela não conseguia enxergar nada. E C. B. não poderia resgatá-la, porque estava muito escuro. Ele esbarraria em alguma coisa, se tentasse voltar até ali, e a bibliotecária o escutaria e descobriria o esconderijo deles. E Briddey também não devia se mover, não devia emitir nenhum som, mesmo que as vozes estivessem a atacando com força total, em ondas ensurdecedoras de frustração, medo e fúria.

Briddey levou a mão à boca para não gritar e chamou por C. B., mas ele nunca a escutaria, com todas aquelas vozes ao redor. Elas eram muito altas, muito violentas.

Seu perímetro, pensou ela. C. B. disse que, se as vozes voltassem, ela devia imaginar sua parede de tijolos, e ela tentou, visualizando os tijolos vermelhos, a argamassa cinza e grossa, mas já era tarde demais. As vozes estavam ali dentro.

C. B.! Não funcionou! O que eu faço agora?, chamou Briddey, mas, mesmo se por algum milagre ele a escutasse, ela não conseguiria ouvi-lo sobre o turbilhão de vozes que a submergia, inundando-a...

Não pense nelas, disse a si mesma com firmeza. *Pense nos marshmallows... trevos verdes, estrelas amarelas. E canções.* Mas ela não conseguia se lembrar da letra da música de abertura de *Ilha dos birutas*, e os romances vitorianos de C. B. estavam lá nas estantes.

Estava sozinha com as vozes, e elas a arrastavam para o fundo, em direção à escuridão sufocante. Ela estava afundando. *C. B.!*, exclamou, engasgada, asfixiando-se, engolindo água.

E de repente ele estava ali, estendendo a mão para que ela a segurasse e dizendo: *Meu Deus, sinto muito!*. Mas ela já tinha se atirado em cima dele, passando os braços em volta do seu pescoço como um náufrago agarrando uma boia salva-vidas.

Onde você estava?, perguntou ela, aos soluços. *Eu não conseguia ouvi-lo, e a luz se apagou e as vozes...*

Eu sei. Me desculpe mesmo. Marian, a bibliotecária, estava bem ali fora, quase chegando à porta, e tive medo de que ela pudesse ver a luz embaixo...
Não me deixe novamente!, gritou ela, abraçando-o com mais força.
Não vou deixar, eu juro. Ele a abraçou também, deixando de fora as vozes, a escuridão, deixando de fora tudo que não fossem seus lábios mergulhados no cabelo dela, sua voz na cabeça dela, dizendo: *Eu estou aqui, estou aqui. Shh, está tudo bem.*

Briddey o segurava com tanta força que praticamente o sufocava. Ela sabia que deveria afrouxar o abraço, mas não conseguia. As vozes voltariam, elas...

Fique assim o tempo que precisar, disse C. B. *Nem podemos sair agora mesmo. Marian ainda está fazendo a ronda. Está checando os banheiros. Vou poupar você dos pensamentos dela a respeito do banheiro masculino. Agora está checando a Sala de Leitura. Está realmente irritada por ter que trancar tudo mais uma vez. É a terceira vez esta semana. Por que é sempre ela que tem que fazer isso? Porque ela é uma mosca-morta, é isso...*

Briddey sabia muito bem que C. B. estava fazendo comentários casuais só para distraí-la, assim como tinha feito no teatro com os Lucky Charms, mas ela não ligava, desde que os braços dele estivessem à sua volta e a voz dele, em sua cabeça.

Ela está pegando o casaco e a bolsa no escritório, disse C. B. *Agora está descendo... está trancando a porta da frente...* Uma longa pausa, e então ele disse em voz alta:

— Acho que ela está no carro. Acabei de ouvir: "grande engavetamento na rodovia em direção ao sul", o que significa que ela está ouvindo o rádio do carro. E agora ela está se perguntando por que tem que esperar horas diante de um sinal vermelho se não há nenhum carro vindo de nenhum dos lados. Então com certeza ela está fora daqui e a caminho de casa. Já podemos sair.

O que significava que Briddey teria que soltá-lo.

— Só se você estiver pronta... — disse ele com delicadeza, e ela de repente ficou muito consciente da proximidade entre seus corpos.

— Já estou melhor — disse Briddey, tirando os braços do pescoço dele e se afastando. — Obrigada.

— Tem certeza?

— Sim — disse ela. *Não. A vozes...*

Ele segurou a mão dela.

— E agora?

Ela assentiu.

— Bom, então vamos.

Ele a guiou pelo breu e pelo labirinto de móveis até a entrada da sala, abaixou-se para pegar sua camisa de flanela, segurou a lanterna e abriu a porta.

O corredor estava escuro, iluminado apenas pela placa vermelha que indicava a saída, e a sensação de que o lugar estava vazio e ecoante era tranquilizador, mas Briddey hesitou por um instante. *Tem certeza de que não tem nenhum guarda?*, perguntou ela.

— Absoluta — respondeu ele em voz alta. — Cortes no orçamento, lembra? E, além disso, eu leio mentes. Todo mundo foi embora.

Mas C. B. também devia estar preocupado, porque fechou a porta com todo cuidado e não ligou a lanterna.

O celular perdido, pensou Briddey, enquanto ele a apressava pelo corredor. *Ele está com medo de que alguém se lembre onde deixou o aparelho e volte para buscá-lo.*

Ninguém conseguiria entrar aqui, retrucou ele. *Só a Marian. Ela é a única que tem as chaves do prédio.* Mas ele não diminuiu o passo.

Aonde estamos indo?, perguntava-se Briddey enquanto C. B. a guiava silenciosamente até uma escada e depois pelo andar de baixo, ainda sem responder à pergunta. *A área dos funcionários*, pensou ela e, como já era de se imaginar, ele parou diante de uma porta em que se lia SALA DE TRABALHO. C. B. entrou e acendeu a luz.

A sala não era muito maior do que o depósito e quase tão cheia. Amontoadas ali, mais ou menos meia dúzia de cadeiras plásticas, um sofá velho e verde cor de bile, um balcão com uma pia e armários, uma geladeira e um micro-ondas. Havia ainda uma grande mesa com um bolo rosa e branco pela metade, provavelmente sobra da festa de aniversário. A bibliotecária não precisava ter se preocupado. Tinham toneladas de bolo para todo mundo.

C. B. caminhou até o balcão, colocou a lanterna ali e deu de ombros. Então abriu o armário, levantou uma lata de café, pegou uma chave embaixo dela, fechou o armário, pegou a lanterna e voltou até Briddey.

— Vamos — disse ele, desligando as luzes, e os dois seguiram pelo corredor.

Então não iam para a área dos funcionários. *Voltariam para a Sala de Leitura, talvez?*, pensou ela, mas não estavam indo naquela direção também. E C. B. dissera que a área das estantes era muito fria. Então onde?

C. B. continuou sem responder. Ele a levou por outro corredor, parando finalmente em frente a uma porta com uma placa que dizia SOMENTE PESSOAL AUTORIZADO. A porta se abria para uma escada muito mais estreita do que as outras que levava para um andar acima. C. B. fechou a porta sem fazer barulho, acendeu a lanterna e guiou Briddey pela escada.

No alto havia uma porta de metal com um aviso de ENTRADA PROIBIDA. C. B. entregou a lanterna a Briddey. *Ilumine a fechadura*, pediu ele, destrancando a porta com a chave que pegara embaixo da lata de café.

Atrás dela havia outra escada e, no alto dela, outra porta. *O que vai estar escrito nesta?*, perguntou-se Briddey. *"Caia fora. Estou falando com você. É sério"?*

Mas a última porta não tinha nenhum aviso e estava destrancada. C. B. a abriu e puxou Briddey lá para dentro, os dois imersos no breu que dominava o lugar.

— Só preciso encontrar o interruptor — disse ele. — Você vai ficar bem se eu soltar sua mão por um segundo?

— Vou.

Ele largou a mão dela, e ela o ouviu tatear como se procurasse o interruptor na parede e, em seguida, tropeçar em alguma coisa. *Merda*, disse ele, seguido de uma batida quando esbarrou em outra coisa.

Espero que não seja outro depósito, pensou ela.

— Não é — disse C. B., parecendo achar graça, e deve ter encontrado o interruptor, porque a sala se iluminou.

Briddey ficou boquiaberta. Ela estava em uma sala elegante coberta de livros, com piso de madeira polida e uma lareira de ladrilhos de cerâmica na extremidade oposta; ao lado, um sofá e duas poltronas largas de couro vermelho davam um ar aconchegante ao local. Perto de Briddey, havia um arquivo de fichas feito de madeira com diversas gavetas, como o do depósito, com um busto de Shakespeare em cima, e uma mesa antiga de carvalho com algumas cadeiras; e, na parede oposta, uma escrivaninha alta de madeira coberta de livros.

— O q-que... como... ? — gaguejou ela, olhando espantada para as fileiras de livros e os abajures Tiffany de vitral. — Onde estamos?

— Na biblioteca — disse C. B., acendendo os abajures ao lado do sofá e na mesinha entre as poltronas.

— Mas você não falou que houve cortes no orçamento? — indagou ela, admirando a lareira ornamentada, os tapetes persas e a caxemira refinada que cobria as costas do sofá.

— E houve — disse C. B., indo até o balcão e estendendo a mão por trás dele para pegar uma chave de bronze antiga. Então foi até a porta, enfiou a chave na fechadura antiga e a trancou. Depois apagou a luz, deixando a sala iluminada apenas pelos abajures Tiffany. — Mas não em 1928, época em que a biblioteca era assim, e quando Arthur Tellman Ross era calouro.

— Quem é Arthur Tellman Ross?

— Ele. — C. B. apontou para o retrato de um homem idoso, de ar severo. — E esta é a Sala Arthur Tellman Ross, embora os bibliotecários chamem o lugar de Santuário. *Eu* o chamo de Sala Carnegie, porque é o que parece... essas grandes bibliotecas Carnegie antigas. Ou a biblioteca em *Vendedor de ilusões*.

— Mas o que isso está fazendo aqui?

— É uma longa história, depois eu conto para você.

C. B. foi até a mesa e acendeu o abajur de bronze de cúpula verde que ficava no meio e que projetava um feixe de luz sobre a mesa e sobre os livros nas prateleiras atrás, fazendo com que suas encadernações azuis, verdes e vermelhas assumissem tons de joias.

— É lindo — disse Briddey.

— E à prova de invasão. Não há janelas; a porta fecha por dentro e é de carvalho maciço, ou seja, ninguém pode nos ouvir aqui; e eles não fazem ideia de que sei que esse lugar existe... e, de qualquer maneira, já foram todos para casa.

E nós estamos a salvo das vozes, pensou Briddey, olhando para as paredes forradas de livros. Mesmo sabendo que eram os pensamentos dos leitores e não os livros que as filtravam, ela se sentia ainda mais segura ali do que na Sala de Leitura.

O que era ridículo. Eles não tinham nada que estar ali. Poderiam ser presos a qualquer momento e, mesmo que não fossem pegos, ela ainda teria que lidar com Trent no dia seguinte e explicar por que o havia deixado no teatro. Não fazia ideia do que diria ao namorado, ou a Maeve, mas isso não importava. Enquanto ficasse ali, naquele espaço encantador e iluminado, estaria a salvo de tudo, até mesmo das vozes.

— Mas infelizmente não podemos ficar aqui para sempre — disse C. B. — E é por isso que precisamos construir seu quarto do pânico. — Ele puxou uma cadeira. — Sente-se.

Ela se sentou e C. B. puxou a cadeira em frente e se sentou também.

— O processo é muito parecido com o que usamos para estabelecer seu perímetro — disse ele. — Só que, desta vez, não vamos construir um muro, mas uma sala. Você sabe o que é um quarto do pânico, não sabe?

— Um desses quartos revestidos de chumbo, onde você pode se esconder se alguém invadir sua casa, como naquele filme com a Jodie Foster.

— Sim, só que o que vamos construir é mais seguro do que o do filme. E mais funcional. E não tem que parecer o interior de um abrigo antibombas. Na verdade, não deveria. Não consigo imaginar ninguém se sentindo particularmente seguro dentro de um abrigo antibombas, já que a única razão para se estar lá é uma guerra nuclear prestes a acontecer. E a única razão para se estar em um quarto do pânico é alguém ter invadido seu apartamento... que não é bem uma condição em que nos sentimos seguros. Então "quarto do pânico" talvez não seja o melhor termo. Pense em "refúgio" em vez disso, ou "santuário". Um lugar em que possa se sentir protegida e confortável.

Como eu me sinto aqui com C. B., pensou ela.

— Sim, bem, eu não vou estar sempre por perto — disse ele. — Como você descobriu no depósito.

— Não foi culpa sua! Você mesmo disse que nem sempre dava para saber onde as pessoas estavam só pelas suas vozes, e se eu estivesse visualizando meu perímetro como deveria, nada daquilo teria acontecido.

— E se eu tivesse... deixa pra lá. O importante é que não vai acontecer novamente, e é para isso que o refúgio serve. Você vai criar um santuário onde as vozes não podem alcançar você, e também vai impedir que seus pensamentos saiam e sejam ouvidos.

É por isso que eu não posso ler a mente de C. B. da maneira como ele lê a minha?, pensou Briddey. *Porque ele está em seu refúgio?*

— Sim, mas antes que você se descontrole novamente e comece a me acusar de bloquear o Trent — dizia C. B. —, um refúgio só torna possível bloquear seus próprios pensamentos de serem ouvidos, não os de outra pessoa.

— Eu não ia acusá-lo de nada. Quando você me contou sobre o gene irlandês, percebi que Trent e eu ainda não nos conectamos porque os antepassados dele são ingleses e provavelmente tinham o gene inibidor.

— Essa é uma das razões — murmurou C. B.

— Como assim?

— Nada. Você tem razão. Os ingleses foram invadidos muito mais vezes que a Irlanda e também foram responsáveis por muitas outras invasões; quase não há histórico de ocorrências telepáticas, mesmo entre os santos ingleses. Você, por outro lado, ainda precisa dominar seu poder de comunicação, então vamos construir este refúgio. — Ele se inclinou para a frente. — Preciso que pense em um lugar em que se sinta segura e protegida do mundo exterior.

O depósito, pensou ela, nos braços de C. B., mas obviamente aquela não era a resposta que ele queria e, mesmo que fosse, ela não podia lhe falar isso. Onde mais se sentira protegida? No apartamento que imaginara dividir com Trent, com um porteiro que barrasse a entrada de tia Oona e suas irmãs, mas também não achava que essa fosse a resposta certa. Além disso, tudo que ela sentia agora ao pensar no apartamento de Trent era o medo de todas as perguntas que ele lhe faria.

Segura e protegida.

— Quer dizer, como uma fortaleza? — perguntou ela.

— Não, vamos evitar batalhas e cercos agora; isso é para o seu perímetro. Precisamos de um lugar que você associe a calma e serenidade. Mas não um parque ou uma floresta... algum lugar fechado. Como seu apartamento, talvez, ou seu quarto quando era criança. Algum lugar em que ninguém mais possa entrar a menos que você permita.

Então, esse lugar definitivamente não era seu apartamento ou quarto que dividira com Mary Clare e Kathleen. Muito menos sua sala na Commspan. Nenhum lugar na empresa estava a salvo de pessoas aparecendo de repente, a não ser, talvez, o subsolo, e mesmo lá Kathleen conseguira achá-la. Além disso, era muito frio.

Ela estremeceu com a lembrança, e C. B. disse:

— Está com frio?

— Não, eu...

— Bem, você vai ficar — disse ele, andando até a mesa novamente. — Eles diminuem o aquecimento depois que a biblioteca fecha, lembra?

Ele desapareceu atrás da mesa e voltou com um controle remoto. Apontou para a lareira, e chamas se acenderam, projetando um brilho vermelho-alaranjado no tapete persa e nas cadeiras de couro, na madeira de qualidade.

— E que tal *esta* sala? — perguntou Briddey. — Eu poderia usá-la como refúgio?

— Talvez, mas funcionará melhor se for algo mais familiar. Você tinha algum esconderijo secreto quando era pequena? Um armário em que gostava de brincar? Ou uma casa na árvore?

— Não. O que você usa como refúgio?

— Já tive vários deles ao longo dos anos: um forte de cavalaria do faroeste, um submarino, a Tardis. — E, quando ela olhou com ar confuso: — A cabine azul de polícia do Doctor Who.

— Pensei que você tivesse dito que precisava ser um lugar real.

— *Era* real. Eu já tinha assistido milhões de episódios de *Doctor Who*. Você tem algo assim que poderia usar? Algo da sua infância? A torre da Rapunzel ou algo assim?

— Não, isso é território da Maeve.

— E na faculdade? Você morava sozinha?

— Não — disse ela.

Então se lembrou de repente de uma viagem que tinha feito para Santa Fé com uma de suas colegas de quarto. Os pais de Allison tinham uma propriedade enorme com um pátio interno. Ela acordava cedo todos os dias e se sentava ali.

— Sozinha?

— Sim. Allison dormia até tarde, e os pais dela estavam na Europa.

— Agora sim. Que tipo de paredes esse pátio tinha?

— Com aqueles tijolos aparentes. Mas não tinha teto. Isso não o desqualifica como refúgio?

— Não, estamos lidando com uma metáfora aqui, lembra? Se você pensar nele como um lugar em que ninguém pode entrar, assim será. Qual era a altura das paredes?

— Altas. Acima da minha cabeça.

— E o lugar tinha um portão?

— Não, uma porta, uma porta azul — respondeu ela, pensando na porta pesada de madeira pintada com uma cor bem viva.

— Pesada é bom. Tinha fechadura?

— Não... — disse ela, tentando se recordar dos detalhes —, mas havia um trinco de ferro e uma barra de madeira que você podia baixar para impedir as pessoas de entrarem.

— Melhor ainda. Você disse que a porta era pesada. Não era pesada demais para você abrir, era?

— Não. Por quê?

— Porque, no instante em que as vozes começarem a se avolumar, você vai levantar o trinco e entrar, então precisa ser algo que você consiga abrir rapidamente.

— Mas se eu posso abri-la, as vozes também não podem?

— Não, porque assim que entrar, você vai colocar essa barra atravessada diante da porta.

— Mas e se as vozes tiverem um aríete?

— Elas não têm um aríete. Isso não é um castelo, e sim um pátio em Santa Fé. Não há aríetes no Novo México. E suas vozes são uma inundação, lembra? Não um exército. E a água não pode entrar porque as paredes são muito altas e grossas. Então tudo o que você tem que fazer para escapar da inundação é correr até o pátio e trancar a porta. Que é o que vamos praticar em um minuto. — C. B. olhou para ela. — Você se sentia segura lá? E feliz?

— Sim. Eu adorava o lugar. Era lindo, com muito verde e sombra. Havia um choupo grande com um banco de madeira, e eu ficava sentada sozinha lá.

— Me diga como era o restante do pátio — pediu C. B., e, durante a meia hora seguinte, ele a ajudou com os mínimos detalhes: o piso de lajota, o armário velho encostado em uma das paredes, as malvas rosa e vermelhas que cresciam ao lado da porta.

— O.k. — disse ele quando ela terminou. — Quero que você feche os olhos e se imagine de pé no pátio.

— Espera — disse Briddey. — Se estou no refúgio, como vou falar com você? E ouvir você falar comigo?

— Estar lá não bloqueia conversas, só pensamentos, e você pode deixar entrar, ou manter do lado de fora, quem quiser, então ainda vai conseguir ouvir a minha voz. A menos que não queira.

— Por que eu não iria...? — começou ela, e então se lembrou das inúmeras vezes em que lhe dissera para ir embora. — Não vou deixá-lo de fora, prometo.

— Fico feliz em ouvir isso — disse ele. — Agora visualize-se de pé no pátio.

Ela fez isso, imaginando as lajotas sob seus pés, as paredes altas de tijolo aparente abrigadas na sombra das folhagens, o armário desgastado pelo tempo com uma pilha de vasos de terracota em cima.

— Está bem, agora quero que você abra a porta e saia.

— Abrir a porta? Por que não posso simplesmente ficar ali dentro o tempo todo?

— Porque é preciso muito foco e energia para visualizá-lo constantemente. Isso é apenas para quando você estiver em meio a uma multidão ou as vozes ficarem muito fortes ou ameaçadoras.

Ou quando eu não quiser que você ouça o que estou pensando, acrescentou Briddey em silêncio, lembrando-se da reação dela quando ele dissera: "Não sou masoquista".

— Esse lugar é uma espécie de quarto do pânico. Então você só vai usá-lo para emergências — explicava C. B. — No restante do tempo, você tem que confiar em seu perímetro. Que é o que vai fazer agora. Pense na sua parede de tijolos e, em seguida, abra a porta e saia.

Relutante, ela levantou a barra de madeira, depois o trinco de ferro, abriu a porta pesada e saiu.

— E agora?

— Me diga o que você vê.

— Meu perímetro — disse ela, olhando para a parede de tijolos à distância. Então se virou para trás, para as paredes de tijolo e para a porta azul. — Tem painéis entalhados, e uma réstia de pimentas secas pendurada nela.

Briddey ouviu um ruído surdo atrás de si. As vozes estavam vindo.

— C. B.... — disse ela, e puxou a porta pesada.

Atirou-se lá dentro, fechando a porta com força e colocando a barra. Depois, recostou-se nela, sem fôlego.

— Excelente. Você está bem? — perguntou C. B. e, quando Briddey disse que sim, falou para ela fazer tudo de novo, e de novo, tentando ser mais rápida a cada vez. — Você está indo muito bem — disse ele depois da sexta tentativa. — Vamos fazer uma pausa. — Então foi até uma das poltronas e se deixou cair. — Lindo lugar, não é? Muito melhor do que a área das estantes.

Não, não é, pensou ela, e atirou-se para dentro da porta azul com a réstia pendurada, e em direção ao pátio, para impedi-lo de ouvir a lembrança que lhe viera à mente sem querer: de estar de pé lá em cima, as costas pressionadas contra uma estante, e ele debruçado sobre ela, seus rostos a centímetros de distância. *Que bom que tenho um refúgio para impedi-lo de ouvir isso. Se é que está funcionando.*

Aparentemente estava. C. B. não estava olhando para ela, mas para o fogo. Briddey examinou o cômodo acolhedor, as paredes de livros com cheiro de poeira. Havia uma escada antiga de biblioteca apoiada nas prateleiras, uma pintura de George Washington — retratado cruzando o estado de Delaware — acima do balcão da recepção e um enorme dicionário de capa de couro aberto sobre uma mesinha.

— O que este lugar está fazendo *aqui*? — perguntou ela, se aproximando para observar de perto o retrato que C. B. lhe mostrara antes. — E quem é esse Arthur Sei-lá-o-quê?

— Arthur Tellman Ross — disse C. B. — É o cara que doou oitenta e seis milhões de dólares para a construção desta biblioteca, desde que preservassem o antigo arquivo de fichas. E o busto de Shakespeare, a mesinha do dicionário, o balcão da recepção — ele levantou um antigo carimbo de metal e madeira — e, é claro, os livros. — C. B. fez um gesto majestoso para indicar as enormes prateleiras que iam até o teto. — Incluindo *Ivanhoé* — disse ele, inclinando a cabeça para ler os títulos nas lombadas —, *As aventuras de Robin Hood, Robinson Crusoé* e todos os outros livros de que o sr. Ross se lembrava de seus anos de faculdade, incluindo uma adorável seleção de romances vitorianos.

— Mas você ainda não explicou o que a sala está fazendo exatamente aqui — ressaltou Briddey.

— Está aqui porque a biblioteca não tinha a menor intenção de manter arquivos de ficha velhos *ou* carimbos nesta era de check-out informatizado, terminais de catálogo e e-books. Então subiram tudo isso para cá — explicou C. B., caminhando até o sofá. — Assim fizeram a vontade do doador e de quebra o reitor da universidade tem um lugar para receber outros potenciais doadores milionários. E dar uns amassos. Se *ele* quiser transar, não vai ter que aguentar o piso desconfortável da área das estantes. Aqui também é um lugar perfeito para trabalharmos.

Só que nós estamos invadindo, pensou Briddey. *Se formos pegos...*

— Isso não vai acontecer — disse C. B., confiante. — A polícia do campus está ocupada atendendo um chamado da casa Sig Ep; um cara desmaiou no gramado da frente, algo assim. Marian está em casa, na cama, preocupada com os cortes no orçamento. E, mesmo que fôssemos pegos, temos todo o direito de estar aqui. Arthur Tellman Ross aparentemente não botava muita fé na palavra da universidade, com toda a razão, então incluiu em seu testamento que tudo o que doou tinha que estar sempre à disposição do público, e é por isso que a porta da sala nunca fica trancada, ainda que o acesso a ela sim, e que a diretoria mantenha a existência deste lugar muito bem escondida dos alunos.

— Como você a descobriu?

— Eu estava procurando *A história da experiência telepática*, que estava no catálogo on-line da biblioteca, mas procurei nas estantes e não achei, e não aparecia como emprestado nos registros. Então me disseram: "Talvez esteja lá em cima, no Santuário".

— E o monitor trouxe você aqui?

— A monitora — disse C. B. — Não, ela parou de falar assim que disse isso, mas, como você já sabe, eu posso ler mentes.

— Sim — disse Briddey. — Por falar nisso, por que você consegue ouvir a polícia do campus e a bibliotecária, e eu não?

— Você consegue — disse ele. — O problema é que não consegue separar as vozes deles das outras.

— E você consegue?

— Se eu já tiver ouvido a voz dessa pessoa antes ou conseguir saber quem é pelo que está dizendo...

— Como a polícia do campus.

— Não, na verdade, foi o cara da Sig Ep que ligou para a emergência. Ele deu o endereço da casa e pensou: *Disseram que vão mandar um policial para cá o mais rápido possível.* Isso não acontece com muita frequência.

— A polícia enviar alguém o mais rápido possível ou um Sig Ep desmaiar no gramado?

— Alguém pensar em um endereço — respondeu ele. — Ou no próprio nome. As pessoas dificilmente pensam: *Eu, Jason P. Smythe, queria muito ter uma namorada*, então, a menos que você as conheça e saiba como suas vozes são, é muito difícil distingui-las na multidão. É como tentar encontrar uma agulha em um palheiro auditivo.

Ele, obviamente, já tinha ouvido a voz da bibliotecária e do monitor antes, mas e quanto ao casal nas estantes?

— Proximidade. Com a prática, também é possível determinar quem está perto por mudanças no timbre de suas vozes.

Fora assim que ele soubera quando havia alguém no quarto de Briddey, no hospital, e o que tentara saber quando a deixara no Marriott. Ele estava se certificando de que não havia ninguém da Commspan por perto.

— Você vai me ensinar a fazer isso? — perguntou ela.

— Sim, quando estiver pronta. Mas vai demorar um pouco, porque essa prática exige procurar entre as vozes, o que significa...

— Mergulhar no meio delas — disse Briddey, apavorada mais uma vez só de pensar.

C. B. estava certo. Ela não estava pronta para isso, se é que algum dia estaria. Ela nunca conseguiria localizar uma voz específica, mesmo a de C. B., naquela torrente de sons.

Como ele faz isso?, pensou ela, admirada.

— Eu não fazia quando tudo começou — disse ele. — Só queria fugir das vozes, assim como você. E, por falar nisso, precisamos voltar ao trabalho. Antes de irmos embora, quero que você consiga chegar ao seu refúgio sem precisar pensar, por isso temos que praticar mais.

Ela assentiu e começou a voltar para a mesa.

— Não, não, sente-se — pediu C. B. — Podemos fazer isso aqui, mais perto do fogo. É mais quente.

C. B. puxou uma das poltronas para perto e sentou-se também, os joelhos afastados, as mãos unidas.

— Está bem — disse ele. — Vamos fazer a mesma coisa que fizemos com o perímetro.

— Preciso pegar um livro para ler? — perguntou Briddey, olhando para as estantes.

— Não, podemos só conversar como estamos fazendo, e então eu falo: "As vozes" e você entra em seu pátio o mais rápido que puder, tudo bem?

— Certo — disse ela, agarrando o braço do sofá, os olhos na porta azul com a réstia pendurada, pronta para disparar até lá.

— Não, não quero você a postos. Quero que relaxe e se concentre em outras coisas. Então, já escolheu onde vamos passar nossa lua de mel?

— Não — disse ela, pensando: *Precisamos de um tema menos perigoso*.

— Então, se você pode ouvir as pessoas que estão por perto ou que têm vozes familiares — disse ela —, isso deve significar que é capaz de ouvir todo mundo na Commspan. — *Logo, sabe do que se trata o Projeto Hermes*.

— Só porque sou capaz de ouvi-los não significa que eu os ouça — disse C. B. — Até porque eles só pensam no que precisam fazer para serem promovidos, se serão demitidos e o que vão comer no almoço. Só os ouço para descobrir onde estão, para poder evitar... As vozes estão chegando.

Briddey correu até a porta.

— Não foi rápido o suficiente — disse C. B. — Precisamos tentar novamente. Sobre o que estávamos falando?

— Sobre como as pessoas na Commspan só pensam em coisas chatas.

— Ah, não é só na Commspan. É em todo lugar. Ouvir vacas pastando seria menos idiota.

— Você pode ouvir *vacas*?

— Não, só pessoas, infelizmente. Imagine que incrível seria ouvir seu cachorro falar sobre como adora você incondicionalmente — brincou ele, mas Briddey ficou secretamente aliviada. Não precisava se preocupar em ouvir leões ou tigres...

— Ou ursos — disse C. B. — Ou platelmintos, embora às vezes, com as pessoas, seja difícil saber a diferença. Você sabe o que mais povoa o pensamento das pessoas?

— Imagino que você vá me dizer que é sexo.

— Não, isso é com os que têm menos de vinte e cinco anos. Todo o resto está mais preocupado com o tempo. Vai chover? Vai parar de chover? Vai nevar? Vai esquentar? Pensam nisso constantemente. Isso, e dinheiro, e como odeiam seus empregos. E convites de casamento.

— Convites de casamento?

— Sim. Ou melhor, a ausência deles: "Por que meu sobrinho não veio me entregar o convite? A mãe desse garoto não o educou direito? Não vou comprar presente nenhum até receber meu convite em mãos, e não quero saber de e-mail ou telefonema. Quero que ele venha pessoalmente me entregar!". — C. B. levou as mãos à cabeça. — Essa ladainha por horas. É pior do que o sexo e todas as outras reclamações. Ah, tem também as questões fisiológicas. As pessoas passam um tempo absurdo pensando nisso. Arrotar e pei...

— Já entendi. Então você está me dizendo que não tem ninguém que seja divertido de ouvir.

— Não, as crianças são o máximo. Sou louco por...

Ele parou de repente.

— Louco pelo quê? — perguntou ela.

— Crianças de três, quatro anos. A maneira como pensam é incrível. Provavelmente é assim com os bebês também, mas seus pensamentos não são verba... As vozes estão chegando.

Briddey foi mais rápida desta vez, embora C. B. ainda não tenha achado rápido o suficiente. Os dois repetiram o exercício com ela várias e várias vezes.

— Quantas vezes vou ter que fazer isso? — perguntou ela.

Parecia que estavam naquilo há horas.

— Até ser totalmente automático — disse ele.

— Está bem — disse ela, abafando um bocejo. — Desculpe, eu...

— Seu corpo liberou uma dose tremenda de adrenalina por causa do medo... uma dose não, duas, contando com o depósito. E agora essa sensação passou, e você está desmoronando. Além disso, já são — ele olhou para o relógio — três da manhã. Não é de admirar que você esteja com sono. — Ele apontou para o sofá. — Por que não descansa um pouco?

— É uma ótima ideia — disse ela, sonhando com o momento em que deitaria no sofá. — Mas tenho medo de pegar no sono, e você disse que precisávamos praticar...

— Nós vamos praticar, mas ainda temos muito tempo. A biblioteca só abre às onze aos domingos. E um cochilo pode ser uma boa ideia. Vai dar ao seu cérebro a oportunidade de processar tudo o que aprendeu e gravar na memória de longo prazo. Vai lá, deita um pouquinho.

Ele foi até a mesa e apagou a luz do abajur.

— *Obrigada* — disse Briddey, de repente tão cansada que mal conseguia manter os olhos abertos.

Então se deitou... e imediatamente se sentou de novo. Tinha se esquecido das vozes. Suas barricadas funcionavam porque estava visualizando-as, e se dormisse...

— Você não as ouve enquanto está dormindo — tranquilizou-a C. B.

— Por que não?

— Não sei. Talvez porque a química do cérebro se altere durante o sono. Ou talvez o sono REM envolva um tipo completamente diferente de pensamento. O que quer que seja, não é possível enviar ou receber mensagens enquanto você dorme.

Graças a Deus, pensou ela.

— Mas e enquanto estou adormecendo? E assim que eu acordar?

— Essas *são* as ocasiões em que ficamos mais vulneráveis — admitiu ele —, mas só até suas defesas se tornarem completamente automáticas. Quando isso acontecer, elas entrarão em ação no segundo em que abrir os olhos.

— E quanto tempo vai demorar para elas se tornarem completamente automáticas?

— Alguns dias — disse ele, desligando os abajures Tiffany em cada ponta do sofá, e deixando aceso apenas o que ficava entre as poltronas. — Mas não se preocupe. Vou ficar de guarda até lá.

— Como?

— Com minha espada vitoriana de confiança — disse ele. Então foi até a estante e pegou um livro grosso. — O que você acha de *Declínio e queda do Império Romano*?

— Chato.

— Concordo. Mas a parte da queda deve ser interessante. — Ele colocou o livro na mesa ao lado da poltrona e aproximou-se do sofá. — Agora deite-se — ordenou, e cobriu-a com a caxemira. — Feche os olhos e esqueça tudo o que não for seu impenetrável refúgio em forma de pátio cercado de tijolo aparente.

— Vou fechar — disse ela. — Mas se vai levar alguns dias para as minhas defesas pré e pós-sono entrarem em ação automaticamente, quando *você* vai dormir?

— Enquanto você estiver acordada. Então, quanto mais cedo você dormir, mais cedo vai acordar, e eu vou poder tirar o *meu* cochilo. O.k.?

— O.k. — disse ela, hesitante.

— Vai ficar tudo bem. Estarei bem aqui. Quer dizer, não *bem* aqui. A uma distância boa e segura — disse ele, andando até a poltrona do outro lado da lareira e se deixando cair. — Então pode ficar tranquila, não atacarei você nem nada.

— Eu não...

— Sim, bem, só por via das dúvidas. Além disso, vou me concentrar melhor em *Declínio e queda* daqui de longe. — C. B. sorriu para ela. — Não vou deixar nada entrar, eu prometo. — Ele abriu o livro. — Agora vá dormir.

Falar era fácil. Ela não parava de pensar no que aconteceria se C. B....

— Não vou cochilar — disse ele. — Esta cadeira é muito desconfortável. E essa garota idiota não para de falar.

— Desculpe — murmurou ela.

Então se enroscou sob a caxemira macia, fechou os olhos e concentrou-se em ir para o seu pátio, fechar a porta, baixar a pesada barra de madeira, prender o trinco. Silenciar as vozes.

Mas essas não eram as únicas coisas que a preocupavam. Também pensava em como sairiam dali de manhã sem serem pegos. E no que diria a Trent. E a Maeve...

— Quer que eu conte uma história para você dormir? — perguntou C. B.

— Sim, por favor — disse ela, se aconchegando no sofá.

— "O exército panoniano nessa época era comandado por Septímio Severo" — leu em voz alta —, "que ocultara sua audaciosa ambição, nunca desviada de seu curso constante pelas tentações do prazer, a apreensão do perigo, ou sentimentos de humanidade."

O que sinto neste momento é que essa caxemira é bem quentinha, pensou Briddey, *quase tão quente quanto o cobertor que C. B. pegou para mim no hospital*, e adormeceu.

Ela acordou em meio à escuridão. E se perguntou, sonolenta, onde estava. Então lembrou, e sentiu uma onda de intenso pânico. *A lareira apagou!*

Não, não é possível, insistia alguma parte racional de seu cérebro. *É uma lareira a gás.* E ela podia sentir seu calor. Em um instante seus olhos se ajustariam à escuridão, e ela conseguiria ver o brilho laranja avermelhado das chamas.

A menos que C. B. tenha desligado, pensou. *Se ele fez isso, estou no escuro. Com as vozes. E elas vão... C. B.!...* Mas então se sentiu em segurança novamente, quando percebeu que ele estava deitado ali ao seu lado, a mão dela presa firme entre as dele e aconchegada em seu peito.

Ela sabia que deveria ficar irritada por ele não ter mantido distância, mas a verdade é que estava muito aliviada. E muito grata por ele estar ali, como havia prometido, protegendo-a, mantendo as vozes afastadas. E Briddey dificilmente poderia acusá-lo de tentar fazer alguma coisa, porque C. B. dormia com profundidade. Ela ouvia sua respiração uniforme, o peito dele subindo e descendo sob a mão dela, os batimentos cardíacos.

C. B., pensou ela com ternura, e ouviu um murmúrio do outro lado da sala. Ela se sentou depressa, em meio à escuridão. Estava certa sobre a lareira, porque via C. B. iluminado por seu brilho avermelhado, esparramado na poltrona, a cabeça apoiada no encosto, dormindo.

Então olhou surpresa para a própria mão, não presa nas dele, no fim das contas, e deve ter feito algum barulho, porque ele levantou a cabeça e murmurou, sonolento:

— O que foi?

— Nada, está tudo bem. Acho que estava sonhando — sussurrou ela, voltando a se deitar para lhe mostrar que estava tudo bem. — Volte a dormir — falou ela, embora não fosse necessário.

C. B. nem tinha chegado a acordar. Ele apoiou a cabeça na camisa de flanela dobrada que fazia as vezes de travesseiro e se recostou na poltrona, onde obviamente estivera aquele tempo todo, e logo começou a roncar.

C. B. parecia exausto, o que fazia todo o sentido. Ele tivera que resgatá-la duas vezes naquela noite e, antes disso, uma, não, duas vezes no hospital e, entre uma coisa e outra, ainda a levara depressa para casa, e ao Marriott para pegar o carro, e encontrara lugares para se esconderem. E ainda, ela desconfiava, prestara atenção nela entre uma coisa e outra, procurando sinais de que ela começava a ouvir vozes, protegendo-a. E ele continuava fazendo isso, mesmo durante o sono.

Briddey sorriu ao notar como ele parecia vulnerável ali, esparramado na poltrona, o rosto corado pelo fogo — e como era jovem. Ele dissera que as vozes haviam começado quando tinha treze anos, só quatro a mais do que Maeve tinha. Como devia ter sido?

Ele falara casualmente sobre suas tentativas de detê-las, de descobrir o que estava acontecendo, de criar barricadas, mas devia ter sido terrível. A escola devia ter sido um pesadelo, a faculdade então, nem se fala. E a maioria dos empregos. Ele tivera sorte de encontrar a Commspan, com seu subsolo incomunicável.

Ir ao cinema devia estar fora de questão. E também a formaturas, casamentos, funerais, jogos de futebol e shoppings. O que provavelmente explicava suas roupas. E seu carro antigo. Praticamente todos os aspectos da vida normal devem ter sido uma luta para ele.

E isso *depois* de ele ter erguido barricadas e um refúgio. Antes disso, quando as vozes apareceram pela primeira vez, deve ter sido completamente apavorante para ele — ser invadido por ondas de pensamentos e emoções sem a mínima ideia do que estava causando tudo aquilo — e sem ninguém para ajudá-lo ou para lhe assegurar de que não estava ficando louco, ou ensiná-lo a construir defesas! Ou para segurar sua mão enquanto ele dormia.

E se isso tivesse acontecido comigo e C. B. não estivesse ao meu lado?, perguntou-se ela, e sabia a resposta. Ela não teria sobrevivido. Teria enlouquecido. Ou cometido suicídio.

Era surpreendente que C. B. não tivesse feito nada disso, após ter sido jogado assim de repente em um mundo de ira, lascívia e malícia antes de estar pronto, exposto a toda depravação e maldade do mundo, sem qualquer filtro, uma vítima indefesa e testemunha aterrorizada. Com quantas coisas ele não tivera que lidar?

E sem ninguém para apoiá-lo, ou explicar o que estava acontecendo, nem mesmo alguém a quem pudesse contar o que estava se passando — e todos ao seu redor pensando que ele era uma aberração. *Assim como o Corcunda de Notre Dame.* Era um espanto ele não ter se tornado um estuprador ou um assassino em série.

Mas não só ele não tinha se tornado um monstro, como descobrira como se defender do ataque contínuo das vozes... e se prontificara a ajudá-la quando a mesma coisa aconteceu com ela. Ele poderia simplesmente não ter falado nada. Tivera motivos de sobra para fazer isso, como sua própria reação exacerbada quando ele tentara lhe contar, acusando-o de tudo, desde grampear o quarto do hospital até bloquear Trent.

Mas, mesmo assim, ele a ajudara, arriscando ter seu segredo exposto. E essa provavelmente fora a coisa mais corajosa que fizera, porque tudo que ele dissera sobre o que poderia acontecer se as pessoas descobrissem que era telepático era verdade. Suki espalharia a notícia na mesma hora, a imprensa viria em cima dele e a Commspan provavelmente o demitiria por torná-los motivo de chacota. Ou pior, eles fariam dele espião corporativo e exigiriam que ele lhes contasse o que o novo celular da Apple tinha de diferente, e não adiantaria de nada tentar explicar que não era assim que funcionava, que as vozes não podiam ser acessadas como um banco de dados para se obterem informações. Não acreditariam nele. Estariam convencidos de que a telepatia lhes daria uma vantagem comercial e invadiriam seu laboratório e o interrogariam.

Por isso, o mais inteligente a se fazer no caso dele definitivamente era ter ficado quieto e deixado que ela lidasse com as vozes sozinha. Briddey se sentia infinitamente grata por ele não ter feito isso.

Ela o observou por mais um tempo e depois voltou a dormir. E, mesmo sabendo que a mão dela estava sob o rosto, e que ele estava do outro lado da sala, no instante em que fechou os olhos ele estava ali pertinho novamente, as mãos segurando a dela com firmeza sobre o peito dele, pressionada com segurança junto ao seu coração.

Quem disse que não dá para se comunicar quando está dormindo?, pensou ela, sorrindo, e voltou a dormir.

VINTE

> *O curso do amor verdadeiro nunca fluiu suavemente.*
> William Shakespeare, *Sonho de uma noite de verão*

Quando Briddey acordou novamente, os abajures estavam outra vez ligados, e a cadeira e a sala estavam vazias. *C. B.?*, chamou ela. *Onde você está?*

Saí para arrumar um lanchinho da madrugada para a gente, disse ele, e ela automaticamente olhou para o relógio atrás do balcão. Cinco e meia.

Está bem, um café da manhã bem cedo, disse ele. *Não se preocupe. Estarei de volta rapidinho.*

Não estou preocupada, pensou, admirada, e entrou para o seu pátio para que ele não pudesse ouvir o que estava pensando. Porque ele não tinha ido embora. Mesmo com a sala toda iluminada e os olhos abertos, mesmo ela tendo tirado o pano de cima e esticado os braços em um bocejo exuberante, ele ainda segurava a mão dela junto ao peito.

Anda logo, chamou ela. *Estou morrendo de fome!*

Chego rapidinho, disse ele, e um minuto depois irrompeu pela porta. Carregava uma sacola plástica grande e cheia em uma das mãos, um prato de papel com bolo na outra e um saco de batatas chips debaixo do braço. *Encontrei todo tipo de guloseimas.*

C. B. colocou tudo na mesa e enumerou seus achados à medida que esvaziava a sacola.

— Bolo de aniversário, Doritos, molho, uvas, metade de uma pizza de pepperoni, um pacote de biscoitos de manteiga de amendoim, uma barra de Snickers parcialmente comida, azeitonas...

— Você roubou tudo isso da área dos funcionários? — perguntou Briddey.

— Só o molho, as azeitonas e o bolo... ouvi a Marian se perguntando como iria se livrar disso tudo. O resto é contrabando que encontrei na área das estantes. Fora isso — disse ele, tirando duas latas de refrigerante —, que peguei na máquina. Não tinha nenhum latte. Você vai ter que se contentar com Pepsi ou refrigerante de limão.

— Pepsi — disse ela, pegando a pizza. C. B. tirou guardanapos do bolso da camisa de flanela e lhe entregou um. Obviamente eram da festa também. Tinha pássaros azuis desenhados e os dizeres: UM PASSARINHO ME CONTOU QUE VOCÊ ESTAVA FAZENDO ANIVERSÁRIO.

Tudo estava com um gosto maravilhoso, até os Doritos velhos, que já deviam estar nas estantes há semanas.

— Bom, né? — disse C. B. — Ah, e você não vai acreditar no que mais eu descobri. Enquanto eu estava por aí procurando comida, fiz uma pequena pesquisa para saber quais eram os outros marshmallows...

— Pesquisa? Quer dizer que você encontrou alguém que calhou de estar pensando em Lucky Charms?

— Não, pesquisei no computador da Marian.

Mas achei que os escritórios estavam trancados. E um computador não precisaria de senha?

— Estávamos certos sobre os corações cor-de-rosa, luas azuis e trevos verdes — dizia C. B. —, mas são estrelas *cadentes*, e não estrelas. Há também ferraduras, arco-íris, balões e, por algum motivo desconhecido, ampulhetas. E então o que você acha que eu encontrei no nível mais alto da área das estantes? Uma caixa de... tcharan!

Ele enfiou a mão na sacola de comida e tirou uma caixa de cereal com um floreio.

— Lucky Charms! — e derramou um pouco em cima da mesa. — Agora podemos confirmar minhas descobertas.

— Ou não — disse Briddey, olhando para as figuras coloridas. Ela pegou uma verde-clara com um detalhe de um verde mais forte no meio. — Isso não parece um trevo. Parece um chapéu com um laço.

— Que tipo de irlandês teria um laço no chapéu? — disse C. B., pegando-o dela, virando-o de um lado para o outro, e estreitando os olhos para ver melhor.

— Talvez seja um pote de ouro.

— Então por que é verde? E olha este aqui — disse ela, pegando um marshmallow roxo em forma de U. — O que é isso? O arco-íris?

— Não, *este* é o arco-íris — respondeu ele, mostrando um meio círculo colorido.

— Ou uma fatia de melancia.

— Mas as figuras eram para ser irlandesas. O que tem de irlandês em uma fatia de melancia?

— Ou um osso de cachorro? — disse ela, pegando um marshmallow amarelo-amarronzado.

— Pelo menos esta coisa rosa é definitivamente um coração — disse ele. — E a bolota azul é uma lua.

— Mas que diabos é isso? — perguntou ela, pegando um marshmallow branco da pilha. Era oblongo, tinha uma linha laranja passando pelo meio e uma mancha irregular em uma das pontas.

— Não faço ideia — respondeu C. B., pegando-o e virando-o na mão para observar melhor. — Uma berinjela albina?

— Uma *berinjela* albina? — disse ela, rindo. — Por que colocariam uma berinjela albina em um cereal para crianças?

— Sei lá — disse ele, enfiando-o na boca. Então fez uma careta. — A questão é: por que colocariam pedaços de giz em um cereal infantil e chamariam de marshmallows? Por falar nisso, a menos que você queira ficar presa recitando "Berinjela albina, osso de cachorro, coisa roxa em forma de U" da próxima vez que as vozes atacarem, precisamos voltar ao trabalho. Seu refúgio precisa se tornar...

— Completamente automático. Eu sei.

— E, depois que fizermos isso, quero lhe ensinar algumas defesas auxiliares. É uma boa ideia ter baluartes e um santuário por precaução.

E, mesmo com todas essas defesas, ele ainda tem que usar fones de ouvido e se esconder das vozes lá embaixo no subsolo, pensou ela, sentindo medo outra vez.

— Eu não *tenho* que ficar no subsolo — retrucou C. B. — Em grande medida, fico lá embaixo porque, quando falamos com as pessoas, é fácil cometer erros e deixar escapar que você sabe de coisas que ainda não contaram a ninguém...

— E descobririam que você é um telepata.

— Exatamente. Prefiro que pensem que sou maluco. Também fico lá embaixo por opção. Após anos ouvindo os segredos mais íntimos das pessoas, você forma uma opinião tão ruim a respeito delas que não *quer* se associar aos outros. Mas não tem nada a ver com a eficácia das minhas defesas. Não se preocupe, seu pátio vai mantê-la perfeitamente segura. Desde que a gente consiga terminar — disse ele e, durante a hora seguinte, ele a fez praticar com ele dentro da segurança de seu pátio. Mas sem parecer que era o que ela estava fazendo.

Era difícil de dominar essa técnica, mas ela acabou conseguindo visualizar ao mesmo tempo os muros de tijolo e a porta azul *e* as paredes forradas de livros da Sala Carnegie, estar simultaneamente sob o choupo e em frente à lareira, enquanto conversavam sobre a "Ode to Billie Joe".

— A canção foi um grande sucesso — disse C. B. a ela —, e as pessoas criavam todos os tipos de teorias sobre a razão de ele ter pulado.

— Na *sua* opinião, por que ele fez isso? — perguntou Briddey, tentando manter a concentração tanto em C. B. quanto no pátio. — Quer dizer, se ele e a garota estavam apaixonados, por que ele cometeria suicídio?

— Talvez ele não tenha cometido suicídio. Talvez estivesse apenas tentando escapar das vozes.

— Você já fez isso? — perguntou Briddey.

— Fazer o quê? Pular de uma ponte ou tentar me matar?

— Uma coisa ou outra. Ou as duas. Já?

— Já, uma vez, quando as coisas estavam bem difíceis. Meu padrasto tinha praticamente desistido de mim... eu não o culpo. Eu não podia exatamente explicar *por que* me recusava a ter um bar mitsvá ou ir para o colégio. E as vozes eram...

— Ele balançou a cabeça de desgosto. — Enfim, pensei que tomar um monte de tranquilizantes seria uma boa saída. Mas isso só fez piorar as vozes. Foi por isso que falei para você não ingerir álcool nem Xanax. Relaxantes só nos tornam mais receptivos às vozes... e menos capazes de mantê-las afastadas.

Briddey pensou em como devia ter sido: as vozes fora de controle, assomando sobre C. B., e ele quase inconsciente e sem conseguir afastá-las.

— Sim, bem, mas teve suas vantagens — disse ele, com tranquilidade. — A primeira é que aprendi que há coisas ainda piores do que as vozes, como lavagem estomacal, por exemplo. E a segunda é que isso me impediu de me transformar em um viciado em drogas ou um alcoólatra, o que serve para mostrar que nem todas as consequências não planejadas são ruins.

Ele sorriu para ela, mas ela não sorriu de volta. Estava ocupada seguindo outra linha de pensamento.

— Se relaxantes pioram as vozes, então estimulantes não...?

— Não, nenhum efeito. E qualquer outro tipo de droga só piora também. Defesas são a única coisa que funcionam a longo prazo.

— Mas se você pode visualizar defesas que mantenham as vozes longe, por que não pode visualizar algo que as silencie de uma vez? — perguntou Briddey, esperando que ele lhe dissesse que não funcionava assim.

— Você pode — disse ele.

— *Pode?* Então por quê...?

— Porque só dá para fazer isso por breves períodos, e exige um esforço físico e mental enormes. Não é possível sustentar por muito tempo, e, assim que sua atenção vacila, as vozes voltam com tudo.

— Mas deve haver alguma maneira de... cirurgia ou...

Ele negou balançando a cabeça.

— Cirurgia está fora de questão. Em primeiro lugar, não é como um vaso sanguíneo que se pode costurar. É uma rede de vias neurais, e não há nenhuma garantia de que mexer com isso não pioraria as coisas de maneira permanente. E, em segundo lugar, para convencer um médico a fazer a cirurgia, você teria que lhe contar sobre a telepatia...

— E isso está fora de questão. Eu sei. Mas você não poderia criar algum tipo de dispositivo...?

— Já tentei. Essa é outra razão pela qual passo a maior parte do meu tempo no subsolo, porque venho tentando criar um bloqueador.

— E você fez algum progresso?

— Não. Pensei que interferência... e linha cruzada... pudessem neutralizar as vozes, mas não. E criar o equivalente a um filtro de spam, só que para voz, não funcionou também. Ou uma versão eletrônica do refúgio.

— Então você ainda não descobriu nada que *funcione*?

— Sim, romances vitorianos. E salto de frequência.

— A invenção de Hedy Lamarr — disse Briddey, pensando: *É por isso que ele tem o retrato dela pendurado no laboratório.*

Ele assentiu.

— A ideia era impedir que as vozes me encontrassem em vez de bloqueá-las diretamente, e funciona muito bem a curto prazo. Mas a longo prazo exige uma enorme quantidade de energia... muito mais do que qualquer dispositivo poderia gerar — explicou C. B., sorrindo para ela como quem se desculpa. — Sinto muito, Briddey. Se eu tivesse uma maneira de silenciar as vozes de uma vez por todas para você, eu faria. — E ela percebeu como tinha soado ingrata, como se o fato de ele resgatá-la, ensinar-lhe e protegê-la não fosse suficiente.

— C. B., ouça — começou Briddey, mas ele estava ouvindo outra coisa, a cabeça levantada e um olhar distante no rosto, que logo se fechou. — O que foi? — perguntou ela.

— É hora de sairmos daqui — disse ele, levantando da cadeira, e começou a limpar a mesa.

— Mas pensei que a biblioteca só abrisse às onze.

— É verdade — disse ele, recolhendo os Lucky Charms da beira da mesa em um dos guardanapos "um passarinho me contou" e colocando-os na sacola. — Mas, quanto mais tarde ficar, mais pessoas teremos por perto. E não quero que ninguém nos veja sair.

Ele estava mentindo. Tinha ouvido alguma coisa e não queria contar para ela.

— Tem alguém no prédio, não é?

— Não — disse ele, e então, como se percebesse que não daria certo mentir —, ainda não. Mas a pessoa que deixou o celular aqui acabou de lembrar que não estava com ele quando chegou em casa, e infelizmente é a Marian, a bibliotecária.

Que tinha as chaves do prédio. Briddey olhou, nervosa, para a porta.

— Ela está voltando?

— Não é nada tão terrível assim — disse ele, enroscando a tampa no pote de molho. — Na verdade, ela ainda está na cama em casa. E nem descobriu onde deixou o celular, mas está refazendo seus passos mentalmente, por isso é apenas uma questão de tempo até ela lembrar onde está. Além disso — acrescentou, fechando a caixa de cereal —, imagino que você não queira ser vista chegando em casa num domingo de manhã vestida desse jeito. — Ele apontou para o vestido verde. — Ainda mais porque um dos seus vizinhos já deve estar no Facebook.

Ele está certo, pensou ela, recolhendo as embalagens das barras de chocolate e dos biscoitos de manteiga de amendoim. E os vizinhos não eram os únicos com quem precisava se preocupar. Sua família tinha o hábito de aparecer sem avisar a caminho da missa da manhã, e Maeve devia estar morrendo de curiosidade depois das mensagens misteriosas de C. B.

— Você disse que explicou a situação para a Maeve quando mandou uma mensagem para ela — disse Briddey. — O que exatamente você falou?

C. B. lambeu o resto da cobertura do prato de papel, dobrou o prato, e o enfiou na caixa de pizza.

— Só disse a ela que você e eu estávamos no meio de uma emergência.

— E não falou mais nada?

— Só que era uma questão de vida ou morte — respondeu C. B., comprimindo a caixa de pizza para colocá-la na sacola —, e ela era a única pessoa em que eu podia confiar para guardar o nosso segredo. Maeve disse que eu podia contar com ela.

É claro que sim, pensou Briddey, amassando as embalagens e as enfiando na sacola. *Ela, obviamente, tem uma queda enorme por você.*

— É, bem, acho que ela é incrível também — disse ele. — Escuta, Briddey, sobre a Maeve, tem algo que eu... — Ele parou.

Briddey olhou para C. B. Ele estava prestando atenção novamente.

— O que foi? — perguntou ela. — Marian está a caminho?

— Não — disse ele depois de um longo minuto. — Mas ela acabou de lembrar que deixou o celular na sala de xerox. Precisamos ir. Me passa as azeitonas.

— Espera, você ia me dizer alguma coisa sobre a Maeve.

— Isso pode esperar — disse ele, pegando o pote de azeitonas da mão dela e colocando a tampa. — Apague a lareira. — Ele lhe entregou o controle remoto e começou a limpar a mesa.

Briddey apagou a lareira e os abajures, guardou o controle remoto de volta atrás do balcão e depois dobrou o forro de caxemira, colocando-o sobre o encosto do sofá, como estava quando chegaram ali. O livro que C. B. tinha lido estava no chão ao lado da poltrona.

— E os livros que você deixou nas estantes? — perguntou ela, recolhendo o livro e colocando-o de volta na prateleira. — Precisamos voltar para pegar?

— Já peguei — disse ele, apontando em direção à porta, onde os livros estavam, em cima do arquivo de fichas. — Antes de eu sair atrás de comida. Ah, e antes que eu me esqueça, aqui está o seu celular. — Ele o entregou a ela.

Ela o enfiou no bolso e pegou a caixa de Lucky Charms. C. B. lhe entregou o saco de Doritos e o molho, depois enfiou o resto do lixo e as latas de refrigerante vazias na sacola de supermercado.

— Pegamos tudo? — perguntou ele.

— Acho que sim — disse ela, dando uma última olhada em volta na sala escura, na lareira já não mais aconchegante e nas estantes de livros, agora cobertas pelas sombras... e na poltrona onde C. B. se esparramara, dormindo. Ela se sentiu subitamente desolada com a ideia de ir embora. *Queria que pudéssemos ficar aqui para sempre.*

— Sim, eu também — disse C. B., e ela olhou para ele, que, no entanto, estava virado de costas, pegando a bolsa e as azeitonas. — Esta é a única sala quente do edifício. Vai estar congelante lá fora. — Ele pegou a lanterna e abriu a porta. — E agora nunca vou saber como termina *Declínio e queda do Império Romano*. Ele entra em declínio e cai mesmo?

— Tenho certeza de que a Marian sabe — respondeu Briddey, tentando usar o mesmo tom leve que ele. — E, se não nos apressarmos, você poderá perguntar a ela. — Mas, quando saiu atrás dele e desceram as escadas, ela desejou mais do que nunca que C. B. tivesse lhe ensinado a ouvir vozes individuais para saber o que ele estava pensando.

Ao chegarem ao pé da escada, C. B. parou para prestar atenção antes de abrir a porta. Ele estava certo: fazia muito frio ali. Ela estremeceu, e C. B. deve ter interpretado como um sinal de medo, porque disse:

— Se são as vozes que a preocupam, você vai ficar bem. Estarão tranquilas quando sairmos daqui, e você tem suas defesas agora.

— Marian já saiu de casa? — perguntou ela.

— Não, ela ainda está pensando se vale a pena levantar e voltar até aqui — disse ele, abrindo a porta para o corredor. Ele estendeu os livros e a lanterna para Briddey, e ela passou o Lucky Charms e o molho para o outro braço para poder pegá-los.

— Ilumine a porta para eu conseguir trancá-la — disse ele, e continuou, ao enfiar a chave na fechadura: — Ouvir essa coisa de esquilo na gaiola é outro aspecto encantador da telepatia.

— Esquilo na gaiola? — perguntou Briddey, observando-o trancar a porta.

— Sim. — Ele pegou a lanterna de volta, e os dois seguiram pelo corredor em direção à área dos funcionários. — Você sabe, ficar dando voltas e voltas em círculos se perguntando se deve vir até a biblioteca para pegar o celular ou esperar amanhecer, ou ficar pensando... só um segundo — disse ele, parando para jogar a sacola de mercado em uma lata de lixo. — Ou ficar pensando em como vai pagar as contas ou se aquela dor estranha na lateral do corpo é um câncer.

Ou se a Commspan vai demitir pessoas, pensou Briddey, lembrando-se de Art Sampson e depois de sua própria preocupação sobre os motivos de não ter se conectado a Trent e o que ele faria se descobrisse que ela estava falando com outra pessoa. O que o pobre C. B. tivera que ouvir.

— Provavelmente deviam chamar isso de gerbo na gaiola — disse C. B., abrindo a porta para a área dos funcionários. — Ou hamster na gaiola. Quer dizer, quantos esquilos você já viu em uma roda de exercício?

Ele acendeu a luz, e ela ficou aliviada ao ver que, apesar do que tinham comido, o bolo parecia exatamente igual. C. B. guardou a chave de volta embaixo da lata de café e colocou o molho e as azeitonas na geladeira.

— Será que não vão notar que o pote está quase vazio? — sussurrou ela.

— Não — disse ele, pegando a caixa de Lucky Charms e a embalagem de Doritos e as enfiando no armário. — Vão achar que um dos monitores comeu.

— Deveríamos, pelo menos, colocar algum dinheiro no pote de doações — disse ela, apontando para a lata que indicava DINHEIRO DO CAFÉ.

— Não podemos. Se fizermos isso, teriam *certeza* de que alguém esteve aqui. Quando foi a última vez que alguém na Commspan contribuiu para o café? E a melhor defesa para não sermos pegos é nem sequer suspeitarem que estivemos aqui. Além disso, o Doritos não é deles. Encontrei o saco na seção s-v.

— Mas eles não vão se perguntar se...?

— Não. Você quer outro pedaço de bolo? Eles nunca vão dar falta.

— Não — disse Briddey, fazendo uma careta.

— Nem eu. Precisamos de algo mais substancial. Um homem não pode viver só de Lucky Charms. — Ele olhou para ela, com um ar hesitante. — Lembra aquela confeitaria de que lhe falei que tem o bagel de salmão maravilhoso? Fica só a alguns quarteirões daqui. Poderíamos tomar café da manhã, e eu posso te ensinar aquelas defesas auxiliares.

— Acho uma ótima ideia.

— Sim — disse ele. — É mesmo.

C. B. fez sinal para Briddey sair da sala e apagou a luz. Ela o seguiu pelo corredor, recusando-se a analisar por que seu coração de repente parecia muito mais leve. *Você só está com mais fome do que imaginava*, disse a si mesma, passando pelo depósito em que tinham se escondido, e então chegando ao fim do corredor, onde havia uma escada.

— Não foi por aqui que viemos — sussurrou ela.

— É porque a porta da frente tem um alarme, assim como a entrada de funcionários. E todas as saídas de emergência.

— Então como vamos sair?

Por aqui, respondeu ele, apontando para as escadas.

Ele de repente passara a falar mentalmente. *Isso quer dizer que Marian está aqui?*, perguntou Briddey.

Não, ela ainda está tentando se convencer a vir pegar o celular, mas não há razão para fazermos mais barulho do que o necessário. Assim teremos certeza de ouvir qualquer pessoa que chegue ao prédio antes que ela nos ouça. Essa é uma das vantagens de ser talepata. Dá para conversar com seu parceiro no crime e ainda ouvir os policiais chegando.

Pensei que você tivesse dito que não havia nenhuma vantagem na telepatia, disse Briddey, descendo a escada na ponta dos pés atrás dele.

Ah, não, há muitas. Nunca fui pego pelos valentões do colégio e enfiado no meu armário na escola, e para mim não havia essa coisa de prova surpresa.

Mas você também ouvia todos os insultos e coisas cruéis que as pessoas pensavam a seu respeito.

E algumas coisas legais, completou C. B. *Nada é de todo ruim.*

Fora aquele dilúvio horrível de vozes.

É verdade, admitiu C. B. *Mas quem sabe? Até mesmo isso pode vir a calhar para alguma coisa. Último degrau.*

Ele esperou Briddey descer e, em seguida, desligou a lanterna. Ela o ouviu abrir a porta e dar uma olhada, depois ligar a lanterna de novo, e então C. B. a guiou por outro corredor, agora com paredes de concreto aparente, que deviam ser do porão da biblioteca. Era quase tão frio quanto seu laboratório.

C. B. parou em frente a uma porta sem identificação e desligou a lanterna. *Tem janelas*, explicou ele, abrindo a porta, fazendo sinal para ela entrar e depois fechando.

Podia haver janelas, mas elas deviam estar cobertas por cortinas, porque a sala era quase tão escura quanto o depósito. C. B. colocou a mão no braço dela e perguntou: *Você está bem?*

Estou, tirando o fato de não conseguir ver nada. Briddey deu um passo cauteloso à frente.

Espera, disse ele, puxando-a para trás. *Este lugar é uma pista de obstáculos. Precisamos deixar nossos olhos se adaptarem primeiro*, e a segurou ali na porta, enquanto esperavam.

Formas tornaram-se visíveis, ainda que parcialmente. Os retângulos no alto das paredes, que deviam ser as janelas, tinham apenas um tom ligeiramente mais claro de carvão. *Pensei que você tivesse dito que já estaria claro agora*, sussurrou ela.

Devia estar. Que horas são?

Ela ligou o celular para ver e, então, se arrependeu. A luz da tela desregulou toda a adaptação à luz dos olhos deles. *Sinto muito*, disse ela. *São seis e quarenta e cinco.*

Hum, disse ele, e ela podia sentir sua perplexidade. Ele ficou em silêncio por um tempo e então disse: *Ah, isso explica tudo.*

O quê? Estamos no lugar errado?

Não. Vamos, é por aqui, e a levou para o interior da sala.

Os olhos dela finalmente se ajustaram, e ela conseguiu ver longas fileiras de estantes na penumbra cinzenta. Ele estava certo, *era mesmo* uma pista de obstáculos. Havia cestos plásticos em todos os lugares e carrinhos cheios de livros e papéis. C. B. a ajudou a passar por tudo isso em direção ao fundo do aposento, olhando de vez em quando para as janelas altas.

Espero que você não esteja querendo que eu suba na janela para sair por ali, disse Briddey.

Só se não conseguirmos chegar até a porta. Ele a levou até o fundo, onde as estantes estavam cheias de caixas, livros contábeis e pastas presas por elásticos.

Se havia uma porta ali, ela não fazia ideia de onde ficava. As estantes cobriam quase toda a parede, e, bem no fim da sala, havia mais caixas e sacolas de compras cheias de papéis empilhadas até quase o teto, mas C. B. disse: *Beleza. Nada mau,* e começou a tirar caixas e sacolas.

Os arquivos de Arthur Tellman Ross, explicou ele, pegando uma sacola de compras repleta de papéis. *A biblioteca teve que prometer preservá-los também — todos eles, incluindo suas listas de compras. E alguns poemas de amor muito ruins. Pode colocar isso para lá?*, perguntou ele, apontando.

Posso, disse Briddey, largando os livros de C. B., colocando a sacola de compras ao lado de uma pilha de caixas metálicas de arquivo, e pegando outra com ele.

Ele pegou outra caixa. *Sobre o que estávamos falando antes?*

Você estava me contando as muitas alegrias de ser telepata.

Ah, sim, disse ele, colocando a caixa em cima da primeira. *É ótimo. Dá para escapar de engarrafamentos e buracos e de ficar preso na fila do mercado atrás de alguém que tem seiscentos cupons de desconto e não consegue lembrar a senha do cartão.* Ele levantou outra caixa. *E você não precisa descobrir da pior maneira que alguém é um idiota e/ou um mentiroso.*

Ele colocou a caixa no chão ao lado das outras e arrastou para fora a última. *Ou fazer uma cirurgia cerebral para descobrir se alguém te ama. Você já sabe.*

Então, nada de amores impossíveis, disse Briddey casualmente.

Eu não disse isso. Me passa a lanterna.

Ele a acendeu, e lá estava a porta, pintada da mesma cor que a parede e na ponta da estante de livros, razão pela qual ela não a tinha visto.

Está fechada?, perguntou ela.

Não, a menos que alguém tenha vindo aqui desde a última vez que saí assim. O que, disse ele, abrindo-a para fora um pouco, *pelo visto não aconteceu.* Ele espiou do lado de fora. *Beleza, a barra está limpa. Vamos.*

Briddey pegou de novo os livros de C. B., e ele a ajudou a passar por cima das caixas. Depois ele estendeu a mão atrás dela para pegar as sacolas de compras, colocou-as de novo em cima das caixas e abriu a porta. E então ela entendeu o porquê da escuridão na sala: estava chovendo. O céu tinha um tom escuro de cinza, e os degraus do lado de fora da porta, que levavam até o estacionamento, estavam molhados. Havia ainda mais água no estacionamento.

Achei que você tivesse dito que as pessoas pensavam sobre o tempo, disse ela.

E pensam, mas, aparentemente, ninguém levantou ainda. Você por acaso não teria um guarda-chuva por aí, né? Ou um barco?

Não, ela riu. *Pode não ser tão ruim quanto parece*, e, como que em resposta, começou a chover ainda mais forte, a água respingando do estacionamento já inundado.

Talvez seja melhor esperar a chuva diminuir, disse C. B., franzindo a testa.

Acho que não vai diminuir tão cedo. E, quanto mais tempo ficassem ali, maior o risco de Marian chegar ao estacionamento. *É melhor a gente ir.*

Tudo bem, disse ele, relutante. *Tem certeza de que você vai ficar bem?* E ela percebeu que ele não estava preocupado com a chuva, mas com a ideia de que a visão da água pudesse desencadear o dilúvio de vozes em sua cabeça novamente. Briddey também percebeu que não tinha pensado nelas sequer uma vez no caminho até ali, mesmo estando escuro a maior parte do caminho e ela ouvindo o murmúrio fraco das vozes além de seu perímetro. Enquanto C. B. estivesse com ela, poderia enfrentar até as cataratas do Niágara.

Sério?, indagou ele.

Sério. Vou ficar bem. Vamos, disse ela, e para si mesma: *Antes que você leia mais algum pensamento meu.*

Cataratas do Niágara então, comentou ele. *Aqui, me dê os livros.* Ele os guardou dentro da camisa de flanela, fechou a porta, agarrou a mão dela e os dois saíram correndo pelo estacionamento.

Na mesma hora ficaram encharcados.

— Vamos nos abrigar no ponto de ônibus — gritou C. B., apontando para uma forma turva mais à frente, do outro lado da rua. Ela assentiu, e eles correram para lá, seguindo pela calçada molhada.

A água na rua parecia um rio.

— Isso é ridículo — disse C. B.

— Eu sei — concordou ela, e eles atravessaram a rua correndo, ensopando completamente os sapatos, e foram para baixo do ponto de ônibus, rindo muito.

A cobertura não protegia muito. A chuva pingava da beirada do telhado, e o banco de metal pintado de verde estava todo respingado. Eles se encolheram no meio, tentando se manter longe da chuva que chegava soprando de três lados.

C. B. tirou o cabelo molhado da testa e torceu as mangas da camisa, e Briddey sacudiu o vestido.

— Seu vestido vai estragar — disse C. B.

Briddey olhou para as manchas de água no corpete e na saia.

— Acho que já estragou.

— Bem, não há por que piorar as coisas. Ou nós dois nos encharcarmos. Você fica aqui, e eu vou pegar o carro.

— Mas...

— Você vai ficar bem — disse ele, de forma tranquilizadora. — Vou levar só alguns minutos e, se as vozes começarem a se aproximar, você tem o seu perímetro e o seu refúgio.

E a mão de C. B., segurando a dela, bem firme contra o coração dele.

— Eu não vou embora de verdade — disse ele. — Podemos continuar conversando.

— Eu sei. Aqui. — Ela tirou a jaqueta jeans molhada de C. B. e entregou para ele. — Você vai precisar mais do que eu.

— Obrigado. — Ele lhe passou os livros. — Se as vozes começarem de novo, ou você tiver dificuldades em mantê-las afastadas...

— Não vou ter — interrompeu ela. — Pode ir.

Ele assentiu.

— Bem, aqui vou eu — disse C. B. Colocou o casaco sobre a cabeça e saiu correndo. Ela ficou ali segurando os livros e observando-o correr pela rua até dobrar a esquina, enquanto sentia o doce cheiro de grama e terra molhada.

Você ainda está bem?, perguntou ele.

Estou.

Bem, eu não. Isso aqui parece uma inundação do Velho Testamento. Eu poderia me afogar antes de chegar ao... merda.

O que foi?, perguntou ela, alarmada.

Nada. Me desculpe, eu não queria falar em alagamentos. Ou dilúvios.

Está tudo bem, sério. Estou bem. Mas anda depressa! Estou congelando!

Você está congelando? Estou prestes a sucumbir à hipotermia!

Bobagem, você só precisa pensar em outra coisa. Como Lucky Charms. Lábios azuis, narizes vermelhos, flocos de neve albinos...

Muito engraçado.

Ou músicas, disse ela. *Aquelas com muitos versos. Como "Raindrops Keep Falling on My Head". Ou "A Little Fall of Rain", de Les Misérables.*

E é assim que me agradece por ter resgatado você?, indagou ele. *Da próxima vez, deixo você no banheiro feminino.*

"Singin' in the Rain" seria bom, pensou ela. *Tem muitos versos. Além disso você poderia sapatear, como Gene Kelly.*

Meus Nikes estão alagados demais, disse C. B., e ele parecia tão risonho quanto ela. *E não me diga para pensar em "Let a Smile Be Your Umbrella" ou "Rainy Days and Mon..." Droga!*

O que houve? Pisou numa poça d'água?

Não, uma árvore acabou de despejar cinco litros de água bem na minha nuca. Pare de rir!

Desculpe, disse ela, arrependida. *Você já chegou ao carro?*

Não, ainda estou a dois quarteirões, mas devo conseguir vê-lo em um ou dois minutos. Se não tiver sido levado pela água. E espero que ele funcione. Como eu, meu carro não gosta nada de tempo frio e chuvoso.

E ficava mais frio e mais chuvoso a cada minuto. As gotas que vinham com o vento eram tão geladas quanto granizo. Ela se encolheu no fundo do ponto de ônibus, sentindo-se culpada por C. B. estar na chuva, e rezando para que ele não tivesse problemas para ligar o carro.

Briddey?, interrompeu a voz de C. B. *Você está bem? As vozes não estão...*

Não, estou bem. Você já chegou ao carro?

Não, ainda falta um quarteirão. Portanto, continue falando. Mas fale sobre algo quentinho. Nada mais de músicas sobre a chuva.

Pense no café da manhã, disse ela. *Vai estar bem quentinho e agradável na confeitaria. Você vai poder tirar o casaco e pendurá-lo no radiador para secar, e a garçonete vai lhe trazer uma xícara quente de café...*

Chá, disse ele. *Sou irlandês, lembra?*

Está certo, pensou ela, animada. *Então a garçonete vai te trazer um belo chá quente, e você vai colocar as mãos em volta da caneca para aquecê-las. E as janelas estarão embaçadas...*

Cheguei ao carro, interrompeu C. B. *Agora, se meus dedos não estiverem congelados demais para colocar a chave na porta...*

Houve uma pausa. Briddey se inclinou para a frente, tão concentrada quanto se pudesse ver os dedos dormentes dele tentando abrir a porta e dar a partida. *E aí? O carro ligou?*, perguntou ela. *C. B.?*

Não se preocupe, ainda estou aqui, disse ele.

Eu sei, pensou ela, sorrindo.

Tudo certo!, gritou ele.

Ligou?

Não sei ainda. Acabei de abrir a porta. Mas pelo menos estou fora da chuva. Outra pausa mais breve e, em seguida: *Vamos lá, querida. Você consegue*, disse ele, como havia falado com ela no banheiro do teatro. *Anda.* Outra pausa. *Ligou!*, gritou ele. *Aguente firme. Estarei aí em dois minutos, e então vamos até a confeitaria embaçar as janelas como você disse. Está bem?*

Está bem, disse ela, mais grata do que nunca por ele estar a quarteirões de distância e não poder ver seu rosto subitamente vermelho.

Mas ele chegará em questão de minutos. *E então vamos tomar café da manhã*, pensou ela, visualizando os dois sentados de frente um para o outro como na Sala de Leitura, de mãos dadas sob a mesa.

Minutos se passaram e nenhum sinal dele. Onde ele estava? Ela foi até a beirada do ponto de ônibus para ver se C. B. estava dobrando a esquina, mas a rua estava deserta. *Onde está você?*, chamou ela. *Estou congelando.*

Ele não respondeu. Provavelmente o para-brisa havia embaçado quando C. B. entrou e estava ocupado tentando limpá-lo, ligar o desembaçador e dirigir ao mesmo tempo. *E a última coisa de que ele precisa é você tagarelando no ouvido dele*, pensou ela, abraçando os livros dele para se manter aquecida. Briddey esperou mais um minuto para não distraí-lo e, em seguida, disse: *Anda logo, C. B. Você não é o único sofrendo de hipotermia, sabia?*

Ainda sem resposta, e nenhum sinal do carro dele, e a chuva soprava mais forte a cada segundo. Onde *estava* ele? *Talvez o carro tenha parado num cruzamento*, pensou, lembrando como estava tudo bem alagado. *Ou ele aquaplanou e bateu em uma árvore.*

Você está bem?, chamou ela, preocupada. *Fala comigo. Você consegue me ouvir?*

Sim!, disse Trent. *Ah, meu Deus, Briddey, é você?*

VINTE E UM

Quando chove, chove mesmo.
Jonathan Swift

Ah, não, pensou Briddey. *Não pode ser!*
Mas era. *Não acredito, Briddey!*, disse a voz, e daquela vez não havia dúvida. Com certeza era o Trent.
Agora não, pensou ela.
Ai, meu Deus! Estou ouvindo você, Briddey!, gritou ele, exultante. *Não os seus sentimentos, a sua voz! Estamos lendo a mente um do outro! Você percebe o que isso significa?*
— Sim — disse Briddey, apertando os livros de C. B. contra o peito. *Isso vai mudar tudo.*
Eu tenho que contar ao C. B., pensou. Mas e se Trent a ouvisse falar com ele? Ele dissera: "Estou ouvindo você". O que exatamente tinha ouvido? Ela chamando C. B.? Seus pensamentos?
Mas como poderia? Ele não era irlandês. Tinha os genes inibidores. Talvez fosse uma casualidade, e eles só tivessem se conectado por um instante, como aquelas pessoas que ouvem um ente querido chamar...
Não estou acreditando nisso!, interrompeu Trent. *Posso ler sua mente!*
E a teoria dela ia por água abaixo.
O que disse?, perguntou Trent. *Não estou conseguindo ouvir você direito.*
Graças a Deus, pensou Briddey. *Se eu não responder, talvez ele pense que isso tudo foi apenas uma alucinação, como eu naquela primeira noite no hospital, e...*
Hospital?, disse Trent, alarmado. *O que houve?*
Tarde demais, Briddey se lembrou de correr para seu pátio. Abriu a porta azul de repente, fechando-a depressa, e se recostou nela, ofegante.
Deu alguma coisa errada com o seu EED?, perguntava Trent, preocupado. *É por isso que você está no hospital?*
Vou ter que dizer a ele que não estou no hospital, pensou Briddey, olhando perdida para o pátio e para a chuva, *ou ele vai ligar para o dr. Verrick.*

Mas, se ela respondesse, iria provar que o contato era real e não só algo que ele imaginara. *C. B.*, chamou ela. *O que eu faço?*

Ele não respondeu.

Deve estar ocupado tentando dirigir nesta chuva, ela disse a si mesma.

Trent interrompeu novamente.

Briddey, me responda!, gritou ele. *Deu algo errado com o seu EED? Fala comigo! Você precisa me dizer onde está.*

Não, essa é a última coisa que preciso fazer. C. B.! Eu preciso de você.

Ainda sem resposta. E se ele não estivesse preocupado com o carro e com a chuva? E se não pudesse mais ouvi-la? E se tinha sido um caso de sinapses cruzadas, que agora se descruzaram, e ela estivesse conectada a Trent? *Mas eu não quero...*

O que você quer?, perguntou Trent. *Não consigo ouvi-la. Você quer que eu ligue para o dr. Verrick, é isso? Vou ligar para ele agora...*

Não havia mais o que fazer. Tinha que responder e convencê-lo de que estava bem e que não havia necessidade de ligar para o dr. Verrick. *Trent?*, disse ela. *É você?*

Briddey? Ah, graças a Deus! Já estava ficando com medo... Onde você está?

Estou no meu refúgio, disse ela a si mesma. *Enquanto eu estiver aqui, Trent não pode ouvir nada que eu não queira.* Mas, mesmo assim, era melhor não pensar sobre o ponto de ônibus ou a rua chuvosa. Ou C. B. *E você não pode chamá-lo pelo nome. Chame-o de Conlan. Trent não sabe que esse é o nome verdadeiro dele.*

Fala comigo, Briddey, dizia Trent. *O que houve?*

O que houve?, disse ela, como se tivesse acabado de acordar, ainda meio grogue. *Nada. Como assim?*

Você está no hospital? Ouvi você dizer...

Hospital? Não, eu não... do que você está falando? Estou em casa. Estava dormindo e pensei ter ouvido você chamar meu nome. Achei que estivesse sonhando. Onde você está?

Trent não respondeu.

Era só uma conexão momentânea, pensou ela, aliviada. *Só tenho que convencê-lo de que imaginou tudo isso...*

... além de qualquer coisa que eu esperava!, disse Trent. Houve uma pausa de vários segundos, e então ela ouviu: *... mal posso esperar para contar...* A voz dele ficou menos clara, como se momentaneamente estivesse perdendo o sinal, abafada e com palavras picotadas. *... isso vai...*, disse ele, e sua voz foi cortada.

Trent?, chamou Briddey, hesitante.

Nenhuma resposta.

Ótimo. Conlan?, chamou ela. *Night Fighter chamando Dawn Patrol. Responda, Dawn Patrol.*

Silêncio.

Ele foi embora, pensou ela.

Não, não fui, disse Trent. *Não vou a lugar nenhum agora que finalmente nos conectamos! Eu estava começando a achar que nunca iria acontecer... e agora isso!*

Eu deveria ter ouvido C... Conlan, pensou Briddey, arrasada. *Ele me avisou que haveria efeitos colaterais terríveis.*

O que você disse?, perguntou Trent. *Não consigo ouvi-la. Sua voz fica falhando. Escutei você dizer "ouvi" e, em seguida, na...*

A voz dele foi cortada novamente e desta vez não voltou, embora Briddey tenha esperado por vários minutos. Ela esperou mais trinta segundos para ter certeza de que ele tinha ido embora e então chamou: *Dawn Patrol... Conlan?... C. B.?*

Nada, exceto pelo martelar da chuva no toldo curvo do ponto de ônibus.

E se eu o perdi para sempre?, pensou ela, sentindo-se mal. Se esse fosse o caso, se a conexão deles tivesse sido redirecionada e ela agora estivesse conectada a Trent, isso significava que C. B. também estava tentando falar com ela e não conseguia? Ou ele estaria muito concentrado em seu carro e na chuva para notar a ausência dela?

Não, porque ali estava o carro dele, dobrando a esquina e roncando. Briddey saiu do ponto de ônibus, protegendo os livros da chuva, e se aproximou do meio-fio, olhando para C. B. pelo para-brisa para ver se conseguia analisar, pela expressão dele, se já percebera o que tinha acontecido, mas a chuva caía forte demais e os limpadores corriam de um lado para outro.

Ele parou o carro, espirrando água e fazendo Briddey dar um passo atrás para não se molhar mais ainda.

— Desculpe a demora — disse ele, inclinando-se para abrir a porta. — Liguei o carro, mas então um dos limpadores de para-brisas idiota não funcionava, e eu tive que sair para ajeitá-lo e fiquei todo molhado de novo.

Molhado não, encharcado. A camisa e a calça jeans dele estavam coladas à pele, e o cabelo estava grudado na testa.

— E então, quando finalmente consegui consertar — disse ele —, o carro morreu, e levei uma eternidade para fazê-lo pegar de novo.

Ele ainda não sabe, pensou ela, com dor no coração. *Vou ter que dizer.*

Me dizer o quê?, perguntou ele, e uma sensação radiante de alívio tomou conta dela.

— Você ainda pode me ouvir! — disse ela, com alegria. — Conlan, escuta, tenho que lhe contar uma coisa...

— Entre primeiro no carro — pediu ele, irritado. — Você está deixando todo o ar quente sair.

277

Ela concordou e entrou. Não parecia nem um pouco mais quente dentro do carro do que do lado de fora, embora o aquecedor estivesse ligado. C. B. parecia congelado. Suas mãos no volante estavam rosadas de frio.

— C. B.... — começou ela, mas ele já tinha dado partida e seguido para a rua principal, atento à estrada e à chuva, que caía com a força de um furacão, batendo com um barulho ensurdecedor no teto do carro. Os limpadores de para-brisas não conseguiam acompanhar de forma alguma o ritmo.

Mas com ou sem barulho, estando difícil ou não para dirigir, ela precisava contar naquele instante. Ela afastou o cabelo molhado da testa, respirou fundo e disse:

— Então, algo aconteceu enquanto você buscava o carro.

— Aquela coisa de "meu namorado está de volta"? Sim, eu sei. Eu o ouvi enquanto ajustava o limpador de para-brisa — disse ele, como se fosse a coisa mais normal do mundo.

— Mas pensei que você tivesse dito que ele tinha inibidores.

— Aparentemente eu estava errado sobre isso. Ele deve ter tido algum antepassado irlandês, uma copeira irlandesa de Dublin seduzida pelo tataravô dele ou algo assim.

— Ou você estava errado sobre o que causa a telepatia. Talvez não tenha nada a ver com ser irlandês.

— Eu não estava errado — disse ele.

— Como você sabe?

— Porque... Eu só sei, está bem? E como isso aconteceu é irrelevante. O que importa é que aconteceu.

Ele tinha razão.

— Então o que faço agora?

— Bem, com sorte, você vai parar de me acusar de bloquear o seu namorado...

— Isso não tem graça.

— Você tem razão — disse C. B., com amargura —, não tem.

Ele se curvou para limpar o interior embaçado do para-brisa.

— Então, o que eu...?

— Liga o desembaçador. Não consigo ver aonde estou indo.

Ela deu uma olhada no painel, tentando descobrir qual era o botão. Ligou o que achou mais provável, e o rádio começou a tocar.

— A manhã está mesmo terrível lá fora — dizia um locutor.

— Sinto muito — disse ela.

Então, desligou o rádio, encontrou o botão do desembaçador, colocou na potência máxima e olhou para C. B., esperando que respondesse sua pergunta, mas ele não disse nada.

— C. B.? O que eu faço?

— Não sei — disse ele. E se virou para ela. — Se ele pudesse ouvir sua voz, talvez conseguíssemos convencê-lo de que estava experimentando uma daquelas emoções excepcionalmente fortes de que o dr. Verrick tinha falado, tão fortes que chegam através de palavras, mas como você respondeu para ele...

— Eu *tive* que responder. Ele estava prestes a ligar para o dr. Verrick. Mas não imaginei que ele fosse reagir daquele jeito. Pensei que ele não fosse acreditar, que...

— Fosse pensar que era algum tipo de truque, assim como você?

— Sim, e eu poderia convencê-lo depois de que nada daquilo tinha acontecido de fato, que fora tudo coisa da cabeça dele. Mas ele logo acreditou que era telepatia, e ficou todo empolgado.

— Imagino — murmurou C. B.

O que isso queria dizer? Será que C. B. achava que ela havia ficado empolgada também? Bem, por que ele não pensaria isso? Ela não parava de falar da conexão com Trent desde que tudo aquilo tinha começado.

— C. B.... — disse ela, e seu celular tocou.

Impossível, pensou ela. *Está desligado*, mas se lembrou de C. B. lhe perguntando as horas quando estavam no porão da biblioteca. Ela o ligara para ver e devia ter se esquecido de desligá-lo.

Por favor, que seja Kathleen, pensou ela, olhando para o nome de Trent na tela. *Ou mesmo Mary Clare*. Mas a única maneira de descobrir era atender, e se fosse mesmo Trent...

— É melhor você atender — disse C. B. — Provavelmente ele quer ver você.

Ela não tinha pensado nisso. Talvez ele já estivesse a caminho do apartamento dela naquele momento. Mas o que iria dizer a ele? *Talvez eu possa negar que aconteceu e dizer que não sei do que ele está falando.* Apertou o botão de atender.

— Alô? — disse ela, fazendo a voz soar indistinta e sonolenta. — Quem é?

— É o Trent! — disse ele.

— Ah. — Ela bocejou alto. — Bom dia, Trent. O que está fazendo acordado tão cedo?

Mas ele mal prestou atenção à pergunta dela.

— Meu Deus, Briddey! — gritou ele, eufórico. — Não acredito no que acabou de acontecer!

— O quê? Como assim o que acabou de acon...?

— Nós estávamos mesmo *falando* um com o outro! — gritou ele tão alto que C. B. não precisava ser capaz de ler mentes para ouvi-lo. Sua voz encheu o carro. — Eu nunca sonhei... eu esperava que o EED fosse nos permitir comunicar sentimentos, mas *isso*!

— Trent, espera. Do que você está falando?

— Quero dizer, é incrível! Um tipo inteiramente novo de comunicação... sem filtros, sem barreiras! E pensar que duvidei de você! Quando não nos conectamos, imaginei milhões de coisas: que você não estava emocionalmente ligada a mim, e até mesmo que estava apaixonada por outra pessoa, mas agora percebo como isso era ridículo! É *claro* que você me ama!

Não tem como isso piorar, pensou Briddey.

— E tudo acabou se saindo melhor do que eu poderia ter imaginado! Telepatia! Mal posso esperar para ver você. Estou indo aí!

— Não, acho que não é uma boa ideia — disse Briddey. — Não até você me contar o que aconteceu. Você não está falando coisa com coisa, Trent. Você precisa se sentar e me dizer o que...

— Conto quando chegar. Daqui a pouco estou aí.

Trent morava a quinze minutos do apartamento dela, e ela e C. B. estavam a pelo menos meia hora de distância. Precisava ganhar tempo de alguma forma.

— Não! — disse ela. — Quer dizer, eu ainda nem acordei direito. Preciso tomar um banho e... — Ela olhou para C. B. em busca de ajuda, mas seu olhar estava fixo na estrada à frente. — Escuta, que tal eu encontrá-lo no Piazza Venetia às dez? Eles têm aquele brunch com champanhe...

— Você está *brincando*? Quero ver você *agora*! E em algum lugar em que estejamos só nós dois.

Ai, meu Deus, ela havia esquecido que ele falara que ficariam noivos assim que se conectassem. E se ele...?

— Não podemos conversar sobre isso no Piazza Venetia — dizia Trent. — Acho que você não percebeu o que esse desdobramento representa!

Percebi, sim, pensou Briddey, infeliz.

— Mas podemos nos encontrar para o brunch primeiro e depois voltamos para o meu...

— Não, tem que ser agora, e não pode ser em público.

— Por que então eu não vou até sua casa? Você sabe que a minha família sempre aparece sem avisar...

— Não tão cedo, e não com esta chuva. Você fica aí e se veste. Ou, melhor ainda, só fica aí na sua cama...

Eu estava errada, pensou Briddey. *Pode piorar, sim.*

— ... toda quentinha e sexy, e, quando eu chegar aí, vou...

— Trent, para! — interrompeu Briddey, desesperada. — Você está agindo como um doido! Telepatia? Do que você está falando? O EED não torna as pessoas telepáticas...

Ele não estava prestando atenção.

— Estarei aí o mais rápido possível — disse ele.

— Não, espera, eu não tenho nada em casa. Por que você não para e compra alguma coisa para o café da manhã no caminho?

— Como você pode pensar em comida num momento como este? Está bem. Vejo você em alguns minutos — disse ele, e desligou.

— Ele está indo para o meu apartamento — disse ela, como se C. B. já não soubesse.

— O que significa que preciso levá-la para casa para você tirar esse vestido antes que ele chegue — disse C. B., e pisou no acelerador.

— Desculpe não poder ir à confeitaria com você.

— Não importa. Já lhe ensinei as defesas básicas.

Não foi isso que eu quis dizer, pensou ela.

Mas ele também não estava ouvindo.

— Você só precisa de um perímetro e de um refúgio para manter as vozes afastadas — disse ele —, e você já tem tudo isso.

— E a letra de "Teen Angel".

— Sim, embora "Get Me to the Church on Time" seja mais apropriada, dadas as circunstâncias — disse ele, e acelerou.

— Você acha que conseguimos chegar lá antes do Trent?

— Com um pouco de sorte, sim — disse C. B., provavelmente porque ouvia Trent e sabia exatamente onde ele estava.

E Trent já devia estar a caminho, porque C. B. não parava de acelerar... e tamborilar impacientemente no volante a cada sinal vermelho. Devia achar que não chegariam a tempo, e talvez fosse melhor ela já pensar em uma forma de explicar o que estava fazendo com C. B. e por que tinham ficado fora a noite toda.

Meu carro quebrou no caminho para a casa da tia Oona e ele teve que ir me pegar. Péssima desculpa. Por que ela não havia ligado para Trent, então? Ou para Mary Clare e Kathleen? E isso também não explicaria por que os dois estavam encharcados. Ou por que o carro dela estava estacionado em frente ao prédio.

Ela olhou para C. B., esperando que ele a ajudasse a bolar algo, ou que pelo menos dissesse alguma coisa sobre as Regras da Mentira, mas ele olhava fixamente para a frente, os músculos do queixo contraídos. Ele estava assim porque iam chegar em cima da hora? Ou porque ele também sabia que isso mudaria tudo?

Ela desejou fervorosamente que isso não tivesse acontecido naquele momento, que C. B. a tivesse levado à confeitaria e lhe ensinado a identificar vozes individuais para que ela pudesse ler sua mente.

Ou talvez fosse melhor daquele jeito. E se o ouvisse pensar que ela não tinha sido nada além de um problema e que mal podia esperar para deixá-la em seu apartamento e se livrar dela?

Ele tem razão. A telepatia é uma coisa terrível, pensou ela, tremendo, apesar do aquecedor no máximo. Olhava perdida pela janela embaçada, para as ruas alagadas. Toda a promessa e a doçura daquela manhã se foram, o cheiro de terra molhada transformado em lama, sob o céu cinzento deprimente. O locutor do rádio estava certo. A manhã estava mesmo terrível lá fora.

E aqui dentro também. Não culpo C. B. por querer se livrar de mim. Ele passara os últimos dias tendo que socorrê-la, lidar com seus ataques histéricos e se defendendo de suas acusações de que estava bloqueando Trent, o que obviamente não vinha fazendo.

Queria que ele realmente estivesse bloqueando Trent, pensou ela, melancólica. Mas não estava, então ela teria que pensar em alguma mentira para convencer Trent de que não eram telepáticos, embora não pudesse imaginar o que seria, independente de quantas Regras da Mentira usasse.

Ela teria que contar a verdade a ele. Independentemente das consequências, seria melhor do que todas as mentiras...

— Não, não seria — disse C. B. — Seria pior. Muito pior. E é por isso que não vamos deixar que aconteça.

Ele pisou fundo no acelerador, dirigindo com dificuldade por causa da chuva intensa, fazendo espirrar água para todo lado, e xingando toda vez que precisava parar.

Estamos pegando todos os sinais vermelhos, pensou Briddey, olhando para ele. As mãos de C. B. estavam firmes no volante, e ele parecia ainda mais amargo. Isso significava que estava com medo de que não fossem chegar ao apartamento dela a tempo? Ou que Trent já estava lá?

— Não está — disse C. B., dando a seta, e ela se deu conta de que a esquina seguinte já era a da sua rua. — Ele ainda não está na Broward.

Isso queria dizer que ele tinha *mesmo* parado para comprar comida para o café da manhã. Graças a Deus. Mas ainda assim ela não tinha muito tempo.

— Eu sei — disse C. B., entrando na rua. — Acho melhor deixar você em frente ao prédio.

Como um cara que não vê a hora de despachar a garota com quem saiu, pensou ela. Ela abriu a porta do carro assim que ele parou, aliviada por ter um refúgio e evitar que C. B. testemunhasse o espetáculo completo de sua humilhação.

— Espere — disse C. B., segurando seu braço. — Antes de você ir, preciso te falar uma coisa. — Ela parou, a mão na porta, esperançosa. — Só conte ao Trent o absolutamente necessário sobre essa coisa toda de telepatia. Nem pense em mencionar que você é capaz de ouvir outras vozes. A única que ele pode ouvir agora é a sua, e ele pensa que é porque estão emocionalmente ligados, então não vai nem desconfiar que você possa estar conectada a qualquer outra pessoa. Ele só pode descobrir se você contar. E você não deve contar. É importante. E não pode contar a ele o que causa a telepatia também, nem sobre a conexão com os irlandeses ou os genes R1b...

Porque se ele souber das outras vozes, vai descobrir seu segredo, pensou ela. *E isso é o que realmente importa, não é? Que ele não descubra seu segredo.*

Briddey devia isso a C. B. Ele salvara sua vida e lhe ensinara a se defender contra as vozes. E lhe dissera que a levaria para as cataratas do Niágara na lua de mel.

— Não precisa se preocupar — disse ela. — Não vou entregar você.

Briddey saiu do carro.

— Obrigada por tudo — disse ela, fechando a porta do carro e andando depressa até seu prédio, ansiosa para entrar antes que ele pudesse dizer qualquer coisa.

E quando ela aprenderia que não funcionava assim, que não havia como escapar da voz de C. B.?

Não é isso, disse ele. *Briddey, você tem que entender, há mais em jogo aqui do que imagina! Não é com o meu segredo que estou preocupado, é... merda, ele deve ter pegado todos os sinais abertos. Entra.* Ela se virou, assustada, e viu C. B. saindo depressa com o carro e o Porsche de Trent dobrando a esquina dois quarteirões acima.

VINTE E DOIS

"Ei, aonde você está indo com esse elefante?"
"Que elefante?"
A mais querida do mundo

Briddey entrou no prédio correndo e subiu às pressas para o seu apartamento, tentando pegar as chaves, que deixou cair no chão e, depois, enfiou a errada na fechadura. *Entrar em pânico não vai ajudar,* disse a si mesma, procurando a chave certa.

Conseguiu abrir a porta e disparou para o quarto, tirando os brincos no caminho e os jogando em uma gaveta qualquer, e foi depressa até a cama para tirar os sapatos.

Não, era melhor não sentar ali. Ia molhar tudo. Então só se apoiou na cama e lutou com as fivelas encharcadas. Empurrou os sapatos para debaixo da cama e estava prestes a fazer o mesmo com a bolsa.

O celular dela tocou. *Talvez seja C. B. querendo me alertar sobre alguma coisa,* pensou, e atendeu.

Era Kathleen.

— Não posso falar agora — disse Briddey, desligando e correndo para o banheiro.

Depois voltou até a sala para trancar a porta e obrigar Trent a bater. Isso lhe daria mais alguns minutos, embora provavelmente não o suficiente para tomar um banho. Mas não precisava. Seu cabelo ainda estava bem molhado, o suficiente para enganar Trent. Ela ligou o chuveiro para dar a impressão de que tinha acabado de sair do banho, desejando que tivesse *mesmo* tempo para isso. Estava com *tanto* frio.

Seu celular tocou novamente.

— Olha, Kathleen — disse ela. — Realmente não posso...

— Eu sei — disse Kathleen. — Trent está aí, não está?

Não, mas vai chegar a qualquer minuto, e...

— Serei rápida. Estou com um problema muito grande, e não tenho ninguém com quem conversar. Estou na casa da Mary Clare. Elas estão se arrumando para ir à missa, e Mary Clare não para de falar que Maeve está escondendo alguma coisa dela...

— Kathleen...

— E a tia Oona fica repetindo que tenho que parar de sair com caras aleatórios e dar uma chance ao Sean O'Reilly, e eu tenho que conversar com *alguém*. Entrei naquele Lattes'n'Luv, e eu ia sair para tomar um café com um cara chamado Landis. Ele é gestor de fundos, bem bonito...

Esperar Kathleen fazer uma pausa para respirar *não* ia dar certo, até porque isso nunca aconteceria.

— Ka...

— Quero dizer, ele é exatamente o meu tipo, mas, quando fui à Starbucks me encontrar com ele...

— Olha, eu não posso mesmo conversar agora. Ligo para você assim que puder, o.k.? — disse Briddey enquanto Kathleen ainda falava.

Ela voltou para o banheiro, abrindo o zíper do vestido no caminho.

Tarde demais. Trent já estava batendo à porta.

— Estou indo! — gritou ela, então desligou o chuveiro e pegou o roupão, desejando ter um que fosse até o pescoço.

Tomou cuidado para que o decote do vestido não aparecesse, enrolou uma toalha no cabelo molhado e foi até a sala.

— Briddey! — chamava Trent do corredor, tentando abrir a porta.

No último minuto, foi até o quarto e fechou a porta. Então respirou fundo para se recompor e abriu a porta da entrada.

Trent estava com o punho levantado para bater novamente.

A chuva deve ter diminuído, pensou Briddey. A camisa de botão e a calça cáqui dele não estavam nem úmidas e o cabelo bem penteado só tinha algumas gotas de chuva.

— Por que você trancou? — perguntou ele.

— Shh — disse Briddey, ligeiramente ressentida por ele parecer tão limpo e seco. — Você vai acordar os vizinhos.

Ela abriu um pouco mais a porta com uma das mãos, segurando o roupão fechado no pescoço com a outra.

— Você obviamente não me ouviu chamar — disse ele, entrando.

— Eu estava no banho.

— Quis dizer chamá-la mentalmente. Você não me ouviu?

— Não.

— Você precisa se concentrar mais. Chamei você milhões de vezes. Ainda não consigo acreditar nisso! Telepatia!

Ele estendeu a mão para tocá-la, mas ela se afastou.

— Preciso secar meu cabelo e me vestir — disse ela, indo para o quarto. — Você fica aqui e prepara o café da manhã... — Então parou, franzindo a testa ao notar as mãos vazias dele. — Pensei que você tivesse passado em algum lugar para comprar comida.

— Eu ia parar, mas depois decidi que precisava logo ver você!

Mas se você não parou, então como conseguimos chegar antes?

— Acho que você não entende como isso é incrível, meu amor — disse ele. — Para mim, o máximo que aconteceria era comunicar sentimentos. Nunca sonhei que seria capaz de ler sua mente!

E, com sorte, você ainda não pode, ou saberia que estou me perguntando desesperadamente como farei para voltar ao quarto e tirar este vestido antes que você descubra que ainda estou com ele.

— Você tem noção? Telepatia! — disse Trent, exultante. — Não é de admirar que levamos tanto tempo para fazer contato! Pensei que não fosse acontecer, estava muito preocupado, e você ainda por cima saiu correndo no meio da peça daquele jeito... e na frente dos Hamilton. E aí esta manhã, lá estava você, *falando* comigo! Isso é tão incrível! Ainda não consigo acreditar que é real!

Que bom, pensou Briddey.

— Talvez não seja — disse ela. — O dr. Verrick falou que algumas vezes as emoções vêm com tanta força que a pessoa que recebe pensa estar ouvindo coisas...

— O que eu ouvi não foram só emoções. Você *falou* comigo, eu ouvi você, e você me ouviu. Estávamos telepaticamente ligados.

— Mas como isso seria possível? Não existe essa coisa de telepatia. Então como poderíamos estar ouvindo os pensamentos um do outro?

— Ouvindo os pensamentos um do outro? — disse Trent de repente. — Não só se comunicando um com o outro? O que você ouviu?

— Eu... hum...

— Me diga exatamente o que você ouviu. Palavra por palavra.

Essa era a última coisa que ela queria fazer.

— Pensei ter ouvido você chamar meu nome... — disse ela, hesitante. — E então senti que você estava dizendo a si mesmo que podia me ouvir.

— E foi só isso?

— Só — disse ela. Trent estava nitidamente aliviado. Mas por quê? Tinha ficado tão empolgado com a telepatia que ela esperava... — O que *você* ouviu?

— Você dizendo "Onde está você?" e que você achava que eu não podia ouvi-la, e depois que estava com medo de ter me perdido.

Eu estava me referindo ao C. B., pensou ela, e esperava que Trent não a tivesse ouvido dizer o nome dele.

— Você ouviu alguma outra coisa?

— Só fragmentos.

Que bom, a situação não era tão ruim quanto ela pensava. Pelo menos ela não mencionara nada sobre C. B. ou onde estava...

— Ouvi você dizer que estava com frio — disse Trent. — E algo sobre limpadores de para-brisas. Você não saiu esta manhã, saiu?

Ela resistiu ao impulso de fechar o roupão com mais força em volta do pescoço.

— Não, só me levantei. Me lembro de ter pensado que o chão estava frio, mas nada sobre limpadores de para-brisas. Tem certeza de que você não imaginou...?

— Não, com certeza ouvi você dizer isso. Talvez você tenha ouvido a chuva e pensado que eu viria de carro até aqui no meio de todo esse aguaceiro. Mas não escutei o resto. Sua voz sumiu e eu não ouvi mais nada no caminho para cá. Mas acho que é porque eu estava chamando você, e não consigo enviar e receber ao mesmo tempo.

Quem dera isso fosse verdade, desejou Briddey. Mas ela precisava encorajá-lo a acreditar nessa teoria, assim poderia evitar que ouvisse pelo menos alguns de seus pensamentos.

— Parece lógico — disse ela. — Ou talvez essa história de telepatia tenha acontecido por acaso, talvez porque tínhamos acabado de acordar.

— Não, porque quando entrei na sua rua, comecei a ouvi-la novamente. Você disse "depressa" e "ouvir" e, então, uma palavra que não entendi direito.

Que não seja "C. B.". Por favor.

— "Bolsa" ou "louça"? Você disse isso algumas vezes.

Bolsa. Minha bolsa, pensou ela, aliviada, e então lembrou que estava prestes a escondê-la embaixo da cama quando Kathleen ligara.

— Então, o que você estava tentando me dizer? — perguntou Trent.

— Que eu me sentia mal por você ter que sair no meio da chuva — improvisou ela, tentando lembrar se tinha colocado a bolsa debaixo da cama. Ela pegara o celular...

— Ah — dizia Trent. — Eu não captei nada disso, nem as palavras *nem* a emoção. Na verdade, ainda não captei nenhuma emoção sua.

Graças a Deus. Se ele tivesse percebido como ela estava infeliz por terem se conectado, ou como ficara desolada quando pensara que tinha perdido a capacidade de ouvir C. B....

— Talvez seja possível apenas ouvir palavras *ou* sentimentos, mas não os dois — disse ele. — Vamos ter que perguntar ao dr. Verrick.

Ele pegou o celular.

Não.

— Você não vai ligar para ele agora, vai? Ainda não sabemos o que está acontecendo, e ele nem está aqui. E sabe-se lá que horas são no Marrocos.

— Não importa. Ele disse para ligarmos se fizéssemos contato ou se algo anormal acontecesse, e as duas coisas ocorreram. Liguei para ele antes de vir para cá.

Ai, meu Deus.

— Você contou a ele o que aconteceu?

— Não, só que precisávamos falar com ele — disse Trent, checando suas mensagens. — Mas ele ainda não respondeu. Deixei recados no escritório e no celular. Não sei por que ele ainda não me retornou.

Porque é domingo de manhã. Como ela iria impedi-lo de contar ao dr. Verrick quando *conseguisse* falar com ele?

— Você não acha que devemos esperar para entrar em contato novamente quando descobrirmos mais sobre o que está acontecendo e por quê? — perguntou ela. — Ou se vai durar? Principalmente quando o assunto é telepatia. Ele vai pensar que estamos loucos.

Surpreendentemente, Trent disse:

— Você tem razão. Precisamos de algo conclusivo para mostrar a ele.

— Conclusivo?

— Sim, como os testes de Percepção Extrassensorial, em que uma pessoa pensa em um objeto e a outra lhe diz o que é. Vou até o quarto e...

Não!, pensou ela, forçando-se a não correr até a porta para impedi-lo de entrar.

— Vamos fazer isso depois do café da manhã. Pensei em preparar uma omelete para a gente...

— Comemos mais tarde — disse ele, se dirigindo ao quarto. — Quero fazer isso agora, para o caso de o dr. Verrick ligar. Pense em um objeto — ele colocou a mão na maçaneta — e, então, concentre-se nessa imagem por trinta segundos.

— Mas se queremos uma prova concreta, não precisamos registrar isso? — perguntou ela, e Trent claramente não podia sentir suas emoções, ou perceberia seu pânico. — Há canetas e blocos na gaveta do lado esquerdo da minha escrivaninha — disse ela para afastá-lo dali, e, enquanto ele vasculhava a mesa, ela parou em frente ao quarto.

— Eu fico aqui — disse ela quando ele voltou — e você vai para a cozinha e prepara o café da manhã, já que não trouxe nada.

— Precisamos nos concentrar — retrucou ele.

— Eu sei, mas estou morrendo de fome.

— Tudo bem, mas como você pode pensar em comida num momento como este... — Ele lhe entregou uma caneta e papel. — Vou pensar em dez coisas diferentes, cada uma por um minuto.

— E depois eu penso em dez — disse ela. *E isso deve me dar tempo suficiente para me livrar deste vestido incriminador.* — Está bem? — continuou ela, e, antes que ele pudesse protestar, Briddey abriu um pouquinho a porta, passou espremida e a fechou novamente.

O que foi bom, porque bem ali na cama estava sua bolsa. Ela olhou para a fechadura, querendo muito poder usá-la, mas tinha medo de que Trent ouvisse o barulho.

Encostou o ouvido na porta, tentando escutar se ele tinha ido para a cozinha.

— Anote quaisquer palavras ou imagens que lhe ocorrerem — gritou Trent.

— Ou emoções.

— O.k. — disse ela, e esperou até escutá-lo se afastar. Em seguida correu até a cama, pegou a bolsa e a atirou lá embaixo. A bolsa tinha molhado um pouco a colcha. Briddey desenrolou a toalha do cabelo e a jogou em cima da mancha úmida. Então correu de volta até a porta.

— Pronta para começar? — gritou Trent do outro lado.

— Espera, preciso pegar meu celular para cronometrar o tempo certinho — gritou ela e correu até a cômoda para pegá-lo.

Então voltou depressa e ligou o telefone, apoiando o corpo na porta caso Trent tentasse abri-la de repente.

Kathleen havia deixado quatro mensagens. Briddey colocou o celular para vibrar, programou o tempo e o enfiou no bolso do roupão.

— O.k., estou pronta.

Estou pensando na cafeteira, disse ele. *Cafeteira.*

Ele tem razão, pensou ela. *A conexão está ficando mais forte.* Mas, pelo menos, se ele estava concentrado em enviar mensagens, não estava tentando ouvi-la. E o fato de ele ter enviado "cafeteira" significava que estava na cozinha, então era seguro tirar o vestido molhado.

Ela trancou a porta do quarto, tirou o roupão e depois o vestido.

— *Mona Lisa* — disse Trent.

Briddey pegou um cabide no armário, tomando cuidado para não fazer barulho.

Bacon.

Ela pendurou o vestido e colocou uma capa de chuva por cima dele, pensando: *Eu deveria ter usado isso na noite passada.* Então enfiou o cabide bem para dentro do armário e fechou a porta silenciosamente.

Jasmim, disse Trent.

Jasmim? Ele deve estar vendo os chás no armário, pensou ela. *O que significa que ainda está na cozinha e eu posso me vestir.* Ela devia estar prestando atenção às palavras que ele estava enviando. Era melhor só vestir o roupão de volta. Colocou uma calcinha seca, penteou o cabelo molhado e se sentou na cama, tentando pensar no que escreveria em sua lista.

Trent estava agora na número sete, e ela ouvira cada uma delas. Obviamente, Briddey não podia deixá-lo saber disso, mas só escrever respostas erradas não iria convencê-lo de que a telepatia não acontecera. Na verdade, isso poderia fazê-lo pensar que havia algo errado e que precisava entrar em contato com o dr. Verrick imediatamente. Mas se ela escrevesse as respostas corretas...

Ela queria perguntar a C. B. o que fazer. *Mas ele não está aqui.* Ele fora embora e a deixara e, se ela queria manter tudo aquilo em segredo, não devia nem mesmo estar pensando nele.

— Pronto, foram as dez — disse Trent. — Você conseguiu captá-las?

— Nem todas — disse ela, escrevendo os números com pressa e anotando: "casa" para "cafeteira", "jangada" para "jasmim", "beijo" para "bacon", e palavras aleatórias: "gatinho", "travesseiro" e "prédio" para as três outras e pontos de interrogação para o resto.

— Quero ver — gritou Trent.

— Não, só depois que eu mandar as minhas. Volte para a cozinha.

Ela colocou a lista na cômoda e entrou em seu refúgio para fazer uma lista das palavras que supostamente deveria enviar. *E então não vou mandar nada,* pensou, *e vou dizer a ele...*

— Você está enviando as palavras? — gritou Trent. — Não estou recebendo nada.

Ótimo, pelo menos isso significa que meu refúgio funciona, pensou.

— Eu enviei! — gritou ela.

— Bem, não estão chegando. Talvez devêssemos deixar essa estratégia pra lá e ver se conseguimos falar com o dr. Verrick no hospital...

Ah, não.

— Provavelmente eu só não estou me concentrando o suficiente — disse ela. — Vou tentar de novo. Volte para a cozinha, vou repetir tudo. — Ela tinha que enviar alguma coisa. Mas o quê? Tudo menos as palavras que acabara de listar.

Então se apressou e montou uma segunda lista, com palavras as mais diferentes possíveis das da primeira — e que ele não conseguiria adivinhar sozinho, como "gás lacrimogêneo", "petúnias" e "Angkor Wat".

Mas será que as palavras seriam a única coisa que ela enviaria? C. B. dissera que seus pensamentos não poderiam ser ouvidos quando estivesse dentro do refúgio, mas ela só o construíra há algumas horas. Era melhor filtrar seus pensamentos, em todo caso.

— Briddey! — chamou Trent. — Ainda não estou recebendo nada.

— Só estou começando agora — gritou ela em resposta e disse: *Petúnias. Repita, petúnias,* e começou a cantar a música de abertura de *Ilha dos birutas*, mas sua mente só conseguia se concentrar como ela faria para impedir que Trent falasse com o dr. Verrick quando o teste acabasse... e como o manteria afastado. Ele antes dissera que, quando se conectassem, pediria sua mão em casamento, e agora...

Não pense sobre isso, disse a si mesma, e começou a recitar "The Highwayman", mas não conseguia se lembrar das palavras, e se viu pensando no que C. B.

dissera: "Não é com o meu segredo que estou preocupado". O que ele quisera dizer com isso? Será que ele...?

Seu celular vibrou. *Kathleen*, murmurou ela. *É disso que eu preciso*, e então pensou: *Posso usá-la para filtrar meus pensamentos. O que ela disser não terá relação com nada disso*, pensou Briddey, *e não vai ter problema se Trent ouvir*. Ela atendeu.

— Kathleen? Espera um segundo — sussurrou ela. Então andou na ponta dos pés até o banheiro e fechou a porta para que Trent não a ouvisse conversando. Em seguida sentou na beirada da banheira, ajustou o alarme do celular para dali a dez minutos e disse: — O.k., fala. Você estava em um encontro com o cara do Lattes'n'Luv, e ele é perfeito...

— Sim — disse Kathleen com tristeza —, mas ele se atrasou e, enquanto eu esperava, comecei a conversar com o barista... o nome dele é Rich... e ele é muito legal.

— Aham — disse Briddey, ouvindo-a tagarelar e enviando de vez em quando uma palavra da segunda lista para Trent: "gás lacrimogêneo", "endívia", "NASCAR".

— De qualquer forma — disse Kathleen no final da sua história —, agora acho que gosto dele, e não do outro cara.

Eu não devia ter feito isso, pensou Briddey. *Conversar com Kathleen foi um erro.*

— Eu não sei o que fazer — disse Kathleen. — É uma confusão tão grande. Quer dizer, eu nem sei se o Rich gosta de mim. Ele pode só ter sido legal.

Ou ter ficado com pena de uma pobre menina histérica e tentado acalmá-la. E aquela parte sobre amores impossíveis era só uma maneira delicada de me dispensar...

— E se não significou nada para ele? — dizia Kathleen. — Ele nem pediu meu número.

Ou ficou aqui para me ajudar.

Se Trent a ouvisse pensando essas coisas...

— Preciso desligar — disse Briddey.

— Mas você tem que me dizer o que fazer! — queixou-se Kathleen.

Eu não sei o que fazer, pensou Briddey, e o alarme do celular tocou.

— Olha, *preciso* atender outra ligação. Ligo mais tarde — disse ela, então desligou, rasgou em pedacinhos a lista de palavras que enviara e jogou-os na pia. Levou a outra lista para o quarto, abriu a porta e se sentou na cama, à espera de Trent, tentando pensar no que fazer se ele a pedisse em casamento.

Não posso deixar isso acontecer. Tenho que pensar em alguma maneira de enrolá-lo...

Maravilha, ouviu Trent dizer, irritado.

Briddey congelou. *Ah, não, ele me ouviu pensar isso.*

Não acredito que tenho que ouvi-lo também.

Ele pode ouvir outra pessoa, pensou Briddey. Mas como isso era possível? Trent só começara a ouvi-la naquela manhã, e ela só passou a ouvir outras vozes bem depois de ter começado a ouvir C. B. E, pelo que ele estava dizendo, era óbvio que não era a primeira vez que ouvia aquela voz. Será que fora por isso que ele não tinha ficado tão assustado quando ouvira pela primeira vez a voz dela, porque não tinha sido a primeira?

Mas então por que ele falara tudo aquilo sobre a conexão deles provar que estavam emocionalmente ligados? Se podia ouvir outras vozes, ele sabia que não era assim que funcionava...

Não, não posso me encontrar com você hoje, disse Trent. *Vai ter que esperar até amanhã.*

Ele não está só ouvindo outras pessoas, pensou Briddey, espantada. *Está falando com elas. Mas como?*

Não acredito que tenho que perder meu tempo com isso quando deveria estar me comunicando com a Briddey. Como ele conseguiu este número, afinal?

Ele não está se comunicando telepaticamente com outra pessoa. Está falando ao celular, e estou captando seus pensamentos enquanto isso, pensou Briddey, e colou o ouvido à porta para ter certeza.

Sim, ela podia ouvi-lo falar, embora não conseguisse entender o que dizia. E para quem ele estaria ligando tão cedo?

Ai, meu Deus, espero que não seja o dr. Verrick, pensou ela, mas Trent *queria* falar com ele. Será que era alguém do hospital, que estava se recusando a passar o número do dr. Verrick?

Seja o que for, disse Trent, *eu não preciso mais disso, agora que...* Os pensamentos dele se desvaneceram e depois voltaram. *Imagino que eu tenha que vê-lo... marcar uma reunião com minha secretária...*

Era só alguém ligando para tratar de negócios. Briddey afundou-se na cama, aliviada, e seu pé bateu em alguma coisa. Um de seus sapatos, que ela não empurrara completamente. Ela se abaixou e o pegou, estendendo a mão para o outro quando ouviu Trent dizer: *Preciso dizer a Briddey que não ouvi as duas últimas palavras.*

Isso só lhe dava alguns segundos, mas era o bastante. Quando ele abriu a porta, os sapatos estavam embaixo da cama, a porta do armário, fechada, seu celular, no bolso, e ela, sentada na beira da cama, fingindo acrescentar "sarampo" à lista de palavras que supostamente enviara.

Briddey levantou e entregou a lista a Trent.

— O café da manhã está pronto? Estou morrendo de fome — disse ela, e passou por ele em direção à cozinha.

A mesa da cozinha estava sem nada, e não havia nenhuma panela no fogão.

— Pensei que você fosse preparar o café da manhã — disse ela.

— Não tive tempo — murmurou Trent, comparando a lista dela com a sua. — Acertei seis das que você enviou.

Seis?, pensou ela. *Como ele conseguiu seis? Ele não podia ter pensado em "sarampo". Ou "Angkor Wat". E pensei que ele tivesse dito que não ouviu as duas últimas.*

— Está vendo? — disse ele, mostrando-lhe sua lista. — A número dois era "fraldas" e anotei "pessoa", então eu com certeza estava recebendo a imagem de um bebê, e, para "sarampo", escrevi "tomate", e os dois são vermelhos.

Sua interpretação de acertos era tão livre quanto a do dr. Rhine.

— Que outras imagens você recebeu? — perguntou ela, pegando a lista dele. Trent escrevera "petúnias" e "NASCAR", o que significava que ele tinha ouvido pelo menos duas das palavras que ela enviara. Ele também escrevera "cobertura", "star? Starbucks?" e "partiu". O que queria dizer que também tinha ouvido partes de sua conversa com Kathleen.

— Tem certeza de que não enviou nenhuma dessas palavras? — perguntava Trent, apontando para "cigarro" e "cobertura" na sua lista.

— Não — disse ela com firmeza.

— Você pode ter feito alguma conexão. Estar pensando nelas em conexão com a imagem que estava enviando.

— Não.

— Ah — disse ele, desapontado. — Vamos ver a lista do que você recebeu de mim.

Ela o observou, pensando: *Graças a Deus coloquei apenas pontos de interrogação para algumas delas, ou, seguindo os padrões dele, eu acertaria todas, mesmo com as palavras aleatórias.*

Como previsto, ele lhe deu crédito por "prédio".

— Eu estava enviando *Mona Lisa* — disse Trent —, e você claramente recebeu uma imagem do Louvre. — Ele franziu a testa. — Você não recebeu mesmo "espaguete"?

— Não.

— E quanto a sentimentos? Tentei enviar emoções junto com as imagens.

— Não, não recebi nenhum sentimento, mas, quando eu estava enviando, ouvi um celular tocar. Foi algo em que você estava pensando ou alguém ligou?

— Me ligaram — disse ele, irritado. — Aquele idiota do C. B. Schwartz. Queria que eu fosse ver algum novo aplicativo idiota dele.

Não, não queria, pensou ela. *Ele estava tentando me salvar.* Briddey sentiu o coração mais leve. *Pensei que ele tivesse me abandonado, mas não. Esteve aqui o tempo todo nos ouvindo.*

Trent olhou para ela, boquiaberto. Ah, não, será que ele tinha ouvido isso?

— Retiro o que disse antes sobre não receber nenhuma emoção de você — disse ele. — Acabei de receber... E nem sei como definir... esse sentimento incrivelmente intenso de amor vindo de você. — Ele a abraçou. — Você percebe o que isso significa, meu amor?

Sim, pensou ela. *Significa que meus problemas são maiores do que eu imaginava*, e disparou para seu refúgio. Mas era tarde demais. Se Trent conseguira sentir, C. B. também...

— Isso significa que o EED é ainda melhor do que eu pensava! — dizia Trent. — Pensamentos *e* emoções!

— Trent...

— Isso vai mudar tudo! Nós vamos poder... — Ele parou de falar. — Quero dizer, saber que você me ama vai mudar o nosso relacionamento! Nós...

Ele parou novamente.

— O que foi? — perguntou ele, e, antes que Briddey pudesse abrir a boca, disse: — Não precisa responder. Posso sentir o que está sentindo. Você está preocupada por não estar recebendo emoções minhas ainda e porque eu a ouço melhor do que você a mim, mas não se preocupe. Você escutou o dr. Verrick. Algumas pessoas são mais sensíveis do que outras. Tenho certeza de que você vai chegar lá.

Ele a puxou para perto.

— E, enquanto isso, há outras formas de comunicação. — Ele roçou o nariz no pescoço dela. — Aposto que você sabe no que estou pensando agora. Porque eu com certeza sei no que *você* está pensando.

Não, não sabe, pensou ela, *porque estou pensando que agora seria um bom momento para C. B. ligar novamente*.

— Você está pensando: "Vamos para a cama e...".

Alguém bateu à porta.

Obrigada, pensou Briddey, fazendo menção de atender.

— Nem pense em ir até lá — murmurou Trent, puxando-a de volta para os seus braços.

— Não posso — disse ela. — Pode ser alguém da minha família.

— Elas não deviam estar na igreja?

— Às vezes elas passam por aqui no caminho — disse ela, tirando a mão dele de seu braço. — E elas têm a chave, lembra?

— Ah, pelo amor de Deus — disse ele, e a soltou.

— Já vou! — gritou ela, contente. Então apertou a tira do roupão e correu para a porta, perguntando-se como exatamente C. B. iria explicar sua presença.

Ele vai pensar em algo, pensou ela, confiante, e abriu a porta.

— Oi — disse Maeve. — Por que não está vestida?

VINTE E TRÊS

Faça isso pelo rádio.
O despertar de Rita

Salva pelo gongo, pensou Briddey, olhando agradecida para Maeve ali de pé na porta com seu guarda-chuva rosa e suas galochas de corações.

— Você esqueceu que deveria me levar para um brunch hoje, né, tia Briddey? — disse Maeve, olhando fixamente para Trent. — Falei para a mamãe que você esqueceria.

— É claro que não esqueci — mentiu Briddey, perguntando-se quando fizera essa promessa. Não importava. Era uma ótima maneira de escapar de Trent.

Então Briddey o puxou para a cozinha e disse:

— Esqueci que tinha prometido à Mary Clare sair com a Maeve para tentar descobrir o que a levou a fugir na noite passada. E andei pensando... ficarmos separados pode me ajudar a ouvi-lo melhor. Lembra? A enfermeira disse que isso evitaria que recorrêssemos a outros métodos de comunicação mais fáceis.

— Você está certa — disse Trent. — E também vai me dar a chance de encontrar outro número para falar com o dr. Verrick. A que restaurante você vai levá-la?

Ah, Deus, ela ainda nem tinha pensado nisso. Não tinha certeza se suas defesas já estavam fortes o suficiente para protegê-la em lugares cheios, e o Carnival Pizza ficava no shopping, que estaria lotado. Teria que tentar convencer Maeve a ir a algum lugar menos cheio, se é que havia algum restaurante assim em uma manhã de domingo.

— Não tenho certeza — disse Briddey. — Mando uma mensagem para você.

Trent riu.

— Você não entende, querida? Não será necessário. Podemos nos comunicar diretamente agora. Me envie palavras e sentimentos, como tem feito, e eu vou fazer o mesmo. E mantenha um registro de tudo que me ouvir dizer. — Então deu um beijo rápido em seu rosto. — Tchau, queridinha — disse ele para Maeve. — Divirta-se com a sua tia.

Trent saiu, e Briddey teve que fugir depressa para o pátio a fim de ter certeza de que ele não perceberia o alívio que sentiu por ele ter ido embora.

Maeve olhava com raiva para a porta.

— Quantos anos ele pensa que eu tenho? Três? Ele não se comunica muito bem, né, tia Briddey?

Ainda não, pensou Briddey. *E vamos torcer que não melhore tão cedo.*

— Não — respondeu ela, tentando pensar em como falar sobre não ir ao shopping.

— Mamãe disse que você ia me levar ao Carnival Pizza, mas podemos não ir lá? — perguntou Maeve. — É tão *infantil*.

Que garotinha abençoada.

— Tem um restaurante no parque. Perto do lago. Podemos ir lá em vez disso? — perguntou Maeve.

— No parque? Mas está chovendo. — *E congelando*, acrescentou em silêncio, lembrando-se do ponto de ônibus.

— A chuva quase já parou. E, de qualquer maneira, dá para comer do lado de dentro.

E o lugar devia estar deserto com aquele tempo.

— Tem certeza de que vai estar aberto? — perguntou Briddey.

— Tenho, porque a Danika foi lá uma vez quando caía um *dilúvio*, e estava aberto. A comida é muito boa. E dá para alimentar os patos.

O que, pelo visto, não era coisa de criança, mas Briddey não ia entrar nessa questão. O parque era muito melhor do que o shopping, e, se Trent de alguma forma conseguisse falar com o dr. Verrick, seria o último lugar em que procuraria por ela. Além disso, se Maeve saísse para alimentar os patos, Briddey teria um tempo para pensar no que fazer.

Pelo que C. B. dissera, era essencial que Trent não descobrisse sobre a conexão deles, mas Briddey não tinha certeza se era possível esconder isso dele. Trent já conseguia ouvir alguns dos seus pensamentos e, agora que captava alguns sentimentos também, acabaria percebendo que ela estava escondendo alguma coisa e começaria a fazer perguntas. E ela não sabia se um refúgio servia para emoções também.

Preciso perguntar ao C. B., e pensou se Maeve concordaria em dar uma passada no laboratório a caminho do parque para ela poder descobrir.

— Vamos ao parque, então — disse ela. — Procure alguma coisa aí para alimentar os patos enquanto vou me vestir. — Quando Maeve foi para a cozinha, Briddey perguntou: — Você pode esperar eu tomar um banho?

— Claro — disse Maeve. — Patos gostam de sorvete?

— Não — respondeu Briddey —, preferem migalhas de pão — e entrou no quarto. Tirou os sapatos molhados e a bolsa de baixo da cama, secou-os com a toalha molhada, envolveu-os com ela, enfiou a trouxa na gaveta de baixo da cômoda e virou para trás.

Maeve estava parada junto à porta com um saco de cebolas em uma das mãos e um frasco de alcaparras na outra.

— Patos gostam de alguma dessas coisas? — perguntou ela.

— *Não*. Eles gostam de migalha de pão.

— Aqui não tem migalha de pão.

— Então só pão. Eles gostam de pão. Ou biscoitos.

— O.k. — disse Maeve, sem se mexer.

Briddey se preparou para Maeve perguntar "Por que você estava escondendo seus sapatos?", mas ela não comentou nada. Só disse:

— Você também não tem biscoitos.

— Então cereal — disse Briddey, e Maeve saiu para a cozinha, mas voltou logo.

— Você não tem nenhum cereal *bom*.

Que, na opinião de Maeve, deveriam ser o Trix ou o Cap'n Crunch. Ou o Lucky Charms. *Aposto que ela sabe o que são os marshmallows*, pensou Briddey, e perguntou:

— Você sabe dizer quais são os marshmallows do Lucky Charms?

— Por que você está perguntando isso? — disse Maeve, de modo tão defensivo que Briddey imaginou que Mary Clare teria proibido o Lucky Charms, assim como os filmes da Disney.

— Eu só queria saber — disse Briddey. — Um amigo e eu estávamos falando sobre eles outro dia, e não conseguíamos lembrar se havia cinco ou seis marshmallows diferentes.

— Oito — disse Maeve, prontamente. — Corações cor-de-rosa, ferraduras roxas, trevos verdes, luas azuis, ampulhetas amarelas...

Ah, era isso aquela coisa amarela que parecia um osso de cachorro, pensou Briddey. *Uma ampulheta*.

— ... balões vermelhos, estrelas cadentes laranja e arco-íris cor de arco-íris. Mas há muitas maneiras de se descobrir isso. Está na internet e tudo mais. Bagels contam como "pão"?

— Contam — disse Briddey, franzindo a testa diante da súbita mudança de assunto.

— Até bagels com gotas de chocolate?

— Onde você encontrou bagels com gotas de chocolate?

— Não encontrei. Só queria saber. Patos podem comer chocolate? Cachorros não podem. É um *veneno* para eles. Teve uma vez que a Danika deixou um Twix na cama, e a Tootsie, sua cadela, comeu, e tiveram que levá-la ao veterinário e tudo.

— Então chocolate provavelmente faz mal para os patos também — disse Briddey. — E açúcar. Vá pegar um cereal de trigo. — Então empurrou Maeve para fora do quarto e foi, *finalmente*, tomar banho e bolar uma desculpa para o que estava fazendo com os sapatos e a bolsa, pois, conhecendo Maeve, sabia que ela acabaria perguntando.

Embora a garota não tivesse dito uma palavra sobre a ligação que C. B. fizera para ela na noite anterior pedindo que lhes desse cobertura. Por que não? Geralmente ela era tão intrometida quanto Suki.

Talvez ela esteja esperando para me interrogar quando chegarmos ao parque, pensou Briddey. Nesse caso, seria melhor ela pensar em uma história plausível. Ou mudar de assunto, como Maeve fizera agora. E esperar que Trent não a tivesse ouvido pensar em ir ao parque.

Pelo visto, ele não ouvira, porque, enquanto lavava o cabelo, ele perguntou: *Você ainda está no carro ou a caminho do brunch?* E, um instante depois: *Aonde decidiu levar a Maeve?*

Carnival Pizza, disse ela. Ele nunca pensaria em comer em um lugar como aquele.

Ainda não recebi nenhum retorno do dr. Verrick, disse ele. *Estou indo à Commspan para ver se consigo que o TI descubra o número da enfermeira dele.*

Então passar para falar com C. B. estava fora de questão. Ela teria que pensar em outra coisa. Terminou o banho, secou o cabelo, vestiu um suéter quente, calça jeans, meias de lã, e calçou as galochas.

— Encontrou alguma coisa para dar aos patos? — perguntou Briddey.

— Sim — respondeu Maeve, aparecendo na porta da cozinha com a caixa de cereal de trigo, um saco de bagels, uma caixa de cereal de arroz, uma caixa de cereal de passas, um pacote de biscoitos de arroz e um pão francês. — Também coloquei pipoca no micro-ondas. Você acha que isso vai ser suficiente?

— É bem provável — disse Briddey, e, assim que a pipoca ficou pronta, saíram para o parque.

A chuva *não* tinha diminuído. Havia apenas algumas almas corajosas passeando com seus cachorros e, ainda que Maeve estivesse certa com relação ao restaurante estar aberto, falar que poderiam comer do lado de "dentro" tinha sido um exagero. O lugar consistia de mesas de metal em um pátio coberto por um toldo meio frouxo de onde a chuva pingava.

Mas não havia outros clientes e, depois de acomodá-las em uma mesa ao lado do aquecedor, o garçom lhes entregou cardápios bem molhados, desapareceu na cozinha e as deixou sozinhas. As únicas companhias eram um bando de pardais pulando congelados em torno do pátio, à procura de migalhas.

Briddey tinha convencido Maeve a deixar as provisões para os patos no carro até acabarem de comer, mas Maeve implorou:

— Posso ir lá buscar só a pipoca? Eles estão morrendo de fome!

— Assim como eu. Você pode ir depois de fazermos nossos pedidos — disse Briddey, olhando o menu. A "comida muito boa" consistia de cachorros-quentes, cachorros-quentes com molho de carne, salsichas empanadas com farinha de milho e uma grande variedade de sorvetes e sobremesas geladas. Briddey pediu um cachorro-quente e um chá quente grande. — Em uma caneca. — *Para poder colocar minhas mãos congeladas em volta.*

Maeve pediu um milk-shake de manga e framboesa com chantilly e granulado, e Briddey se perguntou mais uma vez como Mary Clare podia se preocupar com ela. Maeve parecia uma menina absolutamente normal.

— E um cachorro-quente — disse Maeve ao garçom. — *Agora* posso ir buscar a pipoca, tia Briddey?

Briddey concordou e lhe deu as chaves, e ela saiu depressa como um raio. *Beleza*, pensou Briddey. *Enquanto ela está longe posso pensar em uma maneira de contatar C. B.*

Ou não. Não havia sinal lá embaixo em seu laboratório, então não adiantava ligar, e ela não sabia o número de telefone da casa dele. Se é que ele tinha um. Ou tinha uma casa, aliás. Por tudo o que Briddey sabia, ele podia simplesmente alternar entre o laboratório, a biblioteca e aquela confeitaria kosher de que tinha falado. Que ela também não sabia como encontrar.

O celular dela tocou com uma mensagem de Trent. "Sem sorte com a enfermeira. Encontrei o número, mas ela não estava em casa. Deixei mensagem para ela me ligar. Vou telefonar para o hospital de novo."

Ele não mencionou ter recebido nenhuma mensagem dela, o que provavelmente queria dizer que estava tão ocupado tentando encontrar o dr. Verrick que se esquecera da conexão deles. E, mesmo quando ele estava recebendo sinais, só ouvia fragmentos, então ela talvez pudesse falar com C. B. mentalmente, desde que não dissesse o nome dele e fizesse isso agora, antes de Trent encontrar o dr. Verrick.

Seu celular tocou novamente. "Acabei de receber uma mensagem mental sua", dizia a mensagem. "Ouvi você dizer 'Ligar... dissesse o nome dele... agora.' Não consegui ouvir o resto."

Graças a Deus por isso, pelo menos, pensou ela, e recebeu outra mensagem: "Também ouvi algo sobre 'parque'. Pensei que vocês iam para o Carnival Pizza".

Ah, não. Ela rapidamente mandou uma mensagem de volta: "E viemos. Está lotado. Mais cheio do que o parque em dia de sol. Deve ter sido o que você ouviu". E desligou.

Mas não posso desligar o Trent, pensou, então chamar C. B. não era uma opção. Só podia esperar que ele estivesse a par da situação e entrasse em contato com ela — e que Trent não conseguisse ouvi-la cada vez mais. Ou encontrasse o dr. Verrick. Ou ela.

O garçom trouxe o pedido. O milk-shake de manga e framboesa vinha em um copo do tamanho de um vaso de flores.

Maeve nunca vai conseguir tomar isso tudo, pensou Briddey, virando na cadeira para ver por que ela estava demorando.

Ela caminhava de volta pela grama com os braços cheios.

— Trouxe o cereal de trigo também, e os bagels — disse ela —, caso pardais não gostem de pipoca.

— Tenho certeza de que eles gostam de qualquer coisa. Você pode alimentá-los depois que comer — disse Briddey, mas Maeve já estava agachando e estendendo uma pipoca para um pardal.

Briddey deixou, ainda tentando pensar em uma maneira de entrar em contato com C. B. Se ele *tivesse* telefone em casa, podia estar na lista. Ela ligou o celular de novo para procurar o número, e o aparelho imediatamente tocou.

Kathleen.

— Você não retornou minha ligação — disse ela.

— Me desculpe — respondeu Briddey. — As coisas ficaram um pouco complicadas.

Maeve parou de tentar persuadir o pardal.

— Quem é?

— Sua tia Kathleen.

— Ah — disse ela, sem o menor interesse, e voltou a alimentar o pardal.

— Você decidiu o que vai fazer? — perguntou Briddey a Kathleen.

— Não. Não quero fazer papel de boba falando alguma coisa se o Rich só estivesse sendo gentil. Ele vai pensar que sou algum tipo de stalker lunática. Por outro lado, ele pode não estar dizendo nada porque me viu com o Landis e acha que eu gosto *dele*. E essa é outra questão. Acho que o Landis gosta *mesmo* de mim, e eu me sentiria uma idiota me apaixonando por outro enquanto estou saindo com ele, sabe?

Sim, pensou Briddey. *Eu sei.*

— Só queria saber o que ele está pensando. Tornaria tudo muito mais fácil. Talvez você estivesse certa, e o melhor seria fazer um EED.

Não. Com certeza não. Mas Kathleen estava certa sobre uma coisa: ajudaria saber o que Trent estava pensando, ou, para ser mais precisa, exatamente quanto dos seus pensamentos ele conseguia ouvir. Se ele só a captava de tempos em tempos e isso se limitava a palavras e frases intermitentes, seria seguro chamar C. B. Mas se não...

— Acho que vou pesquisar sobre o Rich na internet e ver o que consigo descobrir — afirmou Kathleen. — Talvez isso me diga alguma coisa. Preciso de mais informações.

Eu também, pensou Briddey e, depois que a irmã se despediu, ela desligou o aparelho e ficou ali sentada vendo Maeve alimentar os pardais, pensando: *Queria que C. B. tivesse tido tempo de me ensinar a selecionar vozes individuais.* Mas não tivera, e ele, obviamente, não podia fazer isso agora que Trent estava ouvindo. Ela teria que aprender a fazer isso sozinha.

Maeve jogou um punhado de pipocas, e os pássaros convergiram de todos os cantos para lá como minúsculos abutres. *E é isso o que vai acontecer se você abrir a porta do pátio*, pensou Briddey, o coração apertado de medo só de pensar nas vozes se aproximando ferozmente como um tsunami.

Mas tinha que saber o quanto Trent podia ouvir. Briddey fez Maeve terminar de comer depressa e disse, quando a sobrinha perguntou se poderia pedir uma sobremesa:

— Parece que a chuva parou. Que tal alimentarmos os patos agora e depois voltarmos para a sobremesa?

— Legal — disse Maeve, correndo para o carro de novo, enquanto Briddey pagava a conta, perguntava quando o restaurante fechava ("Estamos sempre abertos", disse o garçom, desanimado) e recolhia o que restava da pipoca e dos bagels e o guarda-chuva que Maeve esquecera.

— Você pode usar — disse Maeve, ao voltar cheia de comida. — Não consigo segurar o guarda-chuva e alimentar os patos ao mesmo tempo.

— Obrigada — disse Briddey. — Você se importa de dar comida para eles sozinha? Preciso ligar para o Trent. — E então se arrependeu. Maeve não gostava de Trent.

Mas Maeve disse alegremente:

— Claro. Não vou cair, juro. — E correu até a beirada da lagoa.

— Cuidado com os gansos — gritou Briddey. — Eles podem ser perigosos.

— Eu *sei* — gritou Maeve de volta, chateada. — Você parece a minha mãe falando.

— Desculpe — disse Briddey, sentando-se em um banco. O assento estava muito molhado, e ela se sentiu agradecida pelo guarda-chuva de Maeve. Grandes gotas caíam das árvores.

Não importa, disse a si mesma. *Você está em um pátio ensolarado em Santa Fé.* Ela pegou o celular desligado e o levou à orelha para Maeve pensar que estava conversando com alguém. Em seguida, atravessou as lajotas do pátio até o banco sob o choupo. Olhou por um bom tempo para a pesada porta azul, perguntando-se se conseguiria abri-la apenas por tempo suficiente para distinguir a voz de

Trent entre os milhares de outras, mas, só de pensar, as vozes lá fora pareciam se avolumar como uma enorme onda, pronta para invadir, e ela mergulhou para a porta, prendendo bem a barra em seus suportes.

Não consigo fazer isso, pensou ela, agarrando o braço molhado do banco de metal do parque. *Não consigo.*

Então olhou com inveja para a beira do lago. Maeve estava completamente cercada por patos, dois gansos grandes, e um cisne que batia as asas com raiva, mas ela não parecia assustada nem mesmo preocupada. Estava feliz espalhando o cereal de trigo pelo chão.

Se ela consegue, você deveria conseguir também, pensou Briddey, mas nem mesmo sua vergonha em ter menos coragem do que uma garota de nove anos poderia convencê-la a levantar a trava e abrir a porta.

Tinha que haver alguma outra forma de selecionar as vozes, algo mais controlável. C. B. dissera que era uma questão de visualização, e que não fazia diferença o que cada um visualizava. Tudo bem, então, o que representaria examinar um grande número de qualquer coisa, procurando uma especificamente?

O arquivo de fichas no armário do depósito, com suas gavetas dispostas em ordem alfabética. Talvez ela pudesse folhear as fichas como C. B. fizera aquela noite e encontrar a de Trent... mas as vozes não eram palavras escritas; eram sons. Ela precisava de algo que a permitisse ouvir vozes individuais e ignorar as que não quisesse.

Um rádio, pensou ela, lembrando-se de C. B. sintonizando as estações no carro, à procura de uma música para filtrar as vozes. *Posso visualizar as vozes como estações e o barulho delas como a estática entre uma e outra.*

Mas não poderia ser um rádio de carro. Tinha que ser algo que pudesse estar no pátio, como o rádio portátil que C. B. tinha no laboratório.

Tem um no armário do jardineiro, disse a si mesma, abrindo as portas desgastadas pelo tempo e esperando que pudesse fazer isso ali sem C. B. para orientá-la. O que tia Oona tinha em seu galpão? Ferramentas de jardinagem, pacotes de sementes e vasos de plantas.

Havia uma pilha de vasos cobertos de teia de aranha na prateleira de cima. Briddey estendeu a mão atrás deles e pegou o rádio. Soprou a poeira do plástico cor-de-rosa, levou o rádio até o banco e se sentou, segurando-o no colo. Limpou o mostrador horizontal do rádio, olhou para a agulha vermelha e as linhas e os números pretos — 550, 710, 850 — e ligou o aparelho.

O mostrador se iluminou e as vozes começaram a sair de lá, gritando, berrando, guinchando. Briddey recuou de susto e quase derrubou o rádio nas lajotas. O som era ensurdecedor. Desajeitada e desesperada, ela tentou desligá-lo.

As vozes pararam no mesmo instante. *É só barulho*, disse Briddey a si mesma, o coração aos pulos. *O volume estava alto demais, é isso.* Mas ela não tinha certeza se teria coragem de ligá-lo novamente.

Olhou para o lago. Maeve ainda estava feliz alimentando os patos e os gansos. Mas por quanto tempo?

Briddey respirou fundo e voltou a ligar o rádio, diminuindo antes todo o volume. As vozes emergiram do alto-falante como um sussurro, como o som daquelas além do seu perímetro.

Não são vozes, é a estática, disse ela a si mesma com firmeza, e começou a mover a agulha, procurando a voz de Trent: *... o trânsito está terrível. Eu deveria ter pegado... tão irritado... deve estar nascendo um dente novo... vazamento no porão... pior ressaca de todas! Preciso de uma cerveja... Meu Deus, quem bebeu toda a Budweiser?...*

Naquele ritmo, levaria uma eternidade. Precisava fazer isso de maneira científica, para poder eliminar frequências e reduzir o campo de busca. Girou o botão todo para um lado do mostrador e começou a avançar aos poucos, anotando os números da estação e esperando apenas o tempo suficiente para se certificar de que não era Trent antes de seguir adiante. Na 550: *... escultura em mármore...*; 575: *... puxa-saco chorão! Espero que ele...*; 610: *... não tinha nada que sair sem deixar um número de contato para os pacientes...*; 650...

Calma, era o Trent, pensou ela, reconhecendo sua voz. *Ele está falando sobre o dr. Verrick.* Mas era tarde demais, ela já tinha passado para a próxima estação. *... acho que estou ficando resfriado*, alguém dizia.

Girou de volta para o 610. *Eu não vou. Você não pode me forçar*, dizia com raiva uma voz de criança.

Ela devia ter ultrapassado. Virou lentamente o botão. *... sensação áspera na garganta...*, dizia a pessoa que estava ficando resfriada. Não, longe demais.

Ele tem que estar aqui em algum lugar, pensou ela, girando o botão de volta: *Ah, por que eu tenho que me levantar? É domingo*, e então, bem fraco: *... dizer para a Briddey...*

Com certeza era Trent, mas, logo que ela ouviu seu nome, a voz se transformou em estática, como uma estação que entra e sai de alcance. Ela girou o botão com cuidado para a frente e para trás, tentando sintonizar, mas não conseguia encontrar Trent *nem* a mulher do resfriado, e já estava prestes a desistir quando ouviu: *... minha cabeça dói...* E, antes que pudesse voltar um pouco, a voz de Trent.

Soava fraca e cheia de estática, e outras vozes interrompiam toda hora, mas ela não se atrevia a ajustar o botão, nem mesmo a tocar nele, por medo de perdê-lo de vez.

Trent pelo visto pensava no Projeto Hermes, porque ela captou: ... *adaptar... sinal sem fio... Apple vai ser pega de surpresa... o que vou dizer...?*, e depois perfeitamente claro: *Onde diabos está o dr. Verrick?*, seguido de mais estática e, então, aos pedaços: ... *não posso arriscar deixar... se Briddey descobrir, ela não vai...* E ela perdeu a estação por completo.

VINTE E QUATRO

> *As pessoas grandes não entendem nada sozinhas, e é cansativo para as crianças terem sempre de explicar as coisas.*
> Antoine de Saint-Exupéry, *O pequeno príncipe*

Se eu descobrir, eu não vou o quê?, pensou Briddey, tentando sintonizar novamente a estação com a voz de Trent, mas só havia estática.

Do que ele tem medo que eu possa descobrir?, perguntou-se, girando o botão lentamente, tentando encontrá-lo de novo ou pelo menos alguma voz que reconhecesse, mas todas tinham aquela mesma característica comum e anônima: *...nunca mais volto àquela igreja... por que eu sempre tenho que soltar a droga do cachorro?... continua chovendo...*

Foi por isso que ele ficou tão assustado quando eu disse que tinha ouvido seus pensamentos e por que quis saber exatamente o que eu tinha ouvido, pensou ela, girando o botão. *Porque estava escondendo algo.*

... meteorologista disse... preciso colocar gasolina... não vou ficar aqui o dia inteiro! E então uma garotinha dizendo em voz baixa: *... sei que ele disse para... mas eu...*

Aquela voz parecia a de Maeve. Briddey mexeu no botão, tentando sintonizá-la melhor, mas a perdeu por completo.

Isso é impossível, pensou Briddey, e então ouviu a voz de Maeve com clareza.

— Congelando — disse ela.

Não está no rádio, pensou Briddey e, ao levantar os olhos, viu a sobrinha de pé à sua frente.

— O que foi? — perguntou Briddey, pensando: *E agora ela vai perguntar o que estou fazendo*, mas não.

— Eu *falei*: podemos ir embora? — implorou Maeve.

— Achei que você quisesse alimentar os patos.

— Acabou a comida. Você já está no telefone há séculos.

Quando Briddey viu as horas, ficou chocada ao perceber que já era quase uma da tarde. Ela passara um bom tempo sentada ali.

— E, além disso — disse Maeve —, está chovendo de novo.

Estava mesmo, como comprovavam o cabelo molhado de Maeve e seu rosto tremendo de frio. *Ai, meu Deus, ela vai pegar uma pneumonia e Mary Clare nunca vai me perdoar*, pensou Briddey, e devolveu depressa o guarda-chuva à menina.

— Vamos comprar um chocolate quente bem gostoso para você — disse ela, apressando-a de volta ao restaurante. — Aí você vai ficar bem aquecida.

— Você disse que eu podia comer sobremesa mais tarde. E agora já é mais tarde, não é?

— É, sim — respondeu Briddey, morrendo de culpa por ter deixado Maeve no frio por tanto tempo.

A menina pediu um sundae enorme.

— Isso não vai deixar você com frio de novo?

— Não, porque vou comê-lo primeiro e *depois* tomar meu chocolate quente. Você não quer nada, tia?

Sim, pensou Briddey. *Quero saber por que Trent disse: Se Briddey descobrir, ela não vai..., e não posso fazer isso com você aqui, então preciso que você se apresse e acabe logo seu sundae para eu levá-la para casa*, e, surpreendentemente, Maeve fez exatamente isso, devorando o sorvete e tomando o chocolate quente em tempo recorde.

Vou dizer a Mary Clare que definitivamente ela não é anoréxica, pensou Briddey, lembrando que o objetivo do passeio era tentar extrair alguma informação de Maeve. *Faço isso no caminho de casa*, pensou ela, voltando rápido com Maeve para o carro e ligando o aquecedor no máximo.

Mas não precisou. Quando seu celular tocou com uma mensagem de Trent dizendo que ainda não tivera sorte em localizar o dr. Verrick, Maeve disse, aborrecida:

— Aposto que sei quem é. Minha mãe. E aposto que ela quer saber o que você descobriu.

— Sobre o quê? — indagou Briddey, tomando cuidado para manter os olhos na estrada e não parecer muito interessada.

— *Eu* não sei. Ela está sempre preocupada comigo. É tão idiota.

— Ela só quer o melhor para você.

— Eu sei, mas está tudo bem. Ou estaria, se todo mundo parasse de me fazer perguntas.

Sei exatamente como você se sente, pensou Briddey. *Mas isso é porque estou guardando muitos segredos.* Será que Maeve estava guardando segredos também?

Ela olhou para a sobrinha, pensando em como abordar o assunto sem deixá-la imediatamente na defensiva e, enquanto formulava estratégias, Maeve despejou em cima dela:

— Se eu te contar uma coisa, tia Briddey, você promete que não vai falar para a mamãe? Tem um... eu gosto de um cara...

— Um garoto da sua turma? — perguntou Briddey, casualmente.

— Não — disse Maeve, num tom que parecia algo como *Por que você pensaria uma coisa dessas?* — Ele fez *O diário da princesa zumbi* e é muito bonito. Quero usar a foto dele como protetor de tela, mas, se eu fizer isso, a mamãe vai descobrir...

— Que você anda assistindo a filmes de zumbis. Ele é um dos zumbis?

— *Não*. Quer ver a foto dele? — Maeve pegou o celular, começou a deslizar o dedo pela tela e, no sinal seguinte, mostrou o menino a Briddey. — O nome dele é Xander.

Ele tinha olhos acinzentados e o cabelo ainda mais bagunçado do que o de C. B. Maeve observou a imagem com um suspiro.

— Então, o que você acha que eu faço?

— Ele fez algum outro filme? Talvez você pudesse dizer a ela que o viu em outra produção.

— Não é isso — disse Maeve. — Não importa se ele fez outros filmes. Se minha mãe descobrir que gosto dele, vai ficar preocupada por eu estar começando a reparar nos garotos, vai querer ter "aquela conversa" comigo e me fazer ver vídeos de educação sexual e essas coisas.

Maeve tinha razão. Conhecendo Mary Clare, era bem capaz de ela conseguir uma ordem de restrição contra o pobre e desavisado Xander. Mas também não podia dizer a Maeve que mentir era a melhor saída... embora ela mesma viesse fazendo isso com certa frequência nos últimos dias.

— Você não devia guardar segredos da sua mãe — disse ela.

— Mas não é um segredo *ruim*. E todo mundo tem segredos, não tem? Quero dizer, *você* tem coisas que não quer que ninguém saiba.

Aqui vamos nós, pensou Briddey. *Ela vai perguntar por que escondi meus sapatos molhados na gaveta.* Ou pior, sobre a ligação de C. B. na noite anterior, pedindo para ela lhes dar cobertura.

— O que você quer dizer?

— O EED. Eu vi o curativo quando você estava secando o cabelo. Você não contou à mamãe, nem à tia Oona ou a Kathleen que fez a cirurgia. Mas não se preocupe, não vou contar a ninguém. Se você prometer não contar à mamãe sobre Xander.

Espiã e *chantagista*, pensou Briddey. *Não é com sua filha que você devia estar preocupada, Mary Clare, mas com o resto da população.* Ela não devia deixar a sobrinha se safar, mas não tinha tempo para lidar com isso agora, então se contentou em apenas dizer com firmeza quando deixou Maeve na frente de casa:

— Vou guardar seu segredo por enquanto porque preciso ir a outro lugar, mas essa conversa ainda *não* acabou.

— Eu sei — disse Maeve, os olhos brilhando de alegria.

— O que é tão engraçado?

Maeve ficou séria na mesma hora.

— Nada. Eu estava pensando numa coisa engraçada que a Danika me disse outro dia.

O que, obviamente, era uma mentira, mas Briddey também não tinha tempo para lidar com isso, então se despediu, esperou até que Maeve entrasse em casa e saiu para encontrar um lugar onde conseguisse sintonizar Trent no rádio de novo.

Uma biblioteca seria o ideal — o filtro das vozes dos leitores diminuiria bastante a estática e tornaria mais fácil encontrá-lo —, mas era domingo. As bibliotecas públicas estavam fechadas e a biblioteca da universidade onde ela e C. B. haviam passado a noite anterior ficava do outro lado da cidade. Ele dissera que a Starbucks era um bom lugar, mas Kathleen poderia estar lá com seus dois pretendentes, então Briddey dirigiu até o Peaberry's mais próximo, pediu um latte e se sentou ao lado de uma mulher de meia-idade lendo *Como saber se é mesmo amor?* Não era exatamente *David Copperfield*, mas todos os outros clientes estavam olhando para seus celulares ou vendo vídeos de gatos em seus laptops.

Briddey entrou em seu pátio, ligou o rádio, colocou a agulha em 650 e começou a voltar com ela lentamente, com medo de perder Trent se fosse muito rápido, mesmo se isso significasse ter que passar por dezenas de vozes.

Levou uma eternidade. Apesar de seu cuidado, passou duas vezes pela mulher resfriada e teve que fazer tudo de novo. Por volta das três da tarde, tinha tomado dois lattes e ouvido centenas de estações, começando a achar que nunca iria encontrá-lo. *... por que sempre chove no fim de semana?... pior trabalho que já tive...* e, bem fraco: *... nunca pensei que existisse...*

Trent. Ela se inclinou para a frente, tentando distinguir suas palavras. *...sempre pensei... mentira... não posso acreditar... real mesmo...*

Ela ajustou o botão um micrômetro.

... soar insano... quando liguei para Hamilton hoje de manhã...

E foi por isso que C. B. e eu conseguimos chegar antes dele ao meu apartamento, pensou Briddey. Mas ele tinha acabado de descobrir que era telepático. Por que sua primeira reação tinha sido ligar para o chefe?

... Dr. Verrick... disse Trent. *... preciso... ele volte aqui agora... pensei que teriam alguma forma de falar com ele... e se fosse uma emergência?... tentar...* Então nada além de estática. Ela estava perdendo a estação.

Ela girou o botão de volta um pouquinho, e de repente a voz de Trent soou cristalina. Mas ele estava falando sobre a Apple e o novo celular da Commspan. *... teremos que analisar os circuitos... escrever o código...*

Não, me diga o que você não quer que eu descubra, pensou, e lembrou-se do que C. B. lhe falara sobre as pessoas erroneamente pensarem que telepatia significava ser capaz de ouvir os outros e os pensamentos que você queria. Ele tinha razão. Ela poderia ficar ali sentada ouvindo Trent a tarde toda e nunca descobrir o que era.

Ou como saber se é mesmo amor, pensou ela, e ouviu Trent dizer: *Como vou falar para ela?... tenho que encontrar uma maneira de convencê-la...* Ela tentou de todo jeito ouvir o final dessa frase, mas não conseguiu captá-la. *... revolucionário ... não posso esperar... Apple pode criar...*

Não, deixa a Apple pra lá. Me diga o que você tem medo que eu descubra. E por que ligou para o Hamilton.

... pensei que eu poderia só fazer os testes e obter os dados, e ela nunca teria que saber sobre...

O quê?

... acha que fizemos para nos comunicarmos melhor... mas isso quando eram só emoções... agora que é telepatia... tenho que contar a ela... mas, quando ela descobrir que eu precisava que fizéssemos o EED para nós... celular... ela vai ficar furiosa...

Foi isso mesmo que eu ouvi?, perguntou-se Briddey. Trent lhe pedira para fazer o EED para obter dados para o novo celular?

É claro que sim. Hamilton dissera uma vez: "Comunicação instantânea não é mais o suficiente. Precisamos oferecer algo mais". E esse "algo mais" era uma comunicação emocionalmente aprimorada. O que eles haviam planejado fazer? Projetar um aplicativo que identificasse as emoções de uma pessoa e as acrescentasse às mensagens de texto como se fossem emojis?

Seja lá o que fosse, Trent ficara feliz em se oferecer como cobaia. *E me oferecer também. Porque são necessárias duas pessoas para fazer um EED. Sua cobra traiçoeira!*

Ele nunca a amara, apesar de todas aquelas flores que lhe enviava, todos os jantares no Luminesce, e-mails e carinhos. Tudo que ele queria era convencê-la a fazer um EED com ele para conseguir dados para a criação de um celular emocionalmente aprimorado.

Por isso ele ficou tão estressado quando não nos conectamos imediatamente, pensou ela, *e tão chateado quando o dr. Verrick quis me manter no hospital para fazer mais exames*. Não estava preocupado com ela, apenas com medo de que tivesse dado algo errado com seu plano. E foi por isso que insistira tanto para que ela fosse ver o dr. Verrick, ainda que fosse de madrugada e que o médico estivesse fora do país. Trent prometera resultados ao seu chefe, e ela estava impedindo que isso acontecesse. Lembrou-se, então, de Traci Hamilton dizendo: "Sei que é tudo muito sigiloso e que não devíamos falar sobre isso" e "Nós é que devíamos lhe agradecer, com tudo que está fazendo...".

Trent ainda estava falando. ... *pensar em alguma coisa... ficar noivo, se precisar...*
Não quero ouvir mais nada, decidiu Briddey, e estendeu a mão para desligar o rádio.

... certeza de que posso explicar a ela como é crucial... quando ela tiver aceitado... poder me concentrar em descobrir como a telepatia funciona... traduzir o circuito para um software.

Ai, meu Deus. Ele não estava falando de emojis. Ele quer transformar a telepatia em código e colocar isso no novo celular! Tenho que contar ao C. B., pensou ela, levantando-se tão abruptamente que derrubou seu latte. A mulher lendo *Como saber se é mesmo amor?* ergueu os olhos, irritada.

— Sinto muito — disse Briddey.

Limpou a mesa, pegou o celular, jogou os guardanapos encharcados e seu copo de latte no lixo e correu até o carro, tentando pensar em como entrar em contato com C. B. Ela não podia falar com ele telepaticamente, porque Trent poderia ouvir. Além disso, depois da noite passada, talvez ele estivesse dormindo, e nesse caso não adiantaria chamá-lo. E, com Trent na Commspan, não podia arriscar passar no laboratório. Ela teria que ligar para ele. Mas não podia usar o próprio celular e deixar rastros que levassem a C. B. Precisaria usar outro telefone.

De quem? Não o de Charla. Agora mais do que nunca era importante que ninguém na Commspan soubesse de uma ligação entre eles. E Kathleen faria muitas perguntas.

Maeve, pensou ela, e voltou à casa de Mary Clare. Ela chamaria Maeve em um canto, diria que tinha perdido o celular e perguntaria se ela lembrava de vê-la com o aparelho no carro depois que saíram do parque. E, quando Maeve dissesse que não, pediria o aparelho dela emprestado para fazer algumas ligações e, então, tentar o laboratório, ou usar o celular de Maeve para descobrir o telefone da casa dele.

Se conseguisse passar por Mary Clare, que olhou para ela e disse:

— Ai, meu Deus, você descobriu alguma coisa quando levou Maeve para o brunch! Algo tão ruim que não podia me contar ao telefone!

Verdade, pensou Briddey. *Nem pessoalmente.*

— Maeve está com algum problema. Eu *sabia!*

— Ela não está com problema nenhum. Só não consigo encontrar meu celular e pensei que Maeve talvez lembrasse onde o coloquei.

— Ah — disse Mary Clare. — Ela está na casa da Danika fazendo o dever de casa. Vou ligar e perguntar, e depois podemos nos sentar e tomar uma boa xícara de chá.

E você pode fazer seu interrogatório sobre Maeve, pensou Briddey, mas Mary Clare mal tinha pegado o aparelho quando Maeve irrompeu pela porta, gritando:

— Esqueci o livro de matemática. — Ela estava com o rosto vermelho e sem fôlego. — Corri até aqui — disse ela, olhando para a chaleira no fogão e as xícaras de chá que a mãe segurava.

Ela vai pensar que voltei para entregá-la e não vai me ajudar de jeito nenhum, pensou Briddey, mas Maeve disse, descontraída:

— Oi, tia Briddey. O que está fazendo aqui?

— Ela perdeu o celular — disse Mary Clare. — Você se lembra de tê-lo visto no restaurante?

É claro que lembra, pensou Briddey, *e agora ela vai dizer: "Ela ficou grudada nele o tempo todo enquanto eu dava comida para os patos", e Mary Clare começaria um discurso sobre os perigos da gripe aviária.*

— Não lembro — disse Maeve, franzindo a testa, concentrada. — Espera, acho que sim. Você colocou em cima da mesa, e então o garçom veio trazer nossa pizza. — Ela se virou para a mãe. — Fomos ao Carnival Pizza, no shopping, e foi tão divertido! — Depois se voltou para Briddey. — Aposto que ele colocou a bandeja da pizza em cima do celular, e foi por isso que não vimos.

— Deve ter sido isso mesmo que aconteceu — disse Briddey e, como sua esperança de usar o celular de Maeve tinha ido por água abaixo, levantou-se e vestiu o casaco. — É melhor eu ir ver se alguém encontrou.

— Por que você não dá uma ligadinha para lá e pergunta? Aí pode pedir para eles guardarem o telefone para você — sugeriu Maeve. — Pode ligar do meu. Está no meu quarto. Vamos.

Ela segurou a mão de Briddey e a arrastou até lá.

Que Deus a abençoe, childeen, pensou Briddey enquanto seguia Maeve até seu quarto, que agora tinha uma fita de cena do crime na porta, além do cartaz dizendo CAI FORA. ESTOU FALANDO COM VOCÊ, MÃE.

Maeve tirou a fita, levou Briddey para dentro, colocou a fita de volta e trancou a porta.

— Para a mamãe não poder entrar — disse ela, embora não fosse preciso explicar.

Briddey olhou em volta. Havia um cartaz enorme de *Enrolados* preso acima da cama, ao lado de várias fotos de astros adolescentes, que aparentemente tinham sido cortadas da revista *Tiger Beat*, embora Briddey não visse nenhuma de Xander, o cara do cabelo bagunçado. Havia um boneco de pelúcia de Olaf, de *Frozen*, em seu travesseiro, e uma proteção de tela das *Doze princesas bailarinas* no computador. Não exatamente o laboratório de metanfetamina ou a operação internacional de lavagem de dinheiro que Mary Clare imaginava.

— Você devia deixar sua mãe entrar aqui — disse Briddey. — Ela se sentiria muito melhor.

— Não, não se sentiria — disse Maeve, sentando em sua cama e pegando Olaf. — A coisa da garota reprimida, lembra? E também não quero que ela conserte a câmera de monitoramento. — Ela apontou para o aparelho e Briddey se lembrou de Mary Clare dizendo que Maeve a desativara. — Ou mexa no meu computador.

— O que tem no seu computador?

— *Nada*, mas ela vai dizer que eu acabei de apagar alguma coisa, sabe?

O que era verdade.

Maeve pegou o celular no bolso e entregou a Briddey.

— Você não perdeu seu celular, não é?

— Não. Eu disse isso porque preciso ligar para alguém e não posso usar o meu.

Maeve assentiu.

— Como em *Zombienado*. Os zumbis grampearam o celular do herói...

Isso parece altamente improvável, pensou Briddey.

— ... e ele teve que usar o celular desse cara morto, só que ainda estava preso na mão dele, porque os zumbis tinham comido tudo, menos o braço...

— Assim que vocês duas terminarem aí — chamou Mary Clare do lado de fora —, venham até a cozinha. Estou fazendo pão irlandês.

— Está bem! — gritou Maeve e olhou para Briddey. — Você não vai contar para a mamãe que vi *Zombienado*, né?

Não estou exatamente em posição de fazer isso, pensou Briddey.

— Não vou contar nada — garantiu ela, estendendo a mão para o celular.

Maeve o puxou de volta.

— Você tem que me dizer primeiro para quem vai ligar, porque se estiver cometendo um crime ou algo assim, eu seria sua cúmplice, como em *Zombie Cop*. Tinha um zumbi...

— Não estou cometendo nenhum crime.

— Como vou saber, se você não me diz quem é?

— Bem. É alguém com quem trabalho na Commspan, C. B. Schwartz. Preciso mandar uma mensagem para ele...

— C. B.? — disse Maeve, franzindo a testa. — Mas se é para ele que precisa mandar uma mensagem, você não... — Ela parou de repente.

— Eu não o quê?

— Não precisa procurar o número dele. Eu já tenho no meu telefone. Qual você quer, o do laboratório ou o de casa? Tenho os dois. Ele me deu naquela vez em que me ajudou com meu projeto de ciências, caso eu precisasse perguntar mais alguma coisa. Espera. Vou achar aqui.

Ela se virou de costas, debruçada sobre o celular, claramente não querendo que Briddey visse o que estava fazendo, embora parecesse que não estava fazendo nada. E ficou ali parada, olhando para o celular, como se fosse uma bola de cristal. Briddey se perguntou se ela havia esquecido sua senha.

Depois de um longo minuto, a menina começou a deslizar telas e digitar depressa, o que significava que os números não deviam estar em sua lista de contatos. *Ela provavelmente os escondeu de sua mãe,* pensou Briddey, sem culpá-la.

Ou então ela não tinha de fato os números e estava tentando pesquisá-los. Briddey já ia dizer alguma coisa quando Maeve levou o telefone ao ouvido e disse:

— Está chamando.

Briddey ia pegar o telefone, mas Maeve balançou a cabeça.

— Oi, C. B. Aqui é a Maeve. Lembra de mim? Você me ajudou com meu projeto de ciências.

— Maeve... — sussurrou Briddey, fazendo sinal para que ela lhe entregasse o celular.

— Eu estou bem — disse Maeve. — Não, nenhuma.

— Me dá o celular — disse Briddey, estendendo a mão.

— O.k. — murmurou Maeve. — Minha tia Briddey quer falar com você.

E lhe entregou o telefone.

— C. B.? Aqui é Briddey Flannigan. Do trabalho. Estou ligando porque preciso conversar com você sobre um assunto — disse ela, tentando parecer impessoal e profissional, já que Maeve estava ouvindo... e talvez Trent. E devia ter conseguido porque Maeve sentou-se de frente para o computador, colocou os fones de ouvido e começou a jogar *Aventura no castelo da Cinderela.*

— Imagino que Maeve ainda esteja no quarto? — disse C. B.

— Sim, e não tenho uma solução para aquele problema.

— Você tem razão — disse C. B., achando graça.

— Isso não é engraçado...

— Me desculpe. Por que você ligou?

Ela baixou a voz para um sussurro.

— Trent...

— Sim, eu sei — disse ele, e ela podia notar pelo seu tom de voz que ele sabia mesmo, e não só o que Trent dissera naquela tarde, mas tudo... por que ele sugerira o EED e o que estava planejando fazer com os resultados.

Ele sabia o tempo todo, pensou Briddey. *É por isso que ficava tentando me convencer a desistir do EED. E a não contar ao Trent que nos conectamos. Porque sabia o que Trent faria com a telepatia se tivesse acesso a ela.*

Por que você não me contou?, perguntou ela, mas já sabia a resposta. Ela não teria acreditado nele. *Você deve me achar uma completa idiota.*

— Não, acho que Trent é um completo idiota por não valorizar o que tinha. E sinto muito que você...

— Não importa. O que importa é que ele está tentando entrar em contato com... — Briddey olhou para Maeve, preocupada, mas a sobrinha estava completamente absorta em seu video game — ... em contato com o dr. Verrick — sussurrou ela — para lhe contar sobre o... projeto. E se ele fizer exames...

— O dr. Verrick não vai fazer nenhum exame se não acreditar no Trent. E ele não tem nada concreto para mostrar ao médico.

— Tem, sim. Hoje de manhã, ele...

— Eu sei. Não se preocupe com aqueles testes que ele lhe pediu para fazer. Você se saiu muito bem, aliás. Gostei principalmente de toda aquela coisa de Angkor Wat e petúnias. Mas mesmo se você tivesse escrito o que realmente enviou para ele, ainda assim não provaria nada. Olha, não devíamos estar falando sobre isso agora.

— Por causa...

Ela olhou para Maeve, que estava ocupada correndo atrás dos ratinhos da Cinderela.

— Da Miss Curiosidade? Não, por causa do seu namorado.

— Ele *não* é meu...

— Bem, não podemos deixar que ele saiba disso. É fundamental que ele não descubra que você sabe sobre ele. Por enquanto, ele só consegue ouvi-la esporadicamente, mas *você* só conseguia ouvi-lo esporadicamente, e olha o que descobriu. Então você não pode pensar em *nada* disso... em mim ou na telepatia ou em que espécie de verme sujo, baixo e dissimulado ele é. Você tem que pensar em coisas que ele pode ouvir... que está loucamente apaixonada por ele, emocionada por estarem conectados e que mal pode esperar para ver o dr. Verrick e contar o que aconteceu.

— Mas...

— Eu sei. Precisamos bolar um plano. E vamos. Mas não até termos certeza de que ele não pode nos ouvir.

Isso significava que não devia ter ligado para ele? Que não era seguro estarem conversando?

— Não, está tudo bem. Trent está no celular agora com a enfermeira do Verrick, tentando convencê-la a dizer onde ele está, e falando em voz alta, como se isso ajudasse a filtrar seus pensamentos. E, de qualquer maneira, estou usando minhas defesas. Mas não quero correr nenhum risco. Então quero que você vá para casa e leia um bom livro chato. *Declínio e queda do Império Romano*. Você pode me contar o que acontece.

Mas e se Trent aparecer lá de novo?

— Estou na casa da minha irmã e não seria um problema se eu ficasse para o jantar.

Ou ela poderia ir à reunião das Filhas da Irlanda com a tia Oona. Devia ter alguma naquela noite, e Trent *jamais* pensaria em procurá-la lá.

— Não — disse C. B. — A última coisa que queremos dar ao Trent é qualquer indício da conexão irlandesa, incluindo ouvir sua família falar sobre "bons rapazes irlandeses".

Ou péssimos namorados, disse Briddey, pensando em Kathleen.

— Trent não vai aparecer em seu apartamento, fica tranquila. Ele está muito ocupado tentando falar com o Verrick. E, se ele resolver ir para lá, eu aviso, para você poder sair. Vá ler. Ou, melhor ainda, tire um cochilo. Se você estiver dormindo, Trent não vai conseguir captar nada...

— Mas se eu... — Ela olhou para Maeve, que ainda parecia absorta em seu video game — fizer o que disse, como você vai entrar em contato...?

— Não se preocupe com isso. E não se preocupe com o Trent ou o dr. Verrick. Vai ficar tudo bem. Durma um pouco — disse ele, e desligou.

— Você vai me enviar por e-mail o relatório, então? — disse Briddey para o celular desligado. — Ótimo. Entro em contato com você quando eu tiver examinado os números. Até mais.

Ela entregou o celular a Maeve, esperando uma enxurrada de perguntas, mas Maeve mal ergueu os olhos do jogo, mesmo quando Briddey ficou ali parada um minuto, memorizando o número dele para o caso de precisar ligar de novo.

— Obrigada — disse Briddey.

— O que vocês duas estão fazendo aí? — chamou Mary Clare, aflita.

— *Nada!* — gritou Maeve de volta, e revirou os olhos para Briddey. — Caramba, mãe.

— Bem, venham tomar chá, então — disse Mary Clare. — Tia Oona está aqui.

É claro que está, pensou Briddey. *Como vou embora daqui agora? Tia Oona vai querer repassar todas as razões pelas quais eu não deveria fazer um EED e então tentar me convencer a falar com Kathleen para sair com Sean O'Reilly.*

— Preciso ir embora — disse Briddey, sem muita esperança de escapar. — Acharam meu celular no restaurante, e preciso ir buscá-lo antes que fechem.

— Ah, com certeza você pode ficar alguns minutos — começou Mary Clare.

— Não, não pode — disse Maeve. — O Carnival Pizza fecha às cinco.

— Tia Oona, convença Briddey que não há por que ela sair neste exato minuto — disse Mary Clare, e Briddey se preparou para o ataque, mas tia Oona falou:

— Você não quer chegar lá depois que fecharem, não é? É melhor se apressar. Maeve, busque o casaco da sua tia, está bem?

Maeve correu para buscá-lo e Briddey o vestiu, ainda chocada com a atitude da tia.

— Vá logo — disse tia Oona. — E que são Patrício e todos os santos sagrados da Irlanda a protejam em sua jornada.

— Obrigada — disse Briddey, e deu um beijo agradecido na bochecha dela. Ela abraçou Maeve e sussurrou: — *Obrigada*.

Ela disse a Mary Clare que não daria para esperá-la embrulhar um pão irlandês e foi embora antes que Mary Clare fosse caçar o papel-alumínio.

E teria escapado tranquilamente, se o carro de Kathleen não tivesse bloqueado o dela, dando tempo a Mary Clare de alcançá-la e perguntar o que ela e a sobrinha tinham ficado fazendo no quarto de Maeve aquele tempo todo.

— Ela queria me mostrar uma coisa no computador depois que eu liguei — disse Briddey. — E não, Mary Clare, não era pornô. Era um vídeo no YouTube sobre gatinhos.

— Ela não tinha nenhum vídeo de YouTube em seu histórico de navegação quando olhei esta manhã. Estava completamente vazio.

Acabei de receber a imagem de um gato vinda de você, disse Trent do nada. *Você ainda está no shopping?*

— Tenho tentado ligar para você, Briddey — disse Kathleen, aproximando-se. — Preciso lhe contar o que descobri sobre Rich...

Você está aí, Briddey?, disse Trent. Se está me ouvindo, ligue o celular.

Eu não poderia nem mesmo se quisesse. Meu celular devia estar no Carnival Pizza, pensou Briddey, e tentou entrar em seu pátio, mas Kathleen continuou falando:

— Pesquisei sobre ele como falei que ia fazer, e você não vai adivinhar o que descobri...

— Você precisa tirar seu carro da frente primeiro — disse Briddey, e Kathleen saiu logo para cuidar disso. *Se eu conseguisse me livrar de Trent e Mary Clare fácil assim...*

Eu não consigo ouvi-la, disse Trent.

— Se bem que... por que não haveria nada no histórico de navegação dela? — perguntou Mary Clare. — Parece que ela nem entrou na internet.

— Alguns dias atrás, você estava reclamando que ela passava tempo demais no computador — disse Briddey.

— Eu sei, mas com certeza ela entrou na internet. E por que excluiria o vídeo de um gatinho?

— Eu não tenho tempo para falar sobre isso agora — disse Briddey.

— Você não pode ir embora — disse Kathleen, retornando. — Preciso contar sobre Rich antes. E sobre Landis. Lembra que eu disse que ele era um gestor de fundos de cobertura? Bem, não é. Ele trabalha para uma empresa que cuida da manutenção de prédios com cobertura, aquele grande mentiroso...

Este é exatamente o tipo de conversa que C. B. disse que você não devia ter, pensou Briddey. *Se Trent ouvir seus pensamentos...*

O que você disse?, perguntou Trent. *Ouvi você dizer "pensamentos" e depois a perdi.*

— E isso não é nada comparado com o que descobri sobre Rich — disse Kathleen. — Ele é um mentiroso ainda maior do que Landis.

— Por que você não me liga mais tarde? Eu realmente preciso ir — disse Briddey, nervosa, e tentou entrar no carro, mas Mary Clare estava bloqueando a porta.

Estou tentando ligar para você a tarde toda, disse Trent.

— Não há nada no histórico de navegação da Maeve nas últimas duas semanas — disse Mary Clare.

— Rich está *noivo!* — disse Kathleen. — E ele parecia tão legal!

— O que Maeve está escondendo? — perguntou Mary Clare.

Isso é tão ruim quanto Zombienado, pensou Briddey.

Você precisa se concentrar, disse Trent.

Não, eu preciso é sair daqui.

— Mamãe! Telefone! — chamou Maeve de dentro de casa.

— Quem é? — disse Mary Clare, afastando-se do carro, e Briddey entrou nele, e em seu refúgio.

— Me liguem — disse ela, fechando a porta e dando partida no carro. — As duas.

— Mas pensei que você tivesse perdido o celular...

Exatamente, pensou Briddey, *e quero que continue perdido.*

— É por isso que tenho que ir — disse ela. — Vou lá buscá-lo. Tchau.

Ela foi embora, agradecendo mais uma vez pela ajuda de Maeve. Assim que saiu de vista, parou para gravar o número do C. B. no telefone antes que esquecesse, mas depois concluiu que era melhor não, então arrancou a tampa da caixa de cereal e anotou lá, enfiando o pedaço de papelão no bolso.

Preciso dizer a ela para apagar esse número do celular, pensou, seguindo em frente, embora provavelmente não fosse necessário. Ela obviamente já estava escondendo os filmes a que assistia e os livros que lia — e os sites que visitava — de sua mãe, e era por isso que tinha virado de costas quando estava procurando o número, porque não queria que Briddey visse como o ocultara.

Mas Maeve não havia digitado. Só ficara lá parada, como se...

É impossível, pensou Briddey. Mas e se o histórico do computador de Maeve estivesse vazio não porque ela havia apagado os arquivos, mas porque não usara o computador? Nem lera? E se ela estivesse usando os livros e os filmes como disfarce para o que estava realmente fazendo?

Ela teve problemas na escola por não prestar atenção, lembrou Briddey de repente, *e, quando Mary Clare lhe perguntara por quê, ela respondera: "Eu estava pensando em outras coisas".*

Você está sendo ridícula, disse Briddey a si mesma. *Ela devia estar pensando em Xander, só isso.* Mas não havia foto alguma dele nas paredes de seu quarto, e Maeve do nada tinha contado que gostava dele, logo depois que Briddey se perguntara se ela estaria guardando segredos. *E perguntei isso a mim mesma, não em voz alta.*

A sobrinha tinha pedido para ir ao parque, e não ao shopping lotado. E aparecera logo depois que Briddey chegara à sua casa — sem ar, como se tivesse corrido da casa de Danika até a de Mary Clare. E aparecera à porta de Briddey bem a tempo de salvá-la de Trent.

Não pode ser. Ela só tem nove anos. Lembrou-se, então, de C. B. dizendo que ela era uma criança precoce... e da convicção de Mary Clare de que Maeve escondia algo dela.

E se ela for?, perguntou-se Briddey, pensando em como Maeve parecera na defensiva quando Briddey lhe perguntara sobre os marshmallows do Lucky Charms. Por quê? Porque fora com ela que C. B. conseguira a lista das formas do marshmallow? Ele dissera que tinha pesquisado no computador na biblioteca, mas os escritórios estavam trancados. *C. B. não mandou uma mensagem para pedir a ela que nos desse cobertura*, pensou. *Não precisou fazer isso.*

Uma buzina irritada atrás dela trouxe Briddey de volta ao presente. Estava parada em um sinal que já estava verde há sabe-se lá quanto tempo. Passou pelo cruzamento, seguiu pelo quarteirão, depois parou o carro e voltou ao seu pátio para que Trent não pudesse ouvi-la. Nem C. B.

C. B., que dissera: "Escuta, Briddey, sobre a Maeve, tem algo que eu...". E que tinha certeza de que algo ruim aconteceria com Briddey se ela fizesse o EED. E que tinha certeza absoluta de que a telepatia era hereditária, mas que logo descartara a "visão" de tia Oona, porque não queria que Briddey considerasse a possibilidade de mais alguém na sua família ser telepático.

C. B., que volta e meia ficava em silêncio, como se estivesse ouvindo outra pessoa, e que estava em algum outro lugar quando as vozes a atacaram no teatro e no depósito. Que dissera: "Sinto muito. Eu estava...". e, em seguida, parara no meio da frase.

Assim como Maeve quando Briddey lhe dissera que precisava entrar em contato com C. B.: "Mas se é para ele que precisa mandar uma mensagem, você não...", dissera ela, sem terminar a frase.

— Você não precisa ligar porque eu mesma posso perguntar — disse Briddey, terminando por ela.

Precisava falar com Maeve. Então ligou o carro para voltar à casa de Mary Clare.

Não precisa fazer isso, disse Maeve. *Podemos conversar em qualquer lugar.*

VINTE E CINCO

Então me procure à luz da lua.
Alfred Noyes, "The Highwayman"

Isso é o bom da telepatia, disse Maeve. *Você pode falar com as pessoas em qualquer lugar. A qualquer hora.*

Não enquanto estão dirigindo, disse Briddey.

Pode, sim, disse Maeve. *Estou falando com você e fazendo o meu dever de matemática.*

Não é a mesma coisa, disse Briddey. *Não fale comigo até eu conseguir parar o carro. E pensar no que fazer.* C. B. dissera a Briddey para não falar com ele telepaticamente quando Trent pudesse estar ouvindo, o que significava que não devia falar com Maeve também.

Está tudo bem, disse Maeve. *Trent não pode nos ouvir. Sei porque estou prestando atenção aos pensamentos dele. Está se perguntando por que não consegue ouvir você. Acha que você não está se esforçando o suficiente. Que imbecil!*

Concordo, pensou Briddey, saindo da Linden para uma rua secundária, *mas só porque ele não pode me ouvir agora não quer dizer que não ouvirá daqui a um segundo.*

Significa, sim, declarou Maeve, confiante, *porque...*

Shh, disse Briddey com firmeza, parando junto ao meio-fio. Então desligou o carro, entrou em seu pátio e disse: *C. B. falou que eu não deveria falar sobre você sabe o quê...*

C. B. também não pode nos ouvir. Está ocupado ouvindo Trent, e agora Trent está ocupado gritando com alguém por não terem conseguido encontrar o dr. Verrick, então está tudo bem. E eu tenho que falar com você. É importante!

Não posso fazer nada. Se quiser falar comigo, me ligue.

Eu não posso ligar para você. Estou na casa da Danika, e a mãe dela é quase tão difícil quanto a minha. É por isso que tenho que falar com você agora, para dizer que você tem que prometer que não vai contar à mamãe sobre isso!

Maeve... começou Briddey, querendo muito que houvesse uma maneira de desligá-la. Não demoraria muito para que ela soltasse a palavra "telepatia", e Trent...

Não, já falei, ele não pode nos ouvir. Este é um canal seguro. Meus portões zumbis estão fechados. Ele não pode entrar. Ativei o fosso e tudo.

Um fosso e portões zumbis? Que refúgio era aquele?

O fosso e os portões zumbis não ficam no meu refúgio, disse Maeve, como se isso fosse óbvio. *Estão no meu castelo, que fica em meu jardim secreto, onde ninguém pode entrar sem a chave. A chave está em uma corrente em volta do meu pescoço. Dentro do castelo está a torre da Rapunzel, e dentro dela o meu refúgio, mas não precisamos entrar lá. Estamos seguras aqui. E, de qualquer maneira, Trent não consegue ouvir quase nada, mesmo quando está tentando.*

O que era uma boa notícia, mas...

Então você promete não contar à mamãe? Você tem que prometer. Se ela descobrir que consigo fazer isso, vai dar um jeito de fazer também. Aposto que ela faria até um EED para poder me ouvir o tempo todo.

Ela não vai precisar, pensou Briddey. *Se Trent conseguir o que planeja, Mary Clare poderá fazer isso pelo celular.* E ela não perderia a chance de saber exatamente o que Maeve estava pensando... e nem todos os fossos, portões zumbis e torres do mundo seriam suficientes para impedi-la. Maeve estava certa. Ela não teria nenhuma privacidade.

Eu sei, disse Maeve. *Os pais iam ser ainda piores do que os zumbis. E é por isso que não podemos contar esse segredo para ninguém.*

Zumbis? Pelo que C. B. dissera, Briddey imaginara que as vozes sempre assumiam a forma de uma inundação.

Uma inundação?, perguntou Maeve. *Não parece muito assustador. As minhas são zumbis. Daqueles muito rápidos e realmente assustadores, tipo os de* Guerra Mundial Z.

Onde você viu Guerra Mundial Z?, perguntou Briddey, mas a resposta era óbvia. Talvez *fosse* uma boa ideia deixar que Mary Clare lesse a mente da filha.

Não, não seria!, disse Maeve. *Eu estou bem. C. B. me resgatou dos zumbis e me ensinou a construir meu castelo, meu refúgio e outras coisas. Eles não vão entrar de novo.*

Maeve parecia bem confiante. As vozes não pareciam tê-la traumatizado nem um pouco. Ou, se tinham, ela havia se recuperado. *Há quanto tempo a... você sabe o quê... vem acontecendo?*, perguntou Briddey.

Tem um mês, mais ou menos. Pensei que fossem premonições, tipo as da tia Oona, mas ela conseguia dizer coisas que ainda não tinham acontecido, e eu não, eram apenas vozes, então pesquisei um monte de coisas na internet...

O que explicava por que ela mudara a senha do computador e apagara o histórico de navegação, pensou Briddey. Ela não queria que Mary Clare descobrisse o que estava pesquisando.

Sim, a mamãe ia surtar, disse Maeve, *e eu não podia perguntar à tia Oona, porque ela contaria à mamãe, e tudo que eu achava na internet só falava coisas sobre pessoas malucas, e eu não sabia mais o que fazer. Mas então C. B. começou a falar comigo, e me disse o que ia acontecer, como as vozes ficariam assustadoras e o que eu tinha que fazer para mandar elas embora e essas coisas, e quando ficou muito difícil, ele me resgatou.*

Assim como fez comigo, pensou Briddey, infinitamente grata por ele ter estado lá para ajudar Maeve também.

Ele prometeu que não contaria à mamãe, e você tem que prometer também. Por favor! Espera... opa, Trent está querendo falar com você. Tchau, disse ela, e foi embora.

Ele vai me chamar ou me ligar?, perguntou Briddey e, um instante depois, teve sua resposta.

Briddey?, ouviu Trent chamar. *Pode me ouvir?*

Sim, pensou ela. *Infelizmente.*

Não estou recebendo nada de você. Se puder ouvir o que estou dizendo, me ligue.

Sem chance, pensou Briddey, ligando o carro. Então voltou para a Linden e foi para casa.

Vou lhe enviar uma série de imagens como fiz hoje de manhã, disse ele. *Se você conseguir ouvir alguma delas, anote*. E, durante os quinze quarteirões seguintes, teve que ouvir a ladainha: *Estou pensando em um Porsche Cayman GT4, repito, Porsche Cayman GT4*, que foi seguido por um smartwatch, Bali, um martíni de pepino e uma oferta pública inicial.

Quando ela estava a seis quarteirões de seu apartamento, Trent disse: *Revista Forbes. Repita, Revista...* e sua voz sumiu de repente, o que, com sorte, queria dizer que ele tinha desistido, e não que tinha conseguido contatar o dr. Verrick. Ou que estava a caminho da casa dela.

Não, disse Maeve. *Ele está na Commspan. Não quer ir embora, porque o dr. Verrick pode ligar para o escritório e não no celular.*

Que ótimo, pensou Briddey. *Pensei ter dito para você só falar comigo pelo celular, Maeve.*

Não posso. Ainda estou na casa da Danika. Só estava tentando ajudar, disse ela, parecendo magoada, e foi embora.

Briddey ia estacionar em frente ao seu prédio, mas pensou melhor e parou na esquina, para que Trent não visse seu carro caso localizasse o dr. Verrick e resolvesse ir atrás dela. Mas se C. B. fosse até lá, talvez achasse que ela não estava em casa...

Claro que não, disse Maeve. *Ele pode ler sua mente, lembra?*

Maeve! Já falei para você...

E ele é mais inteligente do que o Trent. E é muito legal também, não é?

Sim. Ela saiu do carro. *Agora vá. Estou falando sério, Maeve!,* disse ela, batendo a porta do carro para dar ênfase.

Você gosta dele?

Maeve...

Você não gosta mais do Trent, não é?, perguntou Maeve. *Ele é um babaca. Só se importa com aquele trabalho ridículo, e não com você. Mas o C. B. não é assim. Ele realmente gosta de você, mas ele não pode saber que contei isso pra você. Ele me pediu para ficar de boca fechada.*

Maeve, vá embora, ou vou ligar para sua mãe e contar a ela tudo que acabou de me dizer.

A sobrinha parecia ter ido embora. *Mas por quanto tempo?,* perguntou-se Briddey, subindo para seu apartamento. E o que ela diria da próxima vez sobre C. B. ou telepatia?

O celular tocou. Trent.

— Você tem o telefone da casa do C. B.? — perguntou.

Ai, meu Deus, ele me ouviu pensando no C. B.

— C. B.? — repetiu ela, como se não conseguisse identificar o nome.

— É, o *C. B.* — confirmou Trent, impaciente. — O cara que ligou para mim hoje de manhã. O maluco que trabalha lá embaixo na geladeira e criou o aplicativo TalkPlus.

— Ah, C. B. Schwartz. Não. Por quê?

— Ainda não consegui entrar em contato com o dr. Verrick. Não faço ideia de onde ele esteja; seu celular está desligado, e pensei que talvez o C. B. pudesse pensar em alguma forma de me colocar em contato com ele, um acionamento de emergência ou algo assim, mas não consigo falar com *ele* também, e não o encontrei em seu laboratório. Você tem algum telefone dele?

— Não — disse ela. — Tenho certeza de que você vai conseguir falar com o dr. Verrick amanhã de manhã e, se não conseguir, um de seus funcionários vai saber como fazer isso.

— Não podemos esperar tanto tempo. Acho que você não tem noção do que tudo isso vai representar para nós, meu amor.

Meu amor, pensou ela com desgosto e então franziu a testa. Se Trent não se importava nem um pouco com ela — e era dolorosamente óbvio que não —, então por que pensou que o EED funcionaria? Até onde ele sabia, apenas casais emocionalmente ligados conseguiam se conectar. Então por que resolvera fazer isso com ela? Será que tinha pensado que poderia enganar o procedimento da mesma maneira que a enganara?

— Você recebeu alguma das palavras que lhe enviei? — perguntou.

— Palavras?

— Isso. Transmiti outra lista de palavras. Quer dizer que você não recebeu *nenhuma* delas? Tenho recebido várias palavras suas.

— Tem? — disse ela, o coração começando a acelerar. — Que palavras?

— Ouvi você dizer "sorvete" e "pato", que deviam estar no menu do restaurante, e depois algo sobre uma cobra. E zumbis.

— Zumbis? Por que diabos eu estaria falando sobre zumbis? Ou cobras? Você deve ter entendido errado.

— Bem, pelo menos estou ouvindo alguma coisa. Você precisa parar de se distrair com sua sobrinha e se concentrar em me ouvir — disse Trent. — Você não tem ideia de onde o Schwartz se esconde quando não está no trabalho, não é?

Sim, pensou ela. *Banheiros femininos, bibliotecas, depósitos.*

— Não.

— Droga — disse Trent. — Escuta, preciso ir. Minha secretária está me chamando. Espero que ela tenha encontrado o telefone da casa do C. B. Concentre-se em se conectar — disse ele, e desligou.

Preciso avisar ao C. B. que Trent está atrás dele, pensou, mas não havia como saber se Trent a escutaria, e bastaria que ele ouvisse o nome de C. B para começar a interrogá-la. Briddey teria que esperar Trent dormir e C. B. entrar em contato com ela, torcendo para que Trent não o encontrasse nesse meio-tempo.

E o que fazer até lá? C. B. lhe dissera para dormir um pouco, o que era uma boa ideia. Se ela estivesse dormindo, Trent não conseguiria ouvir nada. Mas ela estava com medo de que sua mente começasse a divagar enquanto pegava no sono e começasse a pensar nele... ou em Maeve. Como estava fazendo naquele instante.

Você precisa pensar em outra coisa, disse a si mesma, e baixou "Ode to Billie Joe".

Péssima ideia. C. B. era como a garota da música — forçado a guardar segredos, sem ninguém para compartilhar o que estava acontecendo com ele, nem mesmo sua família. E, enquanto refletia a respeito da letra, pegou-se pensando no que ele dissera sobre Billie Joe, que ele pulou da ponte para fugir das vozes, e se perguntou se tinha sido mesmo esse o motivo, ou se Billie Joe fizera isso para proteger outra pessoa, como C. B. vinha protegendo Maeve. Era óbvio agora por que ele dissera que não era com o segredo dele que estava preocupado...

Pare com isso, disse a si mesma. *Trent vai ouvi-la.* E mudou para "Teen Angel", perguntando-se por que os amantes sempre tinham finais tristes em canções. E em poemas. Em "The Highwayman", os soldados do rei tinham prendido Bess, a filha do dono de terras, com um mosquete apontado para o coração dela, e ela tivera que atirar em si mesma para avisar o amado. Se eles fossem telepáticos,

Bess não teria precisado se sacrificar para avisá-lo, e a garota em "Ode to Billie Joe" saberia que ele ia pular e iria até lá para impedi-lo.

E as duas canções seriam muito mais curtas, pensou Briddey. Mas ela não precisava de canções curtas. Precisava de histórias longas que não a fizessem pensar em C. B. ou na telepatia. Então *O Corcunda de Notre Dame* estava fora de cogitação. E *Longe deste insensato mundo*. Ela baixou *O jardim secreto* e acomodou-se em um canto do sofá para ler.

Um erro. O tio de Mary Lennox ouvia uma "voz muito clara" chamando por ele, falava sobre pensamentos serem "tão poderosos quanto baterias elétricas" e se perguntava se estaria "perdendo a razão e pensando ouvir coisas que não eram para os ouvidos humanos". *Não é de admirar que Maeve tivesse ficado tão envolvida pela história*, pensou Briddey, e voltou a memorizar letras de músicas.

À meia-noite, Trent ligou novamente.

— Você encontrou C. B. Schwartz? — perguntou ela.

— Não, mas achei o dr. Verrick. Ou pelo menos descobri em que cidade ele está. Acabou que ele não estava no Marrocos. Está em Hong Kong.

O que significava que levaria alguns dias para voltar. Ela ficou tão aliviada que cochilou quase imediatamente após a ligação e só acordou quando o celular tocou novamente. Tateou atrás do aparelho, derrubando seu tablet, e ouviu C. B. dizer: *Dawn Patrol para Night Fighter, responda, Night Fighter.*

Shh, exigiu ela. *Trent pode ouvir você. Acho que ele está me ligando agora.*

Não, não está, disse C. B. *Sou eu. Ou era*, e o toque na mesma hora parou. *E não se preocupe, Trent não pode nos ouvir. Está dormindo.*

Ele estava procurando você, disse ela.

Eu sei. Ele não me encontrou.

Que bom, disse ela, sonolenta. *Que horas são?*

Quase três.

Da manhã?

Receio que assim. Fiquei esperando para ver se Trent desistia e ia dormir, mas ele ainda estava falando com o TI até meia hora atrás, tentando localizar o dr. Verrick.

Ele está em Hong Kong.

Eu sei. O TI está ligando para vários hotéis, então é apenas uma questão de tempo até o encontrarem, e, quando conseguirem, vão ligar para o Trent, o que irá acordá-lo. Por isso, precisamos aproveitar o tempo que temos.

É claro. Sinto muito, disse ela, se sentando. *Estou acordada agora.*

É melhor falarmos em voz alta, caso Trent acorde. Então, quando você se vestir...

Já estou vestida, disse ela, calçando os sapatos. *Onde você quer que eu o encontre?*

Aqui embaixo.

Você já está aqui? Quer subir?

Não. Desce aqui. Preciso mostrar uma coisa para você.

Desço em um minuto, disse ela, vestindo o suéter. Pensou em pegar o casaco também, mas não precisaria dele para correr até o carro de C. B. Pegou as chaves, apagou as luzes e desceu depressa tentando não fazer barulho, saindo para a escuridão lá fora.

Ela não viu o carro de C. B. em lugar algum. Andou até a calçada e olhou para os dois lados da rua, pensando que Trent talvez tivesse acordado e C. B. tinha decidido que não era seguro se encontrarem.

— Não, ele ainda está dormindo — disse C. B., saindo das sombras. — E Hong Kong tem *muitos* hotéis, então acho que estamos seguros por, pelo menos, uma ou duas horas. Vamos.

E seguiram pela rua escura.

— Olha... — disse ele enquanto caminhavam. — Sobre Trent e essa coisa de celular telepático... Sinto muito mesmo. Eu devia ter lhe contado isso antes, mas não queria...

— ... que eu surtasse de novo e o acusasse de tentar nos afastar, como eu fiz quando você tentou me avisar sobre a telepatia?

— Não, não é...

— Está tudo bem. Não te culpo. Provavelmente eu não teria acreditado em você se não tivesse ouvido da boca do Trent... quero dizer, da mente dele.

— Mesmo assim é uma péssima maneira de descobrir. — Ele parou e a encarou. — Você está bem?

— Achei que você pudesse ler minha mente.

— Eu posso.

— Então você sabe que estou furiosa por ele ter mentido para mim... e me usado. E furiosa comigo por não ter percebido que tipo de pessoa ele era. Mas tem algo que eu não entendo: por que ele achou que o EED funcionaria?

— Você não precisa de fato estar emocionalmente ligado...

— *Eu* sei disso, e *você* sabe disso, mas Trent não sabia. Ele achava que era necessário, mas não estava...

— Não tenho tanta certeza disso — disse C. B. — Pelo que captei dos pensamentos do Trent, ele acha que está.

— Ele não saberia o que é amor nem se o amor batesse na cara dele.

— Verdade, mas ele não seria a primeira pessoa a confundir romance com amor.

Como eu, você quer dizer, pensou Briddey.

— Além disso, ele precisava que o EED funcionasse por causa do tal celular, e precisava estar "emocionalmente comprometido" para o EED funcionar, então tinha todos os motivos para se convencer de que estava apaixonado. Eu falei, as pessoas são mestres na autoilusão.

— Falou mesmo — confirmou ela, e percebeu que toda aquela conversa sobre as pessoas não saberem o que sentiam e pensarem que Hitler era um cara legal não fora apenas para convencê-la a desistir do EED. Estava tentando alertá-la sobre Trent, e ela fora idiota demais para entender as dicas dele. E idiota demais para ver quem Trent realmente era, com suas camélias, seu cabelo engomadinho e os jantares à luz de velas.

— Não se culpe — disse C. B. — Joana d'Arc acreditava no delfim, que também era um babaca fraco e traidor. Mas como ela poderia saber? E salvar a França era uma boa ideia. Ela só depositou sua fé na pessoa errada.

Briddey de repente se deu conta de como ela e C. B. estavam próximos e como estava escuro ali fora.

Hora de mudar de assunto, pensou ela, e disse:

— Eu ainda não entendo como ele pôde se conectar comigo sem ser irlandês. Sei que você falou aquela história sobre uma criada na família genealógica...

— Ou mais de uma, além de alguns cavalariços.

— Não é mais provável que a sua teoria sobre os genes responsáveis pela telepatia esteja errada?

— Não.

Ela esperou C. B. explicar melhor, mas ele não falou nada. Só voltou a andar.

Agora olha quem está mudando de assunto, pensou ela, e resolveu não deixar que ele fizesse isso.

— Mas você disse que os ingleses tinham inibidores — disse Briddey, andando ao lado dele —, então como...?

— Talvez algo tenha tornado Trent mais receptivo. Você sabe se ele está tomando aquele ansiolítico que o Verrick prescreveu?

— Não. Você acha que...?

— O remédio, aliado a um estado emocional alterado, que a pressão de ter que entregar dados sobre o EED para o chefe certamente provocaria... sim, isso poderia ter desencadeado tudo.

— E não deve ter ajudado muito eu ter gritado "Onde você está?" quando estava no ponto de ônibus... — disse Briddey, com tristeza. — Se eu tivesse chamado você pelo nome...

— Trent saberia que estamos conectados e teríamos problemas ainda maiores.

Ele parou de andar novamente e ela olhou em volta, surpresa em ver como tinham ido longe. Estavam a três ruas do apartamento dela e ainda não havia sinal do carro de C. B.

— Onde você estacionou?

— Perto do seu carro — disse ele, indicando a direção de onde tinham vindo.

— Então aonde estamos indo? Achei que você quisesse me mostrar algo.

— E quero. Isso. — Ele apontou para a rua vazia e os prédios escuros. — Ouça como é silencioso.

Era silencioso. Nenhuma brisa levantava o cabelo bagunçado de C. B. quando Briddey olhou para ele, nenhum barulho de trânsito, nenhum carro passando na rua principal, a dois quarteirões dali.

— Não é disso que estou falando — disse C. B. — Estou falando das vozes. Ouça.

Ele tinha razão. O estrondo distante do lado de fora de seu perímetro havia se transformado em um mero sussurro.

— Todo mundo está dormindo? — perguntou ela, surpresa.

— Não. Infelizmente, isso nunca acontece. Há sempre caminhoneiros que percorrem longas distâncias acordados, insones e pessoas que trabalham no turno da noite, mas três da manhã é o melhor que pode ficar. Os bares fecharam há uma hora, as mães fizeram os bebês dormirem de novo, os homens bêbados desmaiaram e os entregadores de jornal e enfermeiros que pegam no trabalho às cinco ainda não se levantaram.

— Mas não há pessoas acordadas, andando de um lado para o outro? — perguntou Briddey, pensando nas próprias madrugadas desde que aquela coisa toda começara.

— Sim, pessoas preocupadas com a hipoteca, com aquela verruga nas costas e com todas as coisas que queriam não ter dito e feito. Três da manhã é quando cada dúvida, arrependimento e culpa desponta em seu subconsciente para atormentar você. "A noite escura da alma", como Fitzgerald chamava.

Mas não era isso que ela estava ouvindo. As vozes eram um murmúrio plácido e pacífico.

— Isso é porque também é a hora em que esses mesmos insones leem ou contam carneirinhos ou assistem a filmes antigos na TV para voltar a dormir, o que transforma o mundo inteiro em uma sala de leitura de biblioteca. É meu momento preferido da noite.

Ela entendia por quê. C. B. tinha que passar o dia inteiro, todos os dias, tentando silenciar as vozes. Aquele era o único momento em que não precisava fazer isso, quando ele quase podia ser como as outras pessoas.

— Exatamente — disse ele, olhando ao redor, em êxtase. — É a minha hora do dia, como Sky Masterson diria.

— Sky Masterson?

— De *Garotos e garotas*. Lembra do filme que falei com ótimas canções para servirem de filtro? "Luck Be a Lady" e "Adelaide's Lament"...

— A canção sobre pegar um resfriado? — perguntou Briddey, pensando: *Ela provavelmente pegou um resfriado porque não estava de casaco*. Quisera eu ter trazido o meu.

Estava congelando ali fora.

— Aham, essa mesmo — disse C. B., tirando o casaco e colocando sobre os ombros dela.

— Você está sempre me emprestando seu casaco — disse ela. — *Obrigada*.

— O prazer é meu. Enfim, Sky Masterson é um jogador que precisa levar a irmã Sarah para casa...

— Irmã Sarah?

— Sim, ela é uma missionária do Exército da Salvação. Outro caso de uma garota que se ligou a um cara que é bom demais para ela. Bem, Sky e a irmã Sarah estão voltando de Havana pouco antes do amanhecer, e ele lhe diz que é a sua hora favorita do dia, sem tráfego e sem ninguém em volta, e...

Ele parou de andar e ficou parado, ouvindo alguma coisa.

— O que foi? — perguntou ela, ansiosa. — Trent está acordado?

— Não, é o Darrell, do TI. Eles conseguiram uma pista sobre o Verrick. Acham que ele está em Hong Kong para fazer os EEDs de um figurão chinês e da esposa, o que é uma boa notícia. Ele deve estar em um lugar sigiloso, Trent vai penar para conseguir falar com ele. E, mesmo que consiga, Verrick terá uma desculpa perfeita para não voltar.

— Mas por que ele não iria querer voltar?

— Porque Trent vai lhe dizer que o EED fez com que vocês dois começassem a ouvir vozes. Foi o que eu falei: Verrick não pode correr o risco de se envolver em nada que pareça maluco e ver sua carreira ir pelo ralo como o hipnoterapeuta de Bridey Murphy ou o dr. Rhine.

— Mas e se ele já estiver envolvido com a telepatia? E se ele e Trent estiverem nisso juntos?

— Não estão. Não captei nada que indicasse que Trent contou a Verrick sobre sua ideia do celular. Ele estava esperando vocês dois se conectarem para só então sugerir que fizessem exames, e ficou realmente surpreso quando Verrick adiantou a cirurgia de vocês.

— Ai, que bom. Andei preocupada com isso. Mas se o dr. Verrick tivesse provas de que a telepatia existe...

— Ele não vai ter. Tudo que Trent tem é você, e se Verrick lhe pedir para demonstrar sua capacidade telepática, você pode fazer o mesmo de hoje de manhã e anotar palavras diferentes das que ele enviar. Assim Verrick vai concluir que foi só um caso de imaginação fértil.

— Mas e quanto ao Trent? Ele falou comigo. Ele ouviu minha voz. E vai dizer isso ao dr. Verrick.

— E você pode dizer ao Verrick que não faz ideia do que ele está falando. Será a sua palavra contra a dele.

Eu queria acreditar que é simples assim, pensou Briddey, fechando bem o casaco de C. B. para se proteger do frio da madrugada.

— Mas e se Trent começar a ler minha mente assim como você e souber que eu estava ouvindo tudo e mentindo?

— Ainda seria a palavra dele contra a sua. De qualquer forma, ele não vai chegar a esse ponto, embora seja muito estranho que você tenha conseguido ao acaso ouvi-lo pensar sobre o celular...

— Mas não foi ao acaso — disse Briddey. — Eu o ouvi de propósito.

Ele parou e a encarou.

— Mas eu não ensinei você...

— Eu sei. Eu mesma me ensinei.

— Mas as vozes... Como você evitou ser assolada por elas quando...?

— Abri a porta? Eu não abri. Estava com muito medo de fazer isso. Descobri uma maneira de ouvi-las de dentro do pátio. Pelo rádio.

— Pelo *rádio*?

— Sim, como aquele no seu laboratório.

Ela contou a ele o que tinha feito.

— Uau! — disse C. B. — Impressionante! Você está quase...

Ele parou de repente.

Trent deve ter acordado, supôs ela, lamentando terem que encerrar aquela conversa. Era tão bom os dois juntos ali fora. Ela fechou mais a jaqueta de C. B. em volta do corpo.

— Encontraram o dr. Verrick?

— Dr. Verrick? — disse C. B. — Ah. Não, eu só estava verificando. Trent ainda está dormindo.

Que bom, pensou ela, animada. *Então não vamos ter que voltar.* Ela olhou ao redor, para os edifícios escuros, a rua vazia. O ar cheirava a terra molhada e lilases, e o céu estava salpicado de estrelas. Mas C. B. estava alheio ao lugar.

— Os caras do TI estão perto de descobrir o paradeiro exato de Verrick, o que significa que podem ligar para o Trent a qualquer momento, e, antes que façam isso, preciso falar algumas coisas para você. — Ele respirou fundo. — A primeira coisa é que você não estaria nessa confusão se não fosse por mim.

— O quê? Você não tem culpa se o Trent...

— Tenho, sim. Alguns meses atrás, ele me pediu para fazer uma pesquisa sobre o funcionamento dos EEDs e, depois que eu fiz, me perguntou se eu achava que seria possível mapear os circuitos eletrônicos das vias neurais que o EED produzia. Eu disse que não, não sem exames de varredura do cérebro de pacientes que tivessem feito o EED.

Ele a encarou como quem pede desculpas.

— Eu só disse isso porque sabia que não havia como Trent ter acesso a esses exames, por causa do sigilo entre médico e paciente. Eu, obviamente, não queria que a Commspan começasse a pensar na ideia de comunicação mente a mente, mesmo que fossem só emoções — disse ele. — E logo depois soube que ele estava namorando você e os dois iam fazer um EED. Pensei que era muito provável que você tivesse o gene, dados o seu cabelo vermelho e seu sobrenome irlandês, e foi por isso que tentei alertá-la. Fiquei com medo de que o EED pudesse desencadear as vozes e você contasse tudo ao Trent. E eu realmente não queria que ele descobrisse que a telepatia era real.

— Isso não é verdade — disse ela. — Não foram meu cabelo e meu nome que fizeram você achar que eu poderia me tornar telepática. Você pensou isso porque Maeve é telepática também.

C. B. olhou para ela, espantado.

— Você *sabe*?

Ela assentiu.

— Como? Impossível ela ter contado para você. Estava morrendo de medo de que a mãe descobrisse. Até me fez jurar que ia ficar de boca fechada. — Ele olhou para Briddey, intrigado. — Imagino que você a tenha ouvido nesse seu rádio.

— Não e não. Ela não me contou nada. Eu deduzi.

— Foram os Lucky Charms, não é?

— Mais ou menos. Você ficou falando dos marshmallows para distraí-la das vozes também, não foi?

— Sim.

— Bem que eu me perguntei por que você falava tanto deles — disse Briddey. — Também deduzi que era com ela que você estava falando nas ocasiões em que eu não conseguia te contatar, como quando comecei a ouvir as outras vozes na Commspan e quando você saiu de repente no meio da nossa briga.

Ele assentiu.

— Eu fiz de tudo para ensiná-la a manter as vozes afastadas, mas nunca precisei fazer isso antes por ninguém, então nem sempre dava certo, e de vez em quando eu tinha que resgatá-la e ajudá-la a fortalecer as defesas. E sempre no pior momento possível. Na última vez demorei muito para acalmá-la e levá--la para um lugar seguro, em grande parte porque estava fazendo isso de longe, e, quando terminei, você já estava em pânico no teatro. Quando estávamos no depósito, tudo deu errado de novo. Foi por isso que fui até a porta, para poder me concentrar e tranquilizá-la, mas aí não ouvi a bibliotecária se aproximando, só quando ela já estava quase na porta. Tudo que tive tempo de fazer foi apagar a luz e, quando fiz isso...

— Eu desmoronei — disse Briddey. — Deduzi isso também. E que você não mandou mensagem nenhuma para ela dizendo o que responder se Trent ligasse. Você só falou com ela telepaticamente.

— Uau! Você é uma detetive quase tão boa quanto sua sobrinha. Ela sabe que você sabe?

Briddey assentiu.

— Ela estava ouvindo meus pensamentos quando descobri.

— E provavelmente está nos ouvindo agora — disse C. B. — Se bem que, se estivesse ouvindo mesmo, pode apostar que estaria dando sua opinião. — Ele inclinou a cabeça por um instante. — Foi o que pensei. Está dormindo.

Graças a Deus, pensou Briddey. Sabe-se lá o que Maeve diria se estivesse ali.

— Você disse que ela entrou em pânico quando ouviu as vozes. Ela está bem? As vozes eram tão cruéis e terríveis...

— Consegui bloquear temporariamente boa parte das coisas ruins, pelo menos até que ela conseguisse erguer suas defesas — explicou C. B. — E as vozes dela não vieram tão rápido quanto as suas. Durante as duas primeiras semanas, ela só ouvia uma ou duas de cada vez.

Foi por isso que ela estava lendo Crônicas da voz sombria, *pensou Briddey. Também ficou com medo de ser esquizofrênica.*

— Sim — disse C. B. — Ela estava aterrorizada. Como eu já a tinha visto na Commspan algumas vezes, reconheci a voz dela, e tive medo de que toda aquela preocupação fosse resultado das vozes que talvez tivesse começado a ouvir, mesmo sendo ainda muito jovem.

— Então você a ajudou e os dois usaram aquela história de projeto de ciências como disfarce enquanto você a ensinava a se proteger das vozes.

— Exatamente.

— *Obrigada* por ter feito isso. Odeio pensar no que teria acontecido com ela se você não estivesse lá.

— É, eu não queria que a Maeve tivesse que passar pelo mesmo que eu, embora ela fosse ficar bem mesmo sem a minha ajuda. Ela tem uma tendência a superestimar suas habilidades e subestimar as vozes, mas também tem um talento imenso para manter intrusos do lado de fora.

— É porque ela teve que fazer isso desde cedo com a própria família.

Ele riu.

— Pois é, ela me contou tudo sobre a tia Oona e a mãe dela. A agente da KGB, como ela diz, mas, se você quer saber, Mary Clare não é páreo para Maeve e seus conhecimentos de informática. A garota é um prodígio, manda muito bem nos códigos de segurança, e agora que aprendeu a ouvir separadamente os pensamentos de Mary Clare, sua pobre irmã não vai ter a menor chance. E pode ficar tranquila, Maeve não vai ser atacada pelas vozes. Ela tem um perímetro, um refúgio *e* um firewall encriptado.

— E um castelo com um fosso e uma torre. E portões zumbis.

Ele riu.

— Está vendo só? Ela sabe se cuidar.

— A menos que Trent descubra que ela também é telepática.

— Sim — disse ele, subitamente sério. — É por isso que temos que garantir que isso não vá acontecer.

— E que ele não descubra que você também é.

C. B. assentiu.

— Até agora está tudo indo bem. Ele não ouviu você mencionar meu nome ou o que aconteceu ontem à noite. E ainda acha que você saiu correndo do teatro para ir à casa da sua tia. Ninguém da Commspan nos viu quando fomos buscar seu carro no hotel, e não há mais nada que nos conecte.

— Só aquela ligação que você fez para o hospital, dizendo que eu tinha saído do meu quarto e estava na escada.

— Mas eu não dei o meu nome, então, a menos que o hospital rastreie a chamada, estamos a salvo. E eles não terão nenhuma razão para fazer isso, porque o dr. Verrick não vai acreditar no Trent.

Ela rezava para que isso fosse verdade. Se algum dia descobrissem sobre C. B., com tudo que ele sabe, eles o perseguiriam até o inferno. E, quando soubessem que ele na verdade era irlandês...

— Trent ainda não fez a conexão com os irlandeses. Nem sequer percebeu que *você* tem alguma coisa a ver com a telepatia. Ele acha que foi apenas um golpe de sorte que proporcionará um celular ainda melhor do que uma conexão empática. Trent está totalmente focado nesse projeto, tanto que mal cogitou como isso tudo vai soar maluco para o dr. Verrick.

— Ainda assim, é melhor eu deixar claro para a Maeve que ela só pode falar comigo pelo celular.

— Boa ideia — disse C. B. — E não seria uma má ideia usarmos um codinome quando falarmos dela. Com certeza não queremos que Trent perceba que ela é parte disso.

— Que tal Rapunzel? Ou Cinderela?

— Não, ele notaria que é um código. Cindy, talvez. E faça de tudo para *pensar* em Cindy, e não só falar, para que o nome verdadeiro dela não escape.

— Vou tomar cuidado — disse Briddey, e se deu conta de uma coisa. — Por que você disse que era pouco provável que o dr. Verrick estivesse tramando isso com o Trent? Você não tem certeza?

— Está me perguntando se eu consegui ler a mente dele? Infelizmente, não. Nunca ouvi a voz do Verrick. Quando fui visitá-la no hospital naquela noite, ele tinha ido para casa. Eu pensei em passar no consultório dele naquele dia da consulta à meia-noite, mas acabou que ele não estava lá, e Hong Kong fica fora do meu alcance telepático. Mas posso ouvir o Trent, e se Verrick estivesse nisso com ele, eu com certeza teria ouvido alguma coisa, e não ouvi. Ele...

C. B. parou de falar, novamente alerta a alguma outra voz.

Ela o observou. Ele parecia exausto. *É claro que está*, pensou ela. *C. B. tem dormido ainda menos do que eu.*

Briddey se sentia culpada por ter adormecido na última noite, enquanto ele montava guarda, esperando até que Trent fosse para a cama. C. B. não devia descansar de verdade havia dias, cuidando para que ela e a sobrinha ficassem em segurança.

Ele voltou do que quer que estivesse ouvindo.

— Era o Trent? — perguntou ela.

— Não, Darrell, do TI, de novo. Parece que Verrick não está em Hong Kong, afinal, e sim no Arizona.

— Ah, não. Isso significa que amanhã ele já pode estar de volta... quero dizer, hoje. Esta tarde.

Ele balançou a cabeça.

— Eles ainda não o encontraram. Ele foi para Phoenix, mas ainda não fez check-in em nenhum hotel por lá, e ainda por cima alugou um carro, então provavelmente foi para outro lugar... Palm Springs, o Grand Canyon ou o México. Além disso, ele está em uma área com uma das piores coberturas do país. Se estiver no meio do deserto, podem levar dias para encontrá-lo. Isso quer dizer que *eu* tenho tempo de falar para você...

— Sobre Sky Masterson e a irmã Sarah.

Após uma pausa, ele disse:

— Sim, sobre Sarah e Sky. — E ela teve a sensação de que não era isso que ele queria dizer. — Onde eu estava?

Você estava aqui comigo no meio da noite, pensou ela. *Nessa adorável escuridão com aroma de lilases.*

— Você falou que eles estavam voltando de Havana.

— Sim — disse C. B., olhando para ela. — Ele a levou até Cuba para...

— Impedir que seu noivo descobrisse que ela era telepática?

— Não, para ganhar uma aposta. E levá-la para a cama. Ele serviu vinho, levou-a para jantar e a embebedou, mas então...

Ele se apaixonou por ela.

— Sim — disse C. B., com a voz rouca —, e a levou de volta a Nova York, e falou aquilo sobre sua hora favorita do dia e estava prestes a dizer que precisava contar algumas coisas para ela, assim como eu preciso te falar algumas coisas, quando... merda.

— O que aconteceu? — perguntou ela, mas já sabia. Trent tinha acordado.

— Não — disse C. B., desgostoso —, mas acabei de ouvir Darrell dizer... pensar... que vai ligar para o Trent e perguntar se ele tem alguma noção de onde o médico pode estar no Arizona. Me desculpe. Achei que só fossem ligar quando realmente tivessem encontrado o Verrick. Vamos, você tem que voltar para casa — disse ele, dando meia-volta e acompanhado Briddey até seu prédio. — Trent pode ligar, e não quero que ele capte nada sobre você estar acordada e na rua a esta hora.

— Mas pensei que você tivesse dito que ele só estava captando coisas esporadicamente.

— E é verdade, mas também não achei que ele conseguiria se conectar a você, e não podemos nos dar ao luxo de correr riscos, não com Maeve envolvida. Você e eu somos uma coisa, mas ela é só uma criança. Um fosso e uma torre não seriam páreo para os tipos de coisas que a imprensa e os militares fariam com ela. Por falar nisso — disse ele, apressando-a pela calçada —, de agora em diante, precisamos nos restringir aos meios tradicionais de comunicação. E nenhum ligado à Commspan. Vá ao meu laboratório assim que chegar ao trabalho, e lhe darei um celular pré-pago para você poder me ligar se acontecer alguma coisa.

— E se acontecer alguma coisa antes disso?

— Não vai — disse ele. — São — ele olhou para o relógio de pulso — quase quatro horas já, o que significa que só temos cinco horas até nos vermos na Commspan. Duvido que Trent vá encontrar Verrick até lá e, mesmo que encontre, ele deve estar dormindo, então só deve falar com Trent pela manhã. Ou então vai ficar bem irritado por ter sido acordado, principalmente se Trent lhe disser que está pensando em instalar percepção extrassensorial em um smartphone.

— Ele pode fazer isso? — perguntou Briddey, praticamente correndo para acompanhá-lo. — Encontrar uma maneira de traduzir a telepatia para uma tecnologia que pode ser inserida em um celular?

— Não se ele *me* escolher para fazer isso.

— Estou falando sério. É possível?

— Não até eles saberem como funciona e o que causa, e é por isso que é importante que Trent continue pensando que o EED fez isso e que vocês são as únicas duas pessoas com quem isso aconteceu.

— E que só conseguimos nos conectar porque eu e ele estamos emocionalmente ligados.

— Sinto muito — disse C. B. Tinham chegado ao prédio. Ele inclinou a cabeça, escutando por alguns segundos, e então disse: — Darrell está procurando o número do Trent. É melhor você entrar.

— Mas você disse que tinha outra coisa para me falar.

— Isso vai ter que esperar — disse ele.

— Tem certeza de que não tem como você bloquear Trent por apenas alguns minutinhos? Você pode subir e me falar o que é, e depois terminar de me contar sobre Sky Masterson e a irmã Sarah...

Ele balançou a cabeça.

— Não é assim que funciona. Olha, você precisa entrar e eu preciso ir para a cama. Nós dois temos que estar com a cabeça no lugar amanhã. Boa noite — disse ele, e saiu depressa pela rua antes mesmo que ela pudesse lhe devolver o casaco.

C. B.! Espera!, chamou, e correu atrás dele. Briddey lhe entregou o casaco.

— Obrigada por ter me emprestado — disse ela.

— Sempre que quiser — disse ele com ar sério, e por um longo instante de tirar o fôlego, ela pensou que C. B. fosse beijá-la, mas não beijou. Ele balançou a cabeça pesarosamente e falou: — Vejo você pela manhã.

Depois saiu em direção ao carro.

Briddey o observou se afastando, e então voltou correndo para seu apartamento e seu celular.

Trent não tinha ligado e, apesar do que C. B. dissera, ela duvidava que iria ligar. Ele devia estar muito ocupado ligando para hotéis em Flagstaff e Yuma, tentando rastrear o dr. Verrick. E focado demais nisso para ouvi-la.

Mas, caso ele resolvesse ouvi-la, ela precisava voltar a dormir. Tirou a roupa, deitou na cama, desligou a luz e tentou fazer o mesmo com a mente, mas não parava de pensar em C. B. e se perguntar o que seriam as "outras coisas" que ele precisava lhe dizer. Será que havia coisas piores sobre a telepatia que ele ainda não tinha lhe contado? Ou as pessoas a usariam para o mal? Talvez a CIA fosse usar a telepatia para localizar terroristas e bases militares secretas e descobrir planos inimigos e códigos nucleares, e não se importariam com o que teriam que fazer, mesmo que isso significasse prejudicar C. B., Maeve ou ela mesma. Não se importariam se desencadeassem uma inundação ou liberassem uma horda de zumbis ou...

Ou o quê?, perguntou-se ela. Que formas as vozes de C. B. assumiam? Ele nunca dissera. E, se ela perguntasse, duvidava que ele diria. Briddey teria que perguntar à Maeve.

C. B. dissera que precisavam manter silêncio total nas comunicações telepáticas, que Darrell provavelmente já tinha acordado Trent e que Maeve ainda devia estar dormindo, mas, se esperasse, talvez não tivesse outra chance.

Ela entrou no pátio e sintonizou o rádio na estação de Trent. Nada. Nem mesmo estática. Girou o botão ligeiramente para cada lado da frequência dele para ter certeza e depois correu rapidamente o marcador, procurando a voz de Darrell.

E a encontrou quase na mesma hora.

... não sei... talvez eu devesse esperar até ter uma pista mais certa...

Então ele ainda não tinha ligado para Trent. Briddey voltou para a estação de Trent, continuou sem ouvir nada, e então chamou: *Maeve!*

Oi, tia Briddey, disse Maeve imediatamente. *Aconteceu alguma coisa?*

Não. Só queria perguntar uma coisa. Você disse que suas vozes eram zumbis, certo?

Sim, daqueles realmente assustadores que continuam perseguindo você mesmo quando cortam suas cabeças e tentam morder e...

As vozes de C. B. também são zumbis?

Não, disse Maeve, em seu melhor estilo "Que ridículo!". *As vozes são diferentes para cada pessoa, dependendo do que você tem medo e em que tem andado pensando, essas coisas.*

C. B. te contou que formas as dele assumem?

Não, ele disse que não queria me dar ideias. Mas eu descobri. Fogo.

VINTE E SEIS

> *"Bem, o Plano A é um lixo. Qual é o plano B?"*
> *"Estamos trabalhando nisso."*
> Invasores primitivos

— Fogo! — disse Briddey, chocada.

Por isso ele era tão obcecado por Joana d'Arc. Que tinha sido queimada viva.

Mas você não pode dizer a ele que contei, pediu Maeve. *Ele não sabe que eu descobri.*

Não vou dizer nada. Obrigada, Maeve. Volte a dormir, disse ela, e então se deu conta de que Maeve tinha que estar acordada para tê-la ouvido chamar. *O que você está fazendo acordada a esta hora?*

Tive um pesadelo.

É o que acontece quando se veem filmes de zumbi.

Eu não estava vendo filmes de zumbi, disse Maeve, indignada. *Estava vendo A Bela e a Fera, a parte assustadora em que os moradores invadem o castelo para capturar a Fera.*

Como o dr. Verrick e Trent fariam se descobrissem que a telepatia era real, pensou Briddey e, para impedir que a sobrinha ouvisse isso, disse: *Você precisa assistir ao final: ela salva a Fera e eles vivem felizes para sempre. E depois vá dormir. Você tem aula amanhã.*

Você é quem estava me mantendo acordada, protestou Maeve, e Briddey levou mais cinco minutos para encerrar a conversa. Então apagou a luz e ficou deitada no escuro, pensando nas vozes de C. B.

Inundações eram horríveis, mas fogo era infinitamente pior. Nem mesmo Joana d'Arc fora corajosa o suficiente para enfrentá-lo sozinha. Tiveram que amarrá-la a uma estaca. Mas C. B. se lançara às chamas para salvá-la — e para salvar Maeve. E fizera isso não apenas uma vez, mas várias e várias vezes. *E faria de novo se eu estivesse em apuros*, pensou ela, admirada.

Você não pode pensar nisso agora, ela se forçou a lembrar. *Trent pode acordar a qualquer minuto* e, como se expressar um pensamento fizesse com que ele se tornasse realidade, o celular tocou.

— Estou tentando chamá-la mentalmente há dez minutos — disse Trent. — Você não me ouviu?

— Não. Eu estava dormindo. Que horas são?

— Dez para as quatro — disse ele. — Boas notícias. Consegui falar com o dr. Verrick, e ele está voltando agora mesmo.

— Voltando?

— Sim. Senti que você estava ansiosa e percebi que você iria gostar de saber que o encontrei. Ele está voltando para nos ver. Não sei quando vai chegar, mas aviso assim que souber. Venha à minha sala assim que botar os pés na Commspan, para praticarmos enviar e receber. Estou treinando a noite toda e já evoluí bastante. Tenho certeza que você vai conseguir também. Só precisa se concentrar.

Não, eu preciso é entrar em contato com C. B., pensou Briddey depois que Trent desligou. Mas como? Ele disse que ia para casa descansar e, se estivesse dormindo, não a ouviria chamá-lo. E Trent talvez ouvisse. O que significava que não podia ligar para Maeve e pedir que ligasse para ele também.

Ela mesmo teria que fazer isso. Mas ele lhe dissera para não usar o próprio celular, e acordar os vizinhos para usar o deles às quatro da manhã estava fora de cogitação.

Isso é ridículo, pensou. O EED devia ter aberto novas vias de comunicação, mas, em vez disso, tudo que fizera fora bloquear todas as que ela já tinha. *É uma mudança de paradigmas mesmo. Na direção errada.*

Briddey precisaria arrumar um pombo-correio, ou sair atrás de um telefone público, ou esperar Trent voltar a dormir e, então, chamar C. B. Mas pelo visto Trent pretendia ficar acordado o resto da noite "praticando", e ela precisava contar a C. B. sobre o dr. Verrick *o mais rápido possível*.

Então teria que ser o telefone público. Se conseguisse encontrar um. Kathleen dissera que ainda havia alguns em postos de gasolina e lojas de conveniência, mas também dissera algo sobre não ter nenhum trocado que pudesse usar para ligar do telefone. Será que só aceitavam moedas, então?

Briddey tinha na carteira apenas uma moeda de dez centavos e três de um, e não fazia nem ideia de quanto custava fazer uma ligação. Vinte e cinco centavos? Cinquenta? Não, era melhor levar um dólar em moeda por precaução.

Ela passou os dez minutos seguintes revirando bolsas e bolsos de casacos e as gavetas da cozinha para reunir dinheiro suficiente. Vestiu uma calça jeans e uma blusa, enfiou as moedas no bolso, pegou suas chaves, a tampa da caixa com o número de C. B. e o casaco que não levara antes. Desceu a escada na ponta dos pés e saiu.

Três horas da manhã podia ser romântico, mas quatro e quinze definitivamente não era. Estava escuro e frio e, quando ela finalmente encontrou um posto 24 horas, estava fechado. Fazia todo o sentido. É por isso que era 24 horas. O telefone ficava lá dentro. Ela podia vê-lo pela janela.

O outro posto, a dois quarteirões dali, também estava fechado, e nada de telefone ali também. O posto seguinte (também fechado) tinha um telefone do lado de fora, mas sem fone. Ela estava prestes a voltar para casa quando viu outra loja de conveniência à frente.

Não havia nenhuma cabine telefônica do lado de fora, mas um cartaz na janela dizia CAIXA ELETRÔNICO, TELEFONE, MUNIÇÃO, e estava aberto. O estacionamento em frente estava cheio de motos.

Ela deu a volta no quarteirão, estacionou e entrou. E se arrependeu na mesma hora. O lugar fazia o primeiro posto parecer o Luminesce das lojas de conveniência. O atendente olhou com malícia para Briddey, assim como um sem-teto perto da máquina de café e os dois caras mal-encarados — obviamente, os donos das motos lá fora — que vagavam pelo corredor das batatas chips. Por um instante ela desejou saber o que eles estavam pensando, para ter noção do perigo que corria, mas logo concluiu que naqueles casos a ignorância era uma bênção.

Havia um cara no telefone que parecia ainda mais mal-encarado do que os outros dois. Parecia estar ali havia um bom tempo, e ela já ia procurar outro lugar quando ele gritou de repente:

— Vá se ferrar!

Então bateu o telefone e começou a andar em sua direção, seguido pelos amigos.

Ela voltou depressa para o corredor de doces enquanto eles passavam e depois foi depressa até o telefone, caçando moedas e o número de C. B. no bolso no caminho.

Não precisava ter desperdiçado todo aquele tempo procurando trocados: o telefone só aceitava cartão de crédito. Ela passou o seu, tentando ignorar a mancha grudenta de Coca-Cola seca (ou sangue) no fone, e digitou o número de C. B.

O telefone tocou... e continuou a tocar. *Acorda!*, gritou ela, mesmo sabendo que ele não a escutaria se estivesse dormindo, e então esperou, prendendo a respiração, com medo de que Trent a tivesse escutado.

Mas aparentemente não tinha, e o toque do telefone não devia ter acordado C. B. também, ou então ele não estava atendendo porque devia estar aparecendo "número desconhecido" na tela de seu telefone. Será que ele tinha identificador de chamadas? Conhecendo C. B., ele...

— Briddey? — disse a voz de C. B. do outro lado.

— Oi! — disse ela, tomada por uma onda de alívio. — Acordei você?

— Não, eu estava trabalhando numa coisa. O que está acontecendo? Você não está ligando do seu celular, está?

— Não — disse ela, olhando para o sem-teto, que agora estava no corredor de doces e a encarava sem nenhum pudor, e para o atendente, apoiado no balcão, olhando ora para ela, ora para os motoqueiros. Eles ainda estavam lá fora, falando aos gritos, dando a impressão de que poderiam voltar a qualquer momento e arrancar o telefone das mãos dela. — Estou ligando de um telefone público em uma loja de conveniência na Linden — disse ela e, então, baixinho: — Tenho que falar com você.

— Imagino que tenha alguém ouvindo — disse C. B.

— Isso mesmo.

E ele devia estar escutando seus pensamentos, porque perguntou:

— Esse lugar de onde você está ligando é ruim assim?

— Muito — sussurrou ela.

— Você precisa que eu vá buscá-la?

— Não — disse ela, olhando para o atendente, que não tirava os olhos dela.

— Você pode falar ou é uma hora ruim? — perguntou ela, mais para que o atendente escutasse.

— Vou verificar — disse C. B., e fez-se um breve silêncio. — Podemos conversar. Trent voltou a dormir.

Ai, que bom, posso dar o fora daqui, pensou Briddey, e estava prestes a desligar quando ouviu gritos vindos de fora:

— Ah, que se dane você também!

Dois dos caras de moto se encaravam com raiva, prestes a brigar, e mais uma dúzia tinha aparecido do nada. *Pensando bem, acho melhor esperar mais um pouco.* Mas ela não podia ficar ali parada sem dizer nada, ou o funcionário ia desconfiar.

— Sem problemas — disse C. B. — Repita comigo: "Então eu falei: 'Nunca mais quero ver você de novo' e saí do carro", e então eu digo que seu namorado é um idiota...

O que é verdade, pensou Briddey.

— ... e que você nunca devia ter saído com ele, para começo de conversa etc., e você só tem que dizer: "Eu sei" e "Você está certa" de vez em quando, e nesse meio-tempo podemos conversar.

— Então eu falei — disse Briddey, levantando a voz para o atendente ouvir: — "Nunca mais quero ver você de novo" e saí do carro — e acrescentou silenciosamente: *Trent ligou. Ele entrou em contato com o dr. Verrick, que está voltando agora mesmo.*

— Ele disse para onde Verrick foi?

Não. Você não está entendendo. Se ele está voltando, isso significa que acredita em Trent!

— Não, não significa — disse C. B., calmo. — Talvez ele estivesse em Scottsdale para conversar com algum cliente rico sobre o EED, então já devia estar voltando de qualquer maneira.

Mas pelo que Trent falou, ele parecia ter mudado seus planos por causa disso. E você disse antes que o dr. Verrick não voltaria, que não iria querer se envolver com algo assim.

— Sim, bem, talvez ele tenha chegado à conclusão de que já está envolvido e que precisa voltar para controlar os danos.

Mas Trent não quer que ninguém mais descubra. Ele precisa manter isso em segredo para que a Apple não...

— Sim, mas Verrick pode não saber disso. E pode estar achando que Trent planeja tornar público o que aconteceu, e está voltando para tentar convencê-lo a não fazer isso. Como fiz com você quando soube que estava planejando realizar um EED. Espera um segundo enquanto pego meu laptop.

Briddey aproveitou a pausa para dar uma olhada nos motoqueiros, que haviam parado de gritar, mas ainda se olhavam com ódio. *Não quero ouvir o que eles estão pensando*, concluiu ela.

O atendente continuava encarando Briddey.

— Você tentou me avisar sobre ele — disse ela claramente ao telefone. — Eu devia ter escutado você.

— Com certeza devia — disse C. B. — O.k., estou pesquisando os voos que saem daquela região e, independentemente de onde Verrick esteja, ele deve sair de Phoenix ou Tucson. Mesmo que pegue o primeiro voo de amanhã de manhã, quero dizer, de *hoje* de manhã, ele só chegaria aqui lá pelas 10h15, e o primeiro voo saindo de Tucson chega quarenta minutos depois. Então o mais cedo que chegaria ao consultório seria 11h30, isso se pegasse o primeiro voo, o que não vai acontecer. Está lotado, e os três voos seguintes mostram que a primeira classe e a executiva estão esgotadas por uma semana. O Verrick não me parece o tipo de pessoa que fica espremida na classe econômica...

Você não está entendendo, disse Briddey. *E se ele estiver voltando porque Trent contou que somos telepáticos? E se Verrick acredita nele?*

— Verrick não me parece esse tipo de pessoa também. Ele nunca mencionou percepção extrassensorial, poderes psíquicos ou visualização remota, não é?

Não, disse ela, franzindo a testa, embora uma lembrança tivesse vindo à sua mente quando C. B. falou "poderes psíquicos". O médico não falara exatamente isso, mas tinha algo a ver... Habilidade psíquica? Dom psíquico?

— O que ele disse sobre dom psíquico? — perguntou C. B., alerta.

Nada, disse ela, cada vez mais certa, à medida que pensava no assunto, de que a lembrança não envolvia o dr. Verrick. Tinha sido algo que Kathleen dissera ou escrevera... O que quer que fosse, ela não conseguia lembrar.

— E clarividência ou telecinese? — perguntava C. B. — Ele alguma vez mencionou essas coisas?

Não.

— Então acho que é muito mais provável que ele tenha decidido voltar porque está com medo de que Trent esteja tendo alucinações auditivas e possa processá-lo por erro médico.

Mas, seja qual for o motivo, ele está voltando, disse Briddey, *e vai me fazer perguntas e pedir exames...*

— Que não vão provar nada. Já falei, esses exames não são capazes de dizer o que você está pensando, a menos que coopere.

Você também me disse que o dr. Verrick não procuraria sinais de telepatia porque não sabe que ela existe. Mas se Trent lhe contar, ele vai saber. E se Trent me enviar uma palavra e a mesma área acender em nossos cérebros...

— Não é assim que funciona. Mesmo que fosse a única mensagem que você estivesse recebendo naquele momento, o que não seria... Nosso cérebro é constantemente bombardeado por imagens, sons, emoções, impulsos nervosos e pensamentos não relacionados. Mesmo assim, isso não aconteceria. Seu cérebro não é uma biblioteca. O lugar em que você armazena um pensamento específico não é o mesmo para Trent, ou para mim. Todos nós temos nosso próprio sistema pessoal de arquivamento, e é mais parecido com a Nuvem do que com um arquivo de fichas. Os pensamentos são armazenados em dezenas de lugares, com centenas de links e referências cruzadas. O Lucky Charms, por exemplo. A forma como é escrito fica em um lugar, como é pronunciado, em outro, as cores e dimensões em um terceiro, além do sabor e de suas lembranças de comê-lo e comprá-lo...

Você me perguntando no teatro as formas dos marshmallows...

— Exatamente — disse ele — seu cérebro armazena essas informações em um monte de outros lugares também: coisas ligadas a café da manhã, coisas irlandesas, coisas com gosto de giz. E isso sem contar as milhares de ligações cruzadas que sua mente faz com as palavras *lucky*, sorte, e *charms*, amuleto, penduricalho... uma pulseira de penduricalhos, um pé de coelho da sorte, um cara que você ouve dizendo: "Acho que vou ter sorte essa noite"... Tudo isso guardado em lugares diferentes com conexões neurais diferentes. E *aqueles* pensamentos estão ligados a outros em uma teia gigante, em que cada pensamento está ligado a todos os outros, e a única pessoa que pode desvendar essa teia e traduzi-la para outras pessoas é você. Confie em mim, Verrick vai saber o que se passa na sua cabeça tanto quanto esse atendente da loja. Por falar nisso, provavelmente é melhor você dizer de novo algo como "Você está certa".

Não, não preciso, disse ela, olhando para o funcionário, que agora lia uma revista. O sem-teto tinha ido para o corredor mais distante e enfiava algo em seu casaco, e os motoqueiros aparentemente tinham resolvido sua discussão. Estavam em suas motos, acelerando-as com muito barulho e saindo, um a um.

— Mesmo assim é melhor falar, só por precaução.

— Você está certa — disse ela e silenciosamente: *Você está errado. Você disse que eles só podem descobrir o que estou pensando se eu contar, mas e quanto ao Trent? Ele poderia lhes dizer...*

— Ainda é a sua palavra contra a dele — disse C. B. — Trent só pode dizer a eles o que pensa que ouviu você falar. Não há como provar que você realmente disse alguma coisa.

A menos que Trent tenha ouvido mais do que me contou, como o nome do C. B., por exemplo, e decidam interrogá-lo, pensou Briddey, e lembrou que C. B. lhe contou que Joana d'Arc foi capturada pelos britânicos, interrogada e torturada.

— Trent não ouviu meu nome. Ele não faz ideia de que sou telepático, muito menos de que estou falando com você. Posso ler mentes, lembra?

— Não a do dr. Verrick.

— É verdade — disse ele. — E a primeira coisa que vou fazer quando ele voltar é ouvir sua voz para que eu possa ler a dele também.

Você não está pensando em ir vê-lo, está?

— Não — respondeu C. B. — Quero ficar fora do radar dele, como você disse para eu fazer. E não tem por que encontrá-lo pessoalmente. Você pode ligar para ele do laboratório e colocar no viva-voz para que eu possa ouvir a voz dele e tentar descobrir no que está pensando durante sua consulta.

Ou eu poderia inventar alguma desculpa para não ir...

— Não. Se fizer isso, Trent pode deduzir que você descobriu tudo. Queremos que ele acredite que você ainda está convencida de que a única razão para terem feito o EED fora torná-los mais emocionalmente ligados, e que você não ouviu nada até... Nossa, foi ontem de manhã? Parece que faz anos.

Eu sei, pensou ela, lembrando-se da chuva e do ponto de ônibus. E da Sala Carnegie e de se esconder na área das estantes, e da Sala de Leitura, e de estar no carro dele...

— E de se esconder das vozes embaixo da pia, e depois ser atacada por elas no depósito escuro, por minha causa. Que fim de semana romântico, não é?

Foi mesmo, pensou ela.

— Mas, para Trent e o dr. Verrick, nada disso aconteceu. Você saiu do teatro para ajudar sua família com um problema e, quando finalmente chegou em casa, desabou na cama. Pela manhã, você chamou o Trent, na esperança de se conectarem emocionalmente, e quando ele lhe respondeu com palavras, ficou completamente chocada. Você não tinha ideia de que tal coisa era possível e agora quer respostas, assim como Trent.

C. B. estava certo. Ela tinha que perguntar ao médico por que aquilo estava acontecendo com ela, e não tentar evitar o dr. Verrick. Mas não significava que ela queria vê-lo.

— Não se preocupe — disse C. B. — Temos muito tempo para prepará-la. Você pode passar no meu laboratório como planejamos e repassamos tudo. E, enquanto isso...

Eu sei: não pense em você ou em Mae... Quer dizer, Cindy.

— Isso. Lembra na biblioteca, quando falei que a melhor forma de não sermos pegos era não saberem que tínhamos estado lá? Nossa melhor defesa é que eles não fazem a mínima ideia de que você falou com alguém além de Trent. Eles não podem descobrir quem Cindy e eu somos se nem sequer sabem que existimos. Por falar nisso, talvez fosse melhor eu ter um codinome também.

Posso chamar você de Conlan. Ele não sabe que esse é o seu...

— Não, nada nem mesmo remotamente irlandês. Não queremos lhe dar nenhuma pista do que está causando isso.

Ismael, então.

— Judeu demais.

Highwayman?

— Não, fica muito na cara que é um codinome, como Cinderela. Tem que ser algo que não se destaque, um nome que passe despercebido, como...

Sky, disse ela.

Fez-se silêncio na linha.

De Garotos e garotas. *Sky Masterson.*

— Tem certeza, irmã Sarah? Como você bem sabe, ela ficou em Havana com ele.

Vou arriscar, respondeu ela, virando a cabeça para que o atendente não visse seu rosto. Afinal, ela deveria estar chorando no telefone depois de ter levado um fora. Sorrir obviamente não era uma reação apropriada.

— Ótimo — disse C. B. — Talvez possamos tomar um *dulce de leche*, é um bom drinque...

Nada de álcool, lembra?, disse ela. *Tirando as vozes, não quero que nada escape sem querer e Trent ouça. Por falar nisso, precisamos dizer a Cindy que ela não pode falar comigo. Se Trent descobrir que ela é telepática...*

— Não se preocupe. Vou dizer a ela para entrar em seu castelo, levantar a ponte levadiça e fechar os portões zumbis. E, enquanto isso, irmã Sarah, vá para casa e mande um e-mail para a sua secretária pedindo para ela remarcar todos os seus compromissos para a tarde, deixando sua manhã livre, e então procure não pensar em coisas que não quer que Trent ouça.

— Ele está acordado? — perguntou Briddey, nervosa.

— Não, ainda não, mas, a partir de agora, você vai agir como se ele estivesse e como se ele pudesse ouvir qualquer coisa que você diz ou pensa. O que significa que seria melhor mantermos silêncio absoluto também. — Ele hesitou. — Acho que é inútil lhe dizer para tentar dormir um pouco.

Sim.

— O.k., bem, então memorize "Marian, the Librarian". Quando você for ao laboratório, vou lhe ensinar outras técnicas de filtro. E, quando não estiver lendo, pense no que vai comer no café da manhã ou no que vai vestir para trabalhar. Ou em como os sobreviventes vão conseguir escapar da Ilha dos birutas. Qualquer coisa que não sejam Maeve, eu, telepatia ou a Irlanda. Vou checar o histórico de Verrick para ter certeza de que ele não esconde nada de paranormal, mas tenho certeza de que não, e ver se consigo descobrir que cliente celebridade ele foi ver. Vai ficar tudo bem, eu prometo. Agora diga: "Obrigada por me dar uma carona. Vejo você em alguns minutos" e desligue. Vou falar com a Maeve.

— Obrigada por me dar uma carona — disse ela. — Vejo você em alguns minutos.

— Muito bem — disse ele. — Até amanhã.

E desligou.

Ela devia ter desligado também, até porque o atendente tinha voltado a encará-la. Mas, em vez disso, ela continuou, embora C. B. não estivesse mais lá:

— Muito obrigada por fazer tudo isso por mim. Fui uma idiota de algum dia ter pensado que estava apaixonada por ele. Eu nem sabia o que era o amor.

O funcionário deu uma risadinha irônica.

— Espero você lá fora — disse ela para o tom de discagem. — Eu te amo.

E colocou o fone no gancho.

Ela saiu apressada da loja, ainda de olho no atendente e, assim que ele virou de costas, correu para seu carro e dirigiu de volta para casa, perguntando-se se conseguiria encontrar o dr. Verrick no rádio e confirmar que ele não era cúmplice de Trent e descobrir por que estava voltando. E também por que dissera à enfermeira que estava em Hong Kong, quando, na verdade, tinha ido para o Arizona.

Ela tentou assim que chegou em casa, mas o médico aparentemente estava dormindo... ou fora de alcance. Não conseguia encontrar sua voz em nenhuma frequência.

Tento de novo mais tarde, pensou. Então procurou "The Highwayman" na internet e passou a hora seguinte memorizando o poema — e desejando ter escolhido um mais alegre, principalmente quando chegou à parte em que o assaltante descobre que Bess está morta e volta sedento por vingança, mas acaba sendo morto por soldados que estavam à espreita.

Ela teve que se forçar a aprender a última estrofe, em que ele está ensopado de sangue na estrada, "com um enfeite de renda no pescoço". *Preciso de algo com um final melhor*, pensou ela, e baixou "Adelaide's Lament" no iTunes.

Ela deveria ter percebido pelo título que não seria nada alegre também, mas, pelo menos, ninguém morria. E tinha muitos versos. *Ótimo*, pensou, *vou ficar até de manhã memorizando isso*, mas, quando olhou para o relógio, ainda nem tinham dado cinco horas.

Vou ter que memorizar as músicas de Garotos e garotas. *E de Vendedor de ilusões*, pensou, baixando as canções. C. B. estava certo: "Fugue for Tin Horns" era *muito* parecida com as vozes, e ela não achava que "The Sadder but Wiser Girl" fosse uma boa ideia — o título, "A garota mais triste e mais sábia", era familiar demais para lhe trazer conforto. Mas o discurso persuasivo do professor Harold Hill sobre os problemas em River City era perfeito. Ela o decorou e, em seguida, tentou encontrar a estação do dr. Verrick novamente.

Nada, o que era bom. Ele ainda estava fora de alcance. Ela tomou banho, lembrando ironicamente que alguns dias atrás sua maior preocupação era estar sendo espionada por C. B. *Que horas são agora?*, perguntou-se, saindo do banho e se secando. Com certeza já são quase sete.

Eram cinco e quarenta e cinco. E se perguntou que horas poderia chegar ao trabalho sem levantar suspeitas. Oito? Sete e quarenta e cinco? Quanto mais cedo Sky lhe ensinasse aquelas "outras técnicas de filtragem", melhor se sentiria.

Ela cantou outra música de *Garotos e garotas* enquanto secava o cabelo e se vestia, e então atacou *Declínio e queda*, mas imediatamente se arrependeu. Seu ritmo fazia o colapso que durou séculos do Império Romano parecer uma corrida de cem metros.

Às seis e quarenta e cinco, ela decidiu que não ligava para o destino de Roma *ou* para levantar suspeitas e foi pegar a bolsa e as chaves.

Então ouviu uma batida à porta. Não poderia ser Sky. Ele dissera especificamente que não deveriam ser vistos juntos, então devia ser Kathleen. Ou Mary Clare.

Mas era Trent.

— Ah, que bom — disse ele, olhando com ar de aprovação para ela. — Você recebeu minha mensagem.

— Mensagem?

— Sim. Eu passei a última meia hora lhe dizendo mentalmente que passaria aqui para buscá-la. Você não me ouviu?

Ela balançou a cabeça.

— Então por que está pronta para sair?

— Eu queria chegar cedo ao trabalho hoje. Tenho muita coisa para colocar em dia...

— Ou você estava subconscientemente recebendo minha mensagem e sabia que tinha que estar pronta.

— Pronta para quê? — perguntou ela, com medo de já saber a resposta.

— O dr. Verrick está de volta, e ele quer nos ver agora mesmo.

VINTE E SETE

Não há nada tão ruim que não possa piorar.
Provérbio irlandês

— O dr.... o dr. Verrick voltou? — gaguejou Briddey. — Mas, Trent...
— Ele pegou seu jatinho logo depois que nos falamos pelo celular. Claro. Ela e C. B. — corrigindo, Sky — deviam ter considerado a possibilidade de ele ter um avião particular.
— Eu contei que ele estava a caminho na mensagem mental que enviei — disse Trent. — Não acredito que você não me ouviu! Ouço você cada vez mais. Tem certeza de que está se concentrando?
Ela prendeu a barra com mais firmeza na porta de seu refúgio.
— Sim — respondeu. — O que você ouviu?
— Ah, milhares de coisas. Que precisa de mim, "será que Trent está dormindo?" e um monte de coisas sobre ter que fazer uma ligação. Parece que você não entende que não precisamos mais disso agora.
— Você só ouviu isso?
— Não. Havia outras coisas, mas que não faziam nenhum sentido. Algo sobre um cachorro na estrada e precisar de trocados e Sky alguma coisa. Em que você estava pensando?
— Não tenho a menor ideia — disse ela. — Devia estar sonhando.
— Foi o que pensei. Precisamos perguntar ao dr. Verrick por que eu posso ouvir você muito melhor do que você a mim. Então, está pronta para irmos até lá?
— Não. Quer dizer, preciso passar na Commspan primeiro. Por que você não vai na frente e eu encontro você lá? Tenho uma reunião com Art Sampson de manhã. Vou ter que remarcar...
— Você pode fazer isso do carro. Cadê seu celular?
— Vou buscar — disse Briddey, andando depressa até o quarto.
Queria ter dado a C... Sky uma chave do seu apartamento. Assim ela poderia pegar um batom e deixar para ele um recado no espelho do banheiro, um pedido

de ajuda que encontraria quando aparecesse lá depois de não ver Briddey na Commspan.

Ela pegou o celular, verificou o registro de chamadas para ter certeza de que o nome de Sky não aparecia, apagou as ligações e mensagens de Cindy e depois parou, olhando perdida para o espelho em que não podia deixar um recado, tentando pensar em alguma maneira de convencer Trent a deixá-la ir com o próprio carro e então arranjar uma forma de parar na loja de conveniência e contar a Sky o que tinha acontecido.

— Por que você está demorando tanto? — disse Trent, aparecendo na porta. — Eu disse ao dr. Verrick que estaríamos lá às oito, e não podemos deixá-lo esperando depois de tudo que ele fez para nos ver. Não que vá se importar com nosso atraso quando ouvir o que temos para lhe dizer.

Ele praticamente a empurrou para fora do apartamento, pela escada e até seu Porsche.

— Realmente acho que é melhor eu encontrar com você lá — disse Briddey de novo quando Trent abriu a porta do carro para ela. — Já remarquei minha reunião com Art Sampson duas vezes, e ele vai ficar furioso se eu cancelar mais uma vez sem explicar...

— Mande uma mensagem para ele — disse Trent, deixando Briddey sem alternativa. Só lhe restava entrar no carro.

Enquanto ele saía da vaga, ela olhou para o painel, com seu elaborado sistema computadorizado de streaming/CD/ rádio por satélite, perguntando-se se seria difícil encontrar "Ode to Billie Joe". Ela estendeu a mão para o botão do MENU.

— Nada de música — disse Trent. — Se queremos provar que podemos nos comunicar telepaticamente, precisamos estar totalmente concentrados em enviar e receber.

— Mas não entendo *por que* temos que convencê-lo, ou por que temos que envolvê-lo nisso.

— Porque não se trata mais apenas de nós dois. A comprovação de que a telepatia existe afeta todo mundo. Você não entende? As pessoas não terão mais que usar celulares, e-mail ou mídias sociais para se comunicar. Poderão fazer isso sem intermediários. Será uma forma inteiramente nova de enviar mensagens instantâneas. Mensagem instantânea mental.

— Mas como? — perguntou ela, encarando-o com olhos inocentes e arregalados. — As pessoas não teriam que estar emocionalmente comprometidas umas com as outras?

— Não. Se descobrirmos o que está causando isso e como funciona, podemos fazer funcionar para todos. É aí que o dr. Verrick entra. Ele pode realizar exames que nos mostrarão os circuitos cerebrais envolvidos, e poderemos usar isso para criar um dispositivo que permita que qualquer pessoa se comunique telepaticamente com outra.

— Você contou isso ao dr. Verrick?

— Ainda não. Só disse a ele que algo extraordinário aconteceu, que você e eu éramos capazes de ouvir mais do que as emoções um do outro. Não chamei de telepatia. Não queria assustá-lo. Só disse que ele precisava voltar o mais rápido possível.

Então Sky estava certo. O dr. Verrick não fazia parte disso.

— Mas, se você não contou a ele, como sabe que ele vai concordar em realizar exames? — perguntou Briddey.

Trent tirou os olhos da estrada por tempo suficiente para encará-la, incrédulo.

— E como não concordaria? Essa é a descoberta científica do século! Pense no que representa para a humanidade. As pessoas serão realmente capazes de entender umas às outras. Não haverá mais segredos, mal-entendidos ou conflitos.

Não funciona assim, pensou Briddey.

— Pense em todos os problemas que a telepatia vai resolver, e não só problemas pessoais. Problemas importantes. Como terroristas, por exemplo. Seremos capazes de detê-los *antes* que matem vítimas inocentes e saberemos exatamente onde nossos inimigos estão e o que planejam fazer. Teremos uma vantagem enorme em termos de relações exteriores. E nos negócios. E em Wall Street. As possibilidades são infinitas.

Você tem razão, pensou Briddey. *Espionagem corporativa, troca de informações privilegiadas, estados autoritários. E, para telepatas como Sky e Mae... Cindy: testes, experiências, tortura, morte na fogueira e vozes horríveis, torrentes delas, fogos que se espalham violentamente, fora de controle.*

— Você vai ver — disse Trent, confiante. — O dr. Verrick vai ficar tão animado com as inúmeras possibilidades quanto a gente.

Ele entrou no estacionamento do hospital.

— Pensei que fôssemos ao consultório dele.

— Não, ele pediu que o encontrássemos aqui.

Onde talvez esbarrassem em um dos funcionários que a encontraram na escada. Ou na enfermeira que a levara até o carro de Sky.

Mas o consultório que o atendente no balcão de informações indicou ficava em um andar diferente e no extremo oposto do hospital, e Briddey não reconheceu nenhum dos funcionários que encontraram no caminho.

O próprio dr. Verrick apareceu para recebê-los.

— Bom dia, srta. Flannigan, sr. Worth. Vamos conversar logo ali — disse ele, apontando para o fim do corredor.

Ele não parecia nem um pouco irritado por ter tido que voltar do Arizona no meio da noite, nem mesmo quando um médico o parou no meio do caminho para dizer:

— Pensei que você estivesse em Sedona.

— E estava — disse ele, alegremente.

Sedona. Por que esse nome soava tão familiar? Briddey já o ouvira em algum lugar...

— Muito obrigado por ter voltado antes para nos ver — dizia Trent.

— Sem problemas — disse o dr. Verrick. — Aqui estamos. — Ele os guiou para dentro de um consultório com uma mesa e duas cadeiras estofadas. — Podem se sentar. Volto em um segundo. Só preciso falar com a minha enfermeira.

Ele saiu, e Briddey o ouviu dizer:

— ... deve chegar logo... quero ser informado assim que ela chegar... aeroporto

Isso significava que ele iria voltar assim que acabasse de conversar com eles e atender a tal paciente que estava chegando?

Espero que sim, pensou Briddey.

O dr. Verrick voltou para a sala e se sentou, inclinando-se sobre a mesa.

— Agora me digam exatamente o que está acontecendo. Pelo que entendi, vocês se conectaram, certo?

— Mais do que isso — disse Trent, ansioso. — Não estamos apenas sentindo as emoções um do outro, estamos nos falando!

— Falando? — O dr. Verrick parecia intrigado. — Você quer dizer que agora estão mais empáticos aos sentimentos um do outro, se comunicando melhor?

— Não, quero dizer que podemos falar um com o outro como você e eu estamos conversando agora, só que em nossas cabeças.

Briddey não tinha percebido como aquilo soaria louco até Trent dizer em voz alta. *Sky tinha razão. Se ele tivesse me contado antes de acontecer comigo, eu nunca teria acreditado.*

— Isso aí! — disse Trent, apontando para ela. — Acabei de ouvir Briddey dizer: "Ele nunca vai acreditar na gente". É o que você estava pensando, não é, Briddey? Diga a ele!

— Sim, mas...

— Mas isso seria fácil de adivinhar pela expressão dela — disse o dr. Verrick. — E pela linguagem corporal. Tem certeza de que não é o que você está fazendo? Usando as emoções e os sinais não verbais dela para...?

— *Não* — disse Trent. — Posso ouvi-la quando estamos a quilômetros de distância. E ela pode ouvir o que estou pensando também.

— Isso é verdade, srta. Flannigan? — perguntou o dr. Verrick, virando-se para ela.

— Não.

— *Não?* — retrucou Trent. — Como você pode dizer isso? Nós estamos nos comunicando mentalmente, sim! Posso provar. Olha. — Ele pegou os papéis com as listas de palavras que tinham escrito e os bateu com força na mesa do dr. Verrick. — Ficamos em cômodos separados. Cada um pensou em dez coisas, e o outro escreveu o que captou. Acertei praticamente tudo que ela enviou e ela acertou quase a mesma quantidade do que *eu* enviei. E nós nos sairíamos ainda melhor agora. Minha habilidade de comunicação está progredindo muito. Faça uma varredura do nosso cérebro e você vai ver que podemos ouvir um ao outro...

— Primeiro, o mais importante... — disse o dr. Verrick, observando as listas.

Espero que as "respostas corretas" de Trent o impressionem tanto quanto me impressionaram. Ou seja, nem um pouco, pensou Briddey, tentando avaliar a reação do médico enquanto examinava as listas, mas seu rosto permaneceu completamente impassível. Finalmente, ele as colocou de volta na mesa, entrelaçou os dedos e se inclinou para a frente.

— Acho melhor você começar do princípio, sr. Worth.

Trent assentiu.

— Anteontem, seguimos seu conselho e tentamos não pensar muito sobre a nossa conexão. Então decidimos ir ao teatro.

— E foi aí que vocês tiveram pela primeira vez essa... comunicação mental?

— Não. Briddey teve que sair para resolver um problema de família e ficamos separados o resto da noite. Mas, na manhã seguinte, eu a ouvi me chamando. Ela disse: "Onde você *está*?", e eu respondi: "Briddey, é você?".

— E você o ouviu dizer isso? — perguntou o dr. Verrick, virando-se para Briddey.

— Si... sim — disse ela, colocando o máximo de incerteza em sua voz que podia. — Pelo menos, pensei ter ouvido.

— Você *ouviu* — disse Trent — porque você respondeu "Sim", e então eu falei: "Não acredito que nos conectamos", e eu perguntei onde ela estava, e ela disse que estava em casa, na cama.

Briddey observava atentamente o médico enquanto Trent contava o que tinha acontecido. A expressão dele permaneceu cética, e ele fez todas as perguntas óbvias para alguém que tinha acabado de ouvir um paciente fazer uma afirmação ridícula... e possivelmente perturbadora.

E ainda assim havia algo de incerto em suas reações. Ele não parecia surpreso o suficiente, nem irritado o suficiente por ter sido arrastado do Arizona até lá para lhe contarem uma história maluca. Mas não era só isso. Seu comportamento era estranho de alguma outra forma que ela não sabia explicar.

Ele é cúmplice do Trent, e isso tudo é uma farsa para me enrolar, pensou ela, mas, como o dr. Verrick continuava fazendo perguntas e Trent ficava cada vez mais frustrado tentando explicar, concluiu que não era isso. *Então o que é?*, ela se perguntou, examinando-o. *Por que tem algo de errado nas reações dele?*

E então ela percebeu com um choque: *O dr. Verrick não só não está surpreso; ele não está interessado.* O médico estava distraído, como uma pessoa que mantém uma conversa, mas está com a cabeça em outro lugar, e Briddey se perguntou se ele estava pensando na paciente sobre quem falara com a enfermeira, pedindo para ser avisado "assim que ela chegasse".

Mas a menos que o cérebro dessa paciente tivesse começado a escorrer pela incisão do EED, o problema não podia ser tão grave quanto o que Trent estava lhe contando, especialmente considerando o perigo que o vazamento daquela informação podia representar para sua reputação. E ela sabia que isso o preocupava, porque em determinado momento o médico perguntou, abruptamente:

— Vocês falaram sobre isso com alguém?

— Com ninguém — disse Trent. — É por isso que queríamos tanto que você voltasse, para que pudéssemos falar com você primeiro.

— Fico feliz — disse o dr. Verrick, visivelmente aliviado.

Mas isso não batia com sua atitude indiferente, ou seja lá o que aquele comportamento era. Entediado? Desinteressado? À espera de algo?

É isso, pensou. *À espera de algo. Ele só está passando tempo falando com a gente enquanto espera por algo.* Mas pelo quê? Um funcionário da ala psiquiátrica com camisas de força? Ou alguma nova varredura de cérebro que Sky não conhecia e que poderia dizer exatamente o que alguém estava pensando?

Preciso descobrir, pensou Briddey, e entrou em seu pátio. Ela não tinha conseguido encontrar a voz do dr. Verrick no rádio antes, mas talvez isso só tivesse acontecido porque ele estava fora de alcance. O médico estava ali agora e...

Uma enfermeira entrou.

— Doutor? Lamento interromper, mas você me pediu para avisá-lo quando a sra. Walenski chegasse.

— Sim — disse o dr. Verrick, e foi até a porta. Ele e a enfermeira conversaram baixinho por um instante e então ela foi embora. O dr. Verrick se virou para eles.

— Sinto muito mesmo. Preciso ver uma paciente. Só deve levar alguns minutos. Por favor, tomem um café.

Então indicou a cafeteira e saiu.

Trent imediatamente pegou o celular, deu uma olhada nas mensagens e ligou para a secretária. *Ótimo*, pensou Briddey, e foi com todo o cuidado até o choupo, sentou-se no banco e pegou o rádio para ver se conseguia encontrar a estação do dr. Verrick.

— Quando ele ligou? — dizia Trent. — Eu perguntei quando ele ligou... O quê? Não consigo ouvir você. Vou procurar um lugar com uma recepção melhor.

— Ele encostou o telefone no peito. — Diga ao dr. Verrick que eu já volto.

Briddey assentiu e voltou ao rádio, mas então pensou: *Deixa o dr. Verrick pra lá. Agora é a sua chance de falar com o Sky, enquanto Trent está concentrado na ligação* e, assim que ele saiu, ela chamou: *Sky?*

Estou aqui. O que foi? Onde você está?

Com o Trent e o dr. Verrick.

Ele voltou? Eles estão aí agora?

Não, o dr. Verrick foi atender uma paciente e Trent saiu para fazer uma ligação...

Ainda não é seguro, disse C. B. *Vá para Santa Fé.*

Eu já estou lá, disse ela, mas Sky tinha sumido. *Ele deve achar que Trent pode me ouvir mesmo enquanto está falando com alguém*, pensou ela, colocando o rádio de volta no armário do jardineiro e andando de um lado para o outro, perguntando-se o que Sky pretendia fazer. Será que ia entrar no refúgio *dele* e falar com ela de lá?

— Não, vamos usar o seu — disse C. B., e ela viu uma perna surgindo no alto do muro de tijolos aparentes. — Não precisava fazer paredes tão altas. Você por acaso não teria uma escada, não é? Ou uma corda?

— Se me der um minuto, posso visualizar uma — disse ela, correndo de volta para o armário.

— Deixa pra lá — disse C. B., pulando e pousando suavemente nas lajotas. — É um belo lugar — disse ele, observando as flores e o choupo.

— Como você fez isso? — perguntou ela.

— Esta é uma daquelas defesas auxiliares que falei que ensinaria a você — disse ele, andando até o choupo e sentando-se no banco. — Então, o que precisa me dizer? E como o dr. Verrick chegou aqui tão rápido?

— Ele tem um jatinho particular.

— Sinto muito. Eu devia ter pensado nisso. Onde ele estava? Você descobriu?

— Sim — disse Briddey, sentando-se ao lado dele. — Sedona. Esse nome te diz alguma coisa?

— Não. Sei que é um paraíso de gente rica, tipo Aspen ou os Hamptons, o que significa que ele provavelmente estava lá para fazer um EED, mas, se esse fosse o caso, por que ele teria dito às pessoas que estava em Hong Kong? — C. B. franziu a testa. — Vou ver o que posso descobrir. Verrick acreditou na história do Trent?

— Não. Pelo menos eu... acho que não, mas tem algo de estranho nas reações dele. Você disse que ele rejeitaria na mesma hora essa história de telepatia, mas não. Ele...

— E você tem certeza de que ele não está só querendo agradar o Trent? Os médicos são muito bons em dizer "Humm", enquanto pensam "Alguém interna esse cara, por favor".

Ela balançou a cabeça.

— Era mais como se sua mente estivesse em outro lugar, como se estivesse esperando por algo.

— E você não tem ideia do que seja?

— Não. Tem *certeza* de que não existe nenhum novo exame revolucionário que possa detectar se você está lendo a mente de outra pessoa?

— Não se ela não cooperar. Mesmo assim, acho melhor ir até aí para ouvir a voz do Verrick e podermos saber exatamente o que ele está pensando e se temos algo com que nos preocupar. Vocês estão no consultório dele?

— Não, no hospital, mas aparecer aqui não é uma boa ideia. Até agora, eles não têm como fazer a conexão entre a gente...

— Inventamos alguma desculpa. Podemos dizer que eu precisava falar com você sobre algum aplicativo ou algo do tipo. Onde no hospital vocês estão?

— Na ala leste, primeiro andar — disse ela —, mas ainda acho... eu não posso ouvir a voz dele e retransmiti-la para você?

— Não. Em primeiro lugar, não quero você ouvindo o Verrick. Trent tem razão, a conexão dele está melhorando. Ele pode ouvir você. Em segundo lugar, retransmitir a voz do Verrick não funcionaria. Eu o ouviria na sua voz, não na dele.

— Não se você ouvisse no rádio — disse ela, andando até o armário.

Ele balançou a cabeça.

— Assim também seria uma forma de retransmissão. Não importa quanto isto aqui seja convincente, eu não estou de fato no pátio com você. Estamos só trocando pensamentos.

— E a internet? Talvez haja algum vídeo dele fazendo um discurso ou algo assim.

— Boa ideia. Vou dar uma olhada no YouTube e no site dele — disse C. B., e, obviamente, ainda estava lendo a mente dela, porque falou: — Não se preocupe. Não vou ao hospital, a menos que seja absolutamente necessário.

— Ótimo — disse ela. — E quanto a Cindy? Você conseguiu convencê-la de que ela precisa ficar quieta e não falar comigo?

— Sim, falei para ela erguer a ponte levadiça sobre o fosso e, em seguida, se trancar em seu jardim secreto. Me mostre o seu rádio.

— Pensei que você tivesse dito que não ia funcionar.

— Não vai — disse ele. — Mas quero ver mesmo assim.

Ela o pegou e sintonizou na estação de Trent.

— Hamilton, aqui é Trent Worth — disse a voz vindo do rádio. — Sim, estou com o médico que fez nossos EEDs. — Uma pausa. — Não, senhor, não chegamos tão longe.

C. B. escutou por um instante e, em seguida, moveu o mostrador por várias estações, ouvindo a estática e as vozes.

— Você acha que talvez consiga ouvir o dr. Verrick, afinal? — perguntou Briddey.

Ele balançou a cabeça.

— Não, mas você me deu uma ideia...

— Eu pensei numa maneira *muito* melhor de ouvir os dois — disse Maeve.

Briddey e C. B. olharam para a porta trancada e depois para o muro, esperando vê-la lá no alto, mas, aparentemente, era só a voz dela, que dizia: *Vocês não precisam girar um botão nem nada do tipo.*

— Pensei que tivesse dito para você ficar dentro do seu refúgio e não falar com a sua tia! — disse C. B., irritado.

Estou nele, protestou Maeve. *E eu não estava falando com a tia Briddey. Estava falando com você. Você não disse nada sobre não falar com você.*

— Bem, estou dizendo agora.

Ninguém pode nos ouvir, disse Maeve. *Ergui um montão de defesas e, além disso, Trent está falando com o sr. Hamilton, e o dr. Verrick...*

— Não interessa — disse C. B. — Não quero você conversando com ninguém *nem* ouvindo pensamentos alheios.

Você nunca me deixa fazer nada, disse Maeve, aborrecida, mas foi embora.

— Ai, meu Deus — disse Briddey. — Se ela tivesse dito algo assim enquanto Trent estivesse ouvindo...

— Eu sei — disse C. B., preocupado. — Preciso falar com ela, para garantir que isso não aconteça novamente.

— ... e não agende nenhum outro compromisso para esta tarde... — disse o dr. Verrick.

Briddey olhou automaticamente para o rádio, perguntando-se como havia sintonizado a estação dele, e então percebeu que a voz tinha vindo de fora do refúgio.

— Tenho que ir — disse ela. — O dr. Verrick está voltando.

— Tudo bem — disse C. B. — Vou ver se consigo encontrar a voz dele na internet e, se encontrar, vou ouvi-lo para lhe contar o que ele está pensando. E vou ver se descubro o que ele estava fazendo em Sedona.

— O.k.

— E, se der algum problema nesse meio-tempo, venha até aqui e me chame. Não se preocupe, você está indo muito bem.

Ele a beijou na bochecha e desapareceu por cima do muro.

— Sinto muito por ter demorado tanto — disse o dr. Verrick a Briddey, entrando no consultório e olhando intrigado para a cadeira vazia ao lado dela.

— Trent teve que sair para fazer uma ligação — explicou ela. — Daqui a pouco ele volta.

— Na verdade, era com você que eu queria falar — disse ele, sentando-se e sorrindo para ela. — O sr. Worth me contou a experiência que teve. Quero saber como foi com *você*. Também ouviu as mensagens da forma como ele descreveu?

— Si... sim — respondeu ela, hesitante. — Pelo menos, acho que sim. Quando nos conectamos, com certeza pude sentir a presença dele e sua empolgação...

— Mas não chegou a ouvir a voz dele?

— Não... Quer dizer, algumas vezes, quando Trent estava me enviando mensagens, pensei tê-lo ouvido falar, mas... — Ela franziu a testa, como se pensasse em como descrever exatamente o que tinha vivido. — Sabe aquilo que você disse? Que às vezes as emoções podem ser tão intensas que parece que alguém está falando na sua mente? Foi assim que me senti.

— Mas você não estava de fato ouvindo palavras, como o sr. Worth?

— Não. Quer dizer, isso é possível? As pessoas não podem ouvir os pensamentos uma da outra. Isso é loucura! — Ela se inclinou na direção dele. — Não estou ficando louca, estou, doutor?

— É claro que não — disse ele, e então Trent voltou. — Ah, sr. Worth, estávamos conversando sobre sua experiência "incomum". Você disse que os dois tinham feito um teste enviando mensagens um para o outro...

— Sim — disse Trent, ansioso. — Podemos repetir para você agora mesmo. Basta fazer uma lista das palavras que quer que a gente envie de um para o outro e nós...

O dr. Verrick fez que não.

— Receio que esse tipo de teste não provaria nada. Seria muito subjetivo. Para provar uma comunicação real, vocês teriam que ser testados sob condições controladas em laboratório.

— Isso não é nenhum problema para nós, não é, Briddey? — disse ele, inquieto. — Faremos com prazer qualquer teste que você sugerir.

— Ótimo — disse o dr. Verrick. — Você deve entender, sr. Worth, que fez alegações muito específicas, e alegações específicas exigem provas específicas. O que você entende como transferência de pensamento pode simplesmente ter sido comunicação não verbal reforçada pela proximidade emocional oriunda do EED.

Ele não acredita na gente, pensou Briddey, aliviada, enquanto o dr. Verrick se embrenhava em uma explicação sobre troca inconsciente de informações, sugestões tonais e predisposição à confirmação. *Sky tinha razão. Ele só estava querendo ser agradável. Entendi tudo errado. Não era distração nem indiferença.*

— O teste que quero fazer vai determinar se o que vocês viveram foi uma comunicação mente a mente real ou outra coisa. Vocês vão ficar em salas separadas, com isolamento acústico, e as informações enviadas serão codificadas e randomizadas para que possamos comparar os resultados estatisticamente.

E eu vou fazer de tudo para parecer que não foi nada de mais, pensou Briddey, *e o dr. Verrick vai nos dizer que fomos vítimas de nossas emoções e da autoilusão e vai nos mandar para casa.*

— Então vamos comparar os resultados com os de pesquisas anteriores nesta área — disse o dr. Verrick.

— Pesquisas? — perguntou Briddey, alerta.

— Sim. O dr. Rhine, da Universidade de Duke, fez uma extensa pesquisa sobre a comunicação mental. Você está familiarizada com as cartas de Zener?

VINTE E OITO

Está imaginando algo, senhorita?
Frances Hodgson Burnett, *A princesinha*

Cartas de Zener?, pensou Briddey. *Ah, não, Sky estava errado. O dr. Verrick acredita de verdade nessas coisas. Isso vai tornar muito mais difícil convencê-lo de que a telepatia é coisa da cabeça de Trent.*

Ou talvez não.

— As cartas de Zener foram utilizadas em experimentos feitos na Universidade de Duke, na década de 1930 — disse o dr. Verrick —, e, se usadas corretamente, são uma excelente forma de determinar objetivamente se a comunicação está de fato ocorrendo ou se os pacientes só pensam que está. São cinco símbolos diferentes. — Ele os listou, explicou como o teste funcionava e, em seguida, conduziu os dois por um pequeno corredor que dava em uma pequena sala com isolamento acústico nas paredes e no teto e que continha uma cadeira e uma mesa. — Você vai ficar aqui, srta. Flannigan. Uma enfermeira virá em um instante para prepará-la.

Para me preparar, sei, pensou Briddey, enquanto ele fechava a porta. Ela foi até a mesa. Nela havia um fone de ouvido, um microfone, um lápis e uma folha de papel com números em uma das margens.

Vamos torcer para que esta enfermeira não seja uma das que estavam aqui quando fiquei internada, pensou.

Por sorte não era. Uma jovem loira de rabo de cavalo se apresentou como assistente do dr. Verrick. Ela usava um jaleco e carregava uma prancheta e um saco plástico igual ao que a enfermeira pedira à Briddey para colocar suas roupas antes do EED.

— Bolsas, celulares e joias não são permitidos na área de teste — disse ela, sem jeito, entregando o saco a Briddey. — Coloque tudo aqui, por favor. Devolvemos assim que o teste terminar.

Briddey deixou no saco o celular, a carteira e os brincos. A assistente o fechou e escreveu nele o nome de Briddey com um marcador. Depois pediu a ela que se sentasse e explicou os procedimentos.

A mulher abriu um baralho de cartas de Zener e o colocou virado para baixo em frente a Briddey.

— Quando a campainha tocar, pegue a primeira carta — disse ela, demonstrando —, olhe para ela e se concentre na imagem. Não diga o que vê em voz alta nem descreva com palavras. Apenas se concentre na imagem e tente enviá-la ao sr. Worth. Entendeu?

Sim, pensou Briddey, assentindo. *Isso significa que você não sabe que podemos simplesmente dizer um ao outro o que está na carta.*

Ela ficou um pouco mais tranquila.

— Quando a campainha tocar novamente, coloque a carta virada para baixo na mesa, pegue a próxima carta e faça a mesma coisa até terminar o baralho. Quando você estiver recebendo uma mensagem, a campainha irá tocar, e você vai se concentrar em identificar a imagem que o sr. Worth está enviando. Escreva o que viu neste papel. Se não receber nada, escreva N. Se não tiver certeza, escreva I, de incerta, e o que você acha que a imagem é. Não tente adivinhar. — Ela mostrou a Briddey o fone de ouvido. — Este fone é um abafador de ruído, para eliminar sons que possam distraí-la e ajudá-la a se concentrar.

E para impedir que Trent sinalize as respostas certas da sala ao lado, deduziu ela, lembrando-se das histórias de Sky sobre as trapaças nos experimentos do dr. Rhine.

— O dr. Verrick também vai falar com você através dele, para lhe dar instruções adicionais — continuou a assistente. — E você também vai poder falar com ele quando isso acontecer. — Ela prendeu um microfone no decote da blusa de Briddey. — Ficará desligado durante o teste, é claro.

— E se eu tiver alguma dúvida?

— Você vai sinalizar com isto aqui — disse a assistente, mostrando o que parecia ser um controle remoto — e ele vai ativar seu microfone. Mas, por favor, tente não usá-lo. Haverá intervalos entre as rodadas do teste, e você poderá fazer suas perguntas nesse momento.

— Então você não estará aqui durante o teste?

— Não — disse a assistente, olhando de relance para o teto à sua frente.

Deve haver uma câmera escondida, pensou Briddey.

— Alguma outra pergunta?

Sim. Como fujo daqui?

— Acho que não — respondeu Briddey.

— Vamos começar em alguns minutos. — A assistente pegou as cartas de Zener, colocou no bolso do jaleco e pegou um baralho fechado do outro bolso. — Você vai enviar primeiro. O dr. Verrick lhe dirá quando abrir o baralho — explicou ela, então colocou as cartas na mesa, os fones de ouvido em Briddey e saiu.

Não entre em pânico, disse Briddey a si mesma. *Eles não podem descobrir nada que você não queira.* Tudo que precisava fazer era escrever símbolos diferentes daqueles que Trent lhe enviasse e enviar respostas erradas a ele quando estivesse transmitindo.

Mas isso não funcionaria. Uma pontuação radicalmente menor do que palpites aleatórios seria tão suspeita quanto uma pontuação elevada. E isso valia para as respostas que ela escreveria também. Então ela teria que acertar algumas respostas. Quantas?

A lógica ditava que devia ser uma a cada cinco, o que significava que provavelmente não era assim que funcionava, mas entrar em contato com Sky para lhe perguntar o que fazer seria ainda mais perigoso do que dar ao dr. Verrick uma pontuação encorajadora. Ela não podia deixar que descobrissem o segredo de Sky.

Ela teria que encontrar uma saída sozinha. E rápido, pois começariam a qualquer minuto. Com a câmera escondida, decidir algo no cara ou coroa estava fora de cogitação, e jogar dados mentalmente não iria funcionar. *Então o que resta fazer?*

O que pessoas que não são telepáticas fazem quando são submetidas ao teste de Zener?, Briddey se perguntou. *Elas chutam.* Ela pensaria em um símbolo antes de virar a carta e seguiria com ele, batendo ou não com a realidade. E, quando fosse a vez de Trent, ela tentaria adivinhar o que estava pensando antes que ele tivesse chance de enviar uma imagem.

E, com sorte, após a primeira rodada de testes, o dr. Verrick concluiria que Trent estava sofrendo de uma imaginação hiperativa e os mandaria para casa.

Enquanto isso, tudo que teria que fazer era ficar ali quietinha sentada em seu pátio e parecer que estava se concentrando. E não dar nenhum sinal do que estava realmente pensando. *Seja inexpressiva*, pensou. *Você consegue.*

— Srta. Flannigan, você pode me ouvir? — disse a voz do dr. Verrick pelo fone de ouvido, e ele devia ter ligado seu microfone, porque, quando ela disse *sim*, o médico continuou: — Ótimo. Você entendeu o procedimento do teste?

— Entendi.

— Então, abra o pacote com o baralho, coloque-o virado para baixo na mesa à sua frente e comece quando a campainha tocar. Você tem trinta segundos para cada carta.

Entre dizer para Trent coisas como "quadrado, círculo, círculo, linhas onduladas", ela teve tempo suficiente para tentar descobrir onde tinha ouvido o nome Sedona antes. Será que fazia parte das centenas de coisas com que Mary Clare se preocupava? A lavagem de dinheiro pela internet, talvez? Ou o hantavírus? Ou talvez alguém no trabalho tivesse mencionado que alguém passou férias lá.

Não, não era isso, porque ela não sabia que o lugar ficava no Arizona até o dr. Verrick comentar que fora para lá que viajara. Além disso, ela tinha a sensação de que havia lido isso em algum lugar, e não ouvido. Onde? Na internet? Em um e-mail?

Briddey fez uma careta, tentando vasculhar suas lembranças, mas então se deu conta de que precisava se manter impassível. Com sorte, o dr. Verrick pensaria que ela só estava se concentrando muito.

Se é que ele estava prestando atenção nela. Quando lhe dera as instruções, ainda dava para perceber em seu tom de voz que estava distraído e entediado. E impaciente. *Como se ele estivesse esperando alguma coisa acontecer, e isso tudo fosse apenas uma maneira de passar o tempo.* Mas então por que fazer o teste?

Talvez ele esteja esperando por algum sinal de que somos realmente telepáticos, e, se esse for o caso, é duplamente importante que ele não consiga, pensou, e se concentrou em olhar para uma sequência de estrelas, linhas onduladas e quadrados e dizer a Trent: "Cruz, círculo, círculo, cruz".

Quando a campainha soou após a última carta, a assistente reapareceu para pegar o baralho. Assim que ela saiu, a voz do dr. Verrick disse no fone de ouvido:

— Agora você vai receber imagens enviadas pelo sr. Worth. Você sabe o que fazer?

— Sei — disse Briddey, pegando o lápis.

— Está bem. Quando a luz vermelha acender, o sr. Worth começará a enviar.

A luz acendeu. *Quadrado*, pensou ela. *Estrela*, enviou Trent. Ela começou a escrever "quadrado", então hesitou. Se ia errar a maioria, precisava parecer que estava tendo dificuldade em receber a imagem. Então, em vez disso, começou a contar.

Vinte segundos devem ser suficientes, pensou ela, contando, e então: *Trinta segundos é tempo demais para enviar essas imagens.* Principalmente com o fone cortando todos os sons de fora. Sem eles, tudo que restava eram os pensamentos de Trent: *Assim que essa rodada acabar, vou dizer a ele que precisa fazer varreduras fCAT simultâneas enquanto Briddey e eu estamos enviando e recebendo para que eles possam identificar a localização da atividade telepática. Estrela. É uma estrela, Briddey. Me diga que você está recebendo isso. Está chegando aí? Estrela.*

— Linhas onduladas — escreveu Briddey, sem titubear, e esperou a próxima, desejando que fosse possível bloquear Trent como antes havia acusado Sky de fazer.

Ela podia pelo menos dessintonizá-lo. Assim que ele enviou a palavra seguinte, "círculo", ela entrou no pátio, pegou o rádio, foi com ele até o banco e sintonizou.

Um erro. Sem os pensamentos de Trent para agirem como filtro, ela podia ouvir as vozes. O perímetro dela deveria mantê-las baixas como um murmúrio, mas não estava funcionando — as vozes estavam muito irritadas e assustadas, gritando: *... Isso dói... não posso pagar... não tenho seguro... overdose... você está tentando me esfaquear, sua cretina?... danos consideráveis... tão assustado... e se for* câncer?... o medo é maligno... de plantão desde meia-noite... coágulo de sangue... não pode estar acontecendo comigo! Palavras de ansiedade, pavor e desespero.

É por isso que Sky odeia hospitais, disse a si mesma, e pensou nele enfrentando as vozes para ir até lá buscá-la. Duas vezes. Passando pelas chamas e a fumaça sufocante. E ela havia sido tão rude com ele, até lhe dissera para ir embora...

Pare, disse a si mesma. *Você não devia estar pensando nele. E tem preocupações mais urgentes, como escrever respostas a cada trinta segundos ("cruz") e manter as vozes afastadas e seus próprios pensamentos aqui dentro.*

Aquele seria um excelente momento para ter as defesas auxiliares, mas, como Sky não tivera tempo de ensiná-las, ela teria que encontrar uma forma de reforçar as que já tinha. *Talvez eu possa acrescentar mais barricadas*, pensou, lembrando-se dos jardins cercados, pontes levadiças e fossos de Cindy.

Não, não um fosso. Acrescentar mais água ao dilúvio de vozes em frente à porta enfraqueceria suas defesas e um jardim cercado estava fora de cogitação. Ela teria que se aventurar fora do pátio para erguê-las, e as vozes já estavam atacando as paredes de tijolo aparente: ... *inoperável... tão exausto... estou de pé há uma eternidade... seis meses de vida... não!* As vozes ficavam mais altas e as ondas aumentavam a cada minuto. Por quê?

Não é só o hospital, pensou Briddey. *É porque estou focando toda a minha energia em impedir que Trent e o dr. Verrick ouçam o que estou pensando, e não no meu perímetro.*

Ela precisava reforçá-lo, mas isso significava sair do pátio, e as vozes estavam tão intensas que parecia que iam derrubar as paredes a qualquer minuto. O que quer que fosse fazer, teria que ser lá de dentro. Mas não havia espaço para um castelo, e ela não sabia ao certo como portões zumbis funcionavam... ou se impediriam que a água passasse. O que *impediria*?

Sacos de areia? Era uma possibilidade. Ela podia empilhá-los na porta...

Mas agora não havia tempo. Mais duas respostas e teria que começar a enviar novamente. Ou talvez o dr. Verrick fosse concluir que não havia nada para ver ali e mandá-los para casa.

Mas não. Sua assistente — uma outra desta vez, uma mulher de meia-idade, com cabelo castanho, usando jaleco e saltos Prada e segurando uma prancheta junto ao peito — entrou para recolher a folha de respostas de Briddey, dizendo algo que Briddey não pôde ouvir por causa do fone de ouvido.

Ela o retirou.

— Perdão?

— Eu disse que o dr. Verrick quer fazer mais uma rodada. Meu nome é Liz, aliás. E você é a srta. Flannigan, certo?

Briddey assentiu.

— Posso pegar alguma coisa para você? Água? Café? Suco?

— Não, obrigada. Estou bem.

Será que valia a pena se arriscar e pedir para ir ao banheiro rapidinho e tentar descobrir se Sky encontrara uma gravação com a voz do dr. Verrick? Não, melhor não, pelo menos não até saber o que Trent conseguia ouvir.

— Você entende o procedimento de enviar?

Briddey assentiu novamente.

— Você pode repeti-lo para mim, só para ter certeza?

— Claro — disse Briddey, e repetiu.

— Sim, é exatamente isso — disse Liz, e lhe deu um novo baralho de cartas fechado. Ela lhe disse para só abrir o baralho depois que deixasse a sala e saiu.

Briddey colocou o fone de ouvido e começou a tirar o embrulho de celofane do baralho.

— Está pronta para começar, srta. Flannigan? — perguntou o dr. Verrick.

Briddey levou as mãos ao fone de ouvido. A voz dele estava diferente. Agora dava para sentir a emoção nela, e a sensação de que ele estava esperando distraído por algo tinha desaparecido. *A máquina que pode detectar telepatia sem a ajuda do paciente chegou,* pensou.

Mas Sky lhe assegurara de que não havia tal tecnologia, então a única coisa que poderia ter animado tanto o dr. Verrick eram os resultados do teste. Será que Trent poderia, de alguma forma, apesar das defesas dela, apesar das respostas falsas, ter ouvido de fato o que havia nas cartas? Será que o dr. Verrick concluíra que eram telepáticos?

— Srta. Flannigan? — chamou o dr. Verrick. — Pode me ouvir?

— Sim — disse ela. — Me desculpe. Me enrolei para abrir o baralho. — Então, como tinha planejado, puxou as pontas do papel, abriu o baralho e o colocou à sua frente. — Agora estou pronta.

— Que bom. Comece quando ouvir a campainha.

Ela obedeceu, pensando em um símbolo, virando a carta e, em seguida, enviando o símbolo que tinha imaginado, tentando desesperadamente bolar um plano de ação. C. B. lhe dissera para não tentar ouvir o dr. Verrick, mas ela *precisava* saber o que se passava na cabeça dele.

Primeiro, porém, ela precisava reforçar a porta para se certificar de que Trent não a ouviria. *Vou visualizar uma pilha de sacos de areia na frente da porta,* pensou, então se lembrou de C. B. lhe dizendo que, quanto mais detalhada fosse a visualização, mais forte ela se tornava, e imaginou os sacos ao lado do armário no pátio.

Então pegou um e o arrastou até a porta e depois voltou para buscar o próximo, dizendo em voz alta a cada viagem: *Trent, estou lhe enviando a imagem de um círculo (ou estrela, ou linha ondulada). Consegue ver?*

Quando já tinha acumulado uma pilha de sacos razoável na porta e na parede, Briddey disse: *Estou lhe enviando... imagem... Trent*, e foi até o rádio para localizar a estação dele.

Ele disse no rádio: *Não captei a última.*

Eu disse: É uma estrela. Repita, quadrado, disse ela, e começou a procurar a estação do dr. Verrick.

Você disse quadrado ou estrela?, perguntou Trent.

Eu disse "querê-la", disse ela para confundi-lo enquanto avançava a agulha no mostrador. *Repita, q...* Ela deixou sua voz falhar e começou a cantarolar desafinado.

O quê? Não consigo ouvir você, disse Trent. *Precisa se concentrar.*

Estou concentrada, pensou ela, inclinando-se para perto do rádio para tentar captar a voz do médico por cima da voz de Trent, girando o botão de novo.

— Você está conseguindo ouvir as imagens que ela está enviando? — perguntou o dr. Verrick, sua voz emergindo do rádio, e, apesar de ter acabado de ouvir os pensamentos de Trent, ele devia ter respondido que sim porque o dr. Verrick falou: — Excelente. Você anotou tudo?

Bem, é claro que ele tinha anotado, concluiu Briddey. *Não era para isso que estavam lá?*

— E as respostas de Briddey para as imagens que você lhe enviou? — perguntou o dr. Verrick, e Trent devia ter dito que sim de novo porque o dr. Verrick falou: "Círculo, estrela, linhas onduladas, estrela", comparando as listas. — Bem como eu pensava. Cem por cento de precisão.

O quê?, pensou Briddey, indignada. Trent tinha acabado de dizer que não podia ouvi-la.

Ela na mesma hora tentou voltar à frequência de Trent para ouvir a reação dele, mas era tarde demais.

— ... campainha soou. Enviar a próxima — dizia ele.

Então ela girou de volta para o dr. Verrick.

— ... obviamente tentando esconder a extensão da habilidade telepática dela de nós. Você conseguiu captar mais alguma coisa?

Ela voltou para Trent, rápido demais, ultrapassou a frequência, então teve que mexer no botão de um lado para o outro até sintonizar de novo. Tarde demais.

Preciso ouvir os dois ao mesmo tempo, pensou Briddey. Talvez se ela visualizasse dois rádios...

— Você não precisa fazer *isso* — disse Maeve, aparecendo ao seu lado com um vestido de Rapunzel e uma tiara. — Só precisa fazer...

— O que *você* está fazendo aqui? — indagou Briddey. — Sky disse para você ficar em seu refúgio. Trent vai *ouvi-la*!

— Não, não vai. Já disse, tenho toneladas de defesas. Se quiser ouvir a pessoa com quem a outra está falando, basta girar o botão para a frequência da pessoa e depois este aqui. — Era o botão do volume. — Então vai conseguir ouvir os dois. Mas não sei por que você criou um rádio. Teria sido muito mais fácil fazer um telefone e clicar no botão de conversa em grupo e então...

— Vá para *casa*! — disse Briddey, nervosa. — Se descobrirem sobre você...

— Não vão. Eu tenho, tipo, dezesseis camadas de defesa. Não é que nem este lugar. — Ela olhou ao redor com desdém. — Posso ajudar você a imaginar uma floresta de espinheiros ou algo assim.

— Não. Vá embora. Agora, antes que Trent a ouça falando.

— Eu posso ajudar. Sei muitas coisas. C. B. me ensinou...

— Não interessa. Quero que você entre em seu castelo e fique lá, não importa o que aconteça.

— Mesmo se...

— Sem exceções. Agora vá, ou vou contar para o Sky.

— Quem é Sky? É um condinome para...?

— Sim — disse Briddey. — Vá.

— Qual é o *meu* codinome? Acho que devia ser...

— Agora!

— O.k., tudo bem — disse Maeve, frustrada. — Só estava tentando ajudar. — Ela desapareceu, mas voltou logo depois. — Esqueci de dizer: só funciona se você já ouviu a voz da pessoa antes.

E desapareceu novamente.

Por favor, por favor, por favor, que Trent não tenha ouvido nada disso, pensou Briddey, e girou o botão de volta para Trent.

— Qual é o problema? — dizia a voz vindo do rádio. — Por que ela não está enviando? Não recebi nada nas últimas duas vezes.

Briddey virou depressa um cartão. Uma cruz. *Linhas onduladas*, enviou para ele.

— Linhas onduladas — disse Trent —, finalmente!

Ele começou a checar se era a décima ou a décima primeira palavra. Cindy devia ter razão sobre ele não conseguir ouvi-la, graças a Deus. Mas, em todo caso, Briddey sintonizou o dr. Verrick.

— O que mais você ouviu? — perguntou ele.

Houve uma pausa, durante a qual Briddey se xingou por não ter aumentado o volume, como Maeve dissera.

— E você não ouviu mais alguém? — perguntou ele.

Briddey mexeu freneticamente no botão, com medo de ter perdido a parte crucial da resposta de Trent, e depois pensou que devia ter feito algo errado, porque por alguns segundos tudo ficou em silêncio.

— Droga, Cin... — começou ela, levando a mão ao botão de sintonizar as estações. E ouviu uma voz feminina dizer:

— Não, mas com certeza ela está enviando respostas erradas.

A assistente, Liz. Mas como poderia...?

Ela tem cabelo ruivo, pensou Briddey. *É por isso que ela me fez repetir todas as etapas do teste Zener para ela, porque precisava ouvir minha voz para saber isolá-la das outras.*

Ela deve ser um dos pacientes do dr. Verrick que também se tornaram telepáticos quando fizeram o EED. Isso explicava por que o dr. Verrick já tinha as salas de testes e as cartas de Zener todas prontas, e por que voltara quando Trent ligara para ele e depois parecera tão desinteressado no que ele tinha a dizer e nos testes. Não precisava deles. Liz poderia lhe dizer se eram telepáticos ou não. Era ela que ele estava esperando.

Trent pensara que estava usando o dr. Verrick para conseguir desenvolver seu celular revolucionário, mas o inverso também era verdade. O dr. Verrick estava usando Trent para chegar até ela. *É por isso que ele tinha me sugerido a possibilidade de ouvir vozes naquele dia em seu consultório,* pensou, *e por que adiantara nossa cirurgia. Porque sou ruiva, e ele acha que é o que está causando isso.* E se Liz tivesse sido uma de suas pacientes, isso significava que ele acreditava que o EED era o acionador da telepatia.

— Você acha que ela está enviando as respostas erradas de propósito? — perguntou o dr. Verrick no rádio. — Ou será que é um problema com a conexão dela?

— Preciso ouvir mais respostas dela para ter certeza — disse Liz —, mas sinto que ela está fazendo intencionalmente.

— Mas por quê? — perguntou o dr. Verrick. — Ela e o sr. Worth entraram em contato comigo para me dizer que estavam se comunicando.

— Talvez o dom psíquico dela a assuste — disse Liz. — Ou talvez... ela tenha feito contato psíquico com outra pessoa também?

— É possível, eu suponho — disse o dr. Verrick —, mas...

— Se a pessoa com quem está se comunicando for um homem, ela pode estar com medo de o sr. Worth ficar com ciúmes. Você não diz aos seus pacientes que eles têm que estar emocionalmente ligados para se conectarem?

Seus pacientes? Isso significava que Liz não era um deles. *Então, quem é ela?*

— Estou sentindo uma desarmonia espiritual vindo dela — disse Liz. — Os chacras dela estão fechados, e sua aura está emanando conflito emocional.

Aura?, pensou Briddey. *Chacras? Quem é essa mulher?* E então lembrou, a associação que antes estava difícil de fazer agora se encaixando perfeitamente. O anúncio que Kathleen lhe enviara da paranormal que dizia poder colocar casais em contato com a alma um do outro. Lyzandra. Do Spa do Espírito. Em Sedona, Arizona.

VINTE E NOVE

Aqueles que têm coragem de amar deveriam ter coragem de sofrer.
Anthony Trollope, *The Bertrams*

Mas C. B. disse que paranormais não eram telepáticos, pensou Briddey. *Que eram todos farsantes que usavam truques e leitura fria para fingir que podiam ler mentes.*
No entanto, a mulher dizia, num tom confiante:
— Ainda não ouvi a voz de mais ninguém, mas há pouco tempo perdi a conexão por quase cinco minutos e, quando voltou, ela estava pensando: "Por favor, que Trent não tenha ouvido nada disso".
Briddey se aproximou do rádio, para escutar melhor.
— E, quando eu estava na sala de testes com ela — dizia Lyzandra —, detectei que ela se perguntava se deveria correr o risco de chamar alguém.
Ai, meu Deus, pensou Briddey, tentando não entrar em pânico. *Meu refúgio não é forte o suficiente para mantê-la afastada. Tenho que contar ao Sky.*
Mas isso era a pior coisa que poderia fazer. Se Lyzandra a ouvisse falando com ele...
Briddey, chamou C. B. *Preciso falar com você. É ur...*
Não! Briddey se atirou à porta azul do pátio, empurrando-a com toda força. *Night Fighter para Dawn Patrol! Manter silêncio absoluto!*, disse, alarmada, mas ele não estava prestando atenção.
Fiz algumas pesquisas sobre Sedona, disse C. B. *É uma grande meca para...*
Estamos sob ataque, Dawn Patrol! Repito, estamos sob ataque!, gritou ela, tentando pensar em uma maneira de avisá-lo que Lyzandra estava ouvindo sem denunciar a presença dele.
"The Highwayman", pensou ela, e começou a recitar a parte do poema em que Bess, a filha do proprietário de terras, atirara em si mesma para alertar seu amante da presença dos soldados, rezando para que C. B. entendesse a mensagem.
Ou ele entendeu, ou desistiu de tentar fazê-la responder, porque desapareceu. Briddey prendeu a barra bem firme nos suportes, verificou se a tranca estava no lugar e, ainda recitando "The Highwayman", começou a carregar sacos de areia.

Precisava deixar o pátio ainda mais protegido, para impedir que Lyzandra entrasse, então empilhou sacos e mais sacos na porta.

— Ela parou de enviar os símbolos e parece estar recitando alguma coisa — disse Lyzandra, e Briddey lembrou que devia estar transmitindo as imagens das cartas de Zener.

Círculo, pensou ela, colocando um saco de areia no lugar. *Quadrado. Linhas onduladas. Cruz.*

Os sacos eram incrivelmente pesados e difíceis de segurar. *Eu devia ter deixado Maeve imaginar aquela floresta de espinheiros para mim*, começou, e então fez força para não pensar tanto no nome quanto no pensamento. *Se pelo menos Sky tivesse tido tempo de lhe ensinar aquelas outras técnicas de filtragem...*

Mas ele me ensinou algumas, pensou ela, e lançou-se a declamar "Ode a Billie Joe" e em seguida o tema de abertura de *Ilha dos birutas*, intercalando os versos com *estrela, linhas onduladas, luas azuis, arco-íris cor-de-rosa. Night Fighter chamando Dawn Patrol. Manter silêncio total. Repito, manter silêncio total.*

— Você está recebendo alguma coisa? — perguntou o dr. Verrick.

— Não. Os chacras dela não estão abertos, então o que estou ouvindo da voz de seu espírito é muito nebuloso.

— Você não consegue entender nada?

— Consigo. Algo sobre o céu e as estrelas e pilotos de caça e uma ponte. Nada que faça sentido.

Bom, está funcionando, pensou Briddey, arrastando outro saco de areia até a porta e tentando se lembrar de algo mais que pudesse recitar. Nada de "My Time of Day", que a fazia se lembrar daquela caminhada no meio da noite com Sky, e muito menos "Molly Malone". Ou *Finian's Rainbow*, o que significava que não podia pensar em Lucky Charms também.

As peças do jogo Monopoly. *Gato, carrinho de mão, cartola, ferro...* Mas só havia oito, mesmo contando com o sapato que já não fazia parte do jogo, e "Teen Angel" tinha apenas quatro míseros versos. Ela precisava de músicas mais longas, listas mais longas.

Romances vitorianos, pensou. *O morgado de Ballantrae, A pedra da lua, Loja de antiguidades, Longe deste insensato mundo...*

— A voz do seu espírito ainda está muito nublada — disse Lyzandra pelo rádio — e estou recebendo vibrações negativas. Acho que talvez ela esteja escondendo seus pensamentos de propósito. Você precisa lhe perguntar sobre a telepatia diretamente.

— Mas se ela está nos dando respostas erradas intencionalmente — disse o dr. Verrick —, o que faz você pensar que irá dizer a verdade?

— Ela não vai. Mas quando fazemos uma pergunta a alguém, seu espírito pensa na verdade, independentemente do que diga, e às vezes é possível ler esse pensamento.

Ela tem razão, pensou Briddey. *É o clássico "não pense em um elefante"*. Era impossível esvaziar a mente a esse ponto.

Eu posso fugir, cogitou ela, lembrando-se daquela primeira noite no hospital. Mas isso só os convenceria de que estava escondendo alguma coisa. Sua maior defesa agora era o fato de não saberem que os ouvira e que descobrira o que estavam tramando. Ela não podia revelar que estava a par de tudo, então teria que ficar ali, parecer inocente e pensar em coisas sem nenhuma ligação com a telepatia, como estrelas de cinema, flores e sapatos de marca.

— Srta. Flannigan? — chamou a voz do dr. Verrick pelos fones de ouvido. — Precisamos lhe fazer algumas perguntas.

— Sobre o teste Zener? — perguntou ela, enviando *Gucci, Manolo Blahnik, Ferragamo, Christian Louboutin e Christian Bale* para eles. — Fiz algo errado?

— Não, não, de forma alguma, mas o sr. Worth captou algumas coisas interessantes em suas respostas, e precisamos fazer algumas perguntas sobre isso. Ele disse que ouviu você se comunicar mentalmente com outra pessoa.

Mentiroso, ela deixou escapar, e imediatamente reprimiu o pensamento. *Sandra Bullock, Brad Pitt, Johnny Depp, Emily Blunt...*

— De quem era a voz que você ouviu? Era de alguém que você conhece?

Sim, pensou, para que ouvissem. *The Highwayman e Professor Harold Hill e F. Scott Fitzgerald.*

— Não sei do que Trent está falando — disse ela. — A única voz que ouvi foi a dele.

— Pergunte a ela de novo — disse Lyzandra.

O dr. Verrick continuou:

— Tem certeza? A voz de uma pessoa às vezes pode ser confundida com a de outra.

— Como eu poderia ter ouvido outra pessoa? — perguntou Briddey, fingindo perplexidade. *Anthony Trollope, Thurston Howell III, Jimmy Choo*. — Estou emocionalmente ligada ao Trent.

— Pergunte a ela algo mais geral — ordenou Lyzandra.

— Você já teve a sensação de que alguém estava em perigo? — perguntou o dr. Verrick.

Além de mim, você quer dizer?, pensou ela, e rapidamente mudou a resposta, *Os náufragos estão em apuros. Assim como a filha de olhos negros do estalajadeiro. E Adelaide. Ela está com um resfriado terrível.*

— Alguma vez você já teve alguma premonição envolvendo morte? — perguntou o dr. Verrick. — Já teve uma sensação nítida de déjà-vu? Já recebeu algum aviso antecipado de perigo? Já teve alguma experiência extracorpórea?

Briddey respondeu à enxurrada de perguntas da melhor maneira possível, cantando trechos de "Luck Be a Lady" e "I Wish I Were an Oscar Mayer Weiner" e listando o maior número de flores de que conseguia se lembrar — *camélias, violetas, petúnias* —, mas era difícil manter o foco e não deixar passar nada.

Quando o dr. Verrick perguntou: "Você já teve a sensação de que sabia o que ia acontecer antes que, de fato, acontecesse?", ela se lembrou subitamente de tia Oona dizendo: "É a Mary Clare no celular, posso sentir", e teve que segurar o pensamento com força para detê-lo, como se fosse um princípio de fogo, além de recitar em voz alta outros tipos de incêndios: *incêndios florestais, fogueiras de acampamento, Carruagens de fogo*.

Mas isso também não era seguro. Quando pensou em *fogueiras*, lembrou-se de repente de Sky sentado no carro com ela, contando sobre Joana d'Arc. Ela imediatamente desviou o pensamento para junk food, mas isso a fez se lembrar do Doritos velho que lanchou na madrugada da biblioteca e da pipoca que Cindy dera aos patos. Sapatos a faziam pensar em suas sandálias encharcadas jogadas sem a menor cerimônia debaixo da cama, em estrelas de cinema como Hedy Lamarr.

Sky estava certo. Cada pensamento *estava* ligado a todos os outros em um emaranhado de lembranças e elos e associações cognitivas, de modo que, independentemente do que ela pensasse ou da via neural que pegasse, acabava voltando perigosamente ao elefante na sala.

Então, tudo bem, pense em elefantes, e passou os próximos cinco minutos lembrando de todos que conseguia: elefantes africanos, asiáticos e de circo, Babar, Jumbo e Dumbo — não, aquele último era um filme da Disney, e dele para as princesas era um pulo. Pense em suas presas e suas trombas e seu medo de ratos. E de cobras, que são Patrício expulsou...

Não, você não pode pensar na Irlanda. Isso os levará direto a Cindy. Pense em algum outro lugar. Angkor Wat, monte Fuji, monte Rushmore, cataratas do Niágara... Não, isso também não. Sky tinha dito que a levaria lá em sua lua de mel...

— O espírito dela está em contato com outro espírito — disse Lyzandra, a partir do rádio. — O de um homem. Alguém muito mais versado em contato mente-espírito. Um vidente, talvez, que a instruiu em resistência.

— Sabe quem ele é?

— Não. Estou recebendo uma imagem de seu nome, mas está obscurecida. Começa com S.

Eu não devia ter escolhido Sky como codinome, pensou Briddey, sentindo-se culpada. *É muito parecido com...* e afastou depressa o nome de C. B. da cabeça.

Santo, pensou. *Você me ouviu pensar em "santo". Santa Margarida, são Miguel, santa Catarina*, e se perguntou se eram deles mesmos as vozes que Joana d'Arc ouvia, ou se só dissera isso aos seus inquisidores para impedir que descobrissem quem ela realmente escutava.

— Sr. Worth, tem alguém na Commspan com um nome que comece com a letra S? — perguntava o dr. Verrick.

— Tem a Suki Parker — disse Trent. — E o Art Sampson. Briddey disse que tinha uma reunião com ele esta manhã. E ficou muito chateada por ter tido que cancelar.

— O nome que você ouviu poderia ser Sampson? — perguntou o dr. Verrick a Lyzandra.

Agora será, pensou Briddey. Em vez de simplesmente lançar uma série de pensamentos aleatórios, ela agora enviaria pistas falsas para despistá-los. *Aconteça o que acontecer, não posso deixar que descubram que andei conversando com Art Sampson*, enviou para eles.

— O nome *pode* ser Sampson — disse Lyzandra, em dúvida. — Não tenho certeza.

Se descobrirem que Art Sampson é telepático..., disse Briddey, e se imaginou subindo até o escritório dele. Mas, quando se visualizou saindo do elevador e seguindo em frente, lembrou-se espontaneamente de Sky a puxando para a sala de xerox.

Era como andar em um campo minado. Qualquer lugar em que pisasse era perigoso. E as perguntas não paravam de chegar pelos fones:

— Você consegue ouvir alguma outra voz além da do sr. Worth? Você a reconhece? É de um estranho ou de alguém que você conhece? Quantas vezes você já ouviu essa voz? Quando foi a primeira vez?

Aquilo era semelhante às vozes — uma barragem rompida, uma enxurrada implacável de palavras vindo rápido demais, com força demais, e a ela só restava cobrir a cabeça com os braços e tentar se proteger. Era exaustivo ter que pensar em respostas, criar ruído branco, impedir que o dr. Verrick e a paranormal lessem seus pensamentos e ainda por cima manter Sky e Cindy fora deles. Ela se sentia como naquela noite na escada do hospital, como se todas as suas forças tivessem se esgotado...

Não, você não pode pensar no hospital também. Pense em músicas que não gostaria que ficassem grudadas em sua mente... "The Little Drummer Boy", "Tell Laura I Love Her", Laura Linney, Laura Bush, Laura Ingalls Wilder...

Após dez minutos, ela se deu conta de que não conseguiria mantê-los afastados. Por mais que tentasse não pensar nas perguntas e proteger suas respostas com formatos de cereais, *A casa soturna* e canções, uma parte de sua mente continuava registrando as perguntas e respondendo-as automaticamente e, à medida que o tempo passava, ela cometeria mais erros e levaria cada vez mais tempo para reconhecer o perigo potencial de uma linha de pensamento.

Então se lembrou do que Sky lhe contara sobre os pacientes de Percepção Extrassensorial na Duke que pontuavam menos quando estavam cansados. Talvez tivesse acontecido o contrário. Talvez as pontuações baixas tivessem ocorrido quando estavam escondendo sua habilidade, e mais e mais acertos escapavam à medida que ficavam sem energia.

Exatamente o que está acontecendo comigo agora. Era apenas uma questão de tempo até ela deixar escapar a pista de que precisavam, antes de a exaustão derrotá-la e ela contar tudo que queriam saber. *Você não pode fazer isso*, pensou. *Tem que proteger Sky e Cindy, custe o que custar.* Como Joana d'Arc. Ela preferira a fogueira a trair suas vozes.

Mas eu não sou Joana d'Arc. Vou fraquejar sob tortura. Já estava fraquejando. Quando olhou para a porta, a água estava entrando, apesar dos sacos de areia que tinha empilhado contra ela, e fluindo pelos espaços entre as lajotas, ao longo da base da parede de tijolo cru. E, do outro lado, Briddey ouvia o rugido surdo e abafado das vozes.

Elas vão entrar!, pensou, e as viu inundando o banheiro do teatro, ela encolhida embaixo da pia, agarrada ao cano, ou sentada encurvada na escada, com a camisola manchada de sangue, e C. B. vindo...

Pare! Pense em alguma coisa, qualquer coisa: Charles Dickens, Cap'n Crunch, Monty Python, McCook, Nebraska, Oliver Twist, órfãos, transplantes de órgãos...

Mas era tarde demais. Lyzandra dizia:

— É definitivamente alguém que ela conhece e com quem tem uma ligação emocional.

— Você conseguiu ouvir o nome? — perguntou Trent.

— Não, mas recebi uma imagem de um hospital. Alguém foi vê-la naquela primeira noite depois que fez o EED?

— Posso perguntar aos funcionários — disse o dr. Verrick.

Ninguém o viu, disse Briddey a si mesma, desesperada.

— Alguém foi vê-la depois que fez o EED? — perguntou o dr. Verrick a Briddey pelos fones. — Ou ligou para você?

Ai, meu Deus, a ligação, pensou Briddey. *Eles vão... Não! Pense no cereal Trix! E tulipas, Choctaw Ridge, o Buraco Negro de Calcutá, sintomas psicossomáticos, berinjelas albinas e soldados atirando a sangue-frio...*

— Não consegui ouvir a resposta — disse Lyzandra. — Com certeza ela está resistindo. É tudo um falatório incoerente sobre soldados, cereais e legumes. Você não pode fazer algo para diminuir a resistência dela? Hipnotizá-la ou lhe dar algum tipo de calmante? Valium ou Xanax, ou algo assim?

Não! Um calmante enfraqueceria suas defesas. Deixaria as vozes entrarem.

— Você tem certeza de que um relaxante não vai prejudicar a capacidade telepática dela? — perguntou o dr. Verrick. — Ou prejudicá-la de alguma forma?

— Tenho certeza — disse Lyzandra. — Já tomei Valium várias vezes para abrir meus chacras e me tornar mais receptiva.

Mais receptiva?, pensou Briddey, tentando não entrar em pânico. *Mais receptiva?*

— E você garante que não haverá nenhum efeito colateral negativo? — perguntava o dr. Verrick.

Você não vai mesmo aceitar conselhos médicos de uma paranormal, vai?, pensou Briddey, mas aparentemente ele ia, porque disse:

— Mas ainda precisamos do consentimento dela. Briddey teria que assinar uma autorização.

— Tenho certeza de que consigo fazê-la assinar — disse Trent. — Estamos praticamente noivos. E, se eu não conseguir convencê-la a cooperar — Briddey o ouviu acrescentar, e sabia que estava ouvindo os pensamentos dele —, direi a ela que seu emprego depende disso.

Você é realmente um babaca, pensou Briddey.

— Meu receio é que ela fique na defensiva e ofereça ainda mais resistência se pedirmos seu consentimento — disse Lyzandra. — *Eu* poderia tomar o relaxante. Isso ampliará minha capacidade de ouvi-la...

E eu não terei como detê-la, pensou Briddey, porque isso envolveria manter as vozes afastadas também. Elas se chocavam cada vez com mais força contra a porta, determinadas a encontrar uma maneira de entrar. E, enquanto tentava rechaçá-las, o dr. Verrick lhe faria um batalhão de perguntas até ela acidentalmente revelar o nome de Sky e Cindy. E deixar os dois na palma da mão de Trent.

E não há nada que eu possa fazer para impedir isso. Ela pensou em Bess, a filha do proprietário de terras, amarrada e amordaçada, com um revólver apontado para o peito, sem poder se defender. E em Billie Joe McAllister. E se ele tivesse pulado da ponte Tallahatchie para impedir que descobrissem alguma coisa... e proteger alguém? Talvez não houvesse conseguido contar à garota porque, se tivesse feito isso, ela teria tentado impedi-lo? *Não posso deixar isso acontecer.*

— Estou administrando o remédio agora — disse o dr. Verrick.

— Quanto tempo até ela começar a sentir os efeitos? — perguntou Trent.

— Só alguns minutos.

Tempo suficiente, pensou Briddey, colocando o rádio no alto do armário. Em seguida, foi até a porta e começou a arrastar os sacos de areia para longe, cantando "Teen Angel" para impedir C. B. de ouvir o que ela estava fazendo.

Os sacos estavam molhados e muito pesados. Ela fez o máximo de força que conseguia para afastá-los e, assim que terminou, a água brotou e começou a correr pelas lajotas.

— Você deve estar começando a sentir os efeitos da droga... — disse o dr. Verrick a Lyzandra.

Briddey ouviu Trent perguntar, a voz cheia de emoção:

— Você já está ouvindo alguma coisa?

— Sim... — disse Lyzandra, já meio delirante. — Algo sobre água e uma porta. E algo que ela pretende fazer e não quer que a gente descubra.

Isso não pode acontecer, pensou Briddey, e enviou tudo em que podia pensar para cima deles — e de C. B.: poemas, sapatos, letras de músicas e a pia da cozinha. E, só para Trent, serpentes, cascavéis, najas, para fazer jus à cobra que ele era.

Quadrado, cruz, linhas onduladas, pensou, arrastando os sacos de areia. *Interferência, Cap'n Crunch, espiões corporativos, chamando dr. Black, por favor, dirija-se à enfermaria, por favor, desliguem os celulares, fechando em dez minutos, todos os funcionários deverão trabalhar no sábado devido à mudança de paradigma e ao declínio e queda do Império Romano, a manhã está mesmo terrível lá fora, pessoal. Entendido. Arco-íris, rosas, Rice Krispies...*

Mas não adiantou nada.

— Quase consegui — disse Lyzandra. — Pergunte a ela novamente com quem está falando.

Os riachos se espalhavam pelas lajotas e se alargavam. Depois que Briddey arrastou o último saco de areia para longe, teve que entrar na água para chegar à porta.

— Com certeza são duas pessoas. Pergunte diretamente os nomes deles — continuou a mulher.

Santa Catarina, disse Briddey. *Santa Margarida, são Miguel, Thomas Hardy, Tobias Marshall, Patience Lovelace, Ethel Godwin, Bridey Murphy, Adelaide...*

Ela levou as mãos à barra para tirá-la dos suportes e então parou, observando a parede de vozes que se erguia e que logo inundaria o pátio e as perguntas do dr. Verrick... e suas respostas. E ela.

Não posso, pensou, lembrando-se do banheiro feminino e do depósito. *Elas vão me arrastar para longe, me lançar contra as rochas.*

— Você consegue dizer quem são? — perguntava o dr. Verrick.

— Um homem e uma mulher — disse Lyzandra. — Ela chama a mulher de Cindy, mas esse não é o nome verdadeiro dela. O nome começa com M. Mary, eu acho, ou Ma...

— McAllister — disse Briddey, erguendo a barra. — Billie Joe McAllister.

E abriu a porta.

TRINTA

> *Meu Deus! As comportas estão cedendo!*
> Dorothy L. Sayers, *Os nove alfaiates*

Por um momento interminável, nada aconteceu, e Briddey pensou: *Não vai chegar a tempo. Eles vão ouvir o nome da Maeve antes que...* E então as vozes atingiram sua cabeça, não como água, mas como um aríete, de forma tão violenta que deviam ser as de todas as pessoas, de cada pensamento no hospital: *Dói, ah, isso dói!... como assim não há nada que você possa fazer?... culpa minha... nunca deveria tê-lo deixado dirigir... múltiplas lacerações... acidente vascular encefálico... más notícias... metástase...*

A força delas atirou Briddey violentamente contra o choupo. Ela tentou se segurar ao largo tronco e ficou ali agarrada, ofegante. As vozes já eram muito ruins antes, mas aquelas eram bem piores, jorrando pânico, fúria e dor de maneira ensurdecedora. *Nunca vou conseguir resistir*, pensou.

Não havia grade a que se segurar, não havia C. B., só o tronco do choupo, que era largo demais para que ela o abraçasse com firmeza. Suas mãos tentavam se prender à casca áspera, buscando agarrar-se ao tronco, enquanto as vozes se chocavam contra ela: *... sem chance de recuperação... hemorragia... tumor... inoperável... mas ela só tem seis anos... queimaduras de terceiro grau em mais de oitenta por cento do seu... onde diabos está aquele carrinho de emergência?*

E, acima delas, ouviu Lyzandra dizer claramente:
— Estou ouvindo outras vozes. — E, em seguida, aos gritos: — Ai, meu Deus, o que está acontecendo?

Briddey olhou para o rádio. Ainda estava no topo do armário, e a água quase o alcançara.
— O que houve, Lyzandra? — disse o dr. Verrick, aflito. — Fale comigo.
— ... milhares delas! — gritou Lyzandra.

Briddey ouviu Trent gritar, erguendo a voz:
— Saiam daqui!

Ah, não, pensou Briddey. *Eles estão sendo inundados pelas vozes também.* Ela olhou para a porta como se fosse possível alcançá-la e fechá-la, mas a água passava através dela em uma torrente furiosa, aumentando a cada minuto.

— Enfermeira! — chamou o dr. Verrick, e então a água derrubou o rádio do armário, que batia contra as paredes internas do pátio, levando os dois embora.

— Ela está tendo uma convulsão! — gritou um homem quando o rádio passou boiando por Briddey. — Chame uma enfermeira! Imediatamente!

Ela não conseguia dizer se era o dr. Verrick ou uma das outras vozes, porque estavam todas pedindo ajuda: *Enfermeira!*, e *Saiam daqui!*, e *Não me deixe morrer...*

Briddey precisava de ajuda também, ou as vozes a arrastariam mar adentro. *Mas você não pode pedir ajuda*, pensou, agarrando-se desesperadamente ao tronco do choupo. *Se fizer isso, vai entregá-lo, e vão queimá-lo na fogueira.*

As vozes e as águas subiam mais rápido agora — *nunca recuperou a consciência... terminal... não pôde salvar... nada que pudéssemos fazer... salvar...* —, e seus dedos estavam escorregando. Ela já não mais conseguia se segurar. Ia pedir ajuda, mesmo contra a vontade, ia trair C. B., e não havia nada que pudesse fazer...

Sim, há, pensou, então fechou os olhos e soltou a árvore. E lá estava ela em meio às águas turbulentas, debatendo-se, afundando, a boca cheia de água.

Graças a Deus, pensou, enquanto se engasgava e sufocava. *Agora não posso traí-lo.* Seus pulmões se encheram, e ela começou a tossir.

Mas não por causa da água que tinha engolido, e sim da fumaça.

Não, pensou, atordoada. *Não pode ser fumaça*, mas ela sentia o sabor acre de queimado e, quando abriu os olhos, viu que estava por toda parte, tão espessa que ela não conseguia ver as paredes nem a porta. C. B. a segurava e mantinha a cabeça dela fora d'água.

— Não! — disse ela, engasgada, tentando se desvencilhar dele. — Vai embora! Se ficar, vão ouvi-lo.

— Não com todo esse barulho — disse ele, avançando com dificuldade em meio à água na altura do peito em direção ao pátio cheio de fumaça.

— Você não entende! O dr. Verrick trouxe uma paranormal, Lyzandra, que pode ouvir tudo que penso, mesmo quando estou no meu refúgio! Vão descobrir sobre você! — Ela batia nele sem parar. — Você tem que ir!

— O que você está...? Ai! Caramba, Briddey, você acertou meu nariz! — Ele segurou os pulsos dela, imobilizando-os contra o peito para que ela não pudesse mais acertá-lo. — Mas que droga você está tentando fazer, me matar?

— Não, estou tentando fazer você ir embora! — gritou ela, lutando para se livrar das mãos dele e mergulhar para longe.

Ele a puxou de volta à superfície.

— Bem, então pare de lutar contra mim — disse ele, empurrando Briddey e a arrastando para fora da água em direção a um pedaço seco de lajotas, que estava coberto de brasas, a fumaça obscurecendo a parede de tijolos aparentes atrás.

Ela desabou contra a parede, tossindo.

C. B. também tossia, curvado, as mãos nos joelhos. Ele estava encharcado, e seu rosto, sujo de fuligem. A água pingava de suas roupas e de seu cabelo.

— Você está bem? — perguntou ele a Briddey entre acessos de tosse.

— Não — disse ela. — Por que você veio?

— Você está brincando, não é? Quando foi que eu não vim quando você estava com algum problema?

Nunca, pensou ela. *Mas desta vez você não devia.*

— Me desculpe. Não quis chamar você.

— Você não chamou. Eu já estava aqui. Assim que percebi que Sedona era famosa por seus paranormais e que uma das mais famosas tinha cabelo vermelho, Verrick ir até lá e querer manter isso em segredo de repente fez todo o sentido, e eu tentei chamar *você*. Mas, quando você me isolou, imaginei que devia haver algo errado, então vim direto ao hospital para descobrir o que era.

— Você veio para o *hospital*? — indagou ela, horrorizada, olhando para além do seu refúgio, para a sala de testes, torcendo muito para que C. B. não estivesse *ali*, que estivesse em outro lugar no prédio: no andar onde ela ficara naquela primeira noite, ou na escada para onde fugira, e estivesse fazendo aquilo remotamente.

Mas não. Ele estava ajoelhado ao seu lado, e ela, encolhida no chão, contra a parede à prova de som. Os fones de ouvido estavam caídos logo ao lado, e ela se surpreendeu ao ver que estavam secos, assim como o piso, e também as roupas e o cabelo de C. B. Então olhou para as próprias roupas encharcadas. E viu que estavam secas também.

A cadeira em que estivera sentada estava virada, e as cartas de Zener, espalhadas por toda parte. A porta estava entreaberta, como se tivesse sido empurrada com um chute, e em um minuto o dr. Verrick veria C. B. pela câmera e entraria...

— Não, não vai — disse C. B. —, mas é melhor eu fechar a porta, de qualquer maneira. Correção, portas.

Ele se levantou com esforço.

— Fique aqui — ordenou a Briddey, e ela o viu passar por entre as cartas espalhadas até a porta da sala de testes para fechá-la e, em seguida, atravessar com dificuldade a água, agora só até a altura dos joelhos e escoando rapidamente, para ir até a porta aberta do pátio.

C. B. fechou a porta. Isso isolou quase todas as vozes, embora Briddey ainda pudesse ouvir o murmúrio irritado lá fora. Ele pegou de volta a barra, que flutuava ali perto, e a encaixou nos suportes. Então deslizou o ferrolho de ferro e passou de volta pela água que cobria as lajotas para se sentar ao seu lado. Ele parecia exausto, o rosto pálido e cansado sob riscos de fuligem. As mãos dele estavam cobertas de fuligem também, e começando a formar bolhas. Por causa do fogo. O fogo que ele enfrentara por ela.

Lágrimas ardiam nos olhos de Briddey. *C. B., eu sinto muito.*

— Não foi culpa sua — disse ele, cansado, e apoiou a cabeça na parede. Então fechou os olhos.

— Não, você não pode fazer isso — disse ela, ficando de joelhos. — Você tem que sair daqui. Há uma câmera...

— Está tudo bem. Eu a desativei.

— Mas você ainda tem que ir. Antes que o dr. Verrick descubra que está aqui, antes que ela diga a ele...

— Ela não vai dizer nada a ele agora. Nem seu namorado. E o dr. Verrick está ocupado demais para se preocupar com a gente.

— Você não tem como saber isso.

— Sim, eu tenho. Eu estava em frente ao consultório do Verrick quando você provocou aquela inundação. E ouvi os gritos dele e da paranormal, então posso ler aquelas três pequenas mentes traiçoeiras. E, acredite em mim, ouvir os outros é a última coisa que eles querem fazer agora. Você não abriu as comportas daquelas vozes só sobre si mesma. A paranormal e Trent estavam ouvindo seus pensamentos, e as vozes jorraram através de você em direção a eles com força total. Eles estão traumatizados demais para contar qualquer coisa agora. Principalmente Lyzandra. Verrick deu alguma coisa a ela?

— Sim, um calmante, Valium ou Xanax. Para aumentar sua receptividade.

— Bem, pela quantidade de enfermeiros no consultório do Verrick agora, eu diria que aumentou bastante. Um calmante... — disse ele, balançando a cabeça. — Meu Deus.

— Ela vai ficar bem? Eu não queria machucá-la. Só estava tentando impedi-la de me ouvir. Eles não paravam de me fazer perguntas, e eu estava com medo de acabar entregando você e Maeve, então pensei que, se deixasse as vozes entrarem...

— Eu sei — disse ele. — Você não tinha como saber o que aconteceria.

— Mas eles vão ficar bem, não vão?

— Vão — respondeu C. B. — Trent está bem... ele só é parcialmente telepático. E acho que fechei a porta antes de Lyzandra sofrer qualquer dano permanente. Mas se Verrick tivesse lhe dado algo mais forte... — Ele balançou a cabeça com raiva. — Esse cara devia levar um tiro.

— Concordo, mas agora nossa prioridade é tirar você daqui enquanto ela ainda está traumatizada e não tem como notar.

— Você tem razão — disse ele, mas não fez menção de se levantar.

— Se está preocupado comigo, não fique. Estou bem. É o seu segredo que não podem descobrir.

Ele apoiou a cabeça na parede, exausto, e disse:

— Eu não contei tudo para você.

O que quer que ele não tivesse contado, era algo ruim.

— Eles me ouviram dizer seu nome? — perguntou Briddey, aflita. — Ou então... ai, meu Deus, o da Maeve?

— Não — disse ele.

— Então por que você não pode ir embora?

— Porque eles ainda estão ouvindo as vozes.

— Mas eu pensei que você...

Ela olhou automaticamente para a porta azul do pátio. Estava bem fechada, a barra e os parafusos ainda no lugar, e não entrava água nenhuma.

— Detive suas vozes usando as defesas que você já tinha erguido — disse C. B. —, mas nem Trent nem Lyzandra tinham nenhuma. Se não os ensinarmos a erguer algumas...

Eles vão continuar ouvindo as vozes, e isso os enlouquecerá, pensou ela. *Ou irá matá-los.*

— Mas se você lhes ensinar a manter as vozes afastadas, eles saberão que é telepático. Você não pode construir uma barricada para eles, como fez com a Maeve? E como fez comigo na Sala Carnegie?

— Não — disse ele. — A quantidade de vozes que eu estava bloqueando não chegava nem perto dessa quantidade, e foi só por um curto período...

— Mas você só teria que fazer isso até passar o efeito do calmante.

Ele balançou a cabeça.

— Não podemos contar que isso é o suficiente para deter as vozes. A inundação fez mais do que alavancar a receptividade deles. Ela suprimiu seus inibidores.

— Então eles ouvirão as vozes para sempre, como nós?

C. B. assentiu.

— Eu teria que bloqueá-las indefinidamente. E não só reduzi-las a um murmúrio, mas silenciá-las completamente, o que exige *muito* mais energia e foco.

Briddey pensou no esforço descomunal que tivera que fazer só para tentar evitar que eles ouvissem os nomes de Maeve e de C. B. Ficara completamente esgotada. E C. B. teria de impedi-los de ouvir os pensamentos dele também — e os dela —, ou saberiam o que ele estava fazendo.

— Duas pessoas são exponencialmente mais difíceis de bloquear do que uma — explicou ele.

C. B. estava exausto após salvá-la da inundação.

E do fogo, pensou ela. E de resgatá-la antes no hospital, no teatro e no depósito, e de ficar praticamente sem dormir para levá-la até em casa, depois para buscar o carro e também para resgatar Maeve.

E cuidar de mim, pensou, olhando para ele ali recostado na parede, arrasado e destruído. C. B. estava certo. Não havia como ele ter força ou resistência para bloquear Trent e Lyzandra por tempo suficiente.

— Não podemos simplesmente deixá-los à mercê das vozes — disse C. B. — Embora essa ideia me agrade bastante. Se parar para pensar, vai se dar conta de que eles não mandaram nem uma enfermeira aqui para se certificar de que *você* estava bem. Você poderia estar tendo convulsões, pelo que sabem. Mas não parecem se importar muito.

E se Lyzandra não tivesse se oferecido para tomar o calmante, não hesitariam em me dar. Mas...

— Exatamente — disse C. B. — Não podemos ficar só de braços cruzados vendo os dois terem um surto psicótico, quando fomos nós que causamos isso.

Você quer dizer: eu causei, pensou Briddey sentindo-se mal. *A ideia brilhante foi minha.* E o tiro saíra completamente pela culatra. Não só ela quase matara Trent e Lyzandra, como, em vez de proteger C. B., ela o entregara de mãos beijadas a eles.

— Sinto muito por ter metido você nisso — disse ela.

— Você não tinha como saber que abrir a porta iria...

— Não, quero dizer tudo isso. Se eu o tivesse escutado quando você tentou me alertar sobre o EED, nada disso teria acontecido. Seu segredo estaria seguro...

— Sim, bem, e se eu tivesse lhe contado o que Trent planejava fazer desde o início, nada disso teria acontecido também. Mas aconteceu, e precisamos tentar manter essas vozes sob controle. Vamos, levanta — disse C. B., ainda que fosse ele quem estivesse sentado no chão.

— Será que *eu* não posso ir lá em vez disso? Sei como erguer um perímetro e um refúgio. Posso ensiná-los...

Ele balançou a cabeça.

— Um perímetro e um refúgio não serão suficientes para proteger Lyzandra. Ela precisa...

— Você pode me dar instruções. Pode ficar aqui e me dizer o que falar, e eu...

— Demoraria muito. E eles já sabem que você estava falando com alguém. Estarão determinados a descobrir quem é, e não vou mandá-la sozinha até lá para enfrentar uma inquisição.

— Mas...

— Além disso, nós dois vamos ser necessários. Vamos — disse ele, estendendo as mãos para ela ajudá-lo a se levantar.

Briddey as segurou, e os dois voltaram imediatamente à sala de testes, e era ela quem estava sentada no chão, e ele de pé, com as mãos estendidas. Não havia nenhuma marca neles — nenhuma fuligem, nenhuma queimadura.

Graças a Deus, pensou ela, segurando com força as mãos dele.

C. B. a ajudou a se levantar.

Mas se descobrirem que ele é um telepata, não vão pensar duas vezes em mandá-lo de volta para o fogo, pensou ela. *Vão interrogá-lo, vão lhe dar drogas para melhorar sua receptividade, e C. B. não conseguirá controlar as vozes. Ele será queimado vivo...*

— Pronta? — dizia C. B.

— Não. Deve haver alguma outra coisa que possamos fazer. Na biblioteca, você disse que estava trabalhando em um bloqueador. Você poderia...?

— Inventar algo nos próximos cinco minutos para bloquear as vozes? Receio que não. — Ele sorriu gentilmente. — Talvez não vá ser tão ruim quanto pensamos. Talvez, depois do que aconteceu, eles concluam que não querem mais nada com a telepatia. Pelo que estou captando de Trent, as vozes dele assumem a forma de insetos rastejando sobre o corpo todo, e a reação da paranormal deve ter matado Verrick de susto. Eles já podem ter concluído que a telepatia é uma péssima ideia...

Você é louco!, disse a voz da Maeve do nada. *Eles nunca vão pensar isso. Tia Briddey, diga ao C. B. que não pode deixá-los descobrir quem ele é!*

— O que você está fazendo aqui? — perguntou C. B., irritado — Pensei ter dito para você ficar em seu refúgio.

Eu estava ouvindo, disse Maeve, com ar desafiador, *o que foi bom. Ajudá-los é uma péssima ideia!*

— Assim como eles descobrirem a seu respeito. Vá lá para dentro — ordenou C. B., e todos eles voltaram abruptamente ao pátio, Maeve ali de pé sobre as lajotas escurecidas com seu vestido de Rapunzel e a tiara, as mãos nos quadris.

— Você *não pode* contar a eles sobre a telepatia — disse ela. — Se descobrirem, nunca vão deixá-lo em paz. Vão perturbá-lo até você lhes contar tudo.

— Ela está certa — disse Briddey. — Assim que sentirem o cheiro de sangue na água...

— ... farão você abrir o bico — disse Maeve. — E Trent vai acrescentar isso ao tal celular, e todas as mães vão comprar, e saberão tudo que seus filhos fazem e não deveriam, e ninguém poderá fazer mais nada ou ir a lugar algum! A mãe da Danika é muito rigorosa. Se descobrir que Danika vê filmes de zumbis, ela vai ficar de castigo *para sempre*, e algumas crianças têm pais que são *maus* de verdade! Isso vai ser ainda pior do que ouvir as vozes! Você *não pode* deixar eles descobrirem!

— Eu sei — disse C. B. — E é por isso que você tem que ir para casa. Eles não sabem sobre você, e temos que manter isso assim. Você precisa ir...

— Não até você me prometer que não vai contar para eles! Lembra quando a mamãe foi até aquele Seminário de Reabilitação de Mães Superprotetoras? — perguntou ela, apelando para Briddey. — Lembra que ela prometeu que ia parar de ler a minha página no Facebook e minhas mensagens e ficar atrás de mim o tempo todo, mas *não cumpriu*? Você não pode confiar neles.

— Nós não confiamos — disse C. B. — Vai ficar tudo bem.

— Não, *não vai*! — Maeve estava quase chorando. — Eles são iguais aos *zumbis*. Você não pode só atirar neles. Tem que explodir todos eles, ou eles vão vir atrás de você. E por que você tem que salvar o Trent e a outra mulher? Eles são uns monstros!

— Mas nós não somos — disse C. B.

— Isso não significa que você tem que deixar todo mundo descobrir seu segredo! Sei que você disse que não pode bloquear as vozes para eles, mas, se fizermos isso juntos, vamos conseguir. Eu posso ajudar, e nós...

— Não — disse C. B.

— Não podemos arriscar que descubram a sua telepatia — completou Briddey.

— Eles não vão descobrir — disse Maeve, confiante. — Tenho *centenas* de barricadas, e C. B. me ensinou salto de frequência. Eles nunca vão me encontrar. E sei vários truques para me infiltrar nas defesas das pessoas...

Obviamente, pensou Briddey.

— ... e maneiras de bloqueá-las. Podemos nos revezar, e...

C. B. balançou a cabeça.

— Não podemos fazer isso para sempre. Ensiná-los a construir suas defesas é a única coisa que vai funcionar. Vamos, Briddey.

Ele estendeu a mão para ela.

— Mas *não pode* ser a única coisa! — lamentou Maeve. — Deve ter outra opção. Talvez a gente pudesse enganá-los, como em *Zombiegeddon*. Eles fizeram os zumbis acharem que estavam escondidos em um shopping, e os zumbis foram todos para lá, e então eles trancaram todo mundo lá dentro e deram uma droga para eles que fez com que eles esquecessem tudo...

— Não existe nenhuma droga que fará com que eles se esqueçam da gente — disse C. B.

— *Não*! — disse Maeve, frustrada. — Estou falando que podemos *enganá-los*. Você disse que as pessoas não acreditam que a telepatia seja verdadeira e que existem várias pessoas por aí que só fingem ler mentes. Então vocês poderiam ajudá-los a construir suas defesas, e eu poderia dizer à mamãe que estou doente e convencê-la a me trazer para o hospital e...

— Não. De forma alguma.

— Só *escuta*: posso trazer a câmera de monitoramento comigo e esconder aqui e, depois que terminarem, você pode dizer à tia Briddey: "Você acha que conseguimos enganá-los?", e tia Briddey diria: "Sim, eles acham mesmo que é telepatia. Espero que não cheguem a sala de testes", e então eles iriam até lá, encontrariam a câmera e achariam que a telepatia não passou de um grande truque e que vocês estavam grampeando a sala, como a tia Briddey pensou que você estivesse fazendo com o quarto dela no hospital.

— Não — disse C. B. — Em primeiro lugar, eles não vão se deixar enganar por uma câmera de monitoramento...

— Mas eu posso...

— E, em *segundo* lugar, você não vai nem chegar perto do hospital. Você vai para casa, entrar em seu castelo, erguer a ponte levadiça e ficar lá até eu dizer que pode sair.

E é claro que proibi-la de fazer alguma coisa vai funcionar perfeitamente, pensou Briddey. Assim que tirassem os olhos dela, a menina pularia o muro e colocaria em ação algum plano ainda mais perigoso inspirado em *Zombiegeddon* ou *A Bela e a Fera*. A única maneira de deter Maeve era fazê-la compreender como seria desastroso se descobrissem sua habilidade.

— Venha cá, Maeve — disse ela, indo até o choupo e endireitando o banco virado. Então se sentou na ponta e indicou o lugar ao seu lado. — Sente-se.

— Não.

Maeve cruzou os braços e projetou o queixo.

— C. B. não está fazendo isso para protegê-la... ele sabe que você é muito inteligente e que não está com medo. Ele está fazendo isso porque é *crucial* que não descubram o que causa a telepatia.

— Eu não ia contar para eles...

— Eu sei que não. Mas se o dr. Verrick e Lyzandra descobrirem que você também é telepática, isso já entregaria tudo.

— Mas C. B. vai deixá-los descobrir que *ele é*. É a mesma coisa.

— Não, não é. Por enquanto, eles acham que o EED causou a minha telepatia, não o fato de eu ser irlandesa. E não sabem que C. B. é irlandês, pensam que ele é judeu. Mas, se tomarem conhecimento da sua habilidade, isso lhes dará a pista de que precisam...

— Como quando a bruxa vê o cavalo — disse Maeve.

— A bruxa? — disse Briddey, perdida. — Em *Zombiegeddon*?

— Não. Em *Enrolados*. Ela vê o cavalo e imagina que devia haver um cavaleiro, então pensa: "Talvez ele tenha encontrado a torre", aí ela volta e descobre que Rapunzel foi embora...

— Exatamente. Cada pista vai levá-los até a próxima, e não conseguiremos impedir. Será como uma... — Ela começou a dizer "uma bola de neve", mas em seguida mudou de ideia. Eles não tinham tempo de ouvir toda a trama de *Frozen* também. — Como um looping de feedback. Você sabe o que é isso, não sabe?

— Claro que sei o que é um looping de feedback — disse Maeve.

— Um looping de feedback — murmurou C. B.

— O que foi? — perguntou Briddey.

— Nada — disse ele, e fez sinal para ela continuar.

— Então, Maeve, você sabe que, quando um looping de feedback entra em ação, fica cada vez mais forte até não haver como detê-lo. Certo, C. B.? — perguntou ela, mas ele não respondeu.

— Como dominós — disse Maeve. — Quando você derruba um, e ele derruba o próximo, e o próximo.

— Até todos caírem. Sim — disse Briddey. — Se descobrirem que você é telepática, vão perceber que é genético, e vão descobrir o grupo R1b, e isso lhes dirá como a telepatia funciona...

— E *isso* lhes mostrará como replicá-la eletronicamente — disse C. B., voltando de seu devaneio. — E, quando descobrirem, não teremos como impedi-los.

— Então é *realmente* importante que não descubram sobre você — disse Briddey.

Maeve fez que sim.

— Como em *Silêncio dos zumbis*. Eles estão se escondendo dos zumbis e têm que ficar completamente em silêncio...

— Exatamente — disse C. B. — Sua tia Briddey e eu vamos cuidar dessa parte. Preciso que *você* entre em seu castelo, suba a ponte levadiça e depois vá para a parte mais segura do castelo...

— Minha torre — disse Maeve. — É realmente segura. Ninguém pode entrar.

— Ótimo — disse C. B. — Quero que se tranque e fique lá dentro até eu dizer que é seguro sair. E não fale com ninguém *nem* ouça ninguém, nem mesmo a Briddey e a mim.

— Como vou ouvir você me dizendo que já posso sair, se não é para eu ficar escutando? — perguntou Maeve, sendo objetiva.

— Eu mando uma mensagem — disse C. B.

— Como? Você não tem smartphone.

— Pego o da sua tia emprestado. E não se preocupe. Tudo vai dar certo. Eu tenho um plano.

— Qual é? — perguntou Maeve, ansiosa. — Me conta.

— Não posso. Eles podem estar ouvindo. Mas vou dizer isto: não vai funcionar se você não fizer a sua parte.

— O.k. — disse Maeve, a contragosto. — Mas tem que ser um bom plano.

E desapareceu.

— E é? — perguntou Briddey depois que ela se foi. — Um bom plano?
Ele ignorou a pergunta.

— Quando o dr. Verrick falou com você sobre a conexão, ele disse que a via neural funcionava como um looping de feedback, certo? E que cada sinal entre vocês a intensificava exponencialmente, não é?

— Isso. Mas você me disse que não funcionava assim.

— Não funciona.

— Então como isso ajuda o seu plano? — perguntou ela e, quando ele não respondeu: — Você não tem um plano, não é?

— Não, ainda não. Mas não se preocupe. Vou pensar em alguma coisa. E se tudo falhar, vamos jogar vários braços e pernas em cima deles enquanto fugimos, que nem em *Zombienado*. — Ele sorriu para ela. — Sério, a gente cuida disso quando chegar a hora. Só espero que não seja a do pesadelo. Enquanto isso, precisamos ajudar seu namorado e Lyzandra a erguerem suas defesas.

— Ele *não* é meu namorado — disse Briddey.

— Vamos cuidar disso quando chegar a hora também.

C. B. estendeu a mão novamente e saiu com ela do pátio para a sala de testes.

— Agora precisamos entrar lá antes que eles venham nos procurar. Se é que já não estão fazendo isso. — E, quando Briddey hesitou, ele disse: — Eu tirei você do teatro, não foi? E da biblioteca? Vou tirar a gente dessa.

Espero que sim, pensou ela, rezando para que fosse verdade.

— Vamos — disse ele, e sorriu. — Vamos salvar a França.

TRINTA E UM

> *"Você confia em mim?"*
> *"Completamente."*
> *"Que bom. Me siga. Vou nos tirar daqui."*
> Alice, Syfy

C. B. estava preocupado, achando que talvez estivessem procurando por ele e Briddey, mas estavam todos na outra sala de testes. Lyzandra, encolhida em uma cadeira com um cobertor nos ombros, respirava com dificuldade em uma máscara de oxigênio, enquanto uma enfermeira ajoelhada media sua pressão arterial. A cada toque, Lyzandra se encolhia. Trent estava sentado em frente a elas, esfregando compulsivamente os braços e as pernas.

O dr. Verrick ergueu os olhos, viu C. B. e Briddey e perguntou, ríspido:

— Por que você não está na sala de testes?

— O que você está fazendo aqui, Schwartz? — questionou Trent ao mesmo tempo. — A Commspan o mandou para cá?

Lyzandra se encostou na parede, apontando um dedo acusador para Briddey e gritando:

— Não deixe que ela chegue perto de mim! Ela vai fazer isso de novo!

Ninguém vai fazer nada com você, Briddey ouviu C. B. dizer a ela. *Estou aqui para ajudar*, e era óbvio que Lyzandra o ouvira, porque ela se virou, o dedo ainda apontado para Briddey, olhando para ele com surpresa. Estava claro que Trent não tinha ouvido, porque ele disse, nervoso:

— Eu gostaria que você não mencionasse nada disso na Commspan, Schwartz.

O dr. Verrick foi até C. B.

— Você não pode ficar aqui. Srta. Flannigan, quem é ele? — perguntou. — E o que ele está fazendo aqui?

— O nome dele é C. B. Schwartz — respondeu Trent por ela. — Ele é da Commspan. Imagino que esteja aqui a trabalho. — Ele se virou para C. B. — Não é?

— Não — respondeu C. B.

— Ele... — começou Lyzandra.

C. B. a interrompeu. *Diga ao dr. Verrick que a enfermeira precisa sair daqui*, ordenou a ela. *Você não quer que a imprensa descubra o que está acontecendo, quer?*

Lyzandra concordou e pediu que a enfermeira saísse.

— Ela precisa ser internada — protestou a enfermeira, olhando para o dr. Verrick. — Está visivelmente alterada, e sua frequência cardíaca...

— Quero que ela saia *agora* — disse Lyzandra, mas Briddey mal escutava.

Ela estava se perguntando por que podia ouvir os pensamentos de C. B., mas não os de Lyzandra ou do dr. Verrick.

O rádio, pensou Briddey. *Foi desligado na inundação*. E, enquanto a enfermeira se recusava a sair, ela voltou ao pátio para encontrá-lo. Estava caído de lado em uma poça d'água, e o botão, meio derretido, mas conseguiu ligá-lo. Não conseguiu encontrar a estação do dr. Verrick ou de Lyzandra. Então teve que se contentar com a de Trent.

O que foi um erro. Os pensamentos dele eram um emaranhado quase incoerente de medo, repugnância, por causa dos insetos rastejando em seu corpo, misturados com preocupação, perguntando-se o que C. B. estava fazendo ali e o que diria na Commspan. Briddey mexeu no botão, e os pensamentos de Lyzandra começaram a ser transmitidos, ainda mais histericamente incoerentes do que os de Trent.

A enfermeira ainda discutia com o dr. Verrick.

— Ou ela sai, ou eu — disse Lyzandra e, ainda envolta no cobertor, tentou se levantar da cadeira.

— Não, não — disse o dr. Verrick na mesma hora. — Enfermeira, por enquanto é só.

E fez sinal para que ela saísse.

— Mas...

— Sua presença está perturbando minha paciente. Eu chamo se precisar.

A enfermeira saiu e, assim que a porta se fechou, o dr. Verrick disse a Briddey:

— Agora, imagino que você vá me dizer exatamente o que está acontecendo e o que este homem está fazendo aqui.

— Ele é o leitor de mentes com quem ela estava falando — disse Lyzandra —, a pessoa que ela tentava esconder.

C. B.?, Briddey ouviu Trent pensar, incrédulo.

— Isso é verdade, srta. Flannigan? — perguntou o dr. Verrick.

Está tudo bem, Briddey, disse C. B. *Diga a ele.*

— Sim — disse ela, com relutância.

— Por que você não nos contou que estava falando com ele? — perguntou o dr. Verrick.

Porque eu sabia o que aconteceria, pensou Briddey, com amargura. *Exatamente o que está acontecendo agora. Um interrogatório.*

— Você disse que duas pessoas precisavam estar emocionalmente ligadas para se conectarem — disse ela. — E fiquei com medo de que Trent...

— Pensasse que você estava emocionalmente ligada a C. B. Schwartz? — perguntou Trent. — Você está brincando, não é?

Briddey estremeceu.

O dr. Verrick se virou para C. B.

— Há quanto tempo vocês dois conseguem se comunicar?

— Foi logo após a cirurgia da srta. Flannigan.

— Logo após...? — disse Trent.

O dr. Verrick o silenciou com um olhar.

— Foi por isso que você saiu do seu quarto aqui no hospital naquela noite — disse ele a Briddey, como se isso confirmasse as suspeitas que alimentava desde aquele dia. — Porque ouviu a voz dele, e isso a assustou.

— Sim — respondeu C. B. por ela.

— Foi você quem fez isso com meus pacientes?

— Não — disse Briddey. — Fui eu.

— *Você*? — disparou Trent.

— Não importa quem fez isso — disse C. B. — O que importa é garantir que não aconteça de novo. — Ele andou em direção a Lyzandra. — Preciso falar com eles. Preciso...

O dr. Verrick tentou detê-lo.

— Você não vai se aproximar dos meus pacientes, não até me contar como se conectou à srta. Flannigan. Quem fez o seu EED?

— Não temos tempo para isso — disse C. B. — Você ouviu a enfermeira. A frequência cardíaca de Lyzandra está muito alta, é perigoso. Tenho que...

— Não antes de você responder minhas perguntas. Quem fez o seu EED?

— Ninguém.

Não, não conte isso a ele, pensou Briddey.

— Tropecei em alguns cabos no meu laboratório há alguns dias e feri minha cabeça — disse C. B., apontando para um ponto em sua nuca no mesmo local dos pontos de Briddey. — Desmaiei e, quando recuperei os sentidos, estava ouvindo vozes. Incluindo a da srta. Flannigan. E aquela multidão de estranhos que esses dois acabaram de ouvir. — Ele apontou para Trent e Lyzandra. — E que voltarão a ouvir se eu não mostrar a eles como se defenderem.

— Como se defenderem? — repetiu o dr. Verrick. — O que isso significa? E como posso saber que você não vai piorar o estado deles? Ou até mesmo que você é telepático? Você não me deu prova alguma.

— Fui eu que liguei para o hospital naquela noite — disse C. B. —, para informar que a srta. Flannigan tinha deixado o quarto e estava na escada. Você pode verificar os registros de chamadas do hospital e da Commspan. Fiz a ligação de lá.

— Isso não prova nada.
— Olha, eu dou qualquer prova que você quiser depois que...
— Não vou deixar você fazer nada antes de...
— Está bem — disse C. B., pegando as cartas de Zener da mesa. — Briddey, vá ao consultório do dr. Verrick e escreva o que eu lhe enviar. — Ele entregou as cartas ao dr. Verrick. — Embaralhe-as.

Você tem certeza de que quer fazer isso?, perguntou Briddey.

Sim, respondeu ele. *Vá.*

Ela assentiu e seguiu pelo corredor interno até a sala em que estivera, esperando não ter que lidar com a enfermeira banida, mas o consultório estava vazio. Ela pegou uma caneta na mesa e começou a abrir gavetas, procurando algo em que pudesse escrever. Na de baixo encontrou a sacola plástica em que a enfermeira guardara seus pertences.

Pronta?, perguntou C. B.

Quase, disse ela, tirando seu celular da sacola e o guardando no bolso. *O.k. Eu devo...?*

Só escreva o que eu lhe falar, disse ele, e recitou uma série de símbolos — estrela, estrela, cruz, linhas onduladas, círculo —, que ela anotou.

Está bem, volte para cá, disse C. B. e, assim que ela chegou, ele pegou a lista e a entregou ao dr. Verrick.

— Aí está a sua prova. Agora vamos ajudá-los.

O dr. Verrick não estava escutando. Olhava da lista para as cartas viradas.

— É um resultado perfeito — disse ele, surpreso.

Você me deu todas as respostas certas?, perguntou Briddey, horrorizada. Deixar o dr. Verrick a par de toda a extensão da telepatia dele era suicídio. Ele...

Não tive tempo de pensar em mais nada, disse C. B. *Era a única maneira de convencê-lo.*

Só que não convencera.

— Isso é impossível — disse o dr. Verrick. — É algum tipo de truque?

— Não — disse Lyzandra, com a voz trêmula. — É real. Eu o ouvi. Por favor, deixe que nos ajudem.

O dr. Verrick olhou para ela.

— Isso vai completamente contra...

— Olha — disse C. B. —, concordo em fazer quaisquer exames e testes que você queira...

Não!, pensou Briddey.

— ... mas você tem que nos deixar ajudá-los agora.

— Por favor! — implorou Lyzandra, se debatendo. — Deixe-o ajudar. Antes que as vozes voltem!

— Tudo bem — disse o dr. Verrick. — Mas depois vou precisar de respostas.
— Fechado — concordou C. B., indo imediatamente até Lyzandra. — Você ajuda o Trent — disse a Briddey. *E mantenha Verrick fora do meu caminho.*

Então se agachou em frente a Lyzandra e disse: *Você está bem. Eu estou bem aqui. Estou com você.*

— O que você vai fazer? — perguntou o dr. Verrick, olhando para eles.
— Reparar o dano que você causou quando lhe deu um calmante — disse Briddey. — Se ele conseguir. Você deu a ela alguma outra coisa?
— Informações sobre o tratamento de um paciente são protegidas pela confidencialidade médica — disse o dr. Verrick, áspero. — Não podem ser compartilhadas...
— Já foram compartilhadas, quer você goste disso ou não. Por isso, responda: você deu a ela mais alguma coisa? Ou a hipnotizou?

O dr. Verrick olhou para Lyzandra, que ainda tremia, embora não com tanta violência, porque naquele momento C. B. conversava com ela.

— Não, só o calmante mesmo — respondeu o dr. Verrick —, e ela me garantiu que já tinha tomado antes, sem nenhuma reação adversa.

O médico informou a Briddey o nome e a dosagem do remédio, os olhos fixos em Lyzandra, que encarava fixamente C. B. enquanto ele repetia: *Você está bem. Elas não podem alcançar você.*

Elas estavam por toda parte!, disse Lyzandra, soluçando. *Por toda parte!*

Eu sei, disse C. B., de maneira reconfortante, *mas está tudo bem agora. Elas...*

— Aonde você foi? — gritou Lyzandra, tentando freneticamente segurá-lo. — Não consigo ouvi-lo.

Sem entender o que tinha acontecido, Briddey olhou para C. B., que ainda dizia: *Elas não podem alcançar você.*

— Eu não consigo *ouvi-lo* — lamentou Lyzandra, e então, enquanto C. B. repetia *Eu estou bem aqui*, ela de repente relaxou.

Ah, graças a Deus, disse ela. *Por um instante, pensei que...*

— O que aconteceu? — perguntou o dr. Verrick a Briddey.

O que aconteceu?, perguntou Briddey a C. B. *Por que ela não conseguia ouvi-lo?*

Não sei, disse C. B., franzindo a testa. *As outras vozes devem ter abafado a minha por alguns segundos.*

Não, não abafaram, disse Lyzandra. *Eu não conseguia ouvir nada!*

— Por que Lyzandra disse que não conseguia ouvi-lo? — perguntava o dr. Verrick.

— Porque você a distraiu — disse Briddey. — Você precisa se sentar e ficar bem quieto, para não atrapalhar a concentração deles. Se fizer isso, ela pode entrar em choque. Ou pior.

— Pior?

— O calmante que você deu a ela aumentou sua sensibilidade aos sinais telepáticos, causando uma sobrecarga sensorial que poderia produzir um surto psicótico. Que não ficaria nada bem em seu currículo.

O médico assentiu, subitamente pálido, e se sentou.

Bom trabalho, disse C. B. *Agora ele está com medo de ser processado por erro médico, o que deve mantê-lo ocupado por algum tempo. Agora vá ajudar seu namorado antes que ele tenha outro acesso nervoso.*

Briddey olhou para Trent, que começara a esfregar as mãos nas pernas, nervoso.

O que devo fazer primeiro?, perguntou ela a C. B.

O que fiz com você na biblioteca, disse C. B. *Não, esquece isso. Só explique a ele como construir um perímetro.*

Entendido, Dawn Patrol, apenas o perímetro, disse ela, e sentou-se de frente para Trent.

— Do que você está rindo? — perguntou Trent. — Você não tem ideia do que eu passei. Deviam ser no mínimo umas dez vozes, e elas subiam pelo meu corpo!

Dez vozes, pensou ela, lembrando-se das milhares que a haviam inundado e das mãos queimadas de C. B.

Trent estremeceu.

— Elas se arrastavam pelas minhas roupas e perfuravam meus ouvidos. Foi horrível!

— Eu sei — disse ela, notando que o dr. Verrick tinha pegado um caderninho. Pelo visto, não ficara tão assustado assim. — Posso fazer com que isso não aconteça novamente. — *Mas temos que conversar mentalmente, não em voz alta*, acrescentou ela, tentando reduzir as descobertas do dr. Verrick ao mínimo possível.

Tudo bem, disse Trent, coçando o pescoço. *Você devia ter me alertado. E se tivéssemos levado o celular adiante e uma coisa dessas acontecesse!*

Pelo menos ele reconhece como a telepatia é perigosa, pensou ela, e começou a explicar como criar um perímetro. *Você precisa imaginar uma parede ou um...*

Imaginar?, perguntou Trent, com desdém. *Você vai me ensinar a fazer essas coisas desaparecerem com a imaginação?*

Não, seu cérebro vai criar defesas eletroquímicas, mas para que ele produza isso você precisa visualizar uma parede ou...

Schwartz lhe disse isso?, perguntou Trent, olhando para C. B. Lyzandra agarrava com força seu joelho como Briddey fizera naquela noite em seu carro.

Foi mais divertido com você, C. B. disse a Briddey, e ela abriu um sorriso novamente, mas então achou melhor não deixar que Trent notasse isso.

Mas ele não estava olhando para ela. Ainda observava C. B. *Não acredito que você achou que eu sentiria ciúmes dele! Quer dizer, sei que o dr. Verrick nos falou que era preciso uma ligação emocional para as pessoas se conectarem, mas faça-me o favor! O Corcunda de Notre Dame?*

Você não faz ideia de como estou prestes a abrir aquela porta e deixar que os insetos o devorem, pensou Briddey, mas C. B. dissera para ajudá-lo, então ela explicou a Trent o passo a passo para se criar um perímetro e depois disse: *Se ouvir as vozes, você se concentra no seu perímetro e pensa: "Elas não podem passar por aqui".*

Trent assentiu. *Eu me concentro em...* Sua voz foi interrompida.

Briddey franziu a testa. *Trent, pode me ouvir?*

Nada. Ela não o escutava mais. E a voz dele não tinha sido a única a ser cortada. A voz de C. B. e a de Lyzandra, que ela ouvia ao fundo, enquanto conversava com Trent, tinham se silenciado também, assim como o sempre presente murmúrio das vozes além de seu perímetro.

Ela olhou para C. B., mas ele e Lyzandra, obviamente, ainda conseguiam ouvir um ao outro. Ele ainda estava com a atenção completamente voltada para ela, que segurava o joelho dele com muita força. Então o que estava acontecendo?

C. B. decidiu tentar bloquear as vozes, afinal, apesar da dificuldade, pensou Briddey. *Ele concluiu que era a única maneira de manter a telepatia longe das mãos deles, então bloqueou Lyzandra, e agora está me bloqueando.*

Mas se aquele fosse o caso, ele teria bloqueado Trent, não ela. Talvez, como ela estava falando com ele, C. B. tivera que bloquear os dois. *C. B., você fez isso?*, perguntou.

Ele não só não respondeu *Sim* ou *Fazendo o quê?*, como sua atenção permanecia completamente voltada para Lyzandra.

Ele não pode me ouvir, pensou Briddey. E ela não conseguia ouvir nada mesmo.

Em seguida, ouviu Trent novamente, que dizia, em tom acusatório: *Por que você não me respondeu? Perguntei se queria que eu me concentrasse na parede, e você não me respondeu.* Ele parou e passou a mão na camisa. *E os insetos...*

Isso significava que ela fora a única a ser bloqueada. *Sinto muito*, disse Briddey. *Sim, concentre-se em sua parede e pense: "Ela é impenetrável". Repita isso várias e várias vezes.* E, assim que ele começou, ela voltou a refletir sobre o bloqueio. Devia ter sido alguma reação à inundação. Todas aquelas vozes tinham sido demais para sua mente processar, e ela sofrera o equivalente neural de um desmaio ou algo assim.

Ela se perguntou se devia contar a C. B., mas ele já tinha muito com que se preocupar. Além disso, dissera que não tinham muito tempo para erguer as defesas dos outros, e ela ainda nem começara a explicar a Trent como construir o refúgio.

Trent ainda repetia: *Ela é impenetrável.*

Muito bem, disse Briddey. *Agora você vai construir um refúgio dentro do seu perímetro*, e explicou como devia ser, cautelosamente atenta a qualquer outra interrupção abrupta de som, mas aquilo não voltou a acontecer.

O que era bom, porque já tinham muitos problemas para resolver. Nem o colapso de Lyzandra nem os espasmos de Trent, ou as graves advertências de C. B. sobre os perigos da telepatia, tinham tido qualquer efeito sobre o dr. Verrick. Ele fazia anotações com ar sério, e Briddey o ouviu pensar: *Se Lyzandra estiver traumatizada demais para continuar monitorando os testes, vou precisar trazer Michael Jacobsen e os Dowd.*

Ah, não, pensou Briddey. *Ele tem outros telepatas.* O que significava que, mesmo que convencessem Trent e Lyzandra de que a telepatia era uma péssima ideia, o dr. Verrick ainda teria como dar continuidade às suas pesquisas. Ela precisava contar a C. B.

Não entendo o que você quer dizer com associações agradáveis, dizia Trent.

Precisa ser um lugar em que você se sinta seguro e feliz, disse Briddey distraída, *como...*

Um escritório luxuoso, como o do Hamilton.

Claro, pensou Briddey. *Eu devia ter adivinhado*, e ficou feliz por C. B. estar muito ocupado com Lyzandra para ouvir isso.

Perfeito, disse a Trent. Então o fez imaginar as paredes e o mobiliário da sala e, em seguida, disse a C. B.: *Preciso contar uma coisa. Pode me encontrar em Santa Fé?*

Claro, disse ele e, depois de dizer a Lyzandra para se concentrar em seu perímetro, entrou no pátio.

Mas, quando Briddey contou o que ouvira, descobriu que C. B. já sabia dos outros telepatas.

— São pacientes do Verrick. Eu o ouvi pensar neles mais cedo. Michael Jacobsen foi o primeiro a relatar que ouviu a voz da noiva depois de terem feito o EED, mas ela não conseguia ouvi-lo. Os Dowd são apenas parcialmente telepáticos. Ele considerava você uma perspectiva mais promissora.

— Por causa do meu cabelo vermelho.

— Sim. O do Jacobsen é louro-acobreado, e os Dowd têm cabelo castanho-avermelhado.

— Pelo menos ele não notou a conexão irlandesa.

— Não, mas é apenas uma questão de tempo. Como o cabelo vermelho é uma característica hereditária, ele já está perto de chegar a uma explicação genética, e Dowd é um sobrenome irlandês.

— Mas Schwartz não, e Jacobsen é escandinavo. E o sobrenome de Lyzandra é Walenski.

— Sim, mas temos que arranjar outra explicação o quanto antes... ele já está se perguntando por que eu não tenho cabelo vermelho e, se Lyzandra se recuperar o suficiente para responder perguntas, ele vai descobrir que a família da mãe dela veio de County Mayo.

— Que outra explicação daríamos? — perguntou Briddey.

— De preferência algo que o afaste dos traços hereditários, como danos cerebrais ou drogas. Descubra se Trent tomou aquele relaxante que Verrick prescreveu, e se algum dia ele teve uma concussão... jogando futebol ou se já enfiou o Porsche em uma árvore ou algo assim. Quer dizer, é óbvio pela maneira como ele trata você que ele caiu de cabeça quando era bebê, mas veja o que mais consegue descobrir. Mas termine de ajudá-lo a construir o refúgio primeiro. Não sei por mais quanto tempo posso protegê-los do ímpeto das vozes — disse C. B., e saiu antes que ela pudesse falar sobre seu desmaio.

Briddey voltou a ajudar Trent a visualizar seu escritório luxuoso, que, aparentemente, ele cobiçava há meses... ou anos. Ele sabia exatamente o que queria lá dentro, incluindo as pinturas nas paredes. *Hamilton tem um Modigliani, mas estou pensando talvez em um Andreas Gursky ou um Orozco.*

Briddey se perguntou se o refúgio de Lyzandra era tão elaborado quanto o de Trent. Não, ouvindo C. B. orientá-la, ela parecia mais concentrada em torná-lo o mais forte possível. *E se romperem a porta?*, perguntava a C. B., aflita.

Não vão romper, disse C. B. *Mas você pode acrescentar outra tranca, se isso fizer com que se sinta mais segura.*

Pode ser uma tranca de seguran...?, perguntou ela, e sua voz foi cortada.

Lyzandra?, disse C. B.

— Aonde você foi? — perguntou Lyzandra. — Por que não posso ouvi-lo?

Briddey não mais conseguia ouvir os pensamentos dela, só as palavras que dizia em voz alta. Mas ainda conseguia ouvir os pensamentos de C. B.

Estou bem aqui, Lyzandra, dizia ele. *Não entre em pânico. As vozes não podem entrar.*

— Não consigo ouvi-lo — disse Lyzandra, aumentando a voz.

— O que está acontecendo? — perguntou o dr. Verrick, irritado, e se levantou.

Fale comigo, Lyzandra, disse C. B. *Me diga o que está acontecendo.*

Ela o encarava com olhos arregalados e assustados.

— Lyzandra. — Ele sacudiu de leve os ombros dela. — Lyzandra.

— Não consigo ouvir sua voz — disse ela. — Sua voz da mente, quero dizer. Ainda posso ouvir quando você fala em voz alta.

C. B. franziu a testa.

— E as outras vozes? Você pode ouvi-las?

— Não.

Briddey, diga algo a ela, pediu C. B.
Lyzandra, pode me ouvir?, perguntou Briddey.
— Você ouviu isso? — perguntou C. B. a Lyzandra.
— Ouvi o quê? Eu não consigo... ah, agora voltou.
— Eu perguntei o que está acontecendo — disse o dr. Verrick, avançando na direção deles.
— Shh — disse C. B.
Lyzandra, me conte o que aconteceu.
De repente tudo ficou em silêncio, como antes, e eu não conseguia ouvir você. Não conseguia ouvir nada.
O som foi diminuindo?, perguntou Briddey. *Ou foi cortado de repente?*
De repente. Como se alguém tivesse apertado um interruptor.
E voltou da mesma maneira?
Lyzandra assentiu, e C. B. perguntou: *Briddey, por que...?*
Ela olhou para ele e desta vez nem precisou pedir para C. B. encontrá-la no pátio. Ele foi imediatamente para lá, dizendo:
— Por que você perguntou aquilo a ela?
— Porque a mesma coisa aconteceu comigo.
— Quando?
— Alguns minutos atrás.
— Foi como quando você começou a ouvir o Trent e só conseguia ouvi-lo vez ou outra?
— Não — disse Briddey. — Foi muito mais abrupto, como se alguém desligasse um telefone, e eu não podia ouvir mais nada, incluindo as vozes além do meu perímetro. Acho que Trent também não conseguia me ouvir. Ele perguntou aonde eu tinha ido.
— Lyzandra me disse a mesma coisa — refletiu C. B. — e, quando ela estava falando agora há pouco, eu não podia ouvir seus pensamentos. Quando aconteceu com Lyzandra antes, pensei que era porque ela estava histérica demais para me ouvir, mas, se você passou pela mesma coisa... Quanto tempo durou?
— Talvez um minuto. Você sabe o que está causando isso?
— Seu palpite é tão bom quanto o meu — disse ele. — Olha, me diga se isso acontecer com você de novo, o.k.?
— Como? Você não poderá me ouvir. Chamei você da última vez, mas eu não conseguia receber *nem* enviar.
— O.k., então me diga em voz alta. E ajude Trent a erguer o refúgio dele o mais rápido possível. Se isso for algum efeito secundário da inundação, quem sabe o que mais pode acontecer? — disse ele, e imediatamente voltou a instruir Lyzandra.

Briddey voltou sua atenção para Trent. *Preciso que você descreva seu escritório nos mínimos detalhes,* disse ela.

Ele não está pronto ainda, disse Trent. *Estou tentando decidir que tipo de mesa eu deveria ter. A do Hamilton é de mogno, mas acho que se for de teca vai passar um ar mais profissional...*

Tanto faz, disse Briddey. *O importante é...*

Mas você disse para visualizar cada detalhe. Como posso fazer isso se...?

Ele foi cortado.

Trent?, chamou Briddey.

— Trent?

— O quê? — respondeu ele em voz alta. — Pensei que você tivesse dito que devíamos nos comunicar mentalmente.

Eu disse, confirmou Briddey. *Você pode me ouvir?*

Ele não respondeu.

— Você ouviu o que acabei de dizer? — perguntou ela em voz alta. — Mentalmente?

— Não — disse Trent, e sua expressão dizia que ele estava lhe comunicando algo e esperando por uma resposta que não veio.

C. B., chamou ela, mas ele já estava perguntando:

O que houve? Aconteceu com Trent agora também?

Acho que sim. A voz dele foi cortada de repente.

— O que está acontecendo? — perguntou o dr. Verrick.

Nem Briddey nem C. B. lhe deram atenção.

Trent?, chamou C. B., *você pode me ouvir?*

Sou a única que ele pode ouvir, lembrou Briddey.

Então tente chamá-lo, disse C. B., e observou Trent atentamente enquanto Briddey repetia:

Briddey para Trent, responda, Trent.

Ele continuou sem responder, mas um olhar desconfiado surgiu em seu rosto.

— Se você está fazendo isso... — disse Trent a C. B.

— Fazendo o quê? — disse C. B. — Conte-nos o que está acontecendo.

— O sr. Worth está passando por algum problema agora? — perguntou o dr. Verrick.

— Shh — disse C. B. — Trent, você pode ouvir a voz da Briddey?

— Não — disse Trent, olhando para ela desconfiado. — Eu estava perguntando para ela sobre a mesa do meu escritório...

— Escritório? — interrompeu o dr. Verrick. — Do que você está falando? Sr. Schwartz, você disse...

— *Shh* — disse C. B. — Então o que houve, Trent?

— Ela me interrompeu para perguntar em voz alta se eu a estava ouvindo. E eu disse que sim, mas ela não me ouviu, e quando ela está falando mentalmente comigo, também não consigo ouvi-la. Não consigo ouvir nada.

— Incluindo as vozes?

— Sim, não há som algum. Num segundo eu estava ouvindo... — Briddey de repente o ouviu em pensamento — *e, no outro, não.*

Agora consigo ouvi-lo, ela disse a C. B.

Eu também, disse C. B.

— Trent, você pode ouvir a Briddey?

— Sim.

— Exijo saber o que está acontecendo aqui — disse o dr. Verrick.

— Nós também não sabemos — respondeu C. B.

Mentiroso, pensou Trent. *Schwartz provavelmente está por trás disso. Como vamos saber que construir essas tais defesas não causou... Ah, não, elas estão de volta!* E ele começou a esfregar insanamente as pernas.

Ótimo, pensou Briddey, *as vozes vão impedi-lo de dizer isso ao dr. Verrick*, e falou: *Trent, é por isso que você precisa do seu refúgio. Esqueça as pinturas e termine de visualizar suas paredes.*

— Como assim vocês não sabem? — perguntava o dr. Verrick.

— Nós não sabemos — disse C. B. — Perdemos contato telepático com Trent por um tempo, mas já recuperamos.

O que significava que ele queria minimizar o que tinha acontecido. *E eu deveria ajudar*, pensou Briddey.

— Não é uma ocorrência incomum — disse ela. — Trent e eu já tivemos lacunas em nossa comunicação antes. Nas primeiras horas depois que nos conectamos, só recebíamos algumas palavras e frases ocasionais, não é, Trent?

— Sim, mas... — começou Trent.

Briddey o interrompeu.

— Você falou que o estresse podia interferir na conexão — disse ela ao dr. Verrick —, e Trent e Lyzandra acabaram de passar por uma experiência muito estressante.

O estresse também pode fazer as vozes voltarem, disse a Trent, *então você precisa colocar uma tranca na porta do seu refúgio agora.*

Vou colocar, disse Trent, e logo começou a visualizar uma tranca enquanto Briddey se retirava até o pátio para pensar no que Trent dissera sobre C. B. estar por trás daquilo.

Será que foi ele? O apagão era como se alguém tivesse colocado uma barreira à prova de som entre ela e as vozes — como seu perímetro, só que muito mais eficaz —, mas C. B. dissera que não tinha forças para bloquear as vozes, e ele não estava mentindo sobre sua exaustão. Ao olhar para ele ali, agora, treinando Lyzandra, ela via claramente as marcas do cansaço e as olheiras em seu rosto. Não tinha como fingir aquilo.

Ela acreditava no que ele dissera sobre não ser capaz de bloquear as vozes por mais do que alguns minutos, mas era exatamente isso que estava acontecendo. Ele podia ter feito aquilo. Mas do que adiantaria bloqueá-los por alguns instantes? Dificilmente convenceria o dr. Verrick de que a telepatia tinha parado de funcionar. E se C. B. estivesse por trás daquelas interrupções, não teria minimizado o caso.

A menos que esteja tentando fazê-los pensar que não teve nada a ver com isso, que são uma ocorrência natural, para ele poder fingir um apagão quando o dr. Verrick quiser submetê-lo a um exame de varredura. Isso explicaria por que ela havia apagado também. Ele teve que bloqueá-la uma vez para parecer que as interrupções estavam afetando todos eles. Também explicaria por que ele tinha concordado tão prontamente em fazer os exames. Na verdade, nunca pretendera se submeter a eles.

Como está indo o refúgio de Trent?, perguntou C. B. *Já pode resistir às vozes? Acho que sim.*

Ótimo, respondeu, *porque eu não posso...*

Sua voz foi interrompida e Briddey pensou: *Ele está me bloqueando novamente.* Mas por quê? Ele só precisava bloqueá-la uma vez para convencer os outros.

O que faço agora que tenho esse escritório?, ela ouviu Trent dizer.

O que significa que não sou a única que está sendo bloqueada, pensou Briddey, olhando para C. B.

A cabeça dele estava erguida, como se estivesse tentando ouvir algo, e seu rosto revelava sua perplexidade.

C. B., ela o chamou. *O que houve?*, mas ele não respondeu.

Porque foi ele que sofreu o apagão agora. Foi por isso que eu não podia ouvi-lo, porque sua voz não podia chegar até mim. Ou pelo menos era o que ele queria que pensassem. Ninguém desconfiaria que ele causou as interrupções se tivesse sido vítima delas também.

Mas se ele estava fingindo, por que não falou em voz alta: "Minha transmissão de pensamento acabou de ser cortada" e disse ao dr. Verrick que achava que havia algum problema com a telepatia, que ela parecia estar desaparecendo? Ele não falou nada. Só ficou ali quieto, com uma expressão atordoada.

Ele não está fingindo, pensou ela. Um minuto depois, ele disse: *Briddey, acho que o que aconteceu com você acabou de acontecer comigo.* Ela lhe perguntou o que estava causando aquilo e ele respondeu que não fazia ideia. Briddey acreditou nele.

Quando aconteceu com você, perguntou ele, *foi...?*

Ela foi abruptamente cercada pelo silêncio. *Será que ele havia sofrido outro apagão?*, perguntou-se, mas era óbvio que, daquela vez, ela estava sendo bloqueada. Não conseguia ouvir Trent também... nem as vozes.

C. B.?, chamou, embora fosse claro que não poderia enviar mensagens naquele estado, então disse em voz alta:

— Aconteceu comigo de novo.

— Aconteceu? — indagou C. B., e não havia como ele estar fingindo a confusão e o nervosismo em sua voz e em seu rosto.

Ele não está causando isso, pensou ela. *Tenho certeza. Mas então o que era? Ou quem?*

Maeve, pensou, e ficou feliz por estar bloqueada, e assim nem Trent nem Lyzandra poderem ouvi-la. *Maeve está fazendo isso.*

Maeve tinha prometido que ficaria em seu castelo. Mas também tinha certeza de que suas defesas a protegeriam. Uma mera promessa não a impediria de fazer o que quisesse. Já prometera à mãe uma série de coisas e não cumprira.

Preciso falar com ela, pensou Briddey. Mas não podia enquanto estivesse bloqueada. Quando a interrupção terminasse, Trent e Lyzandra poderiam ouvi-la, e sua prioridade tinha que ser manter Maeve fora do radar deles.

Vou ter que esperar os dois estarem bloqueados ao mesmo tempo, pensou. *Se isso acontecer.* Até aquele momento, as interrupções só tinham durado um ou dois minutos, mas aquela parecia estar demorando um pouco mais.

Talvez, se ficarem mais longas, comecem a se sobrepor, e eu vou poder... pensou ela, e de repente começou a ouvir de novo.

Lyzandra dizia a C. B.: *Acho que minha porta não é forte o suficiente para detê-las*, então ela obviamente não estava bloqueada.

Trent?, chamou Briddey.

Ele está incomunicável, disse C. B. *Presumo que você também estava?*

Até agora. Ficamos bloqueados ao mesmo tempo?

Não tenho certeza. Acho que os bloqueios estão ficando mais longos.

Preciso de uma tranca mais forte, explicava Lyzandra. *E não só uma tranca de segurança. Eu preciso...*

— Aconteceu de novo! — disse Lyzandra.

— Está acontecendo comigo também — interveio Trent.

— O quê...? — perguntou o dr. Verrick, avançando na direção de C. B.

Eu devia ficar para ajudá-lo, pensou Briddey, mas aquilo era mais importante. E podia ser sua única chance de conversar com Maeve enquanto ninguém estava ouvindo. Ela correu para o pátio, trancou-se e chamou a sobrinha: *Quero falar com você agora.*

Nenhuma resposta.

Claro que não, pensou Briddey. *Porque ela sabe o que vou perguntar. Cindy!*, chamou novamente. *Rapunzel! Maeve! Responda imediatamente!*

Ainda sem resposta, e Briddey estava ficando sem tempo. Lyzandra ou Trent sairiam da interrupção a qualquer segundo, ou C. B. poderia notar que ela fora para seu refúgio e...

Não acredito que vocês fizeram isso!, disse Maeve. *Fiquei em meu castelo como C. B. me pediu e não falei com ninguém. Por que vocês me bloquearam daquele jeito?*

TRINTA E DOIS

> *Dessa vez desapareceu bem devagarinho,*
> *começando pela ponta da cauda.*
> Lewis Carroll, *Alice no País das Maravilhas*

Shh, Maeve, disse Briddey na mesma hora, olhando para Lyzandra, Trent e o dr. Verrick. *Não tão alto. Eles vão ouvir você.*

Não, não vão, disse Maeve. *Eu tenho uns quinze firewalls e paredes criptografadas em torno de mim. Você não precisava me bloquear também! Não acredito que fez isso!*

Me conte exatamente o que aconteceu.

Ah, como se você não soubesse!

Eu não sei, disse Briddey. *Juro. Me conte.*

Eu estava ouvindo o C. B. — ele não disse que eu não podia ouvir, só que eu não podia falar — e, de repente, eu não conseguia ouvir nada. Foi como quando seu laptop trava e a tela fica azul, sabe? Eu não conseguia ouvir nada, *nem mesmo os zumbis.*

E depois?

Então gritei com você e C. B., dizendo que não podia acreditar que tinham feito isso. Não é justo!

O que você fez quando não conseguiu ouvir nada?, perguntou Briddey.

Tentei reiniciar, mas não conseguia. Apertei todas as teclas que conhecia...

Todas as teclas?

Isso. Sabe, como num teclado. Não são teclas de verdade, eu só visualizei, tipo os refúgios e o seu rádio. Enfim, visualizei meu laptop e fiz tudo o que dá para fazer quando ele trava, como desligar e ligar de novo, e dei um reset nos códigos-padrão, porque podia ter sido um V-chip ou algo assim. Mas nada funcionou. Mas logo depois o som voltou, assim, do nada.

Quanto tempo durou? Esse período em que você não conseguia ouvir nada?

Muito tempo. Tipo, quinze minutos. Vocês não precisavam ter feito isso. Fiz direitinho o que C. B. me pediu. Ergui a ponte levadiça e baixei o portão, então fui para a minha torre e fiquei lá. Tudo que eu queria fazer era descobrir o que estava acontecendo.

E você não fez nada além de ouvir?

Não!, disse Maeve, com veemência. *Já disse, eu...* Sua voz foi cortada no meio da frase.

Ah, não, agora eu fui bloqueada, pensou Briddey. Maeve ficaria furiosa, pensaria que tinha sido bloqueada de novo. Ela ouviu Lyzandra dizer: *Aconteceu novamente. Por que isso acontece toda hora?* Então percebeu que fora Maeve que tinha sido cortada.

Isso vai deixá-la ainda mais *furiosa*, pensou Briddey, e então: *Tenho que contar ao C. B.*

Mas como? Não podiam correr o risco de serem ouvidos, o que significava que teriam que esperar Lyzandra e Trent serem bloqueados ao mesmo tempo, mas, pelo jeito, no momento nenhum dos dois estava naquela situação. Os dois queriam saber por que as interrupções estavam acontecendo.

— Não sei — respondeu C. B.

— Acho bem difícil — disse Trent. — Como vamos saber que não é você que está provocando isso? — Então se virou para o dr. Verrick. — Ele poderia estar interferindo na telepatia para nos impedir de obter os dados de que precisamos. Toda essa coisa de "ajuda" pode ter sido apenas um ardil para ele nos sabotar... aí está, viu só? Ele só me cortou novamente.

Beleza, menos um, pensou Briddey.

— Se você está interferindo na telepatia dos meus pacientes, sr. Schwartz... — disse o dr. Verrick num tom ameaçador, indo até C. B.

— Ele não está — afirmou Briddey, colocando-se entre eles. — Está acontecendo com a gente também. Não sabemos o que está causando isso.

— É verdade? — perguntou o dr. Verrick.

— Sim — disse C. B. —, mas pensei em algo: Lyzandra foi a primeira a passar por isso. Certo, Briddey?

— Sim — respondeu ela, esperando que fosse isso que ele queria que ela dissesse.

— O.k., aconteceu primeiro com Lyzandra e depois com Briddey — disse C. B., apontando para uma de cada vez —, e então com Lyzandra novamente, e em seguida com Trent...

— Que diferença faz a ordem em que aconteceu? — perguntou o dr. Verrick, impaciente.

— Porque acho que Lyzandra pode ter causado isso.

— *Eu?* — disse Lyzandra, indignada. — Meu dom psíquico é tudo para mim. Por que eu iria...?

— Não intencionalmente — disse C. B. — Dr. Verrick, quando estavam tentando obter informações da srta. Flannigan, você deu um calmante a Lyzandra. Isso diminuiu a capacidade dela de limitar o número de vozes que ouvia, e ela começou a ouvir centenas e mais centenas delas...

— Milhares — disse Lyzandra. — Milhões.

— Exatamente — disse C. B. — De repente, ela passou a ouvir muito mais vozes do que sua mente podia suportar, e a mente dela apagou, como quando um sistema elétrico se sobrecarrega e queima um fusível.

Então Maeve tinha razão, pensou Briddey. *O sistema realmente travou.*

— Mas *eu* não tomei nenhum calmante, nem eles — disse Trent, apontando para ela e C. B. —, então por que também apagamos?

— Porque nós três estávamos telepaticamente ligados a Lyzandra — disse C. B. —, então tanto as vozes quanto sua reação a elas sofreram um efeito cascata vindo dela para a gente, um da cada vez. E, quando a mente dela desligou, a nossa desligou também, como quando um disjuntor desarma, e isso desarma o próximo e o próximo.

Pensei que fosse um fusível, não um disjuntor, disse Briddey a si mesma. *E, se fosse uma resposta à inundação, por que não aconteceu logo, então, em vez de meia hora mais tarde?*

Mas o dr. Verrick não parecia ter achado isso um problema, assim como o restante da explicação de C. B.

— Então à medida que o efeito do relaxante for passando, esses apagões vão ficar mais curtos e depois parar? — indagou ele.

C. B. assentiu.

— Quero saber exatamente quando cada um começar.

E, enquanto C. B. e Briddey treinavam Trent e Lyzandra para entrarem imediatamente em seus refúgios assim que ouvissem as vozes, o dr. Verrick registrava o padrão e a duração das interrupções.

Elas não aumentaram consideravelmente em tempo, mas também não diminuíram, e não voltaram a acontecer com Trent e Lyzandra ao mesmo tempo, por isso Briddey não teve chance de contar a C. B. que Maeve também estava sofrendo as interrupções.

Se é que estava mesmo passando por aquilo. Só porque ela disse isso, não significa que é verdade, pensou Briddey. Era bem capaz que a sobrinha estivesse mentindo. E muito bem. Sendo filha de Mary Clare, ela deve ter ficado craque nisso. Talvez ela tenha inventado toda aquela história só para Briddey não suspeitar dela.

Porque ela sabe que eu lhe diria para parar, que é muito arriscado. E impossível, sendo ela um gênio ou não. Para que a estratégia da menina funcionasse, ela teria que bloquear Trent e Lyzandra por tempo suficiente para convencer o dr. Verrick e Trent de que a telepatia tinha desaparecido de vez, e isso poderia levar dias ou até mesmo semanas, e ela só poderia manter esse bloqueio enquanto estivesse acordada.

E, mesmo que Maeve conseguisse fazer isso, não seria o bastante para persuadir o dr. Verrick. Ele tinha outros pacientes telepáticos, e Maeve não poderia bloqueá-los. Ela nem sabia que eles existiam. Ainda que tivesse ouvido Briddey e C. B. falarem sobre eles, não conhecia suas vozes, então não teria como identificá-las em meio às milhares de vozes que se manifestavam ao mesmo tempo. E já estava sendo difícil para ela bloquear Trent e Lyzandra por mais do que alguns minutos de cada vez.

Ou não. Quando Briddey saiu da interrupção, o médico disse a ela que havia durado quase seis minutos e que a frequência dos intervalos estava cada vez maior.

— Quero fazer um fCAT em todos vocês para ver exatamente o que está acontecendo.

Briddey olhou na mesma hora para C. B., esperando que ele dissesse ao dr. Verrick que não era uma boa ideia, mas ele falou:

— Tudo bem. Talvez isso nos diga alguma coisa.

Veja só o que você fez, Maeve, pensou Briddey, e tentou pensar em alguma forma de dizer a C. B. que ele não deveria concordar com isso, mas o dr. Verrick já estava dizendo:

— Sr. Schwartz, vou levar você e Lyzandra primeiro. Por aqui.

E os guiou pelo corredor.

Por favor, por favor, entre em seu refúgio, C. B., pensou Briddey.

O.k., estou nele.

Você não pode fazer isso.

Eu preciso. Tenho que descobrir o que está acontecendo.

Você não está entendendo, disse Briddey. *Eu acho que...*

E as vozes desapareceram novamente.

Maeve, pensou furiosa, *se você fez isso...*

Mas Maeve não podia ouvi-la. Ninguém podia. Ela foi trancada em uma redoma de silêncio.

Ela fez isso para me impedir de contar ao C. B., pensou Briddey, e com sorte isso significava que Maeve cuidaria para que não aparecesse nada no exame dele. Mas e se os sinais da interferência dela de alguma forma pudessem ser vistos? Briddey precisava falar com ela, mas não podia, e não enquanto estava presa ali.

Posso ligar para ela, pensou. Só tinha que se afastar de Trent e não levantar suspeitas.

Ele pegara o celular assim que os outros deixaram a sala. Briddey esperou que começasse a mandar uma mensagem para alguém e disse:

— Vou dar um pulinho no banheiro. Avise ao dr. Verrick, o.k.?

Trent assentiu vagamente, e ela escapou da sala de testes, seguiu pelo corredor interno, passando pelo consultório do médico, e entrou no outro corredor. Depois foi depressa até uma escada que era igual à daquela primeira vez no hospital.

Pegou o celular, prestou atenção por um instante para se certificar de que ainda estava bloqueada, e ligou para Maeve.

Mary Clare atendeu.

— Sinto muito, Briddey — disse ela —, mas você não pode falar com a Maeve. Ela perdeu o direito ao celular. Está de castigo.

— De castigo?

— Sim. Eu a peguei vendo *Cérebros, cérebros, cérebros!* Ela sabe que não pode assistir a filmes de zumbis e me desobedeceu sem nem pensar duas vezes. Você sabia que ela andava vendo essas coisas?

— Não — mentiu Briddey. — Como você descobriu?

— Eu ia pedir que ela levasse um pouco de sopa para a tia Oona. Estou preocupada com ela, por causa do reumatismo. Liguei hoje de manhã e ela não queria falar com ninguém, e agora não está atendendo o telefone, então achei melhor alguém ir lá ver o que estava acontecendo, mas também não consegui falar com a Kathleen. Enfim, quando fui ao quarto da Maeve para pedir que fosse até a casa da tia Oona, lá estava ela, vendo esse filme horrível de zumbi no laptop. Ela tentou fechar, mas não foi rápida o bastante. Que bom que o filme estava no comecinho. Se tivesse visto o filme inteiro, teria pesadelos por semanas. Por que você precisa falar com ela, afinal?

— Nada importante — disse Briddey, pensando: *Não é ela.* Porque se Maeve estivesse bloqueando as vozes e apenas fingindo ter sido bloqueada, nunca teria deixado a mãe flagrá-la assistindo a *Cérebros, cérebros, cérebros.*

O que significava que o bloqueio era *mesmo* uma espécie de fusível queimado ou disjuntor desarmado, como C. B. dissera.

Mas ele também concordara com o dr. Verrick quando ele disse que as interrupções ficariam mais curtas à medida que o efeito do remédio passasse, o que não estava acontecendo. Briddey ainda estava bloqueada quando voltou à sala de testes, e Trent, que agora estava ao celular com Ethel Godwin, parou de falar só para dizer que tinha deixado de ouvir as vozes mais uma vez. E, quando o dr. Verrick voltou com C. B. e Lyzandra, explicou que as interrupções, primeiro com C. B. e depois com Lyzandra, não o haviam deixado obter resultados conclusivos.

Pior, o apagão de C. B. durara doze minutos, e Lyzandra estava bloqueada há quase dezoito e ainda não mostrava sinais de voltar.

— Não estão diminuindo — disse o dr. Verrick. — Estão se alongando! Qual é a sua explicação para isso, sr. Schwartz?

— Eu não tenho nenhuma — disse C. B. —, a não ser... — Ele pegou uma folha de papel e começou a desenhar um diagrama. — Olha, aconteceu com Lyzandra, depois com a srta. Flannigan e então com Lyzandra novamente...

— Já falamos isso tudo — disse o dr. Verrick.

— E então com o sr. Worth e comigo — continuou C. B., acrescentando linhas de ligação ao diagrama —, e com a srta. Flannigan de novo e, em seguida, com Lyzandra.

— Sim, sim, nós sabemos — disse o dr. Verrick, impaciente.

— Certo, mas observe este padrão. — C. B. mostrou o diagrama. — Começa com Lyzandra e fica voltando para ela. Isso talvez signifique que não era apenas uma cascata, mas um looping de feedback...

Um looping de feedback?, pensou Briddey.

— ... Então, toda vez que viaja de uma pessoa para outra, intensifica o efeito.

— O efeito do quê? Da sobrecarga?

— Ou da reação de Lyzandra — disse C. B. — E se o fluxo de entrada de sinais telepáticos não desarmou um disjuntor, mas acionou algum tipo de inibidor de sinal? Como todo mundo está ligado, essa ação seria comunicada a todos os outros, acionando seus inibidores de sinal também.

— Mas se fosse um inibidor de sinal, inibiria as vozes completamente. Não causaria interrupções intermitentes.

— Causaria se fosse preciso mais do que um inibidor para anular os sinais — disse C. B. — Ou se o mecanismo inibidor fosse muito fraco para sustentar a anulação. Com o looping de feedback — ele desenhou um loop contínuo no diagrama, circulando o nome de cada um deles de uma vez e voltando para Lyzandra —, não só as informações de Lyzandra fluem como cascata para nós três, como nossas reações a elas também. Assim, a cada circuito, a cascata é amplificada, e o número de inibidores aumenta, ou a reação do inibidor se fortalece, ou as duas coisas.

E as interrupções ficariam mais longas e mais frequentes. O que era exatamente o que estava acontecendo.

— Mas isso não afetaria mais ninguém? — perguntou o dr. Verrick.

Ele está preocupado com seus outros pacientes, pensou Briddey.

— Teriam que estar telepaticamente ligados a vocês para que isso os afetasse, certo? — insistiu o dr. Verrick.

— Ou nos ouvindo — disse C. B.

Então por isso Maeve tinha sido afetada. Porque andara nos ouvindo, então se tornara parte do looping de feedback.

Maeve teve um apagão também?, perguntou C. B. e, quando Briddey pediu que não comentasse nada com os outros, ele disse: *Está tudo bem. Lyzandra e Trent estão bloqueados agora. Quanto tempo durou esta interrupção? E há quanto tempo Maeve a teve?*

Briddey explicou e contou que Mary Clare pegara Maeve vendo *Cérebros, cérebros, cérebros*.

Então ela deve estar falando a verdade, comentou C. B., e Briddey percebeu que ele também desconfiara que Maeve pudesse estar por trás dos bloqueios.

Sim, me passou pela cabeça, disse C. B., *embora não achasse que ela pudesse ser capaz disso, apesar de seus fossos, espinheiros e firewalls.*

Mas você seria, disse Briddey.

Não, disso não. Não conheço ninguém que seja.

E quanto a Lyzandra? Não sabemos nada sobre ela. Talvez ela seja mais telepática do que você pensava, e não queira nenhuma competição, então está nos bloqueando...

Não. Posso ler a mente dela, lembra? Lyzandra está completamente atordoada com tudo isso, e morrendo de medo de perder seu "dom psíquico", como ela o chama. E se ela tivesse qualquer habilidade rudimentar de bloquear as vozes, nunca se deixaria ser atingida por elas daquele jeito. Confie em mim, não é ela.

Então não era Lyzandra, e obviamente não era Trent. Ele nem sequer tinha a habilidade de *ouvir* C. B. e Lyzandra, muito menos de bloqueá-los. E, além disso, aquela era a última coisa que ele queria que acontecesse. Então só restava a teoria do looping de feedback de C. B.

Mas C. B. e eu não temos... pensou ela, e rapidamente afastou o restante do pensamento quando percebeu que C. B. fora bloqueado novamente.

Assim que isso aconteceu, ela verificou como estavam Lyzandra e Trent — a mulher havia sido bloqueada e Trent estava preocupado pensando em como daria a má notícia a Hamilton. Em seguida, entrou em seu refúgio e trancou a porta. Só então ela se permitiu concluir o pensamento e avaliar suas implicações.

C. B. dissera que a cascata acionara os inibidores, mas ela e C. B. não *tinham* inibidores. Eles não tinham esses genes. Além disso, ele lhe fizera várias perguntas na sala de testes sobre o que o dr. Verrick dissera sobre o fato de a via neural ser um looping de feedback. Aquelas perguntas e agora esta explicação não podiam ser uma coincidência, e só havia uma razão para ele ter mentido sobre os inibidores serem a causa das interrupções: *ele as estava provocando.*

E as interrupções eram intermitentes porque era tudo o que ele conseguia fazer por enquanto. Estava exausto demais para fazer isso com os três ao mesmo tempo, então inventara aquela história de looping de feedback e, no dia seguinte, depois que dormisse um pouco, bloquearia todo mundo. Menos os outros pacientes do dr. Verrick. Ainda não tinha ouvido suas vozes.

E bloquear apenas Trent e Lyzandra não resolveria nada. E se ele podia bloquear pessoas, por que não tinha bloqueado Trent na manhã do dia anterior, antes que Trent a ouvisse? Então não estariam naquela confusão.

E se C. B. estava fazendo isso, por que ficara daquele jeito na primeira vez que acontecera com ele? *Aquela reação não podia ser fingimento*, pensou, lembrando como ele parecera espantado e assustado. *Mesmo sendo um mentiroso experiente.*

Mas se ele não estava causando aquilo, então por que mentira sobre os inibidores? E por que o tempo de suas interrupções correspondia tão perfeitamente com os exames? Quando o dr. Verrick levou Briddey e Trent para fazer os fCATs, ela foi bloqueada antes mesmo de entrar na sala e o dr. Verrick não conseguiu concluir nada.

Só pode ser C. B. que está fazendo isso, pensou. *Talvez ele tenha algum plano para fazer com que o dr. Verrick traga os outros telepatas aqui para o hospital para poder ouvir suas vozes*, na esperança de que ele tivesse energia suficiente para seguir adiante com aquilo. Quando voltou de um segundo fCAT malsucedido, ele parecia completamente exausto, e Briddey supôs que as interrupções ficariam mais curtas, porque ele não teria energia para sustentá-las.

Mas não diminuíram. À medida que o dia avançava, elas se tornavam mais longas e mais frequentes e, no final da tarde, tinham começado a acontecer com todos os quatro ao mesmo tempo.

— Isso é péssimo — disse Trent. —Schwartz não pode fazer algo para impedir isso? Iniciar um segundo looping de feedback para inibir os inibidores ou algo assim?

Briddey olhou para ele, incrédula.

— Você realmente quer as vozes de volta?

— Não, claro que não, mas e quanto ao projeto? O que vou dizer ao Hamilton? — E acenou o celular para ela. — Ele acabou de me mandar uma mensagem perguntando em que pé as coisas estavam.

Briddey olhou para C. B., que estava checando seu exame com o dr. Verrick, tenso e exausto.

— Diga que não andam muito bem — sugeriu ela.

— Maravilha — disse Trent, com sarcasmo. — Temos menos de dois meses até a Apple lançar o novo celular, eu já disse a Hamilton que estávamos perto de uma descoberta que ia arrebentar com eles, e agora não tenho nada para mostrar. Tudo... meu futuro, minha carreira, meu *trabalho*... depende disso, e *você* acha que eu devia dizer ao Hamilton que as coisas não vão muito bem? Como você acha que ele vai reagir?

— Melhor do que se você tivesse levado sua ideia à frente e esse problemão acontecesse — disse Briddey. — Imagine os anúncios que a Apple e a Samsung fariam: "Pelo menos nossos smartphones não deixam você louco. Ou o matam".

— Nossa, é verdade! Eu não tinha pensado nisso. — Ele olhou para o telefone novamente. — Mas ainda estou na mesma com o Hamilton. Tenho que dar *algum* retorno.

— Diga a verdade, que a telepatia acabou se mostrando perigosa demais, que houve consequências inesperadas que inviabilizariam colocá-la em um celular.

— Não posso dizer isso a ele! Eu garanti que *era* viável... e perfeitamente seguro. E "consequências inesperadas" faz parecer que eu não fui cuidadoso.

O que é verdade, pensou Briddey.

— Então diga a ele que surgiram complicações.

Trent fez uma careta.

— Todo mundo sabe que "complicações" é outra palavra para "desastre absoluto".

Então isso soa perfeito para esta situação, pensou ela.

— Você não consegue pensar em algo que soe menos negativo? — perguntou Trent.

— Que tal "desdobramentos interessantes que precisam ser analisados com mais calma"?

— Ah, isso é bom. Desdobramentos interessantes. Diga ao dr. Verrick que tive que fazer umas ligações. Volto em um minuto.

Ele saiu.

C. B. ainda estava falando com o dr. Verrick. Parecia estar sem forças, o rosto contraído, o corpo todo desmoronando de cansaço.

Ouviram uma batida à porta, e uma das enfermeiras colocou o rosto para dentro da sala.

— Sinto muito interromper, doutor — disse ela —, mas um de seus pacientes está ao telefone. Ele disse que é urgente.

O dr. Verrick assentiu.

— Só vai levar um instante — disse ele, saindo e fechando a porta, provavelmente para poder falar com ela em particular.

Ele deve achar que estamos todos bloqueados, ou ainda não compreende inteiramente o conceito de telepatia, pensou Briddey. Ela podia não escutar a pessoa que havia telefonado, mas ouvia a voz do dr. Verrick. E da enfermeira.

Briddey entrou no pátio, localizou a frequência do dr. Verrick no rádio e em seguida girou o botão de volume.

— É o Michael Jacobsen — ouviu a enfermeira dizer. — Ele diz que perdeu todo o contato mental com sua noiva. A voz dela foi cortada de repente há meia hora, e ele não ouviu mais nada dela desde então.

TRINTA E TRÊS

> *Ser irlandês é saber que, no fim,*
> *o mundo partirá o seu coração.*
> Daniel Patrick Moynihan

O dr. Verrick ligou imediatamente para seus outros dois pacientes telepáticos, os Dowd, e perguntou se tinham notado qualquer diferença em sua habilidade de se comunicar. Não tinham, mas meia hora depois a enfermeira apareceu novamente para informar que alguém chamado Paul Northrup tinha passado por uma "interrupção momentânea".

Naquele momento, Trent e Lyzandra estavam bloqueados durante a última meia hora e Briddey acabara de sair de um silêncio de vinte e quatro minutos que pensou que nunca fosse acabar. *Você ouviu isso, C. B.?*, perguntou.

Sim, respondeu ele, com ar sério. *E, caso você ainda ache que estou por trás disso, eu nem sabia que esse Paul Northrup existia.*

Então como...?

Não sei. Talvez eles estivessem ouvindo também quando a inundação aconteceu, ou...

Ou era *um efeito cascata, e as interrupções estavam seguindo em loop de telepata para telepata, provocando apagão após apagão. E voltando cada vez com mais força.*

Quando saíram do hospital, os períodos de bloqueio de Briddey eram muito mais frequentes do que aqueles em que podia ouvir, e ela não precisou se preocupar com os fcats que o dr. Verrick pedira, ou em mentir para conseguir pontuações ruins nos testes de Zener que ele solicitara.

Como aquele cara nos experimentos da Duke, disse C. B. após o segundo teste. *Você se lembra daquele paciente que o dr. Rhine estava convencido de que era telepático? Ele tinha conseguido pontuações muito altas, mas depois, de repente, elas caíram bruscamente?*

Você me falou que achava que ele tinha deixado de cooperar, disse Briddey.

Sim, mas e se eu estiver errado? E se a mesma coisa que está acontecendo com a gente aconteceu com ele? E se Rhine lhe deu um calmante para "melhorar a receptividade" e isso causou uma inundação que desativou a telepatia?

Existe alguma maneira de descobrir?, perguntou ela, mas, se ele respondeu, ela não conseguiu ouvir. As vozes tinham sido cortadas novamente.

E, aparentemente, o mesmo tinha acontecido com C. B., porque ele disse ao dr. Verrick:

— Olha, acabei de ser bloqueado de novo, e nós dois estamos exaustos. Talvez, se formos para casa descansar um pouco, consigamos nos comunicar novamente.

— *Não* — disse Trent. — Até amanhã isso pode ter passado, e precisamos obter o maior número de dados que pudermos antes disso.

— Esqueça os dados — disse Lyzandra. — Vocês precisam descobrir uma maneira de impedir isso.

O dr. Verrick, então, pediu um imCAT de todos eles.

Mas Trent ainda estava bloqueado, Briddey e C. B. sofreram interrupções com menos de um minuto no aparelho e Lyzandra foi bloqueada antes mesmo de o técnico levá-la para a mesa, então o dr. Verrick acabou enfim por mandá-los para casa.

— Venham amanhã, às nove — disse ele. — Enquanto isso, quero que vocês registrem a quantidade de vezes e a duração dos períodos em que conseguem enviar e receber. E me liguem se esses períodos aumentarem.

— E quanto a mim? — disse Lyzandra. — Devo ir para casa também? Você me trouxe aqui, destruiu meu dom psíquico e agora espera que eu simplesmente volte para Sedona? E se meu dom não voltar? O que vou fazer? Será o meu fim!

O dr. Verrick se virou para falar com ela e Trent disse, já levando o celular ao ouvido:

— Tenho que voltar a Commspan. Hamilton quer me ver.

E saiu.

Ótimo, pensou Briddey. *Isso vai me dar uma chance de ficar a sós com C. B.* Mas quando os dois finalmente escaparam do consultório, C. B. disse:

— Preciso muito voltar ao meu laboratório para ver se consigo descobrir o que está acontecendo. Tem problema se você...?

— Voltar para casa sozinha? — completou ela. — Claro que não. Você acha mesmo que é um looping de feedback, como disse ao dr. Verrick?

— Talvez. Eu acho. Não sei.

— Mas você disse que vias neurais não funcionam assim.

— Normalmente não, mas...

— Mas, mesmo com uma inundação, uma cascata, um looping de feedback ou o que quer que seja, como isso poderia acionar inibidores que não temos?

— Eu não *sei* — disse ele, irritado. — Talvez eu estivesse errado, e nós tenhamos e simplesmente não tivessem sido ativado antes. Ou talvez a cascata esteja transmitindo não só a ordem de acionar os inibidores, mas as instruções para construí-los. — Ele esfregou a testa, exausto. — Ou talvez seja algo completamente diferente.

E a deixou ali parada no saguão do hospital.

Ela ligou para Kathleen e pediu uma carona — não importava mais se sua família descobriria sobre o EED ou não —, mas Kathleen não atendeu. Pensou em ligar para a tia Oona, mas se ela estava de cama com reumatismo, Briddey não devia incomodá-la, e não estava em condições de lidar com Mary Clare, principalmente depois de dar uma olhada em suas mensagens, exigindo saber se Briddey tinha deixado Maeve assistir a *Cérebros, cérebros, cérebros* em seu celular quando tinham ido ao parque.

Pediu um táxi e tentou não pensar na última vez em que deixara o hospital, com C. B. esperando por ela, sorrindo e dizendo:

— Minha senhora, sua carruagem a aguarda.

Ficou um pouco receosa de Mary Clare estar esperando por ela em seu apartamento quando chegasse em casa, mas não estava, e não havia recebido mais nenhuma mensagem dela. Ou de Maeve. Nem mesmo mentais. *As interrupções devem estar ficando mais longas para ela também*, pensou Briddey, olhando distraída para o celular.

Verificou o restante das mensagens, quase esperando que houvesse uma de Kathleen para poder ligar de volta e ouvir uma voz amigável, mas Briddey só recebera uma mensagem de texto de Trent dizendo-lhe para não contar nada do que tinha acontecido para ninguém no trabalho e, quando resolveu ligar para Kathleen mais uma vez, a irmã continuava sem atender.

Briddey concluiu, então, que devia descansar um pouco, mas duvidava que conseguiria — estava cansada demais. E muito fraca. Não tinha comido nada o dia todo.

Talvez seja parte do problema, pensou ela. *C. B. dissera que estados emocionais alterados podiam afetar a telepatia. Talvez a fome pudesse também*, e foi até a cozinha para ver o que havia na geladeira.

Não havia nada de bom para comer, e no armário a situação não estava muito melhor. Tudo que restara após a incursão de Maeve para encontrar comida para os patos era uma lata de milho e uma caixa quase vazia de cereal.

Pelo menos não é Lucky Charms, pensou Briddey, enchendo uma tigela e se acomodando no sofá para comê-lo, mas aquele cereal era tão sem sabor quanto os marshmallows, e suas formas, igualmente indeterminadas. Lembrou-se de C. B. sentado de frente para ela, à mesa da Sala Carnegie, tentando adivinhar o que os marshmallows eram: chapéus verdes, ossos amarelos de cachorro, polvos albinos.

Você está aí?, ela o chamou, mas ou ele estava passando por uma interrupção, ou estava concentrado demais em tentar descobrir o que estava causando aquilo para ouvi-la.

Ou ele não quer falar comigo, pensou ela, não mais com fome, *porque sou a responsável por isso. Lyzandra e seus inibidores podem ter desencadeado a cascata, mas eu abri as comportas. Eu deixei as vozes entrarem.*

Ela levou o cereal que não tinha comido de volta para a cozinha, jogou fora e voltou para a sala.

Você precisa ir para a cama, disse a si mesma, mas continuou ali sentada, esperando que C. B. — ou Maeve — entrasse em contato para dizer que os intervalos sem ouvir as vozes estavam diminuindo. Mas a única voz que escutou foi a de Trent. *Mas que diabos vou dizer ao Hamilton?*, ouviu-o falar, uma pontada de desespero em sua voz. *Talvez eu não tenha que dizer nada. Talvez isso seja apenas temporário e eu possa enrolá-lo até...*

Sua voz foi cortada, mas Briddey nem notou. Quando todo mundo estava tentando convencê-la a desistir do EED, Kathleen lhe enviara algo sobre seus efeitos serem temporários. Poderia ser isso? Será que seu EED tinha perdido o efeito e, como eles estavam todos ligados entre si, isso havia afetado os outros? Se fosse esse o caso, talvez fosse possível refazer o EED...

— Pensei nisso também — disse C. B. quando ela o viu na manhã seguinte no hospital —, mas levaria meses, não dias. E você teria sofrido a primeira interrupção, não Lyzandra. — Ele passou os dedos pelo cabelo, parecendo ainda mais esgotado do que na noite anterior.

— Conseguiu dormir? — perguntou Briddey.

— Não muito — admitiu —, mas o bastante para saber que não estou bloqueando as vozes de forma subconsciente, o que uma parte de mim estava torcendo para ser o caso. E você? Conseguiu dormir?

— Um pouco.

— Ainda está bloqueada?

— Não, mas as interrupções estão ficando cada vez mais longas. — Ela lhe mostrou o gráfico temporal que fizera. — Estão sessenta por cento maiores agora do que os intervalos em que de fato ouço alguma coisa.

— É, as minhas também.

— C. B., me desculpe, *de verdade*. Quando abri a porta, não percebi...

— Eu sei. Não se culpe. Pode nem ter sido essa a causa. Não saberemos ao certo o que aconteceu até o dr. Verrick fazer mais exames. Ele quer tentar fazer outro par de imCATs enquanto os dois pacientes ainda conseguem enviar e receber, embora eu não saiba se isso vai ser possível.

Não foi. Trent e Lyzandra estavam quase totalmente bloqueados no momento e, embora o dr. Verrick tivesse esperado Briddey sair de uma interrupção para começar o exame, ela foi bloqueada de novo segundos depois, e C. B. três minutos depois. O dr. Verrick os informou que esperaria para fazer mais exames "quando a situação melhorasse", e falou que eles podiam ir embora.

C. B. ficou para rever os resultados dos exames com o dr. Verrick.

— Ligo para você assim que eu descobrir o que mostraram — disse ele a Briddey —, mas tudo parece comprovar que a inundação foi a causa. Pesquisei um pouco sobre os santos e descobri um casal que chegou a ouvir vozes várias vezes e, então, passou por algum tipo de experiência religiosa avassaladora, depois da qual "tombaram como mortos"... e, em seguida, não ouviram mais vozes. O que soa muito como uma inundação seguida de um bloqueio.

— E quanto a Joana d'Arc? — perguntou Briddey. — Isso aconteceu com ela?

— Não sei. Olha, falo com você depois — disse ele, e voltou para a sala de testes.

No caminho até seu carro, Briddey pesquisou sobre Joana d'Arc no celular e descobriu, para seu alívio, que Joana continuara ouvindo vozes até o fim. Mas ela era a exceção. C. B. minimizara o número de santos que deixaram abruptamente de ouvir vozes depois de uma "visão" e nunca as recuperaram. Havia pelo menos uma dezena deles. Santa Brígida "não ouvira mais nada daquele momento em diante", nem santa Bega, embora ela tivesse "implorado fervorosamente pelo seu retorno através de penitência, orações e muito pranto", convencida de que tinha perdido a habilidade de ouvir a voz em razão de um pecado que cometera.

Como eu, pensou Briddey.

Ela voltou de carro para a Commspan, trancou-se em seu escritório e tentou trabalhar no ainda inacabado relatório de comunicações interdepartamentais e não pensar no fato de que Maeve ainda não tinha entrado em contato com ela.

Talvez ela esteja bloqueada, como Trent e Lyzandra, pensou Briddey. Mas Maeve ainda podia ligar para ela. A proibição da mãe não faria com que ela deixasse de usar o celular, e na escola ela poderia facilmente pedir emprestado o de Danika.

Briddey telefonou para Mary Clare.

— Ai, que bom, eu ia mesmo ligar para você — disse Mary Clare. — Você teve alguma notícia da Kathleen hoje?

— Não.

— Nem eu, e venho tentando falar com ela desde domingo à noite. Ela não atende.

Porque ela sabe que você quer enchê-la de perguntas sobre essa história de Maeve assistir a filmes de zumbis, pensou Briddey.

— Ela provavelmente esqueceu de ligar o celular. Como está a Maeve?

— Emburrada, porque liguei para a mãe da Danika e falei que a Maeve não podia usar o celular ou o computador da amiga — disse Mary Clare.
O que explica ela não ter ligado. Talvez.
— Você teve notícias da tia Oona? — dizia Mary Clare. — Também não consigo falar com ela.
— Você ainda está preocupada com o reumatismo dela?
— Não, ela disse no Facebook que ia a algum evento das Filhas da Irlanda, mas isso não explica por que não atende o celular.
Talvez ela não queira falar com você também.
— Você não acha que Kathleen faria algo estúpido como fugir com aquele cara da Starbucks, não é? — perguntou Mary Clare.
— De onde você tirou essa ideia?
— No domingo à noite, já bem tarde, ela postou algo sobre encontrar a felicidade onde você menos espera, e você sabe como ela está sempre se apaixonando por alguém que acabou de conhecer, mesmo que eu já tenha lhe dito que isso é ridículo, que não é possível conhecer alguém bem o suficiente para se apaixonar em apenas alguns dias. Certo?
— Preciso ir — disse Briddey. — Tenho uma ligação na outra linha.
Ela desligou e verificou se C. B. tinha ligado enquanto estava falando com Mary Clare. Mas não tinha e, mesmo o dr. Verrick tendo dito que C. B. deixara o hospital à uma, ela não recebeu notícias dele a tarde toda.
Às quatro e meia ela já não se aguentava mais. Recolheu suas coisas, disse a Charla que estava com dor de cabeça e ia para casa e, quando saiu para ir até o laboratório de C. B, ele estava no corredor conversando com Suki, que se apressou na direção de Briddey assim que a viu.
— O que *deu* em C. B.? — sussurrou a mulher, olhando para ele. — Ele está quase apresentável hoje.
E estava mesmo. Usava uma camisa de botão e estava sem fones de ouvido. Também tinha se barbeado, e parecia mais descansado e menos desesperado do que naquela manhã. *Ele descobriu o que está causando as interrupções*, pensou Briddey, se enchendo de esperança.
— Ele foi bastante amigável — dizia Suki. — Será que fez um transplante de cérebro ou algo assim? — Ela continuava olhando para ele, intrigada. — Até que esse C. B. é bonitinho, de um jeito meio nerd, não acha? Ou seria, se tivesse penteado o cabelo. É claro que não é tão bonito quanto o Trent. Por falar nisso, o que está acontecendo com *ele*? Eu o vi mais cedo e ele estava péssimo! Deu algo errado com o Projeto Hermes?
Cuidado, pensou Briddey. *Lembre-se de que está falando com a Central de Fofocas.*

— Não, está tudo ótimo. Trent diz que estão fazendo grandes progressos. Ele provavelmente só está estressado porque há muito o que fazer. Por falar nisso, preciso alcançar C. B. Tenho que falar com ele sobre um aplicativo — disse ela, e correu atrás dele.

— C. B.! — chamou ela. *C. B.!* Mas ele nem sequer diminuiu o passo.

Ela o alcançou em frente à sala de xerox e o puxou lá para dentro, fechando a porta.

— Você descobriu o que está causando isso? — perguntou ela.

— Sim e não — respondeu ele.

Isso é um não, pensou ela e, olhando para C. B. com atenção, percebeu que estava errada sobre sua aparência. Ela achou que ele estivesse melhor, descansado, mas era só resignação.

— Encontrei um estudo sobre pacientes que ouviam zumbidos e se recuperaram espontaneamente — disse ele. — E o padrão é o mesmo... choque emocional seguido pelo desaparecimento do zumbido por períodos progressivamente mais longos e, após um certo período, o silêncio total.

— E o zumbido nunca mais volta?

— Não. Além disso, Verrick ligou há alguns minutos para dizer que os Dowd estão bloqueados desde a noite passada. E, quando fiz um gráfico com a duração das interrupções de todos, eram consistentes com a intensidade multiplicadora de um looping de feedback, então foi definitivamente a cascata que causou isso.

— E isso de alguma forma transmitiu instruções para a construção de inibidores?

— Sim, ou então nossos cérebros providenciaram uma solução alternativa por conta própria.

— Uma solução alternativa?

Ele assentiu.

— Cérebros danificados arrumam soluções alternativas o tempo todo... novos caminhos e conexões para substituir os que foram destruídos. Talvez para sobreviver, nossos cérebros tenham criado algo para substituir os inibidores inexistentes.

— Você disse que o zumbido parou depois de certo período. Quanto tempo?

— Alguns dias.

Alguns dias.

— C. B., sinto muito, eu...

— Está brincando, não é? Você não tem nada com o que se desculpar! Sem as vozes, poderei ir a jogos de beisebol, filmes, restaurantes. E reuniões interdepartamentais — disse ele, sorrindo.

— Não estou pedindo desculpas pelas vozes terem desaparecido, e sim porque você perdeu sua habilidade telepática.

— O importante é que você impediu que o Verrick e seu namorado colocassem suas patas imundas nisso... e na Maeve. E não ser telepático não é de todo ruim. Me permitiu sair desse calabouço. — Ele abriu os braços para indicar a sala de xerox. — Posso comer no refeitório e tudo. Talvez eu até corte o cabelo agora que posso sair em público como uma pessoa normal.

Não, não faça isso, pensou ela. *Eu gosto do seu cabelo.*

Mas ele não podia ouvi-la.

— E finalmente vou poder comprar roupas decentes — disse ele. — Precisarei delas se for fazer entrevistas de emprego.

Ela sentiu um aperto no coração.

— Você vai sair da Commspan?

— Talvez. Não sei ainda. Mas andei pensando que seria bom trabalhar em algum lugar onde eu pudesse me concentrar em limitar as comunicações, e não tentar afogar as pessoas nelas... desculpe, escolhi mal a metáfora. Também andei pensando que seria bom trabalhar em algum lugar quente, não é?

Ela assentiu com tristeza.

— Ei, não faça essa cara. Você disse que queria que as coisas voltassem a ser como eram, não disse?

Eu disse um monte de coisas, pensou ela. *Disse que nunca mais queria falar com você. Disse que não estávamos emocionalmente ligados. Disse que queria que você fosse embora e me deixasse em paz. E nada disso era verdade. Nada disso.*

— Quero dizer, pense bem — disse C. B., descontraído. — Você não vai ter mais que se preocupar em ser espionada no chuveiro ou ter a mente invadida no meio da noite, e eu não terei que ouvir psicopatas, pervertidos e pessoas que não sabem a letra de "The Age of Aquarius".

— Mas você não vai saber o que as pessoas estão pensando...

— Sempre posso perguntar a Suki — disse ele, e de repente ficou sério. — O melhor disso tudo é saber que a Maeve não terá que passar pelo que eu passei, sempre com medo de que alguém possa descobrir seu segredo e vá usá-lo para destruí-la. Ou destruir o mundo. Ela vai poder ter uma vida normal — disse ele.

— Ou tão normal quanto é possível sendo filha da sua irmã. — Ele riu.

Briddey assentiu.

— Ela quer porque quer descobrir quem levou a Maeve a assistir filmes de zumbis.

— Eu sei — disse ele. — Maeve me contou. Ela me ligou ontem à noite.

Mas não ligou para mim, pensou Briddey.

— Expliquei a ela o que estava acontecendo — disse C. B.

— Ela estava chateada?

— Pode-se dizer que sim. — Ele fez uma careta. — Mas consegui convencê-la de que era melhor desse jeito.

Era melhor desse jeito.

— Lyzandra, por outro lado, está ameaçando processar Verrick se ele não devolver o seu dom psíquico. Por falar nisso, prometi ligar para o Verrick para contar o que descobri sobre o zumbido.

Ele abriu um pouco a porta e deu uma olhadinha lá fora — uma ação que a convenceu mais do que tudo até aquele momento de que ele já não ouvia mais as vozes.

— A barra está limpa — disse ele, e seguiu para o elevador, virando-se para falar: — Falo com você amanhã.

Não, pensou ela com tristeza, se dirigindo ao estacionamento para pegar o carro e ir para casa. *Você nunca mais vai falar comigo.*

E ele estava errado sobre demorar alguns dias. No ritmo que as coisas estavam indo, os intervalos em que conseguiam ouvir vozes já teriam tido fim quando ela chegasse em casa.

Ou não. Enquanto subia a escada do seu apartamento, ela ouviu uma voz masculina muito fraca dizendo:

— ... não consegue superar.

C. B.?, chamou ela, esperançosa.

— Tentei fazê-la entender — disse a voz, mas não era C. B., afinal. Não era nenhuma das vozes. Era só alguém descendo as escadas. — Mas ela não aceita que acabou. Eu não consigo perdoar o que ela fez, sabe? — E, após uma pausa, a voz disse: — Não sei o que fazer.

Nem eu, disse Briddey, pensando como passaria a noite. *Você não pode ficar só aqui sentada se perguntando quando será bloqueada pela última vez.* Por enquanto, ela ainda podia escutar as vozes se ouvisse atentamente, um murmúrio bem fraquinho, como costumava ser quando estava dentro de seu perímetro — do perímetro do qual não mais precisava.

C. B.?, chamou. *Maeve?* Mas ninguém respondeu.

Ainda era cedo demais para ir para a cama, então foi até a cozinha, colocou o resto do cereal sem gosto e um pouco de leite em uma tigela e se sentou em frente ao computador.

Havia um e-mail de Mary Clare. Kathleen não havia fugido, afinal. Tinha ido à reunião das Filhas da Irlanda com a tia Oona.

"Aparentemente estão se preparando para algum evento da Herança Irlandesa, e foi por isso que não consegui falar com elas. Ficaram lá o dia e a noite de ontem inteiros, e estão lá o dia todo hoje", dizia o e-mail.

Achei que a tia Oona estivesse de cama com reumatismo, pensou Briddey, desejando que as duas estivessem em casa para poder ir até lá falar com elas.

Continuava cedo para ir para a cama. Ela entrou na internet e pesquisou "zumbido", esperando encontrar um caso que C. B. pudesse ter deixado passar de algum paciente que recuperara os sintomas, mas não encontrou e, depois de uma hora, finalmente desistiu e decidiu se preparar para dormir.

O celular tocou.

— Estava tentando falar com você — disse Trent, impaciente. — Você recebeu alguma mensagem mental minha desde que chegou em casa?

— Não. Por quê? — perguntou ela, ansiosa. Se ele tivesse voltado a ouvi-la, talvez C. B. estivesse errado sobre os efeitos cascata serem permanentes. — Você me ouviu?

— Não — disse ele. — Droga. Eu esperava que você ouvisse o suficiente para que o dr. Verrick fizesse outro imCAT. Assim eu teria o que mostrar ao Hamilton. Aqueles exames anteriores não obtiveram dados suficientes para identificar as sinapses telepáticas. Sem algo que prove definitivamente que a telepatia existe, ele não vai querer investir os recursos de que precisamos para seguir em frente com o projeto.

Seguir em frente?

— Trent, não é possível que você ainda esteja considerando projetar um telefone com comunicação direta! Você viu o que aconteceu quando as vozes...

— Eu sei. — Ela podia ouvir o desgosto em sua voz com a lembrança. — Mas agora que sabemos que há uma maneira de detê-las, sabemos também que deve haver uma maneira de controlá-las...

Maeve estava certa, pensou Briddey, com amargura, vendo as paredes sujas de fumaça do pátio e a pintura descascada da porta. *Se eles tivessem a telepatia em suas mãos, não teríamos como convencê-los a parar.*

— Mas não podemos fazer nada até encontrarmos uma maneira de reativar a telepatia — continuou Trent. — E não podemos fazer isso sem um exame que mostre o que se passa no cérebro durante a comunicação. Schwartz ainda está em contato com você?

— Não.

— Droga. Ele por acaso não falou de mais ninguém que talvez fosse telepático, não é?

— Não. E, mesmo que tivesse falado, as conexões dessas pessoas teriam sido desligadas pela cascata, como as dos pacientes do dr. Verrick.

— Bem, deve haver alguém por aí que possamos usar para fazer os exames necessários.

Como a Maeve?, pensou Briddey. Graças a Deus a cascata tinha eliminado sua habilidade telepática também, ou Trent não teria o menor escrúpulo em transformá-la em cobaia, mesmo ela tendo *apenas* nove anos.

— Precisamos encontrar alguém rápido — dizia Trent. — Não sei por quanto tempo mais conseguirei enrolar Hamilton. Ligue para o Schwartz e explique o quanto isso é crítico, que *precisamos* encontrar um telepata. Droga, não posso acreditar que isso aconteceu! Estávamos tão perto de conseguir a prova de que precisávamos.

Tão perto. Graças a Deus que isso aconteceu no momento certo, pensou ela. *E que afetou a todos.* Caso contrário, estariam dando calmantes aos outros pacientes do Verrick, sem se importar se os matariam ou não. E Trent estaria ocupado projetando seu novo celular.

Tivemos tanta sorte, pensou ela, e lembrou-se de repente de Maeve aparecendo em sua porta no domingo de manhã bem a tempo de salvá-la de Trent. Na época, ela também pensara que tinha sido uma feliz coincidência.

— Você me ouviu? — disse Trent. — Falei para me mandar uma mensagem assim que descobrir qualquer coisa com C. B. É o seu futuro que está na balança, tanto quanto o meu, você sabe.

— Eu sei — disse ela.

Então desligou e ficou ali, pensando: *Não pode ter sido uma coincidência. Ou sorte. O timing era perfeito demais.* E não fazia sentido. Se o apagão realmente tinha sido causado pela reação de Lyzandra às vozes, teria começado no momento em que a sobrecarregaram, não meia hora mais tarde.

E por que isso afetou C. B.? Ele fora atingido pela força total das vozes aos treze anos, sem defesa nenhuma, e *isso* não ativara a criação de inibidores ou soluções alternativas. Então por que agora?

Não aconteceu nada disso, pensou Briddey. *Ele mentiu para você. Está bloqueando as vozes, mesmo tendo dito que não era possível.* Talvez Maeve estivesse ajudando C. B., os dois se revezando no bloqueio, enquanto o outro dormia. Ou talvez C. B. tivesse mentido sobre ser impossível, e ele pudesse bloquear qualquer um e todos, quando quisesse.

Mas se fosse esse o caso, por que ele não impedira Lyzandra de ouvir os pensamentos dela durante os testes Zener? Ou, melhor ainda: por que não impedira Trent de ouvi-la no ponto de ônibus, quando ela gritou chamando por C. B.? E, o mais importante: por que não impediu que ela e Maeve ouvissem as vozes, em primeiro lugar?

Acreditar que C. B. podia bloquear as vozes quando quisesse significava que teria que acreditar também que ele havia deixado que ela quase se afogasse e que Maeve fosse aterrorizada por zumbis, e ela não era capaz de fazer isso. *Ele não é assim,* pensou, decidida.

Além disso, não dava para ignorar a reação dele na primeira vez que viu que tinha sido bloqueado, tão chocado e tão... surpreso. Ela tivera certeza na ocasião — e tinha agora — de que ele não fazia ideia do que estava acontecendo.

Então só restava Maeve. *Mas se ela estivesse fazendo isso e achasse que eu suspeitava dela, inventaria uma história para me despistar.*

E ela não tinha feito nada disso. O único que se comportara assim tinha sido Trent, mandando uma mensagem às onze para perguntar se ela já havia entrado em contato com C. B. e, quando lhe disse que não, enviando outra mensagem que dizia: "Provavelmente no laboratório. Não há cobertura lá embaixo".

Nem em nenhum outro lugar, pensou ela, sem ouvir nada. À medida que a noite avançava, o bloqueio parecia aumentar, levando consigo os últimos vestígios das vozes além do perímetro. E qualquer esperança de que Maeve — ou C. B. — pudesse ser responsável pelo bloqueio.

Às onze e meia, o telefone tocou. *É Trent de novo*, pensou, e então, quando viu o número: *É Mary Clare*. Mas não era nenhum dos dois. Era Maeve.

— Preciso falar com você — disse ela.

— Achei que sua mãe tivesse proibido você de usar o celular.

— E proibiu.

— Então como está me ligando?

— Pela droga do telefone fixo. Tive que esperar ela começar a roncar para ligar. *Detesto* não poder mais falar com você sempre que eu quiser! Não posso fazer *nada*.

— Você ainda está de castigo? — perguntou Briddey.

— Estou — respondeu Maeve, chateada —, e é tudo culpa sua. Se você não tivesse deixado as vozes saírem, nada disso teria acontecido. Não ia ter cascata idiota nenhuma, e eu não teria sido bloqueada, então teria ouvido minha mãe entrar no meu quarto, e ela não teria me pegado. E agora não posso ver *nada* no meu laptop. Ela bloqueou tudo, até mesmo o Hulu e o YouTube, então não consigo ver vídeo nenhum. Você arruinou tudo!

Eu sei, pensou Briddey, e sabia que não adiantaria nada dizer a Maeve — ou a C. B. — que não fizera aquilo de propósito. A questão é que tinha feito. C. B. tentara alertá-la sobre as consequências indesejadas, mas ela não tinha escutado.

— Isso é um saco! — lamentou Maeve. — Quer dizer, os zumbis eram realmente assustadores, e fico feliz em não ter mais que ouvi-los e me esconder o tempo todo, e me preocupar com o que vai acontecer se eu for ao shopping, à escola ou a qualquer outro lugar. Mas tinha uma parte que era divertida. Eu *adorava* ter um castelo e poder falar com vocês...

— Você ainda pode falar com a gente...

— Não é a *mesma* coisa! — queixou-se Maeve. — Eu podia falar com você a qualquer hora! *Odeio* não ter mais isso.

C. B. também, pensou Briddey, *apesar do que me disse.*

Ele odiava ter que se esconder, e a fúria das vozes e testemunhar o lado mais feio da humanidade, odiava ser um excluído e as pessoas acharem que era louco. Mas ainda assim aquela era a sua vida, e a única que ele conhecia. E seu dom — e era *mesmo* um dom, apesar de todas as coisas ruins que vinham junto — o moldara e fizera dele quem e o que ele era: um cara gentil, engraçado, altruísta e incrivelmente corajoso.

E havia partes daquilo que ele amava — o silêncio da madrugada, a Sala Carnegie e a interferência entre os dois.

— E agora *não* ter mais isso é ainda pior do que antes — dizia Maeve —, porque antes eu não sabia como era, mas agora eu sei, e sei como era legal, e sinto muita falta disso, entende?

— Sim — respondeu Briddey, pensando em C. B. sentado ao seu lado no carro, curvado em sua direção na área das estantes, conversando sobre *Garotos e garotas* e Bridey Murphy e aonde iriam passar sua lua de mel.

— Você acha que há alguma chance de a telepatia voltar? — perguntou Maeve, melancólica.

— C. B. acha que não.

— Foi o que eu pensei. — Maeve suspirou. — Eu gostava mesmo dele. Você não vai mais se casar com o Trent, vai?

— Não.

— Bem, pelo menos isso. Tem *certeza* de que a telepatia não vai voltar? Eu estava assistindo *Enrolados* antes de ligar para você, e a bruxa mata o namorado da Rapunzel, e é *horrível*. Na hora, você acha que não tem como eles resolverem isso, mas então Rapunzel começa a chorar e uma de suas lágrimas cai no rosto dele, e saem umas luzes do corpo dele, parecem fogos de artifício dourados, enormes, e ele volta à vida e vivem felizes para sempre.

Não acho que lágrimas possam trazer a telepatia de volta, pensou Briddey. E, como tinha medo de começar a chorar, perguntou:

— Como você estava assistindo a *Enrolados*? Pensei que sua mãe tivesse bloqueado seu laptop.

— E bloqueou, mas descobri um jeito de contornar isso. Você não pode contar nada. Se ela descobrir, vou ficar de castigo *para sempre*!

O que você provavelmente merece, pensou Briddey, mas disse:

— Não vou contar, prometo.

— Você também tem que prometer que não vai contar que vi *Zombiegeddon*, ou... — Ela abaixou a voz para um sussurro. — Tenho que ir. Acho que mamãe acordou. *Odeio isso!* — E então parou de falar.

Odeio isso também, pensou Briddey. *E odeio ter sido a pessoa quem fez isso com você.*

E se ela precisava de mais alguma prova de que sua teoria tinha sido uma ilusão, aquela ligação bastava. Não havia como a sobrinha ter simulado a frustração, a decepção e a tristeza em sua voz.

Embora Maeve atuasse ainda melhor do que C. B. e tivesse conseguido burlar todas as restrições, bloqueios e V-chips de Mary Clare para assistir ao filme que queria. Um filme em que algo morto voltava à vida. Poderia Maeve, após ter jurado segredo a C. B. e sem poder se comunicar de outra forma, estar lhe enviando uma mensagem de que nem tudo estava perdido?

Espero que sim, pensou Briddey, fervorosamente. *Porque, caso contrário, terei que enfrentar o fato de que destruí o dom de C. B. E sua vida.*

Ele nunca mais poderá entrar na Sala Carnegie novamente. Sem a telepatia, os bibliotecários provavelmente o pegariam. E três da manhã não seria mais uma hora mágica e cheia de estrelas no meio da noite. Seria apenas como o que era para F. Scott Fitzgerald e todos os outros — uma hora para se ficar acordado na escuridão da noite, remoendo as coisas terríveis que poderiam acontecer. E as coisas terríveis que você fez.

— A menos que haja alguma outra peça do quebra-cabeça que explique tudo — murmurou ela, e finalmente caiu no sono, um pouco depois de uma da manhã.

Acordou abruptamente em meio a uma escuridão ainda mais profunda, convencida de que tinha ouvido algo, embora o quarto estivesse completamente silencioso. *O silêncio do meio da noite*, pensou, e estendeu a mão para o relógio. Três da manhã, a hora preferida de C. B.

C. B.?, chamou, esperançosa. *Você está aí?*

Nada.

E não era uma voz, pensou ela, olhando para o breu enquanto tentava reconstruir o som em sua cabeça. *Ou um ruído.* Tinha sido uma cessação súbita de som, como quando o ar-condicionado desarma. Ou um carro do lado de fora desligando o motor.

Só que não era do lado de fora, pensou, e soube com uma terrível certeza o que tinha terminado: a sensação de C. B. segurando sua mão e a apertando junto ao coração.

Briddey sentira aquilo pela primeira vez na Sala Carnegie quando acordara e vira que ele ainda estava dormindo, e a sensação estava lá desde então, embora ela não estivesse sempre atenta a isso. Estava lá até quando ela fora bloqueada. E tinha sido por isso que acreditara — apesar de todas as evidências em contrário — que a telepatia não fora embora, que ele e Maeve estavam, de alguma forma, bloqueando-a. Ela sabia que não era possível, mas acreditara porque ele ainda estava lá, segurando sua mão e pressionando-a com força contra o peito. Até aquele momento.

Pensar que aquilo fora a última coisa a ir embora a confortou um pouco. Significava que ele não devia odiá-la completamente por arruinar tudo, embora ela não visse como isso era possível. Ele a resgatara e a protegera, enfrentara inundações e fogo por ela, como Joana d'Arc. Ou o Corcunda de Notre Dame. E ela lhe pegara colocando fogo na catedral. E na biblioteca.

Você estava errado sobre essa coisa das três da manhã, C. B., disse ela, embora tivesse certeza de que ele não podia ouvi-la. E nunca a ouviria novamente. *Fitzgerald tinha razão. Não é a melhor hora do dia. É a pior. Definitivamente a noite escura da alma.*

TRINTA E QUATRO

> *"Então o que foi que aconteceu depois que ele subiu na torre e a salvou?"*
> *"Ela o salvou também."*
> Uma linda mulher

O bom de se chegar ao fundo do poço é que não dá para piorar, pensou Briddey, deitada ali no escuro, ouvindo o silêncio, mas estava errada. Ela nem conseguiu sair do estacionamento na manhã seguinte antes de se deparar com Suki.

— Você está com uma aparência horrível — disse Suki. — Você e Trent terminaram?

Pelo menos ela não tinha perguntado se era verdade que o Projeto Hermes tinha ido para o buraco, o que significava que Trent devia ter pensado em alguma coisa para dizer a Hamilton e todos eles ainda tinham emprego. Por enquanto.

— Terminaram, não é? — dizia Suki, os olhos brilhando de curiosidade.

— É claro que não terminamos. Só fiquei acordada até tarde resolvendo um problema familiar. Por quê? Você estava com esperança de que tivéssemos terminado?

— Não — disse Suki —, embora eu adore o carro dele. E aquelas flores que ele manda. Mas no momento estou de olho em outra pessoa. Você sabe se C. B. Schwartz está envolvido com alguém?

Não mais, pensou Briddey. *Não desde que eu arruinei sua vida.*

— Não sei — disse ela.

— Ele não é gay, né? Os caras bonitos sempre são gays.

Briddey pensou nele na área das estantes, curvado na direção dela, tão perto que ela podia ouvir seu coração batendo.

— Não — respondeu.

— Ai, maravilha! — Suki deu um gritinho. — Ele é judeu, não é? Você sabe se ele é reformista?

— Por que você não pergunta a ele?

— Eu ia pesquisar sobre ele no Google, mas perdi meu celular ontem. Não consigo encontrá-lo em lugar algum — disse Suki, e começou a listar todos os lugares em que tinha procurado. — Peguei um celular emprestado e tentei ligar para o meu aparelho, mas não chamou...

— O que me faz lembrar que preciso retornar algumas ligações — disse Briddey, e se dirigiu ao seu escritório.

— Me avise se encontrar o celular! — gritou Suki para ela. — Você acha que eu devia tentar fazê-lo me chamar para sair, ou devia convidá-lo logo?

E, como se isso não fosse ruim o suficiente, quando Briddey chegou ao escritório, Charla lhe disse:

— Trent acabou de ligar. Quer ver você imediatamente. Deve ser sobre seu EED.

— Me... meu EED? — gaguejou Briddey.

— Sim. Ele parecia muito animado. Aposto que conseguiu adiantar a data das cirurgias.

Ou localizou um telepata que não foi afetado pelo efeito cascata, pensou Briddey, e correu até o escritório dele. Mas, quando chegou lá, a primeira coisa que ele perguntou, depois de pedir a Ethel Godwin para fazer cópias de um relatório, foi:

— Então, Schwartz conhece algum outro telepata?

— Não — respondeu Briddey.

— E imagino que você não tenha ouvido nada na noite passada depois que conversamos, ou teria me ligado, não é?

— Não, desapareceu por completo. E você?

— Não. E nem Lyzandra ou os outros pacientes do dr. Verrick. Acabei de falar com ele, que me disse que nenhum deles ouviu nada desde ontem. Parece que a teoria de Schwartz estava certa, e o trauma das vozes causou uma reação que desativou a telepatia permanentemente.

Então por que você não está chateado?, perguntou-se Briddey. No dia anterior ele estava completamente paranoico com a perspectiva de ter que dizer a Hamilton que a telepatia se fora. Mas agora, não só não estava chateado, como parecia todo animado, como Charla dissera. Por quê? Será que o dr. Verrick de alguma forma tinha conseguido dados suficientes sobre a telepatia a partir dos exames que tinham feito que tornara possível montar o circuito eletrônico para o novo celular?

— Vou precisar da sua ajuda — dizia Trent. — Preciso que você diga por aí que fizemos o EED.

Dizer por aí?

— Mas você disse que queria manter tudo em segredo...

— Isso foi antes do apagão. Agora *precisamos* dizer às pessoas.

— Por quê?

— Fale que fizemos semana passada — disse ele, ignorando sua pergunta —, mas não queríamos contar a ninguém até termos nos conectado. E dê a entender que a conexão é ainda melhor do que você tinha imaginado.

— Não estou entendendo. Por que você iriar querer que alguém soubesse...?

— É tudo parte do plano que bolei. Nós dizemos que fizemos o EED sem que ninguém soubesse e sugerimos que a razão para termos feito tem algo a ver com o Projeto Hermes, que não podemos dizer o que é, mas que vai revolucionar a indústria das comunicações. E, depois, damos uma pista de que aquilo que descobrimos é a telepatia.

Ai, meu Deus, eles conseguiram dados suficientes. Tenho que avisar ao C. B., pensou.

— Então damos a entender que podemos nos comunicar telepaticamente e que encontramos uma maneira de replicar essa comunicação em um celular.

— Mas nada disso é verdade — disse ela. *Eu espero.*

— Não, mas eles não sabem disso. Ou que vamos à gerência dizer que essa coisa toda é uma farsa.

— Uma farsa? — disse Briddey, completamente perdida.

— Sim, vamos dizer à gerência que era tudo uma estratégia, que bolamos isso porque estávamos convencidos de que a Apple tinha plantado um espião aqui na Commspan para descobrir o que o nosso novo telefone tem, e que a coisa toda... fazer os EEDs, a telepatia, os exames... tudo isso era uma distração para pegarmos o espião. E para impedir a Apple de descobrir aquilo em que estávamos realmente trabalhando — finalizou ele, triunfal. — Genial, não é?

Sim, pensou Briddey. A história, sem dúvida, salvaria o emprego dele. E, se houvesse um espião, e o espião relatasse a telepatia para a Apple e eles caíssem, a Commspan teria provas de sua espionagem corporativa e Trent seria o herói da empresa e provavelmente acabaria ganhando aquela sala chique que tanto queria.

Se o plano dele funcionasse. Mas para os EEDs e a telepatia serem uma distração, tinha que haver algum outro projeto do qual queriam desviar a atenção. O que não era o caso. Ela expôs seu ponto.

— Sim, nós temos — disse Trent. E mostrou a Briddey um desenho. — Eis aqui o novo celular da Commspan, o Refúgio. Concebido para protegê-lo do bombardeio diário de ligações e mensagens indesejadas. Ele filtra as pessoas com quem você não quer falar, colocando-as em uma lista permanente de "chamada em espera". Ou, se você simplesmente não quiser falar com elas naquele momento, mandando uma mensagem como "a ligação não pôde ser completada". E, se você já estiver falando com a pessoa e quiser encerrar a ligação, basta apertar uma tecla para emitir um ruído de sua voz falhando.

São as ideias do C. B., pensou Briddey. *É o celular Santuário dele.*

— Tive essa ideia quando aquele enxame de vozes me atacou — dizia Trent.
— Precisamos estar protegidos contra intrusões não desejadas. Precisamos de um refúgio de todas as pessoas e informações que nos bombardeiam. O que você acha?
Acho que você roubou isso de C. B. e nem pretende lhe dar crédito, seu babaca.
— Mas se você acabou de pensar nisso, como vai estar pronto a tempo para competir com o lançamento da Apple? — perguntou ela.
— Não precisamos tê-lo pronto. Você não entende? *Queremos* que o celular da Apple saia primeiro. Dessa forma, eles anunciam que seu telefone oferece um aumento na comunicação e nós dizemos: "Mas não se preocupe. Nós os protegeremos disso".
E quem irá nos proteger de você?, pensou ela, decepcionada. Já era ruim o suficiente ela ter destruído a habilidade telepática de C. B. Agora Trent queria roubar sua ideia para o celular e, pior, provavelmente colocar a Apple na trilha da telepatia. E ainda que a inundação tivesse acabado com ela, ainda podiam encontrar alguém em algum lugar que não tivesse sido afetado — ou podia haver dados suficientes nos exames que o dr. Verrick tinha feito para recriá-la eletronicamente. E a Apple tinha recursos ilimitados...
Tenho que avisar C. B., pensou. *Agora.*
Mas Trent não tinha a menor intenção de deixá-la ir antes de contar todos os detalhes.
— Meu celular também pode falsificar uma chamada recebida, para você poder dizer: "Preciso atender essa ligação". Chamo a função de "Alçapão". O que você acha?
Acho que é o aplicativo S.O.S. de C. B., e você roubou isso também.
— É uma ideia interessante. Olha, Trent, eu preciso ir...
— Não, não ainda — disse ele. — Não te contei tudo. — E pegou as mãos dela.
— Para fazer tudo isso funcionar, precisaremos dizer à gerência que ficarmos juntos fazia parte do plano. Isso porque o EED só funciona com casais emocionalmente ligados, então você se voluntariou a sair comigo para dar credibilidade à farsa.
— Credibilidade? — perguntou ela, distraída, tentando pensar em uma desculpa que pudesse tirá-la dali para poder contar a C. B. o que Trent estava tramando. Um aplicativo Alçapão seria bom. Ou um alçapão de verdade para jogar Trent lá dentro.
— Claro que *nós* sabemos que essa coisa de ligação emocional não tinha nada a ver, ou você nunca teria se conectado com o Schwartz — disse Trent —, mas eles não sabem disso. E, se as pessoas pensarem que estávamos juntos, podem não acreditar que o EED era apenas uma enrolação.
Ele está terminando comigo, percebeu ela tardiamente e supôs que devia parecer um pouco chateada.

— Isso significa que temos que deixar de sair? — perguntou ela.

— Receio que sim, querida. Eles têm que acreditar que tudo não passava de uma armação, ou podem começar a verificar registros de hospital e fazer perguntas ao dr. Verrick, e todo nosso plano poderia desmoronar. Então você pode entender porque é vital que todos acreditem...

— Que foi tudo para o bem do projeto e que você não estava de fato apaixonado por mim. Sim, entendo perfeitamente.

— Ah, que bom — disse Trent. — Fico arrasado por termos que fazer isso, querida, mas há muita coisa em jogo aqui para nos preocuparmos com nossos sentimentos.

Você está certo, há mesmo, pensou Briddey. *E é por isso que tenho que sair daqui para encontrar logo C. B.*

— É claro que, durante os próximos dias, teremos que parecer um casal — disse Trent. — Você precisa começar a dar algumas dicas sutis sobre o EED, talvez algum comentário sobre "quando eu estava no hospital" ou algo assim, e amanhã de manhã vou te enviar flores e ligar para o seu escritório. Charla vai estar lá?

— Sim — disse Briddey, pensando: *Se ainda fôssemos telepatas, eu poderia pedir a Maeve para me ligar agora e me dar uma desculpa para sair.*

— Vou te mandar uma mensagem perguntando se você já sentiu alguma conexão e...

O celular dela tocou. *Graças a Deus*, pensou Briddey, tirando-o do bolso.

— ... você tem que garantir que sua assistente veja, e...

— Me desculpe, preciso atender. É o Art Sampson — disse Briddey ao acaso, levando o telefone ao ouvido.

Trent assentiu.

— Deixe escapar algumas coisas para ele também — disse Trent. — Quanto mais cedo a notícia se espalhar pela Commspan, melhor.

— Pode deixar — disse Briddey, saindo rapidamente do escritório, e encerrando a chamada enquanto andava pelo corredor. Ela correu para o elevador e estava a meio caminho do subterrâneo quando lhe ocorreu que C. B. talvez não estivesse lá. Ele podia estar em qualquer lugar... na sala de xerox fazendo cópias de seu currículo ou flertando com Suki por aí.

Mas, por sorte, ele estava no laboratório, agachado ao lado do aquecedor portátil, que aparentemente continuava quebrado, tendo em vista a temperatura do laboratório, embora C. B. não estivesse usando um casaco, apenas uma camisa de flanela por cima da blusa de *Doctor Who*. Ele tinha tirado a parte de trás do aquecedor de novo e mexia na fiação.

— O que você está fazendo aqui? — perguntou ele, erguendo brevemente os olhos.

— Tenho que falar com você.
— Você pode me passar aquele alicate?
E apontou para uma mesa do laboratório toda bagunçada.
— Sim. Não. É importante.
— Isso também — disse ele. — Poderíamos congelar até a morte se eu não consertar isso.
Ele tinha razão. Estava ainda mais frio ali do que o habitual.
— Qual? — perguntou ela, olhando para a confusão de ferramentas, placas de circuito, medidores e fios.
— O alicate de bico fino ali na ponta.
Ela o entregou a ele, que torceu algo no interior do aquecedor, levantando-se em seguida e limpando as mãos na camisa.
— O que é tão urgente, afinal? O que houve?
Antes, quando você podia ler minha mente, não precisaria perguntar, pensou ela.
— Trent está planejando mostrar suas ideias da Zona Morta e do S.O.S. à gerência e dizer que são *dele*.
— Bem, tecnicamente *são* ideias dele — disse C. B., com tranquilidade. Então se ajoelhou e começou a colocar a placa de volta no aquecedor. — Ou pelo menos da Commspan. Todo mundo que trabalha para a empresa tem que assinar um contrato de cessão de propriedade intelectual para as ideias que surgem enquanto estão trabalhando aqui.
— Mas você devia, pelo menos, levar *crédito* por elas! E essa não é a pior parte. Ele vai contar a todos na Commspan que fizemos o EED e sobre a telepatia e os exames.
— Eu sei — disse C. B., sem olhar para ela. — A ideia foi minha.
— *Sua* ideia? Mas... eu não entendo. Se *houver* um espião corporativo...
— E há — disse ele, encaixando a parte de trás no aquecedor.
— *Há*? Quem?
Ele não respondeu. Estava ocupado tentando ajeitar o painel.
— O espião contará à Apple — disse Briddey — e, se a Apple começar a pesquisar, e se espalhar a notícia de que estão trabalhando em algo que tem a ver com a telepatia, então não importará que não exista mais. Todos vão...
— Não, não vão — disse C. B., finalmente conseguindo encaixar o painel. — Porque só vamos dar à Apple mais ou menos uma semana para morder a isca, e depois espalharemos no Twitter que foi tudo uma farsa da Commspan, e que a Apple caiu e que realmente *acreditou* que a telepatia fosse real. Se eles acreditaram nisso, em que outras bobagens acreditariam? Fantasmas? Comunicação com espíritos? Abdução alienígena?

O que vai desmoralizar a Apple e fazer com que eles — e qualquer empresa de smartphone — tratem a telepatia como se fosse a peste, evitando pesquisar qualquer coisa relacionada ao assunto, concluiu Briddey, *assim como os cientistas após os desastres de Bridey Murphy e dr. Rhine. Isso fará com que a telepatia retorne ao status de pseudociência por mais cinquenta anos.*

— Nós falaremos que foi tudo...

— Uma distração para impedir que a Apple descobrisse o projeto que realmente estávamos desenvolvendo — disse Briddey. — Eu sei. E na verdade esse projeto é o seu celular Santuário.

— Sim — disse ele, aparafusando a parte de trás do aquecedor. — Imaginei que depois do ataque dos insetos rastejantes no hospital, Trent acharia que desligar tudo seria uma boa ideia, e foi o que aconteceu.

— Mas dar a ele as suas ideias...

— Eu tinha que dar *algo* que ele pudesse propor para rivalizar com o novo celular da Apple. O lançamento deles é daqui a menos de dois meses, e tudo que ele tinha era uma história ridícula sobre ouvir vozes, que ele nem pode ouvir mais. O que significava que ia perder o emprego e, se isso acontecesse, sua única forma de vingança seria provar que a telepatia era real. E, com isso, Trent iria continuar investigando, e eu não queria que ele descobrisse sobre a Maeve. Pode me passar a chave de fenda? — pediu ele, apontando.

Ela entregou a chave.

— Obrigado — disse ele. — Dar o Santuário para Trent significa que ele manterá o emprego e estará muito ocupado nos próximos meses para se preocupar com qualquer coisa que não seja o celular, e depois disso ele estará muito ocupado dando entrevistas para a *Wired* e o *The Wall Street Journal* sobre "Como a Commspan mudou as relações de comunicação de Mais, Mais, Mais para Protegendo o consumidor" e preenchendo propostas de emprego na Samsung e na Motorola. Ele não terá um instante sequer para pensar em telepatia. Acredite em mim, dar o Santuário foi um pequeno preço a pagar para tirar os holofotes de cima da gente.

— Mas se é isso que você quer, então vazar a história do EED é a última coisa que devia fazer. Então por que...?

— Eu precisava. Trent já havia contado ao Hamilton, e eu tinha minhas dúvidas de que ele estaria disposto a desistir da telepatia se não fosse assim. Ele achava que tinha um divisor de águas nas mãos. A única coisa que poderia convencê-lo a se contentar com o celular Santuário em vez disso era a ameaça de parecer um idiota.

C. B. estava certo. Se Trent contasse que tivera uma experiência telepática, que depois chegara ao fim, Hamilton se recusaria a aceitar isso. Ele insistiria em levar adiante a pesquisa. Mas se Trent contasse que nunca fora verdade, que tudo não passara de um truque para enganar a competição, ele não ousaria admitir que tinha sido ingênuo o suficiente para cair naquela armação também.

— Mas e se a Apple tiver algo realmente grande e o Santuário não for revolucionário o suficiente para competir com ele?

— Eles não têm.

— Como você sabe?

— Eu posso, quer dizer, eu *podia* ler mentes. E tudo que o novo iPhone tem são defesas para proteger a Nuvem de hackers. Irônico, não é? Além disso, tem uma bateria mais duradoura e uma tela ligeiramente maior.

— Mas então a Apple terá que encontrar algo para combater o Santuário. E para se vingar da Commspan por fazê-los de idiotas. E se eles começarem a investigar e descobrirem que Trent e eu realmente fizemos um EED? Lyzandra está ameaçando processar o dr. Verrick. Se ela...

— Ela não vai — disse C. B., confiante. — Um processo significaria admitir publicamente que ela perdeu seu "dom psíquico". Ela não pode se dar ao luxo de deixar seus clientes saberem disso. Eles a abandonariam em massa.

— Mas eles não vão abandoná-la de qualquer maneira, quando perceberem que ela não pode ler suas mentes?

— Eles não vão descobrir. Quase todo o trabalho dela era feito a partir de leitura fria... além de dizer às pessoas o que elas queriam ouvir. E, quanto ao dr. Verrick, eu estava prestes a cuidar desse problema — disse ele, apertando um interruptor na frente do aquecedor.

Os reparos dele não deviam ter funcionado. Não se ouvia nenhum zumbido de motor, e as bobinas não ficaram laranja, mas C. B. não pareceu notar. Estava muito ocupado tirando um smartphone do bolso de trás e teclando um número. Levou-o ao ouvido.

— Alô, aqui é C. B. Schwartz para falar com o dr. Verrick. Posso ser encontrado neste número.

Então disse qual era, desligou e começou a digitar uma mensagem.

Briddey franziu a testa.

— Você está mandando uma mensagem?

— Não, um tweet — disse ele, continuando a digitar. — E aposto que você vai perguntar desde quando estou no Twitter.

— Não, eu ia perguntar desde quando você tem um smartphone.

— Eu não tenho. Peguei emprestado da Suki. Roubei, na verdade.

Ou Suki o deixou aqui de propósito para ter uma desculpa para falar com ele de novo, pensou Briddey. *E ela sabia que, quando ligasse, ninguém atenderia, porque o celular não funcionava ali embaixo, então ela teria que ir até lá para pegá-lo. Mas então como...?*

— Como você vai enviar um tweet? — perguntou Briddey. — Não tem sinal aqui embaixo.

C. B. clicou em ENVIAR e, em seguida, olhou para ela.

— Ah, sim, quanto a isso — disse ele. — Essa falta de sinal não é inteiramente um fenômeno natural.

Ela olhou para o aquecedor.

— Você tem causado uma interferência na recepção — disse ela.

Não era de admirar que o aquecedor nunca funcionasse bem.

— Sim, tenho — admitiu C. B. —, e acabei de desativá-la. Por isso, se você estava contando em não conseguir receber chamadas aqui, é melhor desligar o telefone. — O celular de Suki tocou. — Me desculpe, eu preciso atender — disse ele.

Briddey assentiu, desligando seu celular antes que tocasse também.

— Dr. Verrick — disse C. B. — O quê?... Devagar, eu não consigo... Devagar... Me desculpe, não entendi a última parte. Você pode repetir? — Ele afastou o telefone do ouvido, clicou no ícone do viva-voz e colocou o aparelho na mesa.

— Eu *falei* — disse a voz ansiosa do dr. Verrick — que vazou!

Vazou?

Briddey se virou para C. B., alarmada, mas ele olhava calmamente para o celular.

— Como você sabe? — perguntou ele.

— Acabei de receber um tweet. Aqui diz: "Notícia de última hora: EEDS tornam pessoas capazes de ler mentes", e há um link para o meu site.

Ah, não, pensou Briddey. *Esta é a ideia de Trent de "algumas dicas sutis"?*

— Você sabe os *danos* que isso pode causar à minha carreira? — gritou o dr. Verrick. — *Ler mentes?* Alguns dos meus clientes são membros da família real. Se a notícia se espalhar...

— Você sabe quem enviou o tweet? — perguntou C. B.

— Aqui diz que foi alguém chamado Gossip Gal, mas sei que é a Lyzandra. É sua maneira de se vingar por ter perdido seus poderes psíquicos.

— Qual é a hashtag? — perguntou C. B.

— EED igual a percepção extrassensorial ponto de interrogação.

— Quando você...?

— Um minuto, vou colocá-lo em espera — disse o dr. Verrick. Houve um breve silêncio, e depois ele voltou, ainda mais agitado. — Recebi mais dois tweets. Mesmo remetente, mesma hashtag. O primeiro diz: "Boatos sobre certo médico famoso de EED fazendo experimentos de percepção extrassensorial em seus pacientes à la Universidade de Duke", e tem um link para a página do dr. Rhine na Wikipédia. — O dr. Verrick parecia completamente fora de si. — E o segundo diz: "Poderia Briddey Flannigan ser a nova Bridey Murphy?".

Briddey engasgou.

— Você sabe quem foi Bridey Murphy? — gritou o dr. Verrick.

— Sim — disse C. B. — Você tem razão, isso é muito sério. Se o seu nome for ligado a uma fraude como essa, isso poderia arruinar sua reputação. Me lembro do que aconteceu com o dr. Rhine. E com Shirley MacLaine, quando ela...

— É por isso que você *tem* que fazer alguma coisa! — gritou o dr. Verrick. — Você tem que impedir que esses tweets se espalhem!

Mas ele não tem como fazer isso, pensou Briddey. *Provavelmente essas mensagens já geraram uma tempestade de retweets.* Provavelmente já havia repórteres ligando para ela, querendo saber se havia vivido vidas passadas. Estava feliz por ter desligado o celular. Mas, assim que subisse as escadas, seria atingida por um novo tipo de inundação e, com a referência a Bridey Murphy, a imprensa acabaria vendo a conexão irlandesa e insistiria em entrevistar a família dela. Incluindo Maeve. *Eu não devia estar aqui embaixo com C. B.*, pensou. *Se nos encontrarem aqui juntos...*

Ela se dirigiu à porta. C. B. segurou seu braço para impedi-la.

— Não vá — murmurou ele e perguntou em voz alta: — Quando você recebeu os tweets, dr. Verrick?

— Agora mesmo, pouco antes de eu te ligar.

— Que bom. Às vezes, é possível apagar tweets depois de terem sido enviados.

— Não, não é... — disse Briddey.

— Shh... — murmurou C. B. para ela, tirando o telefone do viva-voz e levando-o de volta ao ouvido. — Acho que posso deter isso, dr. Verrick, mas temos que agir rapidamente. Caso eu não consiga, quem mais sabe sobre essa coisa da telepatia? — Uma pausa. — Bom. E quem tem acesso aos registros dos testes Zener e dos exames que você fez?

Intrigada, Briddey o observava enquanto ele falava. Havia algo que ela não entendia, algo de errado com toda aquela conversa. Por que ele não havia entrado em pânico com os tweets? Devia ter entrado, a menos...

É claro, pensou ela. *Não foi a Gossip Gal quem tinha enviado os tweets. Fora ele.*

— E quanto aos seus outros pacientes? — perguntava C. B. — Aqueles que mostraram sinais de serem telepáticos? Quanto você disse a eles? — Uma pausa. — Ótimo. Verei o que posso fazer. Não, não me mande os tweets. Eu não preciso deles. Só os delete. Ligo assim que eu descobrir se consegui consertar isso. Nesse meio-tempo, não ligue nem mande tweets ou mensagens para ninguém.

Ele desligou.

— Boas notícias. Ele não contou a ninguém sobre a telepatia... queria esperar até ter resultados definitivos. Então ele disse a todos, inclusive para sua enfermeira, que estava testando o aprimoramento de neurônios-espelho. E a confidencialidade médico-paciente vai impedir que qualquer pessoa coloque as mãos nos exames ou nos resultados do teste Zener, embora eu acredite que há uma grande chance de ele estar destruindo tudo enquanto falamos.

— Graças ao susto enorme que você deu para ele enviando aqueles tweets.

— Imaginei que você fosse perceber — disse ele. — Eu tinha medo de que ele pudesse ter dito aos outros pacientes de EED que testara o que estava fazendo, ou conversado com outros paranormais, mas não... aparentemente Lyzandra foi a única de cabelos vermelhos que ele encontrou. E ele disse aos outros pacientes o que falou, que as emoções que sentiam eram tão fortes que pareciam tomar a forma de palavras. Não disse nada a eles sobre ser telepata, o que significa que eles não falarão nada. E devemos ficar bem.

— Tirando por esses tweets estarem por aí sendo reenviados enquanto falamos.

— Não, não estão — disse ele, curvando-se sobre o celular de novo. — Só os enviei ao Verrick, e acabei de deletá-los do celular dele. — Então bateu no aparelho. — E do de Suki, dentro do intervalo de segurança de dez minutos, e assim não serão reenviados para mais ninguém. Eu falei que o aplicativo "Tem certeza?" era uma boa ideia.

Então mostrou a Briddey a tela do celular, que dizia "tweets apagados" e, em seguida, começou a mexer no celular de novo.

— Tudo que resta a fazer agora é ligar para o Verrick e dizer que consegui. Espere um pouco — disse ele, levando o telefone ao ouvido. — Dr. Verrick? Tenho uma boa notícia. Acho que consegui deletar todos antes que fossem reenviados.

Briddey examinava C. B., pensando em como tinha bolado estratégias inteligentes para lidar não só com o dr. Verrick, mas também com Trent. Mas para quê? Por que todos aqueles artifícios elaborados eram necessários? Ela entendia que ele quisesse manter sua ligação com aquela coisa toda em segredo e proteger Maeve, mas Trent não tinha ideia de que Maeve fosse telepática, e o dr. Verrick nem sabia que ela existia. Então, independentemente de quanto Trent investigasse, ele não era uma ameaça. E a telepatia se fora, o que significava que o dr. Verrick não precisava destruir os registros dos exames e dos testes de Zener.

Então por que C. B. garantiu que ele os destruiria? E por que dera a Trent o projeto para o celular Santuário e uma desculpa que não só evitaria problemas para ele, mas que o transformaria em um herói aos olhos da Commspan?

Ele não está só tentando despistar vestígios que levem a ele e a Maeve, pensou ela. *Há mais alguma coisa acontecendo*. E, embora C. B. já não pudesse ler sua mente, ela pensou: *Preciso ir ao meu refúgio*, e atravessou a porta azul para o pátio.

As paredes ainda estavam sujas de fuligem, e havia poças de água aqui e ali na calçada de lajota, mas ela não as via. Briddey colocou a trava na porta, e então ficou ali olhando perdida para a pintura descascada, tentando descobrir o que C. B. estava tramando e o que sua conversa com o dr. Verrick a fazia lembrar.

Naquela noite, no teatro, pensou ela, *quando ele falou comigo sobre as cataratas do Niágara e Lucky Charms e ir ao vale da Morte em nossa lua de mel, tentando me distrair das vozes.* Ele estava tentando fazer Trent e o dr. Verrick deixarem de pensar na telepatia. Era disso que tudo aquilo tratava — o celular Santuário, os boatos para espalhar, espiões corporativos e tweets, e não era de admirar que não fazia sentido. Era tudo só enrolação para eles não prestarem atenção em outra coisa. Mas em quê?

— Estou noventa por cento seguro de que apaguei todos os tweets — dizia C. B. —, mas, só para o caso de não ter dado certo, talvez seja uma boa ideia ficar longe de repórteres por alguns dias. Você faz cirurgias pelo mundo inteiro, não é? Ah, ótimo, você está bem à minha frente. Grandes mentes pensam igual, não é mesmo?

Eu estava errada, pensou Briddey. *Ele não está só distraindo os dois — ele quer o dr. Verrick fora do país e Trent ocupado projetando celulares e espalhando boatos. E não é do teatro que isso me faz lembrar.* Ela estreitou os olhos em direção à porta trancada, tentando captar a lembrança certa, como se a pintura descascada pudesse lhe dar a resposta. *Tinha sido em outro lugar.*

No carro. Depois que a resgatara do teatro, quando a levava para a biblioteca. C. B. falara com ela sobre recitar poesia e cantar o tema de abertura de *Ilha dos birutas* e "Ode to Billy Joe" para manter as vozes sob controle.

— Mas eu não posso fazer isso para sempre — protestara Briddey, e C. B. dissera:

— São só medidas provisórias até erguermos suas defesas permanentes.

Medidas provisórias. Distrair Trent, tirar o dr. Verrick do país, dar à Commspan e à Apple um novo e reluzente celular em que se focarem, tudo isso eram medidas provisórias para mantê-los afastados, assim como tinha feito com as vozes. *Até ele erguer as defesas permanentes.* E só havia uma coisa para a qual ele precisaria de defesas.

A telepatia não se foi, pensou Briddey. *C. B. está bloqueando as vozes. Ele mentiu para mim quando disse que não podia. E vem fazendo isso o tempo todo.*

Mas se pudesse bloquear as vozes, ele teria feito isso antes de o dr. Verrick realizar os testes e exames, e o dr. Verrick não precisaria destruí-los. E C. B. poderia ter feito isso da sala de testes, e nunca teriam ficado sabendo sobre seu dom. E se pudesse bloquear as vozes, então por que ele precisaria de defesas permanentes? Não fazia nenhum sentido. Ele não podia estar bloqueando as vozes.

Mas está, pensou ela. *E a razão de ele ter tanta certeza de que a telepatia não vai voltar é porque ela não foi embora, para começo de conversa. E não vou sair daqui até ele admitir e me dizer o que está acontecendo.*

Mas se ele não tinha admitido isso a ela antes, não faria agora só porque o confrontaria. Tinha que pensar em alguma outra forma de fazê-lo contar a verdade.

— Você pode contar conosco, doutor — dizia C. B. ao telefone. — Queremos deixar essa coisa toda para trás tanto quanto você. Adeus. Faça uma boa viagem.

E desligou.

— Verrick vai fazer um EED no rei de Tupanga e sua esposa favorita nas ilhas de Sunda Menor — disse a Briddey —, uma área que, pelo que sei, tem uma cobertura bastante limitada. — Ele começou a digitar algo no celular. — E parece que Lyzandra voltou ao seu trabalho em Sedona. — Então levantou o telefone para que Briddey pudesse ver. — Olha.

A imagem na tela era um anúncio de um Seminário do Espírito que seria ministrado durante o verão por Lyzandra, "recém-chegada de um retiro de purificação no Himalaia, onde estudou técnicas antigas para descobrir o que havia nos recantos mais profundos da mente".

Retiro de purificação, pensou Briddey. *Acho que pode ser outra forma de se chamar o que aconteceu.*

— Está vendo? — disse C. B. — Eu falei que não precisamos nos preocupar com ela.

— Então só resta Trent — disse Briddey, e foi até a porta do laboratório. — Ele me pediu para começar a espalhar boatos sobre termos feito um EED, então acho melhor eu ir fazer isso.

— Boa ideia — disse C. B., caminhando até o laptop. — E é melhor eu mandar um e-mail para Suki, avisando que encontrei o celular dela.

— Sim. — Briddey chegou à porta. — A rede de fofocas da Commspan não funciona sem ele.

C. B. começou a digitar o e-mail, os olhos na tela. Briddey abriu a porta do laboratório alguns centímetros e disse: *Se quiser, posso levar o celular da Suki para ela e te poupar uma viagem.*

— Não, está tudo bem. Eu meio que gosto de ir lá em cima, agora que...

Ele parou de falar.

Seus olhos se encontraram.

Briddey sorriu tensa para ele.

— Agora que o quê? Que você não ouve mais vozes? — disse ela.

TRINTA E CINCO

> *As coisas são realmente desesperadoras —*
> *desesperadoras —, mas não são sérias.*
> O caminho do arco-íris

Eles ficaram ali por um longo minuto se encarando, e então C. B. disse:
— Eu estava com medo de você descobrir.
Ele não falou "Eu ia te contar". Ou até mesmo "Escuta, eu posso explicar". E definitivamente não "Que bom que você descobriu. Detestava ter que mentir para você". Só "Eu estava com medo de você descobrir".
Você mentiu para mim, pensou entorpecida. *Assim como Trent.*
Mas definitivamente não era a mesma coisa. A traição vinda de Trent era uma coisa. Aquilo era muito pior. Agora era C. B., em quem ela confiara, por quem ela...
— Eu não descobri — disse ela, feliz por ainda estar com a mão na porta. Assim tinha algo em que se apoiar. — Não até este segundo. Não foi a inundação que bloqueou as vozes, não é? Foi você. Você vem bloquean...
— Shh — sussurrou ele, passando por ela para fechar a porta e trancá-la. *Você contou a alguém que estava vindo aqui?*
Ela fez que não.
Alguém viu você?
— Acho que não...
Shh, mantenha a voz baixa, disse ele energicamente, e encostou a orelha na porta. Prestou atenção por um bom tempo e então disse: *Está tudo bem. Ninguém seguiu você*, mas ele abriu a porta e olhou lá fora de qualquer maneira, checando os dois lados. Então pegou uma placa de ENTRADA PROIBIDA da parede e prendeu-a do lado de fora da porta.
Fechou a porta novamente, trancou-a, prendeu uma segunda placa dizendo PERIGO — ENTRADA PROIBIDA — EXPERIÊNCIA EM ANDAMENTO em sua janela e foi até o aquecedor que não era um aquecedor. Apertou o interruptor, caminhou até o rádio, ligou-o no último volume e depois voltou e fez sinal para ela ir até o meio da sala.

— Você não pode dizer uma palavra sobre isso a ninguém — instruiu ele, a voz baixa. — Principalmente a Trent.

— Você acha que eu contaria a *ele*? — perguntou Briddey, incrédula. — Não acredito que você...

— Não, é claro que não, mas você não entende. Você não pode nem sequer *pensar* nisso. É por isso que eu...

— Por isso que você não me contou — disse ela com raiva. — Porque achou que eu entregaria tudo se soubesse. Então você me deixou pensar que *eu* fui a responsável por destruir a telepatia. Você me deixou pensar que eu tinha arruinado sua vida!

— Olha, eu sinto muito — disse C. B. —, mas foi a única opção que me restou. Havia muita coisa em jogo. Eu não podia deixar que ele descobrisse sobre a Maeve ou... — Ele parou e começou novamente. — Você viu como ele é. Aquele ataque de insetos nem sequer o fez repensar seu projeto. Ele ainda está convencido de que a telepatia é algo que pode controlar, e se desconfiasse minimamente que ainda existe, não descansaria até enfiá-la em seu maldito celular e infligi-la ao mundo inteiro. Era essencial convencê-lo de que havia acabado, e você era nossa melhor chance. Se você pensasse que era verdade, não poderia acidentalmente...

— Entregar o segredo.

— Sim, e ainda é muito importante que você não entregue nada, agora que sabe. Você vai ter que ficar o mais afastada possível de Trent.

— Como? Graças a esse plano de distração de vocês, eu e ele devemos convencer a todos de que somos um casal feliz conectado pelo EED. E eu não posso evitá-lo para sempre.

— Mas não será preciso. Só mais alguns dias.

— E o que vai acontecer, então?

Ele hesitou, parecendo dividido.

— Você já me contou até aqui. Pode muito bem me dizer o resto. O que vai acontecer em mais alguns dias?

— Vou terminar de programar o equipamento de interferência — disse ele.

Ela olhou para o aquecedor. Era por isso que ali embaixo era tão frio. Não era um aquecedor. Era um aparelho para causar interferência de sinal.

— Não — disse C. B. — Aquilo só impede que haja sinal de celular. *Isto* — ele pegou um smartphone do meio da bagunça em sua na mesa — é o que bloqueia as vozes.

— Um *smartphone*?

— Não, parece mas não é. Na verdade é um bloqueador. Ele envia um sinal que bloqueia as vozes. Ou bloqueará assim que eu terminar de escrever o código.

— Então você mentiu quando disse que o bloqueador não funcionou.

— Não. Realmente não havia uma maneira de gerar energia suficiente para bloquear a telepatia de forma permanente para todas as pessoas.

— Mas agora você descobriu?

— Não — disse ele. — Você descobriu.

— Eu...?

— Sim. Uma das muitas consequências não intencionais do seu EED, só que esta acabou se revelando uma coisa boa.

— Eu não entendo. Como...?

— Depois que fez o EED, você me disse que tínhamos que falar em voz alta porque a via neural agia como um looping de feedback.

— E você disse que não.

— E ainda não age. Mas depois da inundação, quando você estava dizendo a Maeve por que ela precisava ficar em seu castelo, você mencionou um looping de feedback de novo, e eu percebi que estava pensando no problema de maneira errada.

Eu sabia que todas aquelas perguntas que ele me fez sobre o looping de feedback não eram uma mera coincidência. E depois ele ainda disse que a inundação havia causado um looping, pensou Briddey.

— Você estava certa, não foi coincidência. Um looping de feedback era a explicação perfeita para as interrupções, fora pela parte de acionar inibidores que não tínhamos... o que você percebeu. Mas estou falando de bloquear as vozes. Percebi que, se eu pudesse criar um looping de feedback, não *precisaria* de toda essa energia. Tudo que eu teria que fazer era colocá-lo em ação, e o looping de feedback faria o resto.

E é por essa razão que ele consegue fazer isso com algo do tamanho de um smartphone, pensou Briddey, olhando para o aparelho na mesa.

— Então ele funciona utilizando aquela coisa de salto em frequência de Hedy Lamarr?

— Parcialmente. Também usa em parte as defesas da Maeve, como os portões zumbis, a floresta de espinheiros e o fosso, e os padrões sinápticos produzidos pela leitura de *Little Dorrit* e *O moinho à beira do rio*, combinados com um mecanismo para realimentar as defesas, que funcionará como o que eu disse a Verrick que estava bloqueando a telepatia. Só que este realmente vai bloquear. — Ele levantou o bloqueador. — Um *verdadeiro* celular Santuário.

Os efeitos do bloqueio se intensificariam a cada ouvinte que o recebesse, a cada volta do looping, até as vozes serem completamente desligadas. E o efeito seria exatamente o mesmo daquele resultante se a história de C. B. sobre a inundação criar uma cascata fosse verdade. A telepatia chegaria realmente ao fim.

— Você está certa, vai chegar ao fim — disse C. B. — Mas se isso impedir Verrick, Trent e todos os outros potenciais exploradores de colocarem suas mãos nela e em Maeve, vai valer a pena.

— Mas...

— E se é com a gente que você está preocupada, ainda poderemos nos comunicar. Só teremos que fazer isso entrando para uma rede social ou baixando algum aplicativo, como as pessoas normais.

Mas ainda terei privado você do seu dom, pensou Briddey.

— Sim, mas poderemos ir ao Carnival Pizza. E a peças.

Mas não à biblioteca.

— Bem, talvez não à Sala Carnegie, mas ainda poderemos ir à Sala de Leitura. E à área das estantes. — Ele sorriu para ela. — E não haverá mais inundações. Ou zumbis.

Ou incêndios, pensou ela, olhando para as mãos de C. B.

— Ou incêndios. O que será ótimo. E, de qualquer maneira, provavelmente é melhor mesmo não haver mais telepatia. Há algumas coisas sobre isso que não te contei... algumas das consequências não intencionais. Confie em mim, ficaremos melhor sem ela.

Ele pousou o bloqueador e foi até o seu laptop.

— Mas isso significa que preciso fazer o bloqueador funcionar, então é melhor eu voltar ao trabalho, e é melhor você começar a espalhar o boato de que você e Trent fizeram o EED. Eu sugeriria começar com Jill Quincy — disse ele, digitando. — Diga a ela: "Isso era para ser um segredo, mas eu *tinha* que contar a alguém", e a faça jurar não contar a ninguém.

— Mas pensei que você quisesse que todos descobrissem...

— Eu quero, e não há melhor maneira de garantir isso do que dizer às pessoas para não contar nada. Principalmente quando se trata das fofoqueiras. Tome cuidado para que ninguém a veja subindo. Ah, e quando você sair, pode prender uma placa de PERIGO: RADIAÇÃO em frente ao elevador para eu não ser interrompido? — pediu ele, virando-se para o laptop.

Aquela claramente era uma deixa para ela ir embora. E estava certo: quanto mais cedo concluísse o bloqueador, mais seguros todos eles estariam. Mas era mais do que isso. Ele parecia ansioso para se livrar dela, como se estivesse com medo de acabar entregando alguma coisa se ela ficasse mais tempo ali.

E, parando para pensar melhor, ele não havia explicado como estava bloqueando as vozes naquele momento. Ou quais eram essas "consequências não intencionais" para que fosse "melhor assim" acabar de vez com a telepatia. Ou como ele estava bloqueando todo mundo, enquanto trabalhava no bloqueador.

Ele ainda está escondendo algo de mim, e não vou sair daqui até descobrir o que é.

Ela foi até ele.

— Como você está fazendo isso? — perguntou Briddey.

C. B. levantou os olhos da tela.

— Fazendo o quê?

— O bloqueio. Se você não terminou o bloqueador, como...?

E o celular de Suki tocou.

— Me desculpe — disse C. B., e atendeu. — Oi, Suki. Sim, encontrei seu celular na sala de xerox. Eu já ia ligar para você. Vou levá-lo aí. — Ele desligou. — Aparentemente, se ela ficar mais de cinco minutos sem ele, vai morrer.

Ele estendeu o aparelho para Briddey.

— Você não se importaria de levá-lo para ela, não é, já que vai subir? Pode aproveitar para contar a ela sobre o EED. Mas terá que se apressar. Ela disse que precisa dele imediatamente.

— Não, ela não disse. Foi o seu aplicativo S.O.S. Você me mostrou como funcionava antes, lembra? E como era útil para escapar de conversas que você não queria ter. Como esta — disse ela, ríspida. — Além disso, você ligou o bloqueador de celular de novo. Não há sinal aqui embaixo.

Briddey bateu o celular de Suki na mesa do laboratório entre eles.

— Você tem que dormir de vez em quando. Então, como está nos bloqueando? E como está bloqueando tantas pessoas? Você disse que cada pessoa a mais que bloqueava era algo exponencialmente mais difícil. E como pode estar bloqueando todo mundo *e* trabalhando no bloqueador ao mesmo tempo?

Ele não está fazendo isso, pensou ela, de repente certa disso. *É outra pessoa, e é por isso que ele tem evitado me contar.*

— É a Maeve, não é? — perguntou ela. — Não acredito que você a deixou fazer isso!

— Eu não deixei. Você está brincando? Ela só tem nove anos! Eu nunca a colocaria em perigo. Além disso, você a ouviu após o incêndio. Eu sabia que, se a deixasse ajudar, ela acabaria deixando escapar alguma coisa e daria a Verrick uma pista para a conexão irlandesa. — Ele balançou a cabeça. — Além disso, Maeve tinha que ir para a aula.

— Então você espera que eu acredite que fez isso tudo sozinho?

Ele não respondeu. Só ficou olhando para Briddey por um longo tempo. *Avaliando se vou cair na mentira que está prestes a me contar*, pensou. *Não*, Briddey disse a ele, *não vou cair. Você me ensinou as Regras da Mentira, lembra?*

— Você tem que ter um parceiro — disse ela em voz alta. — Se não é a Maeve, quem é?

— Não posso contar — disse ele, e Briddey percebeu com o coração apertado que ele não precisava.

Ela já sabia. E não era de admirar que C. B. a andasse evitando. E lhe dizendo que ela não teria mais que lidar com ele. C. B. se conectara a outra pessoa, alguém que não tinha quase exposto seu segredo, que não precisava ser constantemente resgatada, treinada e acalmada — alguém que era um telepata natural, assim como ele. E só podia ser uma pessoa.

Eu devia ter percebido, pensou Briddey. *É assim que ela sabe tudo que se passa na Commspan, porque ela pode ler a mente de todos.* Ele não havia roubado seu celular. Ela lhe dera.

— É a Suki, não é? — perguntou Briddey.

C. B. olhou para ela, incrédulo.

— Suki? A Gossip Girl da Commspan? Você está brincando, não é?

— Isso não é uma resposta — disse ela.

— Você tem razão. Não, não é a Suki. Ela não é telepata natural nem nada do tipo. Ela só é incrivelmente intrometida. E não, ela também não é a espiã da Apple. Você nunca vai adivinhar quem é.

— Quem?

— Ethel Godwin.

— Ethel Godwin? A *secretária* do Trent?

— Ela mesma.

— Mas Trent disse que ela era a discrição em pessoa. E completamente leal.

— Ela é. Leal à Apple. E já contou a eles tudo sobre seus EEDS e o Projeto Hermes e o fato de Trent ter dito a Hamilton que fariam um avanço revolucionário, então será fácil convencê-los de que o celular de comunicação direta é real.

— Mas como...? — começou ela, e então percebeu que C. B. estava simplesmente criando outra distração para não contar quem o havia ajudado. — Se não é a Suki, então quem é? — perguntou ela. — E não diga que não pode me contar, porque não vou deixar este laboratório até você me falar.

— Está bem — disse ele, levantando as mãos em sinal de rendição. — Mas não aqui.

— Como assim não aqui? A porta está trancada, não há sinal, ninguém pode nos ouvir...

— Isso é o que você pensa — disse ele. — Vá para o seu refúgio. Ela não poderá nos ouvir lá dentro.

— Se esta for mais uma das suas distrações...

— Não é. Vá.

Briddey foi, fechando a porta e colocando a trava, então parou para olhar o pátio. O lugar havia sido milagrosamente restaurado ao seu estado pré-inundação, a água e as manchas de fuligem tinham sumido, a porta azul brilhava com tinta fresca e as flores se abriam novamente.

Ela correu para a parede de tijolos aparentes que C. B. escalara antes. Olhou para o alto, esperando, temerosa, ele entrar ali e lhe dizer quem o estava ajudando a bloquear as vozes.

"Ela" dissera ele.

É a *Suki*, pensou ela, ou alguma outra namorada que ele não queria que descobrisse que vinha conversando com Briddey...

— É verdade — disse C. B., atrás dela. — Na verdade, ela vai me matar se descobrir que te contei.

Briddey virou-se. C. B. estava de pé ao lado do banco.

— Ela me fez jurar guardar segredo — disse ele. — Pelo sangue sagrado de são Patrício e todos os santos da Irlanda.

— Todos os...? — disse Briddey, e deixou-se cair no banco. — Você está me dizendo que é a tia *Oona*?

— Sim — disse ele.

Briddey sabia que deveria estar espantada com a revelação de que sua tia-avó era telepática e preocupada por descobrir que ela andava ouvindo tudo sabe-se lá há quanto tempo. E furiosa com C. B. por esconder isso dela e, pior, por fazê-la sofrer achando que tinha destruído a telepatia e arruinado a vida dele. Mas ela só conseguia sentir alívio por ele não ter namorada.

— É claro que não tenho namorada. Como você foi capaz de pensar isso? — Ele franziu a testa. — Talvez a Maeve tivesse razão e eu devesse... — Ele parou.

— Devesse o quê? — perguntou Briddey.

— Nada. Sim, é a Oona. E ela me fez jurar que não contaria a você, então você não pode dizer uma palavra sobre isso. Nem mesmo pensar.

— Mas eu não entendo. Como...?

— O que quer dizer com *como*? A telepatia, obviamente, é uma coisa de família.

— Mas então por que Mary Clare e Kathleen não são telepáticas também?

— Mary Clare é. Desde o dia em que deu à luz a Maeve. Oona tem bloqueado sua irmã para proteger Maeve, ou, como ela diz "para impedir que a pobrezinha da *bairn* fosse sufocada em seu berço".

— E Kathleen?

— Aparentemente terá um início tardio, como você e sua tia-avó. Oona só começou a ouvir vozes aos quarenta anos, e sua mãe...

— Minha *mãe*?

— Sim. A telepatia dela não foi acionada antes dos trinta anos, assim como nenhum "dom psíquico" dos seus antepassados, e foi por isso que Oona não reconheceu os sinais de que estava acontecendo com a Maeve. E, quando ela descobriu, eu já tinha intervindo.

— Mas... — disse Briddey, ainda tentando absorver tudo aquilo. — Por que elas não contaram...?

— Pela mesma razão que eu.

Você pode acabar sendo queimado na fogueira, pensou Briddey.

— Exatamente — disse C. B. — E lembre-se: Oona tinha quarenta anos quando começou a ser telepata e, a essa altura, já tinha tido a chance de observar bem a raça humana em ação. E o juízo que ela faz da humanidade é ainda pior que o meu. — Ele sorriu para Briddey. — Ela também tinha idade suficiente para se lembrar de Bridey Murphy, então sabia exatamente o que aconteceria se as pessoas descobrissem que era telepata.

— Então, ela manteve isso em segredo, assim como você — disse Briddey, e então percebeu que não era bem verdade. — Isso significa que as premonições dela são *reais*?

— Não. Eu já lhe disse, clarividência não existe. Mas é muito mais seguro falar sobre a "visão" do que sobre ouvir vozes, principalmente se você é, como Oona diz, "uma velha solteirona solitária", que é o tipo de pessoa que todos já acham mesmo que é um pouquinho biruta. *E se você é da Irlanda, onde as pessoas têm fama de acreditar em intuições e pressentimentos.*

— Então você está dizendo que era tudo um disfarce para a telepatia dela... os xales, os pés de porco assados e aquele terrível sotaque de Maureen O'Hara?

— *Aye*, moça. Foi tudo uma manobra diversiva. E funciona muito bem. Conseguiu me enganar. Eu nunca teria descoberto que Oona é telepata se ela não tivesse me contado. E eu não podia contar para você porque...

— Ela fez você jurar segredo.

— Sim, e porque Trent e Lyzandra podiam ouvir seus pensamentos, e não tínhamos certeza se poderíamos bloqueá-los cem por cento, então você *tinha* que pensar que a cascata estava destruindo a telepatia.

O que fazia sentido. Qualquer indício de que eles estavam sendo bloqueados ou de que a telepatia ainda existia teria sabotado o plano inteiro.

— Oona também não teria me contado que era telepata se não tivesse sido necessário. Ela me ouviu falando com Maeve e sabia que eu a estava ajudando a entender o que estava acontecendo, mas não tinha certeza se eu sabia como erguer defesas.

Aquele dia na Commspan, pensou Briddey, *em que tia Oona supostamente havia descido até o laboratório para agradecer a ele por ajudar Maeve com seu projeto.*

— Ela precisava descobrir se podia confiar em mim para proteger Maeve das vozes ou se teria que entrar em ação — explicou ele.

Mas assim Maeve descobriria que tia Oona é telepática.
— Sim, e Oona não tinha certeza como Maeve encararia isso... você sabe como ela se sente com relação a ser espionada. Sua tia tinha medo de que Maeve pudesse rejeitar a ajuda dela, e as vozes a sufocassem. Então concordamos que eu faria isso, e ela daria um apoio se fosse necessário.
— E ela deu — disse Briddey. — Você pediu a ajuda dela para bloquear Lyzandra e Trent.
— Errado. Eu também não queria correr o risco de Verrick e Trent descobrirem sobre ela. E, além disso, eu não via como mais uma pessoa bloqueando as vozes ajudaria. Eu não estava mentindo sobre a quantidade de energia necessária para bloquear tantas pessoas indefinidamente, e Oona já estava ocupada bloqueando Mary Clare.
— Mas se você não pediu a ajuda dela, então como...?
— Ela decidiu começar a bloquear as vozes. Sem me falar nada.
— É por isso que você ficou tão espantado — disse Briddey, entendendo de repente. — Por isso que parecia não fazer ideia do que estava acontecendo.
— Certo — disse C. B. — E não fazia mesmo. O que acabou se transformando em uma vantagem. Minha reação não só convenceu você, como também Lyzandra. E Verrick.
— E você vem... o quê? Revezando-se com a tia Oona?
— Juntamente com as outras Filhas da Irlanda.
— As Filhas...?
C. B. assentiu.
— O que ela também não achou necessário me contar... outra razão para eu ter achado que a inundação estava desativando a telepatia. Era a única explicação em que eu podia pensar. Mas acaba que as Filhas são uma organização secreta/ grupo de apoio/ sociedade comunitária para telepatas como Oona...
— E toda aquela história de leituras de poesia irlandesa, sapateado e bancar as casamenteiras é apenas uma tática *diversionista*?
— Em parte, sim. E uma parte é recrutamento. Se minha mãe não tivesse adotado o sobrenome do meu padrasto, não tenho dúvida de que elas teriam me encontrado e me convidado para uma reunião há muito tempo. Outra parte, a mais importante, é a versão irlandesa da Sala de Leitura, em que elas recitam "The Harp that Once Through Tara's Halls" e "The Lake Isle of Innisfree" e leem *Finnegan's Wake*, que talvez seja o melhor dispositivo de filtragem já escrito.
— E são elas que estão bloqueando as vozes? As Filhas da Irlanda?
— E suas filhas. E filhos. Incluindo meu principal rival, Sean O'Reilly, que, além de ter pouco cabelo e morar com a mãe, pode bloquear até seis pessoas de uma vez.

— E todos concordam com isso? Estão dispostos a abrirem mão de serem telepáticos também?

Ele assentiu.

— Eles sabem que é a única solução. Estão todos trabalhando nesse bloqueio ininterrupto, e são muito bons, mas, mesmo chamando os reservas, estão plenamente conscientes de que não podem bloquear as vozes para sempre. E sabem o que vai acontecer se não conseguirem.

— Mas por enquanto estão se revezando com você? — perguntou Briddey, tentando entender como tudo aquilo funcionava.

— Sim, embora na verdade eles estejam cuidando da maior parte do bloqueio para que eu possa trabalhar no bloqueador. E Oona tem bloqueado você e Maeve. Ela disse que não confiava em mim, que eu não ia aguentar e ia acabar te contando tudo, principalmente no turno das três da manhã. — Ele sorriu para ela, melancólico. — Ela provavelmente estava certa.

Então ele não a ouviu abrir seu coração ao pensar nele, ainda bem. Por outro lado, ai, meu Deus!, tia Oona sim.

— Esse foi outro motivo para ela me fazer jurar segredo — disse C. B. — Ela sabe como você se sente com relação à família estar sempre se intrometendo e não respeitar a sua privacidade, por isso não queria que você soubesse que podia ler sua mente.

E que ela vem fazendo isso há anos. Por isso havia sido veementemente contra seu namoro com Trent. Tia Oona podia ouvi-lo, assim como C. B., e sabia o que ele estava tramando. E só estava tentando protegê-la.

— Ela não quer que o resto da família saiba sobre a telepatia dela também — dizia C. B. — Não quer que pensem que ela está se intrometendo.

— Você quer dizer, ela não quer que *a gente* saiba que está.

— Verdade — disse C. B. — Mas ainda assim você não pode contar para ninguém. E não pode *em hipótese alguma* contar para a Maeve.

Me contar o quê?, interveio a voz de Maeve. *Que vocês tinham mentido sobre a telepatia ter acabado?*, perguntou ela, indignada, e Briddey quase podia vê-la ali de pé, com as mãos nos quadris, olhando furiosamente para eles. *Vocês estavam me bloqueando o tempo todo, não estavam? Eu sabia!*

— Há quanto tempo você está nos ouvindo? — perguntou C. B.

Ah, não pergunte isso, pensou Briddey. *Isso só vai deixá-la ainda mais determinada a descobrir o que estávamos falando.*

— Eu quero saber — disse ela em voz alta — o que você está fazendo aqui, Maeve. Este é o meu refúgio, e nós estamos tendo uma conversa particular.

Eu não sabia que era particular, o.k.? Vocês deviam ter pendurado uma placa na porta ou algo assim. E, além disso, eu nem sabia que vocês estavam conseguindo

conversar. Vocês me disseram que aquela multidão de vozes destruiu a telepatia. Mas não destruiu, não é? Vocês só construíram uma boa barricada.
— Sim — disse C. B. — Como você conseguiu passar por ela?
Maeve ignorou a pergunta. *Quero saber por que vocês me bloquearam.*
— Porque C. B. tinha que convencer o dr. Verrick e o Trent de que a telepatia tinha acabado completamente — disse Briddey.
Mas se você queria fazer isso, por que não me pediu?, perguntou Maeve. *Sou muito melhor em bloquear do que a tia Briddey. Sei que todos os tipos de coisas que nós...*
— Não — disse C. B. — Definitivamente não. Eu disse, não podemos deixar que descubram sobre você. Você não pode dizer nem fazer *nada*. Nem mesmo conversar com a gente dessa maneira. Se o que estamos falando acabar vazando...
Não vai, disse Maeve, confiante. *Estamos no refúgio da tia Briddey, e eu tenho a ponte levadiça e tipo uns quinze firewalls. E uma horda de zumbis. Você sabe, como aquela em* Zombiegeddon.
— Não dou a mínima — disse C. B. — Não quero você ouvindo ninguém *nem* falando. Você tem que agir como se achasse que as vozes se foram até eu terminar *minha* horda de zumbis.
Que horda de zumbis?, perguntou ela. *Ah, você quer dizer o bloqueador? Sei tudo sobre isso.*
— O quê? — perguntaram C. B. e Briddey, em uníssono.
Posso ler suas mentes, lembram?
Briddey pensou: *E a primeira coisa que vai surgir na de C. B. é: "Ai, meu Deus, ela vai descobrir sobre a tia Oona".*
— Que bom que você sabe sobre o bloqueador — disse ela, para impedir que a sobrinha ouvisse C. B. — Então ele não precisa explicar isso para você.
Precisa, sim. Por que vocês vão desligar toda a telepatia? Ninguém mais vai poder falar um com o outro.
— É a única maneira de impedir as pessoas de fazerem coisas ruins com ela — disse C. B.
Não, não é.
E agora vamos ter que ouvir o que alguém em Caras e zumbis *ou* A Bela e a Fera *fez para salvar o dia*, pensou Briddey.
— Conversamos sobre isso mais tarde — disse ela. — Agora vá.
Por quê?, indagou Maeve, desconfiada. *Para vocês poderem ficar fofocando?*
— Exatamente — disse C. B.
Sobre o quê?
— Não é da sua conta — disse ele. — Isso é só entre mim e sua tia Briddey.
Ah, entendi. Sexo.

— Não, claro que não... — disse Briddey.

Aposto que é isso que vão fazer. Vocês acham que não sei sobre sexo, mas eu e Danika assistimos a Garotas zumbis enlouquecem *na noite passada.*

— Pensei que você estivesse de castigo — disse Briddey.

Estou. Mas já falei: consegui burlar o bloqueio que mamãe colocou no meu laptop. E na conta que a mãe da Danika tem na Netflix. O que explicava o filme, mas não como tinha deixado Danika entrar em seu quarto.

Ela não estava aqui, disse Maeve. *Estávamos nos falando pelo FaceTime. Se não é sobre sexo, por que não posso ouvir?*

— Porque eu disse que não — disse C. B.

Isso não vai funcionar, pensou Briddey.

— Eu sei — disse ele, e segurou a mão de Briddey. — Mas isso vai. Venha — sussurrou ele.

Sussurrar não adianta para quem é telepata, disse Maeve.

— É verdade — disse ele, e então falou para Briddey, enquanto a empurrava pelo pátio até o armário de madeira desgastado pelo tempo. — É por isso que temos que sair daqui. — Ele abriu as portas do armário, tirou as panelas de barro, empilhou-as no alto, ao lado do rádio, e depois arrancou as prateleiras e largou-as no chão.

O que você está fazendo?, perguntou Maeve.

C. B. não respondeu. Ele entrou no armário e, então, estendeu a mão para Briddey.

Ei, disse Maeve. *Aonde vocês vão?*

— Para Nárnia. Abaixe a cabeça, Briddey — disse ele, e a puxou para dentro do armário.

TRINTA E SEIS

> *Tem alguém à porta.*
> *Devagar, não corra*

Deveria haver o fundo de madeira do armário e, atrás, a parede de tijolos crus do pátio, mas não. Havia uma parede de plástico branca com um painel de controle na altura da cintura. C. B. apertou um botão, e uma porta emitiu um brilho multicolorido e se abriu.

— Porta blindada — disse C. B., afastando-se para Briddey ir na frente. — Me desculpe. É uma relíquia da minha fase *Star Wars*. — Ele entrou depois dela, e os dois chegaram a um corredor de pedra iluminado por uma tocha com uma porta arqueada de madeira no fim. — Minha fase Corcunda de Notre Dame.

— Pensei que você tivesse falado que era uma prisão de segurança máxima — disse Briddey conforme seguiam pelo corredor.

— Meu perímetro é.

Não adianta fugir, disse Maeve. *Vou encontrar vocês.*

— Você estava certo. A telepatia é uma péssima ideia — comentou Briddey.

C. B. sorriu, abrindo a porta de madeira com uma enorme chave de ferro. Liberou a passagem para Briddey, trancou a porta do outro lado e a levou por um corredor com piso de ladrilho. Além de uma cadeira de rodas e um suporte intravenoso.

— Estamos no hospital? — perguntou Briddey.

— Estamos.

— Mas você odeia hospitais.

— Não vamos demorar — disse ele, levando-a pelo corredor que passava pelo quarto em que fora internada.

Ah, por favor, aonde vocês vão?, gritou Maeve.

— Ao vale da Morte — disse C. B.

— *Aonde* estamos indo? — sussurrou Briddey.

— Ao *meu* refúgio — respondeu ele, abrindo a porta da escada para onde ela tinha fugido naquela primeira noite.

— O seu refúgio é aqui? — perguntou Briddey, enquanto desciam as escadas.

— Não — respondeu C. B., passando depressa pelo patamar em que ela se sentara e descendo os degraus até uma porta com uma placa com os dizeres SEGUNDO ANDAR, que abria não para outro corredor do hospital, mas para uma escada diferente.

— Você construiu todas estas camadas de defesa para afastar as vozes? — perguntou Briddey, descendo atrás dele.

— Não. Lembre-se de que fui descobrindo tudo com o tempo, então algumas partes foram apenas tentativas iniciais. E muito disso — disse ele, indicando a escada em que estavam, que ela percebia ser a mesma que levava até seu laboratório na Commspan — está aqui para salto de frequência, para impedir que as vozes descubram onde você está. Eu pretendia ensiná-la a fazer isso na confeitaria enquanto tomássemos café da manhã, mas aí fomos rudemente interrompidos.

Ele a apressou a descer os últimos degraus, passar pela porta que levava ao subterrâneo e seguir até o elevador.

— No momento — disse ele, apertando o botão de subir —, o estamos usando para impedir que uma certa criancinha nos encontre. — E devia estar funcionando, porque não ouviram Maeve reclamar, revoltada, que não era criancinha.

O elevador parou, e eles saíram no corredor pelo qual tinham andado furtivamente depois que a biblioteca fechara.

— Espere — disse C. B. na metade do caminho, correndo para a área dos funcionários. O bolo de aniversário meio comido e o pote de doações ainda estavam na mesa. C. B. começou a abrir gavetas e a revirá-las.

— O que você está procurando? — sussurrou Briddey.

— Isso — respondeu ele, segurando um rolo de fita adesiva e uma lanterna. Então os guardou no bolso, pegou uma folha de papel em cima do balcão, escreveu alguma coisa com um marcador, deixou a chave de ferro no pote de doações e pegou a chave da Sala Carnegie e a mão de Briddey. Depois de apagar a luz, C. B. a apressou pelo corredor escuro até a escada que deveria levar à Sala Carnegie. Mas não. Levava à garagem da Commspan. Não era de admirar que ela não conseguisse ler a mente dele. Ninguém poderia se localizar em meio àquele labirinto de defesas.

— Sim, bem, essa não é a única razão — disse C. B., fazendo-a correr pelas fileiras de carros, os passos dos dois ecoando, em direção à porta.

— Tem mais o quê?

— Falo quando chegarmos lá.

— Chegar aonde? — perguntou Briddey enquanto ele abria a porta. Que dava para a área das estantes.

E, aparentemente, ela se enganara sobre ninguém conseguir segui-los pelo labirinto, porque, antes de chegarem à metade das estantes, Maeve gritou: *Por favor, gente! Me digam aonde vocês estão indo.*

— Havana — respondeu C. B., abrindo a porta para as escadas, puxando Briddey e fechando-a em seguida.

Estavam no saguão do teatro.

Isso não é justo!, queixou-se Maeve enquanto C. B. puxava Briddey e os dois corriam pelo saguão. Briddey tinha a impressão de que a voz de Maeve ficava mais fraca à medida que andavam.

Eles subiram depressa as escadas acarpetadas até a porta do teatro e entraram... saindo na escada que levava à Sala Carnegie. Ele se curvou para destrancar a porta.

Seu refúgio é a Sala Carnegie, pensou ela, emocionada. *Se é que aqui é a Sala Carnegie.*

Era. Quando subiram correndo a escada estreita e passaram pela porta de carvalho, ela viu a lareira, as estantes e a mesa, em cima da qual havia uma caixa de Lucky Char...

É melhor vocês desistirem, disse Maeve. *Vocês não podem fugir de mim.*

— Ah, pelo amor de Deus! — exclamou C. B., empurrando Briddey para dentro da sala e caindo de joelhos em frente ao arquivo de fichas. — Não acredito. Ninguém nunca conseguiu encontrar meu refúgio, nem mesmo sua tia intrépida.

— *Pobrezinha da bairn*, que nada.

Ele afastou o tapete persa de cima das tábuas do piso.

— Vamos. — Então levantou uma seção quadrada do piso de madeira polida, desceu pelo buraco escuro que se abriu e estendeu a mão para Briddey.

Ela desceu atrás de C. B., que fechou o alçapão, e os dois correram pelo que talvez fosse a rua em frente ao apartamento dela, embora estivesse escuro demais para saber.

— Para onde estamos indo? — perguntou Briddey.

— Para o Santuário — sussurrou ele. — Onde nem mesmo Maeve será capaz de nos encontrar. Assim espero.

Os dois dobraram depressa uma esquina e seguiram por outra rua escura até a porta da frente da biblioteca.

— Precisamos nos apressar. Aqui — disse ele, entregando-lhe a lanterna e colando a folha que havia trazido da área dos funcionários. O cartaz dizia: CAIA FORA! ESTOU FALANDO COM VOCÊ, MAEVE! É SÉRIO!

Ele pegou a lanterna com Briddey e abriu a porta. Para a mais completa escuridão.

— Entra. Depressa — sussurrou ele, seguindo atrás dela e fechando a porta.

— Vamos. — Ele procurou a mão dela e a guiou pela escuridão impenetrável.

— Onde estamos? — perguntou ela. — O Buraco Negro de Calcutá?

— Não — respondeu ele, finalmente parando.

— O que aconteceu com a lanterna?

— Está bem aqui. Mas, antes de ligá-la, preciso te contar umas coisas.

— Você *tem* visão de raio X — arriscou ela.

— Não. Estou falando sério, Briddey. A razão pela qual pude ler sua mente e você não podia ler a minha não é só o meu refúgio. Eu vinha intencionalmente bloqueando você porque...

— Porque você estava com medo de que eu o ouvisse pensando em Trent e descobrisse o verme que ele era, e não queria que eu sofresse. Eu sei.

— Esse foi um dos motivos...

— Além disso, eu estava ouvindo as vozes, e você não achava que eu poderia lidar com a ideia de ouvir mais ninguém. E, então, Trent entrou na jogada, e você não queria me enviar nenhum pensamento, porque ele poderia ouvir.

— É verdade, mas não foi só por isso que bloqueei você. Sabe quando eu disse que seria melhor que a telepatia não existisse mais? Bem, eu estava falando sério. É... — Ele parou, respirou fundo e recomeçou. — Você se lembra do que eu disse sobre as coisas terem consequências não intencionais? Bem, a telepatia não é exceção. Sabe quando naquela primeira noite no hospital você...

Aí estão vocês, disse a voz de Maeve vindo da escuridão além deles. *Eu disse que encontraria vocês! Não acredito que vocês tentaram se livrar de mim.*

— E "tentaram" é a palavra-chave — comentou C. B. — Como você chegou até aqui?

Você está brincando? Foi fácil.

— Sim, bem, então deve ser fácil sair também — disse C. B. — Já disse que precisava conversar a sós com sua tia Briddey.

Quer dizer que vocês ainda não transaram? Vocês, pelo menos, se beijaram?

— Isso não é da sua conta — respondeu Briddey. — Beijar é algo parti...

Não é, não, disse Maeve. *Não é nem censurado. Tem beijo em* As doze princesas bailarinas *e em* Frozen *e em* Enrolados.

— Não me importo! — gritou C. B. — *Vai* embora!

— Deixa que eu cuido disso — interrompeu Briddey. — Vai embora — disse ela baixinho — ou vou contar para sua mãe que você assistiu a *Garotas zumbis enlouquecem*.

Você não faria uma coisa dessas!

— E *Terror Zumbi* e *Guerra Mundial Z* — continuou Briddey implacavelmente.

— E *Jogos mortais* — *Renascido: A vingança dos torturadores zumbis.*

Mas eu não *vi esse!*, disse Maeve, indignada.

— *Eu* sei — disse Briddey — e você sabe, mas sua mãe não, e em quem você acha que ela vai acreditar? Então, você já está indo?

Sim, disse Maeve a contragosto. *Odeio os adultos!*, e eles ouviram a porta bater.

— Ela já foi...? — começou Briddey, e ouviu a porta se abrir.

Não que você se importe, mas consertei seu bloqueador idiota!, disse Maeve, e bateu a porta novamente.

— Como assim consertou? — gritou C. B. — Maeve, volte aqui!

Achei que tivessem me mandado ir embora. Vocês precisam se decidir.

— O que você quer dizer com *consertou* o bloqueador?

Quero dizer que consertei. Fiz de um jeito que ainda pudéssemos falar uns com os outros.

— Você fez *o quê?* — perguntou C. B., como se quisesse estrangulá-la. — Maeve, eu juro, se você comprometeu...

Não comprometi nada. O looping de feedback ainda vai desligar Trent e Lyzandra e todas as outras pessoas para que pensem que acabou, e assim não vão poder fazer nada de ruim com ela. Só não vai nos desligar.

— Não vai *nos* desligar? — disse C. B. — Você quer dizer telepatas completos?

— E Briddey lembrou que Maeve não sabia sobre tia Oona e as Filhas da Irlanda, e rapidamente suprimiu esse pensamento para Maeve não ouvi-la.

Ao que tudo indica, ela não ouviu, porque disse: *Sim. Você, eu e Briddey. Não se preocupe. Eu me livrei das partes ruins e só mantive o que era legal.*

— O que quer dizer com as partes ruins? — perguntou C. B.

Você sabe, as vozes assustadoras. Eu as desliguei de um jeito que elas não podem mais voltar, mas mantive todo o resto. Está tudo bem. Ninguém mais vai saber sobre isso. Nem ao menos vão saber que existe.

— E como exatamente você fez isso?

Peguei o que você fez, coloquei atrás de um firewall e, em seguida, desativei... Não sei se consigo explicar para você. É meio complicado. Mas não se preocupe, funciona muito bem, disse ela, indo embora.

C. B. não tentou chamá-la de volta.

— Ah, meu Deus — disse ele. — Se ela andou mexendo no programa e estragou tudo... vamos! — Ele segurou a mão de Briddey e voltou pela escuridão em direção à porta.

— Não temos que voltar por todo o labirinto, certo? — perguntou ela, tentando acompanhá-lo.

— Não, claro que não. Você *sabe* que estávamos no meu laboratório o tempo todo, né?

— Sei — respondeu ela, embora não fosse estritamente verdade... a ilusão tinha sido tão bem-feita. E ainda era.

Quando chegaram à porta e C. B. a abriu para o seu laboratório, ela piscou para se acostumar com a luz repentina e levou um minuto para absorver que, na verdade, estava ao lado da mesa do laboratório, olhando para o smartphone/bloqueador, e não passando pela porta do santuário dele.

Foi um momento que lhe custou muito. Nesse tempo, C. B. tinha fechado a porta, que voltara a ser a parede com a foto pin-up de Hedy Lamarr, o que significava que tinha perdido sua chance de ver como era seu santuário.

C. B. já tinha corrido até o laptop e digitava de maneira ensandecida, o olhar fixo na tela. Linhas de código rolavam, e ele as checava, acompanhando com o dedo, a testa franzida, e depois começava a digitar novamente.

— Ela estragou alguma coisa? — perguntou Briddey, ansiosa.

— Não sei — respondeu C. B., passando o dedo por uma série de números. — Não consigo entender o que ela fez aqui. Ela alterou o código... — E, ao lado de Briddey na mesa do laboratório, o celular que ele tinha roubado de Suki tocou. — Você pode atender? — perguntou ele, os olhos ainda na tela do laptop.

Briddey assentiu e pegou o aparelho, pensando: *Achei que ele tivesse ligado de volta o bloqueador de celular.*

— Ele ligou — disse a voz de Maeve ao telefone. — Descobri uma maneira de contornar isso.

E, pelo visto, uma maneira de conseguir o número de Suki.

— Maeve — disse Briddey, em tom de advertência —, eu já avisei...

— Você disse para eu ir embora. Não disse que eu não poderia ligar para você — disse Maeve, com uma lógica enlouquecedora. — Preciso falar com o C. B. para dizer que não estraguei seu código idiota. Eu *consertei*. Da maneira como ele estava fazendo, levaria uma eternidade, e não poderíamos mais falar uns com os outros, então eu...

C. B. pegou o celular da mão de Briddey.

— Me fala exatamente o que você fez com o programa — disse ele, segurando o telefone contra o ombro e digitando novamente. — Aham... aham... como você...? Uau! Nunca tinha pensado nisso. E o...? Aham... está bem. — C. B. desligou o celular, olhou fixamente para a tela por mais alguns minutos, e então se endireitou.

— Está bem? — perguntou Briddey. — Ela corrigiu o código?

— Não, ela escreveu um programa completamente novo — disse ele, parecendo confuso —, que é, pelo que percebi, um grande aperfeiçoamento do meu. E, pelo visto, ele faz exatamente o que ela disse. Elimina as vozes, mas permite que telepatas completos continuem conversando uns com os outros e desliga completamente os sinais para todas as outras pessoas. — Ele franziu a testa.

— Mas isso é bom, né? — perguntou Briddey. — Isso significa que você não terá que abrir mão de ser telepata? — *E eu não terei arruinado sua vida.*

— Sim, é bom. É ótimo — disse ele, embora não parecesse pensar isso.

— Qual o problema? — perguntou Briddey. — Com as mudanças dela você vai levar mais do que dois dias para terminar o bloqueador?

— Não. Ela já iniciou. Está em funcionamento desde cinco minutos depois de partirmos para o meu refúgio.

— Mas como... ela não estava nem aqui.

— Ela fez isso no laptop dela e enviou para o meu computador. Pelo menos foi o que ela disse... e vamos esperar que ela esteja falando a verdade, porque se não, eu estava errado e a telecinese existe.

O que era um pensamento *muito* assustador, principalmente nas mãos de Maeve, mas era impossível ficar preocupado com isso, ou com qualquer outra coisa. O bloqueador estava concluído e funcionando, e a telepatia tinha desaparecido oficialmente do radar do mundo. Nem ela, nem Maeve, nem os clientes da Commspan correriam perigo com as vozes novamente. A telepatia voltaria ao reino das teorias malucas de internet e filmes de ficção científica, e os telepatas se veriam livres das vozes e poderiam ir a cinemas, shoppings e confeitarias kosher, mesmo quando estivessem cheios. E tia Oona e o resto das Filhas da Irlanda poderiam interromper o bloqueio e voltar às suas atividades casamenteiras ou a forçar sobrinhas-netas a fazerem aulas de dança irlandesa.

E C. B. não teria que ser interrogado, examinado nem forçado a fornecer informações a ninguém, pensou Briddey alegremente. *Nem ser queimado na fogueira. Ele está seguro, e nossos problemas acabaram.*

— Tomara que sim — comentou ele. — Ainda tem a Maeve. E...

— Mais cedo ou mais tarde ela vai descobrir como você fez o bloqueio, e, quando isso acontecer, será apenas uma questão de tempo até ela perceber que a tia Oona é telepata... ou pior, que Mary Clare é, e ela vai surtar completamente.

— Sim, bem, ela pode não ser a única a surtar — murmurou C. B., olhando seriamente para Briddey. — Lembra no hospital quando você estava tentando entender por que tínhamos nos conectado, e você disse que podia ter sido uma interferência?

— Você me disse que não era.

— Não era — disse ele —, mas...

O celular de Suki tocou, e Briddey o atendeu.

— Maeve, pensei ter dito para você não ligar de novo.

— Eu sei, mas tenho algo para falar com vocês.

— O quê? — disse Briddey com firmeza. — E seja rápida.

— O.k., não fique *brava*. Achei que vocês já teriam acabado de se beijar a essa altura.

Nós ainda nem começamos, pensou Briddey, *graças a você*.

— O que você precisa me dizer?

— É sobre a tia Oona.

Ah, não. Não me diga que a Maeve descobriu sobre ela.

— Ela quer saber se você pode vir jantar amanhã à noite. Para comemorar o noivado da Kathleen.

— Noivado? — indagou Briddey, perplexa. — Ela ficou noiva daquele cara do Lattes'n'Luv? Pensei que ele já fosse noivo.

— Não *dele* — corrigiu Maeve. — Do Sean O'Reilly.

— Sean O'Reilly? — repetiu Briddey, olhando com perplexidade para C. B. — O bom rapaz irlandês com quem a tia Oona queria que eu saísse?

— Isso, só que ele não é bem um rapaz. Já é meio velho. E careca. A tia Oona e a Kathleen foram para um evento da Herança Irlandesa em que estavam trabalhando, e ele estava lá, e eu não sei o que aconteceu...

Aposto que eu sei, disse C. B. *E aposto que você e a Maeve não são as únicas Flannigans com habilidades telepáticas recém-adquiridas.*

E se isso acontecera *mesmo* com Kathleen, e Sean O'Reilly tivera que resgatá-la e ensiná-la a erguer suas defesas...

— De qualquer forma, eles estão noivos — disse Maeve. — Mamãe está tendo um ataque. Ela disse que ninguém pode se apaixonar tão rápido, mas eu acho que pode.

Eu também, pensou Briddey, sorrindo para C. B.

— Quer dizer, Rapunzel e Flynn Rider se apaixonaram em dois dias, e em *O diário da princesa zumbi*, Xander se apaixonou por Allison em, tipo, uns cinco minutos, mas isso porque não se tem muito tempo quando um monte de zumbis está atrás de você.

Não, não tem.

— Então, enfim, a tia Oona está convidando todo mundo para jantar — disse Maeve. — Ela vai fazer carne em conserva e repolho, e disse para chamar você. Ela falou que você não precisa vir se não quiser.

— É claro que eu quero ir — disse Briddey. — Diga que vou levar pão irlandês. E pés de porco assados.

— Você pode levar o C. B. também, se quiser — disse Maeve. — Já perguntei para a tia Oona.

— Não sei — disse Briddey, olhando para ele com um ar de dúvida.

— Eu adoraria ir — disse ele.

Tem certeza? Você já passou por um interrogatório...

— Não, fique tranquila, já cuidei disso — disse Maeve. — Quando a tia Oona me disse para chamar você, perguntei: "Posso convidar o C. B.? Ele me ajudou com meu projeto de ciências". A tia Oona respondeu que sim, então ela acha que é por isso que ele vai, e dessa forma ninguém vai perguntar desde quando vocês estão namorando e o que houve com o Trent e se vocês vão se casar.

— E o que você quer em troca por ter feito isso por mim?

— Sair do castigo.

— Está bem — disse Briddey. — Vou falar com a sua mãe hoje à noite. Tchau. E chega de ligar.

Então desligou o celular.

— Você tem *certeza* de que quer ir jantar com a minha família? — perguntou a C. B.

— Absoluta. Isto é, se você ainda quiser que eu vá depois de ouvir o que tenho a dizer. — Ele respirou fundo. — Maeve disse que se livrou das partes ruins e só manteve o que era bom, mas isso não é totalmente verdade. Há coisas intrínsecas à telepatia que não podem ser eliminadas sem que se elimine a telepatia também.

— Então, no fim das contas, não poderemos falar um com o outro?

— Não, poderemos falar, sim. Mas quando sinais telepáticos ficam muito estreitamente alinhados, isso provoca interferência, particularmente linha cruzada.

— Não entendo — disse Briddey, sentindo um arrepio de medo. — Você está dizendo que as vozes não foram desligadas? Que vão voltar se nós...?

— Não — apressou-se C. B. em tranquilizá-la. — Não, o bloqueador as desligou para sempre. Mas... você disse que uma das razões para eu tê-la bloqueado era porque não achava que você conseguiria lidar com mais nenhum pensamento. Você está certa. Achei que você não poderia. Mas não era com os pensamentos comuns, do dia a dia, que eu estava preocupado. Era...

— Era o quê? — indagou Briddey.

— A interferência. E o problema é que não é como uma interferência eletrônica, que você pode corrigir ou remover. Essa é parte essencial da telepatia. E, mesmo que os parceiros sejam loucos um pelo outro, há um limite para o quanto de honestidade e franqueza a raça humana pode aguentar. Talvez seja por isso que desenvolveram inibidores, porque *não podiam* lidar com isso, e eles perceberam que se livrar disso era a única maneira de sobreviver. Eu não estava brincando quando disse que a telepatia não é exatamente uma característica útil para a sobrevivência.

— C. B. — interrompeu Briddey. — Não faço a menor ideia do que você está falando, ou o que tudo isso tem a ver com interferência.

— Eu sei. Sinto muito. O que estou tentando dizer é... Bem...

O celular tocou.

Briddey atendeu.

— Maeve, eu falei...

— *Eu sei*, mas esqueci de dizer uma coisa para o C. B.
— O que é?
— Preciso dizer para ele.
Briddey entregou-lhe o telefone.
— É para você.
Ele ouviu por um minuto e então disse:
— Você acha mesmo que eu deveria? Mas e se ela...? — Após uma pausa, ele disse: — Sim, acho que você deve ter razão.
Ele entregou o celular de volta à Briddey. Maeve disse:
— Seria muito mais fácil se me deixasse falar com vocês pela mente, e não pelo telefone.
— Não — disse Briddey com firmeza. — Agora vai embora. E chega de ligações. Ou de ficar ouvindo. Estou falando sério. — E desligou.
C. B. estreitava os olhos para ela, como se tentasse se convencer de alguma coisa.
— O que exatamente a Maeve lhe disse para fazer agora? — perguntou Briddey.
— Isto — disse ele, e a beijou.
O mundo se desfez — e não era só o beijo, que Briddey percebia agora que queria desde que o vira lá no hospital, esperando para levá-la para casa. Era o que acontecia dentro da sua cabeça. Ela estava sentindo os sentimentos de C. B., ouvindo seus pensamentos. Estava fazendo o que nunca tinha achado que fosse ser capaz de fazer. Ela estava lendo a mente dele. E ele, a dela.
Queria fazer isso desde..., dizia ele; ... não me atrevia... medo de que você não... quer dizer, como você poderia?... bonita e inteligente demais até mesmo olhar *para alguém como eu, que dirá...*
E ela dizia... *pensei que tivesse perdido você... pensei que nunca mais conseguiríamos nos falar...*
E os dois falavam ao mesmo tempo, seus pensamentos e sentimentos se emaranhando até ser impossível dizer qual era de quem: *... pensei que tivesse arruinado tudo e você não me amasse mais... como você poderia* pensar *isso?... pensei que era por isso que você estava me bloqueando, porque não conseguia me perdoar... bloqueando você porque tinha medo de que, se você soubesse como eu me sentia... na área das estantes... tão perto... tão bonita... você também... sim, sim, eu sei o que você acha do meu cabelo bagunçado... Eu* adoro *seu cabelo!*
Seus pensamentos fluíam juntos em uma torrente incoerente de alívio, alegria e prazer, colidindo, chocando-se, dando voltas em uma cascata de explicações e um desejo tão avassalador, tão transbordante quanto as vozes, mas maravilhoso, maravilhoso, maravilhoso, e ela estava afundando, ia se afogar...

Ela saiu do beijo como um nadador que chega à superfície e cambaleou para trás, batendo na mesa do laboratório, tateando em busca de apoio.

— O que foi *isso*? — disse ela com voz trêmula.

— Eu lhe disse, quando os sinais ficam muito estreitamente alinhados, isso causa uma interferência...

— Interferência? — disse ela, sem fôlego. — Pensei que você estivesse falando de algumas palavras ou frases que passariam, mas isso foi...

— Um dilúvio. Eu sei. Me desculpe. Eu não deveria ter...

— Isso vai acontecer o tempo todo? — perguntou Briddey, ainda com dificuldade para respirar. Porque se fosse...

— Não, só quando há contato sexual. Sabe, beijar ou dar uns amassos ou...

— Mas achei que você tivesse me dito na biblioteca que o sexo desligava as vozes.

— As *outras* vozes — disse ele. — Não as das pessoas envolvidas. Na verdade, tem uma espécie de efeito oposto sobre elas.

Esse é o eufemismo do ano, pensou Briddey.

C. B. olhava para ela com ansiedade.

— Você está bem?

— Não sei — disse ela sinceramente. — Eu nunca... — Ela levou a mão trêmula ao peito. — Foi tão...

— Sim, eu sei. É bastante... avassalador. Ainda mais do que eu pensava que seria, e entendo perfeitamente se você não quiser mais nada com isso. Ou comigo. Depois de tudo o que você passou, ser inundada por ainda *mais* pensamentos e sentimentos talvez seja a última coisa que você quer, e vou entender perfeitamente se você achar melhor esquecer a coisa toda.

— Esquecer a coisa...? C. B....

— Não, está tudo bem. Eu não culpo você. Se eu estivesse no seu lugar, provavelmente me sentiria da mesma maneira. Olha, nós podemos esquecer Havana. Posso levá-la de volta a Nova York, como Sky fez com a irmã Sarah, e não... podemos manter as coisas completamente platônicas.

— *Platônicas*?

— Ou, se você preferir, posso fazer com que meu aparelho a bloqueie totalmente, e as coisas voltarão a ser do mesmo jeito como eram antes de você fazer o EED.

— O quê? — disse Briddey. — Não posso acreditar. Você tem mentido para mim esse tempo todo!

— Mentido? — disse ele, surpreso. — Não, não menti. Eu só não lhe contei toda...

— Não estou falando sobre a interferência. Estou falando de você me dizer o tempo todo que podia ler minha mente.

— O que você quer dizer? — perguntou ele, confuso. — Eu...

— Porque, se pudesse, você não teria feito esse discurso ridículo de agora.

— Ridículo? Você está falando que ainda quer...? — perguntou C. B., e ela não precisava ler a mente dele para saber como se sentia. Estava bem ali em seu rosto.

— Sim — disse ela. — Quero.

Ele estendeu a mão para ela novamente.

— Não tão rápido — disse Briddey, levantando a mão para detê-lo. — Precisamos definir algumas regras básicas primeiro.

— Como o quê?

— Chega de bloqueios. Se você vai ler minha mente, também quero ler a sua, assim pelo menos terei alguma chance.

— O.k., mas devo avisá-la, é nojento lá dentro. Como agora, por exemplo. Eu só consigo pensar em...

— Eu sei — murmurou ela. — Eu também.

Ele estendeu a mão para ela novamente.

— Em segundo lugar — disse ela, mantendo-o firmemente à distância —, você tem que prometer me ensinar a construir essas defesas auxiliares.

— Para me manter afastado?

— Talvez. Às vezes. Como você disse, pode haver essa coisa de conectados demais. Mas precisarei principalmente delas para manter Maeve afastada para termos *um pouco* de privacidade.

— Não sei se isso é possível. Ela parece conseguir driblar todo tipo de firewall e barricada, e é um gênio em decodificação. E só tem nove anos. O que ela será capaz de fazer aos treze?

— Salvar a França — disse Briddey.

— Você está certa. Ela é uma criança incrível. Talvez até mesmo consiga descobrir uma forma de todos poderem experimentar a telepatia, as partes boas, não as ruins, sem destruir o planeta no processo. Mas nesse meio-tempo... — Ele balançou a cabeça.

— Não se preocupe — disse Briddey. — Há outros tipos de defesas auxiliares.

— Como o quê?

— Como — disse ela, aumentando ligeiramente a voz para Maeve poder ouvi-la, embora, provavelmente, não fosse necessário — ameaçar contar à mãe da Maeve que ela é telepática. E dizer a ela que se não nos deixar em paz quando lhe dissermos que precisamos de privacidade, vou contar à Mary Clare que ela está não só assistindo a filmes de zumbis escondida, mas também *Cinderela*. E *Enrolados*. E quer uma tiara da Rapunzel mais que a própria vida. — E então ouviu um desgostoso *Está bem!* e uma batida definitiva de porta.

— Está vendo? — disse Briddey. — Problema resolvido.

— Bom — disse C. B., estendendo a mão para ela.

Ela o empurrou.

— Ainda não terminei. Parece que você não me disse toda a verdade com relação a uma *série* de coisas sobre a telepatia. Então, o que mais você esqueceu de mencionar?

— Absolutamente nada — disse ele, sorrindo. — Minha mente é um livro aberto.

— Duvido. Você provavelmente tem *mesmo* visão de raio X.

— Não, mas se eu pedir à Maeve para colocar aquela mente tortuosa para pensar a respeito, tenho certeza de que ela consegue criar um aplicativo.

— Nem sequer pense nisso — disse Briddey. — Além do mais... — Ela agarrou a camisa de flanela dele e o puxou para cima do sofá. — Você não vai precisar dele.

— Espera. — Ele se desvencilhou dela. — Não aqui. Vamos — disse C. B., e eles estavam no pátio dela novamente.

— Por que não podemos ficar no laboratório? — perguntou Briddey. — Se você estiver com medo de que a Maeve possa nos interromper, fique tranquilo, ela não vai. *Enrolados* é seu filme preferido no mundo.

— Exatamente — disse ele. — Por enquanto ela está se sentindo intimidada, a Oona ainda não sabe que o bloqueador está funcionando, então ainda está ocupada bloqueando as vozes, sua irmã Kathleen está atarefada saindo dos sites de namoro, e a Suki está ocupada demais procurando seu celular para espalhar alguma fofoca. Esta pode ser a última chance que teremos de ficar completamente sozinhos, e eu quero aproveitar ao máximo.

Ele segurou a mão dela e seguiu para a porta azul do pátio, que não estava mais trancada. Nem com a barra. Não precisava. Não havia mais vozes rugindo lá fora, nem mesmo um murmúrio.

— Então, aonde estamos indo? — perguntou Briddey. — Às cataratas do Niágara?

— Não temos tempo — disse ele, abrindo a porta para a escuridão de seu santuário. — Vou levá-la para lá em nossa lua de mel.

Ele a puxou pela porta, fechou-a e soltou sua mão. Ela o ouviu tirando a camisa de flanela e curvando-se para colocá-la sob a porta para a luz não passar, e seu coração deu um pulo. *Eu sei onde estamos*, pensou ela.

— Sim — disse C. B., acendendo a luz. Ali era o depósito. C. B. estava de frente para ela com sua camisa do Doctor Who e a calça jeans, e atrás dela estava o arquivo de fichas feito de madeira e a mesa de carvalho, com a *Enciclopédia Britânica* em cima. E atrás de C. B., apoiado contra as pilhas de cadeiras, George Washington ainda olhava com ar reprovador para eles.

— Vai embora — disse C. B. cordialmente para ele, escalando as cadeiras. Então virou a pintura para o outro lado e pulou de volta, parando na frente dela.

— Eu imaginava que a área das estantes fosse o seu santuário — disse ela, descontraída, para não deixar que ele ouvisse seu coração batendo, e seu turbilhão de pensamentos que fariam qualquer um corar. — Já que é onde os amassos acontecem.

— Nem todos — disse ele. — Além disso, seus braços não estavam em volta do meu pescoço lá nas estantes. — E pegou a mão dela e a apertou contra o peito.

— Ah — disse ela, suspirando, e colocou a mão livre na nuca de C. B., puxando o rosto dele até o dela. *Eu deveria ter feito isso na primeira vez que estivemos aqui,* pensou Briddey.

Você está certa, disse C. B., *deveria mesmo,* e a beijou.

Foi ainda mais vertiginoso, mais torrencial do que a primeira vez, mas agora havia uma corrente profunda de felicidade correndo por ali, e espirravam algumas gotas de diversão: *... pensei que você tivesse dito que a conexão não tinha nada a ver com ligação emocional... nunca disse isso, disse que não era necessária... era você que ficava dizendo que não tínhamos essa ligação... eu sei... tão idiota...*

Eu deveria saber no instante em que você passou os braços em volta de mim, disse Briddey. *Me senti tão segura.*

Se você tivesse ouvido o que eu estava pensando, não teria... disse C. B., e eles foram subitamente cercados não por água, mas por fogos de artifício dourados e, em seguida, abruptamente, pelo fogo. As chamas faiscavam e se inflamavam em torno e atráves dos dois, tão quentes que seus pensamentos nem formavam frases coerentes: *... não fazia ideia quanto... eu também... quero... amo... ah, eu também, eu também...*

Desta vez foi C. B. que interrompeu o beijo. Ele se afastou dela, colidindo com as cadeiras empilhadas.

— O que houve? — perguntou Briddey.

— O que *houve*? — disse ele. — Nós praticamente entramos espontaneamente *em combustão.* Se é isso que beijar você faz, o sexo provavelmente vai...

— Nos matar? — disse ela. E balançou a cabeça. — Não é assim que funciona.

— Mas e se...?

— Nós resolvemos isso quando chegarmos lá — disse Briddey, passando os braços em volta do pescoço dele.

Alguém bateu na porta.

Tia Briddey!, disse Maeve. *C. B.! Me deixem entrar. Sei que vocês estão aí. Não acredito que vocês não me contaram sobre a tia Oona!*

ESTA OBRA FOI COMPOSTA PELA ABREU'S SYSTEM EM CAPITOLINA REGULAR
E IMPRESSA EM OFSETE PELA LIS GRÁFICA SOBRE PAPEL PÓLEN SOFT DA SUZANO
PAPEL E CELULOSE PARA A EDITORA SCHWARCZ EM FEVEREIRO DE 2018

A marca FSC® é a garantia de que a madeira utilizada na fabricação do papel deste livro provém de florestas que foram gerenciadas de maneira ambientalmente correta, socialmente justa e economicamente viável, além de outras fontes de origem controlada.